国家哲学社会科学成果文库

NATIONAL ACHIEVEMENTS LIBRARY
OF PHILOSOPHY AND SOCIAL SCIENCES

民国词史考论

曹辛华 著

人民出版社

《国家哲学社会科学成果文库》
出版说明

为充分发挥哲学社会科学研究优秀成果和优秀人才的示范带动作用，促进我国哲学社会科学繁荣发展，全国哲学社会科学工作领导小组决定自 2010 年始，设立《国家哲学社会科学成果文库》，每年评审一次。入选成果经过了同行专家严格评审，代表当前相关领域学术研究的前沿水平，体现我国哲学社会科学界的学术创造力，按照"统一标识、统一封面、统一版式、统一标准"的总体要求组织出版。

全国哲学社会科学工作办公室

2021 年 3 月

目　　录

中编　民国词史的诗词学生态考论

下编　民国词史相关文献汇考

CONTENTS

Part II   The History of Ci Poetry during Republic of China

前　言

　　"民国词史考论"，为国家社科基金一般项目与重大项目（"民国词集编年叙录与提要"）等支持下的研究成果。主要是从词史文献考索、诗词学生态考察与词史现象批评三结合的角度对民国词史的首次开掘与勘探。此成果在民国词史研究方面开创较多，不仅能对民国词从宏观到微观进行研究，还能从多方面、多视角对民国词及其生态、文献进行论述。此成果文献考索力度大，学术视野广，学术眼光独到，对中国词史、民国旧体文学、近代文学、现代文学等方面研究均有填补空白的意义。承蒙学界青眼，得以入选国家社科基金成果文库。兹从研究目的、意义、方法、主要内容与以观点、学术创新与社会价值等方面作简要说明，以便阅读。

一　研究目的、意义和方法

（一）研究目的

　　这一成果是基于人们对民国词在内的民国旧体文学研究严重欠缺的背景下展开研究的，直接目的是为填补词学研究、民国旧体文学研究的学术空白。就当前人们对民国词史研究的成果类型来看，其现状约有四方面的"经验"点与"可增长"点。其一，关于民国词籍的整理方面，目前尚处于"选辑"式状态，尚未有系统全面地对民国词进行大全式的文献汇辑。其二，目前虽然有综论及民国词史的论文，但并非立足点，并不全在此。呈包孕式状态，尚未有全面系统的专门论著出现。民国词史研究还处于拓荒状态，亟须展开全面而系统的研究。其三，于民国词人词作的文献考据方面，目前虽然有一些论著出现，但大多集中在词学名家或文化名人的词学活动与事迹的考索上，而对大量的非名家或不以词名者考据不力。关于民国词人词作的文献考据值得我们做的工作尚有许多，特别是民国词人考录、民国词坛原生态、民国词创作活动史实等方面尚须拓展、加强。其四，关于民国词的批评与民国词论的研究方面，目前成果也不够丰富，并且多呈"名家"式与"包孕"式研究状态，并未形成系统。由名家而全体逐步拓展民国词人个案研究的范围，以及全面系统地对民国词理论展开透视剖析，二者均为民国词史研究的空白之处，应当予以足够地重视与发掘。基于这些"经验"点与"可增长"点，我们对民国词史展开多方面开掘。本成果的最终目的是为民国词著史铺垫，为民国词学开掘新空间，为民国旧体文学研究开辟新道路与提供学术经验。

（二）研究意义

本研究成果"民国词史考论"研究意义相当重要。这既是对已有相关成果的发展与突破，也是对民国词、民国词学、民国旧体文学、近现代文学的大规模拓荒与研究。

其一，本研究成果"民国词史考论"对近代文学史、现代文学史以及民国旧体文学史具有"补白"意义。一方面，填补近代文学研究之空白。另一方面，填补现代文学研究之空白，对现代文学史的研究也将有极大的促进与修正作用。再一方面，填补民国旧体文学史研究的空白。

其二，本研究成果"民国词史考论"中有关民国词相关文献的考索部分对文学史料学、文学文献学的整理与研究史具有补白意义。由于民国旧体文学史料与文献一直不被纳入古籍整理的范畴，就目前现有的文学史料学、文学文献学整理成果，基本上不涉及民国旧体文学部分。本成果对此有补救的功用。如民国词人小传可补史传研究之不足。又如成果中有关民国词话、词集文献部分可补民国旧体文学文献整理与研究之不足，促进民国各种传统文体作品的整理，特别是将从客观上填补现代文学史料与文献的整理与研究问题上的空白，弥补其缺憾。

其三，本研究成果"民国词史考论"的研究意义极大。一方面，本研究成果"民国词史考论"将在一定程度上填补中国断代词史研究的空白，将为更细致、深入民国词史、民国史的研究扫清道路。另一方面，民国词作为中国词史不可或缺的重要阶段，同唐宋词一样具有文学价值、文学史价值，本研究成果"民国词史考论"有利于对民国词各种价值的审视与彰显，有利于把握民国词传播与民国词人生活的真实面貌。

（三）研究方法

在借鉴已有的断代词史专著与学术研究经验的基础上，首先扎实地进行与民国词相关的文献考据工作。然后分阶段进行综合研究、专题研究与个案研究：一方面，将对民国词派、词社、词选、词刊、词话、评点、女性词、文化等方面问题逐一剖析透视的专题研究；另一方面能对民国词家、词作、词论、词学以及诗词社团、诗词文献、诗词学等等进行专题研究；与此同时，能围绕民国词这一中心展开综合的立体研究，多角度宏观扫描民国词史的风貌、轨迹与特征。在研究过程中，一方面能始终坚持文献考据与批评相结合的方法，在目录、史实等考据的基础上展开对民国词的各种批评。另一方面，能坚持文史结合、近代文学与现代文学结合、音乐艺术与文学相结合、现象学与阐释学相结合等跨学科交叉研究法。再一方面，能坚持文学文化学方法。如由文化学出发透视民国词各种特征的因果关系，由文学作品阐发其中的文化学内涵等，从文化生态角度对民国词史的生态环境透视与考察。

总体来讲，研究方法有四个方面的创新。文献考索与批评相结合的方法；以文学与学术并重的研究方法，打破就词论词的单一研究模式；宏观研究与个案专题研究相结合的方法，以利于人们从总体、各方面、多视角来了解与研究民国词史，利于对民国词相关领域、问题的深入探讨；问题意识与方法论的相结合。这些是基于本课题的创新与拓荒性质确立的研究路径。

二　主要内容和观点

是稿《民国词史考论》主要在文献考据的基础上，首次对民国词史进行多层面、多维度的考察与研究，努力做到考据与批评相结合、文学研究与史实研究相结合，开拓了民国旧体文学研究领域，具有填补中国断代词史、民国分体文学史空白的意义，对近代文学、现代文学、当代文学的研究有拓宽学术领域的价值。此成果主要分上、中、下编。上编为"民国词创作考论"、中编为"民国词史的诗词学生态考论"、下编为"民国词史相关文献汇考"。前两编本着文献先行的原则，考论结合。上编主要是综合的词史研究，从宏观与中观角度对民国词史各方面如群体、女词人、词社、社团、词体理论批评等予以考察；中编专门对民国词史的诗词学生态进行考论。如从诗词学文献整理问题、民国词选学问题、民国词话问题、清末民国诗词结社文献问题、抗战诗词文献整理问题等出发对民国词史的生态环境进行揭示。下编，以文献考索为主梳理民国词史的相关文献，可视作以文献考索方式为民国词撰传统的纪传式词史。是稿框架为十七章，可以说，每一章都努力以敏锐的学术眼光为学界提出了可以深度开掘的大项目、大课题，纲领性质极强。

十七章中，分别对民国词史的总体特征、民国词的群体流派、民国女词人、民国词社、民国词选、民国词话、民国词体理论等问题予以考论结合式研究的同时，还对与民国词史相关的词集文献整理、诗词结社文献整理、诗词学文献整理等做出了有开拓意义的考论。还对民国的词集序跋、词史论著、词集等目录与词人传记做出专门考索。本书稿之所以采取考、论结合的方式，目的是为更加细致、完善的民国词史作史料铺垫的同时，建构起全面而宏观的民国词史研究各项体系，由此从文献入手开拓包括民国词在内的各种旧体文学、文献与文化研究的新领域，也由此开拓近代文学、现代文学、当代文学的研究的新领域。

上编，民国词创作考论。主要从宏观、群体、社团等角度来考索论述民国词史的史实、风貌与特征。"民国词史综论"一章作为首篇综合探讨论述民国词史的文章，其中"民国词史的界说与分期"是对民国词史的内涵与外延的界定；涉及"民国词的新变"、"意义"的章节是对民国词的总体风貌予以概观、评价，在揭示其历史新变的基础上来论定其价值与意义。这些章节通过对民国词及其发展历程、分期特征的把握与研究可发现民国词史的撰写尤为重要。首先，我们认为，民国词史是中国词史的再度辉煌阶段。以前受胡适等"文学进化论"的影响，人们对宋以后的词人词作多略而不论，明词史、清词史的研究一度遭受冷落，孰不知民国词是极富特色的。词体在民国这一个迥异前面任何一个朝代的新时代，不仅在题材内容上有新拓，而且在词艺、词境等方面有新创。如果仍以"文体退化"论来论民国词，显然是不合适的。可以这样说，民国词史是千年词史的大"结穴"。其次，民国词史是中国词史的继往开来阶段。也就是说，民国词的发展离不开对前代词学的继承。而民国词人为新中国成立后的词学繁荣、词业昌明打下了基础。再次，民国词史是中国词史上又一段"心灵文献"史。最后，民国词史是探求民国历史文献的宝库，具有学术史价值。

"民国词群体流派考论"等章节则对民国词群体、流派予以考述、辨别与界定，还有着极大的词史意义。这不但为我们了解民国词坛的特征、演进提供了有效视角，也将为我们考察词派史准备文献与理论基础。其一，由民国词群体流派的考察可见民国词发展轨迹与空间分布等特点。其二，由群体流派视角更能彰显民国词史的新变缘由。其三，对民国词群体流派的考察有利于民国词史的书写，由此填补断代词流派词史的空白。由流派研究民国词史，也是对传统以作品模式、作家模式来研究词史方式的反拨与补充。其四，对民国词群体流派的考察，还可弥补当前文学群体流派研究的不足。其五，民国词群体流派的研究将为民国词研究乃至民国词学研究的深化提供更多课题。

"民国女词人考论"等章节，通过对民国女词人的生平、词集、词学活动、创作经历等问题逐一考索，可以发现民国女词人的词学创作具有以下特征：词人主体身份的多样化，创作状态"传统"与"现代"的并存，创作主张的"失声"与"高调"同在，创作主旨新变与故常、词境的开拓与守旧、词艺精工与平庸的共生，词风的个性张扬与流于平常等。民国女词人的词学创作在民国词史、女性词史以及女性文化研究等方面具有极其重要的意义。民国女词人及其创作无论在中国词史、女性词史、词学研究方面还是在新文学研究方面以及女性文化史、心灵史方面都有极其重要的意义。民国女性词作为民国词史研究的重要内容，亟待我们展开研究。

"民国词社考论"则在全面细致地考索词社的基础上为探讨民国词的创作态势提供了可信的文献依据与真相。通过考索可见，民国词社既有"传统"的一面,更有"现代"的一面。这在中国词史上具有继往开来的意义。民国词社的主要特征:(一)复杂;(二)多样;(三)有规律;(四)"现代"(邮寄、社刊、Party);(五)地域性、乡邦性;(六)词社组织的民间性;(七)社友词作的民族性与娱乐同在;(八)社友的"传帮带"特点;(九)社事继往开来的特点。研究民国词社具有多方面的意义:(一)有利于深入了解民国词坛特点。(二)有助于研究词人群体、地域与流派。(三)有利于探究词人心态、心灵。(四)有利于民国词艺、词风、词心的成因。(五)有助于民国时期词学史的细化研究。(六)有利于民国词的整理与辑佚。(七)有利于民国词论的辑佚。(八)有利于民国词人生平、事迹的考求。(九)有助于民国其他艺术的深入研究。(十)有利于民国文化研究的深入,如民国历史文化、社团文化、都市文化、地域文化、民国文人的生活方式等等。于此仅揭示对民国词社文献的整理具有多方面的学术价值与现实意义。民国词社文献,不仅能为近代文学史、民国旧体文学史研究提供丰富的史料,还对近现代文学、民国旧体文学的研究具有开拓意义,同时对近现代史研究也有所助资与裨益。

"南社诸子的词学创作考论"等章节中认为,南社处于新旧文学观念激烈碰撞的时代,其词学创作不仅有重传统的一面,也有革新的一面。对词境的开拓即为其"新变"之一。南社诸子承担起了"词界革命"的重任,他们对词境的拓展主要表现在新思想的抒写与新题材的表达两个方面。在词的境界开拓方面,南社诸子厥功甚伟。南社诸子在传统与现代的交替过程中,基本完成了"词界革命"的任务,并把词学创作与研究相结合起来,将中国传统词学引向了新的阶段。这是对南社词风与特点的首次全面扫描。

"论民国词体理论批评的发展、特点及其意义"等章节是民国词批评的专题研究文章,民国时期的词体理论批评,既解决了历代词体上的一些重要命题与关键问题,基本厘清了词体演进的历史,区别开了诗词曲的文体特征,又真正改变了人们对词体的观念与态度,还为民国词的创作奠定了理论基础。以上数章主要对民国词史的各个层面进行文献考索与批评相结合的研究,旨在由此揭示民国词坛的风貌、特征。民国时期的词体理论批评作为中国词学理论批评的组成部分具有多方面的意义。一方面,它解决了历代词体上的一些重要命题与关键问题,基本厘清了词体演进的历史,区别开了诗词曲的文体特征。另一方面，真正改变了人们对词体的观念与态度。再一方面，民国时期的词体理论批评为民国词的创作奠定了理论基础。作为文体理论研究史的重要组成部分，民国词时期的词体批评与研究值得我们深入细致地专门探讨的课题还有许多。当前我们对民国词史进行建构与研究时，词体理论也是其必要的一环。

本书中编"民国词史的诗词学生态考论"，主要是梳纳、整理和研究与民国词史相关诗词学文献问题的"生态式"考论。这是把握民国词史的风貌形成、理论发展与生态的必经之路。

"论民国诗词学文献的整理研究及其意义"一章指出，民国诗词学是民国文学批评的重要组成部分，也是中国诗词学的一部分，是研究民国词史的必经之路。当前对民国时期诗词学史料的全面整理与研究还未提上日程。"民国诗词学文献珍本整理与研究"，为专门对民国诗词学文献整理与研究的大型攻关课题，也是一系列可持续发展并且具有开启多维、辐射全局意义的重大攻关工程。开展对民国诗词学文献的全面整理与研究，不仅于民国学术史特别是民国诗词学史具有填补空白的意义，还对民国词史研究有史料意义与学术意义。

"民国时期的宋词选本考论"等章节在揭示出了一些鲜为人知的宋词选本的同时，又从选型、分期与特点的研究上来揭示其于民国词学的价值与意义。通过考索指出，民国时期的宋词选本既是宋词的"新式"传播，又是对宋词的"新颖"解读；既是民国词学的"新果"，也是其"新变"的体现；既是民国词创作主张的反映，也是民国词史风貌的重要成因。

"民国时期清词选本考论"一章又通过汇辑、考索、论证指出，从价值与意义上来说，民国的清词选本既有助于我们对清词文献的整理，也有利于清词史的把握；既可为清词的编选提供借鉴，也有利于考察民国词人的创作理论来探寻民国词坛、词风的渊源。民国清词选本的研究，既是民国词史研究的必需，又将对民国词史的研究有所裨益；也是清词研究的要求，对清词研究将有所深化；既是民国词学史研究的重要一环，也是词选学研究的重心之一，有利于词学史、词选学、词选史的构建。因此，我们必须采取历史联系、交叉贯通与系统全面的研究方式，进行更深一步地研究。像一些大型或特别的清词选还可单独予以考察，"辨其选型、察其选心、探其选源、观其选域、列其选阵、通其选系"。特别是对涉及近代词人的词选应加强研究，以利于近代词坛风貌的"复原"与民国词史的探源。

"论全民国词话的考索、编纂及其意义"等章节指出，近现代以来学者对词话整理与研究虽然成果已相当丰富，但是目前对"民国词话"的全面整理与研究还未提上日程。而民国时期不仅是词体创作的又一辉煌阶段，也是词话史发展的又一蓬勃阶段，民国词话也是词话史研究的重要内容，是研究民国词及其词学不可忽略的文献与史料。通过本人考索发现，民国时期出现的词话论著数量多达 500 种以上。如此丰富的词话文献，值得我们进一步地全面整理与深入研究。为编纂"全民国词话"，必须全面搜辑、考索词话，进而辨别、体认、判定之。当我们从话及范围、基本内容、写作方式、写作目的态度、发表途径等不同角度来为民国词话划分类型的时候，就会出现多种"型"态。民国词话"型"态多样，既有杂乱与因袭的一面，也有精审与新创的一面，报刊杂志化明显为其异于前代的独特之处。民国词话于词史、词艺、词论、词学理论与批评、词学文献以及文学、文化等方面有重要价值。编纂"全民国词话"不仅仅开拓了词话整理的新领域，也对民国词史理论的研究深化提供了路径。

"论清末民国旧体诗词结社文献及其意义"一章，则以民国诗词结社及其文献为考察对象，揭示民国词史的生态环境。通过对结社文献的特点与价值的论述，指出晚清民国旧体诗词社团文献，不仅能为近代文学史、民国旧体文学史研究提供丰富的史料，还对近现代文学、民国旧体文学的研究具有开拓意义，同时对近现代史研究也有所助资与裨益。由此，方能揭示出民国词史的文化环境与创作生态。

"论抗日战争诗词文献的整理、研究与意义"一章指出，抗战诗词是民国诗词的重要组成部分，也是抗战文学的有机组成。然而由于当前学界多侧重于新文学中的抗战作品，而对旧体文学中的抗战诗词还未上升到全面而系统的研究层面。虽然抗战问题及其文化是人们从来不曾忽视的课题，但迄今为止还未出现全面而专门对抗战诗词文献整理与研究的成果。因此，对抗战诗词文献的整理与研究应当尽快提上日程。抗战诗词文献包括范围极广，不仅包括抗战时期出现的旧体诗（古今体诗、乐府、民歌），还包括当时的词（含部分歌词），对联等。我们不仅要汇辑各种与抗战有关的诗词作品，梳理与抗战相关诗词作家文献，还要对当时出现的与抗战密切的诗词社团、诗词群体、诗词期刊等文献进行整理；不仅以传统的笺注、编纂方式来整理，还要建设完备的数据库。抗战诗词文献的整理不仅对民国诗词史、民国诗词文献的研究有促进意义，也对抗战文学与文化的研究有深化作用，更是撰述抗战诗词史的必须。

本书下编"民国词史相关文献汇考"，凡五章。基本为专门的文献版本考录。其中"论民国词集文献的整理及其意义"一章指出，民国词集的整理所涉主题，不仅包含词（清词或近代词、民国词、当代词以及词学）、近代文学、现代文学、近现代历史与文化等断代文学与历史文化层面，也包含民国词集的总目、编年、叙录、提要等与民国词学文献整理与研究相关的文献学层面，至少涉及了诗词学、近代文学、现代文学、文献学、历史学等五大学科，以及由民国词集整理的相关现状来看当前已具备的条件与成就。全面整理民国词集文献是一项规模较大、任务繁重艰巨、颇具挑战意义的重大课题，也是全民国词编纂的坚实基础。其主要工作有三方面：一是民国词集及其作品全面排查、考察、获取与刊印。二是民国词史的传统撰写。以编年史、史传、提要等，为近代文学史、现代文学史、民国旧体文学史的建构与研究提供便利。三是文献学或史料学的研究与运用。即做好对民国词集的排查编目、编年、叙录、提要与汇辑刊印等。对民国词集文献的整理既是对已有相关成果的发展与突破，也是对民国词、民国词学以及民国旧体文学史整理与研究的大规模拓荒。

下编中"民国词集版本考录"一章专门将民国词人词作的文献如词总集、词别集、词选、词社集等四大类的目录汇考起来，考录词集多达 600 余种，以彰显民国词史的大体风貌。为彰显词集的版本形式多样，在列举词别集时分别以刻本、石印本、铅印本、稿抄本等类标示。并以出版时间为序以见其史。

第十五章"民国词人考录"中，考得词人逾千位，分别予以小传。这实际上为"民国词史"的另一种撰写方式，是对传统传体史书方式的继承。由于考录时主要从词人的生卒、里籍、行迹与著述等方面进行，这样每一个词人小传就是该词人简貌的呈现。当众多词人小传合在一起，就是一种"传记"式民国词史。这样方可避免由于新式词史撰述方式的不足。与此同时，也为全面把握民国词史风貌提供数据库式的史料。由于当前所考词人数量众多，限于篇幅，于此仅作为初编，以见其史。

"民国人论民国词史文献考录"一章指出，民国时期论述民国词及其词史的文献不可胜数，因文献芜杂，无法观其全貌。兹从当时各种期刊、杂志、图书等载体中，搜辑数百种。以内容的涉及面宽广度为序，同一词人、词作或词坛问题者，以时代先后为序。有论近现代词史者，有论民国词人及其词作者。其中以论清末四大家论著尤多。于此分为三部分，以见民国词史批评之大概，亦为研究民国词史之必需。

"民国时期词籍序跋考录"一章指出，民国时期出现了大量的词籍序跋、评介文献，它们既是我们研究民国词学、民国词理论与批评的必需，也是我们研究民国词史的必不可少的史料。于此我们从民国词学著述序跋、民国词集序跋、民国词籍评介等三方面汇考其目。其中民国词集序跋部分，由于数量多且复杂，兹仅附一部分，以见其丰富。此部分目录考察，将为我们探讨民国词学与民国词史提供路径与助益。下篇各章，基本是以文献考录方式来为民国词著史的成果。虽然批评成分少，但借助成果，可以对民国词史有较为客观的基本认识。其意义远胜于主观式的批评。

综而言之，此书稿能做到考据与批评并重，为民国词著史的同时，首次梳理了大量的民国词相关文献，为全民国词的编纂、民国诗词社团的研究、民国女词人的研究、民国诗词学的研究等开拓了道路。

三　学术创新与社会价值

（一）学术创新

本书始终坚持以民国词为中心，以文献考索为出发点来研究民国词史，做到了学术手段的传统与现代并重。主要有六大特色。

特色一，本书《民国词史考论》具有较强的前沿性和创新性。本课题是首次对民国词的拓荒式研究，是继《唐宋词史》《金元词通论》《明词史》《清词史》等断代词史而撰写的具有填补国内空白意义的研究项目。在国内外词学研究领域里处领先地位。

特色二，以文献考索为基础、立足点，以传统史传方式与现代批评相结合，扭转此前著断代文体史"以描述为主、文献不清"的研究方式。本稿具有较强的史料价值与文献价值。

特色三，本研究成果能统筹兼顾、考论结合、多视角研究等，方法上有创新。如从民国诗词学、民国诗词等大范围来考察研究民国词，避免了单一化、片面化；以文献考索为出发点，避免了研究的浅薄、空疏等问题，而在此基础上论述可更接近史实、论证更有力。

特色四，开拓意义强。本书稿不仅仅局限于民国词研究的开拓，还对与民国词相关的选本、词社、词话、词学研究以及诗词学等领域有启发、开拓意义。实际上是借助"民国词史"这一课题，为学界开拓出了更多的课题与领域。

特色五，问题意识强，创新性论见较多。如围绕民国词史这一中心，提出了"民国旧体文学史""民国女性词史""民国词选学""民国诗词学史""民国旧体诗词社团""全民国词""全民国词话""全民国"等新观念。又如以民国词史为契机，提出了各种新课题的问题与对策，像民国旧体文学史、民国词选史、民国旧体诗词结社文献、民国诗词学文献、民国词集文献、全民国词、全民国词话等的整理与研究，均是首次提出并给予对策。

特色六，撰史方式异于同类断代词史。一般来说，不少断代词史的撰写多侧重史的描述与作家作品的分析，忽略或缺少文献学上的考察与研究，或者单一化地就词论词。这种方式是适合文献基本齐备的宋、元、明、清等断代词研究。因而与其他时代词史不同，我们面对民国词这一研究对象，坚持"以民国词为中心，以文献考索为出发点"来研究、撰写民国词史当是首选。由此来讲，本成果以考论结合、综论与专题式结合的著史方式就具有新创意义。

（二）社会价值

本研究成果"民国词史考论"既是对已有相关成果的发展与突破，也是对民国词、民国词学的大规模拓荒与研究。不仅具有极其重要的学术价值，还具有较大应用价值与社会价值。这是需要我们高度重视的。

其一，可为全民国词、全民国词话等的编纂奠定基础，同时也将为其他大全式民国旧体文学文献的整理与研究提供参考、借鉴与文献资源。

其二，对其他文体研究包括民国旧诗史、民国词史、民国曲史、民国文言戏剧史、民国赋史、民国文言小说史或旧体小说史、民国骈文史、民国文言文章史、民国旧体文学文体史、诗钟史、对联史等有启示、刺激、促进作用，既可为其提供方法与方式等方面的借鉴，又可为其提供文献资料与参照成果。

其三，此课题的完成对当代社会文化研究也有一定的影响。历来人们探讨近现代社会转型与文学或文化变革的关系时，多从宏观视角来扫描。此成果则宏观、微观、中观综合研究，这就有助于更深层次地揭示近现代社会转型对文学或文化变革的作用、意义与影响。

其四，本研究成果将为研究民国历史、研究民国文化遗产提供一定的经验与启发。民国词史实际上也是“民国史”大工程的一部分。民国时期的许多诗词名家同时也是当时的思想家，其词集能提供更多文学的、文化的珍贵而可靠的历史依据。

其五，由于民国词涉及民国文化，已成为当前的民国文化研究热点之一。本研究成果“民国词史考论”将会引起更多学人关注并投入民国文化的学术研究中。

上　编

民国词创作考论

第　一　章

民国词史综论

随着词学研究的日益深化，词学研究的空白点愈来愈少。又随着时光的消逝，原本离我们较近的"近代文学"已有作"古"之相，而距离我们更近的"现代文学"自然也呈现"近代"之态。20 世纪"词学三大家"之一龙榆生曾经说过："考今之难，不亚考古。"① 意即要求人们多多重视相去不远、看似熟悉实则陌生的词坛风貌。所幸的是，人们对民国词已有关注。当前人们对民国词史研究的成果类型，约有四大类。其一为民国词籍的整理。如施议对主编的《当代词综》、严迪昌编纂的《近代词钞》、华钟彦所编《五四以来诗词选》、毛谷风所选《二十世纪名家诗词钞》以及钱理群、袁本良选著的《二十世纪诗词注评》等著作中选抄了大量的民国词人词作。柳亚子辑《南社词集》、汪东所编《如社词钞》、李保民的《吕碧城词笺注》等② 则是对社团词作与个人词集的一些整理成果。其二是综论及民国词史者。如施议对的《百年词通论》《当代词综·序言》，华钟彦的《五四以来诗词选·序言》，严迪昌的《近现代词纪事会评·序言》，钱理群的《一

① 龙榆生：《清季四大词人》，龙厦材编：《龙榆生词学论文集》，上海古籍出版社 1997 年版，第 436—437 页。

② 此处的文献出处依次为：施议对编：《当代词综》（海峡文艺出版社 2002 年版），严迪昌编：《近代词钞》（江苏古籍出版社 1996 年版），华钟彦编：《五四以来诗词选》（河南大学出版社 1987 年版），毛谷风编：《二十世纪名家诗词钞》（华东师范大学出版社 1993 年版），钱理群、袁本良著：《二十世纪诗词注评》（广西师范大学出版社 2005 年版），柳亚子编：《南社词集》（开华书局 1936 年版），汪东编：《如社词钞》（1936 年版），李保民笺注：《吕碧城词笺注》（上海古籍出版社 2001 年版）等。

个有待开拓的研究领域》，孔范今主编的《20世纪中国文学史》，邓红梅的《女性词史》，许宗元的《中国词史》，王小舒、王一民、陈广澧等的《中国现当代传统诗词研究》以及胡迎建的《民国旧体诗史稿》① 等论著中，综论及民国词史的局部风貌。其三即专论及民国词人词作。当前对民国词的研究仅限于如吴梅、陈匪石、吕碧城、沈祖棻、龙榆生、夏承焘、唐圭璋、乔大壮等名家词人。如邓乔彬的《吴梅研究》、王卫民的《吴梅评传》等；朱德慈的《近代词人考录》② 则涉及不少民国词人的生平事迹。其四，各种词学史中论及民国词及其批评理论。如杨柏岭的《晚清民初词学思想建构》、朱惠国的《中国近世词学思想研究》③ 等均如此。尽管有如此多的研究成果，但与唐宋词、金元词、明清词乃至近代词的研究状况相较，人们对民国词的研究尚未上升到系统而全面的层次上来，尚存在不少可以开拓的领域。如"民国词史"作为一个断代词史研究的空白点，就亟须我们深入研究。这里拟作综论。

一　民国词史的界说

　　欲对"民国词史"进行全面、系统而深入的研究，必先对其作必要的界说。"民国词史"一语，并非我们杜撰。它最早见于严迪昌先生的《清词史》。严氏在该著第四编第五章中论及文廷式与"清末四大家"等词人时，指出：

---

　　① 此处的文献出处依次为：严迪昌：《近现代词纪事会评·序言》（见钟振振主编《历代词纪事会评》之六，黄山书社1995年版）；钱理群：《二十世纪诗词注评·序言》（见钱理群、袁本良著《二十世纪诗词注评》，广西师范大学出版社2005年版）；孔范今：《20世纪中国文学史》（山东文艺出版社1997年版）；邓红梅：《女性词史》（山东教育出版社2000年版）；许宗元：《中国词史》（黄山书社1990年版）；王小舒、王一民、陈广澧等：《中国现当代传统诗词研究》（山东大学出版社1997年版）；胡迎建：《民国旧体诗史稿》（江西人民出版社2005年版）等。
　　② 此处所引文献出处依次为：邓乔彬：《吴梅研究》（华东师范大学出版社1990年版），王卫民：《吴梅评传》（河北教育出版社2002年版），朱德慈：《近代词人考录》（中国社会科学出版社2004年版）。
　　③ 可参见杨柏岭：《晚清民初词学思想建构》（安徽大学出版社2004年版），朱惠国：《中国近世词学思想研究》（上海古籍出版社2005年版）等。

　　　　关于辛亥年后的词作，应有"民国词史"的纂著，以完收历代词史的余绪，所以本章对各家入民国时期的创作情况从略。①

准此，则可断言"民国词史"的提出，并非我们的生造。所谓"民国词史"，即词体在民国时期（1912—1949）中填制、发展的历史，是与唐宋词史、金元词史、明词史、清词史等性质相同的断代词史。也就是说，凡是在民国这一历史时期出现的各种与填词相关的事迹、现象与活动都是我们要研究的对象。它包括词人、词作、词论、词风启变、词坛演化、词群运动、词社、词选以及词的接受、词的传播、词的教授与词人心态等内容。其中民国时期的词人、词作、词论是词史研究的重点，而词人、词作又是其关键，故必须先对二者予以界定。

　　首先是民国词人的界定。民国词虽仅有38年的填制历史，但是，由于它处于继往开来的过渡时期，其词人的身份就带有复杂性。细分起来，民国词人当由四代作者组成。第一代词人是一生大部分时光生长在清朝，中华民国成立时已步入晚年。如"清末四大家"中郑文焯、况周颐、朱祖谋等。这代词人基本属于"大清遗老"型。当代学者钱理群、袁本良等所著《二十世纪诗词注评》一书中将所收作者生年上限提到1844年。究其缘由，在20世纪的确尚有不少前清遗老存在，在探讨民国词史时，自然也不能不顾及此时所作之词。② 严迪昌在《清词史》有云：

　　　　和"清末四大家"唱酬较多、交往频密的词人尚有端木埰（著《碧瀍词》）、陈锐（著《抱碧斋词》）、陈洵（著《海绡词》）、夏孙桐（著《悔龛词》）等，陈洵和夏孙桐卒年都迟至1940年以后。此外，以诗和诗论闻名的陈衍（著《乌丝词》）、诗人易顺鼎（有《鬘天影事谱》）、梁鼎芬（有《款红楼词》）等亦擅词，并皆卒于民国以后，拟入"民国词史"。③

---

①　严迪昌：《清词史》，江苏古籍出版社1990年版，第519页。
②　钱理群、袁本良：《二十世纪诗词注评》，广西师范大学出版社2005年版。
③　严迪昌：《清词史》，江苏古籍出版社1990年版，第534—535页。

此段提及的卒于民国以后的词人的生卒年依次为：陈洵（1870—1942）、夏孙桐（1857—1942）、陈衍（1856—1937）、易顺鼎（1858—1920）、梁鼎芬（1858—1920）。既然严氏因为这些词人"皆卒于民国以后"，拟入"民国词史"。则可依此例，凡卒年在民国建立以后者，均当视为民国词人。自然此代词人以清朝遗老为多。

第二代词人是出生于光绪年间的文人。他们或参与过中华民国的建设，或在中华民国成立时已活跃在词坛，相当于施议对《当代词综》中的"第一代"。该著作所收词人生年上限为1862年，核算起来，中华民国成立时，年长者当届五十岁。这类词人有不少是南社成员，以文学、学术、革命三者相鼓吹，是民国词创作的中坚力量。如于右任、王蕴章、陈匪石、易孺、吴梅、吴眉孙、汪东、吕碧城、汪兆铭等。除此之外，如梁令娴、叶恭绰、夏敬观、张尔田、林葆恒、马一浮、张宗祥等也属于这代词人。当代学者朱德慈《近代词人考录》所录词人卒于1912年以后者尤多。[①] 若按"代"分，可分属第一代、第二代。

第三代词人是指当中华民国成立时，或已经出生，或正步入青年，刚开始步入词坛的文人。其生年介于1890年至1912年，是民国词创作的生力军。就中年龄稍长者，如向迪琮、乔大壮、顾随、张伯驹、赵尊岳等。再如毛泽东、鲁迅、郁达夫、叶圣陶、陈毅、叶剑英等一批革命家与新文学家身份的词人也属于第三代。第三代词人由于前半生生活在民国时期，加上年富力强，年龄稍小者，有黄公渚、唐圭璋、龙榆生、夏承焘、吴白匋、吕贞白、王季思、钱仲联、丁宁等。他们于填词方面创作尤多，当是我们研究的重点之一。

第四代词人是生年介于1912—1929年之间者。之所以将此代词人下限定在1929年，乃因生于1929年以后者，到1949年新中国成立时还未成年，其词学活动当完全属于"当代词史"的讨论范围。此代词人大多接受的是新式教育，是在新文化运动的背景下，出于对古典的热爱毅然致力于填词，因而此代词人大多新文学与古典文学兼善。此代词人中以宛敏颢、潘景郑、吴世昌、万云骏、沈祖棻、吴则虞、任铭善等为最优者。

---

① 参见朱德慈：《近代词人考录》（中国社会科学出版社2004年版）所论。

由以上对民国词"四代人"的界定来看,民国词史探讨的主要词人当在后三代。又由于"四代人"的划分是相对的,不能按生年的先后截然而定。因此,民国词人的"四代",当按其实际创作情形而定。我们划分"四代"的目的在于基本上能把民国词人大体差异明示出来。

其次,界定民国词的范围。既是"民国词史",它研究的是民国时期出现的词作。准此,则民国"第一代"词人中凡是在民国以后所作词,即是民国词。但由于"第一代"大部分生活时间不在民国时期,故我们在研究时,对其词有新变者予以拈出。否则,不细论。民国"第二代"词人中,虽有在晚清生长的经历,但生活时间不长,故其为词大多属于民国词范围,对其中凡作于民国成立以前者不细论。但由于词史是连贯的,不可割裂的,当我们溯源时,还是必须论及。而对民国词人的"第三代""第四代"所作词,由于民国时期才仅 38 年,自然词人身跨两个时代。因此,我们在研究时,只择取作于民国之词,只研究这两代词人在民国时期出现的词风、词艺等特征。① 这样界定"民国词",割裂之嫌亦是为断代词史者在所难免。尽管这样明确界定,并不是说对一个民国词人其他时期所作词就视而不见。我们应当将它们作为研究民国词的参照系。

通过以上对"民国词人""民国词"的界定,我们可以发现与其他断代词史相较,"民国词史"这一研究课题具有"短""近""杂""难"等特征。

第一,短。民国时期跨度不足 40 年,与宋、元、明、清以及近代相比,历时委实不长。但我们并不能因为历时短,就置之不理。因为民国词是中国千年词史不可忽略的一环,历时长的断代词史有其撰写时腾挪便捷的好处,历时短的民国词史虽也有词人、词作分属时代的困难,但也有便于聚焦透视的优点。

第二,近。民国词史下限离我们这个时代至今不足 60 年,我们研究的不少词人都生长生活到当代,有的还活到 21 世纪。不少民国词人的后代亲人以及徒子徒孙尚在,便利我们搜求词学资料的同时,又不像清季以前的词人距离我们这个时代较远,时代落差大,便于写作时的言说。当然,并不能

---

① 当代学者叶嘉莹先生在论沈祖棻时即将沈氏置于特定的民国时期中。

因为时代"近"，就非等遥远才可研究。试想，当人们开始研究"近代文学"时，其时间距离当时不也很近。① 由此来讲，当年的"近代文学"至今已有"古代"意味，而包括民国词在内的民国文学已上升到了今天的"近代文学"地位。以前研究近代文学者常以 1919 年为限，进至今日，应当将民国文学或者现代文学中的旧体文学纳入。民国词史的"近"，实际上已给了我们这一启示。

第三，杂。民国词史虽然短而近，但其复杂性却不一般。从时代来讲，它前处于封建朝廷与现代社会国家相交替的时代，后处于中华民国与新中国相交替的时代。其间各种内战、外患此起彼伏，是一个动荡不安的时代。自然就带来了各种复杂现象。可以说从民国词词人的身份来看，既有前清遗老，也有革命党人；既有新文学家，也有复古学者；既有革命斗士，也有思想哲人；既有报人编辑，也有教授学生。就词作的填制来看，其复杂性更突出。如民国初，词被当作"国粹"，像邓实、黄节以及南社诸子等即言"保学以保国"，填词之风异于前代，有"复制"古董之态。又如新文化运动（白话文运动）开始后，词体的存留、词作语言问题等对填词多有冲击。民国词史的"杂"还在于，它不同于前代各朝基本上处于封建思想一元统治的思想环境中，而是处于古今中外各种思想杂糅的一个"争鸣"时期。特别是新旧思想的交锋，既使词体获得了新"酒"，也使词风呈现出多样性、复杂性。

第四，难。民国词史的研究还具有相对较大的困难度。一方面，词人生平的考证有一定的难度。早在民国时期，龙榆生就有感于近代词学文献的缺失，发出了"考今之难，不亚考古"。② 尽管民国去今最多不足一百年，但由于当时处在一个动荡的时代，不少词人的生平往往残缺阙知。如南社诸子中能词者不下百人，但其生平能详而表之者，仅占其 2/3。当代学者朱德慈《近代词人考录》中涉及的民国词人，其生平未详者亦不在少数。另一方面，词人词集的搜求有一定难度。与其他各朝断代词史不同，民国

---

① 像钱基博的《现代文学史》、陈子展的《近代文学之变迁》等，就径直写到了与之同时代的文人。

② 龙榆生：《清季四大词人》，见龙厦材编：《龙榆生词学论文集》，上海古籍出版社 1997 年版，第 436—437 页。

词的传播有一条重要的途径——通过报纸杂志刊载。又由于经过新旧社会的变革，特别是"文化大革命"十年的浩劫，不少刊物遭损毁；再加上词作散见于各种刊物中，搜辑就更加困难。另外，就目前人们对民国词的研究状况来看，力度不够。尤其是受一度盛行"进化论"的影响，在 20 世纪人们对待词体多持"厚古薄今"的态度，民国词研究严重失衡。这就更加大了民国词史撰述的困难。所幸的是，时值新世纪新时代，人们对民国文学的研究不再仅限于现代文学。如当代学者张寅彭先生已主编了《民国诗话丛编》著作，可以想见，民国词史的"难"度将随着更多人力的投入而减轻。

总之，"民国词史"是一个亟待我们深入开拓的新课题。其"短""近""杂""难"等特征既利于词史的研究，也有碍词史的撰写进程。由前面所述有关研究状况而言，民国词史撰著的时机已日渐成熟。要开展此项工程之前，民国词人的行年、词集的存没、词学活动的真相等都需要有专门工作。

二　民国词史的分期与特点

尽管民国词发展不足 40 年，我们在研究其历史时也不能笼统视之。应当根据民国词的历史环境与自身环境来描绘其轨迹。这自然牵涉到其分期问题。因为分期得当，对民国词的演进轨迹的描画就可能精到。与其他断代词史的分期均有多种成说不同，民国词史的分期说法还相当少。如果把施议对编纂的《当代词综》前言与胡迎建的《民国旧体诗史稿》所述的计算在内，才仅两见。施氏于《当代词综》前言中将百年词史划分为三个时期。第一个时期为"清朝末年至民国初期"；第二个时期为"五四新文化"运动至抗日战争时期（实际上到新中国成立）；第三个时期为"新中国诞生至改革开放新时期"。① 由此可见，施氏将民国词史笼统地划分为一个时期。这自然说明不了其细节问题。胡氏的《民国旧体诗史稿》则将旧体诗创作分为四个阶段：流派纷呈的年代（民国初期）、新文化运动

① 施议对：《当代词综》，海峡文艺出版社 2002 年版，第 5—23 页。

兴起后的旧诗坛（北洋政府时期）、旧体诗的复苏（南京政府时期）、旧体诗激荡的岁月（抗日与解放战争时期）。① 胡氏的分期，是将诗词合在一块的，不是专为词史而分。因此，这里，我们综合民国词发展、演进的特征以及时代风气的变革，将民国词史分为三个时期：第一个时期为 1912—1923 年，第二个时期为 1924—1937 年，第三个时期为 1938—1949 年。下面细说缘由。

之所以将民国词史的第一期下限定在 1923 年，而不是定在"五四"运动或"近代文学"的下限，其原因有二。第一，1923 年是作为中华民国成立前后活动最活跃的团体——南社无形解体的时间。南社诸子的词作可以说是民国词的重要组成部分。南社词是传统词学第一次面临新时代出现的"新变"代表。南社的解体虽然不是其个体成员作词活动的终结，但也意味着这一代词人再一次面临新文化的冲击所做出的"退却"。如南社中的胡怀琛、林庚白等转向白话词写作，不少社员转向了新文学创作。因此，将 1923 年定为第一期的下限是有意义的。第二，1923 年前后，尽管有"学衡派""甲寅派""礼拜六派"等旧式文人团体反对，但白话文已开始在全国普及。像胡适的白话《词选》《白话文学史》等均于此开始编著。其"时代文学""活文学""白话文学"等观念都深入而广泛地影响着当时词人的创作。另外在其后一年即 1924 年，冯玉祥发动北京政变，废除帝号，驱逐溥仪出宫。由此来看，定 1923 年为民国词史的第一期的下限相对合理。

之所以定 1937 年为民国词史第二期的下限，其原因亦有二。其一，此年日本帝国主义全面侵华，抗日战争全面爆发。包括各种词人在内的文人志士普遍腾起一股高昂的爱国民族激情。影响及词作表现出了与此前不同的风貌特征。其二，1937 年抗日战争爆发之前的十多年中，在词坛上已形成了比较整齐的写作队伍。民国词人"第二代"位置的吴梅、刘毓盘、许之衡、林铁尊、叶恭绰等已在新式大学中任教，并传授高徒，像卢前、唐圭璋、龙榆生、夏承焘等词学宗匠已步入词坛。另外，从 1924 年至 1937 年，词学创作的良好环境像词社、词学教学、词学研究组织、词学刊物等已形成。像各

---

① 参见胡迎建：《民国旧体诗史稿》（江西人民出版社 2005 年版）所述。

种刊物如《青鹤》《词学季刊》等已成为发表词作的主要阵地。吴梅先后组织教、学结合的词社——潜社等。因此，宜定 1937 年为民国词史第二期的下限。

总的来看，民国词史的三个时期各有特色。第一时期为民国词的"新变"期；第二时期为民国词的"精深"期；第三时期则为民国词的"悲慨"期。

先论第一时期。之所以称此期为"新变期"，就在于此期中的词人，先后分别经历了中华民国的建立与"五四"新文化运动两个时期。首先，中华民国的建立，一方面使前清遗老面对新时代不得不做出新的反应。影响及词的创作，其"遗老"气不免有之；另一方面，以南社诸子为主的词人则于词中吊悼烈士、回首往事的同时，也书写扬眉之气、报国之志。特别是，当政局稍稳，原本为排满建立民国奔走呐喊的文人卸下革命重任后，转而以学术相尚、以文学相友，又将词体作为社集、娱己、论学的工具。自然就出现了"新变"。须指出的是，当此时，词体出现的"新变"只是由于时势变化所致，在体制、技法等方面并未有多大变化。

其次，"五四"新文化运动与白话文运动的开展，一方面使传统词人面对"白话"的冲击更趋于保守，"学人之词"变得更加"学究化"。如南社词中多"词前小序，词中加注"现象。这固然是为了使人明白作词由头与意思的需要，也可能是由于尚雅博学，又唯恐他人不晓才不得不如此。像蔡守、徐珂、庞树柏、郑泽、傅熊湘、王蕴章、黄人、叶玉林诸填词名家均有此种现象。蔡氏《玲珑四犯·题鸿璧女士写赠双莺图》，除了词前小序外，词中几乎句句加注，说明用语出处，几同账簿。另一方面，新青年或者拥护新文化运动的文人从不同角度对词体"尝试"变革。如胡适《尝试集》中有不少"白话词"。这些词既是他从语言体制上作尝试、进行白话文试验的结果，也是其仿效古人词作的表现。至于其他以新意境、新理想、新感情、新观念等入词对词体进行开拓者就更多。由以上二者来看，称第一时期为民国词的新变期不为无因。

新变期的词人约分为三类，一类是前清遗老，其词多叹老嗟苦之言，多借物抒怀，封建士大夫之风尤浓。一类是以南社诸子为主的词人，其词学创作笔者于拙著《20 世纪古代文学研究史·词学卷》中《南社诸子的词学研究》一章中已捎带论及。① 一类则是新文学的倡导与拥护者。除胡适外，叶圣陶、茅盾、郁达夫等人均填过词。其词尚意而遗形，力求革新词体。只不过于此期他们还未展示出才力。要之，民国词史的第一时期既是对传统进行变革的时期，也是接受"现代文学"挑战而应变的时期。

再论民国词史的第二时期。此期之所以被定为"精深"期，其缘由在于词人为词受新文学的压力不得不精深化。当时的文人已俨然判为新、旧两派。作为新文学的开启者与追随者的新派文人不屑于旧体诗词的创作，专力于新文学（新诗）以与传统文体抗衡。如"词的解放运动"由柳亚子与曾今可、章衣萍等一同发起。曾今可将各人见解刊登在《新时代月刊》上成为"词的解放运动"专号。② 综合各家意见不外乎三种：一种是柳亚子、曾今可、董每戡、褚问鹃、郁达夫等主张的"半解放"，要平仄、但四声要完全解放，活用"死律"等。一种是张双红、张凤等主张的"全解放"。即"废谱"，打破平仄；仅依字数多少，创新谱自度腔。一种是以张资平、郑振铎等人主张的"无须解放"。如郑振铎《"词"的存在问题》一文认为："当胡适之提倡诗的解放时代，是连词也被解放在内的"；"词固不必'填'，而'词'的解放则尤为多事"，若要写"新长短句"，当走"自度曲"与用新曲谱"填"词的道路。③ 而胡云翼则在《词学 ABC》等著作中倡言：词学不是学词，不主张青年填词。④ 而作为保守的或者折中的一派文人或学者，则仍以旧体诗词为主要创作文体。这样，新文学的压力使他们不得不从词艺、词境以及词学理论等方面精益求精。

其表现可举两例。一是词学教授办词社。通常我们都知道，吴梅在东南大学任教时，曾指导学生办有词学组织——"潜社"，但其深层的含义除了"潜心作学问"外，还有培养精于填词与研词的后备人才等含义。此一层含

---

① 参见黄霖主编，曹辛华著：《20 世纪古代文学研究史·词学卷》第十六章，东方出版中心 2006 年版。

② 此专号包括柳亚子《词的我见》《关于平仄及其它》，曾今可《词的解放运动》《为词的解放运动答张凤问》《致柳亚子的信》，张凤（柳亚子友人）《词的反正》《关于"活体诗"的话》，郁达夫《唱出自己的情绪》，余慕陶《让他过去吧》，董每戡《与曾今可论词书》，褚问鹃《保存与改革》，张双红《"谱"的解放》，章石承《论词的解放运动》，张资平《词的解放之我见》等文章。

③ 郑振铎：《"词"的存在问题》，《郑振铎全集》第 6 卷，花山文艺出版社 1998 年版，第 156 页。

④ 胡云翼：《词学 ABC》，上海书局 1930 年版，第 1—2 页。

义只有在其学生唐圭璋、沈祖棻等都成为优秀词人与词学家后才悟得出。第二个例子是词学专刊——《词学季刊》的创办。此刊虽为词学研究刊物，但主编者龙榆生先生专设"词录"一栏，刊载时人词作。可以想象，研究刊物上刊登的词作非精益求精则不能相匹配。在此一时期像研究论文与词作均收的报刊不唯此刊，其大多词人身份也多是学者。虽然此时的词作的"学问"化不及前一期南社词人为甚，但"研创合一"的词人身份，使其写出的词不能不精深。当然，于此时，也存在不是学者身份的词人词作，其精深度自然不高。但就总体来说，此期间创作的"精深"特征相当明显。

最后，论民国词史的第三时期。我们将此期词的特征定为"悲慨"，主要是从词作的境界来说的。抗日战争爆发，使中国人民认识到国家民族生死存亡的危机。战争的残酷，人民流离失所，使得文人们采用新旧文体来呼号呐喊，词人们自然唱出了悲慨之音。如卢前的《中兴鼓吹》即是此中代表。其"中兴之音充沛而雄，闻之者懦夫有立志，彼哀以思者不得比顾"。[①] 再如杨公庶等人在西南大后方时曾编选《雍园词钞》，收叶麐的《轻梦词》、吴白匋的《灵琐词小稿》、乔大壮的《波外乐章》、沈祖棻的《涉江词》、唐圭璋的《南云小稿》等九种词集。[②] 这些词集中不少作品以词笔为刀枪抗议日寇之恶行，多有黍离之悲。

相对于文人抒发山河破碎之悲，像毛泽东等革命家则用词体唱出慷慨高亢之声，表现出乐观、豪迈、慷慨之情。另外，"悲慨"之"慨"，还当有"愤慨"之意。词人面对当时政府的黑暗、侵略者的暴行，写出了不少有违"风流蕴藉"的愤慨词作。今天看来，此期词作给我们的感发可能不及唐宋那些风花雪月之词，但从词体功能的大开发以及"词史"精神的发扬来看，此期词与那些易代之际的词作可以相抗。当然，悲慨之音在民国时期可以说无时不有，只不过于此期为甚，故定其为此期的总特征。

综上所述，定为民国词史为三期适得其宜。由此可清晰昭示民国词的发展演进历程。无论是"新变"，还是"精深"，还是"悲慨"，均是民国词发展的明征。诚然，民国词各个时期的特征也并非唯一的，而是呈多样性

---

① 见潘式：《中兴鼓吹》题辞，卢前《中兴鼓吹》，独立出版社1938年版。

② 见杨公庶：《雍园词钞》，成都1946年版。

的，这里只是言其要者而已。

三　民国词史的评价

对民国词史应当如何评价，这是我们必须要回答的问题。笔者以为，所谓"评价"当包含两方面的意思：一是对民国词史总体特征的评定；二是对民国词史价值与地位的评估。前者是后者的前提和基础。只有评定了民国词史的总体特征，才能评估出其价值与地位。

我们先来评定民国词史的总体特征。首先，就主体来讲，民国词人名家尤多。施议对先生编纂的《当代词综》收录词人达三百余家，除1929年以后出生者，尚不下三百家。其第一代词人由于大部分生活时间不在民国，故大多不能算作纯粹民国词人。可姑置不论。其第二代词人中以词名家者不在少数。除前文点到者外，仅南社诸子就有高燮、廖仲恺、谢无量、寿玺、黄侃、邵瑞彭、叶玉森等。至于第三代词人，在民国时作词已负盛名者，除已提及的毛泽东、词学三大家（龙榆生、唐圭璋、夏承焘）等词人外，如黄君坦、詹安泰、胡士莹、萧劳、徐行恭等均是。特别是在民国时期还有一批著名的女词人，如吕碧城、吕惠如、唐群英、张默君、徐自华、徐蕴华、陈家庆、陈翠娜（小翠）、谈月色、陈家庆、顾保瑢、张光蕙、伦灵飞、丁宁、李祁、沈祖棻、汤国梨等。她们与前代女词人的命运不同，具有独立的人权与人格，因而在作词时显示的心态与心境有不小的差异。

不唯名家多，就民国词人的词学造诣来看，民国大多词人于词学研究都有深入。可以说，他们身兼词学家与词人于一身。这一现象与前代相比，尤为突出。其原因自然在于新文学的"逼压"。当然此时期的"布衣"词人虽有，但其词名不彰，也缘于"新文学"的"阴影"。在当时词人那里，对词体的态度不一，"尊体"与"破体"并存，"以词为学"与"以词为戏"兼有。

就民国词人的心态来看，也与前代存在着不同之处。如果说，词自唐五代兴盛以来，直到清朝，人们一直为其在雅文学殿堂争一席之地。晚清以来，词体的地位才与传统诗文平列，不仅被写入新式文学史，还能在新式学校课堂上教授。当西洋文明涌入时，词还一度被当作"国粹"。但民国时期新文化运动特别是新文学运动，使得词体的命运又遭受了挑战，出现"研究""创作"割裂的怪现象。于是乎，词的学问可以研究，可以讲授；而词的创作则不为新文学家所提倡。这样就出现了从事新文学者即使作词，也多抱着"自由""解放"的态度；而从事古典文学研究者则力求"重律""严格"。这种"分裂"态度与前代词人不同。

另外，就时代来看，由于民国时期可以说是一个完全国际化的时代，又是一个中华民族为外强欺凌遭受屈辱的时代，与清代乃至近代的风会、人心不同，民国时期词人的创作心态也就格外特别。如日本帝国主义的侵略使国土大量沦丧、人民流离失所等给词人带来的心灵折磨，远远比八国联军的侵略要大，"亡国灭种"的民族危难使词人以词写心，在词中抒发愤怒形成独特的"抗战词"。① 诸如此类的心态也是民国词人所独有的。

其次，就民国词本身来看，它也展现出了与前代不同的特征。民国词取材广泛、立意新颖，真正做到了"旧瓶装新酒"。其中以"西洋景"入词即是一例。胡先骕、吕碧城等即如此。如胡先骕有《沧海楼词》。他曾一度留学美国哈佛大学，最终获生物学博士学位。他曾把苏轼诗词译介国外。其为词多有西方名物。最有名的如《海国春》《天香》《声声慢》《齐天乐》等分别吟咏西方名卉稀桂、海仙花、金合欢、馥丽蕤花，不仅典丽婉约，且词中夹注外文，此乃前所未有。女词人吕碧城在此方面有颇为突出的表现。她于"五四"运动后，曾遍游亚洲、美洲、欧洲等地，遍览世界名山秀川、古城丽景，除以《欧美漫游录》（即《鸿雪因缘》）纪其事外，又有《海外新词》一卷。举凡火山、冰峦、湖泊、花木以及近代新生事物，无不成为取材的对象。吴宓《信芳集·序》称此为"确能以新材料入旧格律"。② 又如直写战争，在此之前多以边塞词为长，即如辛弃疾也多以回忆之笔写沙场，而以毛泽东等为代表的革命家，在战争间隙却为我们留下真实的战争画面。至于以词来吟咏新事物者就更多。凡此可见，民国词在题材、内容开拓方面有前所未有的贡献。

在词风上，民国词呈现出多种姿态。有典雅精工者，如南社诸子的

① 关于此点，可参见施议对：《当代词综》前言，海峡文艺出版社 2002 年版，第 19 页。
② 吕碧城：《吕碧城集》卷四，中华书局 1929 年版。

"学人之词"即尚雅崇古。社员陈范指出：

> 再词章一道，向多迷信，如窃叶、偷桃、烛龙、鹊桥一类，不可偻计，用之已成习惯，欲悉屏除，转减风味。然昔人寓言，吾等仍之，勿遗其旨可也。世多有措置不善，竟如故实者，相期相勉，亦文学进步之一端。

此处即肯定代语、用典的缘由与用途。陈范此论断是在商兑国学的背景下，目的为呼吁"疏其正道，区其支域，通其淤塞、束其漫衍，删其冲碟，使吾国文学亘古精魂暗而不彰者无勿显者"。[①] 这反映到词学创作上，尚雅崇古自然成为特征之一。有通俗生趣者，这可由胡适等倡言词作"解放"的词人词作可见。如胡适仿南宋向镐《如梦令》作词记述与发妻江冬秀的"啼笑姻缘"。有豪迈沉雄者，此可以毛泽东等戎马倥偬的革命词作代表。如毛泽东《清平乐·六盘山》"天高云淡"一词即是；其《沁园春·雪》则被称为"睥睨六合，气雄万古，一空依傍，自铸伟词"。[②] 不仅如此，由于世运、时代的影响，即使一个人之词风也是多样多变的。如沈祖棻《涉江词》即是如此。其师汪东为之作序时指出："余惟祖棻所为，十余年来，亦有三变"，先是"窈然以舒"，继而"沉咽多风"，再则"淡而弥哀"。[③] 尽管这种词风多样化在前代不乏其例，但像民国词能如此集中展现在不到40年这样短的时间里，却是前所未有。

在词艺上，民国词也有前所未臻的造诣。这里试举两例。其一，在音律上民国以词学家身份出现的词人，其词作比之前代词更加接近"古"词原貌，如南社词人王蕴章、姚鹓雏、陈匪石等均曾参加过以朱祖谋为社长的春音词社。而朱氏又有"律博士"之称，故他们作词多注重对词体的音韵格律与技巧风格的考求。如王蕴章《秋宵吟》词小序即专论《秋宵吟》词体

---

① 陈范：《与天梅书》，见杨天石、王学庄：《南社史长编》，中国人民大学出版社1995年版，第299页。

② 吴祖光：《话说〈沁园春·雪〉》，见施议对编：《当代词综》，海峡文艺出版社2002年版，第470页。

③ 汪东：《涉江词·序》，见沈祖棻：《涉江词》，湖南人民出版社1982年版。

的音律问题，目的是"聊正翠微（戈载）之失"，"呈庞二檗子、陈大匦石，并索同赋"。① 这种重音律、以学问为词的现象，虽有保守的一面，但对词艺的精进，无疑是有益的。其二，与追求精工的学者之词相反，"新文学家之词"则又是对词艺另一方向的推进。这就是词体的解放，摆脱了词在音律上的束缚。像"胡适之体"中有不少词即以白话为词，有的如同"打油诗"。② 对此，以词人自居者常不以为然。但若从词史发展的具体情形看，所谓的"白话词"的写作又何尝中止过。胡适等人不正是由此找到白话文运动的有力论据吗？由此来看，胡适等人主张词体写作的"解放""自由"实际上将词史上一直存在却又被人蔑视的一种以"白话"为词的方法公开化了。施议对先生曾指出："在二十年代，当胡适提倡白话词之时，应和者寥寥，即有将无兵，难以成派，但是，几十年过后，至今胡适的'解放体'却颇为时行，这是文学史家不能不注视的现象。"③ 其言实有肯定胡适等人在词艺上的开创之功的意味。仅由此二例，可见民国词在词艺上走向了两极：一在求精，一在求通，都是为词体的发展找出路。

第三，在词论方面，民国词人也有刷新。笔者在论述 20 世纪词学研究的"现代化"特色时曾云：

> 20 世纪的词学研究范畴（包括术语），就专门的来说，其后半叶出现的数量不及前半叶。前半叶不仅"传统派""新变派"创制了一批词学范畴或术语，"现代派"也创制了一些。传统派中，如况周颐的"重拙大""真是词骨""穆境"，蒋兆兰的"词体贵洁"，陈洵的"贵养""贵留"等；新变派中，如龙榆生的"意格说"，赵尊岳的"贵神味""尚风度""跳脱"，夏承焘的"清刚"说，唐圭璋的"雅婉厚亮"说，俞平伯的"细密"说；"现代派"中，如王国维的"境界"说、"隔与不隔"等，胡适的"歌者的词，诗人的词，词匠的词"，刘大杰的"词

---

① 柳亚子：《南社词集》第一册，开华书局 1936 年版，第 40 页。

② 如胡怀琛《采桑子》为匦石跑马厅新居所作，即采用白话入词。词云："天生是个风流地，昔作香窝，今作吟窝，占领春愁孰最多？喃喃庚和诚多事，藏艳由他，索句由他。问我邻家管什么。"诙谐有趣。

③ 施议对：《当代词综》前言，见施议对编：《当代词综》，海峡文艺出版社 2002 年版，第 13 页。

的诗化”等等。①

这里除“现代派”的术语不专为学词之外，其余论见学词与词学兼及的。特别是吴梅这样一位词学家、词人、教师三种身份集于一体的大家，其《词学通论》概论部分尤善用“词心”来判断词人的不同特征。他指出："学词者，从'沉郁'二字著力"，应将“雅正”与“空灵”合起来做到“意笔俱显”。② 由其词论不难想见，其门下的弟子唐圭璋、卢前、王季思、任讷、沈祖棻等何以能成为著名词人。可以这样说，民国词论与前代相比，少入主出奴之见，多包容综合之意。在这样的词论引导下，民国词的创作某种程度上有集大成的味道。

第四，词人的“社团”化、词学的“学堂”化、词作的“刊物”化，是民国词史尤其异于前代之处。先看词人的“社团”化。民国时期，词社一直是词人同声相应、同气相求、切磋词艺的民间组织。如民国初在上海有淞社、超社、希社、丽则吟社、春音词社、七襄社等。南社分裂后又有湘社、广南社等无不以诗词相尚。“五四”以后，在浙江温州有瓯社。1925年在常熟有虞社；在北京先后有聊园词社、趣园词社。1926年在苏州有蒋兆兰、吴梅等人所结琴社；1928年在天津词人又结有须社，社员达20人；1930年在上海夏敬观等人又结沤社，社员近30人。此时上海尚有午社、声社以及歌社、词学季刊社等。1935年南京又成立如社，社员虽不足20人，但却集聚了诸如乔大壮、吴梅、陈匡石、唐圭璋等两代著名词人。在40年代，北京尚有延秋词社，天津有玉澜词社，在南京则有同声社。当时在革命地区也有一些诗社，如陕甘宁边区成立有“怀安诗社”，陈毅等新四军将士在江苏盐城成立有湖海艺文社，晋察冀边区则成立有“燕赵诗社”。这些诗社自然不排除填词。除此之外，各种学生词社也不少。与前代词社不同，民国时期出现的词社多能及时出版社集或社刊，这就刺激了词的创作。词社活跃也加强了词人间的联系，为词艺提高、词业发扬提供了条件。

词学的“学堂”化，包含两重意思。一是词学研究在高校已成专业课

---

① 黄霖主编，曹辛华著：《20世纪古代文学研究史》词学卷，东方出版中心2006年版，第56页。
② 吴梅：《词学通论》，华东师范大学出版社1996年版，第50—51、第88页。

程，有专人教授。如《词学季刊》创刊号《词坛消息·南北各大学词学教授近讯》云：

> 南京中央大学为吴瞿安（梅）、汪旭初（东）、王简庵（易）三先生，广州中山大学为陈述叔（洵）先生，湖北武汉大学为刘洪度（永济）先生，北平北京大学赵飞云（万里）先生，杭州浙江大学为储皖峰先生，之江大学为夏瞿禅（承焘）先生，开封河南大学为邵次公（瑞彭）、蔡嵩云（桢）、卢冀野（前）三先生，四川重庆大学为周癸叔（岸登）先生，上海暨南大学为龙榆生（沐勋）、易大厂（韦斋）两先生。除吴卢两先生兼治南北曲外，余并词学专家。且大多数赞助本社，愿为基本社员云。①

这些词学专家教授词学的同时，自然多致力于填词。与之相联系，词学的"学堂"化的另一重意思是，词学专家在教授学生学问的同时，还教学生填词门径。关于此点，由吴梅指导的"潜社"以及龙榆生在暨南大学任教时指导的"词学研究会"等，可作明证。另外，民国时"新变派"词学家编著的词学著作大多不离"做法"一门，也是词学的"学堂化"表现。当我们谈论民国词人师承时，可以发现与前代师承现象不同，民国时不少师承关系都是通过学堂这一中介产生的，不再仅限于旧式私塾式师承关系。如吴梅的弟子，像唐圭璋、卢前、任讷、王起、沈祖棻等学词，即是通过"潜社"这一师生学词组织建立起来的。当代著名女词人与词学家叶嘉莹即是顾随在辅仁大学任教时的高足。当我们在排列民国词人的师承表时，新式学堂的作用是不可忽视的。要之，词学的"学堂"化有利于高素质词人的储备。民国词的发展乃至词学在当代的经久不衰，也正是词学"学堂"化的促进。

词作的"刊物"化，在刺激词人创作的同时，也加速了词作的传播速度。与唐宋词人赖歌女之口传播方式不同，元明至清以来的词人词作逐渐"案头"化，其传播方式除词选外就是结集刻印，但更多是以稿本形式存在。传播面自然不广，词作的传播速度也分外缓慢。而至民国时期，由于印刷业、报纸杂志的发达，此前的词作传播之弊有了很大改观。如仅在民国初

---

① 龙榆生主编：《词学季刊》创刊号，上海书店 1985 年影印版。

就有《民国日报》《觉民月刊》《复报》《女子世界》《中国白话报》《民权素》《国粹学报》《20 世纪之支那》《民报》《大风》《云南》《天铎报》《月月小说》《汉帜》《小说林》《太平洋报》《神州日报》《神州女报》《夏声》《中华新报》等报刊，均辟有诗词专栏，选登近人时人词作。其主要撰稿人大多为南社社员。除报纸外，民国时，还有大批的杂志也刊登词作。这就促进了词作的传播。特别是由于词作能及时发表，并且得到一定的报酬，词人作词的积极性就被激发出来。要之，词作的"报刊"化使词作的写作、传播、消费链条以新的方式完善起来，这是民国前所未有的。这也是民国词史的一个特别之处的体现，也是填词"现代化"的体现。

以上四点，从词人、词作、词论以及填词的外部环境等方面对民国词史各方面的特征予以综括、评定。这只是宏观的面上的把握。具体地深入地研究还须通过微观透视，以点、线、面、体结合的方式来实现。有了前面的综观，对民国词史的地位的估价就相对容易些。

第一，我们认为，民国词史是中国词史再度辉煌的阶段。以前受胡适等"文学进化论"影响，人们对宋以后的词人词作多略而不论。明词史、清词史研究一度遭受冷漠，直至 20 世纪 80 年代才得以展开。据王兆鹏、刘尊明先生《本世纪（20 世纪）词学研究格局》一文统计，20 世纪词学研究"活跃"作者 141 人中，仅 17 人发表过 4 篇以上的清词论著。① 可想而知，对民国词的研究自然更少人问津。由上文评定可见，民国词是极富特色的。词体在民国这一个迥异于前面任何一个朝代的新时代，不仅在题材内容上有新拓，而且在词艺、词境等方面有新创。如果仍以"文体退化"论来论民国词，显然是不合适的。可以这样说，民国词史是千年词史的大"结穴"。

第二，民国词史是中国词史继往开来的阶段。在"继往"方面，中华民国是承清朝而来，民国词人第一代也是以清朝遗老为主。其第二、第三代词人又多师承第一代，自然在词论、词学宗尚上多有继承。至于词艺、词风更会受到濡染。也就是说，民国词的生存离不开前代词人的培育。这自不必多言。在"开来"方面，民国词人中第三、第四代由于经过传统与现代双重教育，词学素养高。当新中国成立后，他们一面用词体来写新社会、新景

---

① 王兆鹏、刘尊明：《本世纪（20 世纪）词学研究格局》，《中文自学指导》1998 年第 3 期。

象；"文化大革命"动乱时期，这些词人则又利用词来抒忧娱悲；当新时期来临，拨乱反正后，民国词人第三代中幸存者如唐圭璋、夏承焘、万云骏、吴世昌、任二北等又培养了一批词学人才，使词学繁荣的同时，也为词业的昌明打下了基础。从这个意义上讲，民国词史是中国词史上一个开来的阶段。就"美文"的角度来说，民国词人泽被当代者就更多。实际上，仅由施议对编纂的《当代词综》精选的民国词佳作来看，民国词史的继往开来地位已不容忽视。

第三，民国词史是中国词史上又一段"心灵文献"史。业师杨海明在《唐宋词美学》中指出："把唐宋词称作记录唐宋文人之心声的'心灵'文献和唐宋文人所集体创作的'美文'史册。"[①] 同样，民国词也应当记录民国词人的"心灵文献"。当代词学家严迪昌先生也指出："词是心灵或情思的运载体之一，而其固有的特性，又每能相当沉微地托起心底的涟漪或者狂澜。判断一个历史阶段词的整体成就，最重要的当是检视心态表现的力度和广深度。"[②] 透过民国词，我们可以探得其中的"人生意蕴"与民国词人异代沟通，理解其"词心"，并以之为鉴戒。尽管民国时期的文坛新旧文人齐上阵，新旧文学各争妍，但各种文体各有使命，词体在民国承担更多的是词人们的衷肠与隐曲。如丁宁在《还轩词存·自序》中就讲自己是以词写心痕，"第以一生遭遇之酷，凡平日不愿言、不忍言者，均寄之于词。纸上呻吟，即当时血泪。果能一编暂托，变暴露旧社会意识形态之一法也。"[③] 由此来看，一部民国词史就是民国词人共同写成的"心灵史"。时至今日，我们仍可从中汲取"心灵"营养，从中获取各种人生意蕴的样本。

第四，民国词史是探求民国历史文献的宝库，具有学术史价值。众所周知，词体的价值应包含三种：文学价值、文学史价值以及学术（文献）价值。从文学价值来看，民国词中虽不乏佳作，但与唐宋词相较稍逊一筹。这并非说其没有文学价值，毕竟是民国词有民国词的本来面目，其中前无古人的名篇佳作亦复不少。从文学史价值来讲，由于民国词史是中国词史的

---

① 杨海明：《唐宋词美学》后记，见杨海明著：《唐宋词美学》，江苏教育出版社1998年版，第471页。

② 严迪昌：《近代词钞》前言，见严迪昌编：《近代词钞》，江苏古籍出版社1996年版。

③ 丁宁：《还轩词存》自序，见丁宁：《还轩词存》，安徽文艺出版社1985年版。

"结穴"时期，自不可与词体初盛的唐宋相比。然从学术价值或文献价值来说，民国词的价值与唐宋词的价值是不能分高下的。由民国词，既可以探讨世风时情，还可以弥补各种历史文献的不足；既可以借之了解民国思想、文化的渐变，还可见社会心理、审美习惯变迁。不仅如此，民国词史同民国时期其他旧体文学史一样是研究"现代文学史"的参照系。当代学者刘呐在研究"郭沫若抗战时期的旧体诗"时指出，"无疑，新诗是时代变化的产物，它显示了新的艺术可能性。然而，我们仍难以在旧体诗与新诗之间简单地区别优劣高低。以新诗人的旧体诗拿来作研究的参照，我们会对'旧体'与'新体'各自的表现优势多一些认识。"① 李怡在《15 年来中国现代诗歌研究之断想》一文也提出将"现代新诗与现代旧诗统一考察"。② 孔范今则干脆在撰著《20 世纪中国文学史》时将新旧文学合在了一起。③ 由此可见，民国词史对现代文学史的研究有不小的学术价值。

综而言之，正如严迪昌先生所言，"应有'民国词史'的纂著，以完收历代词史的余绪。"早在民国时期，词学家龙榆生就呼吁：

> 因念词至今日，渐就衰微；偶以现代词人询诸学子，甚或不能举其姓氏。彼东邦学者，犹能注意吾国词坛，而吾乃茫无所知，言之不滋愧与？且人恒贵远贱近。晚近号称研究词学者流，又往往专注于两宋词人轶事之考索；苟叩以最近词人之性行，亦瞠目不知所对。及今不图，而令百千年后，竭诸才士之精力，穿凿附会，以厚诬古人，斯又非学者之大惑乎？④

因此，我们不应将民国词史置之"度"外，也不应仅停留在对少数几个名人词作的研究上。我们应首先重视民国词史的文献考据与整理，并在此基础

---

① 钱理群等：《二十世纪诗词注评》序言所引（广西师范大学出版社 2005 年版）。
② 李怡：《15 年来中国现代诗歌研究之断想》，《中国现代文学研究丛刊》1996 年第 1 期。
③ 参见孔范今：《20 世纪中国文学史》，山东文艺出版社 1997 年版。
④ 龙榆生：《清季四大词人》，见龙厦材编：《龙榆生词学论文集》，上海古籍出版社 1997 年版，第 436—437 页。

上，宏观地扫描与微观地透视相结合，把握其演进脉络，理清词派、词社以及词人群体的更化过程，剖析词风胚变的细节，以及解释群体运动的来龙去脉，并由此挖掘民国词的审美价值与认识意义。一部优秀的民国词史，至少应当包括三方面的内容：（1）文献考据。如民国词人的词集、总集以及相关诗文集的搜集、考校、整理，民国词集提要、民国词人行年表、民国词系年以及词学活动编年以及民国词论资料汇编等。（2）个案研究。如民国词史各个时期的词史风貌特征，民国词史上各个流派、各个词社的研究，民国代表词人的研究，民国代表词集的研究。（3）综论研究。如民国词史的总体特征、民国词的发展流变、民国词的艺术技巧、民国词的审美观照、民国词的文化意蕴、民国词人的创作生态与方式、民国词人的"词心"、民国词论与创作关系研究、民国词史的"生态"、民国词史的贡献与评价等。只有如此，"民国词史"才能早日问世，填补断代词史仅存的空白。

第　二　章

民国词群体流派考论

　　民国词史与其前各代词史一样，存在不少群体流派。欲明晓民国词的发展进程及其演变轨迹，缺少群体流派视角的考察，是行不通的。早在民国中期，查猛济就在《刘子庚先生的"词学"》中说："近代的'词学'，大概可分为做两派：一派主张侧重音律方面的，像朱古微、况夔笙诸先生是；一派主张侧重意境方面的，像王静安、胡适之诸先生是，只有《词史》的作者刘先生能兼顾这两方面的长处。"①　将当时的"词学"（即填词）划为两派。笔者多年前虽曾于《20 世纪词学流派论》一文中专门对包括民国在内的词学研究流派进行过扫描与辨析，如将民国时期的词学流派归纳为"传统"派、现代派、新变派。②　但其时立足点在词学研究上，而对填词的群体流派问题却着力较少。目前人们对民国词群体流派的研究尚处于草创阶段，为此，兹将对民国词坛群体流派问题予以全面考察、论述，以期利于民国词史研究的深化。

一　民国词群体类型考述

　　按照一分为二的态度，对民国词坛的群体与流派当分开论述。但是由流

────────────

　　①　《词学季刊》第一卷第 3 号，上海书店 1985 年影印本。

　　②　参见曹辛华：《20 世纪词学流派论》（《江海学刊》2001 年第 3 期，或黄霖主编，曹辛华著：《20 世纪中国古代文学研究》词学卷）中相关论述。

派形成的条件与内涵来论，群体与流派二者多有不可分割的联系。群体是流派的基础，没有创作群体，就没有流派形成。至于主张，往往是群体在创作中逐渐形成的创作旨趣、创作观念等。而领袖也是来自群体，而且流派最初仅表现为群体。一个群体能否成为流派，后人的评判、甄别、断定尤为重要。为此，将群体与流派连带并列来论述民国词坛，目的是使人了解笔者划分流派的依据与缘由的同时，也使人们避免仅见其派而昧于其"全息"面目。如何划分民国词人的群体，也是一个较复杂的问题。其原因在于群体具有标准多重、松散、无定等特点。也就是说当我们采用不同的划分标准时，就会将民国词人分为多种多样的群体。总的来归纳划分，民国词坛主要出现诸如社团型、期刊型、地域型、学院型、阵营型、宗尚型等词人群体。

社团型词人群，指因词人社团组织与活动而形成的群体。民国时期出现了大量的词社，据笔者所撰《民国词社考论》考得者，近 150 个。词社一直是词人同声相应、同气相求、切磋词艺的民间组织。在民国初有南社、丽则吟社、淞社、超社、希社、春音词社、艺社等。南社分裂后又有湘社、广南社等，无不以诗词相尚。"五四"以后，有瓯社、虞社、聊园词社、趣园词社、国风社、琴社、须社、东社、进社、翼社、白雪词社等；20 世纪 30 年代后有沤社午社、声社、如社、蓼辛词社、寿香社、瓶花簃词社、潜社、正声社、延秋词社、玉澜词社等。[①] 每一个词社就是一个具有流派意识的词人群体。此类词人群体通常以雅集、社课等方式从事填词活动。其中通常聚集词坛耆宿。如春音词社，1915 年初夏由周庆云创立。[②] 据周氏子周延礽著《吴兴周梦坡先生年谱》云："府君创春音词社，初夏为第一集，以樱花命题，调限花犯，推朱沤尹为社长。先后入社者有朱沤尹、徐仲可、庞檗子、白也诗、恽季申、恽瑾叔、夏剑丞、袁伯夔、叶楚伧、吴瞿安、陈倦鹤、王莼农诸先生。"[③] 又徐珂《可言》也云："词社罕见，沪曾有之。周梦坡所提倡者，曰春音词社，亦劳者歌事之意也。予与焉。乙卯中华民国四年初夏为第一集。入社者凡十二人。王尊农、白也诗、朱古微、吴瞿安、夏剑丞、袁伯夔、徐仲可、恽季申、恽瑾叔、陈倦鹤、叶楚伧、庞檗子。至十七集而风

①　见拙作《民国词的新变及其意义》，《江海学刊》2008 年第 4 期。
②　据《民国日报》1916 年 10 月 18 日所载。
③　转引自杨柏岭编著：《近代上海词学系年初编》，上海教育出版社 2003 年版，第 276 页。

流云散。檗子且早谢世矣。"① 王西神有《春音余响》述之，其中除 12 人外，尚有曹君直、李孟符、陈彦通、郭啸麓、邵次公、林子有、叶荽渔、杨铁夫、林铁铮、黄公渚等。② 诸如此类的词社尚有不少。可以说是民国时期最为专业、相对稳定的词人群。

期刊型词人群体，即以各种文学期刊为中心聚集起来的词人群体。这种情况有两种。一种以词社的社刊为中心者，其性质、成员以及宗旨等，与社团型词人群基本相合。民国时不少词社都有社刊。如甲子吟社，1924 年由陆冠秋、顾息兮等结于太仓。其社刊为《甲子吟社》月刊③，据该社简章，"以陶咏性情、提倡风雅为宗旨。凡涉标榜声华，及党同伐异之见者，概不敢存"，"每月征诗一次，不拘体例。凡关本乡掌故、先朝遗事及纪游、托兴诸作，皆可应征。每月汇刊一次。谨依来稿先后编次。自乙丑（1925）年正月为始。"其成员有本地与外埠之分，汇集各地社友甚众。其社刊各号均刊有词作。另一种则没有具体的组织，而是以刊物为中心通过邮寄词作、刊刻作品的形式来汇集词人。此种类型的群体通常分为编辑群体与作者群体两部分。如《词学季刊》杂志，其编辑群体有叶恭绰、龙榆生等。而其作者群体则有吴瞿安（梅）、汪旭初（东）、王简庵（易）、刘永济、陈述叔（洵）、赵飞云（万里）、邵次公（瑞彭）、蔡嵩云（桢）、卢冀野（前）、易大厂（韦斋）、周癸叔（岸登）等，④ 其他如国风社为民国十六年（1927）六月由曹经沅等成立，属于函寄式词社，当时众多词坛名流投稿至国风社，由郑氏选刊登于天津《国闻周刊》上，如是凡五年。这一群体中能为词者甚多，可以说网罗了当时的词坛精英。类似的如梅社、虞社、苔岑吟社等以函寄诗词作品、编辑刊物的方式形成了更大范围内词人群。但由于属通信联

---

① 徐珂：《可言》（1919 年刊）。其《纯飞馆词续》之《花犯》词小序中所言则少"恽季申"之名。

② 龙榆生：《同声月刊》，1940 年第一卷创刊号"杂俎"。

③ 《甲子吟社》1925 年合订本。此为甲子吟社社刊，每月一期。南京图书馆现存民国十四年乙丑（一月第一号至十月第十号）、丙寅第二集第一期至第四期。本地者：陆式卿冠秋、盛雪门小鹤、张仲翔斗航、顾雪衣息分、李诵韩墨隐、廖鹿樵虚白、钱诵三躬行、汪君刚鹪龛、钱复三宪民、蒋平阶闲吟、陈典韶敦志、吴也涵野公、毛艾生半舫、李又新、顾伯圭钧隐、陆诵芬狎鸥、许仲和瘦蝶、汪耀斧小铁、徐仌丞天劬、张廷升选甫、陆拜言无悲、杨克斋公等。外埠者：常熟陆枝珊醉樵廖、宁乡楚璜麓樵、泰县吴承垣东园、吴清丽幼园、长沙彭绶民、江宁陶心兰、福州魏雨峰等。

④ 参见《词学季刊》创刊号《词坛消息·南北各大学词学教授近讯》，上海书店 1985 年影印本。

络，词人之间联系并不紧密。期刊型词人群体，以期刊为纽带，使更多志趣相投的词人通过期刊相互品读作品、相互体认。这也是词学现代化的产物，更是其现代化的体现。

民国时期的地域型词人群体，主要是由于词人地理分布、活动区域等差异因素形成的。如按籍贯分布不同，有江苏词人群、浙江词人群、上海词人群、京津词人群、中州词人群、湖湘词人群、安徽词人群、齐鲁词人群、岭南词人群、云贵词人群、甘陕词人群、三蜀词人群、八闽词人群、东北词人群、港澳台词人群、域外词人群等。这些群体的划分，虽然只因乡邦相同才归为一群，有一些不合理之处，但多少也能反映出民国词坛的风貌。如相比较来讲，南方词坛词人多于中西部与西南部，东南部、岭南、京津、湖湘为词人分布众多的四大区域。相对于按籍贯地理分布粗线条划分的群体，民国词坛上还存在词人活动频繁的词人圈。如金陵词人群、武进词人群、扬州词人群、姑苏词人群、上海词人群、虞山词人群、杭州词人群、永嘉词人群、桐城词人群、临桂词人群等。这种按小区域来划分的词人圈更能反映民国词创作的"活跃"点。若以此来考察民国词的发展、演进特点与词坛风貌，比按籍贯而划分的省别词人群要精谨些。

学院型词人群体有两类，一为以学者为主体者，一为以学生为主体者。前者如南京大学先有吴梅、汪东、黄侃、王易、胡小石等词人，形成了一个有影响力的词人群体，河南大学则有邵瑞彭、蔡桢、卢前等名家。北京大学则先后有刘毓盘、伦灵飞、赵万里等名家。这些名家在高校学院一方面教授词学，另一方面与师友填词唱和。同时，他们还作为词坛领袖培养学生填词技能，引导学生走上填词之路，由此又形成了以学生为主的词人群。民国时不少学院都有学生诗词社团活动。如吴梅曾组织学生填制词曲，有潜社。邵瑞彭则在河南大学组织夷门词社，社集后汇成《夷门乐府》。而龙榆生、夏承焘则分别在上海暨南大学、浙江之江大学创办有词学研究会，"同学对此，亦极感兴趣。"[1] 又如因社，为 1933 年由唐克标、萧子英、周留云、江克农、唐友渔、蒋廷猷等学生与其师潘兰史、胡朴安、王蕴章等创于海上正风文学院。唐氏《因社集》序："因社集者，吾友杨君恺龄、蒋君廷猷、江

---

① 参见《词学季刊》创刊号《词坛消息·各大学词学研究会近讯》，上海书店 1985 年影印本。

君克农等编次吾社诸君唱和之作也。华池之剑，藏以雌雄，诗传之录，登兼师友。集中除潘师兰史、胡师朴安君复、王师苏峰西神、陈师彦通、郑师师许，及胡寄尘、林岳威两先生外，余皆正风同学。"① 由此可见，学院型词人群虽可分为两种，实际上是师生互动式的词人群体。此类群体为民国词坛的创作主体之一，也为民国词继往开来的主力军。

阵营型词人群是按不同的文化阵营、党派或政治立场形成的词人群体。此种词人群往往随着时代政治、文化、革命等环境的变迁而更替或改换组织与成员。如在清末民初，有属革命阵营的南社词人群与前清遗老词人群。而在新文化运动以后则有以新文学家为主的词人群（以填制白话词、融入新题材为特征）与相对保守的传统派词人群，以及相对调和的"新变派"词人群。抗战时期则又出现了诸如亲日词人群（包括伪满洲国词人群、华北自治政权亲日者、汪伪政权亲日者）、西南大后方词人群以及延安革命词人群。解放战争时期则又有国统区词人群、解放区词人群之分。信仰的不同，使民国词人分裂成不同的阵营，在创作旨趣、词作思想、创作方式等方面产生了各种差异。又由于阵营型词人群通常随着思想、政治、文化态度的变化而分化，特别是阵营的变化有时是叠加式的，自然就有同一词人群在不同的变革时期被归入不同群体中的情形。如前清遗老词人群绝大多数可归入传统派词人群体，而像朱彊村、冒广生、夏敬观、俞陛云等遗老则又与时俱进，其词学有"新变派"的气象。而像梁鸿志、黄浚、赵尊岳、王揖唐、龙榆生、任援道等词人既可归入"新变派"词人群，又可归入"亲日词人群"。当我们对这些词人群进行考察与研究时，当视不同的变革时期来论述。

宗尚型词人群主要是根据民国词人在填词时的创作态度、宗法对象、风格追求等来划分的。由这种标准划分出的词人群体最能反映民国词创作的风貌。一方面，按对待填词的态度来划分，则有研创结合型词人群体、只创不研型词人群体。这两者又属于专业型词人群体，为民国词创作的主体。与之相反则有业余型词人群体，虽然业余型词人群不以词为主，但他们却以自己填词的实际行动为词体新变付出了一定的努力。如以胡适为主的一批新文学

---

① 唐克标辑：《因社集》，民国二十二年（1933年）。

家词人群，以白话填词形成了民国词坛上"白话词派"。像胡云翼作为一批主张专研词学而不提倡创作的词人群的代表，在研究之余也偶有词作。另一方面，按宗法对象来分，民国词坛上出现了宗北宋词人群、尚南宋词人群，同清朝词坛有南北宋之分一样，民国词坛也存在着宗北、宗南的论争。如王国维、胡适等词人高度评价北宋词史，而对南宋以后词坛贬词甚多。由此形成了重北轻南的词人群体，此群体以新文学爱好者为主。与之相反，一批传统派、新变派词人由于精通词艺、持论公允，对南宋词风推崇，形成了宗南词人群体。又因师法对象不同，民国词坛上还出现尚梦窗群体、效清真群体、嗜白石群体以及学龚自珍群体等。至于因做法、风格、追求差异而形成的群体，前面已指出早在 20 世纪 30 年代查猛济《刘子庚先生的"词学"》[①] 一文就有论列。查氏说的"派"其实就词人群体。即他以为按填词艺术表达不同，民国词人大体可分为三群：一派主张侧重音律的群体；一派主张侧重意境的群体；一派则兼而有之的群体。循着查氏的思路，民国词坛上当还有通俗词人群体、典雅词人群体、豪放词人群体等之分。只是这种以词风来划分词人群体的方式有较多的模糊性，因为大多词人的词风是多样、杂糅的。因此建议，以宗法差异来划分群体为上，一般不宜以词风追求为标准来归纳词人群体。

当然，除了以上几种类型的词人群体外，应当还有以家族划分的群体，如常州董氏词人群、德清俞氏词人群、江宁邓氏词人群、义宁陈氏家族词人群、番禺刘氏词人群等；以题材划分的抗战词人群体、艳情词人群体等，还可有以作家身份来划分的政客词人群体、闺阁词人群体、军旅词人群体以及艺术家词人群体等。这里不再详述。然由对以上六大词人群体类型的考述可知，民国词人群体多姿多样。这些群体类型中，有的前代出现过，如地域型、宗尚型即是；有的则是民国时期的新产物，如期刊型、学院型即是；有的虽传统词坛上出现过，却在民国时期则出现了新变。如社团型词人群体较之前代，出现了以社团刊物为"凝聚剂"的新现象，而阵营型词人群体则出现了现代政党信仰与国难对日的态度等前所未有的因素。总的来讲，民国词人群体类型显示出与前代有异的特征。如类型多样，成因不一，庞杂跨派

---

① 见《词学季刊》第一卷第 3 号，上海书店 1985 年影印本。

现象，地域分布不均衡，各个时期不均衡，领袖、代表身份不一，群派成员关系复杂，以及国际化等。

二　民国词流派考述

虽然群体与流派关系密切，但群体并不能等同于流派。因而在此基础上，我们将对民国词派的划分问题予以探究。由于民国词派属于文学流派的一个种类，因此在考察时当先依文学流派理论来辨别。按现行的文学理论，文学流派是指，在一定历史时期内思想倾向、文学见解和创作风格近似的作家自觉或不自觉地形成的文学派别。① 因为按不同的命名方式，文学流派通常有两种；"自觉"型与"被冠"型。前者为有明确的文学主张、有纲领、有组织形式的自觉集合体；后者是指不完全具有或者根本不具有明确的文学主张和组织形式，仅是审美理想、创作风格近似而形成的不自觉的集合体，或者是在一定历史时期内一些作家因其创作风格、创作内容、思想和艺术的共性而被后人冠以一定的流派名称。当我们来为民国词坛划分流派时也会出现"自觉"型与"被冠"型。当代学者梅新林"为了澄清文学流派概念和术语使用上的混乱"，曾专门对如何判定文学流派有精辟的论述。他认为有必要"对文学流派确定一个'量化'标准。"这个"量化"标准，根据从不自觉到自觉、从雏形到完型、从古典形态到现代形态可有五大项。其一，有一定数量，在创作上有共同追求并已形成鲜明风格的代表作家的群体结合；其二，有对本流派的创作进行较为系统的文学批评或理论总结；其三，有明确的文学理论主张和共同的文学纲领，并与观点不同的其他流派展开论争；其四，有一定的社团组织形式，且有持续或定期的群体文学活动；其五，有连续发表创作、批评、理论成果的阵地。梅先生指出，这五条标准中，拥有的条件越多，文学流派的完型程度越高；反之，则完型程度越低。② 笔者以为要判断群体的流派性质、明确划分民国词派，"梅氏五标准"当是依据。据此，前面提及的词人群可以上升到词派者，有前清遗老词派、

---

① 参见彭克宏、马国泉编：《中国社会科学大词典》，中国国际广播出版社1989年版，第928页。

② 梅新林：《从一个新的视角重述中国文学史——中国文学流派研究刍议》，《学术月刊》1997年第5期。

南社词派、金陵词派、海上词派、虞山词派、姑苏词派、武进词派、京津词派、岭南词派、浙东词派、西南词派、亲日词派、白话词派等。下面逐一论释之。

　　前清遗老词派，此派很大程度上是常州词派的继承与发展，也可以说是"后常州词派"。然之所以于此不以"后常州词派"称之，基于两方面的考虑：一是为了区别开民国时期常州地区出现的新词派；二是此派与此前的"常州派"于创作环境、创作心态、创作风貌上有极大的差异。如与前代少数民族入主中原引起的遗民情绪相比，虽然新的革命团体革命成功而出现的改朝换代对满清官员的心态打击多被今人忽略，但"遗民""遗老"心态也是他们应有的。正如谭勇辉在论陈洵词作时所述，"继宋亡、清初之后，民国又再一次集中出现反映亡国之思的词作，虽然清廷灭亡与民国的成立，并不像从前的朝代更迭那样还交杂着激烈的民族矛盾与残酷的血战，但仍然给一批官僚士大夫带来很大的震撼。他们不愿和民国政府合作，且纷纷以遗老自居，寄情于山水之间，如'清末四大家'中的郑文焯、朱祖谋、况周颐便属于这一特殊的群体。他们后期的词作无不渗透着对故国覆亡的痛切。陈洵虽然未仕清朝，但对一位传统的读书人而言，自然会产生一种对王朝的眷恋或依托的心理。"① 除了前文与此处谭氏提及者，属于此派者尚有胡延、周庆云、姚华、郭则沄、廖恩焘、陈衍、樊增祥、易顺鼎、陈宝琛、章梫、冯煦、三多等，康有为、梁启超、王国维等也当归为此派之中。之所以将前清遗老归成词派，一方面，此派创作与前代常州词派既有继承，又有新变。如更重音律、讲究词艺等。另一方面，此派成员经常从事词社、词课、雅集等活动。如民国前期有不少词社像春音词社、淞社、艺社、漫社②等的组织与参与者多为前清遗老。再一方面，他们在词学研究、词学批评与创作理论等方面，大多有一定的主张。如况周颐有《蕙风词话》、郭则沄有《清词玉屑》、冯煦有《蒿庵说词》、易顺鼎有《词论》等。其词论主张虽有差异，但基本作词主张不出常州派的比兴寄托等说法。不仅如此，他们还积极将自己的词作、词学见解公诸报纸杂志。由此来看，"前清遗老词派"的判定是

---

　　① 谭勇辉：《〈海绡词〉的"伤心"意蕴》，《中国韵文学刊》2012 年第 1 期。
　　② 如王家诚：《溥心畬年谱》中云溥儒 1918 年与"弟溥僡加入北京遗老诗人所组成的'漫社'"。（见《溥心畬传》附，第 306 页）。

完全符合"梅氏五标准"的。此派于填词上多重音律，拟古似古，精工古雅，书卷气浓，词心多有遗老情趣。由于此派词人多身跨两朝，其词风貌多有"断裂"感。

南社词派，是与前清遗老词派相并行的新型词派。关于南社的词派性质，自毋庸费言。这里要说明的是此派的复杂性。一方面是成员身份、职业、经历复杂，成员范围广博。南社中词人分布于书法、绘画、音乐、金石、佛教、政界、新闻、出版、教育等领域，每一社员的入社经历又各有不同，如有的本为清朝官员后来参加革命，有的则仅因有诗词爱好而加入。作为大型综合社团，南社有不少支社，如南社湘集（长沙）、同南社（同里）、淮南社、越社（绍兴）、辽社（辽宁）、广南社（广东）、南社闽集等，1923年又成立新南社。这种复杂性虽然加大了我们定派与归纳其词学特征等方面的难度，但也为此派创作的多样化、新词风的形成等提供了"催化剂"。另一方面是词学宗尚的复杂。如南社诸子在反清、反袁的革命活动中作出了不朽贡献，这就决定了南社诸子填制词作时对辛弃疾、龚自珍等爱国词人的宗尚。同样，出于革命、爱国以及警醒人心等目的，对龚自珍，南社诸子也多作为填词榜样。相反，有相当一部分人囿于"常州词派"的篱墙，宗尚周邦彦、姜夔、吴文英等骚雅格律派词人。尤其是他们大多为前清遗老词人，如朱祖谋、郑文焯、况周颐等保持词学联系，过从也甚密。又如庞树柏（檗子）曾与柳亚子因宗法南宋北宋引起纷争，庞树柏"崇拜南宋的词，尤其崇拜吴梦窗"。[1] 这样，南社这部分宗法南宋词的词人所填词作，更多地重技法、尚雕琢、崇典雅，几与"后常州词派"之作同科，异于宗尚辛龚的词作。[2] 南社词派的复杂性显示了其作为民国词坛大派的影响力，同时说明将一个综合式社团作为词派也有其先天不足之处。虽然如此，可以说对民国前十年的词坛风貌、词史轨迹的把握，有一多半当赖于对南社词派的研究。关于南社词派问题本人已有专文予以考察。

金陵词派，既包括民国初期在南京本地出现的词人群体，也包括南京成为首都后云集此地的词人群体。此派以南京本地词人为主，外来寓居的词人

---

① 柳亚子：《南社纪略》，上海人民出版社1983年版，第14页。
② 具体情况可参见笔者博士后研究报告《南社词学研究》以及拙著《20世纪中国古代文学研究·词学》卷相关章节。

多以高校学者为主，也是组成词派的力量。此派在民国各个时期的表现与发展各有不同。清末民初有端木埰、邓嘉缜、孙正祁、陈作霖、程先甲、叶树南、仇埰、夏庆绂、夏仁溥、夏仁虎等词人，其词风为常州派之后绪。民国初年，邓邦达与孙浚源、金嗣芬有謇灵修馆唱和，而于民国二十年（1931）前后，南京出现了不少词社。如宁社、青溪吟社、白下诗社、石城诗社、如社，以及由江宁石凌汉、仇埰、孙浚源、王孝煃组成的蓼辛词社等。同时，在南京高校出现了吴梅、黄侃、汪东、王瀣等词家，特别是吴梅还倡立了潜社，指导学生填词。像卢前、唐圭璋即在潜社中受益良多。此时的金陵词派呈现出多彩气象。抗战发生后，南京成为汪伪的都城，一批亲汪文人在此也有词学活动。其中以龙榆生主编的《同声月刊》作者群为主的词人在研究词学时，也热衷于填词。如赵尊岳、董康等既有词籍刊刻之举，也有词作问世。抗战胜利后，如王汝昌，因不满时事，辞职闲居南京。与徐仁锷、翁廉、宗子威、光宣甫、夏仁虎等经常诗词唱和。由如此多的词人社团出现可见，金陵词派的划分也是基本合乎"梅氏五标准"的。

海上词派与金陵词派一样，自清末民初就有不少词社相继活动。如丽则词社，为较早的新式大型的文艺社团，有《丽则吟社诗词杂著》，[1] 又有《国魂丛编》刊行。成员可考知者有：陈栩、尤泣红、钱曼仙、奚囊、周剑青、毕希卓、蒿城瑞女士、朱素贞等。[2] 民国前十年内，上海相继出现了希社、超社、淞社、沤社、逸社、春音词社、进社、鸣社、心社、松风社、鸥社等诗词社团。其中大多词社都有社刊或社集印行。20世纪20年代至抗战时期，先后又出现沤社、声社、午社等专门词社，汇聚了民国词坛的精英词人。如沤社，1930年由周庆云、夏敬观、黄孝纾等倡立于上海。于每月一会，以二人主之。题各写意，调则同一。有朱孝臧、潘飞声、周庆云、程颂万、洪汝闿、林鹍翔、谢抡元、林葆恒、杨玉衔、冒广生、夏敬观、袁思亮、叶恭绰、郭则沄等凡29人。[3] 前后集会多达20次。当时和作同人有汪兆镛、赵熙、陈洵、张茂炯、邵章、路朝銮、张尔田、胡嗣瑗、陈曾寿等。此社基本笼络当时填词名家。又如1940年叶百丰创立的群雅社，是学术与

---

① 丽则社辑：《丽则吟社诗词杂著》，宣统元年（1909年）版。藏上海图书馆。
② 见南图藏丽则吟社《国魂丛编》1908年刊本。
③ 据南京师范大学藏沤社编：《沤社词钞》1933年刊本。

创作兼有的社团，有《群雅月刊》。其成员有叶百丰、唐文治、夏敬观、吕思勉、陈柱尊、童书业、金天翮、张元济、廖恩焘、吴庠、郭绍虞、高吹万、溥儒等。刊行的《群雅月刊》设词录一项。[①] 相对于其他词派，海上词派具有极大流动性，真可谓"流"派。

虞山词派，是指以江苏常熟词人为中心而形成的一个地域型词派。早在清初此地就出现了虞山派（于诗、词、文、书、画等方面各有特色），流风所被，民国时期此地仍然有浓郁的文化气息，先后出现了东社、虞社、梅社等诗词社团。其中虞社最为壮大。是社1920年由俞鸥侣所创。朱祖赓于《虞社菁华录·跋》云："庚申（1920）春月俞君鸥侣创立虞社，发行月刊，始与海内友朋邮筒往返，藉结文字之缘，甲子（1924）八月齐鲁战起，地方骚然，遂致停顿。而鸥侣亦因事他就，不遑兼顾。乙丑（1925）春间，乃由陆君醉樵主编，继续进行。丁卯（1927）夏月，醉樵移居江上，又告中止，越年余之久，各处社友来书，佥以虞社发刊，成绩斐然。际此文化日衰，苟非诸君子提倡其间，其雅道不至于凌夷也几希。戊辰（1928）九秋爰集同人公推钱君南铁主任编辑。恢复以来，旗帜重新，骚坛生色。社友达三百余人，一时盛称。"[②] 据此可知，1920年至1924年由俞氏主盟，1925年至1927年由陆宝树（醉樵）主编，1928年至1931年由钱育仁（南铁）主编。除《虞社》月刊外，该社于1924年刊俞鸥侣编辑《虞社丛书》，于民国二十年（1931）钱育仁编辑《虞社菁华录》。其中常熟籍词人就有俞鸥侣、陆宝树、虞绍、俞钟颖、金鹤翔、丁学恭、金式陶、王庆芝、丁荫初、戴寿昌、屈采麟、丁学恭、徐兆玮、宗威、周之纲、俞筹、丁龙倬、胡福沅、朱揆一等。根据"梅氏五标准"，显然，虞山词派是符合的。另外，除虞社成员属于此派外，尚有邵松年、张鸿、庞树柏、庞树楷等也可划入其中。

姑苏词派，可以说是前代吴中词派的继续。早于清末光绪年间（1885年至1888年）。郑文焯、易顺鼎、易顺豫、王鹏运、蒋次香、张子复等创立吴社；光绪乙未（1895），郑文焯、刘光珊、费屺怀、夏闰枝、张芷莼、陈

---

① 见叶百丰等编：《群雅月刊》，1940年版。
② 朱祖赓：《虞社菁华录》跋，见朱祖赓编：《虞社菁华录》，1930年版。

同叔、于仲威、褚绎堂等又结鸥隐词社，先后入社者有张子馥、易顺鼎、易顺豫、蒋次香、况夔生、潘兰史、金湝生等，"始终主其事者郑叔问也。"① 作为南社的创立地，民国初期，苏州可谓词人云集。而当时尚有合社、同南社、星社、六一消夏词社、琴社等社团先后出现，在太仓又有甲子吟社、沧社等。如琴社 1926 年岁末由吴梅倡立，至 1927 年惊蛰节停止。据蒋兆兰《琴社词存序》云："丙寅（1926）年岁除之日，吴县霜厓吴梅瞿庵招致常熟忘我王朝阳野鹤、同县蛰公张荣培蛰甫、黄钧颂尧、顾建勋巍成及兆兰凡六人联琴社为词。即日为第一集其后以五日为期，迭为宾主。六集而为一周。时诸子太半任教育，有专责，不能不事声律。既少间，乃汇集诸作为一编，以蜡纸板印。……丁卯惊蛰节宜兴青莲蒋兆兰香谷序。"② 又如潘承谋、邓邦述、吴曾源、杨俊、张茂炯、蔡晋庸、顾建勋、吴梅、王謇等九人 1929 年于吴县创六一社，以填词来消夏。③ 又虞社中属吴县籍词人尚有邹尊莹、张荣培、陈凤高、徐日堃等。在苏州尚有白雪词社，由蒋兆兰、徐致章等于 1920 年创，持续至 1928 年。社员有徐致章、蒋兆兰、程适、储凤瀛、储蕴华、徐德辉、储南强、任援道、李丙荣、陈思、王朝阳、赵永年等。④ 从某种角度来看，拎出姑苏词派与前述南社词派有交叉、叠加之处，但由于南社过于庞杂广泛，如不对姑苏词坛予以专门研究，一方面势必会模糊晚清至民国前期词史原貌（因为当此际，所谓的"晚清四大家"词人均曾在此地寓居）；另一方面，南社解体后，苏州词事依然频繁的态势也会被忽略。据"梅氏五标准"，虽不同阶段姑苏词派成员"变动"较大，但大体符合立派的要求。

　　武进词派，实际上当称常州词派，然为区别清代的同名词派，遂以此称之。民国时期，武进词学活动甚频。先后有苔岑吟社、兰社等诗词社团。苔岑吟社，1920 年由吴放创立。据《苔岑吟社要言八则》知，此社"以诗为重，兼及古文辞"，"每年刊印苔岑丛书，一次搜罗海内名人大稿"，"本年

---

① 据夏纬明（慧远）所记：《记苏州鸥隐词社》，见张伯驹主编：《春游社琐谈·素月楼联语》，北京出版社 1998 年版，第 72—73 页。
② 见苏州图书馆藏《琴社词稿》（1927 年刊本），实际名当为《琴社词存》。
③ 潘承谋等编著：《六一消夏词》，己巳年（1929 年）刊本。苏州大学图书馆。
④ 据蒋兆兰、徐致章等白雪词社集《乐府补题后集·甲编》，民国十一年（1922 年）版；《乐府补题后集·乙编》，民国十七年（1928 年）版。合刻本，苏州图书馆藏。另外，北京图书馆亦有藏本。

汇刊同社尚齿表原为海内诸同社互通声气起见，三年汇刊一次。"① 该吟社社员多达 555 人（含闺秀 34 人）。属于本土加笔友型的社团。冯煦、吕景蕙、恽毓鼎、恽毓珂、缪华、左运奎、董受祺、陶湘、孙起蔚、彭锡光、谢玉岑、虞绍、金永顺、钱振锽、赵椿年、吕凤等属武进词派本土词人的代表。兰社，为武进周葆贻 1934 年创，由《武进兰社弟子诗词集》中周氏识语知，此为私塾式诗社，社员多为其弟子，多达三百余人。另外，赵尊岳、董康两位名词人，也是武进人，也可归入此派。

京津词派，民国时期京津地区词学活动频繁，又由于北京与天津相距较近，故将以京津合称此地形成的词派。作为京城，清末已出现诸如薇省同声集、庚子词社、著涒吟社、荔香吟社、榕荫堂诗社等诗词社团。而其中有些诗词社团在民国前期仍继续进行活动，同时又出现了城南诗社、艺社、寒山诗社、梯园诗社、蛰园吟社、聊园词社、趣园词社、漫社等。民国后期，于北京又有赓社、蛰园律社、瓶花簃词社、延秋词社等。天津于民国时期也出现了像城南诗社②、俦社、星二社、冰社③、须社、玉澜词社等诗词社团。其中孙雄、关赓麟、汪曾武、杨寿枏、郭则沄、章梫、傅增湘、靳志、胡嗣瑗、许钟璐等为活跃词人，不少还处于盟主地位（如孙雄、关赓麟、汪曾武、郭则沄等均主社事），此派"嗜古"习气较重。同时，京津高校尚有一批与"嗜古"不同的词人。如赵万里、顾随、郑骞、杨树达、孙蜀丞、邵瑞彭、陈匪石等先后在北京有词学活动。由于作为京城，人员流动大，京津词派中有不少属客串式的词人。但是，这种客串并不影响其作为流派的性质，反而促进了京津词派的嬗变。

岭南词派，主要指包括港、澳、粤在内的岭南地区词人群。此派的填词活动历程可分前后两期。前期词人如麦孺博、李伊桑（师实）、邓溥（尔

---

① 吴放辑《苔岑丛书》，癸亥（1923 年）年刊本。

② 寇梦碧《夕秀词·台城路》词下有小序云："戊子秋城南诗社雅集，时为择庐丈殡期后二日，自此城南遂无社集矣。"

③ 此社须与北京冰社相区别。1921 年，易孺、周康元等人倡立冰社。社址在琉璃厂路北古光阁，社员包括柯昌泗、孙壮、陈宝琛、罗振玉、冯恕、马衡、梅兰芳、丁佛言等人，以研究交流金石文物、书画篆刻为主，与西泠印社齐名，影响亦颇大。天津郭啸麓等人组织的冰社可能受到北京冰社的影响，但天津冰社既课诗又课词，当是一个文学社团，且社友基本没有交叉。（参见昝圣骞：《晚清民国词人郭则沄研究》，南京师范大学 2011 年硕士学位论文）。

雅）、冯汉、虞民、胡毅、彭侣、冯强（康侯）、卢鼎公、陈伯陶、林千石、
陈步墀、汪兆铨、汪兆镛、俞安凤、沈宗畸、许之衡、潘之博、曾习经等。
另外，广南社中有不少词人如易孺、马骏声、方声涛、蔡守、谈溶溶、黄佛
颐、伍澄宇、刘伯端、古直、陆更存、杨铁夫等属广东人，可归入。民国后
期的岭南词派，以黎国廉、张学华、叶恭绰、陈融、詹安泰、胡熊锷、张成
桂、冯平、马复、江孔殷、刘秉衡、刘叔庄、朱庸斋、陈寂、张树棠、黄肇
沂、刘伯端、张北海、冼玉清、许菊初、范菱碧、廖恩焘、潘小盘、任援
道、林碧城、区少干、张粟秋、汤定华、王季友、王韶生等建立的越社、坚
社等社员为主。① 当时他们曾先后有叶斋雅集、北园雅集等，其词作多发表
于《广东日报》的《岭雅》专栏上。黎国廉、叶恭绰为领袖，"提倡岭南词
风"。② 香港作为岭南词派的一支，其词事活动也甚频。民国时期，出现了
大量的诗词社团。如海外吟社（1912）、妙高台雅集（1914）、潜社
（1916）、宋王台雅集（1916）、香海吟坛（1919）、旅港清游会（1926）、北
山诗社（1925）、宋社（1927）、正声吟社（1931）、新潜社（1933）、书画
文学社（1933）、实名社（1932）、蟾圆社（1936）、朔望社（1936）、千春
社（1939）、业余文社（1946）、硕果社（1946）、云社（1947）等。③

　　浙东词派，包括以绍兴、嘉兴、杭州、温州在内的词人群。如绍兴出现
了越社，而嘉兴出现了当由江雪塍任社长，与蔡昭声、余秋槎、沈禹钟、李
癯梅等30余人创立的胥社。④ 杭州则有陈蝶仙于1904年前后所创《著作
林》社刊，刊登大量社友诗词。此为以刊为社的新型文学社团，笼络了大
量的诗词作者。民国中则有以陈仲陶、夏承焘、郑晓沧、蒋礼鸿等人为主的
学院词人群体。在温州，林鹍翔（铁尊）、王渡（梅伯）等1921年发起了
瓯社⑤，社友有林鹍翔（铁尊）、王渡（梅伯）、郑猷（姜门）、夏承焘（癯

---

　　① 参见黄坤尧：《刘伯端沧海楼集》前言（香港商务印书馆2011年版，第45—54页）。又，坚社
虽建立于1950年，但其社员都从民国而来。
　　② 参见黄坤尧：《刘伯端沧海楼集》前言，香港商务印书馆2011年版，第50页。
　　③ 据邹颖文：《从李景康所藏友人翰墨概述其与粤港诗人的交游》（黄坤尧主编：《香港旧体文学
论集》，香港鹭达文化出版公司2008年版，第34页）所载，这些社团虽不全以填词为主，但其中大多社
员为词人。
　　④ 胥社同人编：《胥社文选》，民国十五年（1926年）。藏上海图书馆。
　　⑤ 吴兴林鹍翔审定，永嘉陈闳慧编：《瓯社词钞》，温州同文印书馆民国十年（1921年）版。

禅）、梅雨清（冷生）、曾廷贤（公侠）、徐锡昌（秋桐）、黄光（梅生）、
龚均（雪澄）、郑锷（昂青）、王蘅芳女史、严文黼（琴隐）、翟騄（楚
材）、王理孚（志澄）、陈闳慧（仲陶）等15人。后来由梅冷生与瑞安薛储
石等创建慎社，社员初时有王毓英、汪如渊、江步瀛、夏承焘、陈闳慧等诗
人，后李笠、郑闳达、李翘又相继加入，出版文学刊物《慎社》。社友多达
83人。① 后来温州又有戊社等。

西南词派，实际上又可称抗战词派，然因要全面描述重庆作为陪都时期
西南三省的各种词学活动，仅以"抗战"名之，有过狭之嫌。故命名"西
南词派"或大后方词派。随着抗日战争中迁都重庆，不少内陆学者、文人
云集于此。此时不仅众多抗战刊物上刊登有词作，还有不少诗词社团相继建
立。以这些刊物、社团为中心形成了一个具有"民族精神"（尚"民族气
节"、倡"救亡爱国"）的大后方词派。如卢前曾主编《民族诗坛》《中华
乐府》等刊物，团结了大量怀有爱国情怀的诗词家、政治家、学者以及社
会贤达等。像于右任、易君左、吴梅、汪辟疆、顾佛影、缪钺、易孺、陈逸
云、陈匡石、沈尹默、汪东、陈家庆等均有词作刊出。卢氏又感于潜社社友
云散，在重庆创潜社渝集。② 社员有盛静霞、周仁齐、张乃香、殷焕先、许
白凝、张恕、金启华等。而于1938年至1945年乔大壮、杨公庶③等于巴县
杨氏雍园结社，并辑《雍园词抄》，内收叶麐、吴白匋、乔大壮、沈祖棻、
汪东、唐圭璋、沈尹默、陈匡石等八人的词作九种（沈尹默二种），则其社
员当亦如此数。④ 1943年浙江大学旅居黔北湄潭县同人发起湄江吟社，"旨
在公余小集，陶冶性情"，⑤ 社员有王琎季梁、江恒源问渔、祝文白廉先、
胡哲敷、张鸿谟、郑宗海晓沧、刘淦之、钱宝琮琢如、苏步青等。社集中有
不少词作。在成都由成都金陵大学、武汉大学、四川大学、华西大学等校学
生如杨国权、池锡胤、崔致学等发起了正声诗词社，沈祖棻、高文、程千
帆、刘君惠为指导老师，出版《风雨同声集》词集，办有《正声》刊物。

---

① 永嘉慎社编：《慎社集第二集第三集》，1921年刊。藏上海图书馆。
② 张乃香：《潜社渝集引》，见《民族诗坛》1939年10月第三卷第六辑。
③ 杨公庶，杨度之子，化学家。夫人乐曼雍，曾随乔大壮学词。
④ 杨公庶辑：《雍园词抄》1946年刊。南京师范大学图书馆有唐圭璋（圭璋）题签本。
⑤ 王琎：《本社设立旨趣及本刊编印例言》，见王琎等编《湄江吟社诗存第一辑》民国三十二年
（1943年）刊本。

该刊上除社员诗词作品外，还刊有林山腴、汪东、汪辟疆、刘永济、谢无量、潘重规等人词作。

亲日词派，是指在抗战时期与日本文化团体或伪政权文人联系密切的词人群体形成的词派。如余园诗社，1940年由亲日文人与侵华日本使节等创，是日人为笼络中国文人而合创的文学社团，编辑《雅言》月刊。由傅增湘任社长，大赞助为汪精卫、王揖唐、安藤纪三郎、梁鸿志等，评议为赵椿年、林出贤次郎、冈田元三郎、桥川时雄、夏仁虎、瞿宣颖、溥偰、李元晖、曹熙宇、白坚、黄燧、李嘉璟等。各期均有作者题名录，中录有大量词作。① 又如龙沐勋编辑的《同声月刊》中聚集了大量的词人，其中有大量诗词创作的刊载。其"今词林"即刊有赵叔雍、俞感音、陈能群、俞阶青、王西神、陈曾寿、汪兆铭、王揖唐、李宣倜、黄孝纾、夏孙桐、冒广生、齐璜、陈方恪、夏敬观、张尔田、陈曾寿、夏仁虎、杨晋镛、郭则沄、溥儒等人的诗词作品。而《民意月刊》上的"今词林"里的作者也多与《同声月刊》相同。这些人还经常雅集。如梁鸿志、陈方恪、陈道量、吴用威、李释戡、黄公孟、蔡哲夫、陈伯冶、高子潆、郭枫谷、陈柱尊、何颙斋、张次溪、岳仲芳、白坚甫、曹靖陶、李石九、潘其璇、汤澹然、杨无恙等人曾先后多次在汪伪维新政府行政院所在的西园、桥西草堂举行雅集，称为"星饭会"。而以龙沐勋为中心创有"冶城吟课"②，如马瑄、邹森运、朱庆祺、邵文煦、黎傅泽、戴健、李厚龙、赵学仁、蒋树人、胡筱农、俞天楫等均擅为诗词，并刊于《同声》月刊上。对这些与伪政权联系密切的词人群，我们归为亲日词派。"古典诗词的唱和对这些人来说，是日常生活的常课，古典诗词是他们之间可以相互分享的一种娱乐和雅事，作为一种文化权力资本，他们也在唱和中发展友谊，互相推重。"③ 另外，民国时期的伪满洲国中也有一批词人如陈曾寿、郑孝胥等可归入此派。

---

① 北京余园诗社编：《雅言》（自庚辰1940年正月起，月刊一册，凡12册），1941年刊。

② 龙沐勋：《冶城吟课·序》："予以庚辰初夏，重到金陵，获与中央大学筹备复校之役。是岁秋，决以朝天宫附近中央政治学校旧址为校舍。弦歌续作，瞬又逾半。予既纂辑月刊，以倡声学，兼与从游诸子，肄习诗词。每值佳辰，偶亦相携寻胜，咏归之乐，无减前修。爱此纷披，略加润饰，以校址在冶城山麓，爱题曰冶城吟课。"见《同声月刊》1942年第2卷第1期。

③ 此处可参见尹奇岭：《1940年代南京汪伪统治时期古体诗词的回潮》，《东方论坛》2010年第4期。

白话词派，其划派的方式与前述各种词派不同，是按照填词采用的语言种类来划分的。之所以单独拎出"白话词派"，目的在突出民国词史上这一新现象的同时，还由于依"梅氏五标准"来判，此派的命名是可以成立的。在民国时期出现了一批填写白话词的作家。胡适是此派先导，其《尝试集》中有不少白话词作。其他像林庚白、何海鸣、章衣萍、曾今可、张凤等也写有白话词。连梁启超晚年也填过几首。至于其他热衷于新文学，又对填词有雅好的文学新人填白话词者就更多。一方面，他们响应胡适的"白话文"观念，另一方面，仿效写"胡适之体"词，并且与传统词人有论争。如由柳亚子与曾今可、章衣萍（均与南社文人过从甚密）等一同发起"词的解放运动"。曾氏为《新时代月刊》主编，章氏为文艺茶话会的老板。当时在茶话会上以"词会"为主进行一番讨论，并刊登出"词的解放运动"专号。白话词与传统词相比，虽然缺乏"古色"，但毕竟是民国词之一部，不可忽略。

以上所考述词派，仅是就其大者，不同于通常以一个社团或一个群体确立名派的做法。虽然由此又有过于粗疏之嫌，但大体将民国词坛的词派囊括起来。前面所划词派中，有一些成员可能分属多派。如前清遗老词派与南社词派的成员可能会与后面按区域形成的词派成员有不少重合。但正如前文考述时所述，对此二派的考察侧重点将在清末民初这段时间。事实上，南社的解体也就在民国前期。

由以上考述方式可看出，所划词派基本以区域来命名。之所以出现这种情形，一方面是缘于词派成员总是在一定的时空环境中进行填词活动的，尽管此时出现了以刊物邮寄为主的社团以及不少词人时空游移频率比从前要加强，但其归根结底所生长、生活的环境是以区域为中心的。各个不同地域的文化环境直接影响着词派词学活动的目的、方式、特点与文化内涵等。又由以上考述可知，民国时期的江苏是词派众多的区域。根据整个民国词坛发展态势必须如此，此点也与南京当时作为首都成为政治、文化、经济中心有极大的关联。

由以上重点考述的词派可以发现，似乎缺少了对闽、赣、鄂、湘、鲁、豫、皖等地词派的描述，这时有必要说明缘由。根据"梅氏五标准"，如虽然福建曾有南社闽集、寿香社等诗词社团以及一批有影响力的闽籍词人

（如林纾、郭则沄、何振岱、黄孝纾、黄孝平等），但一方面，如近代闽词派那种连续性、成派特点不够，另一方面，民国时闽籍词人多寓居其他地区。江西、湖南、湖北也是如此。再加上此三省曾一度处于战争中心，文化活动必然会受到影响。鲁、豫、皖的词学活动也不如东南、岭南频繁，如在民国时期曾有蔡嵩云、卢前、邵瑞彭等词人执教河南大学，并有夷门词社，出版有《夷门乐府》等集子，但总体来讲，词人数量有限，持续时间不长。

另外，由前面考述的词派可见，笔者并没有归纳与风格相关的流派。此中原因，一方面在于民国词人词作众多，风格多样，若由风格来论词派，则必当先对众多词作予以品鉴方可中的。而当前对民国词的整理与研究虽然有笔者从事的"民国词集汇刊""全民国词"之举，但要尽可能地遍阅其词作，尚须一段较长的时间。另一方面，民国时期的词风嬗变迅速，尚未像清词那种有定型、沉淀的时机。如民国前期基本上为常州派词风笼罩，其中南社诸词人以"革命精神"入词形成了异于前代的"豪放"风格，但仅仅是个别现象。由于西学与新文化运动影响，出现了由王国维、胡适等人提倡的新型词风——明白刚健，但此种词风至 20 世纪 30 年代才成一定的气候。文学革命、思想解放、民族危机、国内战争、社会动荡等因素的交织使得民国词的"时代风格"变化无定。因此，笔者以为若以词风来立宗划派，是不合时宜的。

三　民国词群体流派的意义

对民国词群体、流派予以考述、辨别与界定有极大的词史意义。这不但为我们了解民国词坛的特征、演进提供了有效视角，也将为我们考察词派史准备文献与理论基础。具体来讲有如下数端。

其一，由民国词群体流派的考察可见民国词发展轨迹与空间分布等特点。由前面考述可见词派活动轨迹呈长楔形状态。即晚清民国之交词派活动最为频繁。如晚清遗老词派与南社词派基本上涵盖了此际词坛的大部，不仅上述各大词派都有词学活动，其他如闽、赣、湖、湘、皖、鲁、豫等地区亦有不少词事。20 世纪 20 年代初至 30 年代中次之，仅以东南词派与京津词派、岭南词派活动为盛。而抗战以后渐弱，仅西南词派与亲日词派有显著的词学活动。这种状态的出现与新文学运动的逐渐壮大有较大的关系，更与词坛耆宿的渐渐凋零有密切的关联，还与后来抗日战争的爆发相关。在空间分布上，民国词派在各区域的活动也不均衡。正如前面所述，词派主要集中在江浙、京津、岭南三个区域。而此三个区域恰恰是民国时期经济、文化、政治等中心，特别是新型的出版印刷的中心。民国词派的这种空间分布特点实际上也是民国词人地理分布不均衡的反映。与晚清词坛相比较，不少在晚清已有的词派如湖湘派、闽派①、临桂词派，甚至常州派，或改头换面，或不大景气，或逐渐式微。这说明民国词坛具有收缩、集中的特点，而词派也较前代有现代化特点。

其二，由群体流派视角更能彰显民国词史的新变缘由。关于民国词的新变，笔者于《民国词史综论》② 一文中曾有论述，但那只是粗线条"印象式"的。现在借助群体流派的考察，不仅可以发现民国词派的时空分布与前代不同，还可以看到民国词史上作为词派"流动"因素的社团也与前代不同（各式各样的社团类型为前代乏见，而词派活动时社集、社作、社刊与社刻的"一条龙"特点更是新气象）。由此还可发现，词派发展中的统系意识由浓而弱、盟主意识与前代比由强而弱，风尚意识也呈递减趋势，究其缘由，与新文化的蓬勃、西方文化东渐、思想前所未有的解放等有关联。又根据文学流派"嬗变——发展"的原则也可把握民国词史新变之由。一个词派的总体结构和艺术风貌比词人的创作特点和艺术风格的变化更活跃、更普遍、更迅速。"正是这种变化，赋予了作家及其所属的流派以盎然的生机和前进的力量……无论对于作家的创作，抑或对于流派的发展来说，都是具有积极意义的。这种变化，在本质上是活力、创造力的爆发所致，是开拓的象征，是前进的足迹。这种变化不会使作家失去自我，只会充实、强化、丰富和发展自我，这种变化不会否抑流派，只会使流派充满活力、魅力和创造力。"③ 当我们按此原则去探讨民国词史的新变，就不仅仅揭示了词史的风貌与勾勒其轨迹，也进一步把握了民国词派创作特点和艺术风格的变化及其

---

① 朱德慈先后有《湖湘词派论纲》《晚清闽词派》等论文专门论述其词派成立的可能性，可参见。

② 曹辛华：《民国词史综论》，见王兆鹏、龙建国主编：《2006 年国际词学研讨会论文集》（江西人民出版社 2006 年版）。

③ 艾斐：《论中国文学流派的现实形态与发展规律》，《天津师范大学学报》1990 年第 3 期。

与时代、生活、政治、思潮等变化的关联，也就挖掘出了民国词演进与新变的深层缘由。

其三，对民国词群体流派的考察有利于民国词史的书写，由此填补断代词流派词史的空白。当代学者艾斐指出，"在对任何一个文学流派的研究过程中，实际上都是对这个流派作家群中所有作家的创作个性和共性的多层次、多角度、多内容、多质点的大范围的、综合性的比较研究……所以，对于文学流派的研究，在本质上，是一种大范围、多层次、全方位、广涵蕴的综合性、开发性的比较研究，是认识和把握文学规律和创作特点、艺术风格和美学趋向的一条最佳路线，一个绝妙窗口。我们的文学史虽然拥有多种版本，但结构框架和审美视角却基本上是一个模式。如果有哪位文学史家能从流派角度，以流派为线索写一部文学史，那将不仅会令人耳目一新，而且必定会有许多新的突破和发现。"① 此理于词派研究也适用。其实，民国词史也当是民国词群体流派的历史，而词派史实际上是综合、归纳、比较研究时求同存异的产物。只有我们不断地分别从构成流派的地域、乡邦、社团、群体、宗派、家族、宗法、风格等因素入手、多层面地剖析阐释民国词的风貌、特点与历史，才能真正做所谓的"点线面体"及"宏观、中观、微观"的结合。由流派研究民国词史，也是对传统以作品模式、作家模式来研究词史方式的反拨与补充。当代词学家刘扬忠先生为此率先著成《唐宋词流派史》，而姚蓉后来也继之著成《明清词派史》。正如刘先生讲，"从文化大背景切入，从时代精神和群体审美选择的角度来考察某种文学的风格流派发展衍化之规律，这个路子是正确的。对词体文学的发展历史进行群体的、流派的把握，远比那种不进行规律性、整体性的考察，而徒作'点鬼簿'式的作家作品汇录的研究模式意义要大得多。"② 当我们研究与撰著民国词史时，也当遵照刘扬忠先生所言，要集作品模式、作家模式与流派模式于一体。既要有作家作品模式的民国词史，也要有"民国词流派史"，方不留空白与遗憾。

其四，对民国词群体流派的考察，还可弥补当前文学群体流派研究的不

---

① 艾斐：《论中国文学流派的现实形态与发展规律》，《天津师范大学学报》1990年第3期。
② 刘扬忠：《唐宋词流派史》，福建人民出版社1999年版，第563—564页。

足。新时期以来人们关于文学流派的研究成果颇多。如早在20世纪80年代程千帆先生就指导研究生做过江西诗派、江湖诗派、大历诗人群、阳湖文派等研究，而吴熊和先生也指导学生研究过云间词派、梅里词派等。而陈文新主编的"中国古代文学流派研究"丛书，更是对历代文学流派进行过全方位研究。现代文学研究界也对流派研究相当重视。如贾植芳主编的《中国现代文学社团流派》是较早由流派入手为现代文学著史者，陈安湖主编的《中国现代文学社团流派史》、杨洪承著的《文学社群文化形态论——现代中国文学社团流派文化研究》也是颇有价值的专著。然而，综合诸专家研究可以发现，一方面，当前对中国旧体文学流派研究时，不恰当地忽略了民国阶段诗词文流派的情形。另一方面，当前对现代文学社团流派的研究又忽略与之同时空下的旧体文学流派。之所以出现这样的局面，是因为缺乏"古今打通""新旧打通"的观念。由于学科设置等原因，一直以来研究古代、近代文学者多视五四以后的旧体文学为"权限"之外，虽名为"历代"，却少了"民国"这一时代。而研究新文学者，多囿于新文学的范围与古典文学研究素养的欠缺，置旧文学于度外。随着章培恒、陈平原等学者的呼吁，目前此种状况虽有所改观，但还不容乐观。当我们对民国词进行全方位研究时，如果忽略新旧文学流派之间的"互为背景"甚至"互动"的联系，势必不利于还原词坛原生态，也不可能挖掘出民国词派后面隐含的文学规律、文化意蕴等。

其五，民国词群体流派的研究将为民国词研究乃至民国词学研究的深化提供更多课题。虽然笔者"民国词史"的撰著尚在草创阶段，但由于民国词作为一代文学，凡是诸如唐宋词、金元词、明词、清词等研究已有的研究路数都应该有人从事。如前述民国每一个群体、流派都可成为一个颇有学术价值的研究课题。再如撰著"民国词流派史"，或以社团，或以地域，或以学院，或以家族等等，都是可选、可行的。另外，以流派盟主为中心来研究词人社群及其文化、以特定时期的词派为中心来研究文人心态、以流派为中心对民国词论作整体研究等都可有力推动民国词研究的深化。

第　三　章

民国女词人考论

　　目前，关于民国女性词人的全面而整体的研究课题仍是词学研究的一大空白点。笔者在拙文《民国词史综论》中曾说：

　　　　我们不应将民国词史置之"度"外，也不应仅停留在对少数几个名人词作的研究上。我们应首先重视民国词史的文献考据与整理。并在此基础上，宏观地扫描与微观地透视相结合，把握其演进脉络，理清词派、词社以及词人群体的更化过程，剖析词风胚变的细节，以及解释群体运动的来龙去脉，并由此挖掘民国词的审美价值与认识意义。[①]

　　由于以上综论，故文中对民国女词人的具体情况述焉未详。所幸的是，对"民国女词人"这一问题已有不少学者予以关注。在民国女词人词作整理研究方面，如施议对先生的《当代词综》、刘梦芙先生的《二十世纪中华词选》、杨子才先生所选的《民国五百家词钞》等均不同数量地收辑、选录了女词人的代表词作。在民国女词人批评方面，除一定数量地论述民国著名女词人的单篇文章外，其他如邓红梅于《女性词史》结语篇中有所涉及，然邓先生又指出：

---

　　① 见王兆鹏、龙建国主编：《2006 词学国际研讨会论文集》，百花洲文艺出版社 2007 年版。

　　在民国以后的词坛上，比较著名的女词人，除了前述由清入民国的吕碧城外，还有怀枫词人丁宁的《昙影楼词》……甚至当代也还有女性在词流渐涸的河道内，孤独地掘着地泉。如沈祖棻女士的《涉江词》即是此例。但是词体的旧香色虽然犹在，词史的潜力却已所剩无几了。①

也许由于邓先生当时初创女性词史研究新领域，受时间、精力以及观念等因素的影响，该著对"民国女词人"却吝于笔墨，仅论及吕碧城一家。而笔者在从事"民国词史"这一课题研究的过程中发现，"民国女词人"不仅数量众多，而且具有独特的魅力与不可小觑的词史意义。因此，本书将在全面考录民国女词人的基础上，对民国时期女词人的创作风貌与词史意义予以评价。

一　民国女词人考录

　　本书对"民国女词人"的界定，依据严迪昌先生《清词史》中所论及我们对民国词的界说②，凡是在民国生活过的女性均属此列。意即凡由清季入民国者或生长于民国至新中国成立时有词学活动者，均属"民国女词人"之列。民国时期除了大家熟知的女词人外，尚有大量的未知的女词人存在。因而欲整体评价民国女性词史，必先考订其女词人的多寡与具体创作情形。兹先作"民国女词人考录"。

　　关于民国女词人具体生平与填词情况，鉴于资料繁富，文字过长，故此处不一一列举。此处仅将已经考知有词作流传的女词人与知其有旧文学活动而填词情况待考的民国旧体文学作家这两类情况的名单附录于此，以见其大概，至于详细的考索与叙录，将另撰文。

（一）知其生平与词作者 159 人

　　俞玫、潘欲敬、俞富仪、施淑仪、缪华、沈韵兰、许禧身、陈肖

---

① 邓红梅：《女性词史》，山东教育出版社 2000 年版，第 601—602 页。
② 参见曹辛华：《民国词史的界说与分期特征》，《中国诗学》2008 年第十三辑。

兰、左又宜、杨庄、周演巽、杨延年、吴芝瑛、吴怡、钱希、包兰瑛、史济庄、王国秀、杨志温、柯劭慧、顾玉琳、刘清韵、卜娱、邵继玉、潘欲敬、徐爱鸿、顾希韫、陈诗、钱淑、钱峙玉（翠峰）、杨钟虞、凌娴、葛兰生、翁春孙、俞树蘩、武淑仪、汪韵梅、王琬青、洪璞、刘姉、张何承（懿生）、仇敬芬、姚蕴素（倚云）、张佩兰、赵文漪、朱恕（淡香）、温匐、冯婉琳、杨芬若、潘素、陈璧君、叶鸿影、邓芬、郭坚忍、潘静淑、顾慕飞、李娓娓、费墨娟、张汉英、张光、黄稚荃、郑静兰、戴小臻、刘荫、濮贤嫏、徐德音、江南苹、刘姉、徐德音、顾慕飞、郑淑端、吕湘、吕景蕙、吕碧城、何香凝、赵涛翰、陈家英、陈家杰、陈家庆、王灿、郑瑛（佩宜）、何昭（亚希）、张光萱、张光蕙、唐群英、顾保瑢、谈月色（溶）、徐自华、徐蕴华、张默君、汤国梨、翟涤尘、刘蘅、何曦、冯沅君、薛念娟、施秉庄、单士厘、李淑一、张苏铮、陈翠娜、丁宁、叶可羲、梁令娴、江南苹、李祁、王真、冼玉清、陈乃文、王闲、黄倩芬、王兰馨、黄稚荃、周炼霞、李圣和、沈祖棻、隆莲法师、张荃、张纫诗、张充和、黄墨谷、谢叔颐、吴君琇、吕小薇、成应求、李秋君、庞左玉、吴青霞、林北丽、黎兑卿、杨令茀、杜若莲、钟莲英、刘佩慧、吴无闻、冯影仙、张珍怀、盛静霞、琦君（潘希真）、宋亦英、茅于美、阚家蓂、黄润苏、刘佩蕙、施亚西、叶嘉莹、马映波、胡鉴美、侯孝琼、刘伯丽、乔象钟、赵连城、李素英、杨敏如、关露、许宝驯、曾次兰、沈燧、陈顼、方尼

（二）未悉生平而知有词作者99人

俞淑媛、李佛如、简杜（若兰）、庄汪柔（梅先）、张清扬、吕清扬、梁霭、王善兰、钱梦蛟、张含兰、汪长寿、婉卿、雪苹、宋佛影、黄涤凡、吴斯玘、陈姜映清、洪美英、金郁云、陈洛泰、高君珊、王梦兰、杨包文渊、余沈寿、德林郡主、庄繁诗、缪李筠、朱绮生、归周钟玉、易孟嫩、张贞兰、漱冰、汪静芬、黄逸尘、章璠、李澄波（瑷灿）、李素一、吴浣芸、刘纫勤、刘淑萱、曾中孋、曹淑英、刘剑霞、

曹淑英、杨爱、徐简、周文、朱素贞（蒿城瑞女士）、周韵倩、邵英戬、沈乐葆、于晓霞、顾伯彤、姚楚英、张佩兰、吕汶、温倩华、刘荫、张祖铭、叶俞、江叔则、张汝钊、刘秀明、杨芸、吴兰畹、吴莒、黄曾葵、赵荣璇、谈社英、马素苹、王德愔、邓小苏、叶成绮、卢青云、刘嘉慎、任文媛、张端仪、张祖铭、张雪茵、罗庄、俞令默、刘鉴、屈蕙攘、濮贤姮、汤淑清、方君璧、王莲芬、包兰瑛、缪华、柯昌泌、黄庆云、程倩薇、蒯彦范、翟贞元、顾渭清、翟兆复、黎徽、李墀清、刘明水

（三）知有旧体诗作而填词情况待考者181人

屈蕙攘、多敏、李嘉瑛、张宝云、严颂萱、李藻、万炜彤、姚其慎、方芬、徐畹兰、钱蕙攘、浣云姎、沈韵兰、曾懿、易鸒、庆凤晖、钱蕙孙、胡凯姒、黄箴（苹香）、卢蕴秀、梁寿贤、吴蒋桢、王兰芳、王慕兰、任文淑、王蕴素、刘文嘉、陈谦淑、骆树英、王佩珩、龚韵珊、周琳、刘韵芳、武淑、慕昌淮、成堃、孙镇、张元默、沈文庄、陈君悦、冯畹、王缣、黄韵兰、俞固、徐咸安、钱荷玉、邹姚华、丁毓瑛、王凤英、方韵仙、许麟、江蕙、汪淑珍、钱用和、葛蕙生、缪宝娟、潘秀兰、潘冰壶、史剑生、彭淑士、沈林步荀、黄易瑜、李素筠、杨蕴挥、毕智珠、杨蕊渊、陈撷芬、燕斌、林宗素、何震、胡彬夏、潘璇、刘纫兰、王芬、冯陡莲、蒋畹芳、张竹君、杜清池、吴木兰、张肩任、彭维省、曾竞雄、薛锦琴、刘瑞平、金一、鹃红、潜渚、龚圆常、莫虎飞、丁湘、孔仪姞、冯淑仪、纪国振、朱颖、朱汝玉、朱品莹、朱络英、朱静宜、许湘（竟存）、许慎微、余铭、李敬婉、李锦襄、李钟瑶（华书）、陆梅痕、陆灵素（繁霜）、沈右揆、沈琬华、吴粲、吴其英、吴震东、陈贞慧、陈绵祥、张洛（倾城）、张励贞、岳雪（麟书）、苏燕翩、周芷生、周湘兰、周道芬、郑佩秋、郑咏梅、林好修、范慕蔺、俞栋、唐家伟、顾璇（蝶影）、高杏（倚云）、凌蕙攘（纫芳）、袁明溥、黄亚君、黄佩珊、曾兰、蔡璇、赵君迈、魏屯岩、顾青瑶、杨雪

玖、唐冠玉、虞澹涵、鲍亚晖、谢月眉、杨雪瑶、丁筠碧、包琼枝、余
静芝、谢应新、冯文凤、徐慧、陶秋英、丁慕冰、方静我、王孝英、王
虹逸、冯文凤（謷）、许慕贞、沈华升、陆礼华、李小樱、吴冰海、吴
企方、吴秀民、吴澍、郑佩亚、胡宝贞、龚亚英、黄欧查、程健雄、鲍
冷雪、虞小珠、戴华美、朱端、陈学昭、韦陀、严张庆琏、史忆芳、张
雪风

以上考录女词人生平与词学活动出处或来源有五方面：一是各种涉及民国诗
词的选本。如范烟桥《销魂词选》，雷瑨《闺香词选》，徐乃昌《闺香百家
词选》，吴灏《历代名媛词选》《五百家名媛词选》《安徽名媛诗词征略》，
华钟彦《五四以来诗词选》，施议对《当代词综》，叶元章等《中国当代诗
词选》，毛谷风《二十世纪名家诗词钞》，钱理群、袁本良《二十世纪诗词
评注》，刘梦芙《二十世纪中华词选》，杨子才《民国五百家词钞》，余祖明
《近代粤词搜逸》，阮廷焯《近代粤词搜逸补遗》，曾德珪《粤西词载》等
词选。二是各种辞典、年表、方志等。如朱德慈先生撰《近代词人考录》，
吴熊和、严迪昌、林玫仪等先生纂《清词别集知见录》，柯愈春编《清人诗
文集总目提要》，李灵年编《清人别集总目提要》，单士厘《清闺秀艺文
略》，胡文楷《闺秀艺文志补遗》《历代妇女著作考》等，以及诸如《江苏
艺文志》《中州文献总录》《苏州民国艺文志》之类的地方文献目录。三是
各种民国报纸、杂志上发表词作的女词人。如《中华妇女界》《妇女时报》
《民国日报》《女子世界》《小说丛报》《青鹤》《词学季刊》《同声月刊》
等晚清民国期刊中收录了不少女词人词作。四是各种词话、笔记中记载的材
料，如唐圭璋纂《词话丛编》、张璋等纂《历代词话续编》、张寅彭纂《民
国诗话丛编》、刘梦芙纂《近现代词话丛编》等诗词评类著作等。五是由南
图、上图、国图等图书馆中搜求而知。如民国时期各种别集、选集以及社集
等书籍中保留不少民国女词人生平及词作情况。

　　按照此例得所辑名单凡 439 人。其中，知其生平与词作者为 159 人，未
悉生平而知有词作者凡 99 人，共计 258 人。此与此前收录民国女词人最多
的选本——刘梦芙先生《二十世纪中华词选》所录（仅 77 人）多出 181
人。而如果将第三类"知有旧体诗作而填词情况待考者"181 人的填词情形

考察一遍，当会再增加至少有近百女词人。由于此类文献过多，目前所录仅本人目力所见，具体而详备的民国女性词人及词集叙录，容稍后再整理。下文将就现已掌握的民国女词人及其词学创作文献资料来概论其总体特征及词史意义。

二　民国女词人的主体特征

中国古代女性词人的主体身份基本上不出歌妓、方外、后妃、名门闺秀这四大类，其中以名门闺秀为主体。她们多是以男性词作家的陪衬身份出现的，"闺怨、闺趣、闺情"可谓其词作表现的三大主题，角色变化不多。这也是前代女词人的"常态"。因此，按照通常惯例一般是不须对创作主体的身份作过多论述的。然而，时至民国，由于各种新思想、新生活、新事物的出现，女词人的主体身份表现出不少与前代不同的特点。故论述民国女词人创作时，这是必须先阐释的问题。综观民国女词人的身份变化，主要表现有如下几个方面。

其一，虽然不少民国女词人仍保留传统那种"封建""闺秀"身份，但是与前代相比，其身份已开始多有变化。就目前所辑女词人的生平来看，由前清而入民国者占有 1/3 强。自然这些女词人就更多地带有"传统"创作角色主体的特征。当代学者邓红梅先生在其《女性词史·绪论》中即将女性词创作主体归为六类角色：顺从于深闺制度，但又不免幽苦感的传统女性角色；感受到生存苦闷，归心于世外仙境的逃离社会型角色；向往男性角色的位移型角色；爱国救难的侠者和角斗士角色；归心空门的女冠角色或柔顺幽苦或波俏伶俐的妓女角色。[①] 邓先生所列"六大角色"中第一类传统女性角色，清末民初的不少女词人即属此。她们通常是前清遗老的伴侣或后嗣，出身于诗书世家，其填词目的多为"绣余""遣闷"，扮演的仍是"幽苦"闺秀或官宦家室角色。属于此类者如沈韵兰（有《倚梅阁词钞》）、曾懿（有《浣月词》）、杨延年（有《椿荫庐词存》）、陈肖兰（有词附《陈肖兰女士诗集》）、卜娱（为况周颐室）、吕景蕙（有《纫佩轩词草》）、潘秀兰

---

① 邓红梅：《女性词史》，山东教育出版社 2000 年版，第 19 页。

（有《倦绣吟诗草》）、潘欲敬（有《莳梅阁诗草》）、缪华（有《韵庐自娱诗词草》）等。她们大部分生活于晚清，生活于民国词的第一阶段。按理当算作近代词人或清代词人，但依据前面对"民国女词人"的界定，又不能将其排除，毕竟她们的部分词作也是构成"民国词史"的重要一环，由她们可以见得"民国女词人""传统"的一面。在民国女词人中，属于第二类"逃离社会型角色"者不如前代多。如周演巽（慧明法师）有《湖隐词》，曾皈依太姥山高僧楞根为弟子；隆莲法师（游承康）有词作多阕，她虽于抗战期间入成都受禅院为尼，但她们不像前代女词人因看破红尘而堕入空门。因此又可以说，前代女性词史上的这类"逃离社会型"角色在民国基本上算是"消亡"了。与此紧相联系的是以"女冠角色""妓女角色"类型出现的女词人不再像唐宋时期、明清之际那样"热闹"，民国时期基本绝迹。究其原因，当与女性解放思潮的影响有关。此点亦乃社会制度进步的一大体现。与前代女性词人的"角色"形成鲜明对比的是"位移型"角色与"斗士"型角色女词人。她们在民国异军突起。这里可以南社女性词人群体与抗战时期的女性词人为例说明之。南社女性词人虽然其创作中仍不免"传统角色"的影子，但是由于南社文学团体兼革命团体的性质，她们的创作中不乏"英气"之作与"排满"精神。如徐自华曾义埋秋瑾之英骨，并办竞雄中学，其《满江红·感怀，用岳鄂王韵，作于秋瑾就义后》一词即呼出了"愿吾侪、炼石效娲皇，补天阙"的强音。又如唐群英早年即积极投入反清活动，后参与政党之争，主张男女平权，一度见宋教仁以政纲未列男女平等一项，立掴宋颊。[1] 张昭汉（默君）为同盟会老会员张伯纯次女，受父亲影响具有革命思想，曾于苏州创《大汉报》宣传民族革命，并提倡男女平等，创办过神州女子学校，其为词中之婉约者，也有"中年豪气恁难收"[2] 句，邵瑞彭曾称"世有善知识，慎勿以古来闺秀相提并论，庶几可以读默君之词矣。"[3] 其词中涉及国难者尤其多。而抗战时期，如汤国梨、

---

① 郑逸梅：《郑逸梅选集》第一卷，黑龙江人民出版社1991年版，第262页。

② 张默君：《浣溪沙》，见张默君著、江南邵瑞彭氏刊刻：《红树白云山馆词》，民国二十三年（1934年）刻本，浙江图书馆藏。

③ 邵瑞彭：《红树白云山馆词·序》，见张默君著、江南邵瑞彭氏刊刻：《红树白云山馆词》，民国二十三年（1934年）刻本，浙江图书馆藏。

陈家庆等人词中有不少豪士之吟、忧国伤乱之情，不亚于当时须眉。可以这样说，至民国时期，前代女性词人那种"位移"角色与"斗士"角色全面凸显出来，并且不同于前代的企羡心态，而且以与男子平等的方式在诗词中表达真正的爱国革命情怀。此种"角色"的变化是民国女词人的创作主体显示出的"时代色彩"。她们一方面仍用真正女腔、"闺音"来填词抒写"自我"，另一方面在词中表现出真正的"人权"下所承担"半边天"的责任——忧国伤乱。也就是说其创作主体的心态不再是割裂的，也不需要"位移"，是"自我"角色与"大我"角色的统一。

　　其二，民国女词人的词学渊源与从事的职业也与前代有本质的不同，其"学生"与"学者"身份尤为突出。前代女词人学词基本上有两种途径：一是家学熏陶，二是"私淑"式教授。此种情形在民国仍然存在。综观民国女词人生平，以家学熏陶而喜好填词者为数不少。如陈小翠即由其父陈蝶仙善词曲，而词名日增，二十余岁即有《翠楼吟草》名世。其他像梁令娴为梁启超之女，赵文漪乃词学家赵尊岳之女，陈绵祥为陈巢南之女等等。皆家学渊源甚深。此点与传统女词人学词的"家族"特征基本相似。以"私淑"式学词者也不少。如丁宁即早年从程善之学词，徐蕴华则跟随陈巢南学词，张光萱、张光蕙姐妹则随南社著名词人蔡哲夫学词等。而何振岱所创"寿香社"中女弟子如王真、刘蘅等即有"私淑弟子"性质。然而，相比较而言，民国时期更有一大批女词人的学词来自新式学堂。这种身份经历是前代女词人不曾有的。如沈祖棻、盛静霞等都是上东南大学时潜社中人，由吴梅、汪东等教授出来；叶嘉莹、杨敏如、李素英等则是在辅仁大学上学时在顾随指导下填词的；顾慕飞、顾渭清为顾宪融在中华女子中学教授的学生，作品收在《红梵精舍女弟子集》中。民国女词人的身份变化还有一点是前代未有的，那就是她们中有不少以教学为职业。"教学"这一新职业，不仅让女词人可以像男作家一样有更多传授学问的机会，也使其填词活动不再囿于闺阁。如伦鸾（灵飞）有《玉函词》，曾在北京大学任教；徐自华曾于上海办竞雄女校；汤国梨有《影观词》传世，曾创办过神州女学，并协助章太炎在苏州创办"章氏国学讲习会"，又秉章氏遗志创办"太炎文学院"；而翟涤尘为词人李冰若之妇，曾创办新宁女子职业学校。其他像陈翠娜、叶可羲、陈家庆、冼玉青、王兰馨、张荃、黄稚荃等女词人均从事过教席。这种教学经历使民国女词人创作主体的"角色"与前代传统"角色"有了明显的差异，女词人"学者"化更加突出。在前代仅有王端淑、何志璇、钱斐仲等有诗词学著作，而至民国，教学与学术并行的教育方式，使女词人们在填词时，也紧密伴随着词学研究。如沈祖棻的《宋词赏析》、冯沅君的《中国诗史》（与陆侃如合著）等即为其教学讲义。不仅如此，民国女词人还从事翻译、编辑、新闻等一些前所未有的职业。这就一方面影响着她们的创作理念，另一方面也增加了其词作内容的深广程度。

其三，从生活阅历与知识结构上来看，民国女词人的思想风貌与前代女性相比也有极大的不同。一方面，不少民国女词人都有"西学"或"新学"的知识背景。据统计，此时曾受到新式学堂教育的女词人占2/3强。不仅如此，她们还积极投身于"女子解放"、革命风潮甚至政治活动之中。像南社中的吕碧城、徐自华、唐群英等即是如此。在民国女词人中还有一些曾到过国外，在开阔眼界的同时，又使其词中多了一道新风景，如单士厘可谓最早涉足海外的女词人。她曾在光绪年间随夫钱恂遍历日、俄、法、德、英等国；而吕碧城则于民国间先后至美国、西欧，其《海外新词》《欧美漫游录》（又名《鸿雪因缘》）可作为以中国女性之眼看"异域"的代表作。另一方面，民国女词人此时获得了类似"自由作家"的身份，即她们在进行词学活动时不再囿于闺房，而是积极地与新式媒体——报刊相联系，使词作由文本状态迅速成为真正的"作品"。如在《中华妇女界》中，就刊有姚蕴素（倚云）、郭坚忍、汪长寿、钱贞元、黄逸尘、雪萍、宋佛影、吴斯玑、金郁云、王梦兰、刘珹等30余位女词人的词作。这些词人来自全国各地，报刊将她们的词作刊登，使之有"同声"相应、相互切磋的机会，具有开"天眼"的作用。其他如《妇女时报》《小说月报》《半月》等报刊也登录发表不少女子的词作与少量诗话、词话著作。报纸杂志对女词人的词名大噪也起了"广告"作用。如丁宁的词名因龙榆生《词学季刊》的刊登而名扬词界。这些变化委实是前代传统女词人所未梦见的。自然民国词人的思想风貌出现了"现代"化、"新潮"化、"开明"化的特征。

当然，民国女词人这些主体特征是时代风潮所被，与男性词人的主体特征有一定的共通之处。但由于民国时期的思想观念是与封建时代几乎大相径庭的，女性可以说首次获得了与男子平等的机会，故于此对民国女词人的主体特征不能不论析。只有如此，才能更好地把握民国女词人创作的心灵、心态特征。

三　民国女词人的创作状态

正由于处于新旧交替、更迭的新时期，民国女词人的创作状态也是我们必须予以深究的。归纳起来，民国女词人呈现出传统与现代并存的特征。具体表现为：学词方式多样化、切磋词学途径多样化、词作传播方式多样化等三个方面。

其一，在学词过程中，民国女词人比前代多了"学堂"这一新方式。前文已指出民国女词人的学养渊源有"家学""私淑"与"学堂"三者，自然学词方式也就与前代不同，呈多样化、综合态势。此点前文论述时已有涉及。这里要补充的是学校中的词社与民国词社对女词人的培育，这是民国女词人学词的重要途径。据笔者所撰《民国词人考论》中所列词选情形来论，早在清季，丽则吟社中已有女子参加，并在社刊上刊登词作。此种情形至民国屡见不鲜，除潜社及潜社渝集等学校社团外，更有兰社、寿香社之类的民间社团。如兰社为武进周葆贻所创，由其《兰社武进弟子词集》[①] 中收录男女弟子多达百人来看，其学词队伍呈集团化。师生、同学之间的切磋琢磨，对词艺的提高当作用不小。而寿香社诸女子均师从何振岱。通过社集方式来学词，从现存《寿香社词钞》来看，其中虽多为词课之作[②]，然而这却是她们词学进步的根本出发地，社中女子后来均成为知名女词人。

其二，切磋词学途径的多样化。前代女词人学词时由于受礼教束缚，通常是在家族内部、闺中密友之间进行切磋、较艺，很少有公众式的词学交流。即使有"随园女弟子""碧城仙馆女弟子"之类师生传授的方式或歌妓与男子唱和的情形，也多招致非议。而至民国时期，这种男女词界交流情况蔚然改观。一方面，民国时期出现不少李清照、赵明诚式的词坛新式伴侣。夫唱妇随、夫妇"共鸣"的情形在前代虽有，但更多的是"闺怨"式的女

---

① 《兰社武进弟子词集》，1939 年刊本，南京图书馆藏。
② 《寿香社词钞》，1942 年刊本，南京图书馆藏。

子哀怨。而民国女词人则不然，诸如陈家庆与徐英、廖仲恺与何香凝、潘素与张伯驹、潘静淑与吴湖帆等，均是"伴侣"词人，而南社词人中更有不少这样的"伴侣"。如郑逸梅《南社丛谈》中所列"夫妇同隶社籍"表中就多达 30 余对。由于"南社"属区别于传统的新式社团，在男女平等方面异于前代的"男尊女卑"行为。自然女词人夫妇在切磋词艺时的境况、心态是不同的。另一方面，女性词人与男性词人的词学交流更频繁、公正，不再惊世骇俗。如吕碧城在填词时，就先后受到樊增祥、袁寒云、费树蔚、易顺鼎等遗老的誉扬，并与之唱和，切磋技艺。① 而丁宁则受到程之善、王叔函、夏承焘、龙榆生等人的指教与奖掖，词名大振。翻检一下民国女词人词集，其中与男词人唱和、题咏之作不胜枚举，此点就更迥异于前代如歌妓、女冠等另类女性词人与男性唱和的环境与心境。由于民国女词人的"女权"与"人权"得到了前所未有的提升，个体的独立、个性的自由是前代女词人不曾有的。民国女词人不再像前代女子那样一有小慧、姿色、才艺就被视为"另类""尤物"，而是显出了李清照那种"直压倒须眉"的气概。这种"平等""公正""合理"地与男词人切磋词学的途径方式，对女词人的词艺、词风、个性特征形成无疑是有力的"催化剂"。至于社课、书报等交流方式也是如此。因此说，在民国女词人能以"正常"的、"非另类"的姿态进入曾一直处于男子霸权的词坛挑战词艺，这无疑是"新变"。另外，纯女子社团的出现为女词人由传统的"闺中"谈词转向现代的"公众"式切磋词艺提供良好的途径。如"画中诗社"的陈小翠、顾青瑶、杨雪玫等 30 余位成员均为女书画家，各个才艺双全，诗词画兼工，其中周炼霞、陈小翠、顾青瑶等均为填词高手，在切磋画艺的同时，词艺的切磋也少不了。

其三，传播方式的新变也使民国女词人的创作状态较前代大为改观。一方面，由民国女词人词作的结集情况看，虽然仍有前代那种香消玉殒后的"遗集"方式，但由于印刷技术如石印、版印、油印等快捷方式的出现，不少民国女词人的词集是"即填即刊"的。如陈小翠的《翠楼吟草》是其父陈蝶仙作为其出嫁的贺礼而刊印的。而《寿香社词钞》也是及时刻印的。其他像吕碧城、丁宁、沈祖棻等女士的词集都是"现"行"现"印的。另

---

① 李保民：《吕碧城词笺注》，上海古籍出版社 2001 年版，第 6 页。

一方面，各种刊物、选集对女词人词作的选录、刊登，也大大刺激了她们填词的热情与积极性。除前面提到的《中华妇女界》《妇女时报》《小说丛报》外，其他像《神州女报》《著作林》《女子世界》《大汉报》《小说月报》《中华新报》《民国日报》上均曾刊登女子词作。特别指出的是龙榆生主编的《词学季刊》中还专辟"近（现）代女子词录"这样的栏目，搜求选登女子词作。而在民国时期出现的词选也并未忽略对民国女子词作的关注。如范烟桥的《销魂词选》中就选录当时陈小翠、顾慕飞、邵英慈、于晓霞等人词作。[①] 又如叶恭绰的《广箧中词》虽然仍仿前代词选"女子殿后"的编排顺序，但也收录了民国近 10 位女词人的词作。杨公庶所刊《雍园词钞》中沈祖棻的《涉江词》也在其列。另外，民国出现的各种诗话、笔记中对女词人及其词作、逸事的记述，客观上也促进了女词人填词的主动性。再一方面，当时对民国女词人词作的评点、品题等活动对女词人的创作也有"刺激"。如况周颐对女子词作的评价，在徐珂的《历代闺秀词选集评》[②] 中多有保留；而徐沅、樊曾祥等对《吕碧城集》中词作的品评，既体现了对吕词的赏识，又张扬了吕氏的词名。汪东对沈祖棻的《涉江词》的评点也是如此。至于在民国时对女子填词图、女子词作进行品题者也颇多。各种闺秀词选与词集的刊行对女性填词积极性也有影响。如吴灏编有《历代名媛词选》《五百家名媛词选》、徐乃昌选《闺秀百家词选》、徐珂的《历代闺秀词集评》、云屏编《中国历代女子词选》、孙佩茝选《女作家词选》、张友鹤编《历代女子白话词选》、李辉群选《历代女子词选》、胡云翼编《女性词选》等等。闺秀词选的风行，说明当时女性填词亟须榜样。而且，在新的传播方式影响下，更多的女子词作一反前代"滞后"现象得以迅速面世。这些都对民国女词人的创作态势有不小的影响。

四 民国女词人的词学观与创作主旨

与民国男性词人相比较而言，民国女词人在词学见解与创作主张方面基

---

① 范烟桥：《销魂词选》，上海中央书店 1925 年版。
② 徐珂：《历代闺秀词集释》，上海商务印书馆 1926 年版。

本上处于"失声"状态，但其创作主旨也有其独特的一面。这里扼要论述。

（一）民国女词人的词学观

民国女词人的词学观大体反映在三方面。一是少量的诗词话及词学论著，二是民国女词人的词集序跋，三是其词作创作自身。而后者与创作主旨有一定的关联。兹先述其前两者。

其一，关于民国女词人所作诗词话与词学论著，由于数量不多，这里列举若干。属诗词话者，如杨全荫有《绾春馆诗话》《绾春绾词话》。究其词话内容，或述自己为词宗旨，如云："余于词酷嗜花间，每有仿制，殊痛未似。"或概论女性词史，如云："倚声之道，自唐迄今，作者林立，专集选本，高可隐人，惟女史专集则有《漱玉》《断肠》媲美两宋，论选本则千余年来仅见《艺蘅》而已。"女子选女子词者有王玉映、何志璇、杨蕊渊、单士厘等。（此处乃杨氏陋见）或记述女词人事迹与词作，以达存人存词的目的，此类为杨氏词话的主体，存留了清季以来江浙地区的女词人及其词作。如孙云凤（碧梧）、陈契（无垢）、曹景芝（宜仙）、葛玉贞（秀英）、钱孟钿（冠之）、俞绣孙（彩裳）、俞庆曾（吉初）、孙湘笙（汝兰）、李味兰（道清）等。从杨氏自序来看，其为词话，只不过借以排遣时日而已，自然无专门论及词艺、词风者。① 又如郑周寿梅《双梅花龛词话》② 才三则，其一谈张学典、钱瑜之咏秋海棠词；其二谈鲍莲芬工词；其三谈陆游与唐婉之事同徐枕亚、蔡蕊珠之事相仿佛。其他如汪静芬所著《芸香阁怀旧琐语》中排比吴江"女学之源流"包含不少谈词话语③，可以称"吴江词话"。雪苹《红梅花馆诗话》④、施淑仪（学诗）《湘痕笔记》⑤ 等也多涉及闺秀词内容。这些论词话语多刊登在报刊上，意味着至民国，女子论词观点已趋"公众化"。单士厘所纂《清闺秀艺文志》中保留了一部分她评说清代女词人的话语，若辑出来就是一部清代女性词话。其中梁令娴可以说是较早的有

① 杨全荫有《绾春馆诗话》《绾春绾词话》，刊登于《妇女时报》1911—1912 年第 1 至 6 期，王蕴章撰《然脂余韵》时称未见斯作。此处引文均出《绾春绾词话》。

② 郑周寿梅：《双梅花龛词话》，刊于《半月》杂志 1924 年 3 月 5 日第 3 卷第 2 期。

③ 见《中华妇女界》1916 年第 1 卷第 7、8、9、10、11、12 期。

④ 见《中华妇女界》1916 年第 1 卷第 3 期。

⑤ 见《中华妇女界》1916 年第 1 卷第 15 期。

系统词学观念的民国女词人。梁令娴所编《艺蘅馆词选》为历代词选，共录词676首。梁令娴此选受常州派词学理论影响较大。虽然如此，她编的词选还是有异于前代各种词选，慧眼独具。她在自序中说：

顾词之为道，自唐迄今千余年，在本国文学界中，几于以附庸蔚为大国。作家无虑数千家，专集固不可得悉读，选本则自《花间词》《乐府雅词》《阳春白雪》《绝妙好词》《草堂诗余》等皆断代取材，未由尽正变之轨。近世朱竹垞氏网络百氏，泐为《词综》。王德甫氏继之，可谓极兹事之伟观，然苦于浩瀚，使学子有望洋之叹。若张皋文氏之《词选》、周止庵氏之《宋四家词选》，精粹盖前无古人。然引绳批根，或病太严，主奴之见，谅所不免。①

梁令娴评骘前代词选的优劣后，"斟酌于繁简之间"而成斯选。梁令娴所编《艺蘅馆词选》直接承受了其父梁启超前期词学观点影响。而冯沅君以词人加学者的身份，曾与其夫陆侃如合著《中国诗史》，其中论词部分实多为冯氏的观点。像这样采用"新式"论著方式来论词者，在民国女子中并不多见。

其二，在民国女子的词集序跋中保留了她们的一些词学观点，同时反映了一定的创作主张。如陈乃文《人间词·序》专门谈及对王国维词作的见解。序中陈乃文概论词名后，对王国维及其词进行评价："静安以文学革命巨子揭橥词以境界为主之说，格高韵远，极缠绵婉约之致，能使宋人坠绪绝而复续。"②又如陈小翠《碧云仙馆遗稿序》为其邑筼仙女士词集《碧云词》而作，序中先感慨女子为学之难，"慨自握兰、饮水既绝响于艺林，漱玉、断肠，盖生为女子，力学殊难，身类樊禽，高谈何易？况议惟酒肉，职仅苹繁，而欲其为超今逸古之思、迈俗空前之论，不亦难哉。"因而评价筼仙其人其词。③又如吕碧城有《晓珠词》自跋三篇，或谈创作经历、创作感受。其《晓珠词》四卷本跋云："虽绮语微存，亦蕴微旨，丽情托制，大抵

---

① 梁令娴：《艺蘅馆词选》序，见梁令娴编：《艺蘅馆词选》，广东人民出版社1980年版。
② 见陈乃文序，《梁氏词学》手稿所附王国维《静安词》开首，1932年稿本。
③ 见《翠楼吟草》卷六附文稿，台湾三友图书有限公司2001年版。

寓言。写重瀛花月，故国沧桑之感。年来十洲浪迹，环奇山水，涉览略遍，故于词境渐厌横拓，而耽直陡，多出世之想。"或谈词体观念，她曾云："移情夺境，以词为最。""至若感怀身世，发为心志。微辞写忠爱之忧，小雅抒怨悱之旨。弦歌变徵，振作士气，词虽末艺，亦未尝无补焉。"① 其他像茅于美的《夜珠词·序》等提出了打通中西文学来填词的见解，值得注意。

可惜的是，由于处于时代之交，文化转型时期，民国女词人能打破传统而大力填词尚已不易，能如单士厘、梁令娴、冯沅君等人那样著书立说表现词学观念者就更为不容易。但仅此也可见民国女性词史的新变程度。

（二）民国女词人的创作主旨

民国女词人的创作主旨，主要不外"休闲"与"忧生""忧世"三个方面。乍看来，这与前代似乎无异，但细究起来，这三大主旨者却是与时俱进、"民国"化了的。因此有必要予以剖析。

首先，从众多的民国女词人的词作来看，其中以咏物、节令、闺趣、题咏之作最多，这表明当时填词的一主旨是"休闲"，即通过填词这种文字游戏方式来自娱、娱人。这里可以虞山女史杨钟虞《课余吟词草》为例来说明。由题目可知，其填词是在学习之余进行的。从所存 20 首词来看，除一首《南浦》为"代挽"归介亭表姨父外，其他均是写四季之气候、景物与赋咏花木，不出传统主旨。如果仅此例有以偏概全之嫌，且看被柳亚子誉为"奇才"的徐自华的词作《忏慧词》② 也是如此。像吕碧城的词集中，亦以咏物、题咏、写景之词为多，其"海外"新词，虽多写异域之景，但其目的不外是"娱己"。民国女词人这种"休闲"主旨，一方面是词体特性的要求；另一方面还与当时女子尚处于启蒙半自由阶段以词来打发时光有关；再一方面，也是锻炼词技、参与词课、炫耀才艺的结果。

其次，"忧生"之旨虽不起于民国女词人，然而面临新时代，其创作中的"忧生"之旨又有了新变化。一方面，她们的词作继续如前代女子那样

---

① 分别见李保民：《吕碧城词笺注》附录一，上海古籍出版社 2001 年版，第 526—527 页。

② 柳亚子：《百字吟·题寄尘忏慧词，用定盦赠归佩珊夫人韵》，见徐自华：《忏慧词》，1908 年百尺楼丛书本。

写"旧恨"——在词中抒写相思之苦、别离之痛、孤独之怀。由于这种"旧"恨是常人之情,适于词体,自然这也就成了民国女子词作中的"常"景。另一方面,她们还以词抒写"新"恨。刘夜烽在《富于传奇色彩的女词人——丁宁传略》中指出,丁宁词一面于词中寄托"旧愁"——凄苦的人生,另一面于词中写"新恨"——独居情怀。① 表面上这种"独居情怀"与前代封建礼教下的"孀妇"相像,实际上,二者有质的不同。因为在民国新的制度下,女子可以重新选择自由幸福。也恰恰因此,不少民国女词人有"才"气、有个性反而导致了婚姻的不完美,她们宁愿独身也不愿向男权低头。如吕碧城、陈小翠、丁宁等女词人或甘做"剩"女,或甘心离异,故于词中有了此种"新"恨。这种"新"恨是一些民国女词人为了追求"自由""解放"而得的结果,显然异于前代的封建压迫造成的凄怆。与"新"恨紧密相连的,以词抒写"无常"之感,糅"新恨""佛"禅于词中,就成了新的"词境"。像吕碧城、张汝钊、丁宁等最终或皈依佛门,或研治佛学,这就增添了"忧生"主旨的新内涵。当然,以佛境入词不始于民国,前代女词人也有出现,只是其背景不同:前代是女词人的词禅联姻,是遭遇旧制度的压迫而产生;而民国女词人则是走进新时代"碰壁"时打禅入词的。

最后,"忧世"之旨在民国女词人的创作中更加突出。与前代相比,民国女性的活动空间与环境大为改观。由闺阁而社会,由一隅而四方甚至域外,再加上生逢乱世,得以躬逢亲历家国的危难与时世的黑暗,当她们纳之于词中时,其中的"家国之恨""抗日之思""哀时之情"自然过于前代。民国第二代女词人中以南社女作家"忧世"之语最多。她们适逢反对封建专制、提倡民主自由的民国词史第一阶段,于词中能够表现社会现实,而排满、驱袁等革命情绪也濡染其中。吕碧城、徐自华、唐群英、张默君等人词作就有"金刚怒目""剑胆琴心"的一面。如徐自华《满江红·感怀用岳武穆韵》中有"亡国恨,终当泄。奴隶性,行看灭。叹江山,已是金瓯碎缺。蒿目苍生挥热泪,感怀时事喷热血。"② 其壮言不亚于秋瑾,不再是传统那

① 见《安徽著名历史人物丛书》第四分册《文苑英华》,中国文化出版社1991年版,第303页。
② 郭延礼辑校:《徐自华诗文集·忏慧词》,中华书局1990年版。

种"闺阁悲吟"。张默君《金缕曲·乙丑重九，时奉直方弄兵江南北》一词中用"憔悴山河怜画稿，长是一家秦越。空负了地灵人杰"之语，谴责战乱。吕碧城《汨罗怨·过旧都作》俨然是《芜城赋》，其中"但江城零乱歌弦，哀入黄陵风雨。还怕说、花落新亭，杜鹃啼苦"，哀怨凄壮。而第三代词人中如汤国梨、丁宁、沈祖棻等于 20 世纪三四十年代也奏出爱国之曲。她们于词中感叹山河破碎，鼓荡民族气节，抒写忧国之情。如汤国梨《念奴娇·戊辰闰七月，战事方殷》中云："生死流离悲哉道，瓜果谁家儿女？宝带波翻，芦沟月冷，何处非焦土？断垣虫语，向人凄切低诉。"通过"焦土""断垣"、凄切虫语来抒发伤乱愁怀；其《瑞鹤仙·乙卯春避难上海》中"念荒园乔木，离离禾黍，幽怀自数。焦乱愁，浑无著处。看郊原野火烧残，细节寸心还吐"数语，则将忧国与希冀合在一起，于"乱愁"中有乐观之想。而丁宁《扬州慢》（1937 年所作）、《摸鱼子》《莺啼序》诸词在表现家国之恨的同时，也表现了仇恨日寇的情绪。其"秋来尽有闲庭院，不种黄葵仰面花""海棠莫怨寒霜重，犹有梅花雪里开"（《鹧鸪天》）诸词句还反映了高尚的民族气节。沈祖棻三四十年代的词作则将"寇难旋夷，杼轴益匮，政治日坏，民生日艰"的时事感怀纳入词中。[1] 可以说，此时有不少女词人化身成"辛弃疾"，将其身世之感与家国之痛织于词中，形成巾帼"稼轩风"。

　　以上大体罗列民国女词人的词学观与创作主旨，既可见她们在转型中于词学理论建树的不足，亦可见她们的创作主旨与时代风潮相呼应而适变。这里要补充的一点是，从民国女词人的创作来看，其师法的词学榜样虽各个不同，但大多先希心李清照，然后再出入南北宋名家。她们的词作常融合白石、梦窗、周邦彦等名家。如梁令娴师从麦孟华，并有《艺蘅馆词选》，虽出入常州派，却能不主故常。如沈祖棻就效周邦彦而过之，章士钊称其"词流观步清真"[2]。偶尔也有专主一家者，如赵文漪主《花间》并有《和小山词》。关于民国女词人的词学观，尚有不少探讨空间，将另撰文研究。

---

① 汪东：《涉江词》序，见沈祖棻著、程千帆注：《沈祖棻诗词集》，江苏古籍出版社 1994 年版。

② 章士钊：《题〈涉江词〉》，见沈祖棻著、程千帆注：《沈祖棻诗词集》，江苏古籍出版社 1994 年版。

五 民国女性词的创作特征

民国时期女词人的创作无论是在词境、词艺，还是在词风等方面都表现出了与前代既同且异的特征。具体表现为：词境的开拓与继承并存，词艺的精工与平庸共生，词风的张扬与平凡具在三者。下面详论。

其一，在词境方面，民国女词人在继承传统的同时又有新拓。一方面，与传统女词人一样，民国女词人对愁境的抒写与表现也尤为钟情。邓红梅先生曾指出，"苦闷渊薮"和"伤怨文学"是女性词最普遍的表达，"在对于自我情感表达上，女性词也远比男性词具有深广性，总的来说，女性词是女性对于自我历史上的种种可能与不可能的角色的全方位拥抱。"① 此不待多言。这里着重要说明的是，民国女词人在词中有许多"抛弃了性别局限"② 的情思内容，塑造了前所未有的抒情形象。在前代女性词史中，这种情况是"弥足珍贵"（邓红梅先生语）的，而在民国，女权的扩大与女子的初步"解放"与"自由"，其笔下出现的"自我形象"大为改观。由过去词中那种"闺妇""怨妇"形象转为"女侠""女革命家"以及真正的"女主人"，显示出更多的"英气"与"豪气"姿态，此种形象诚然在秋瑾词中多有出现，但继秋瑾中"休言女子非英物"（《鹧鸪天》）之语后，以南社为主体像徐自华、唐君英、吕碧城、陈家庆等女性词中，都不同程度地显示出词史"新人"的一面。男子"代言"式、拟闺音之作是化身为奴妾身份，而民国女性词人则出现了不少"化身为须眉"的作品。如程倩薇《扬州慢·闻平津警报》：

> 金寸山河，铁围区脱，从教虏骑凭陵。问貔貅坐拥，甚面目谈兵？叹神州、微茫禹迹，膻腥染遍，谁误苍生？悄危阑闲凭，愁闻哀角声声。　　杞忧莫诉，便痴顽、也自心惊。怅虎豹当关，荆榛塞路，难请长缨。抚剑雄心在，浇清醑，块垒宁平？更伤情长望，龙沙黯征程。③

---

① 邓红梅：《女性词史》，山东教育出版社 2000 年版，第 11 页。
② 邓红梅：《女性词史》，第 12 页。
③ 刘梦芙：《二十世纪中华词选》，黄山书社 2008 年版，第 1920 页。

词中俨然现出"南渡志士"形象。除自我形象的"志士"化以外，于民国女词人笔下，还抒写了诸如"慈母""烈士""良医"等形象，但囿于词体限制，这些抒情形象不多。另一方面，在词境方面，民国女性词也有新拓。这主要表现在对新事物、新境界、新生活的抒写上。她们对新事物的抒写与当时的诗坛、词坛"以旧瓶装新酒"风气一致。如陈小翠《绿梦词》中有《沁园春》三阕分别咏"新美人发""新美人裙""新美人手"即属此类，而其《洞仙歌·题李母八徽图》虽是题画，然却用组词形式将李氏的八件功德逐一叙述，宛如词史。如果说对新事物的"词"化，还不算女性词的独特之处，那么，对新境界的描画则是民国女性词异于前代的特征之一。民国时期大量的女性得以走出闺房的樊笼、走向他乡山川、走进海外异域。其词中出现了数量不菲的山水词、纪行词、怀古词，这些在传统女性词中少见的题材内容，可以说在民国时期存留下来女性词作中无不有此篇什。其中以单士厘、吕碧城、张默君、陈家庆等女性于此种词境开拓尤为突出。她们普遍有海外生活经历，以词笔记异域之行就成了前所未有的现象。由于民国女词人有更多的社会活动空间，其词中对战争、时事的表现就更加真实贴切，这也是前代女性词境不多见的。另外，必须言及的是，民国女词人中虽然由于家庭、婚姻不幸而多爱与怨的小唱，但更多的女词人在新式婚姻状态下用词笔抒写新型的夫妇生活、夫妇感情，此点也当属词境的新拓表现。如陈家庆与徐英夫妇有《黄山纪游》之什，缀以夫诗与妇词，可"想其风流胜赏"[1]。而沈祖棻《涉江词》中也不乏此境。其《宴清都》"未了伤心语"一词尤奇，由词序可知，她住院手术，遇到火灾濒危，夫程千帆"驰赴火场""四觅不获，迨晓始知余尚在，相见持泣，经过似梦，不可无词。"[2] 像此种景象入词，前代诚未有。因此说，当我们论民国女性词对词境的开拓时，不应因其词中"红颜薄命"式闺怨较多，而忽略了"新式爱情"之境。

　　其二，在词艺方面，民国女词人也显示出了高超的技能。邓红梅先生于《女性词史》中说："民国以后的词坛上，女性词依然有其余香。但其创造

---

①　见陈声聪：《填词要略及词评四篇》中《读词枝语》之三八，广东人民出版社 1986 年版，第98 页。

②　沈祖棻著、程千帆注：《沈祖棻诗词集》，江苏古籍出版社 1994 年版。

的热力，至此已基本耗散。"① "这些后代女性所写词，大体缘借前贤，而且越到后来，她们对唐五代小令词的模仿兴趣越明显，所以，除了她们表现新的社会思潮和政治变化加诸人心的影响之词，还能让人从中感受到一定的新意，在美感提供和心灵体验的新美度上，她们的词虽也有对于前代词史的细节的、个别的超越，但在总体上难以翻出新境界。"② 对邓先生此论，笔者以为虽然有合理成分，但也有不足之处。因为"江山代有人才出"，一代有一代面目的文学，民国作为词史上的一个新时期，自有其特色，同样民国女词人的创作在新时代不仅在词境上有新拓，在词艺上也自有其超越前人的面目。下面约举两端。

一方面，标新立异的立意与构思及遣词造句，在民国女性词中不乏其例。与前代女词人相比，大多女词人都有过新式学堂的学习经历，这就不同于前代女词人那种"师其自心""自铸其辞"的创作心态。③ 再加上她们有更多的自由转益多师，对艺文原理也有涉猎，又因为处在新时代、新社会、新的思想之中，故在填词时其立意不新自新。此点前文已有涉及，兹不赘述。在构思方面，民国女词人的巧妙之作颇多。吕碧城、沈祖棻、丁宁、陈小翠等名家不须多举。这里且看吕小薇《菩萨蛮》：

> 劝君休问今何夕。潮痕早没沙滩血。残垒在西边。哀鸦绕暮烟。
> 霓虹灯似雾。歌媚毛毛雨。谁唱大刀还？长城山外山。

由此词小序知，该词为作者 1934 年中秋与卢沅、周振甫等同学游淞沪战役遗迹时作。词首以"今何夕"一语，点出时节，继之以沧桑之语与残哀之景。下片以灯红歌媚之景与山河破碎之状相对比，忧国之情尽在其中，特别是"霓虹灯"与歌曲《毛毛雨》等新名词的巧妙使用，给人以"趣"而"雅"的感觉。姚公骞评吕词云："陶写真宰，鼓吹正声，传统如新，机杼

---

① 邓红梅：《女性词史》，山东教育出版社 2000 年版，第 27 页。
② 邓红梅：《女性词史》，第 602 页。
③ 邓红梅：《女性词史》，第 15 页。

自出。"① 以此词看，足当之。民国女性词中如吕小薇词一样能做到"传统如新"。类似的现象，尚有许多。当代刘梦芙先生所著《冷翠轩词话》多有评及，可参见。另外，茅于美的《夜珠词》中有不少词是"借鉴中西诗歌抒情的技巧来表达自己的思想感情，开拓词体的新意境。"② 茅氏也曾自言："我只想把文学上古今中外的畛域打破，而在艺术的领域里，作家应该为自己寻找一个最合个性的方式。"茅氏的这种洋为中用的抒情尝试可以说是女性词史上的"首次"，其构思自异前代。民国女性词在遣词造句上有两个特点：一是用新名词入词巧妙；二是"精工"之句。前者为传统女性词所未有，可以说是"词界"革命在民国的反映。而后者是民国女词人用才智思力填词的表现。此二者均可以沈祖棻《涉江词》为代表。在汪东批点的沈词中不时可见称沈氏用新名词妥帖的评语。如沈氏《浣溪沙》词中：

碧槛珠廊月影中。一杯香雪冻柠檬。新歌争播电流空。 风扇凉翻鬓浪绿，霓灯光闪酒波红。当时真悔太匆匆。

词中用到柠檬冷饮，电广播、风扇、霓虹灯等新词语，但是巧妙运用，使人无刺目感觉，故汪东说："如此用新名词，何碍?"③ 在用语方面，沈氏不仅善于翻用前人词句，还能灵活调遣语汇。如其词中用到"斜阳"多处，皆"态浓意远，屈曲洞达"④。其他像"泪作珠灯，持照梦中路"、"晓鸡休唱，知道明朝，人间何世"等均造语奇特。仅此足知民国女性词之精工不逊前代之作。

另一方面，"化新奇、化平常为古雅、妙造自然"⑤ 的"画工"境界。王国维在《人间词话》中曾将词人艺术境界分为"化工"与"画工"二者，以此观民国女性词，则属"画工"者尤多。然而这种"画工"在此又

① 刘梦芙：《二十世纪中华词选》，黄山书社2008年版，第1775页。
② 茅于美：《茅于美词集》前言，见茅于美：《茅于美词集》，湖南人民出版社1985年版。
③ 见沈祖棻著、程千帆注：《沈祖棻诗词集》，江苏古籍出版社1994年版，第107页。
④ 见陈声聪：《填词要略及词评四篇》中《读词枝语》之三八，广东人民出版社1986年版，第99—100页。
⑤ 孤云评：《吕碧城女士〈信芳集〉》，见李保民：《吕碧城词笺注》，上海古籍出版社2001年版，第555页。

异于传统镂刻雕琢的内涵，而是意指对新词境与日常生活的艺术表达。由前文可知民国有不少女性词多前人未道之境，于词境亦有功于开拓。然而，若细究其艺术表达，她们多如吕碧城海外新词"镕新入旧，妙造自然"，而不是如"诗界革命"那种新事物、新名称、新语汇以及译音词充斥诗中的末流之弊。她们赋写新奇之事物、景象时"处处以国文风味出之"①。除前面述及的陈小翠、沈祖棻、吕碧城外，像茅于美的《夜珠词》中也有巧妙化用西方典故的词作，其《菩萨蛮》"模糊往事重思忆"、《鹊桥仙·红灯影里》即如此。这种"妙造自然"的艺术方式既是"画工"，也难避逞才之嫌，于此可见。与"化新奇为古雅"相反，"化平常为古雅"也是民国女性词的"画工"表现。所谓的"化平常为古雅"主要是指将平常生活中的事、物用典雅的笔法容纳于词体。这一"特技"也以沈祖棻、茅于美为善。如沈氏《涉江词乙稿》中《宴清都》"未了伤心语"、《蝶恋花》"珠箔飘灯人又去"、《扫花游》"药炉乍歇"、《过秦楼》"别院飞花"等作分别叙及沈氏生病手术住院时的种种琐事，然而"叙事细腻熨贴，是词境最难处"②。至于将日常见闻纳入词中就更多，此点由程千帆先生笺注《沈祖棻诗词集》的文字可见。从某种程度上，沈氏之作与老杜的"内心独白"式的遣兴体大类。须指出的是，这种化平常为古雅虽并不始于民国女性词，李清照词中就有，但是民国女性词中所"化"之平常事物多是前代未有的，也有"妙造自然"的成分，故值得一表。

其三，在总体风格上，民国女性词不拘一格，呈现出"雄奇""刚健""纤柔婉约""平易明畅"等风格相交织的姿态。"雄奇刚健"词风不再像前代女性词那样，偶尔有之，而几乎时时人人有之。如南社吕碧城词，朱庸斋称有"雄奇瑰丽"之风；张默君《红树白云词》即自言"中年豪气凭难收"，邵瑞彭亦以"恢奇"目之；徐自华词中多悲秋孤苦之语，其中慷慨奔放的风格可以说是秋瑾词风的"接力"。正如刘梦芙先生评陈家庆《碧湘阁词》时所云："风格多变，或清丽秀逸，或壮浪幽奇，或沈雄慨慨，不主一

---

① 孤云评：《吕碧城女士〈信芳集〉》，见李保民：《吕碧城词笺注》，上海古籍出版社 2001 年版，第 555 页。

② 见汪东批点《过秦楼》语，沈祖棻著、程千帆注：《沈祖棻诗词集》，江苏古籍出版社 1994 年版，第 73 页。

体，各臻其妙……殊少凄凉幽咽之音，盖词人少年得意，遇合良缘，词境乃如朝霞朗月也。而当国难之时，词人英气勃发，热血奔涌，乃成了激昂悲壮之间，匣剑龙吟，警顽起懦。"不但南社女词人在"接力"秋瑾"雄奇"之风。其他像陈小翠、丁宁、吕小薇等人词风或"常于柔美缠绵之旋律中迸发强音"，或"婀娜中刚健一体浑融"，或"于藻采中见骨力，凄楚中见高洁，芬馨中见神骏"，"苍茫沉郁"，或"卓荦有奇气""含婀娜于刚健""波澜壮阔"。[①] 这种雄奇刚健的词风是民国女性因时代、世道、个性等因素综合作用的结果。可谓女性词中的"稼轩风"。这与前代女性强为"壮语"有所不同，是真正的闺音原唱的风格体现。女性本来就当是阳刚与柔美兼具的。纤柔婉约的词风也是民国女性词风的主体，她们通常用轻约的意象与曲折的抒情相结合于自本属婉约的词体中来表达哀怨心绪。[②] 然而，与前代女子词风相较，民国女性词中缺少了那种歌妓、女冠、宫妃式带有诱惑、期盼性的香艳风格。此点由刘梦芙先生于《冷翠轩词话》中屡用"不作艳冶柔媚"语来评民国女词人如丁宁、王真、施亚西等人词作，可见一斑。这种"香艳"风格的消失与女子命运转向男女平等有极大关系，也与因词体雅化而香艳题材流向民国新的流行歌曲有关。这也是民国女性词风的"新变"之一。

民国女性词风中尚有平易畅快一路。所谓的平易畅快，即词作用语浅切，用典不多，词气流利通畅，给人以明快之感。如汤国梨、丁宁、茅于美、冯沅君诸人词作即如此。夏承焘序汤氏《影观词》即言："皆眼前语，若不假思索，而幽深绵邈。"[③] 冯沅君、茅于美词风平易与其新文学素养关系很大。如刘梦芙先生曾指出，茅氏早期词，"虽为旧体，而富有现代新诗气息，与《花间集》及北宋令词意境迥异，其格律声韵之美，则仍保持之。"正是看到了此点。丁宁《还轩词存》也是"出语平易"、"不落明清凡语"，[④] 其词中尚有缀扬州土语而成的词作。最后要强调的是民国女性词除

---

①　此处引用见刘梦芙：《二十世纪中华词选》，黄山书社 2008 年版，第 1735、1705、1721、1773 页。

②　见邓红梅：《女性词史》第一节"女性词的总体特色与主体美感"，山东教育出版社 2000 年版。

③　夏承焘序汤氏《影观词》，见汤国梨：《影观词》，南京师范大学图书馆藏。

④　分别为张中行语、施蛰存《北山楼钞本跋》语，均见刘梦芙：《二十世纪中华词选》，黄山书社 2008 年版，第 1720 页。

了吕碧城词以及社课、雅集之作、学人之词多有用套语与典故造成词意的"典重与富贵"[①]外,不少女词人还是由于书卷气与学养不浓,以致"自写其心"的措意与自造其辞的用语成为其表达方式。这也造成了其词风的平易畅快。由此可见,同样是平易畅快风格,民国女性词的成因比前代更复杂。

以上从词境、词艺、词风三者概论了民国女性词的创作特征。通过扫描可见,民国女性词的创作比前代有了"新"的面貌与"新"的发展。尽管这种发展是纤微的或局部的,但这正说明民国女性词自有其艺术价值。因为民国女词人在创作时受到了"西方"与"现代"的双重刺激,其词作风貌应激而变是必然的。仅凭此点,就不当忽略其于女性词史上的地位。

六　民国女性词的意义

民国女词人及其创作无论在中国词史、女性词史、词学研究方面还是在新文学研究方面以及女性文化史、心灵史方面都有极其重要的意义。

其一,民国女性词是中国词史不可或缺的组成部分,是传统女性词史的"收官"产物,是当代女性词史的"开山"。其词史意义、文学史意义不容忽视。

从当前人们对近代词、民国词研究日益升温的词学研究情形来看,民国女性词应当纳入我们的视野。然而,由于人们对民国旧体诗词研究的相对滞后,迄今没有一篇宏观专论民国女性词的论文。而对民国女词人的个案研究多集中在吕碧城、沈祖棻等名家上。事实上,民国女性词不仅是中国词史上的又一大花园,也是中国女性在新旧文学交替并存时的民国时期运用词体、革新词体的产物。如邓红梅先生专著《女性词史》对近代女性词的把握与研究,虽然精深,但对由前清进入民国的女性词,除了吕碧城词以外基本缺如,其中固然有"筚路蓝缕"草创式、论纲式之作在所难免的扼要、点将等原因,更有当代人们曾一度普遍对近体诗词、民国旧体诗词重视不够的因素。如以胡适为主要代表的新文学家用"进化论""时代文学观"将明清以

后的诗词视为"鬼"影，以至于人们对明清诗词的研究远远落后于明清小说。而在近代文学研究阵营中，对近代词的价值认识如钱仲联先生尚认为"近代词它的成就，不能与近代诗相提并论。"① 而严迪昌先生的《近代词钞》中所录女性词人不满 10 位，邓红梅先生《女性词史》"花残春去的清末词坛"一章才论及 7 位女词人。而由朱德慈先生《近代词人考录》以及笔者《民国女词人考录》可知，近代女词人或民国女词人的数目尤大。目前尚无"近代词史"的专著出现，仅有个别章节涉及的著作，自然"近代女性词史"也无人问津。而根据章培恒、杨义、陈平原等著名学者提倡的"打通古今"论，根据文学原生态研究理论，这种轻视近现代旧体文学研究的做法是不科学的。可喜的是，近 10 年来，人们对 20 世纪旧体诗词的研究也逐渐纳入视野。其阵营有二，一为新文学研究者，一为近代文学与词学研究者。笔者在从事民国词史研究时，发现"民国女性词"及其历史是绕不开的研究课题。民国女性词人不仅参与了中国词史的书写，而且也为民国词坛增添了艺术"硕果""佳肴"，并且有不少女词人进入新中国、新社会后，又继续为当代词坛输送新人新作。时至今日，传统那种"进化论""名人文学""时代文学"观应当予以反思。尽管文学研究诚然仍旧需要对中国文学中的名家、名人、重要文体的重要阶段继续深入研究，然而更需要我们以联系的、可持续发展的、原生态的研究方式，对古代文学全方位、全面、全程地进行"勘矿""探秘""追踪"与"普查"。以此来看，民国女性词是民国词学研究（包括近代词研究）、女性文学研究、女性词史研究应当关注的一环。

其二，民国女性词是现当代女性文学研究不可缺少的一环。当前对 20 世纪中国女性文学进行研究的论著不在少数。然大多数集中在女性新文学的创作上。如盛英、乔以刚《20 世纪中国女性文学史》中述及女词人仅有徐自华、徐蕴华、沈祖棻数位。郭延礼先生曾站在近代文学研究立场上指出，该著对 20 世纪初头 20 年女性文学研究得不够，并认为"女性小说家群""女性翻译家的群体""南社女性作家群""女性政论文学家群"四大作家

---

① 钱仲联：《近代文学大系·诗词卷·前言》，上海书店 1994 年版。

群体的出现是其最主要的成就。① 如果再联系民国女性词人尚处于研究空白状态下的事实，则真正的 20 世纪女性文学史应当集所有的旧体诗词曲文创作（包括民国女性词在内）与新文学创作为一身的。特别是，不少现代女作家是旧体与新体兼善的，像冯沅君、关露、陶秋英、曾兰、杨令弗、吕逸、陈小翠等均既能诗词，又能小说，不可偏执一端。又由于 20 世纪女性文学家人多量大，仅采用"名家"式的研究显然容易流于偏颇。因而诸如民国女性词史、民国女性旧诗史之类的研究应当出现，庶几减少"盲点"，以促进新文学史及 20 世纪女性文学史的研究深入。

其三，民国女性词也是研究民国女性心灵与女性文化的最佳"突破口"之一。目前来看人们对民国女性文化的研究多侧重在"新文学"状态下的名作家与作品上。现由民国时期出现的女性诗词创作的真实情形来看，人数的众多与作品的繁富就意味着当时她们以诗词写作而成的心灵文献是不可小觑的。词体的窈渺宜修、"能言诗之所不能言"的特性，更适于女性用闺音原唱来表白其大量的衷曲、隐情，当是其心灵史最适合的载体。如丁宁在《还轩词》自序中就云：

> 第以一生遭遇之酷，凡平日不愿言、不忍言者，均寄之于词。纸上呻吟，即当时血泪。果能一编暂执，亦暴露旧社会意识形态之一法也。②

岂止《还轩词》，其他像吕碧城、汤国梨、陈小翠、陈家庆之词集实际上也是传统"诗史"精神的体现，何尝不是以词写心？不是其"心声泪痕"？另外，由其学词经历，可见其对传统文化的"醉心"；由词社雅集可见当时女子创作原生态；由其词中对离乱的表达，可见其忧国情怀；由民国女性词还可进一步把握其审美趣味与精神境界。当我们探讨民国女性的"心灵史"与"文化史"时，其词作当是重要的"样本库"。

总而言之，民国女性词作为民国词史研究的重要内容，亟待我们展开研

---

① 郭延礼：《20 世纪女性文学研究中的一个盲点》，《文艺研究》2007 年第 12 期。
② 丁宁：《还轩词·自序》，丁宁《还轩词》，安徽文艺出版社 1985 年版。

究。为此，仍当如"民国词史"研究的路数一样，一方面从事文献整理，如民国女性词人考录、民国女性词别集叙录、民国女性词选，以及民国女性词人的行年、史实等问题的考辨；另一方面展开批评研究，这包括民国女词人的个案研究与综合研究，像民国女性词史、民国女性词人群体社团研究、民国女性词的艺术风貌与文化意蕴等。只有如此，才会对女性词、民国词以及整个中国词史有新的推进，有利于中国女性文学的言说与书写。

第　四　章

民国词社考论

　　民国时期作为中国词学的又一个独特阶段，其间的词学活动方式同前代一样繁多。词社即是其中之一。它是民国词人同声相应、同气相求、切磋词艺的民间组织。笔者在综论民国词史时曾指出，"词人的'社团'化、词学的'学堂'化、词作的'刊物'化，是民国词史尤其异于前代之处"，并说明云：

　　在民国时期，词社一直是词人同声相应、同气相求、切磋词艺的民间组织。如民国初在上海有淞社、超社、希社、丽则吟社、春音词社、七襄社等。南社分裂后又有湘社、广南社等，无不以诗词相尚。"五四"以后，在浙江温州有瓯社；1925 年在常熟有虞社；在北京先后有聊园词社、趣园词社；1926 年在苏州有蒋兆兰、吴梅等人所结琴社；1928 年在天津词人又结有须社，社员达 20 人；1930 年在上海夏敬观等人又结沤社，社员近 30 人。此时，上海尚有午社、声社以及歌社、词学季刊社等。1935 年南京又成立如社，社员虽不足 20 人，但却集聚了诸如乔大壮、吴梅、陈匪石、唐圭璋等两代著名词人。在 40 年代，北京尚有延秋词社，天津有玉澜词社，在南京则有同声社词学研究主体的组织化。这是与前代相比又一明显的区别。①

---

　　①　见曹辛华：《民国词的新变及其意义》，《江海学刊》2008 年第 4 期。

由于当时拙文为综论方式，此处只是罗列了部分词社名目，而对整个民国时期词社的数量、名实、文献等均略而未述，并且对各个词社的细节问题也未予以详细揭示。因此，笔者再以"民国词社考论"为中心，在逐一考索民国时期的词社活动具体情形的基础上描述其特征，把握其发展轨迹，揭示其在民国词史乃至中国词史上的意义。

一　民国词社考索

关于民国时期词社活动情况的考索，迄今为止尚无系统的研究成果。关于词社的记述也仅在少数的词话与论著中提及。因此，笔者兹先就目力所及的词社名称、情形一一考求与描述如下。须指出的是，本书所谓的词社有广义与狭义之分。狭义的词社指专门以"词社"二字命名者，而广义的词社则包括以文社、诗社、吟社等命名，不专门以填词为主，而是兼及诗、词、文、诗钟等文艺形式创作的文学社团组织。为方便起见，词社描述的排序按时间先后，先述狭义的专门式词社，再列综合式词社。若只知其名称、活动时间等大概情形者，其排序穿插其中；若只知其名称而具体情形待考者，附于末尾。

（一）清末民国初期（清末至1920年间）的词社

薇省同声集
王鹏运、况夔笙、许鹤巢等京师薇省词人所结词社。况氏编选有《薇省同声集》。清光绪刻本《薇省同声集》五卷四册，收端木埰《碧瀯词》二卷，许玉瑑《独弦词》、王鹏运《襄墨词》、况周颐《新莺词》各一卷。薇省，即紫薇省，内阁异称。四人同作结为一集，于后世词学影响较大。

湘社
清光绪十七年（1891），易顺鼎、程颂万等结湘社。易顺豫《湘社集序》称："顺豫少好乘以二骑行，中实先生因亦得乘，为联章句。而龙阳至长沙四日道，道短易至，中苦无流连，渡资迂三里，访伯璋、中蕃千家洲。一夕得百韵诗，湘社始萌芽矣。"易顺鼎、程颂万辑有《湘社集》。① 成员还

---
① （清）易顺鼎、程颂万辑：《湘社集》，清光绪十七年（1891年）长沙蜕园刊印本。

有郑襄、袁绪钦、何维棣、易顺豫、程颂芳、吴式钊等。

咫村词社

王鹏运于清光绪二十一年（1895）创立，郑文焯、朱祖谋、宋育仁等加入。夏孙桐《刻烛零笺跋》语："光绪中，京师词人以半塘老人为领袖，最初有《薇省同声集》。许鹤巢、况夔笙后先羽翼，至丁酉、戊戌以后影从益盛。张瞻园、朱沤尹皆致力专且久，卓然成家。余者入社有先后、有作辍，册内如左笏卿、宋芸子、王梦湘、易实甫、由甫，并一时名隽。当日余亦忝厕敦盘之末，执鞭负弩，不足以附骖靳也。……今尚寄旅旧京者，笏老、章曼卿与余三人耳。……丁卯（1927）中春记于麻刀胡同寓斋。"① 成员还有张仲炘、裴维佽、王以慜、夏孙桐、易顺豫、华再云、黄白香、庞瞗庵、高燮曾等。

月桥吟社

约光绪二十四年（1898）成立于浙江平湖，发起人为钱厚贻，社课有诗有词。周志刚为龚宝廉《吟鹂吟馆诗存》序："三十年前，我乡有吟社曰月桥。月桥者，僻处芦川之北。……主其事者为钱君，君儒风雅士也，入社诸君，若奚其芬、张叔雍、朱维椿，皆一时知名士。我二人虱处其间，相与唱和，意兴飚发，不知人世间有老病忧悲苦恼事。未几而死亡相继，风流云散。"② 周志刚作序写于"民国十七年戊辰"，序中称"三十年前"结社，故推算可知其时为清光绪二十四年（1898）以前。

风余词社

光绪年间（1900 年至 1901 年）成立于浙江湖州。时阳湖刘炳照官湖州，闲暇与张鸣珂、左运奎、金武祥、孙德祖等人结社课词，诗词借邮筒往复。刘炳照《复丁老人诗记》后记："庚辛之际，予与公束、子容、夔伯诸子结风余词社，邮筒往复，无殊觌面。"③

冶春后社

光宣年间创于扬州，社长翰林院致仕官宦臧谷（宜孙）。1915 年建社址于徐园中。1937 年停止活动。社员有叶维善（贻谷）、张曙生（爽斋）、陈延铧（含光）、吉亮工（柱臣）、孔庆镕（小山）、马荫秦（伯梁）、萧丙章

---

① 夏孙桐：《刻烛零笺跋》，见夏孙桐《悔龛词》，民国二十二年刊《彊村丛书·沧海遗音》本。
② 陆淮鋆编纂，郭光杰、陆松筠整理：《平湖经籍志》续录第 574 页，平湖史志办 2008 年整理本。
③ 刘炳照：《复丁老人诗记》后记，光绪三十四年刻本。

（畏之）、胡震（显伯）、江石溪（江汉）、陈廷祥（履之）、张士安（镜人）、王度生、高超（乃超）等①。

寒碧词社

光绪二十五年己亥（1899），刘炳照、谭献、左运奎、金石与郑文焯等人结寒碧词社于苏州。社课每月两次，社课以邮筒往来，拟题征诗。

吴社

光绪年间（1885 年至 1888 年），郑文焯、易顺鼎、易顺豫、王鹏运、蒋次香、张子复等创立。据郑文焯《瘦碧词·大䤄》词序云："予与吴社诸子既联句和石帚八十四阕，吟赏所至，复杂连五十余解。中和片玉最多，歌弦醉墨，陵轹一时。其豪逸不逊陈允平、方千里、杨泽民辈也。今仲实远官夷门，次香方自秣陵于役，京国、叔由又将归楚。期年之间，独予与子复留滞兹邦。"此集乃光绪十一年（1885）至光绪十四年（1888）之间作。后来易氏有《吴社诗钟》之辑，当也是此时产物。②

鸥隐词社

光绪乙未（1895），郑文焯、刘光珊等所结。据夏孙桐《悔龛词》中《南浦·泽畔共行》词小序："艺风远自武昌邮示月湖看雨新词，渺渺秋怀，溢于言表。时吴中新结鸥隐词社。冷境喁于，殆如响应。次韵寄怀，不觉言之凄异也。"又夏孙桐《悔龛词·自记》云："余自光绪乙未（1895），侨居吴门，郑叔问、刘光珊诸君结词社。始学倚声，社作散佚，仅存一二。丁酉、戊戌间在京师时，从王半塘、朱古微游，强拉入社。所作甚少，稿已多佚。"③又据夏氏子男夏纬明（慧远）所记，知该社社友为："吴县费屺怀、夏闰枝、钱塘张芷莼、宝山陈同叔、金坛于仲威、余杭褚绎堂、铁岭郑叔问等。刘炳照语石《无长物斋词存》中有汪尧峰后记载此。先后入社者有张子馥、易顺鼎、易顺豫、蒋次香、况夔生、潘兰史、金湉生等，时北方之王鹏运、朱祖谋诸人也邮笺往还。始终主其事者郑叔问也。"④

①　王资鑫：《冶春后社》，扬州市政协文史和学习委员会编：《扬州文史资料·冶春后社》，顾风主编：《历史深处的画舫：清代扬州北郊园林景观文索》，第 132 页。

②　易顺鼎辑：《吴社诗钟》，上海广益书局民国三年（1914 年）版。

③　夏孙桐：《悔龛词》，民国二十二年刊《彊村丛书·沧海遗音》本。

④　据夏纬明（慧远）所记《记苏州鸥隐词社》，见张伯驹主编：《春游社琐谈·素月楼联语》，北京出版社 1998 年版，第 72—73 页。

玉山吟社

1896 年成于台北县艋舺江濑亭。加藤重任（雪窗）、水野遵（大路）、土居通豫（香国）、伊藤天民、白井如海等日人，及当时"台日论说"记者章炳麟等二十多人创立此社。社员：加藤重任、水野遵、土居通豫、黑江松坞、馆森鸿（子渐、笔名为袖海）、金子芥舟、山口宗义、吹野信履、斋藤鹤汀、草场金台、林隆、伊藤天民、白井如海、矶贝蜃城、村上淡堂、冈木韦庵、石川柳城、木下大东、中村樱溪及台籍陈淑程、黄植亭、李石樵、章太炎等三十余人。社员以日人为主，但台绅黄茂清、李秉钧、翁林煌、蔡石奇、陈洛等人常与会。该社主要借文字因缘，以联络日台声气，莳月会集，击钵催诗。《台湾新报》常见课题、征诗之作。明治三十年（1897）11 月后，由于日籍社员退官东还者日多，因此遂趋衰颓。① 虽是日本人所创，但是有汉人参与，姑系于此。

汉上消闲社

成立于戊申（1908），止于辛亥四月。有社课《汉上消闲集》，宣统三年（1911）铅印本，收诗、词、文、赋、诗钟等。题词者高达数十人，收词九十九阕。与会人数众多，多达数百人，属松散型文人群体。社主宦应清，贵州人，武汉为官。

春晖文社

华亭张本良（景留）于庚戌（1910）创立，至 1915 年共集 15 次。据张氏《春晖文社社选弁言》所记："本良质弱，而窃好文章，于庚戌（1910）创立春晖文社，以文会友，以友辅仁，相应相求，极一时之盛。迄于甲寅 1914 冬，已举行十有四次。……社友至百余之众，本良乃请高吹万先生将十五次会艺之尤者为社选第一集。……今夫社事之兴，多在季世，岂非士君子慨世道之衰，斯文之将丧，思所以挽颓风而振坠绪者哉？……清末欧化东渐，异说横行，国学扫地。有志之士，疾首痛心，而社事又起，南社起于先，而国学商兑会继于后。火齐木难，收罗殆变矣。"② 此社"以交换智识，保存国粹为宗旨"，"以经、史、词章三类轮流命题"。又高燮分别在

---

　① 王文颜：《台湾诗社之研究》，1979 年政治大学中文所硕士论文，第 118 页。

　② 张本良：《春晖文社社选弁言》，见《进社第一二三集》，进社丛刻民国七年（1918 年）版，第 4 页。藏南京图书馆古籍部。该文中大量文献来自南京图书馆，凡馆藏地为南京图书馆者，不另注。

民国五年（1916）、民国八年（1919）选辑有《春晖文社社选第一集第二集》。① 有张汝舟晋之、周璞华、高深君介、封用晦、沈辛庚、盛景葵等与社。

著涒吟社

当在宣统前后。由《著涒吟社诗词钞》卷六第四十五课《咏趣园六景》小序"趣园者，知梦老人陈君铁如所葺种菜园也，宣统改元之初春卜宅于京师朝阳门内大方家胡同"，以及卷五沈宗畸所作诗题"庚戌（1910）季春之月，将出榆关，匆匆握管，不及以工拙计也。尚希诸同志鉴正，羞翁署于京师晨风阁"可知。为词的社友可考者有：王潜刚（号渡公，字饶生）、定信（号法界众行，字可安）、袁祖光（号半亩蓼，字小俏）、冷汝楫（号拙斋居士）、邵福楙（号百益，字粹夫）、顾承曾（号申墨，字伯寅）、万秉鉴（号沈性子，字朗亭）、张瑜（号铁柱轩主，字郁庭）、袁祖荣（号六亩蓼，字蕙村）、李国瑜（号瘝言子，字绍堂）、王祖翰（号看枫主人，字苑丞）、黄甲第（号半痴子，字旭初）、俞丽宸（号雨花仙史）、余际春（号潜岳散人，字梅岑）、周焕常（号蝶巢，字剑青）、袁士镡（号养虹蓼，字剑星）、戴岑永、沈宗畸等。集中抄有《梅影词》等。② 南京图书馆有《著涒吟社诗词钞》（存四册）卷四、卷五、卷六、卷七。北京图书馆存《著涒吟社诗词钞》一卷，又存《著涒吟社同人小传》一卷。

庚子词社

1900年"庚子事变"引发八国联军之役。词人王鹏运、朱祖谋、刘福姚等困居北京，集王鹏运寓宅（即"四印斋"），以词课形式排解忧心。后加宋育仁唱和之作，辑成《庚子秋词》两卷。唱和者除王、朱、刘三人外，尚有郑文焯、张仲忻、曾习经、刘恩黻、于齐庆、贾璜、吴鸿藻、恩溥、杨福璋、成昌、左绍佐等。唱和过程深具词社性质，可视作咫村词社之延续形态。

丽则吟社

光宣之际创于上海。全称为海上丽则洁身社。为较早的新式大型文艺社

---

① 高燮选辑：《春晖文社社选第一集第二集》，民国五年（1916年）、民国八年（1919年），藏上海图书馆古籍部。

② 据南京图书馆藏《著涒吟社诗词钞》（存四册）卷四、卷五、卷六、卷七。

团。有《丽则吟社诗词杂著》。① 又有《国魂丛编》刊行。成员可考知者有：陈栩、尤泣红、悼兰室主、留春痕斋主钱曼仙、亦谐王曙笙、悔生、病春山人胡藐庐、李麓石、龙冈旧友徐元贞、元和王润之、雁门畲啸尘、大兴张郁庭、乌程沈竹荪、萧湖季凤书、萧湖季碧梧、淮山李长康、沧海一粟生程咏雯、杭州华痴石、樱龛、诗瘦倚声、江南燕子奚囊、海昌周剑青、神霄真逸、扬州天覣生毕希卓、冰壶张尚纯、吴耳似、冷泉亭长许伏民、寄簃、弅山瘦蝶、绿橘轩主陆荣勋、蒿城瑞女士朱素贞、倚翠楼主等。《国魂丛编》之三有《丽则吟社词选》。②

三千剑气文社

光绪庚子 1900 年，黄人、庞树松、庞树柏等创立于苏州。据庞树柏《哭黄人诗》小注云："庚子之春，先生偕余兄弟结三千剑气文社于吴下。"③1909 年 11 月柳亚子组建南社，三千剑气文社并入其中。

栎社

1902 年建于台中，至 1949 年停止社集。由林俊堂、林南强、赖绍尧发起，社友有蔡启运、陈瑚、吕敦礼、陈怀澄、傅锡祺、吴子瑜、林献堂等。该社为民国时期台湾影响最大的大型综合性社团。具体情形可参考当代学者许俊雅《黑暗中的追寻——栎社研究》（东方出版中心，2006 年）。栎社尚有不少支社如台湾文社（1918 年，林灌园、傅锡祺、林幼春、林子瑾）、鳌西吟社（1918 年，陈锡金、蔡惠如）、大冶吟社（1921 年，施家本、庄太岳）、中州吟社（1922 年，王学潜）、樗社（1923 年，林子瑾）、南陔吟社（1925 年，张玉书）、青莲吟社（1925 年，郑玉田）、怡社（1926 年，吴子瑜）、东墩吟社（1929 年，蔡子昭发起）、萍社（1934 年，蔡子昭为顾问）、中州敦风吟会（1937 年，林幼春、傅锡祺发起）、应社（1939 年，杨树德）。其中填词者也有不少。

瀛社

1909 年成立于台北厅艋舺平乐游旗亭。第一任社长洪以南，社员有谢

---

① 丽则吟社辑：《丽则吟社诗词杂著》，宣统元年（1908 年）版。藏上海图书馆。
② 见藏丽则吟社辑：《国魂丛编》，1908 年刊本，南京图书馆。
③ 郑逸梅：《南社丛谈》，《郑逸梅选集》第一卷，黑龙江人民出版社 1995 年版，第 7 页。

汝铨、魏清德、李建兴、杜万吉、黄鸥波、陈焙焜等。① 与栎社、台南南社并为台湾日治时期三大诗社。创社之后，每月召开吟宴唱酬，由颜云年推动，每年召开大会。

台南南社

1906 年由连横、陈渭川邀集谢石秋、赵锺麒、邹小奇、杨宜绿所组成。1909 年选出第一任社长蔡国琳，此后依序由赵云石、黄欣、吴子宏担任社长。② 与栎社、瀛社并称台湾三大诗社。当时除此外尚有星社、天籁吟社、桃园吟社、罗山吟社、聚奎吟社等。

著作林社

天虚我生陈蝶仙 1904 年前后创于杭州。发行《著作林》社刊，刊登有大量社友诗词。此为以刊为社的新型文学社团，笼络了大量的诗词作者。

刘江（娄江）吟社

周病鸳品珊（曾主编《同文沪报》《笑林报》）1903 年创立。据许泰（瘦蝶）《梦罗浮馆词钞》序云："癸卯（1903）橐笔游刘江，适古歙周子病鸳创吟社于海上，集者千余人。"③

神交社

1907 年，陈去病、刘季平、吴梅、柳亚子、高旭、冯绍清、祝心渊等为秋瑾开追悼会时成立。④ 陈去病在 1907 年 7 月 29 日的《神州日报》上发表《神交社例言》，宣称"本社性质略似前辈诗文雅集，而含欧美茶会之风"。一般以为，神交社是南社的雏形。

秋社

1908 年，陈去病、徐自华等为纪念秋瑾而创立。⑤ 民国成立后孙中山先生担任名誉社长。

寒隐社

由高燮（吹万）1909 年秋间组织。以高氏号寒隐子得名。社友大多后

① 《台湾文献》1959 年 9 月十卷一期，第 36 页。
② 王文颜：《台湾诗社之研究》，1979 年政治大学中文所硕士论文。
③ 许泰（瘦蝶）：《梦罗浮馆词钞》，稿本。
④ 据杨天石：《南社史长编》，中国社会科学出版社 1999 年版，第 87 页。
⑤ 据郑逸梅：《南社丛谈》，《郑逸梅选集》第一卷，黑龙江人民出版社 1995 年版，第 5 页。

来成为南社成员。高氏有《寒隐社小启》。① 寒隐社以"提倡气节，商讨旧学，疏论新知"为主旨，通过文献的整理，力图建立一种明末遗民节士的精神谱系，体现了清末民初国粹主义的内容转换。

南社

高旭、陈去病、柳亚子等于 1909 年发起，于 1923 年又成立新南社。南社有不少支社，如南社湘集（长沙）、同南社（同里）、淮南社、越社（绍兴）、辽社（辽宁）、广南社（广东）、南社闽集等，后文不再列。此社为大型综合式社团，其中词人众多。

越社

创立于 1910 年，为南社的分支。陈巢南有《越社叙》。其发起人为宋佩紫。② 社员数以百计，一时名流如周豫才、范爱农、宗琳皆与焉。越社《章程》规定夏冬二季各活动一次，岁刻丛刊二集，分诗文词三种。民国元年（1912）刊行《越社丛刻》。③

南雅诗社

当创立于 1912 年前数年。据由云龙 1912 年所辑《南雅诗社吟稿》。④《南雅诗社》的诗歌主张："诗歌吟诵与盛衰治乱相关，识者于此觇国运焉……虽各抒性情之正，变风变雅，亦足徵得失之际，固不仅吟弄风月闲情逸致已也。"直面社会历史，以诗存史。

夷门词社

民初成立于河南大学，由邵瑞彭、卢前与众多学生组织而成。主要社员有：桑继芬（字曼渌，绍兴人）、金希庭（字韵珠，民权人）、徐世璜（字穉珺，杞县人）、谢兰英（字冠群，信阳人）、王鸿儒（字冰如，汝南人）、王元生（字念初，氾水人）、汪志中（字大铁，固始人，有《淮上集》）、吴维和（字酥笙，固始人，有《茜窗韵语》）、吴重辉（字子清，南阳人，有《沧浪渔笛谱》）、许敬武（字颐修，开封人，有《卯桥韵语》）、郭筱行

---

① 据当代学者胡晓明、李瑞明编著：《近代上海诗学系年初编》，上海教育出版社 2003 年版，第 94 页。
② 据郑逸梅：《南社丛谈》，黑龙江人民出版社 1995 年版，第 26 页。
③ 见《越社丛刻》《越社文录、诗录》等，民国元年（1912 年）。藏上海图书馆。
④ 由云龙辑：《南雅诗社吟稿》，1912 年刊印本。藏北京图书馆。

（字豫才，滑县人，有《瓴竹余音》）、蔡伯亚（字伯雅，商丘人，有《澹碧轩长短句》）、戴祥骥（字耀德，考城人，有《听鹂余歃》）等。该社团属典型的大学师生型。有《夷门乐府》①。

海门吟社

创于 1911 年，止于 1916 年。据赵光荣民国五年所辑《海门吟社》六卷知②，1911 年 7 月成立于镇江，有社员赵曾望、赵光荣、吴清庠、奚侗、白曾然、姚锡钧、庄树声、叶玉森等 36 人。丹徒籍为主。1913 年前赵曾望为社长，举三集 1915 年 10 月复社，赵光荣延请奚侗、吴清庠、白曾然轮流主社。1916 年因护国战争，社集停止。赵光荣辑有《海门吟社初编》六集，诗词 420 首。

消寒社

1912 年，缪荃孙、吴昌硕、陈三立、樊增祥、潘习声、曹炳麟等结消寒社。③ 1915 年曹炳麟辑有《消寒社诗存》一卷。④

丽泽文社

唐宴 1912 年与其学生刘之泗、刘朝叙、张志沂等十余人在上海结丽泽文社。据张志沂《涉江集·跋》，⑤ 丽泽文社是师生结社，主要内容为教学，具有传统私塾和现代学堂的双重性质。唐元素是文社核心，郑孝胥、沈曾植、冯煦等人为讲师。

希社

周庆云 1912 年与高翀创立。至 1915 年尚有社集。⑥ 周氏、高氏均擅词。⑦ 是社规模极大，是大型综合性社团。其社员有俞云、秦国璋、刘炳

---

① 《夷门乐府》，民国二十二年（1933 年）河南大学铅字朱印本。

② 见赵光荣辑：《海门吟社》六卷，民国五年（1916 年）版。

③ 见当代学者胡晓明、李瑞明编著：《近代上海诗学系年初编》，上海教育出版社 2003 年版，第 141 页。

④ 曹炳麟辑有《消寒社诗存》一卷，民国四年（1915 年）刊本。藏上海图书馆。

⑤ 据当代学者胡晓明、李瑞明编著：《近代上海诗学系年初编》，上海教育出版社 2003 年版，第 139 页。

⑥ 据南京图书馆藏《希社丛编》第六册所记。

⑦ 周庆云，字湘舲，号梦坡。浙江吴兴人。巨商与词人身份兼具。高翀，字太痴，别字清逸道人。潘飞声曾序其《百盆花庵词剩》《希社题襟词初集》。刘承干序称其"词合哀艳、壮浪、真挚三者而自成一家"。其自序云："夫词虽小道，未易言工。声律之讲究，句之磋磨，矻矻半生，枉抛心力。"

照、姚东木、潘飞声、邹弢、陆绍庠、唐咏裳、舒昌森、沈焜、庄学忠、戴坤、姜循理、徐公辅、徐元芳、阮崇德、徐思瀛、李显谟、宋垚寿、袁昌和、徐公修、朱家骅、金天翮、汝开峰、徐尚志、陈步墀、严翼、黄协埙、刘章荫、余佩金、张荣培、邹文雄、沈其光、倪绳、陆玉书、陈璞、李瑞清、赵黼鸿、陈鹏骞、恽毓嘉、李宝章、周树奎、朱文炳、任越隽、张学华、汪仁溥、邹尊德等凡44家。社员大多为上海、苏州、嘉兴等地区诗人与寓沪文人。后刊有《希社丛编》六册。

寒庐吟社

1913年冬，袁克文居北京，与易顺鼎、何鬯威、闵葆之、步林屋、梁众异、黄秋岳、罗瘿公等结寒庐吟社于南海流水音。曾请画师汪鸥客作《寒庐茗话图》，时人目为"寒庐七子"。①

东社

1914年至1917年，成员有金凌霄、叶圣陶、刘大白等。先后出版《东社》三集。第一集（民国三年出版）收录金凌霄、吴冰心、胡天月、曾泣花、汤秋柳、何宝书、郭佛魂、王笑侬、周影竹、胡天月等人词作。② 第二集（民国四年出版）收录大雄、何宝书、沈无名鹤浦、邱邑啸天、龚芝英斗南、胡天月、徐吁公小素、刘大白、何寄虫曼尘、曾进问渔、陈宏病尧、汤城孤芳、时曼陀、曾格泣花、方侃释侬、高舒城逸农、周球影竹、公羊寿石年、张秉乾佛慈、陈一苇勺与等人词。第三集（刊于民国五年）收录金天翮、高毓华、方侃、杨元恺、时秩、陶陶、许观、徐煦、孙逸鸥、光大中、汤域、胡天月、朱铁英、陈宏、张秉乾、龚之英、金病鹤、陈敦复等人词作。

梨花里酒社

据郑逸梅所记："两榜、三元、五魁，科举名目也，然拇战习呼之，殊觉陈腐俗套。曩年柳亚子、顾悼秋辈，在梨花里组酒社，乃首创以词牌名代之，盖诸子皆词人也。如一斛珠、双双燕、三姝媚、四时好、五彩结同心、

---

① 谢燕：《晚清民国词人集社与词学传统》，《中国韵文学刊》2013年第27卷第3期。

② 金凌霄：《东社宣言书》："吾谓文学盛而天下始可以言无事，易代之际必有颓风末俗不随兵氛而消除，而开国规模亦必有张皇润色乎其间者。秉天地之正气，挟褒贬之至公，以气节、文学为天下倡，东社之兴曷可缓乎？"

六花飞、七娘子、八宝妆、九张机、十样花之类。其他鹊桥仙代七、龙山会代九、满庭芳代十、然以呼不顺口，动辄有误，未能通行也。"[1]

超社

1913年，樊增祥倡立，为超然吟社之简称。义取"超然之义，取诸超览"。据罗继祖《辛亥后海上社集》一文载："上海壬子以来，故有超社十人，轮流诗酒。甲寅一年，出山者半。王子展观察戏谓超字形义，本属闻召即走。此社遂散。"[2] 又由陈夔龙所辑《逸社诗存》[3] 知，至1915年改名逸社。又由乙亥（1935）严昌堉（载如）《鸣社二十年话旧集》序："超社属先朝显者。天地既闭，托于歌咏，以寄其旧君故国之思。甲寅乙卯以还，夫己氏饵卑辞厚币，乃多有捧檄而喜，去此不顾者。谑者谓六书之义其四曰会意。超字于文，盖召之即走也，嗣改曰逸社。"[4] 超社社员有沈曾植、易实甫、余寿平、杨钟羲、梁鼎芬、周树谟、李瑞清、章梫、陈三立、吴庆坻、郑孝胥、陈曾寿、缪荃孙、王仁东、沈瑜庆、潘飞声、冯煦、左绍佐、胡薪生、余诚恪、胡思敬等。[5] 是社为前清遗老显贵的诗人组织。

淞社

1912年至1913年，周庆云（梦坡）于上巳日所创。[6] 据乙卯（1915）夏五月尼堪杨钟羲序云："梦坡居士以吴兴词人为淞社祭酒，三年以来同人酬唱之作，衰然成集，次第理董而校刊之。谬承授简，使为之序。"又据甲寅（1914）冬十二月乌程周梦坡于晨风庐序所云："当辛壬（1912—1913年）之际，东南人士胥避地淞滨。余暇日仿月泉吟社之例，招邀朋旧，月必一集，集必以诗。选胜携尊，命俦啸侣，或怀古咏物，或拈题分韵，各极其至。每当酒酣耳热，亦有悲黍离麦秀之歌，生去国离乡之感者。……余自

---

① 《申报》1935年12月16日郑逸梅《拇战小掌故》一文中先写酒社后写星社，知酒社当在星社之前建立。

② 罗继祖：《辛亥后海上社集》，见张伯驹主编：《春游社琐谈·素月楼联语》，北京出版社1998年版，第237页。

③ 陈夔龙辑：《逸社诗存》，1917年刊印本。

④ 见南京图书馆藏严昌堉等辑：《鸣社二十年话旧集》，1935年刊印本。

⑤ 据当代学者胡晓明、李瑞明编著：《近代上海诗学系年初编》，上海教育出版社2003年版，第168—169页。

⑥ 据1913年癸丑上巳徐珂所记。见周庆云编：《淞滨吟社甲乙集》，民国四年（1915）版。

结社以来，衷录诸作曰淞滨吟社集。先将甲乙两集付诸手民。"① 其社友，有嘉兴沈守廉絜斋、番禺潘飞声兰史、太仓钱溯耆听邠、阳湖刘炳照语石、海定许湘祥狷叟、乌程周庆云梦坡、石门沈焜醉愚、临川李瑞清梅庵、江阴金武祥湘生、贵池刘世珩葱石、秀水陶葆廉拙存、安吴朱锟念陶、太仓钱绥盘履楥、宁海章梫一山、乌程张钧衡石铭、归安陆树藩纯伯、海宁费寅景韩、阳湖汪洵渊若、江阴缪荃孙筱珊、宝山施赞唐琴南、阳湖恽毓龄季申、钱塘吴庆坻子修、常熟潘蠖毅远、阳湖恽毓珂瑾叔、沈阳唐宴元素、建德胡念修右阶、刘承干、吴俊卿、阳湖吕景端幼舲、余杭褚德彝礼堂、丹徒戴启文壶翁、北通白曾燔石农、丹徒戴振声嚚弇、北通白曾然也诗、仁和徐珂仲可、归安杨兆鋆诚之、元和孙德谦益庵、日本长尾甲雨山、阳湖赵汤浣孙、长沙程颂万子大、嘉兴吴昌言颍函、黄岩喻长霖志韶、兴化李详审言、铁岭杨钟羲芷姓、无锡汪煦符生、闽县郑孝胥苏戡、无锡王蕴章莼农、咸阳李岳瑞孟符、镇洋缪朝荃衡甫等近 50 人。集中收有唐宴等人词作。

稊园诗社

1913 年由稊园园主关赓麟创于北京稊园。据稊园诗社所辑《稊园钵集》②。1963 年刊《稊园癸卯吟集》中所收《稊园吟集缘起与复课经过》一文："都门觞咏之会，肇于民初，实甫首倡，樊山继响，海内胜流，如水赴壑，著籍者达四五百人，每集三四筵，稊园实董此局。其时罗瘿公、王书衡、郑叔进、顾亚蘧、沈砚农、夏蔚如，乃常至之客。后由高阆仙、曾重伯、李孟符、侯疑始、靳仲云、丁阁松、宗子成（威）发起，以稊园园主而名社。与城西诗钟社互为犄角，寒山社友遇春秋佳日，于游燕之暇，迭有唱酬，延至二十年不衰。稊园旧例兼倡钟钵，于即席成咏外，复增邮课，以广嘤求。国都南迁，稊园在宁，别创青溪诗社，东南人俊云集，以冒疚斋、胡眉仙、游元白、彭云伯、黄莆怡、关吉符、靳仲云、黎铁庵、翁铜士、王惕山为翘楚。国难忽乘，旧雨西徙，在渝仍袭旧号，吟章。自寒山并入稊园，钟声绝响。"③

---

① 见周庆云编：《淞滨吟社甲乙集》，民国四年（1915 年）版。

② 见稊园诗社所辑：《稊园钵集》，1924 年版。

③ 见戴亮吉等辑：《稊园癸卯吟集》，1963 年版。

栩园诗社

当于 1913 年由郭则沄倡立于北京。[①]

碧山词社

民国二年（1913），台北诗人林尔嘉在福建厦门鼓浪屿创菽庄吟社。台南诗人施士洁也曾参与其事。又，有菽庄主人结碧山词社于鼓浪屿事，据《碧山词社帆影词录》识语"以上赠品希将勘合寄至福建厦门鼓浪屿菽庄诗社支领"一语，知碧山词社主人于菽庄诗社中创办词社。[②]

蛰园诗社

当于 1914 年以后由郭则沄倡立于北京。社员有郭啸麓、夏枝巢、黄公诸、黄君坦、关颖人等。有《蛰园钵集》《蛰园钵集第五十次大会诗选》。当持续至 1924 年前后。[③] 至民国后期复创。

沤社

周庆云 1913 年创立。有刘炳照、吴昌硕、潘飞声等，举行消寒第一集于晨风庐。然于 1930 年也有沤社，是知民国时当有二沤社。又据汪兰皋辑《来台集》中附录《沤社四集汪子实以鬼趣图征题，四叠前韵》《徐仲可以沤社五集招饮》，以及当代学者胡晓明、李瑞明编著《近代上海诗学系年初编》记载"潘飞声是年于沪上作沤社。与周庆云唱和"，编年诗录有潘氏《沤社初集，分得"卖"字》，知此沤社当不是专门的词社，而是以诗为主。[④] 如此，则据周庆云诗《癸丑人日，晨风庐雅集，宾主九人共五百三十八岁九字，依齿分韵，余分得"十"字》知，此沤社会者应九人。又由《二月二日兰史携姬人月子至杏花楼宴客，到者为许狷叟、吴苦铁、沈醉愚、商笙伯、卫桐禅、刘翰怡及余共九人，即席分韵，予得"管"字》知，[⑤] 此九人当为许溎祥、吴昌硕、沈焜、刘承干、商笙伯、卫桐禅、潘飞声、月子或刘炳照等。另汪子实、汪兰皋、徐珂等也当与会。

---

① 参见陈声聪：《填词要略及词评四篇》之《燕京词人历有词社之集》条，广东人民出版社 1986 年版，第 101 页。

② 见陆草：《中国近代文社简论》，《碧山词社〈碧山词社帆影词录〉》。

③ 参见陈声聪：《填词要略及词评四篇》之《燕京词人历有词社之集》条，广东人民出版社 1986 年版，第 101 页。

④ 胡晓明、李瑞明编著：《近代上海诗学系年初编》，上海教育出版社 2003 年版，第 201、362 页。

⑤ 胡晓明、李瑞明编著：《近代上海诗学系年初编》，上海教育出版社 2003 年版，第 201 页。

藕社

据《女子世界（上海1914）》1915年第5期所收程筼甫《香奁集·词选·高阳台·风云月露词索藕社同人和》知。[1] 又据1915年《小说新报》所刊程筼甫《贺新郎·题藕香吟社同人〈上巳联吟集〉》[2]，全名当为藕香吟社。又据1920年阮寿慈辑《藕香吟社消寒集》[3] 可知此社当持续至此年。

樊园吟社

当在1913年结社。周树谟《展花朝日，樊园吟社看杏花》中有"樊山爱客饮文字，招呼九老来庭中"之句，知此吟社当为樊增祥于上海所创。[4] 社员当有樊增祥、周树谟等遗老。

袖海楼吟社

1914年由福建海军军人张准等于上海创立。专为诗钟游戏、写作旧体诗。据何品璋序中称："辛亥，治军沪渎，吟局滋繁，而袖海楼诗社遂亦成立。围炉击钵，月有常期。比岁以还，余入京曹，而同社朋侪亦多星散。"据张准序所言："民国三年甲寅春，海军同人创袖海楼吟社于古春申浦。余素不谙声律，窃心好之，追随既久，吟兴益浓。寻以中日交涉事哑，吟事中辍。越明年，裁撤海军沪署。余调任部曹，同社星散。逮六年秋，规复旧署。余奉檄南来，忝领戎幕，与诸君子聚首一方，再兴社事。阅两年，又以江防多故，军书旁午，不弹斯调者已五稔于兹矣。"知此社当建得更早，而于1916年社散。散后，才由张准于1925年将社集出版。据《吟社同人姓名录》知此社社员以福建闽侯军人为多。如黄麻民（名裳治）、何质玉（名品璋）、王璧颖（名君秀）、李子辂（名昭坦）、林介吾（名福祺）、张心如（名斌元）、张筱漪（名起桓）、陈肩苍（名樵）、郑幼权（名孝焘）、叶菊人（名世瑛）、陈永年（名遐龄）、翁梦香（名继芬）、吴步岳（名山）、何君超（名逸）、蒋贞庄（名濬源）、黄孝淑（名仲则）、林敏斋（名球圆）、胡福侯（名载福）、郑组青（名绶章）、池绩宇（名漠明）、吴仲蟾（名元

① 程筼甫：《香奁集·词选·高阳台·风云月露词索藕社同人和》，《女子世界（上海1914）》1915年第5期。

② 见《墨隐庐词选》收程筼甫：《贺新郎·题藕香吟社同人〈上巳联吟集〉》，《小说新报》1915年第6期。

③ 阮寿慈辑：《藕香吟社消寒集》，民国九年（1920年）。

④ 见胡晓明、李瑞明编著：《近代上海诗学系年初编》，上海教育出版社2003年版，第200页。

桂）、项植藩（名祖濂）、陈舒文（名天经）、林述祖（名鉴殷）、黄檑生（名道箖）、刘于岐（名人凤）、王涤楼、叶德皋、林珍虞、萨脩贤等 34 位。

寒山社

樊增祥、易顺鼎于 1914 年在北京创立。虽只为诗钟，不为词，[1] 但因寒山诗社中人有词人身份者，故仍须列于此。寒山诗社编有《寒山诗钟选》。[2]

艺社

1914 年孙去疾、庆珍、定信、沈宗畸等人于北京所创。[3] 成员有孙去疾（谷纫）、庆珍（博如）、陈明远（哲甫）、黄璟（小宋）、定信（可安）、徐琪（花农）、袁祖光（瞿园）、沈宗畸（太牟）、袁励准（珏生）、姜筠（颖生）、曾福谦（伯厚）、成昌（子蕃）、唐复一（壶公）、周焌圻（季侠）、狄郁（文子）、卢以洽（荔青）、张景延（曼石）、张瑜（郁迟）、贺良璞（履之）、夏仁虎（蔚如）、吴坚（痀鸳）、骆成昌（南禅）、寿玺（石工）、许学源（游仙）、项乃登（琴庄）、萧亮飞（雪蕉）、黄翘芝（颖传）、嵩麟（伯衡）、张振麟（天石）、黄光汴（铁孙）、陈训（景彝）、张伯桢（沧海）、张錾（曜仙）、金绥熙（勺园）、刘光烈（纯熙）、宋大章（寰公）、王在宣（遯夫）、颜藏用（悔生）、何震彝（鬯威）、周维谷（萍紫）、马小进（退之）、李超（汉如）、谢隽彝（晓舲）、徐珂（仲可）、张之鹤（立群）、邬庆时（伯健）等 47 人，凡六课，各家大多有词作收入《艺社诗词钞》中。

心社

1914 年，吕思勉、管达如等在上海所结。每半月一集，凡二十七集而辍。社友有汪千顷、赵敬谋、丁捷臣、庄通百、陈雨农、李涤云、周启贤、张芷亭等。[4]

蜕尘吟社

1914 年由施琴南、王鼎梅等创于同里。据甲寅 1914 年季秋王鼎梅辑

---

① 据夏纬明慧远所记：《近五十年北京词人社集之梗概》，见张伯驹主编：《春游社琐谈　素月楼联语》，北京出版社 1998 年版，第 22—23 页。
② 寒山诗社编：《寒山诗钟选》，民国三至八年（1914—1919 年）。
③ 梁世纶题签：《艺社诗词钞》，甲寅（1914 年）闰月（5 月）印于京师。
④ 参见张耕华、李永圻：《吕思勉先生简谱》，《淮阴师范学院学报》2002 年第 4 期。

《蜕尘吟社唱和诗》（又名《槁蟫唱和编》），是集为众人与施琴南氏（槁蟫外史，号四红词人）唱和之作，① 其成员有：江都王承霖履青、同邑陈观圻起霞、丹徒戴启文（子开，壶翁）、阳湖刘炳照（语石，复丁）、无锡孙肇圻（颂陀，北萱）、江都陈懋森（赐卿，休庵）、金坛于渐迻（吉宜，醉六）、崇明曹炳麟（钝吟）、嘉定李镜熙（缉夫，且通）、嘉定甘镜书（清甫）、青浦徐公辅（伯匡）、潮阳庄学忠（柳汀）、青浦徐公修（慎侯）、青浦沈其光（乐宾）、丹徒庄启传（鸿宣）、会稽沈潮（雪门）、江都王承霖（履青，睫庵）、江阴徐琢成（钰斋）、同里周时亮（钦甫，耄蛮）、同里杨应环（相玉，蠹衲，与施氏为中表，自署三当居士）、同里李钟瀚（墨农）、同里杨芃棫（瑟民，蛮鸣）、同里钱衡璋（礼南，韵盦）、同里杨勇庆（冯署，澡雪）、同里王鼎梅（味羹，尾更）等。

浙江安定中学校课余诗学社

1914（甲寅）年创立。据南图藏《浙江安定中学校课余诗学社吟稿》知。② 社长吴载盛，字际卿，号天放。以诗词唱和。

逸社

1915 年创立。据《鸣社二十年话旧集》严载如序知，当由超社而改名。又据陈夔龙 1925 年所辑《花近楼逸社诗存》中陈氏诗小序云："庚申 1925 年二月重开逸社，先期柬致蒿庵、乙庵、雪程、病山、古微、留垞、补松、散原诸君子，并约紫东、尧衢、一山、家少石兄入社，得诗一章聊作嚆引，用蒿庵除夕见寄韵。逸社始乙卯（1915），名流云集。"③ 又由陈氏 4 月 19 日第三集所作诗题："出丁巳（1917）花朝日《逸社诗存》一编与诸老同阅，中如瞿止庵协揆、缪筱珊京卿、沈爱苍中丞、王旭庄观察均作古人。时甫三载，丧我四哲"，知逸社至 1917 年停止活动。而陈氏所编社作《逸社诗存》亦当在 1917 年。④ 其社友有瞿止庵协揆、缪筱珊京卿、沈爱苍中丞、王旭庄观察均、贵阳陈夔龙庸庵、嘉兴沈增植乙庵、长洲邹嘉来遗庵、长沙

---

① 王鼎梅：《蜕尘吟社唱和诗》一卷，民国四年（1915 年）刊印本。

② 浙江安定中学编：《浙江安定中学校课余诗学社吟稿》，民国四年（1915 年）。

③ 陈夔龙：《花近楼逸社诗存》一卷，1925 年刊本。

④ 陈夔龙辑：《逸社诗存》，1917 年刊印，南图藏本未系出版年代，据陈氏《花近楼逸社诗存》中相关资料补。

余肇康倦知、中江王乃征病山、长白杨钟羲子勤、开州胡嗣瑗琴初、金坛冯煦蒿庵、钱塘吴庆坻子修、海宁章梫一山、归安朱祖谋古微、贵筑朱荣璪晓南等。

春音词社

1915 年初夏，由周庆云创立。[1] 据周氏子周延礽著《吴兴周梦坡先生年谱》云："府君创春音词社，初夏为第一集，以樱花命题，调限花犯，推朱沤尹为社长。先后入社者有朱沤尹、徐仲可、庞檗子、白也诗、恽季申、恽瑾叔、夏剑丞、袁伯夔、叶楚伧、吴瞿安、陈倦鹤、王莼农诸先生。"[2] 徐珂《可言》云："词社罕见，沪曾有之。周梦坡所提倡者，曰春音词社，亦劳者歌事之意也。予与焉。乙卯中华民国四年初夏为第一集。入社者凡十二人：王尊农、白也诗、朱古微、吴瞿安、夏剑丞、袁伯夔、徐仲可、恽季申、恽瑾叔、陈倦鹤、叶楚伧、庞檗子。至十七集而风流云散。檗子且早谢世矣。"[3] 王西神有《春音余响》述之，其中除 12 人外，尚有曹君直、李孟符、陈彦通、郭啸麓、邵次公、林子有、叶苙渔、杨铁夫、林铁铮、黄公渚等。[4]

门存诗社

当创于 1915 年前后。陈伯弢、陈伯岩有《门存集》，故知陈氏当为主盟。[5] 门存诗社有《门存唱和诗钞》十卷。

进社

1915 年至 1916 年由王汉彤于上海发起。由黄华杰《进社第一、二、三集》序："王子瘦桐悯国学不昌，有进社之组织，于今周年矣。社友遍大江南北。骚坛文帜别树东南，骎骎乎有日上之势。民国五年（1916）岁杪白沙花奴黄华杰序于海上浮庐"，知当创于 1915 年岁末。然据民国五年（1916）腊月政和苦海余生（刘哲庐）为《进社第一、二、三集》所作序云："余年来颇好国学，以为中国文学，宇内哲学之至大者也。各国隽逸之

---

① 《民国日报》1916 年 10 月 18 日。

② 转引自杨柏岭编著：《近代上海词学系年初编》，上海教育出版社 2003 年版，第 276 页。

③ 徐珂：《可言》，1919 年刊。其《纯飞馆词续》《花犯》词小序中所言少"恽季申"之名。

④ 据龙榆生：《同声月刊》1940 年第一卷创刊号"杂俎"。

⑤ 据汪兰皋：《来台集》题词，《来台集》，1915 年。

士，莫不研究哲学，而中国士子亦尤而效之。不知哲理，但求之于简册足矣。乌用钻研伐卢之文，而后始得谓明哲理与？……王子汉彤，余相交三年。余深知其为人朴淳，异于常士，而保存国学之微意心，与余尤合。进社之发起于今十阅月矣。"① 当创于 1916 年 2 月左右。其所刊《进社词录》中收有王祖望心存、张端瀛蓬洲、南越王瀛洲汉彤、山阴吴东柳塘、东阳王辉祥中天、江都金成电一明、魏塘李钟骐癯梅等人词作。

松江修暇社

1916 年成立于吉林。有社作《松江修暇集》，前有湘南雷飞鹏序，1918年铅印本。共九集诗歌，另附社集词作。社员有雷飞鹏、栾骏声、郭宗熙、瞿方梅、王闻长、成本璞、李葆光、阚毓泽、成多禄、程嘉绂、范景荣、孙葆瑨、洪汝冲、胡大华等人。

宁社

当创于 1916 年前后。据东台戈铭猷（百洪）：《慎园诗钞》卷一有《宁社第七次雅集，听通州王彦卿弹琴并柬梁公约、徐小舟》诗云："七十琴师老白头（高等师范学校乐师），江楼同听集名流（宴集毗卢寺）。平沙一雁翻凉月，渤海千山狎素秋。世有此歌天亦妒，今无人识我何尤。成连不作嵇生去，谁梦霓仙上界游。"② 知当时在南京有宁社。

鸣社

1916 年由郁葆青创于上海。③ 由畸盦严昌堉载如所序《鸣社二十年话旧集》云："鸣社初名求声，始丙辰（1916），其兴起后于诸吟社，盖郁餐霞姻丈贷殖余暇，耽吟事，始焉集里中故旧有同嗜者十人，为求声社，不过如昌黎《南溪始泛》诗所云'愿为同社人，鸡豚燕春秋'者，非欲标榜为名高者也。迨后因友及友，来者遂加多。己未易今名。时予以丈哲嗣迁楼妹丈之介，亦附名其间。月为觞咏，时或徜徉吴越间山水佳处。屈指二十年，未尝间断也。而此二十年中，人事之变迁，同社人之生死聚散，若与世乱相表里。于是餐霞丈喟然兴叹，约为话旧之集"，知此社从 1916 年至 1935 年一直在活动。由《鸣社二十年话旧集》所记"社中诸老年龄由咸丰三年癸丑

① 据南图藏王汉彤等辑：《进社第一、二、三集》，1916 年刊本。
② 东台戈铭猷（百洪）：《慎园诗钞》，1929 年刊。藏北京图书馆。
③ 严昌堉（载如）辑：《鸣社二十年话旧集》，乙亥（1935 年）年刊印本。

年数至民国二十四年乙亥得二十六人，自丙辰（1916）鸣社成立起至今乙亥（1935）已故社友计二十人载在感旧跋中"知，当时社员近 50 人。其社员有上海孙玉声漱石、上海郑永诒质庵、上海胡祥翰寄凡、上海郁葆青餐霞散人、绍兴周大封辨西、徐识耜、刘体蕃、姚景瀛、严昌堉、杭县竺大炘义庵、王鼎梅、奉贤朱敦良遯叟、海宁冯翼云苏翁、杭县许德厚舜屏、青浦项寰涵公、青浦徐公修慎侯、南汇叶寿祺贞伯、吴县姚洪淦劲秋、丹阳荆凤冈石梧、吴县张荣培蛰公、无锡张人鉴醉樵、嘉定顾汝澄毅卿、昆山陆天放忆梅、上海贾丰芸粟香、平湖袁潜翔海、惠来林鹤年寿荃、萧山王仁溥袖沧、青浦吴济诵荛、南通刘汇清仲泽、丹徒戴振声嚚龛、武进邓澍春澍、上海王燮功慕诘、南通徐鋆贯恂、上海庄毅敬亭、南汇季望畴禹伯、嘉兴朱奇大可、吴县朱钰润生、崇明邱心培镜吾、宝应尤绮爱梅等。由周大封辨西诗所题"三十五老逾洛会，社宾陈鹤柴七十二岁，徐丹甫、秦砚畦、王爽园皆七十以上，沈韵笙、刘锡之、沈步瀛、钱颂椒、夏剑丞、李拔可皆六十以上，社友竺羲庵八十三岁。八十至六十者二十四人"知，陈诗、徐丹甫、秦砚畦、夏敬观、李宣龚等均为鸣社社外友人，至 1935 年时的鸣社几成老年俱乐部。所刊集中仅存姚洪淦词《忆旧游》二首。

小罗浮社

1916 年成立于上海杨芘栻小罗浮吟馆。杨氏与施槁蟫、王鼎梅、刘炳照、周庆云、王承霖、吴承烜、朱家驹、汪渊、钱衡璋、程松生等 57 人结社。施赞唐 1917 年辑有《小罗浮社唱和诗存》，共四卷，分诗词两部分。①

宋台诗社

1916 年东莞陈伯陶先后以诗词凭吊于宋王台，吊古伤今，参与唱和者达 35 人，同年苏泽东将该批唱和诗词辑为《宋台秋唱》，为现有最早刊行之香港诗辑。② 也可视为香港最早的诗词社团。参与者有江孔殷、张学华、汪兆镛、汪兆铨、吴道辩、伍宪子等。

雪社

1916 年前后，由长期居住澳门的作家，如冯平（秋雪）、冯印雪、梁彦

---

① 施赞唐等撰：《小罗浮社唱和诗存》，民国七年（1918 年）铅印本。

② 邹颖文：《香港文化研究资料与广东文献——香港中文大学图书馆馆藏之香港古典诗文资料介绍》，《图书情报工作》2003 年第 11 期。

明（卧雪）、黄沛功、刘君卉（抱雪、草衣）、赵连城（冰雪）、周佩贤（宇雪）等组成"雪社"。最早出版有《诗声》刊物。被视为澳门文学史上首个以本土作家为主体的文学团体。"雪社"曾出版过六期《雪社》诗刊，另外在 1934 年出版了七人诗词合集《六出集》。

慎社

当于 1916 年前后建。有永嘉（今温州）慎社编《慎社集第二集第三集》。① "慎社第一集"序文交代了"慎社"由来："瓯江又名慎江，文社不宜标榜声气，择支应该谨慎，以免招致物议，引人攻击。明季东林复社之祸，可为殷鉴。"

爱吾诗社

当由陆锦坊等创于民国五年（1916）前数年。据陆锦坊等撰《爱吾诗社集成》。② 参与社课者有陆锦坊、永清、意昌、海樵、邓竹鸣、陈继鸿、袁肖廉、陈智澄、田小园等，社作中有诗有词，诗社具有私塾性质。

合社

1916 年九月成立于苏州。社员有金天羽、柳亚子、顾悼秋、凌莘安、叶楚伧、胡石予、徐慎侯、范天籁、黄病蝶、许盥孚、陈安澜、许庚侯等 58 人。1919 年终止，有油印本《合社诗词钞》存世。

春禅词社

当于 1917 年之前数年由赵熙、邓休庵（鸿荃）等于成都创立。据上海图书馆所藏《春禅词社词》二种知。③ 赵熙、宋育仁、林思进、邓潜、邓鸿荃、路朝銮、胡宪、江子愚、李思纯等 9 人各作《甘州·十二忆》组词，赵熙为和已故成都词界耆宿胡延而作，余人皆和赵熙之作。④ 是年五月，刊行《春禅词社词》。赵氏于 1918 年所作《庆春泽·休庵审予致疾之由，秘

---

① 永嘉慎社编：《慎社集第二集第三集》，民国年间。藏上海图书馆。
② 陆锦坊等撰：《爱吾诗社集成》，民国五年（1916 年）。藏上海图书馆。
③ 上海图书馆藏《春禅词社词》二种，著者一题"赵熙撰"，一题"邓休庵辑"，民国六年（1917 年）刊印本。赵氏《庆春泽·休庵审予致疾之由，秘不示人，惧传之徒取谑也，词有佛心，戏和以怦此厄》尾注云："春禅词社去年十二忆故事"。又有《瑞鹤仙·正月十九成都词社展寿苏之会，用韵和之》，称之为"成都词社"。
④ 丁巳年三月创立于四川。成员有宋育仁、赵熙、林思进、邓潜约斋（时年六十四）、邓鸿荃休庵（时年六十一）、路朝銮（时年三十九）、胡宪铁华（时年三十五）、江子愚（时年三十一）、李思纯哲生（时年二十五）。

不示人，惧传之徒取谑也，词有佛心，戏和以忏此厄》有："风语关人，诗心化劫，维摩甘认灾星。小偈吹香，护花字字金铃。鲍家倘唱秋坟句，累故人、怎草新铭。讳风前、脉脉盈盈，春水干卿。 李阳袛作冰山倚，算瑶台露气，多谢飞琼。一呷情波，风流险卜它生。客来此后将茶代，任小鬟、声不停筝。笑侬家、真个春禅，身毒曾经（春禅词社去年十二忆故事）。"又 1917 年赵氏有《三姝媚·端午寄锦江词社》："春心攒万苦。又菖蒲花开，彩舟龙舞。咫尺前尘，尽华阳奔命，庾兰成句。乱叶争风，偏更搅、漫天飞絮。未省余生，江北江南，几回盘古。 思向云中横步。奈正则如今，梦天无路。大局文楸，念去年今日，祖龙何处。历劫群仙，聊共醉、澡兰香雾。破子家山重按，铜琶断谱。"通常有人以为锦江词社与春禅词社不同。由赵氏词作来看当为一个。

向秋吟社

当由汪富等于 1917 年前后所创。据汪富辑《向秋吟社奕评初编》。[1]

饭后社

1917 年前后创。据阿亮辑《饭后社丛刻》。[2]

正始社

1917 年成立于吴县，主旨为提倡国学。丛刊有诗词文录，词作者有王德钟、田兴奎、陈家庆、朱汝昌、柳冀高等，《正始社丛刊》有词收录田兴奎四首、陈家庆十三首、朱汝昌四首等。此社团成员基本上为南社社员，因此可看作南社的支社。

松风社

1917 年由雷补同等创于上海华亭，直至 1924 年。王廷梁《松风社同人集》序："炊萸部郎为云间诗人张温和公之外孙，诗学源流由来已久。归田后就公之松风草堂，与曾孙定九昆仲，迭相唱和，并延诗文名家暨精于金石、书画、词曲、音乐诸名士，风流文采萃集斯堂，致足乐也。丁巳（1917）秋间设松风诗社，至甲子（1924）秋计七稔，得诗二千余首，而部郎所作较夥。"[3] 该社以诗为主，社员众多。如朱运新（似石，别字顽斋）、

① 汪富辑：《向秋吟社奕评初编》，民国六年（1917 年）宣元阁刊本。
② 阿亮辑：《饭后社丛刻》，民国六年（1917 年）。藏上海图书馆。
③ 见雷补同辑：《松风社同人集》二卷，民国十四年（1925 年）。

张永（耕九，原名尔丰）、顾保圻（荃孙，别署悟庐）、张尔鼎（定九，别署玉铉）、杨锡章（了公）、胡毓台（杜炎，振华）、王廷梁（斗槎，别署雾叟）、顾嘉玉（子丰）、唐彦（蕴初，别署天山）、费砚（见石，别署龙丁）、雷瑨（君曜）、张尔泰（思九，别署痴鸠）、徐公修（慎侯，别字署芸）、吴承垣（东园）、王承霖（别字蝶庵）、雷补同（谱桐，别署味隐）等，近 80 人。

戊午春词社

1918 年由叶玉森、胡璧城（夔文）、袁天庚（梦白）等三人于安徽蚌埠创立。[①] 有《戊午春词》刊印。据叶氏序："岁戊午，同客淮壖，警燧夕报，沸笳晨喧，一枰方危，寸莛莫叩，愁端忧隙，时触骚心，计和词若干，最而存之。"

瓶社

己未（1919）夏五月，孙雄（师郑）创于北京。以翁同龢书斋"瓶斋"为名。据孙雄《瓶社诗录》，于己未（1919）四月二十七日初集城南陶然亭为翁文恭作九十生日。社员有孙雄师郑、吴昌绶伯宛、王照小航、邵瑞彭次公、徐元绶印士、邓镕守瑕、朱巂瀛芷青、宋伯鲁芝田、宗威子威、张一麐仲仁、俞钟銮金门、丁祖荫芝孙、寿玺石工、姚宗堂筠如、张素婴公、连文澄慕秦、李岳蘅茹真、易顺鼎实甫、齐耀琳震岩、夏孙桐闰枝、王存义门、郭曾炘春榆、张兰思南陔双南、杨廙孟龙、杨济随庵、王式通志盫、关赓麟颖人、周绍昌霖叔、左绍佐笏卿、丁传靖闇公、吴士鉴炯斋、陈宝琛弢庵、姚永概叔节、闵尔昌黄山、孙景贤希孟、樊增祥樊山、王乃征病山、陈三立伯岩等。《诗录》中虽无诗，但其中大多社友也擅词。

鸥社

1919 年创于上海。徐珂《可言》有载："始于己未中华民国八年（1919），胡朴安、汪子实倡之，六月二十三日为第一集，前后入社者凡十余人：王大觉、王尊农、汪子实、汪兰皋、胡朴安、胡寄尘、孙小航、徐仲可、陶小柳、汤伯迟、傅屯艮、叶楚伧、潘兰史，至壬戌中华民国十二年之

---

① 袁天庚辑：《戊午春词》，民国七年印于安徽安庆。

春方三十八集，而子实下世且久，弱一个矣。"①

（二）民国中期（1920 年至 1937 年间）的词社

榕荫堂诗社

于 1894 年、1895 年间由郭曾炘、叶大遒等人集合闽籍诗人在北京虎坊桥福州新馆倡立。拈题分韵作诗，社友包括叶大遒、曾宗彦、郭传昌、郭曾炘、蔡琛、黄曾源、郭曾准、魏秀琦、郑叔忱、林怡仲、林钺、郭曾程、叶在琦、叶在廷、陈懋鼎、叶在藻、郭则沄等十七人，称榕荫堂社集，时啸麓不过髫龄。课作结集为《蛰园律集前后编·前编》，刻行于世。1907 年叶大遒、叶在琦已经相继去世，社友星散，社事中辍。民国时期，榕社再举，且活动频繁。1927 年二月改为每月朔、望日两集，地址在车子营全闽会馆。戊辰六月（1928），又与洽社合并，两星期一会，后也有单独活动，当以 1928 年末郭曾炘去世告结。

棠阴诗社

当由张天锡、薛瑞年等于 1920 年前数年创。由张氏编辑的《棠荫诗社初集》《棠荫诗社二集》《棠荫诗社三集》分别刊于 1920 年、1923 年、1926 年来判断，该社由 1920 年活动直至 1926 年。② 又由 1926 年《棠荫诗社三集》由宁波天胜印刷公司印行来看，此社当活动于宁波。其成员有张天锡、飞白薛瑞年、程独清、小梵柴萼、义门张庭礼、仲雄项士镇、逸塘王揖唐、丹生石柱国、孟愉卢鬺、仰峰沈庸、毛康寿、林绍橞、廉南湖、张鼎铭等。

虞社

1920 年由俞鸥侣创于常熟。朱祖谋民国二十年辛未（1930）四月《虞社精华录·跋》云："庚申（1920）春月俞君鸥侣创立虞社，发行月刊，始与海内友朋邮筒往返，藉结文字之缘。甲子（1924）八月齐卢战起，地方骚然，遂致停顿。而鸥侣亦因事他就，不遑兼顾。乙丑（1925）春间，乃由陆君醉樵主编，继续进行。丁卯（1927）夏月，醉樵移居江上，又告中止，越年余之久，各处社友来书，佥以虞社发刊，成绩斐然。际此文化日

---

① 徐珂：《可言》，1919 年刊本。
② 张氏编辑：《棠荫诗社初集》《棠荫诗社二集》《棠荫诗社三集》，分别刊于 1920 年、1923 年、1926 年。

衰，苟非诸君子提倡其间，其雅道不至于凌夷也几希。戊辰（1928）九秋，爰集同人公推钱君南铁主任编辑。恢复以来，旗帜重新，骚坛生色。社友达三百余人，一时盛称。"据此可知，1920 年至 1924 年由喻氏主盟，1925 年至 1927 年由陆宝树（醉樵）主编，1928 年至 1931 年由钱育仁（南铁）主编。除《虞社》月刊外，该社于 1924 年刊俞鸥侣编辑《虞社丛书》，于民国二十年（1931）钱育仁编辑《虞社菁华录》。其成员广泛，大类如今所称"笔友"。主要有：常熟籍者，俞鸥侣沤庐、丁学恭虞庵、高燮、金式陶鞠逸、王庆芝睡公、丁荫初园、戴寿昌养轩、屈采麟柳溪、丁学恭虞庵、徐兆玮虹隐、宗威子威、周之纲赘民、俞筹啸琴、丁龙倬云、胡福沅癯鹤、朱揆一轶尘；武进籍者，吴放剑门、孙起蔚稻楼、彭锡光雪帆、谢觐虞玉岑、虞绍琴斋、金永顺企祐；吴县籍者，邹尊莹湛如、张荣培蛰公、陈凤高怡云、徐日塾意园。其他如青浦徐公修慎侯、盐城金式陶鞠逸、歙县吴承烜东园、上海单恩藻黼卿、太仓许泰瘦蝶等均为名家。据《虞社丛书》中《萍缘诗词选》《萍缘词选》与《诗词补刊》所收词人为：叶毓文肖斋、徐坤侯笑云、金寿松老佛、戴鸣骥盘、虞绍、俞钟颖渔江、金鹤翔病鹤、陆宝树醉樵、吴承烜东园、张荣培蛰公、戴坤吟石、许泰瘦蝶、单恩藻黼卿、谢觐虞玉岑、俞筹啸琴、俞鸥侣沤庐等。

白雪词社

由蒋兆兰、徐致章等于 1920 年创。据蒋氏《乐府补题后集·甲编》跋语知，蒋兆兰庚申（1920）岁暮与徐氏等五人结社，后入社者为任氏、储南强、储蕴华。社员凡 8 人，依次为徐致章（拙庐词）、蒋兆兰（青葹庵词）、程适（蛰庵词）、储凤瀛（萝月词）、储蕴华（餐菊词）、徐德辉（寄庐词）、储南强（定斋词）、任援道（豁盦词）等，此社至 1922 年结社集为甲编。又由蒋氏《乐府补题后集·乙编》跋语知，此社持续至 1928 年。其社外同声甲编有李丙荣（绣春馆词）、陈思（华藏词）二人，乙编有李丙荣、陈思、王朝阳、赵永年等四人。[①]

词学研究社

1920 年创于常熟东张市其千里。发起人为郑北野、郑南屏，赞成人为

---

① 据蒋兆兰、徐致章等白雪词社辑：《乐府补题后集·甲编》，民国十一年（1922 年）版；《乐府补题后集·乙编》，民国十七年（1928 年）版。合刻本，苏州图书馆藏。另外，北京图书馆亦有藏本。

唐忍庵、金病鹤、郑抱真。《词学研究社缘起》云："各处既多研究诗学之社，则词学研究之社又曷可少哉？"①

琴鹤山馆词社

当由周应昌（啸溪甫）等于 1920 年前后创立。戈铭猷序周应昌壬申（1932）冬上海国光书局铅印本《霞栖诗词续抄》时云："三五知己尝结一真率会，以互相劘砻。会中人如陈星南、汪作舟、夏浒岑、刘蔚如、吉崇如、吉曾甫辈及铭猷，凡志学无间者十有余年……真率会相续而起，会中人如霞老与星南、浒岑、曾甫，益以张星槎、吕诚斋、石浴蘅、陆鲁瞻、鲍少仲、翟禾夫、杨鹤畴辈先后加入，及铭猷凡十余人。春秋佳日，更唱迭和，其会于慎园者十之四，会于南庄者十之六，吟咏而外，霞老首倡填词琴鹤山馆中。尝悬石帚老仙及坡仙像，一香一茗一书一画，严有师资。昔人所谓'此中有真意，欲辨已忘言'，其斯之谓与？"知此社创于 1920 年，成员有周应昌、戈铭猷、陈星南、汪啸溪甫作舟、夏浒岑、刘蔚如、吉崇如、吉曾甫等。② 又由周氏集子中所记知其为东台人，则此社当在东台。

苔岑吟社

1920 年由吴放（字剑门，号松龛老人）创立于武进。据《苔岑吟社要言八则》知，此社"以诗为重，兼及古文辞"，"每年刊印苔岑丛书，一次搜罗海内名人大稿"，"本年汇刊同社尚齿表，原为海内诸同社互通声气起见，三年汇刊一次。"③ 该社刊有《苔岑丛书》，以及《苔岑吟社尚齿表》一卷、《苔岑吟社闺秀题名录》一卷、《苔岑吟社先友录》一卷。由名录所载来看，该吟社社员多达 555 人（含闺秀 34 人）。以其人数众多不具录。《苔岑丛书》中有《纫秋轩词钞》，专门收录谢觐虞（玉岑）、傅绸（方修）、陆宝树（醉樵）、诸懿德（秉彝）、张麟瑞（守一）等人词作。

玄灵诗社

当创于 1921 年前数年。据民国十年（1921）所刊《玄灵诗社九秋唱和集》。④ 又由是为《苔岑丛书》之一，苔岑社为武进文人吴剑门所创，则知

---

① 郑北野、郑南屏、唐忍庵：《词学研究社缘起》，《青年维德会报》1920 年第 2 期，第 27 页。
② 周应昌：《霞栖诗词续抄》，壬申（1932 年）冬上海国光书局铅印本。
③ 吴放辑：《苔岑丛书》，癸亥（1923 年）刊本。
④ 《玄灵诗社九秋唱和集》，民国十年（1921 年）版，为《苔岑丛书》之一。藏北京图书馆。

此诗社当于武进地区活动。

城南诗社

当由王守恂等在 1921 年创立于天津。[①] 由《城南诗社集·例言》云"本集起辛酉（1921）暮春，迄癸亥（1923）岁秒，历时三载"，知此诗社至 1924 年结社集，"都三十六人之杂著合百八二首"。又由北京图书馆藏马仲莹编《城南诗社小传》可知，该社至少活动至 1929 年。[②] 其社员有张兆奎、蒋玉棱、黄赞枢、卢吏田、高文才、刘庆汾、冯学彦、徐世光、胡浩如、严修、谢崇基、王守恂、章钰、张兰思等。另 1926 年刊有社作《快哉亭诗词》。[③]

白莲社

辛酉（1921）张是公与忏余、守梅、恕遣、瘦兰、绍雏、灵萱等七人所创。由其刊印地为"上海聚珍仿宋书局印"可知当在上海。由其序知，立社目的为品评上海乐园董氏姊妹花三朵莲枝、莲喜、莲芳。其中瘦兰常以词为社作。[④]

漫社

辛酉（1921）年由孙雄、张朝墉、程炎震等创立于北京（大致）。其社友凡 13 位：张朝墉（字白翔，号半园）、萧延平（字北承，号武湖渔隐）、陈浏（字孝威，号寂者）、贺良朴（字履之，号箦公）、成多禄（字竹珊，号澹堪）、孙雄（原名同康，字师郑、郑斋）、黄维翰（字申甫，号稼溪）、周贞亮（字子干，号退舟）、程炎震（字笃原，号顿迟）、陈士廉（字翼牟，号南眉居士）、路朝銮（字金坡，号瓠盦）、向迪琮（字仲坚）、曹经沅（字攘蘘）等，孙雄有"漫社十三友生日歌"诗。然据程炎震辑《漫社集》知，参加社集者尚有延鸿（葡士）、世康（健帆）、詹鸿逵（碻愚）、伍致中（位三）、游宗酢（次衡）、陈韬（季略）等人。[⑤]

瓯社

1921 年，林鹍翔（铁尊）、王渡（梅伯）等发起，至 1927 年解体。林

---

① 王守恂辑：《城南诗社集》一卷，民国十三年（1924 年）刊，天津公园教育印书处承印。
② 马仲莹编：《城南诗社小传》，1929 年刊本。北京图书馆藏。
③ 天津城南诗社：《快哉亭诗词》，1926 年刊本。
④ 张是公等：《白莲社梨云集》，辛酉（1921 年）刊印本。
⑤ 据程炎震辑：《漫社集》，1921 年刊本。

氏《与王渡（梅伯）书》中云："梅伯年兄足下，叠奉手书敬承——自二月间举瓯社后，时时诵雅词暨诸君子社作。赏析与共，欣快无量。不学如弟，何足以益高明？惟既承明问，敢以所闻诸彊村、蕙风两先者缕述之。……辛酉浴佛日。弟鹍翔拜白。"① 由社作《瓯社词钞》可知，此社进行过两次社集，一以《百字令》《满江红》，一以《高阳台》。社友有林鹍翔（铁尊）、王渡（梅伯）、郑猷（姜门）、夏承焘（瘿禅）、梅雨清（冷生）、曾廷贤（公侠）、徐锡昌（秋桐）、黄光（梅生）、龚均（雪澄）、郑锷（昂青）、王蘅芳女史、严文黼（琴隐）、翟駪（楚材）、王理孚（志澄）、陈闳慧（仲陶）等 15 人。

慎社

1921 年由梅冷生与瑞安薛储石等创建。慎社社员初时有王毓英、汪如渊、江步瀛、夏承焘、陈闳慧等诗人，后李笠、郑闳达、李翘又相继加入，出版文学刊物《慎社》。一时慎社会声鹊起，温属各县诗朋亦要求参加。1921 年 3 月，社友多达 83 人，为当时温州最大文学团体。由《瓯社词钞》录林氏《百字令》词小序"辛酉春仲与王梅伯年兄游仙岩，梅伯旋录示此调新词并慎社诸君子和作，属为审定，雨窗不寐，倚此奉酬，藉志一时唱和之盛"可知，瓯社社员基本上也为慎社社友，且林鹍翔与王渡等亦应与社。② 永嘉慎社编有《慎社集第二集第三集》，上海图书馆有藏。此社以诗为主。

同声诗社

徐世英等于 1922 年前数年创。据徐世英辑《姚江同声诗社初编》。③ 据《松坡居士启事二》："本社内容纯系同人研究诗词机关。凡性耽吟咏者，无论男女同志，经社员一人介绍，即可入社，社章函索即寄。再除本社员外，见有名家著作附录于后，藉资模范，倘蒙赓续，惠赐本社，尤所欢迎。俟大著刊载后，敬赠一册，以答雅谊。"又据谢宝书序知，此诗社又有"保存国学"之目的。又由此编中所附名录知，社员限于余姚、上虞两地，其中以余姚为多。徐氏为编辑主任。记录员为黄肇基（子初，一字子趣）、黄振庭

---

① 见吴兴林鹍翔审定、永嘉陈闳慧编：《瓯社词钞》，温州同文印书馆民国十年（1921 年）版。

② 由《瓯社词钞》录林氏《百字令》词小序："辛酉春仲与王梅伯年兄游仙岩，梅伯旋录示此调新词并慎社诸君子和作，属为审定，雨窗不寐，倚此奉酬，藉志一时唱和之盛。"

③ 徐世英辑：《姚江同声诗社初编》，民国十一年（1922 年）版。藏上海图书馆。

（字巧之）、黄松传（寿诒，一字贯之）。有名誉社长凡 17 人，依次为汪鉴照（字铭绪）、邵之炳（字蔚文）、陈敬昌（字吉人，上虞人）、陈承云（奏轩，一字漱泉，上虞人）、陈㬋（字士一，上虞人）、黄廷范（字守斋）、黄瓒（字瑟厂，号星东）、黄丙照（菊香，一字鞠芗）、黄嘉蕙（字子堇）、黄日林（字济源）、黄葆桢（字梁伯）、黄啓泰（字伯阳）、杨泰堃（字子厚）、谢寳书（佩青，一字培卿）、谢凤藻（字茀青）、谢金柱（字少庚）、谢颐（字养吾）等。实际上均是社员。

青社

魏在田（熊）与词友结青社唱和，事见林葆恒《词综补遗》卷八五，龙榆生《词学季刊》第三卷第一期。魏熊，字在田，号春影词人，河北赵州人。其所为《九秋词》刊在 1915 年的《游戏杂志》中。魏氏于 1916 年曾题周斌芷畦著《柳溪竹枝词》，1922 年 9 月至 1926 年 8 月曾任浙江青田县长。由此来判他参与青社的时间当在任青田县长期间。

平社

当创于 1924 年前数年。据《平社社员姓名录》。[1]

甲子吟社

1924 年由陆冠秋、顾息兮等结于太仓。其社刊为《甲子吟社》月刊。据该社简章，"以陶咏性情、提倡风雅为宗旨。凡涉标榜声华，及党同伐异之见者，概不敢存"，"每月征诗一次，不拘体例。凡关本乡掌故、先朝遗事及纪游、托兴诸作，皆可应征。每月汇刊一次。谨依来稿先后编次。自乙丑（1925）年正月为始"。其成员有本地与外埠之分。本地者：陆式卿冠秋、盛雪门小鹤、张仲翔斗航、顾雪衣息兮、李诵韩墨隐、廖鹿樵虚白、钱诵三躬行、汪君刚鹈宛、钱复三宪民、蒋平阶闲吟、陈典韶敩志、吴也涵野公、毛艾生半舫、李又新、顾伯圭钓隐、陆诵芬狎鸥、许仲和瘦蝶、汪耀斧小铁、徐矢丞天劬、张廷升选甫、陆拜言无悲、杨克斋公等。外埠者：常熟陆枝珊醉樵廖、宁乡楚璜麓樵、泰县吴承垣东园、吴清丽幼园、长沙彭绥民、江宁陶心兰、福州魏雨峰等。[2] 汇集各地社友甚众。其社刊各号均刊有

---

[1] 《平社社员姓名录》，民国十三年（1924 年）。藏上海图书馆。

[2] 《甲子吟社》，1925 年合订本。此为甲子吟社社刊，每月一期，南京图书馆现存民国十四年乙丑（一月第一号至十月第十号）、丙寅第二集第一期至第四期。

词作。

沧社

当于 1924 年 5 月由张宇（仲翔）等创于太仓。据《甲子吟社》月刊第五号张氏诗小序："拟集同志开沧社，辑《沧雅》。"①

冰社

由郭则沄、李放等人倡立于天津。以郭则沄所居栩楼为主要活动地点，时间在 1925 年左右。郭则沄《洞灵小志》记云："乙丑、丙寅间，冰社同人恒过李小石词龛夜话。"而李小石（放）卒于 1926 年。社友包括郭曾炘、胡嗣瑗、查而崇、周学渊、林葆恒、徐沅、李孺、李书勋、白廷夔、叶文樵等，每次社集皆拈题分韵作诗。郭曾炘《邴庐日记》丁卯（1927）正月十五日记云："晚，冰社会期，憕仲为主，就栩楼设席，到者为白栗斋、查峻臣、叶文泉、周立之、李又尘、李子申、林子有、郭侗伯、徐芷升、任仲文。社中每会皆拈题分韵，是日即以上元雅集为题，余分得'桥'字。"《邴庐日记》戊辰（1928）七月初七日记云："是日为冰社会期，冰社同人近改为填词之会。"

俦社

俦社于 1925 年由金梁在天津创立。顾寿人曾为社长②，社员有章梫、王彦超、金浚宣、杨味云、李又尘等人。俦社开始时政治色彩浓厚，有"拥徐（世昌）迎驾"的复辟主张，后改为一般性的诗词社团。其寿命颇长，1945 年抗战胜利后仍有同人集会。郭啸麓也曾参加俦社社集，除许钟璐《侯官郭公墓表》所言"在天津，结冰社、须社、俦社"外，赵元礼《藏斋诗话》卷下记载俦社同人社集啸麓曾即席赋诗，亦可证。1934 年中秋前二日，俦社诸子曾宴集于天津张镱别业水香洲沧近居，其间所作诗文词后结集为《水香洲酬唱集》，影响颇大。

星二会（星二社）

约与俦社同时，天津地区有星二社（亦称星二会），为赵元礼、郭则沄、方地山等人创立，以星期二宴集而得名。袁豹岑、曾次公、许溯伊、侯

---

① 见《甲子吟社》月刊第五号，1925 年《甲子吟社》合订本。
② 见《俦社社长顾寿人先生书扇》，《天津商报每日画刊》1936 年第 19 卷第 12 期，第 2 页。

疑始、许钟璐、林笠似、陈葆生等人参与其中，诗酒唱酬不断。

壶社

蔡瀛壶创立，乙丑（1925）年三月创立。参与词人有朱家骅、高爕、吴承垣等人。《壶社丛选》第一集于乙丑年秋刊行，录词十三首。第二集录词十七首。第三集录词八首。第四集刻于丙寅（1926）年正月，录词十五首。第五集丙寅年刻，录词十六首。所录主要词人有陈兑庵、强光治化诚、吴清丽又园、潘逸园鹤仙、蔡儒兰楚畹、沈南雅习公、郭瑞珊、陆熊祥孟芙、蔡少铭等。

檇李文社

当由陆祖谷等人于 1925 年前数年结于浙江檇李。据陆祖谷辑《檇李文社乙丑年课艺》。①

花近楼逸社

庚申（1925）年由陈夔龙于上海主持重开的逸社。② 其成员多为原来逸社成员，如贵阳陈夔龙庸庵、嘉兴沈增植乙庵、长洲邹嘉来遗庵、长沙余肇康倦知、中江王乃征、杨钟羲子勤、开州胡嗣瑗琴初、金坛冯煦、贵阳陈夔麟少石、归安朱祖谋古微、贵筑朱荣璪晓南、钱塘吴庆坻子修等。

聊园词社

1925 年由谭祖任篆青发起。夏孙桐《悔龛词·自记》云："乙丑冬，谭篆青诸君又结聊园词社，一岁中积十余阕，平生所作，斯为最多。要不足存也。丙寅冬闰庵偶记。"③ 社友有赵椿年剑秋、吕桐花凤（赵椿年夫人）、奭召南、左笏卿、俞阶青、章华曼仙、王书衡、汪仲虎曾武、夏孙桐闰枝、邵綗伯章、陆增炜彤士、三多六桥、邵瑞彭次公、金兆藩篯孙、洪汝闿泽丞、溥儒心畬、溥僡叔明、罗复堪、向迪琮仲坚、寿玺石工等。而当时居天津者郭则沄啸麓、章钰式之、杨寿枏味云等亦常于春秋佳日来京游赏时欢然与会。④

① 据陆祖谷辑：《檇李文社乙丑年课艺》，民国十四年（1925 年）。
② 陈夔龙辑：《花近楼逸社诗存》一卷，庚申（1925 年）刊本。
③ 夏孙桐：《悔龛词》，民国二十二年（1933 年）刊，《彊村丛书·沧海遗音》本。
④ 据夏纬明慧远所记：《近五十年北京词人社集之梗概》，见张伯驹主编：《春游社琐谈·素月楼联语》，北京出版社 1998 年版，第 22—23 页。

趣园词社

由汪曾武主持，创于 1925 年。社友有郭则沄、赵剑秋、奭召南、左笏卿、俞阶青、章曼仙、王书衡、汪曾武、夏闰枝等。郭则沄为汪曾武序："味莼词者，同社汪子兼金所作也。……于是瀛内遗相率托于令慢，寓其忧思，沤社、须社，南北相遇；聊园、趣园，故都继振。所谓趣园者，则兼金主之，盖里巷之旧名。"其社友与聊园大致相同。

也社

1925 年，许鸿远遐父、陈廷荃楚香、陈祖承梦蕉于江宁钟英学舍创。刊印有《也社第一集》，页首有江宁邱嵩焘题词《浪淘沙》："绮岁成兰交，永夕陶陶。相将结社泛诗瓢。吟得新声争唱和，几度推敲。 藻思丽霞霄，风格高超。彩毫合倒大江潮。伫见残膏都涤尽，直逼诗豪。"①

陶社

1925 年成立于浙江。有社集《陶社丛编丙集》，前有陈名珂序、谢鼎镕《陶社命名记》与《陶社复兴记》。1937 年，陶社停办，数社友避战乱迁至海陵，有重开之迹。1939 年，谢鼎镕侨居海上，借玉佛寺精舍重开陶社，推亦愚为社长，武进钱名山为名誉社长。主要成员有祝廷举、夏孙桐、陈衍、曹家达、章钟祚、陈宗彝、许咏仁、周大封等。

秭园社

1925 年成立于北京。社课有诗有词。1934 年，秭园社与青溪社新年团拜，联合举办社课，与会人员六十余人，有社集《青溪九曲棹歌》。1936 年，秭园社与青溪社重联社课，与会人员有五十二人，有社集《折枝吟》。1963 年，适关赓麟逝世一周年，社友为纪念秭园社长而复兴秭园社，命名为秭园后社或秭园癸卯吟集，分春、夏、秋、冬四集，与会者多达数十人，有《秭园癸卯吟集未定稿》。

存社

1926 年成立于天津。有《存社征文选卷汇存》，章钰评定。

琴社

1926 年岁末由吴梅倡立，至 1927 年惊蛰节停止。蒋兆兰《琴社词存

① 许鸿远辑：《也社第一集》一卷，民国十四年（1925 年）。

序》云："丙寅（1926）年岁除之日，吴县霜厓吴梅瞿庵招致常熟忘我王朝阳野鹤、同县蛰公张荣培蛰甫、黄钧颂尧、顾建勋巍成及兆兰凡六人联琴社为词，即日为第一集。其后以五日为期，迭为宾主。六集而为一周。时诸子太半任教育，有专责，不能不事声律。既少间，乃汇集诸作为一编，以蜡纸板印。……丁卯惊蛰节宜兴青蔬蒋兆兰香谷序。"① 六集分别以鹧鸪天咏史、探春慢探梅、木兰花慢迎春、解语花丁卯元夕、国香慢水仙、曲游春横塘春泛用草窗韵为社课题目。

胥社

当创于 1926 年前数年。据《胥社文选》。② 江雪塍在西塘一镇习文者日多，于是集 30 余人成立胥社，编印《胥社丛刊》，分"文选""词选""诗选"三辑。社员中余其锵、江树霖、凌景坚、蔡文镛、周斌、李钟奇、沈德镛善词，有词作存世。

梅社

此社创于丙寅年（1926）。是以刊代社、联络诗友的文学社团。社址在常熟习礼旧第言宅。发起人为季辛庐，赞成人为陈敏叟，编辑主任为金病鹤。据《简章》与《征文启》知，"专为提倡风雅而设，无论诗文词曲，苟有一艺即可投稿，来稿经本社采录认为社友"，"诗文与词曲同征，散俪与古今并录"，"志在阐幽，凡前人著作未经刊行者，可将原稿择优送来，以便分期登载"，"每年举行雅集一二次，以联友谊。由发起人随时召集"。③ 其社刊每期设有宿草录、今雨录等题名录凡两叶，设有文诗词栏，凡四页。据南京图书馆藏《梅社月刊》丙寅、丁卯两年凡 1—22 期来判，此社于1927 年仍有活动。

潜社

1926 年，由东南大学爱好词曲学生组成业余学术团体。公推吴梅主盟。时间"自丙寅（1926）至丙子（1936）合十一年"，④ 后来 1936 年，徐益藩又赓续之。此社规定月集两次，大家轮流出题，当时填词作曲，一一评定，

---

① 见苏州图书馆藏《琴社词稿》（1927 年刊本），实际名当为《琴社词存》。
② 胥社同人：《胥社文选》，民国十五年（1926 年）。藏上海图书馆。
③ 见南京图书馆藏《丙寅梅社月刊》《丁卯梅社月刊》，凡 22 期。
④ 吴梅编：《潜社汇刊》总序，1936 年刊。

列出名次。先后参加的达 70 余人，多是东南大学（1928 年该校易名为中央大学）和金陵大学的历届学生。后来汇集成册，名为《潜社汇刊》，共十二集，收词曲三百零六首。如唐圭璋、段熙仲、王季思、任中敏、卢前、张世禄、段熙仲、王玉章、盛静霞、徐益藩、周法高、常任侠、沈祖棻等均为社员。

须社

1928 年于天津创立。至 1931 年春散。社友有陈恩澍、章钰、林葆恒、胡嗣瑗、陈曾寿、郭则沄、唐兰、袁思亮、杨味云、徐芷升、郭伺伯等，陈弢庵、樊樊山等亦间与之。① 袁思亮序："感于心而发于言，言不可以遂，乃托于声，声之幼眇、悱恻、凄丽，言近而指远，可喻若不可喻，莫如词。天津之有须社，上海之有沤社，胥此志也。而须社为之先。"② 社集满百次始止。刊有《烟沽渔唱》二册，1933 年刊行。

国风社

由曹泾源（攘蘅）等于 1927 年创办于天津。在从事诗词创作的同时，还负责选录全国各地的诗词作品，刊于《国闻周刊》，分期登载。后形成《采风录》三集。从民国十六年六月起，迄民国二十年六月止，合并汇印以后，当分年汇印。

冷社

1927 年成立于东北吉垣。社课诗词混酬。千华山民《题冷吟图序》："丁卯之冬，吉垣有冷社之集，推沈阳熙公格民为之长，七日一会，会必有诗。辽阳吴毓甫亦在社中，为之图其事。"主要社员有荣孟枚（字叔右，号佛桑馆主，吉林阿城旗人）、熙洽（字格民，号清醒遗民，宗室奉天人）、吴延绪（字毓甫，号渔夫，奉天人）、骆家骥（字仲骐，号瓠公）、马超群（字适斋，号空凡居士，江苏松江人）等三十九人，多为武将。

稧园词社

当由汪曾武 1928 年前后创。汪曾武《趣园味莼词》中《味莼词乙稿》补遗有《春夏两相期》词小序"戊辰（1928）立夏前一日招集稧园词社赏

---

① 参见陈声聪：《填词要略及词评四篇》，广东人民出版社 1986 年版，第 101 页。
② 袁思亮等：《烟沽渔唱》二册，1933 年刊行本。

芍药，咏金带围"。稷园，为杨寿枬宅处。

上巳诗社

1928 年成立于南京中央大学。主要成员是中央大学的教授，如黄侃、王晓湘、胡小石、汪友箕、陈伯弢、何鲁、汪东、王伯沆、汪辟疆九人。上巳诗社共有五十六集，有诗有词。社课不多，结社因黄侃而起，如刊行于《制言》的《上巳诗社第一集》中有孙世扬语："季刚平生好游览，每逢佳节必出游，以发抒其吟兴。民国十七年春，应旭初先生之约，教授于中央大学。上巳偕同事诸君修禊后湖，返而联句，因结为上巳诗社。自是遍游南都胜区以及吴郡西山，凡五六集，每集皆各赋诗或填词如例。"

六一消夏词社

己巳年（1929）由潘承谋、邓邦述等九人于吴县创六一社，以填词来消夏。三个月为词十八题。成员为：邓邦述（沤梦，孝先）、吴曾源（九珠，伯渊）、杨俊（楞秋，咏裳）、潘承谋（瘦叶，省安）、张茂炯（艮庐，仲清）、蔡晋庸（雁村，云笙）、顾建勋（瓠斋，巍成）、吴梅（霜厓，瞿安）、王睿（佩琤）凡九人。① 又由张茂炯乙亥（1935）年秋序高德馨《鲋隐词钞》云"岁己巳，予与同年吴九珠、潘省安诸君结词社吴中时，时鲋隐方橐北游，每值社集，辄以吟筒遥和，一时唱酬极盛"，知高氏亦应作为词社成员。此由高氏集中《江南好·和艮庐见怀之作，兼呈消夏社诸君子》《征招·和消夏社同人荷荡小集之作》也可知。②

蓼辛词社

1928 年由石凌汉（字云轩，号殁素）、仇埰（字亮卿，号述庵）、孙浚源（字阆仙，号太狷）、王孝煃（字东培，号寄沤）四人所创。③ 仇埰序《蓼辛词》云："近三年来，时假邮筒，互为唱答。今年三月，感春事将阑，效嘤鸣之求友，此腔彼注，相继其声，自春徂秋，未之或辍，计联五十七调，得令慢一百余首。亦遣一时之兴。……夫无惑乎习蓼之虫，忘其辛也，因名之曰《蓼辛词》。"这种以邮筒联句为词的方式颇为独特。有《蓼辛词》

---

① 潘承谋等：《六一消夏词》，己巳年（1929 年）刊本。藏苏州大学图书馆。

② 高德馨：《鲋隐词钞》，乙亥（1935 年）铅印本。藏苏州大学图书馆。

③ 仇良矩：《词人儒医石云轩》（《江苏文史研究》1997 年第 4 期）对此有详细描述。

社集刊行。①

历下诗社

1930 年前数年创于上海。据李文海编《历下诗社全集》。②

青溪诗社

由关赓麟 1930 年创立于南京。③ 持续至 1933 年。4 年凡雅集 10 次。关赓麟辑有《青溪诗社诗抄》《青溪诗社百集外课》（《钟山怀古诗选》）等。社员多达 40 人。如湘潭翁廉（铜士）、兰溪徐思陶、九江徐宝泰（公穌）、江都于志昂（骍庄）、南昌胡癸（眉仙）、东台胡涤（位炎）、长沙黎承福（铁盒）、赣县陈任中（仲骞）、长乐陈伯达（味兰）、宣威陈啸湖、宜宾陈新佐（曙公）、宜宾陈新变（梅谷）、寿县孙澄方（顷波）、南海关霁（吉符）、南海关文彬（均笙）、丹阳严省（也愚）、闽侯高赞鼎（迪庵）、大兴张瑜（郁庭）、湘乡张元群（仁父）、长沙张秦（季鸿）、铜山张祖训（式之）、灵璧张问轩（秋柳）、铜山张祖铭（织云）、长沙张宗祺（峻青）、昆明王灿（惕山）、无锡王汝昌（翰仙）、岳阳王第祺（涵初）、闽侯黄穰（菶秜）、宜黄黄福颐（莆怡）、武进庄先识（通百）、长洲彭清鹏（云伯）、衡阳刘趱蔚（筼友）、怀宁谌斐（玄同）、南海李之毅（叔任）、台山伍勋铭（麟阁）、九江闵孝同（舜伯）、金山沈砺（勉后）、郑州宋庚荫（筱牧）、浏阳赵守昕（云青）、江北戴正诚（亮吉）、侯官郑篯（尹起）、闽侯郑中焖、开封郑其藻（彝久）、浏阳郑晟礼（舜征）、郴州邓典谟（晓峰）、平江廖昌赓（幻君）、闽侯廖琇昆（旭人）、武陵廖维勋（允端）、太仓陈增炜（彤士）、长沙郭兆莘（尹衡）、闽侯萨君陆（幼实，曜叟）、唐世注（伯溢）等。

沤社

1930 年由周庆云、夏敬观、黄孝纾等倡立于上海。每月一会，以二人主之。题各写意，调则同一。同人姓字籍齿依次为：朱孝臧（字古微，号沤尹，归安人，咸丰丁巳生）、潘飞声（字兰史，号老剑，番禺人，咸丰戊午生）、周庆云（字湘舲人，号梦坡，乌程人，同治甲子生）、程颂万（字

① 《蓼辛词》，辛未民国二十年（1931 年）刊本。

② 李文海编：《历下诗社全集》，民国十九年（1930 年）刊本。藏上海图书馆。

③ 关赓麟辑：《青溪诗社诗抄》，民国二十五年（1936 年）。

子大，号十发，宁乡人，同治乙丑生）、洪汝闿（字泽丞，号勺庐，歙县人，同治己巳生）、林鹍翔（字铁尊，号半樱，吴兴人，同治辛未生）、谢抡元（字榆孙，号茧庐，余姚人，同治壬申生）、林葆恒（字子有，号讱庵，闽县人，同治壬申生）、杨玉衔（字铁夫，号铁盦，中山人，同治壬申生）、姚景之（字景之，号亘素，吴兴人，同治壬申生）、许崇熙（字季纯，号沧江，长沙人，同治癸酉生）、冒广生（字鹤亭，号疚斋，如皋人，同治癸酉生）、刘肇隅（字廉生，号澹园，湘潭人，光绪乙亥生）、夏敬观（字剑丞，号映庵，新建人，光绪乙亥生）、高毓浵（字潜子，号淞潜，静海人，光绪丁丑生）、袁思亮（字伯夔，号蘉庵，湘潭人，光绪己卯生）、叶恭绰（字玉虎，号遐庵，番禺人，光绪辛巳生）、郭则沄（字啸麓，号蛰云，闽侯人，光绪壬午生）、梁鸿志（字众异，号无畏，长乐人，光绪癸未生）、王蕴章（字莼农，号西神，无锡人，光绪乙酉生）、徐桢立（字绍周，号馀习，长沙人，光绪庚寅生）、陈祖壬（字君任，号病树，新城人，光绪壬辰生）、吴湖帆（字湖帆，号丑簃，吴县人，光绪甲午生）、陈方恪（字彦通，号鸾坡，义宁人，光绪乙未生）、彭醇士（字醇士，号尊思，高安人，光绪丙申生）、赵尊岳（字叔雍，号高梧，武进人，光绪戊戌生）、黄孝纾（字公渚，号匑庵，闽县人，光绪庚子生）、龙沐生（字榆生，号娱生，万载人，光绪壬寅生）、袁荣法（字帅南，号沧州，湘潭人，光绪丁未生）共 29 人，前后集会 20 次，填词 284 阕。[①] 和作同人有汪兆镛、赵熙、陈洵、张茂炯、邵章、路朝銮、张尔田、胡嗣瑗、陈曾寿、包安保、黄孝平、陈文中等。此社基本笼络当时填词名家。

瓛社

1930 年 4 月浴佛日，漫社改组为瓛社。首集于徐鼐霖寓所，以韩光第将军遗墨为题，与会者包括冒广生、郭则沄、孙雄、徐鼐霖、金兆丰等人。

之江诗社

1930 年，由夏承焘等创于之江大学。为学生诗词社团。有社员二十多人，参加者二十多人。指导老师有夏承焘、邵潭秋等，之江诗社不定期举行活动，行吟湖畔，拈韵填词，在当时的之江大学颇有影响。

---

① 据南京师范大学藏沤社编：《沤社词钞》，1933 年刊本。

消寒词社

1928 年至 1933 年冬，邓邦述、吴梅于苏州结社。据吴梅《瞿安日记》，1931 年 11 月集者计 11 人，邓氏、吴氏外，还有蔡师愚（宝善）、吴渊叔（曾源）、陈公孟（任）、杨楞秋（俊）、林肖蝓（黻桢）、亢宙民（惟恭）、张仲清（茂炯）、顾巍成（建勋）、王佩诤（謇）。词社第二集共 14 人，除前 11 人外，新加者为黄晓圃（思履）、吴树帆（翼燕）等。第三集到者 10 人，有孝先、公孟、咏裳、肖蝓、巍成、晓圃、佩诤、仲清、吴梅、师愚。1932 年消寒词社到者有孝先、师愚、公孟、咏裳、仲清、巍成、佩诤、吴梅与亢宙民九位。1933 年消寒词社到者有巍成、孝先、师愚、公孟、宙民、仲清、佩诤及吴梅。①

蝶社

当由黄冰等创建于 1930 年前后，至 1936 年。据黄冰（字韵琴，长沙人）《秋丝阁诗草》《秋丝阁诗馀》（分别有 1930 年长沙蝶社影印本、1936 年湘城蝶社影印本）。

范湖吟社

当由朱少白（长庚）等在 1931 年前数年结社于山东定陶。社员有曹县赵光含荆石、城武刘承卿次云、定陶朱长庚少白、定陶张葆驹芎谷、定陶贾崇信孟符、定陶李恪三廷宾、定陶孔广简竹农、定陶孔昭瑾仲怀、菏泽蒋芝兰九香、观城张燕矶渔村、观城张乃鋆芎樵、观城张乃熏耀唐、定陶孙宪箴公垂、菏泽赵鸿宾来甫、定陶朱长澎邃渊、定陶朱长湛巨川、观城张聿昭筱布、金乡周惠芙镜来、定陶朱长敬子肃、定陶朱长构运枢、菏泽谷锡刚子轧、定陶张澍芬挹清、定陶朱元照明卿、定陶朱元灼㻒赟 24 位。② 其刊印的《范湖吟社诗钞》以诗为主。填词情况不明。

正声吟社

1931 年成立。成员多为民国初年避地香港的文化人，包括温肃、朱汝珍、赖际熙、江孔殷、区大原、桂坫、陈湛铨、梁广照、黄伟伯、张云飞、林屏翰、谢煜彝、冯渐逵、樊樊山等。《正声吟社诗钟集》，作品为正声吟

---

① 吴梅：《瞿安日记》卷一，载王卫民：《吴梅全集》，河北教育出版社 2002 年版。
② 见朱长庚：《范湖吟社诗钞》，开明印书局民国二十年（1931 年）印于范湖。

社同人 1931—1932 年间社中所作，线装，一卷，收录作品分三部分，分别为 52 人之诗钟、20 人之诗词及 13 人之书画作品。当创于 1932 年左右。①据正声吟社辑《正声吟社诗钟集、诗选》。②

歌社

1931 年，龙榆生、萧友梅、叶恭绰、易大厂、傅东华、曹聚仁、张凤、胡怀琛等在上海创立。③ 此社虽为作新体乐歌而设，但主张词曲合一，与填词关系极大，故系于此。

国立中山大学中国语言文学研究会

当为民国二十年（1931）二月创于广州。由陈洵、闻野鹤、古直等学者与中山大学学生合创。有《诗词专刊》专号，主要在鼓励学生创作，录教授之作"为同学识途之助"。④

海滨诗社

当创于 1931 年左右。据海滨诗社辑《海滨诗选》。⑤ 其成员有仰放、剑南旧主、乐民、海上老人、大庾过客、净悟、述斋、客槎、寝韶盦主、景青、介盦、斑僧、容园主人、酒谷散樵、伯明、隋即吾、问奎、亚东老侠、枕涑子、仲永、蜀江、博思、耕夫、半古、会稽散人、磊安、宜园小主、顽石等，均不书实名。

湖社

当于 1932 年创于上海。据《湖社社员俱乐部简章》。⑥ 寿石（玺）即有《词学讲义》连续刊登在《湖社月刊》（1932—1934 年）第 53—84 各期上。成员有戴季陶、陈蔼士、陈果夫、潘公展、杨谱笙等人，极盛时期，湖社有社员一千余人。

韵社

当创于 1932 年左右。据南京图书馆民国文献部藏《韵社丛刊初集》。⑦

① 邹颖文：《香港文化研究资料与广东文献——香港中文大学图书馆馆藏之香港古典诗文资料介绍》，《图书情报工作》2003 年第 11 期。
② 正声吟社辑：《正声吟社诗钟集、诗选》，民国二十一年（1932 年）。藏上海图书馆。
③ 见龙榆生、萧友梅：《歌社成立宣言》，《乐艺》杂志 1931 年一卷六号。
④ 《诗词专刊·撰例三则》，见《诗词专刊》，1931 年国立中山大学刊本。
⑤ 海滨诗社辑：《海滨诗选》《海滨诗社秋兴集》，1931 年刊本。
⑥ 《湖社社员俱乐部简章》，1932 年刊本。藏上海图书馆。
⑦ 《韵社丛刊初集》，民国二十一年（1932 年）。藏南京图书馆。

石城诗社

1932 年由刘子芬等创立于南京。民国二十四年（1935）秋刘子芬《石城诗社同人诗草》记云："由石城同人继白下诗社之后恢张坛坫，相得三载。"乃"凭诗筒而唱和"。[①] 又由刘子芬《石城诗社同人诗草第二集》刊于中华民国二十六年（1937）六月，知社事于 1937 年始断。其社友有柳绍基、靳志、萧辉锦、廖维勋、刘子芬、陈任梁、戴正诚、陈懋咸等。

温陵弢社

1933 年 9 月建于泉州。主要社员有杜唐、杨家栋、程梦龙、郑廷雨、颜勤、李钰、黄悟曾、苏镜潭、洪锡畴、汪煌辉、吴钟善、王冠群、曾遒、苏大山、吴增、宋应祥等，有社集，前有晋江苏大山序。共八题，分别是访蒙引楼遗址、卖诗店、春梦、凤山踏青词、鼓冈山吊明监国鲁王墓、春柳、题明蔡忠烈公遗砚拓本、护花铃。何世铭、迟衡先生编著之《温陵近代诗钞》，所选《桐阴诗社》《温陵弢社》社员诗作较为全面。

因社

1933 年，由唐克标、萧子英、周留云、江克农、唐友渔、蒋廷猷等学生与其师潘兰史、胡朴安、王蕴章等创于海上正风文学院。唐氏《因社集》序："因社集者，吾友杨君恺龄、蒋君廷猷、江君克农等编次吾社诸君唱和之作也。华池之剑，藏以雌雄；诗传之录，登兼师友。集中除潘师兰史、胡师朴安君复、王师苏峰西神、陈师彦通、郑师师许，及胡寄尘、林岳威两先生外，余皆正风同学。"[②]

词学季刊社

1933 年，由叶公绰任董事长，龙榆生主编《词学季刊》。是社网罗了当时大量的词学家兼词人。

莲韬词社

1933 年，由龙榆生于暨南大学倡议与指导下成立的"词学研究会"，因会址设于莲韬馆，故名。[③] 成员有陈大法、章石承、任睦宇、方樾、孔芥、

---

① 刘子芬辑：《石城诗社同人诗草》，1935 年刊本。
② 唐克标辑：《因社集》，民国二十二年（1933 年）。
③ 见章石承：《榆师在暨南大学及其后情况之零星回忆》，《文教资料》1999 年第 5 期。

孙大可等。社作刊于 1933 年《中国语文学刊》第 1 期上。①

岁寒词社

为莲韬词社迁址后，所易之名。重要工作为编辑《词调索引》等。②

绮社

1933 年由曹树桐、薛综缘等创于江苏盐城。③ 薛综缘序中云："凡今年春三月，虞虞山自西伯利亚归，纯甫黎宴于家，劳其苦役。余与丽川金、筱荔徐、梦庄周、景颜严、树滋黎均佐饮。酒酣，虞山慷慨道漠北战倭事，闻者泣下。丽川尤感痛，以为大丈夫生不能执兵解国难，亦当撢研文史，发为歌诗以张惶民气，垂警于将来也。因倡创小集。略师复社之旨，诸人及余和之，字名曰'绮'。取其织茧纬文寓经纶章采之意。厥后，李薇庐、张博斋、曹晓墅、滕毅孚并先后附列。月必四集。每集各出金石、书、画、诗、古文辞，相互讨论。……大中华人民造国之二十二年（1933）六月。"④ 社友有曹树桐晓墅、虞虞山受言、黎名孝纯甫、薛综缘兼到、李松龄薇庐、周梦庄蝶公、张文魁博斋、黎名德树滋、滕武信毅孚、严如箴景颜、金蜀章丽川、徐梦榴筱荔等。《绮社杂稿》中录有社友词作若干。

兰社

为武进周葆贻所创私塾式诗社。其创立时间当早于 1934 年，由《武进兰社弟子诗词集》中周氏识语云"刘雁秋：葆朱有《雁秋诗草》。葆朱与王伟女士皆余兰社旧弟子，虽曾同学，从未交谈。……民国二十三年（1934）岁甲戌八月朔周企言识"可知。⑤ 周氏男、女弟子多达百人，己卯（1939）刊印有《武进兰社弟子诗词集》。

梁园社

当创于 1935 年前数年。据范瘄公评选《梁园社诗选》。⑥

---

① 见《中国语文学刊》1933 年第 1 期。

② 见章石承：《榆师在暨南大学及其后情况之零星回忆》，《文教资料》1999 年第 5 期。

③ 据《苕岑丛书》中社员通信名录查得"曹树桐　小树　二十三　江苏盐城　盐城居仁里"，知此社当在盐城。

④ 薛综缘辑：《绮社杂稿》，1933 年刊本。

⑤ 金雨野等辑：《武进兰社弟子诗词集》，民国二十八年（1939 年）岁次己卯刊印本。

⑥ 范瘄公评选：《梁园社诗选》，民国二十四年（1935 年）。藏上海图书馆。

画中诗社

1934 年创于上海。由中国女子书画队成员组成。依次为：陈小翠、顾青瑶、杨雪玖、李秋君、顾默飞、唐冠玉、虞澹涵、吴青霞、鲍亚晖、周炼霞、谢月眉、杨雪瑶、庞左玉、丁筼碧、包琼枝、余静芝、谢应新、冯文凤、徐慧等。①

如社

1934 年由廖恩焘、林鹍翔倡议建立。社名取《诗经·小雅·天保》中"九如"之意。遵循以文会友性质，成立后无社长，亦无社址。先后入社者有 24 人，根据 20 世纪 30 年代吴梅先生的日记统计，如社从 1935 年 3 月 9 日举行第一次集会到 1937 年 6 月 5 日最后一次欢聚，前后共举行过 18 次雅集。1937 年初夏，因抗战而自行解散。1936 年 9 月，如社汇集社员词作 226 首，刻印成社刊《如社词钞》。其成员有廖恩焘（忏庵，凤舒）、周树年（无悔，谷人）、邵启贤（纯飞，莲士）、夏仁沂（晦翁，梅树）、蔡宝善（听潮，师愚）、石凌汉（弢素，云轩）、杨玉衔（铁盦，铁夫）、仇埰（述庵，亮卿）、孙浚源（太狷，阆仙）、夏仁虎（枝巢，蔚如）、吴锡永（夒厂，仲言）、吴梅（霜厓，瞿庵）、陈世宜（倦鹤，匪石）、寿玺（玨庵，石工）、蔡嵩云（柯亭，上犹）、汪东（寄庵，旭初）、向迪琮（柳溪，仲坚）、乔曾劬（壮殴，大壮）、程龙骧（木安）、唐圭璋、卢前（冀野）、吴征铸（灵琐，白匋）、杨胜葆（二同轩主，圣褒）等，补录中还有陈任中（耐庐，仲骞）。②

声社

1935 年 6 月 18 日在上海成立同人词社，名之为声社。《词学季刊》二卷四号（1935）"词坛消息"第 201 页："声社以本年六月十八日成立于沪西康家桥夏映庵宅。主其事者为夏敬观映庵、高敏澎潜子、叶恭绰遐庵、杨玉衔铁夫、林葆恒切庵、黄浚秋岳、吴湖帆丑簃、陈方恪彦通、赵尊岳叔雍、黄孝纾公渚、龙沐勋榆生、卢前冀野，亦以十二人为限。"③

---

①　见郑逸梅：《郑逸梅选集》，黑龙江人民出版社 1995 年版。
②　陈世宜辑：《如社词钞》，1936 年刊本。
③　1935 年《词学季刊》，1935 年 7 月第二卷第四号。

大风诗社

当于 1935 年前数年创于北平。据北平中大大风诗社期刊《大风诗刊》。①

华林诗社

当于 1935 年前数年创于上海。据《华林诗集》。② 收录吴绍蔚、陈曼若、王去病、徐天啸、沈士远和大隐庐主人等诗词唱和之作。

筼社

1936 年成立于安徽庐江。发起人为陈诗（子山，号鹤柴，安徽庐江人）。丙子夏陈诗由海上归里，与乡人倡结筼社。主要社友有王佚伦、丁硕人、陈伯一、姚质人、宛凤仪、章介人、许迟生、陈浚泉、熊明青、金友石、刘慰春、章心培、王一樵、宛愚山、卢又全、冯竹庄、宛醒吾、朱裁之、章梦芙、何读青、郭啸云、徐孟彤、李十湖、马咸甫、丁拙儒、章哲骞、鲍叔方、金尧臣、王沂甫、陈诗。有社集《筼社初集》，前有陈诗序。

大夏诗社

1936 年前数年创于上海。据上海大夏诗社编《诗经》期刊创刊号。③ 是上海大夏大学的社团组织，由在校学生钟朗华发起创建，在办到第三四期合刊时，大夏诗社宣告解散，但刊物仍继续刊行。

衡门社

大约在 1936 年前数年由张曼石等创于北平。据张氏辑《衡门社诗选》。④ 社员有肖吉甫、张中孚、蒋恢吾等人，有《衡门社诗选》、《衡门社诗钟选》等。

夏声社

1936 年，龙榆生在广州倡立夏声社。据《词学季刊》三卷一号（1936）"词坛消息"《夏声社之发起》中云："几经集议磋商，决于本刊之外，更图拓展，发起组织夏声社。联络各方同志相与表章诗教，砥砺风节，昌明华夏学术，发胞与精神，期以中夏之正声，挽西山之斜日，并先出《夏声月刊》

---

① 北平中大大风诗社期刊：《大风诗刊》，民国二十四年（1935 年）。藏北京图书馆。
② 《华林诗集》，民国二十四年（1935 年）。藏北京图书馆。
③ 上海大夏诗社编：《诗经》期刊创刊号，民国二十五年（1936 年）。藏上海图书馆。
④ 张曼石辑：《衡门社诗选》，民国二十五年（1936 年）。藏北京图书馆。

一种与本刊相辅而行。"其成员当有于右任、欧阳渐以及《词学季刊》社同人与作者等。①

蛰园律社

1936 年，郭啸麓在北京倡立蛰园律社，与曾经的榕荫堂律集隔代呼应。律社成员不限籍贯，不限地区，可以邮筒传递课作，"命题拈韵，限期交卷，互评甲乙，一如榕荫堂之例，而集唱则于蛰园之松乔堂"（黄懋谦《蛰园律集前后编序》），也称松乔堂社集，社课作品集为《蛰园律集前后编·后编》。社友包括陈懋鼎、傅增湘、陈实铭、宗威、夏仁虎、陆增炜、黄穰、方兆鳌、黄懋谦、许锺璐、陈宗蕃、傅岳棻、关赓麟、陶洙、袁毓麐、陈铭鉴、黄孝纾、黄孝平、杨寿楠、高赞鼎、汪仲武、张伯驹等 49 人。1947 年初，郭啸麓去世，蛰园律社遂告结束。

（三）民国后期（1937 年至 1949 年间）的词社

瓶花簃词社

郭则沄主持，1937 年郭氏由天津移居北京，结蛰园律社及瓶花簃词社。每课皆由主人备馔。有夏枝巢仁虎、傅治乡岳棻、陈莼良宗藩、张丛碧伯驹、黄公渚孝纾、黄君坦孝平、关赓麟颖人、杨秀先、黄嘿园畬、瞿宣颖、寿玺等 20 余人，社外参加者还有张伯驹等人，前后社集六次。1947 年初，郭啸麓去世，瓶花簃词社遂告解散。有《瓶社词录》。②

春江诗社

当由张汝权等人于 1937 年前后创立。据张汝权编《春江诗社课草》。③

冷枫诗社

当于 1937 年前后由王禹人、张异荪、孙正荪、乔毓周、王襄、高守吾、杨轶伦、石永茂、顾恺曰等成立。④ 1938 年 8 月由王禹人、张异荪二氏重新组社。持续到 1943 年左右。

---

① 具体可参见张晖：《龙榆生先生年谱》卷二 1936 年事迹，第 71 页。
② 见郭则沄：《词综补遗序》。
③ 张汝权编：《春江诗社课草》，1937 年刊本。藏北京图书馆。
④ 《冷诗社枫召集社友照常会课》，《银线画报》1938 年第 8 卷第 15 期，第 3 页。

雍园词社

1938 年至 1945 年乔大壮、杨公庶等于巴县杨氏雍园结社。杨氏《雍园词钞》序云:"仆往与内子溯江入蜀,卜居巴县沙坪坝之雍园,并嗜倚声,雅志搜访。越明年,抗战军兴,并世词客多聚西南,刻羽引商,备闻绪论,比九更寒暑矣。遂用弘基、公谨故事,裒为总集,兼志游从。第限于物力,聊尝鼎脔,加诸家惠草先后不时,每得一集,辄付手民,未遑诠次,命曰词钞云。民国三十五年一月杨公庶识。"杨公庶辑《雍园词抄》内收叶麐、吴白匋、乔大壮、沈祖棻、汪东、唐圭璋、沈尹默、陈匪石八人的词作九种(沈尹默二种),则其社员当亦如此数。① 又就目前研究来论,此社当是较松散的社团。

潜社渝集

1939 年,卢前在重庆继潜社所创。卢氏感于潜社社友云散,"乃有志于赓张斯社,悉踵前踪。""社规三则:一曰必到,二曰必作,三曰不标榜。"②社员有盛静霞、周仁齐、张乃香、殷焕先、许白凝、张恕、金启华等。

椒花诗社

1939 年,由吴宓、刘建、黄敬、郑桥、杨周翰、王德锡、周珏良、赋宁等 15 人成立于昆明西南联合大学。

玉澜词社

1939 年由林修竹(字茂泉)③寓居天津期间,与诗词好友结成。社员有林修竹、寇泰逢、查莲坡、郭则沄、杨寿枬、冯孝绰、周公阜、金致淇、张吉贞、杨芝华、杨轶伦、张国威、高鸿志、胡峻门、童曼秋、王伯龙、张异荪、王寰如、王禹人、赵琴轩、姚灵犀、向仲坚、冯孝绰等。④

午社

1939 年于上海成立。有《午社词》刊行。同人姓字籍齿录依次为:廖恩焘(字凤舒,号忏庵,惠阳人,同治乙丑生)、金兆藩(字篯,号药梦,嘉兴人,同治戊辰生)、林鹍翔(字铁尊,号半樱,吴兴人,同治辛未生)、

---

① 杨公庶辑:《雍园词抄》,1946 年刊本。南京师范大学图书馆有唐圭璋题签本。
② 张乃香:《潜社渝集引》,见《民族诗坛》1939 年 10 月第三卷第六辑。
③ 林修竹:山东掖县人,有《澄怀阁诗抄》《澄怀阁词抄》等行世。
④ 莲谛:《玉澜词社雅集志略》,《新天津画报》1940 年第 9 卷第 14 期。

林葆恒（字子有，号认庵，闽县人，同治壬申生）、昌广生（字鹤亭，号疚斋，如皋人，同台癸酉生）、仇垛（字亮卿，号述庵，江宁人，同治癸酉生）、夏敬观（字剑丞，号映庵，新建人，光绪乙亥生）、吴庠（字眉孙，号寒筜，镇江人，光绪戊寅生）、吴湖帆（字湖帆，号丑簃，吴县人，光绪甲午生）、郑昶（字午昌，号弱庵，嵊县人，光绪甲午生）、夏丞焘（字瞿禅，号瞿禅，永嘉人，光绪庚子生）、龙沐勋（字榆生，号娱生，万载人，光绪壬寅生）、吕贞白（字贞白，号茄庵，德化人，光绪戊申生）、何嘉（字之硕，号颢斋，嘉定人，宣统辛亥生）、黄孟超（字梦招，号清庵，川沙人，民国乙卯生）。午社前后共集会 7 次，得词共 160 阕。①

中兴诗社

1939 年，由易君左等在重庆创立。据易氏《中兴诗社小启》。②

饮河诗社

"饮河诗社"是抗战期间在重庆研究和创作旧体诗的文学团体。诗社由章士钊、沈尹默、乔大壮、江庸等人发起，1940 年创办于重庆。社名取庄子"偃鼠饮河，不过满腹"之句。社员借此针砭时弊，反映民生疾苦，抒写爱国情怀。参加诗社者有：俞平伯、朱自清、缪钺、叶圣陶、郭绍虞、陈铭枢、肖公权、吴宓、黄杰、谢稚柳、徐韬、黄稚荃（女）、黄苗子、蒋山青、钱问樵、王季思、沙孟海、程千帆、沈祖棻、萧涤非、成惕轩、施蛰存、曹聚仁、萧赞育、叶恭绰、屈义林、陈寅恪、王遵常、游国恩、谢无量、李思纯、夏承焘、浦江清、潘光旦、马一浮、陈仲陶等。一时群贤齐聚、俊彦荟萃。社中作者除有当世知名誉宿外，也有青年学生。先后投稿《饮河集》《诗叶》和《饮河》渝版的作者共一百余人。通讯的诗友遍及全国各地。（饮河社组织原则规定不必正式入社，凡在社刊如《诗叶》《饮河集》《饮河》等发表作品者都为社员）"饮河诗社"社长章士钊、江庸，主编潘伯鹰；助理编务和杂务许伯建为潘的助手，为社务奔走接洽。"饮河诗社"刊出《饮河集》，分别在《中央日报》《扫荡报》《益世报》《时事新报》《世界日报》的副刊上刊载，每半月或每周一期，共出刊 100 余期。于

---

① 午社辑：《午社词》，民国二十九年（1940 年）刊本。
② 易君左：《中兴诗社小启》，见《民族诗坛》1939 年 6 月第三卷第二辑。

1949 年底停刊。[①]

山中诗社

1940 年,由钱基博、吴忠匡、钱钟书、马厚文、徐燕谋等结社于湖南蓝田山中。成员多为聚集在湖南蓝田国立师范学院的文化人,这些人多有诗作传世,其中钱钟书、马厚文、徐燕谋都有诗集存世。

五溪诗社

1940 年吴绍熙任湖南大学教授时,与陈兆畴、杨树达、曾星笠、王疏庵、熊丙生等结成。借以宣传爱国思想,鼓舞抗战斗志,出版《五溪诗词录》,载《湖大文哲丛刊》上。

海星诗社

1940 年创于成都。据海星诗社编《海星》期刊。[②]

余园诗社

1940 年由亲日文人与侵华日本使节等创,是日本人为笼络中国文人而合创的文学社团。编辑《雅言》月刊。由傅增湘任社长,大赞助为汪精卫、王揖唐、安藤纪三郎、梁鸿志等,评议为赵椿年、林出贤次郎、冈田元三郎、桥川时雄、夏仁虎、瞿宣颖、溥儒、李元晖、曹熙宇、白坚、黄燧、李嘉璟等。各期均有作者题名录。中录有大量词作。[③]

变风社

1940 年由严古津与林子依、柳子渊、金悉经等学生创办于无锡国学专修学校。成员有吴予闻、江文忠、王之雄、皇甫曜、何祖述、周企任、秦翔、张庆等同学参加者 44 人。以王瑗仲、郝昺衡、钱仲联、朱大可等为导师。历时数月,集诗数百首。有《变风社诗录》(1941 年刊),由校长唐蔚芝,导师王瑗仲、郝昺衡、钱仲联、朱大可、鲍默厂序言。

群雅社

1940 年叶百丰于上海创立。叶氏序:"今吾国当危难之际,一二文学士,局处一隅,无能以助国,又岂可闭户吟诵,坐视学术废堕乎?百丰等不自揆度,乃有群雅之刊。欲使前贤遗著与夫当世名家撰述,不至散佚。"有

① 参见许伯建、唐珍璧:《饮河诗社史略》,《文史杂志》1994 年第 2 期。
② 海星诗社编:《海星》期刊。民国二十九年(1940 年)创刊于成都。北京图书馆藏有缩微胶卷。
③ 北京余园诗社:《雅言》(自庚辰 1940 年正月起,月刊一册,凡 12 册),1941 年刊本。

《群雅月刊》刊行。是学术与创作兼有的社团。其成员有叶百丰、唐文治、夏敬观、吕思勉、陈柱尊、童书业、金天翮、张元济、廖恩焘、吴庠、郭绍虞、高吹万、溥儒等。《群雅月刊》设词录一项。①

怀安诗社

1941 年 9 月 5 日，陕甘宁边区政府和边区参议会领导人林伯渠、谢觉哉、高自立、李木庵等在延水雅集，林氏倡议成立怀安诗社。李氏为社长，至 1947 年停止活动。怀安诗社是业余性质的文艺社团，无固定章程、固定社员，多为无产阶级革命家和革命干部，以诗词唱和，反映了抗日战争和解放战争的革命与建设。

延秋词社

1941 年由张伯驹等创立。《雅言》月刊中辛巳（1941）卷三词录部收有"延秋词社第一集甲题"，社员有张伯驹、溥儒、圣逸、俞岳荄、郭则沄、夏仁虎、高君武、袁毓麔、陈宗藩、林彦京、杨秀先、黄孝纾、黄襄成、黄孝平等。②

千龄诗社

1941 年由黎锦熙、萨镇冰等在兰州成立。以社员年龄总和过千岁而命名。至 1945 年仍有活动。社友还有高一涵、慕寿祺、方旭芝等。③

蚕社

1941 年前后，王宽基、胡颖之、徐震堮、夏承焘、孙曜翁、范肯堂、薛好楼、江眉仲、郭玄冰等结蚕社唱和。事见孙曜翁《眉月楼词》。

寿香社

1942 年前数年，由何振岱与其女弟子创立。④ 其社友有王德愔（珊芷，《琴寄室词》）、刘蘅（修明，《蕙愔阁词》）、何曦（健怡，《晴赏楼词》）、薛念娟（见真，《小懒真室词》）、张苏铮（浣桐，《浣桐书室词》）、施秉庄（浣秋，《延晖楼词》）、叶可义（超农，《竹韵轩词》）、王真（道之，《道真室词》）等。曾有荷花池上社集、初阳社集、灯魂社集、艺兰社集、汉双鱼

---

① 见叶百丰等编：《群雅月刊》，1940 年版。
② 见《雅言》月刊中辛巳（1941 年）卷三词录。
③ 见黎锦熙：《黎锦熙纪事诗存》，中国文史出版社 1998 年版，第 134 页。
④ 三山林心恪校刊：《寿香社词钞》，壬午（1942 年）重九开雕冬十二月版。

洗社集、罗衫社集、酒醒见月社、新寒社集、烟江社集等，均以词为之。

湖海文艺社

1942 年 11 月，于江苏阜宁创立。社员有陈毅、彭康、李一氓、范长江、李亚农、车载、沈其震、王阑西、白桃、阿英等，是以文艺服务抗敌的文学社团。①

诚正文学社

创于 1942 年，据姚舜钦记录《诚正文学社创立会议案》。② 成员有吕诚之、耿淡如、孙贵定、蒋竹庄、周其勋、姚舜钦等。

梦碧词社

由寇梦碧在 1942 年夏成立于天津，止于 1948 年。寇氏《霜叶飞·题斜街唤梦图》词小序："天津梦碧词社尝燕集于癸未（1943）、戊子（1948）之间，三十年来，旧游零落，十二石山堂主人姜毅然先生为绘斜街唤梦图，爰赋此解，依梦窗韵。"社友有周汝昌、杨寿枬、寇泰逢、周公阜、张郁庭、冯孝绰、赵哲馀、马醉天、王禹人、杨绍颜、顾恺白、陈玉夫、刘云孙、李择庐、杨炜章、黄洁尘、杨轶伦、杨彩宗、乐建、冯文光、杜仲甫、陆纯明、康仁山、曹朗臣、郑阜南、刘沛、王绮如、吴逸痕等。③ 原城南、冷枫、玉澜、须社等诗词团体的成员也加入该社，先后达 80 余人，社址在东门外南斜街。词友半月聚会一次，社刊共出 10 期，刊出作品有词、诗、诗钟等。

南社闽集

1943 年朱剑芒在福建永安组织。当时有成员林秋叶、丘荷公复、丘潜庐翊华、陈守愚、罗稚华等。④ 南社闽集为南社最后的支柱。社长为朱剑芒。初成立时社员十七人，后队伍有所壮大，相互唱和，旨在提倡气节、相互砥砺。

湄江吟社

1943 年创于贵州湄江。此社为旅居黔北湄潭县同人发起组织，故定名

① 阿英：《陈毅同志与苏北文化工作》，见《阿英文集》下，香港三联书店 1979 年版，第 885—886 页。
② 姚舜钦记录：《诚正文学社创立会议案》，民国三十一至三十四年（1942—1945 年）。
③ 据《梦碧月刊》第七期，天津梦碧吟社民国三十七年（1948 年）出版。
④ 朱剑芒：《我所知道的南社》，见《江苏文史资料》第三辑。

曰湄江吟社。社员初为七人，继增为九人。"旨在公余小集，陶冶性情"，"每月集会一次。由同人轮值任召。集自三十二（1943）年二月二十八日起，至同年十月二十八日止。中间曾因事停会两次。自春徂冬计八次。"①社员有王琎季梁、江恒源问渔、祝文白廉先、胡哲敷、张鸿谟、郑宗海晓沧、刘淦之、钱宝琮琢如、苏步青等。社集中有不少词作。

燕赵诗社

1943 年晋察冀边区议会开会期间，聂荣臻、皓青、阮慕韩、张苏、宋劭文、吕正操、于力、邓拓等倡议成立。邓氏起草《诗社缘起》。燕赵诗社创作新体诗、旧体诗词，后者为主。诗作当年多发表在《晋察冀日报·燕赵诗社录》专栏中。

正声诗词社

1943 年，由西迁的金陵大学中文系学生邹枫枰、卢兆显，国文专修科杨国权、池锡胤，农艺系崔致学等在沈祖棻指导下创建。次年春，入社者金陵大学刘彦邦、陈荣纬、萧定梁，四川大学中文系宋元谊，夏天入社者华西大学中文系王文才、刘国武，四川大学中文系王淡芳、周世芳，武汉大学中文系高眉生等。正声，出自李白古风《大雅久不作》之"正声何微茫，哀怨起骚人"。②

癸未文社（甲申文社、吟秋社）

1943 年于津门创立。癸未文社内分诗词、诗钟、谜语诸门，而以词为主。1944 年，经词坛前辈向迪琮、周维华、姚灵犀诸先生之倡导，社务益形发展，又更名为甲申文社，是年秋，姚灵犀社长复改名为吟秋社，与城南、冷枫、玉澜、丽则诸诗词社各树一帜。③

丽则词社

当于 1943 年前后存在。据杨轶伦《梦碧沿革小记》，《梦碧词刊》1948 年一月刊所记。

---

① 王琎等：《本社设立旨趣及本刊编印例言》，《湄江吟社诗存第一辑》，民国三十二年（1943 年）刊。

② 1944 年刊的《正声社诗词集》第一种《风雨同声集》中收有杨国权《苾馨词》30 首、池锡胤《镂香词》25 首、崔致学《寻梦词》31 首、卢兆显《风雨楼词》36 首。

③ 杨轶伦：《梦碧沿革小记》，《梦碧词刊》1948 年一月刊。

沐社

由民国三十四年（1945）叶在铤（乃伟）等在修筑湘桂铁路时，"同仁中雅好吟咏者，尝集结诗社，命名曰'沐'。每以假日休闲，就山巅水涯景物宜人处，相与拈题分韵，唱和为欢。兴会所至，觞咏并作。"成员有王心恕、王愬、曹锡瑆、习自娱、马襄、俞莋侯、王君放、郑埔、江澄、钱辉宇、张用鲁、洪绅等。有《沐社吟集》，1945 年铅印本。

硕果诗社

1945 年由何绍庄、伍宪子、黄伟伯、冯渐逵、谢煜彝等发起创立。半月一会，每两年共 50 期之作品结集一次。首次结集为 1947 年之第一期，最后为 1966 年之第九期，皆为线装。每期由不同诗侣作序，辑录历年逾 70 人之诗词及诗钟，为香港早期结集丰富之诗社。有《鸡鸣集》，为硕果诗社成员诗辑。1951 年黄伟伯以溪、西、鸡、齐、啼五韵成七律，先后有 34 人和韵成诗 132 首，以不同题材借题兴寄，述怀酬唱，反映了当时聚居南隅的一批文化人之心路历程，香港早年之诗社活动，亦从中得窥见焉。中以伍宪子（20 首）、沈仲节（10 首）、唐狷庵（10 首）、陈荆鸿（10 首）诗作为最丰。①

绵社

1946 年夏六月，由冯平（秋雪）等于广州粤秀山百尺楼建立，持续至1948 年以后。社员有李叔宽、蒋醉六、刘草衣、赵连城、陈剑虹、张纫诗、陈旋珍等。后来入社者已达 24 人，"每两周以休沐日会"。雅集凡 48 次。有《绵社甲乙集》民国三十七年（1948）本。

掘社

民国三十六年（1947），闽侯（今福州）黄孝纾避暑青岛海滨，与括厂、林圃诸子倡为掘社词课，其子黄为宪亦参与其中。事见林葆恒《词综补遗》卷四七。

沙笼燕集诗社

1948 年，为夏敬观、郑午昌、陈仲陶、白蕉、陈定山等十余人组织，

---

① 参见邹颖文：《香港文化研究资料与广东文献——香港中文大学图书馆馆藏之香港古典诗文资料介绍》，《图书情报工作》2003 年第 11 期。

"近方选辑诗叶，准备印行"①。

春鸟诗社

据《申报》1949 年 3 月 18 日所载，春鸟诗社筹编已久之诗集、词集，由华夏出版公司代印发行，日内即可出版。②

怀风诗社

陈宽晚年居成都时，与刘叔平结怀风诗社。

越社

与民国初浙江所结不同，此为 1945 年后由黎国廉、张学华、叶恭绰、陈融、詹安泰等建立，参加者有胡熊锷、张成桂、冯平、马复、江孔殷、刘秉衡、刘叔庄、朱庸斋、陈寂、张树棠、黄肇沂、刘伯端、张北海、冼玉清、许菊初、范菱碧、廖恩焘、潘小盘、任援道、林碧城、区少干、张粟秋、汤定华、王季友、王韶生等。

坚社

由刘锦堂、廖恩焘、林汝珩等于 1949 年共创。参加者有张宜、张权俦、罗忼烈、王韶圣、任汝珩、曾希颖、汤定华、任援道、区少干、王季友等，至 1953 年冬结束。

庚寅词社

由张伯驹 1950 年创立。成员有汪曾武、许季湘、陈莼衷、关赓麟、寇梦碧、周汝昌、孙正刚、溥儒等。张伯驹为续创庚寅社（即展春词社）于北京西郊燕京大学未名湖畔之展春园，不定期集会，由主人备馔，并预先寄题，交卷后再印送众人评第。始则 20 余人，老辈有汪曾武、叶恭绰、关赓麟、夏枝巢、梁启勋、高潜子、许季湘、陈莼衷等。并邀少年而好倚声者寇泰逢、孙正刚、周汝昌等入社。长幼咸集，颇有提掖后进之旨。③

咫社

1950 年前后由关赓麟等于北京创立。④ 有廖恩焘、汪曾武、彭一卤、汪

① 见《申报》1948 年 4 月 6 日《文化小新闻》，作者为"珠"。
② 见《申报》1949 年 3 月 18 日记载。
③ 事见慧远（夏纬明）：《近五十年北京词人社集之梗概》一文，载《春游社琐谈·素月楼联语》，第 22 页；许恪儒：《稊园诗社忆旧》一文，载《北京文史资料》第 58 辑。
④ 关赓麟编：《咫社词钞》，1953 年版。

鸾翔、林葆恒、冒广生、夏仁虎、夏敬观、许宝衡、胡先春、梁启勋、高毓浵、靳志、傅岳棻、陈宗藩、刘子达、王季点、王耒、关赓麟、陈祖基、章士钊、叶恭绰、吴仲言、廖秀昆、宋庚荫、蔡可权、柳肇嘉、钟刚中、侯毅、刘景堂、周维华、黄复、谌斐、汪东、陈方恪、谢良佐、刘通叔、张伯驹、陈道量、黄孝纾、唐益公、龙沐勋、林仪一、黄孝平、夏纬明、黄畬、张浩云、孙铮等各地社员 48 人，以耆宿为主，60 岁以上者 36 人，最长者廖恩焘已 87 岁。举 15 集，同题唱和，规模可观。①

健社

1951 年由潘学增、黄相华及古卓仑发起、成立。② 以《易经》"天行健，君子以自强不息"之意命名。诗社每月一会，有诗课及诗钟，每期油印成诗刊，积稿先后刊行诗辑 3 集，并有《健社文艺刊》30 余期，自 1963 年起按期送《华侨日报》文化版刊载，题名《健社课艺》。健社诗辑首二辑线装，名《健社集》，内页名《健社诗选》。第一辑 1953 年刊行，邓尔雅题耑及题词。黄相华、潘学增序。收录 22 人之诗作及诗钟。第二辑 1954 年刊行，邓尔雅题耑，黄相华题词，古卓粤、周谦牧序，潘学增编后语，收录 36 人之诗作及诗钟。第三辑为社员之手抄单行本，刊行于 1966 年，名《健社诗钞》，梁友衡题耑，林仁超、崔云岩序，收录 40 人之诗作。③

通过以上考索，我们可发现，从清末到民国末年出现的各种类型的诗词社团达 130 多个，其中清末结者 21 个，民国初至 1919 年"五四"之间结者 34 个，"五四"以后至 1937 年抗日战争爆发之间结者有 55 个，1937 年至 1949 年新中国成立结者 25 个。而在民国时期出现的可以完全确认属于词社或诗词兼作者就近 1/3 强。其余的虽以诗社为名，现存社刻中并无词作收录以证填词与否，但就民国时期的社友素养来论，大多是诗词兼工的。也正因此，本书在考索词社时，采取了广搜博取的方式。这样，一方面使人们明白民国时期的旧体文学社团的总体格局与面目；另一方面，也为我们在研究民

---

① 事见慧远（夏纬明）：《近五十年北京词人社集之梗概》，载《春游社琐谈·素月楼联语》，第 22 页；咫社：《咫社词钞》；许恪儒：《稊园诗社忆旧》，载《北京文史资料》第 58 辑。

② 参见邹颖文：《香港文化研究资料与广东文献——香港中文大学图书馆馆藏之香港古典诗文资料介绍》，《图书情报工作》2003 年第 11 期。

③《健社集》卷 1—2，1953 年、1954 年；《健社诗钞》卷 3，1966 年。

国词社时提供一个全方位的参照系。又由于本人目力与能力所囿，此处的考索还有不够深入之处，以后笔者将再花工夫补足完善。尽管如此，仅据以上对民国诗词社团的考索，就足以进行对民国词社类型与特征的归纳、发展轨迹的扫描以及词史意义与文化意义的阐发。

二　民国词社文献的意义

有关民国词社可研究的问题颇多。如民国词社的发展历程问题，就值得我们深入研究。简单地论，民国词社的发展可分为三个阶段：第一阶段，从民国之初至 1919 年"五四"运动，为词社勃兴期。此期不但出现了春音词社、鸥社这两个专门词社，还涌现了不少综合性吟社，如希社、淞社、超社、逸社、鸣社等。其创立者主要可分两类，一类为前朝遗老，一类为革命志士。社友词作内容大体可分两类，一为娱乐遣兴，一为言志鸣怀。第二阶段，"五四"以后至 1937 年抗日战争爆发之间，为词社活动的盛行期。专门词社众多，综合词社多样。词社创立者也有两类，一类为娱乐、交游的词人，一类为学术、创作、教学兼具的词人。社友填词分学词与切磋两个目的。第三阶段，为民国词社发展的压抑期。词社减少，主盟的消逝，词社社作以爱国抗日为主旋律。又如民国词社类型特征问题。按不同的标准可分多种。按规模分有大型、中型与微型。按"型"态分，有专门型与综合型。按词社成因与功能分有娱乐休闲型，交游邀名型、昌明词学型与同仇敌忾型。按社友身份分，有遗老型、志士型、学子型、学者型与苔岑型。按社友词作生成式分有雅集型、邮递型两种。按词社持续时间来分有昙花型、常青型。每一种类型都需要我们专门去探究。再如民国词社的总体特征问题，需要我们细致而深入的考察。总的来看有九大特点：（一）复杂；（二）多样；（三）有规律。如词社主盟者领袖风范与魅力，"粉丝"的依赖与稳定、社友才艺兼能、"网络"特色以及"一条龙"（社集、社作、社刊与社刻）；（四）"现代"（邮寄、社刊、Party）；（五）地域性、乡邦性；（六）词社组织的民间性；（七）社友词作的民族性与娱乐同在；（八）社友的"传帮带"特点；（九）社事传承的特点。研究民国词社具有多方面的意义：（一）有利于深入了解民国词坛特点。（二）有助于研究词人群体、地域与流派。（三）有利于探究词人心态、心灵。（四）有利于把握民国词艺、词风、词心的成因。（五）有助于民国时期词学史的细化研究。（六）有利于民国词的整理与辑佚。（七）有利于民国词论的辑佚。（八）有利于民国词人生平、事迹的考求。（九）有助于民国其他艺术的深入研究。（十）有利于民国文化研究的深入，如民国历史文化、社团文化、都市文化、地域文化、民国文人的生活方式，等等。也就是说，民国词社研究是个大型的可持续研究的学术领域，非一篇文章所能涵盖。限于篇幅，于此仅揭示对民国词社文献的整理具有多方面的学术价值与现实意义。民国词社文献，不仅能为近代文学史、民国旧体文学史研究提供丰富的史料，还对近现代文学、民国旧体文学的研究具有开拓意义，同时对近现代史研究也有所助资与裨益。

　　首先，对民国词社文献的整理，将为近代文学史、民国旧体文学史研究的深入提供丰富的史料。一方面，将为诗词群体、流派研究提供更多的信息资料，有利于深入揭示社团与流派之间的密切关系。笔者曾在描述民国词群体流派时，曾专门归纳出一个"社团型词人群体"，认为一个词社就代表一个词人群，社团更大程度上是群体。由于当时对更多的词社了解不够全面，在归纳词派时仅先拎出一个"南社词派"。① 事实上，晚清民国时期不少诗词社团都有流派的性质，特别是同一流派成员通常会参与、组建多个社团。如同光体派成员先后参与过清史馆诗社、晚清簃诗社、漫社、嚶社、九九社、说诗社等社团的建设或活动。如要了解光宣诗人群体，不从他们参与的各种社团入手，很难将其诗词活动描述清楚。也就是说，社团文献既为群体研究的必需，也是流派研究的要件。就现在研究晚清民国诗词社团、群体或流派的成果来看，大多还集中在名社、名派上。之所以出现这样的状况，就在于对词社等社团文献的开发、介绍与编纂不够。如虞山派在清前期显赫一时，但虞山诗词风流至晚清民国并未云散，而是更掀波澜。如虞社，作为当时可与南社抗衡的大型社团，并未全面纳入社团流派研究的视野，由此形成的虞山诗词派也少人问津。其主要缘由即在其社集文献繁富，未经全面整理，而研究难度较大。而如《虞社菁华录》与《虞社社友录》中包含有不

　　① 见曹辛华：《民国词群体流派考论》，《中国文学研究》（湖南师范大学所刊）2012 年第 3 期；又见《中国社会科学文摘》2012 年第 12 期。

少词学文献，无疑有助于近现代虞山词派的研究。可以这样说，此番影印的社团文献将刺激学人们对近现代以社团为主的诗词群体或流派逐一展开的开创性研究。另一方面，整理诗词结社文献有助于揭示此期的诗坛风会，有助于民国旧体诗词史研究的深入。从新近出版的各种近代文学史或诗词史来看，沿袭前人认定的诗词史现象、诗人作品及其行实者较多。即使像吴海发、胡迎建、刘梦芙等专门研究民国旧体诗史的专家文章，除有简要述及少量诗词社团外，也未能像研究南社一样对其他社团及其成员在诗词史的作用予以深入揭示。其缘由主要仍在文献不足。当前若对首批影印的诗词文献进行一一细致研究，将会发掘出更多新的有诗史地位的诗人，将会对当前单薄的诗派或词派描述有重新认知并加以改善。如新的流派的界定与新的更多的诗界领袖的认定，将改变唯名人、名家是述的现状，更接近旧体诗词史的原生态。再一方面，对民国词社文献的整理，将对我们描画民国诗词作者的网络关系提供资料。就目前已知的社集文献，大多都在目录或书末处存留有年齿录、同人录之类的名单，有的还单列成书，这是我们建立作者"网络"关系的依据。如南社社友的诗词活动，并不限于本社，而是积极参与了当时的虞社、甲子吟社、苔岑吟社等其他社团。也就是说，由于当时的社团与社团之间并非隔绝的，当我们要考定社友交游时，各种词社文献就为我们搭建起网络式线索图，并提供了交游资料库。另外，当我们对晚清民国的诗词集、诗人、词人的行迹、行实及其创作原生态等来考察时，社团文献为广泛的文献渊薮，也是重要的依赖手段。需要强调的是，当我们撰著民国旧体文学史时，旧体文学社团史是必须解决、绕不开的课题。旧体诗词结社文献的汇编，将为其历史的著述建设坚实的史料库。

其次，民国词社文献的整理，将为新文学社团研究提供有益的参照，不仅为现代文学社团研究开辟新领域，还将为旧体诗词研究开拓新领域。一方面，笔者曾在谈及建构民国旧体文学史的意义时指出，民国旧体文学史必须建构与独立，不仅可以避免现代文学研究者以现代为本位，过分强调"现代性"的研究立场与浅尝"作秀"似的研究态度，还有利于现代文学史研究的取资与借鉴。近代以来，特别是进入民国时期，新文学与旧文学并存，新旧文学社团纷纷涌现，呈并立对峙之势。由于历史、政治多方面因素，当前现代文学研究界对民国时期的新文学社团研究已较充分，而对与之并行的旧体社团除南社、栎社等有所研究外，其他尚处于拓荒阶段。所幸的是，当前新文学研究学人已注意到此问题，如陈平原、栾梅健、沈卫威、杨洪承等学者均由现代转向旧体文学社团，并已有相当的成就。特别是当前《现代文学研究丛刊》《文艺争鸣》《新文学评论》等学术杂志已设置有现代或民国旧体诗词研究专栏。陈思和先生也曾指出，现代文学社团包含的内容也在不断扩大。现代文学不能仅仅理解为新文学，"中国现代文学社团"准确地理解应该是"中国—现代—文学社团"。既然是"中国"，就不能仅以大陆地区为限，近代史上割让为日本殖民地的台湾地区，作为英国殖民地的香港地区，在文学领域都曾经产生许多文学社团。尤其是日据时期的台湾，出现了大小古典诗社多达三百余个，可说是每一个村落就有一个诗社。这样一种壮观的诗社现象，如果不进入我们的研究视野，真是谈不上研究中国的现代文学社团史；而且，既然"现代"指的是一种时间概念，现代文学还包括了新文学运动以外的各种文学社团现象，如南社。清末民初的重要社团，由于不属于新文学，便被摒弃在现代文学视野以外，这都是不合理的。① 可以想见，当大量的近现代诗词结社文献整理出来后，无疑将大大促进现代文学社团研究。如将同一社团的新旧文学创作统一、对比研究，比较与揭示新、旧文学社团的异同与相互影响关系，重新建构包含旧体诗词在内的现代文学社团史。另一方面，民国词社文献的整理，还可为近现代文学研究开拓新领域，启示更多的新研究课题。当前国家图书馆出版社编纂此套丛书，首先启示我们当开辟近现代文学文献、史料建设的新领域，不仅应当将晚清民国的其他旧体文学结社文献纳入整理视野，也当将现代新文学结社文献有计划地进行整理出版，以便于学者们的深度研究。再一方面，民国词社文献的整理，还将为近现代文学史的研究提供不少新的启示。如由于史料文献整理的日益丰富，重新全面而系统地对晚清民国诗词社团史进行专门描绘、研究，是当前亟待开展的新课题。另外，晚清民国时期社团活动方式主要是雅集，创作方式主要是唱和、联吟、联句，但雅集与唱和等又不仅仅是社团独有的行为方式。同样，由此引发的晚清民国文人雅集史、诗词唱和史也是值得我们关注的新研究领域。特别是当前对海外汉诗的研究成果，多限于古代与当

---

① 陈思和：《评中国现代文学社团史书系》，见 2006 年 7 月 4 日《文汇读书周报》。

代，对近代域外汉诗的研究目前多侧重汉诗名家名作方面，而对近代域外诗词社团的研究还不充分，还未提上日程。现代文学研究者从事的域外华文文学的研究已有不少成就，但对近代华文诗词及其社团的研究却基本阙如。这启示我们对民国词社文献的整理，应当加强对域外诗词结社文献的整理与研究，这是域外汉学或汉诗研究的新领域。

　　再者，民国词社文献的整理客观上为近现代史的研究提供了丰富的珍稀史料，在为近代社团史的研究提供史料的同时，也为晚清、民国文人生活史准备了史料。一方面，这些结社文献本来就属于晚清民国历史文献的组成部分，只是以其与诗词关联甚大，才归为文学领域中。由结社文献我们不仅可以获得大量将被湮没无闻的文人与历史事件、历史细节的资料，还可让人们对近现代的期刊史实有足够的明察。如当代各种有关近现代人物的辞典、陈玉堂所著的《民国人物室名别号辞典》，虽收录人物数量已足够庞大，但依然漏收了不少。而诸如《城南诗社齿录》《著涒吟社同人小传》《虞社社友录》之类的结社文献将多少可弥补此中缺憾。由此，如果将晚清、民国大量的社团名录文献汇辑在一起，再加上当代发达的电子文献技术，当为我们查询、了解近现代历史人物提供极大的便利。另一方面，要真正全面反映近现代期刊史、社团史，也离不开大量的晚清民国结社文献的整理。因为不光社团有社刊，许多出版、新闻等行业也有社刊，有的还以期刊为中心形成了社团。诗词结社文献中就包含有这样的成分。如此来讲，整理诗词结社文献的行动，实际上又启示我们当对晚清民国各种社团结社文献全面地整理，让更多人能接触社团文献的原生状态，而不是仅仅限于对社团史的简单大概式的描述上。再一方面，民国词社文献还有利于人们对晚清民国文人生活史的了解与研究。如由大量以文会友的雅集文献可知，近现代文人虽处乱世，却是"诗意地栖居"在大地上：一面是乱象丛生的婆娑世道，一面是风流高雅的文人生活圈。又如大量以消寒、消闲之类命名的社集标示出晚清民国文人休闲娱乐生活姿态的同时，也彰显出此时文人乐观自适的心态。从诗词结社文献中，还可考察到当时社团的创建、生存、消散轨迹与史实。社员的雅集唱和，离不开功德主的好施，离不开名人、高官的护持，更与社会的治乱息息相关。如北京光宣之际的庚子秋词社、宣南诗社等即与当时寓京的士大夫支持有关，而晚晴簃诗社、北海诗社、城南诗社、稊园诗社、趣园诗社等又与民国新官僚的倡导、扶植有关。近现代上海的诗社如丽则吟社、淞社等则与儒商文人的赞助分不开，而鸣社、沤社、逸社等社团又与前清遗老的坚守心态相联。特别是在抗战期间，一面有革命的社团生活，如正中诗社、燕赵诗社即是以号召抗战为宗旨形成的；一面还有汉奸文人、日本汉诗人共同创立的诗词社团在粉饰太平。社团文献是社团文人生活的全息留影，是当时社会生活原生态的清晰印记。

第　五　章

南社诸子的词学创作考论

与 20 世纪后半叶的词学不同，民国时期的词学是学术与创作兼顾的。尽管创作不同于纯粹的学术研究，但其中闪现的词史观念、词学思想以及批评理论都是不容忽视的，因此可以说词学创作即是一种隐性的研究，或者说是研究成果的转化。南社处于 20 世纪初，其词学创作自然也带有这种研究的意味。其创作活动以及作品是词学好尚、词学技法以及词学理论与批评等方面的切实体现。南社诸子的词学创作是联结近代词史与民国词史的重要关节，可以说是民国前期乃至中期词史流变的重要代表。

一　南社诸子词集及填词情况考

由前文对《南社丛刻》《南社丛选》以及《南社词集》等的描述可知，南社诸子中擅长填词的大有人在。《南社词集》所收词人 146 人（算上柳氏编目时漏掉了的寿玺），约占南社总人数的十分之一强。由于它只是"投稿式"的选集，难免会遗漏不少南社词人。为进一步说明这一点，兹将所知南社词人小传及所著词集与填词情况予以枚举考述，然后再作综合剖析。

南社词人小传及所著词集与填词考述

丁三在（善之），浙江钱塘人，有《丁子居剩草》。晚清词家周庆云（梦坡）称赏云："不沾沾于规唐模宋，而春容大雅，有太原公子褐裘风度。词则小令最工，如《浣溪沙》《罗敷媚》诸阕，直可追踪《饮水》，吉光片羽，卓有小传。岂必牛腰大集之为贵哉！"①

马叙伦，浙江杭县（余杭）人，文史资料出版社 1985 年 3 月出版有《马叙伦诗词选》，"词则就正于刘毓盘、吴瞿安（梅）。"② 又有《寒香窟词》一卷。

易大厂（孺），广东鹤山人，有《大厂词稿》，又《双清池馆集》中有词录一卷。近人钱仲联《光宣词坛点将录》目之"地日星"，云："大庵为陈兰甫弟子，其词审音琢句，取径生癖，所谓'百涩词心不要通'也。"③ 郑逸梅则谓"作诗词从不起草，有所题咏，略一思索，提笔而就"。④

王大觉（德钟），上海青浦县人，有《风雨闭门斋遗稿》。

王无生（钟麒），安徽歙县人，曾任《南社丛刻》（第三集）词选编辑，《南社词集》收词 18 首。

王蕴章（莼农），江苏无锡人，有《西神樵唱》《雪蕉吟馆集》。《南社词集》收词达 150 首。钱钟联《点将录》目之为"地狗星"，又引金天翮之言称"庶几梅溪、草窗之遗"。⑤

王芃生，湖南醴陵人，有《莫哀歌草词》。

于伯循（右任），陕西五原人，后来庞齐编《于右任诗歌萃编》⑥，存词45阕。

公孙长子，四川人，有《冬冬词》。

田星六，湖南凤凰人，有《蕉香馆词》。

叶中泠（玉森），江苏镇江人，有《中泠词卷》《春冰词》《春冰词荐》《水葓花馆诗文词集》《桃渡词》《樱海词》《啸叶盦词集》《戊午春词》《和阳春集》《和东山乐府》《和清真小令百首》等。

宁调元（太一），湖南醴陵人，有《辟支庐诗词集》。

---

① 郑逸梅：《南社丛谈·南社社友事略》，见《郑逸梅选集》第一卷，黑龙江人民出版社 1995 年版，第 97 页。

② 郑逸梅：《南社丛谈》，见《郑逸梅选集》第一卷，黑龙江人民出版社 1995 年版，第 96 页。

③ 钱仲联：《光宣词坛点将录》，见《词学》第三辑，华东师范大学出版社 1985 年版，第 238 页。以后凡出该书者，仅注明书名。

④ 郑逸梅：《南社丛谈》，《郑逸梅选集》第一卷，黑龙江人民出版社 1995 年版，第 99 页。

⑤ 钱仲联：《光宣词坛点将录》，见《词学》第三辑，第 242 页。

⑥ 《于右任诗歌萃编》，陕西人民出版社 1986 年版。

刘泽湘，湖南醴陵人，其子刘鹏年将其遗作汇为《钓月老人遗稿》，泽湘当别有词集①。

刘鹏年，湖南醴陵人，有《雪耘词》。

刘伯端，福建闽侯人，有《沧海楼词》。

庄通百，江苏武进人，有《有性情簃词箧》。

朱鸳雏（玺），苏州松江人，有《凤子词》。

李叔同（弘一法师），有《秋草集》《寒笳集》等。钱仲联以"地巧星玉臂匠金大坚"目之，云："以书画、诗词、音乐宣传革命，为南社巨子。遗集存词十一首，缠绵慷慨，两擅其胜。"②

寿石工（玺），浙江绍兴人，有《珌庵词》（《枯桐怨语》为上卷，《消息词》为下卷）。

余十眉，浙江嘉善人，有《余十眉诗文集附补遗词稿》，③又有《病春词》，柳亚子曾为之序④。

汪兆铭（精卫），广东番禺人，有《双照楼诗词稿》。

汪东（旭初），江苏吴县人，有《梦秋词》⑤。

张怀奇，江苏武进人，有《思古轩词》。

张昭汉（默君，女），湖南湘乡人，有《红树白云山馆词》。

张素，江苏丹阳人，有《瘦眉词卷》《闷寻鹦馆词集》。

陈无用，浙江诸暨人，有《虑尊词》。

陈蜕庵，江苏武进人，有《蜕翁诗词刊存》《蜕翁诗词文续存》《瓣心词》，卒后好友又搜辑成《蜕翁诗词续稿》等。

陈莲痕，江苏昆山人，有《根香庐词稿》。

陈匪石（世宜），江苏江宁人，有《倦鹤正体乐府》（分《芦中》《渐筑》《桓笛》《麻鞋》《松经》五集）、《旧时月色斋词》。

---

① 郑逸梅：《南社丛谈·南社社友事略》称泽湘有《鞭影楼词》，然于《南社社友著述存目表中》却归之于其子鹏年（字雪耘）名下。今据《南社社集》第三册所录傅屯艮《浣溪沙》小序"以下和雪耘《鞭影楼词》十四阕，次元韵"知，当为鹏年作。

② 钱仲联：《光宣词坛点将录》，见《词学》第三辑，第245页。

③ 《郑逸梅选集》第二卷，黑龙江人民出版社1995年版，第588页。

④ 柳亚子：《磨剑室文集》（上），上海人民出版社1993年版，第616页。

⑤ 《梦秋词》，齐鲁书社1984年影印本。

陈巢南（去病），江苏吴江人，有《浩歌堂诗抄》《挥戈集》等，当代已出《陈去病诗文集》中含其词作。

陈蝶仙（栩），浙江钱塘人，有《新疑雨集》《香雪楼词》《天虚我生诗词曲稿》等。

邵瑞彭（次公），浙江淳安人，有《扬荷集》《山禽余响》《小黄昏馆词》《次公词稿》等。

邹秋士（晏），江苏宜兴人，郑逸梅云："他早慧，操笔为文，饶有奇气，奈应试屡不中式。愤而奋力于诗词，与柳亚子、陈筱舫相唱和。"

吕碧城（女），安徽旌德人，有《信芳集》《晓珠词》《雪绘词》《海外新词》等。龙榆生《近三百年名家词选》以之为"三百年词家的殿军"，钱仲联则云："圣因，近代女词人第一，不徒皖中之秀。"① 当代李保民有《吕碧城诗词笺注》②。

吴虞（又陵），四川新繁人，有与人唱和词集《朝华词》。

吴眉孙（清庠），江苏丹徒人，有《寒芋词》与《绿幺韵语》。钱仲联《点将录》目之"地速星"以为"足当词史无愧"。张尔田序其《寒芋阁词》曰："狂篇醉句、千啼百笑""豪迈矣而不失之伧，沈骏矣而不失于放"③。

吴梅（瞿安），苏州吴县人，有《霜厓词录》，"词笔高逸，不让东塘、昉思擅美于前。"④

沈禹钟，浙江嘉善人，有《桐华馆词稿》。

沈昌眉，江苏吴江人，有《长公吟稿》，今人将其弟沈昌直之著合刊为《吴江沈氏长次二公剩稿》。⑤

沈昌直，江苏吴江人，有《次公剩稿》。

沈尹默，浙江吴兴人，有《秋明室诗词集》。

沈太侔（宗畸），广东番禺人，有《繁霜词》。钱仲联《点将录》目之

---

① 钱仲联：《光宣词坛点将录》，见《词学》第三辑，华东师范大学出版社 1985 年版，第 240 页。
② 李保民：《吕碧城诗词笺注》，上海古籍出版社 2001 年版。
③ 钱仲联：《光宣词坛点将录》，见《词学》第三辑，华东师范大学出版社 1985 年版，第 237 页。
④ 钱仲联：《光宣词坛点将录》，见《词学》第三辑，华东师范大学出版社 1985 年版，第 243 页。
⑤ 《吴江沈氏长次二公剩稿》，中国社会科学出版社 1994 年版。

"地全星"，云："太侔，南社词人，蜚声岭表，曾辑《今词综》四卷。自为《繁霜词》。《烛影摇红》《真珠帘》二首，遁庵谓其皆有本事，词亦高华。"①

陆更存（峤南），广西容县人，有《绿波词》。

周瘦鹃，江苏吴县人，有《银屏词》《香雪集》（包括《谒金门》《隔梅溪令》《酷相思》《偷声木兰花》《风入松》《好事近》《南歌子》《浣溪沙》《误佳期》《望梅花》《生查子》《清平乐》《菩萨蛮》《忆真妃》等词）②，又有《三姝媚》《菩萨蛮》载于上海《紫罗兰花片》月刊第十二集③，《菩萨蛮》二首载于上海《海报》第二版④，《蝶恋花·送愁》《丑奴儿令·消愁》《鹧鸪天》⑤，《罗敷媚·为悼念亡妇胡凤君作》32 首⑥，以及《浣溪沙·哀苏北》《游仙梦·调寄临江仙》⑦ 等载于上海《立报》第二版。

郑泽，湖南长沙人，有《郑叔容诗文词稿》。

林庚白（学衡），福建闽侯人，有《空前词》《丽白诗词》等集。

杨了公（锡章），江苏松江人，有《杨了公墨宝》。姚鹓雏称其"尤善倚声，近橅彊村，远窥片玉，若夫乘兴挥洒，遗落一切，固自有其独至，未易以迹象寻矣"。⑧

杨天骥（千里），江苏吴江人，有《茧庐长短句》。

杨性恂（德邻），湖南长沙东乡人，有诗词一卷。

庞檗子（树柏），江苏常熟人，有《玉玎瑽馆词》，"深得朱彊村称评，为之点定。"⑨

范烟桥，江苏吴江同里人，有《待晓集》《敝帚集》，曾和同社徐稚稚

---

① 钱仲联：《光宣词坛点将录》，见《词学》第三辑，华东师范大学出版社 1985 年版，第 241 页。

② 见上海《乐观》月刊 1942 年 4 月 1 日第十二期。

③ 载于上海《紫罗兰花片》月刊 1923 年 5 月 5 日第十二集（周瘦鹃个人小杂志）。

④ 载于上海《海报》第二版 1945 年 7 月 17、26 日。

⑤ 载于上海《立报》第三版"花果山栏" 1945 年 11 月 27 日、12 月 3 日、12 月 11 日。

⑥ 分别载于上海《立报》第三版"花果山栏" 1946 年 8 月 27 日（1 首）、9 月 28 日（8 首）、10 月 6 日（4 首）、10 月 11 日（4 首）、10 月 20 日（8 首）、11 月 1 日（1 首）、11 月 6 日（3 首）、11 月 10 日（3 首）。

⑦ 分别载于上海《立报》第三版"花果山栏" 1946 年 9 月 19 日、11 月 19 日。

⑧ 郑逸梅：《南社社友事略》，见《郑逸梅选集》，黑龙江人民出版社 1995 年版，第 207 页。

⑨ 《郑逸梅选集》，黑龙江人民出版社 1995 年版，第 219 页。

很相契合，往来信函，俱填成"《离亭燕》小令，一月间成二十余阕"。

范君博，江苏吴江人，有《百琲词》《比珠词》《痛定词》。

姚鹓雏（锡钧），江苏松江人，有《苍雪词》《红豆书屋近词》。

俞剑华（锷），江苏太仓人，有《蜚影词》。

胡先骕，江西新建人，有《沧海楼词》。

胡朴安（韫玉），安徽泾县人，有《朴学斋词存》。

胡寄尘（怀琛），安徽泾县人，有《秋雪词》。

柳亚子，江苏吴江黎里人，有《磨剑室文诗词集》《柳亚子诗词选》。钱仲联《点将录》目之"地囚星"。①

费砚，上海松江人，有《春愁秋怨词》。

奚囊（燕子），上海浦东人，有《绿沉沉馆诗词稿》《香雪词》《均绿词》《湘碧词》《绣红词》。

谈月色（溶），蔡守妻，有《梨花院落吟》《茶四妙亭稿》。

徐仲可（珂），浙江杭州人，有《纯飞馆词》。钱仲联《点将录》目之为"地孤星"，以为其"《纯飞馆词》，笔意淡宕疏快，不同于时人之好艰涩者"。②

徐自华（女），浙江石门人，有《忏慧词》《秋心楼诗词》。

徐蕴华（女），浙江石门人，有《双韵轩诗词稿》。

徐枕亚（觉），江苏常熟人，有《珠沉玉碎词》《荡魂词》各30首、《红楼梦余词》60首、《戊戌秋词》18首③，又有《悼亡词》100首，《忏云词》8首，以及《瘦词选存》《何堪词》④ 等。

高天梅（旭），上海金山县人，有《浮海词》《箫心剑胆词》《沧桑红泪词》《鸳鸯湖上词》等八种。钱仲联《点将录》目之为"地妖星"。

高燮（吹万），上海金山县人，有《望江南词（六十四阕）》《拜鹃室词》。

高卓庵（增），上海金山县人，有《啸天庐词存》。

---

① 钱仲联：《光宣词坛点将录》，见《词学》第三辑，华东师范大学出版社1985年版，第240页。
② 钱仲联：《光宣词坛点将录》，见《词学》第三辑，华东师范大学出版社1985年版，第246页。
③ 周文晓、陈子善、吉进编：《徐枕亚年谱》，《文教资料》1989年第2期。
④ 见《国粹学报》1910年第一卷第一期。

景梅九，山西运城人，有《狱中清明感事词》等。

袁天庚（梦白），浙江会稽人，有《八百里荷花渔唱词》。

戚饭牛（牧），浙江余姚人，与杨了公、陈蝶仙、吴眉孙、奚燕子等同隶丽则吟社。有《红树楼吟草》等。

黄侃（季刚），湖北蕲春人，有《纕秋华词》《楚秀庵词》。钱仲联《光宣词坛点将录》目之为"地平星"，云："词则不徒小令高华，慢词亦有家数。"①

黄梦遽（钧），湖南醴陵人，有《一昔词》。

黄人（摩西），江苏常熟人，有《摩西词》，中有《无著》《怀人馆词选》《景事词选》《小奢摩词选》《庚子词选》《集外词》。以和龚自珍词为最多，也有和张惠言《茗柯词》与蒋敦复《芬陀利室词》者。钱仲联《点将录》目之为"地默星"，称其词："遍和定庵、茗柯、芬陀利室三家，才思横溢，荒忽幼眇，究极情状，牢笼物态。"

傅屯艮（熊湘），湖南醴陵人，有《屯安词》。

谢无量（蒙），四川乐至人，有《无量诗草》，中有词作若干。

杨铁夫，有《抱香词》。叶恭绰《广箧中词》评其词"铁夫校释《梦窗词》，至于再三，可谓觉翁功臣。所作亦日趋浑成，七宝楼台拆之可成片段"。钱仲联《光宣词坛点将录》云："铁夫早领鳌头。为词升彊村之堂，树梦窗之帜；撰《梦窗词笺释》，再易其稿，晚为《十五年来之词学》一文，力为彊村派张目。自为《抱香词》，楼台虽是袭成，而令七宝瑰丽。"

黄瘦蝶，江苏石太仓人，有《梦罗浮馆诗词》②。

庄玉坡，号樱痴，台湾人，为南社湘集社员，参加过台湾瀛社，并有唱和诗词。③

蔡守（哲夫），广东顺德人，有《寒琼遗稿》《蠹楼词》等。

潘兰史（飞声），广东番禺人，有《说剑堂词》《海山词》《花语词》等。

---

① 钱仲联：《光宣词坛点将录》，见《词学》第三辑，华东师范大学出版社 1985 年版，第 243 页。

② 据冯平（化名复苏）：《梦罗浮馆诗词集序》，《天铎报》1912 年 2 月 5 日；又见《南社史长编》，第 242 页。

③ 郑逸梅：《南社社友事略》，见《郑逸梅选集》，黑龙江人民出版社 1995 年版，第 733 页。

方廷楷（瘦坡），安徽太平人，有《习静斋词话》。

白炎，河北宛平人，有《中垒词》。①

廖仲恺，广东归善人，有《双清词草》②。

陈柱（柱尊），广西北流人，尝辑《粤西词》。亦善词，有《待焚文稿》。

陈守治，福建南平人，有《乐天安命室词删》，又有《陈瘦愚词选》（油印本）。

陈运彰，广东潮阳人，晚清词学大家况周颐弟子。

余天遂，江苏昆山人，曾参加春音词社，有《余天遂遗稿》③。

顾悼秋，江苏吴江人，擅填词，却刻一印"词人半是娼家妇"。

顾佛影（宪融），上海南汇人，为陈蝶仙高足，有《红梵精舍诗文词曲》十余卷，其《大漠诗人集》中存词86首，均36岁前所作。其词"刻意于飞卿、白石之间，有胎息浙派，高出一筹之思致。为朱彊村、朱遁叟诸前辈所称誉"。④

姚石子（光），上海金山人，有《浮梅草诗词集》，新出版《姚光集》中也收录不少词作。

郑之蕃（桐荪），江苏吴江人，于诗词造诣精深，收入《郑桐荪先生纪念册》。邵迎武《南社人物吟评》云："诗词余事亦奇工。"

周斌（芷畦），浙江嘉善人，擅诗词，有《断苹集》《台宕游草》等。

周实，江苏淮阴人，其《无尽庵遗集》（1912）中有词一卷40余首。

邓万岁（尔雅），广东东莞人，有《诵芬堂诗文集》。郑逸梅《南社丛谈》云："其女弟子伦灵飞，任北大词学教授三十余年，都出自尔雅亲自指导。"

叶楚伧，江苏吴江人，曾在《南社丛刻》发表大量词作，有《世徽楼词》。

朱剑芒（慕家），江苏吴江人，有《梦桃花庵词稿》《剑庐词存》《竹

① 见《南社词集》，开华书局1936年版。

② 《双清词草》，民国十七年（1928年）开明书店影印本。

③ 邵迎武：《南社人物吟评》，社会科学出版社1994年版，第98页。

④ 见施议对编纂：《当代词综》第二卷，海峡文艺出版社2002年版，第628页。

坪词录存》《双燕归巢庐词钞》等。①

唐群英，湖南衡山人，《南社人物传》云："擅诗词，民国初年各报刊纷载之。"②

谢晋，湖南衡南县人，有《蓬莱词》一卷。③

陶小柳，江西南易人，"偶作诗词，传唱为乐，生平所作，诗多于文，词多于诗，词近二晏"。④

许指严，江苏武进人，有《砚耕庐诗词录》⑤。

郑逸梅，江苏吴县人，有《凝香词》百首。⑥

成舍我，湖南湘乡人，有《天问室词》⑦。

闻宥（野鹤），江苏松江人，有《诗词专刊》（国立中山大学中国语言文学研究会办）于卷之六词中录其《临江仙》《浣溪沙》等八首，有《㤾篌词》⑧。

陈家庆，湖南宁乡人，受学于刘子庚、吴瞿安两先生，有《碧湘阁词》⑨。

汪野鹤，上海金山人，号潭水词人，可知其当擅词。

汪兰皋，江苏常州人，曾参加鸥社，有《来台集》。《南社词集》收其词11首。

朱锡梁，江苏吴县人，曾著有《词律补体》，与吴梅交谊甚笃，常在一起联吟。惜其诗词多散佚。

以上有专门词集或有词名者达108人。与柳亚子所编《南社词集》中收录词人相比对，不见于柳氏之编的词人分别为：于右任（伯循）、易孺（大厂）、田星六（兴奎）、公孙长子、刘泽湘、汪东、陈蝶仙（栩）、陈莲

---

①　柳无忌、段安如编：《南社人物传》，社会科学文献出版社2002年版，第131页。

②　柳无忌、段安如编：《南社人物传》，第558页。

③　柳无忌、段安如编：《南社人物传》，第631页。

④　郑逸梅：《南社社友事略》，见《郑逸梅选集》，黑龙江人民出版社1995年版，第261页。

⑤　见《小说新报》1919年五卷九、十期。

⑥　据《郑逸梅自订年表》，《郑逸梅选集》第三卷，第774页。

⑦　见《民国日报》1916年10月25日至11月5日词选部分。

⑧　据《民国日报》1917年10月20日《艺文部·诗词》中叶楚伧《题野鹤〈㤾篌词〉》知。

⑨　据《词学季刊》第一卷第二号《近代女子词录》。

痕、陈家庆、邹秋士、沈尹默、周瘦鹃、杨天骥、杨性洵、范烟桥、范君博、胡先骕、费砚、奚囊、方廷楷、闻宥、廖仲恺、成舍我等30余人。这些有专集的词人《南社词集》都未收，当然一方面是由于有的未曾投稿给《南社丛刻》，自然柳氏编集时也就未录；另一方面是因为其中有不少属新南社、南社湘集、广南社成员，晚于《丛刻》，自然不可能录其词。然仅由此足见南社诸子填词之盛。

不见于以上所录而见于《南社词集》者近80人，依次为：丁以布（收词2首）、王横（2首）、古直（6首）、朱霞（2首）、余寿颐（10）、吴有章（1）、吴志伊（2）、宋痴萍（9）、李叔同（5）、李拙（1）、李煮梦（5）、林羲（3）、沈次约（3）、沈汝谨（2）、沈云（3）、沈砺（13）、狄膺（2）、周宗泽（3）、周亮（19）、周斌（17）、易象（3）、林之夏（1）、林百举（6）、邱志贞（2）、金光弼（3）、金燕（2）、姚民哀（4）、姜胎石（13）、姜仑（26）、洪夐（17）、洪为藩（1）、胡颖之（74）、孙景贤（2）、徐梦（6）、浦军年（4）、马骏声（1）、张光厚（7）、张光蕙（5）、张长（1）、张启汉（3）、庄山（5）、陈无名（4）、陈梨梦（6）、陈其槎（1）、陈洪寿（1）、陈翼郎（3）、陆绍棠（2）、傅绚（2）、傅道博（26）、温见（6）、程善之（22）、黄堃（4）、黄兴（1）、黄澜（1）、杨贻谋（6）、杨杏佛（6）、赵逸贤（1）、寿玺（2）、刘伯端（2）、刘师陶（1）、刘瑗（2）、刘筠（1）、潘有猷（6）、潘普恩（1）、蔡寅（6）、蒋士超（6）、邓孟硕（1）、诸宗元（2）、钱鸿宾（2）、钱润瑗（1）、骆鹏（1）、谢良牧（1）、谢英伯（1）、萧笃平（8）、谭作民（6）、庞树松（3）、顾无咎（27）、顾保瑢（8）等。这些词人因未知其词集或具体填词情况而未能列出，需要我们去进一步搜罗考证。若有可能将这些"能词"者的集子搜求出，则对南社词学的研究会有细致而深入的推进作用。

总之，南社诸子的词学创作是相当丰富的。南社诸子在填制词作的过程中其词学批评活动是始终伴随的。由其词学创作可以抽绎出不少词学批评理论。透过词学创作时所采取的思想、观念、方式、宗尚、技法，乃至其作品的传播（发表、存留）、接受、效果、影响等，我们也可以更好地解释其词学研究的状况与特征。其表现在词学宗尚、"以学问为词"、词境开拓、形式创新四大方面。

二　南社诸子的词学宗尚

从词学创作可见南社诸子对辛弃疾、龚自珍等爱国词人与吴文英等格律词人宗尚上的差异。首先，南社作为一个革命文学的团体，其社员如陈去病、柳亚子、高旭、庞树柏等均加入过光复会与同盟会。他们在反清、反袁的革命活动中作出了不朽贡献，这就决定了南社诸子填制词作时对辛弃疾、龚自珍等爱国词人的宗尚。作为南社发起人之一的柳亚子即是力倡词学辛弃疾的一位。其更名"弃疾"即与辛氏有关。他学词宗北宋，但他以为，"南宋的词家，除了李清照是女子外，论男性只有辛幼安是可儿"①，他又以为，"而在南宋词人中，也有崛然奋起，好和北宋词家抗手的，却是稼轩"②。其诗中多次有"词场青儿我前身""词场青儿是我师""南宋词人谁健者？瓣香同拜幼安来"等盛推辛弃疾的语句。南社另一位发起人高旭则于其六言诗中这样评价辛弃疾："高论断推同甫，狂歌合让剑南。南渡词人有限，与公鼎立而三。"③ 高、柳二人还专门有《虞美人》词题《稼轩词》。高氏之作为：

> 羞作人间痴女子，绮语闲千纸。此儿气概绝沉雄，铁马金戈叠过大江东。　中兴无日腥膻遍，乱世儒生贱。我今同抱古人忧，空倚危楼洒泪看吴钩。

柳氏和作为：

> 霸才青儿兵家子，读破书千纸。河山半壁误英雄，赢得雕虫余技擅江东。　唐宫汉阙荆榛遍，苦恨铜驼贱。华夷倒置总堪忧，未请长缨

---

① 见柳亚子：《我和南社的关系》，柳亚子：《南社纪略》，上海人民出版社1983年版，第14页。
② 见柳亚子：《词的我见》，柳亚子：《磨剑室文集》（上），上海人民出版社1993年版，第1106页。
③ 见高旭：《十大家词·各家题词》，胡朴安：《南社丛选》，国学社民国十三年（1924年）版，第149页。

孤负汝吴钩。①

从二人的题辞词可见，他们反对"绮语"，崇尚辛弃疾的英雄气概与人格，尤其是他的忧国情怀。如柳亚子以"华夷倒置总堪忧"来明志，显然他们标榜辛氏的目的在于以之排满反清。既然如此，其填词时对辛词风格的效法也是必然的。翻开柳氏《磨剑室词集》、高氏《浮海词》与《箫心剑胆词》等，稼轩雄风扑面，壮词劲语盈耳，宜其然也。这与社外人士梁启超、梁启勋为《稼轩词疏证》《稼轩年谱》之用心相仿。柳亚子、高旭为南社之领袖，势必影响及南社诸子词学好尚——推重辛弃疾。这样，南社诸子填词时效法"稼轩风"者就不在少数。

同样，出于革命、爱国以及警醒人心等目的，对龚自珍，南社诸子也多视为填词榜样。据朱剑芒《南社感旧录》所云："在某一时期，龚自珍之《定庵集》大盛，南社中之浸淫于龚集者，实繁有徒，如十眉、大觉、悼秋、华子、病蝶，竟能背诵龚之全集，以集龚相尚。仿效者纷起，多剽窃龚诗中之用字成语，于是'吹箫击剑''泊凤飘鸾''梅魂菊影'等词句，至触目皆是，成为滥调矣！革命先烈中如宁调元、周实丹，亦尝醉心于龚诗，颇多集龚之什，然视未明龚诗之用语出处，俯拾即是，以为瑰丽可喜者，究有不同也。"② 此乃针对整个龚集泛泛而讲者。

南社发起人柳亚子、高旭、陈去病等均就龚自珍的词作做出过评论。如陈去病《病倩词话》中即云："近代词人惟定庵龚氏足以名家，此外虽作者林立，然终属规行矩步，依人作计，以为能事略尽此矣。从无有越出恒轨，而拔戟自成一队者。"③ 高旭则于其《十大家词》题词中论龚氏："难写回肠荡气，美人香草馨馨。定公是佛转世，几曾泪没心灵。"柳亚子则于《海上赠刘季平》诗中云："我亦当年龚定庵。"④ 另外，高旭与柳亚子亦有专门《题定庵词》的《虞美人》，高氏之作云：

---

① 胡朴安：《南社丛选》，国学社民国十三年（1924年）版，第81页。
② 见福建《人报》1943年10月2日；又胡朴安：《南社丛选》，国学社民国十三年（1924年）版，第429页。
③ 陈去病：《病倩词话》，见《中国公报》1910年1月1日。
④ 见《磨剑室诗集》，稿本，广陵书社1996年版。

东华献赋真无计,且老温柔里。一箫一剑絮平生,回首羽琛山下碧云深。　棱棱侠骨千年矣,谁慰伤逖意?长林丰草不胜秋,交尽燕邯屠狗欲何求?

柳氏和作为:

千年剑侠真长计,肯老空山里。才华如此竟虚生,荡气回肠禁得恨深深。　灵箫去后无人矣,谁识狂奴意。伤春怨女士悲秋,感慨名家如汝杳难求。

由这些评论可见龚自珍其人其词在南社诸子心目中的地位。龚氏之高尚人格,龚词之荡气回肠,都是他们希冀的,自然填词亦多效法。如黄人曾遍和龚氏《无著词》。

南社对辛氏、龚氏的推崇,既是时代精神的要求,又是对当时常州词派传统的反拨。因而标举讴歌人格气节、反映激烈壮怀、冲冠豪气的作品成为南社词作的一个"亮点"。如南社女词人徐自华《满江红》云:

巾帼英雄,屈指算君应魁首。好任侠、卖珠换剑,拔钗沽酒;慷慨喜谈天下事,权奇掩尽闺中秀。痛无端,党祸忽飞来,伤吾友。　志未遂,刑先受;身虽残,名垂久。又何妨流血,古轩亭口。五载凄凉风雨恨,一朝光复神州旧。慕芳徽、裙屐喜重来,君知否?①

此词小序云:"民国元年正月二十七日,为璇卿(秋瑾)开追悼会于越中大善寺,谱此为迎神之曲。"该词音悲调壮,大声鞺鞳,足埒辛词。仅此一例,足见豪放词风在南社词中的地位。1912年陈范致信高旭,曾这样说:"吾南社以文词感发国人,惊魂荡气,生死肉骨,于今三年矣,不可谓无宏效大验也。"②此处"文词",当然包括词体在内。由此可见,南社学词,将

---

① 见《南社丛刻》第十一集,广陵书社1996年版。
② 陈范:《与天梅书》之一,胡朴安:《南社丛选》,国学社民国十三年(1924年)版,第299页。

辛弃疾、龚自珍作为师法对象之一，宜其然。

其次，又由于南社是一个新旧杂糅的文学团体，其社员的思想状态、精神面目不统一，影响其词学创作，也就并非所有人都推崇辛弃疾与龚自珍等豪放忧愤词人。相反，有相当一部分人囿于"常州词派"的篱墙，宗尚周邦彦、姜夔、吴文英等骚雅格律派词人。尤其是他们大多同清末的"后常州词派"大家朱彊村、郑文焯、况周颐等保持词学联系，过从也甚密。如作为遗老词人名家的朱孝臧曾主盟春音词社、沤社等，有不少南社成员如潘飞声、徐珂、冒广生、王蕴章、杨玉衔、陈匪石、庞檗子、白炎、叶玉森等加入。与南社诗坛划然分派相比，南社词坛更多的是从技法方面尊崇"传统派"词学。又如"南社湘集"仅发行了八期，郑逸梅于《南社丛谈》中指出："亚子是反对遗老的，但《湘集》期刊中，却有很多与遗老发生关系的，如陈石遗、陈散原、梁节庵、王憼吾、朱古微、樊云门、朱聘三、章一山、刘春霖、冒鹤亭、易实甫、许情荃等步韵及怀念诗。"①

其实，处于清末民初这样一个新旧交替的时代，要绝对划清进步与落后、传统与现代、保守与解放两类人的界线是不可能的。南社也并非一个纯粹的思想统一的文学团体。如庞树柏（檗子）曾与柳亚子因宗法南宋北宋引起纷争，庞树柏"崇拜南宋的词，尤其崇拜吴梦窗"。② 其《玉玎瑽馆词》即经朱彊村删定而成；新南社中词家杨铁夫更为朱彊村弟子，几次校笺《梦窗词》。又姚锡钧（鹓雏）1916年所撰《示了公论词绝句十二首》中，于北宋仅及柳永，其余有四人为南宋词人，如张炎、吴文英、陈亮、姜夔；有七人为清代词人，如朱彝尊、陈维崧、纳兰性德、厉鹗、谭献、王鹏运、朱孝臧。③ 其所示的"了公"即杨锡章，亦为南社词家，"尤善倚声，近橅彊村，远窥片玉"④。这样，南社这部分宗法南宋词的词人所填词作，更多地重技法、尚雕琢、崇典雅，几与"后常州词派"之作同科，异于宗尚辛龚的词作。浏览《南社词集》，其中"依梦窗韵""和梦窗韵"者自不在少数。更有甚者，陈匪石、叶中泠、白中垒（炎）等还有"依梦窗韵"联句

---

① 郑逸梅：《南社社友事略》，见《郑逸梅选集》，黑龙江人民出版社1995年版，第23页。
② 柳亚子：《南社纪略》，上海人民出版社1983年版，第14页。
③ 《南社丛刻》第十八集，广陵书社1996年版。
④ 郑逸梅：《南社社友事略》，《郑逸梅选集》，第207页。

之作。

三　南社诸子的"学人之词"

由于南社又是一个以"学术"相尚的团体，其为词多有"以学问为词"的倾向，突出了"学人之词"特点。其实，相当一部分南社中人作词重传统，尚典雅，崇白石、梦窗等典雅派词人的行为，也是与其学术团体的性质相关的。早在 20 世纪初，后来成为南社一员的黄节、邓实等在上海发起国学保存会，其主编的《国粹学报》中就曾刊发王国维、况周颐的论词著作，将"词"纳入"国粹"。当时为《国粹学报》撰稿者如马叙伦、陈去病、高旭、柳亚子、王无生、庞树柏、胡朴安等后来都成为南社中坚，并且均为擅长词学者。罗振玉、王国维等编辑的《国学丛刊》中就曾刊发王氏《清真先生遗事》，也将词纳入了"国学"的范围。高旭、姚石子等又成立国学商兑会，发表《国学丛选》。高旭曾发表《学术沿革概论》称："国何以立，以有学。无学，则国非其国矣。故一国必有一国之学，谓之国学。"① 他先后发表多首论词的诗词，评述历代词人。1909 年他又在《民吁报》上发表《南社启》，主张"欲存国魂，必自存国学始"，以为"今世之学为文章、为诗词者，举丧其国魂者"。尤其 1923 年新南社成立，宣布"对于国学，从今以后，愿一弃从前纤靡之习，先从整理入手"②。均将"整理国学"作为宗旨之一。傅熊湘则在《〈南社湘集〉导言》明言要"发扬国学，演进文化"，并写入《简章》。词的"国粹"、"国学"化，使得南社治词学之风大盛。

在这样的背景下，南社诸子治词风气必影响其词学创作，"以学问为词"的现象遂又成其一个"亮点"。其表现有四点：第一点，是拟古人体、和古人韵、次古人韵、集古人句等词作不胜枚举。如叶玉森就有《拟花间集》《和阳春集》《和东山乐府》《和清真小令百首》《和玉田、梦窗咏物词》等；易孺有《集宋词帖》；《南社词集》中也屡有集句词作等。这种情

---

① 见《南社史长编》第 45 页；又见《醒狮》杂志 1905 年第一期。
② 叶楚伧：《新南社发起宣言》，《广州民国日报》1923 年 9 月 10 日。

形既是学词的必经之路，又是他们治词学的必然结果。

第二点，是对词体的音韵格律、技巧风格的考辨与模拟。如王蕴章《秋宵吟》词小序即云：

> 此白石自度曲也，万红友疑为双拽头改为三叠，戈顺卿引玉田《词源》、朱子《仪礼经传通解》证为越调。且云："白石原词'古帘空'至'箭壶催晓'与下引'凉风'至'暮烟帆草'，句法既同，旁谱亦无少异，前'晓'字用六上四，后'草'字亦用六上四，可悟'六'字为杀声兼上四，毕曲与《石湖仙》同调，其中平仄无一字可移动，叶韵皆用上声，诸去声尤为吃紧。"考订音律可谓精审。独怪戈氏《广川书屋》之作，仍与白石原谱多所出入。秋宵坐雨，万感如潮，倚声及此，敢云石帚之遗，聊正翠微之失，即呈庞二檗子、陈大匪石，并索同赋。①

此词序中不言与词作内容相关的由头，却专论《秋宵吟》词体的音律问题，目的是"聊正翠微（戈载）之失"。尤其由"即呈庞二檗子、陈大匪石，并索同赋"可知，他是借填词与庞树柏、陈世宜商量词学心得的。又如朱玺《惜红衣》词小序云："顽仙题柳塘诗思图，强余继声，因以白石词调写之，叔问辨第二句为韵，兹依其说。"②叔问，即清末"四大家"之一郑文焯，考订词律尤善。于此可见，南社词人受过其精律说影响。又邵瑞彭《双头莲》词小序云：

> 樊山翁叠和美成，要予同作，并云"周词后阕收句"，"但只听消息"，与前阕收句"合有人相识"，平仄正同，"听"字当作平音，今从之。

此处"樊山"，即前清遗老樊增祥，亦擅长词学，吕碧城曾问词于他，邵氏

---

① 见《南社词集》第一册，第40页。以后词作凡引自该书者，不注。
② 郑逸梅：《南社丛谈》，《郑逸梅选集》，黑龙江人民出版社1995年版，第78页。

与之亦过从较多。又如高增《虞美人》词小序云："家兄钝剑用李后主韵，成《浮海词》十四阕，极凄凉哀艳之致，昔桓子闻歌，辄唤奈何。余亦恨人，谁能遣此耶？长夜无聊，和成八阕，写示钝剑，其谓之何？"此为对李煜词风的模拟。这些是于词序明言锱铢于音律者。至于著文专论词律者就更多，对白石、梦窗等人词作风格效法者也比比皆是。究其由，研治词学之故。

南社"以学问为词"的表现之第三点，是以词为论。即将词作为论述学问的工具。题词词、论词词即是最突出的一例。兹将《南社词集》中所录论词词罗列出来，以见其盛：

王德钟：《六幺令·题芷畦〈柳溪竹枝词〉》；

王蕴章：《买陂塘·题剑霜遗稿》《黄金缕·从良牧处借录梅县吴兰修〈桐华阁词〉》《如此江山·题秦涤尘〈淮海先生诗词丛话〉》《疏影·读樊榭〈秋声词〉，悄然有感，倚此和之》《祝英台近·题钱警笙〈玉烟珠泪词〉》《寿楼春·题乌程张钧衡德配徐夫人〈韫玉楼遗稿〉》《四犯剪梅花·题叶中泠〈和玉田梦窗咏物词卷〉》《忆旧游·题檗子遗稿，依乐笑翁体》；

吴梅：《金缕曲·朱梁任〈最录放翁集〉题词》《绕佛阁·题徐寄尘〈忏慧词〉》《凄凉犯·题庞檗子遗稿，依石帚四声》；

吕碧城：《祝英台近·题余十眉〈神伤集〉》；

李煮梦：《金缕曲·题楚伧〈粤吟〉》；

沈宗畸：《浣溪沙·书成容若〈悼亡词〉后》；

周斌：《满江红·题李彝士〈十香词〉》《碧窗梦·题〈绿蕉吟馆词笺〉》《临江仙·题更存〈绿波词〉》；

林百举：《清平乐·题子美集》；

邵瑞彭：《望江南·题高旭〈浮海词〉》《齐天乐·更存〈绿波词〉》《清平乐·题方瘦坡〈香痕奁影集〉》《虞美人·题余十眉〈寄心琐语〉》《向湖边·和樊山论词之作》；

俞剑华：《踏莎行·题庞檗子遗集，用碧山题〈草窗词卷〉韵》；

柳亚子：《百字令·题寄尘女士〈忏慧词〉，用定庵赠归佩珊夫人韵》；

高燮：《齐天乐·题哀蝉〈沧桑红泪词〉后》《卖花声·夜读〈磨剑室词〉，集定庵句题之》《忆江南·题李后主词》《缠绵道·自题〈拜鹃室词〉》《征招·题王船山〈鼓枻词〉》《忆旧游·题周实丹烈士遗集》；

高旭：《浪淘沙·题太一〈辟支庐诗词集〉》《虞美人·题亚卢〈磨剑室词〉》《浪淘沙·题钝根〈废雅集〉》《念奴娇·巢南嘱题〈笠泽词征〉》；

张素：《忆旧游·初庵以词卷见赠，倚此奉答》《凄凉犯·夜读南社词》；

陈世宜：《声声慢·题秦特臣〈淮海诗词丛话〉》《水调歌头·依韵和樊子，并题其〈玉玲珑馆词集〉》《踏莎行·题中泠〈春冰词卷〉》《洞仙歌·题旧日词稿》《玉漏迟·题樊子遗集》；

陶牧：《多丽·简病倩论词》《菩萨蛮·题一粟〈李后主词〉后》；

陆峤南：《步蟾宫·题邵次公词卷》《连理枝·题〈红蕉词〉》；

程善之：《齐天乐·题〈香艳丛话〉》；

叶玉森：《浪淘沙·用沤尹韵，自题〈春冰词卷〉后》；

刘鹏年：《虞美人·和南唐后主词十四阕并叙》；

庞树柏：《惜红衣·读王半塘〈庚子秋词〉感赋，用石帚韵》《念奴娇·题陈巢南〈笠泽词征〉》《减字木兰花·题秦特臣〈淮海诗词丛话〉》。

这些论词词以内容分约有三类：一类为题词友词集，此类占大多数；一类为题古人词集，此类较少；一类论词学书籍，此类亦较少。虽然与论词文、论词诗相比，论词词更多地着重描摹词境，并不紧紧扣住"论"字，但透过这些作品，仍能领悟到他们的词学见解，并且可以想见当时的词学活动境况。除了论词词，论诗词也属这种情形，可以说是学问的"词化"。

"以学问为词"的第四点，词作多尚典雅，填词时爱用代语、"掉书袋"、词前小序、词中加注的情形尤多。这固然是词作"典雅"的需要，也是文学进步的表现。对此，已有社员陈范指出：

再词章一道，向多迷信，如窃叶、偷桃、烛龙、鹊桥一类，不可偻计，用之已成习惯，欲悉屏除，转减风味。然昔人寓言，吾等仍之，勿遗其旨可也。世多有措置不善，竟如故实者，相期相勉，亦文学进步之一端。①

此处即肯定代语、用典的缘由与用途。但若将此作为"文学进步之一端"，对南社这一革命的领先当时的文学团体来说，似乎不称。由于陈范此论断是在商兑国学的背景下，目的为呼吁"疏其正道，区其支域，通其淤塞、束其漫衍，删其冲礫，使吾国文学亘古精魂暗而不彰者无勿显者"。这反映到词学创作上，尚雅崇古自然成为其特征之一。

"词前小序，词中加注"，一方面固然是为了使人明白作词由头与意思的需要，另一方面却是由于尚雅博学，又唯恐他人不晓才不得不如此。像蔡守、徐珂、庞树柏、郑泽、傅熊湘、王蕴章、黄人、叶玉林诸填词名家均有此种现象。如蔡氏《玲珑四犯·题鸿璧女士写赠双莺图》，除了词前小序外，词中几乎句句加注，说明用语出处，几同账簿。兹录于此：

拟上屏风，（司空图《咏莺》诗："应知拟上屏风画"）好一对黄莺，无尽情絮，杏雨双栖，（贯休《咏莺》诗："藏雨并栖红杏密"）愁湿旧时花树，（杜甫诗："黄鹂并坐交愁湿"）惯识草绿江南，（吴融《咏莺》诗："惯识江南春草绿"）比翼作绵蛮语，语尔侬，厮守今生，却不要分飞去。剧难料（平）取金闺意，（刘孝孙《咏莺》诗："料取金闺意"）画图中怨恨如诉，乃知众鸟非俦比。（司空曙《咏莺》句）谁是他心许。易老九十韶光，（屠隆《咏莺》诗："九十韶华愁易老"）寸断肠，（用《玉堂闲话》事）笺丁宁句。（杜甫诗："便教莺语太丁宁"）寄所思，欲计藏机，（用《六帖》元处士事）传信七年仙侣。

此种"笺注"词的方式非炫学所致而何？类似南社词作的这一现象，王国

① 见陈范：《与天梅书》之一，胡朴安：《南社丛选》，国学社民国十三年（1924年）版，第299页。

维早于其《人间词话》中曾予以抨击，然而时人未悟，岂不惜哉。

南社词人"以学问为词"固然有碍词体风貌的更新，但这并不是说此种"学人之词"不值一哂。相反，词人此种重传统恰恰为延续词学生命作出了贡献。因为在当时这些"传统派"词人面临着双重冲击：一是西学的冲击，二是新文学的排斥。如冯平（化名复苏）《梦罗浮馆诗词集序》就不满于时人醉心西方文学的情形，说道：

> 慨自欧风东渐以来，文人学子咸注事于蟹形文字，心醉白伦之诗、莎士比之歌、福禄特儿之词曲，以为吾中国莫有比伦者。……谁谓诗词小道，无关于军国大势者耶！年来爱国好古之士，已尽知文学系国家之盛衰，而谋保存国粹、商量旧学，于是诗词歌曲，隐隐若死灰复燃。晦盲否塞之文学界，庶几有光明灿烂之希望。①

随着"新文化运动"及"白话文运动"的展开，不少南社社员走向其对立面，力求保持旧的文学传统。在诗词创作方面不仅一味复古，更有甚者几至泥古。这样的背景下，他们遂倡"诗文贵乎复古"②。其所为在当时诚然有保守的一面，但今天看来，他们在沟通传统与现代上起的作用是不容低估的。历史辩证法要求我们，不仅要开来，还须继往，不容将二者割裂，看待南社"学人之词"亦当如此。

四　南社诸子对词境的开拓

南社处于新旧文学观念激烈碰撞的时代，其词学创作不仅有重传统的一面，也有革新一面。早在 19 世纪末，梁启超、黄遵宪等人提倡"诗界革命"，号召"以新理想镕铸旧风格"，但这仅限于旧体诗的革命。梁启超等后来虽于词体方面有所开拓，但此时已到南社时代，"词界革命"的任务自然由南社诸子接替。南社人才荟萃，各擅胜场，也多响应"诗界革命"。如

---

① 见《天铎报》1912 年 2 月 5 日；又见郑逸梅：《南社社友事略》，《郑逸梅选集》，黑龙江人民出版社 1995 年版，第 242 页。

② 高旭：《愿无尽斋诗话》，见《南社丛刻》第一集，广陵书社 1996 年版。

邓实《风雨鸡声集·序》即云：

> 文字者，英雄志士之精神也。虽然，文字之具有运动力，而能感觉人之脑筋、兴发人之志意者，唯有韵之文为易入焉。然则诗者，亦二十世纪新学界鼓吹新思想之妙也。①

高旭则于《愿无尽斋诗话》中云：

> 世界日新，文界、诗界当造出一新天地，此一定公例也。黄公度诗独辟异境，不愧为中国诗界之歌伦布矣，近世洵无第二人。然新意境、新理想、新感情的诗词，终不若守国粹用陈旧语句为愈有味也。

由二人所论可知，南社诗词创作的确存在"新意境、新理想、新感情"一面，尽管高旭又不以为然。而马君武《寄南社同人》则鼓吹："唐宋元明都不管，自成模范铸诗才。须从旧锦翻新样，勿以今魂托古胎。"② 从内容与形式两方面将"诗界革命"理论推进了一步。梁启超、黄遵宪等倡"诗界革命"之时，响应者不多。到了南社时代，社员大多为社会精英，或为革命党人、或为报社主编、或已涉新学，更有留学赴洋者，其中思想进步者大有人在。他们在响应"诗界革命"的同时，必然会不同程度地进行"词界革命"。尤其到后来，受新文化运动的影响以及"白话文运动"的冲击，南社诸子于词学创作方面更出现了一些新变。其体现在两方面：一是境界的拓展，一是形式的变革。

境界的拓展亦有两个方面。一方面是新思想的抒写，另一方面是新题材的表达。新思想的抒写方面，与传统词学那种风花雪月、嗟卑叹老的境界不同，一些词人能够将"新意境、新理想、新感情"纳入词中，为词界开出新的境界。

第一，词中洋溢的排满反清爱国思想，与清初词作隐晦的排满情绪不

---

① 胡朴安：《南社丛选》，国学社民国十三年（1924 年）版，第 7 页。
② 马君武：《寄南社同人》全诗为："唐宋元明都不管，自成模范铸诗才。须从旧锦翻新样，勿以今魂托古胎。辛苦挥戈挽落日，殷勤蓄电造惊雷。远闻南社多才俊，满饮葡萄祝酒杯。"

同。此时出现的词作或多直指清廷，或多鼓荡民气，或忧世愤俗等，如高
旭、柳亚子两位多以词唱和，成《废民唱和集》，高旭更言"势将词笔换山
河"①。如 1907 年，陈去病、高旭、朱少屏、刘三、沈砺等自上海赴苏州，
拜谒虎丘明末抗清英雄张国维祠。事后，陈去病有《念奴娇·人人争道》
《天仙子·重谒张东祠》，高旭有《百字令·高祠展拜》等词纪游，词中径
云"痛饮黄龙今已矣""谁教十万胡儿，义乌横扫，洪水滔天势"等语②，
直斥清朝。高旭于词中则言"中兴无日腥膻遍"③。柳亚子于词中则云："华
夷倒置总堪忧，未请长缨孤负汝吴钩。"④ 柳亚子《金缕曲·三月朔日，南
社同人会于武林》"宾主东南美"一词，"用了刘青田'王气金陵'的典子
不算，还要用刘文叔'安知非仆'典子，直是一腔热血，无地可洒，写到
旧小说上面去，便是宋公明浔阳楼上的反诗了。"⑤ 又如吕碧城《二郎神》
题戊戌六君子之一杨深秀遗画，哀思的同时又肯定其为"变政之先觉"。高
增《金缕曲》"一觉邯郸道"、沈云《乳燕飞》"天帝何时醉"，则抒写对帝
国主义入侵的忧虑，指责清朝政府出卖路权、矿政。⑥ 再如 1910 年南社社员
高燮、高旭、姚光、高均、蔡守、何侠、周实、周伟等共同凭吊明故宫、明
孝陵、方孝孺祠等，并写作诗词。事后周实将其辑为《白门悲秋集》，其中
蔡守、何侠、高旭等唱和之作《金缕曲》，充满悲凉拂郁之气，高旭词中则
径云："十万胡儿来牧草，尽向中原驱走。莽蹄迹、都成鸟兽，剩者前王抔
土在，付遗民、凭吊伤怀否？"⑦ 又王芃生曾在 1920 年《九国公约》迫使日
本归还中国胶澳主权后，连续写下《清平乐·青岛接收周年纪念感赋》七
首，记述收复青岛经过，并抒发对来自内外阻力的忧心。其他像傅屯艮
《踏莎行·新中秋时，方有〈日俄新约〉之耗》、叶玉森《玉山枕·雨后登
九段坂（日本）寻秋，因至靖国神社，入观甲午庚子两役掠取之战利品，
函泪而去，乃成此辞，用淮海韵》以及《江南好·游日本博物馆》等都借

① 高旭：《自题愿庵诗集》，《中华新报》1904 年 6 月 17 日。
② 胡朴安：《南社丛选》，国学社民国十三年（1924 年）版，第 77 页。
③ 高旭：《虞美人》"题辛稼轩词"，《南社史长编》，第 81 页。
④ 柳亚子：《虞美人》"题辛弃疾，和天梅"，《磨剑室词集》，稿本。
⑤ 柳亚子：《南社纪略》，上海人民出版社 1983 年版，第 14—18 页。
⑥ 《南社丛刻》第三集，广陵书社 1996 年版。
⑦ 《白门悲秋集》，《南社丛刻》集外增刊，1910 年版。

词抒发慷慨爱国之情。此类词作如药石，如针砭，如投枪，既是传统"词史"精神的延续，又异于传统那种"忠君"敦厚气貌，呈现"金刚怒目"态势。

关注妇女解放，表现新道德，是南社开拓词境的另一表现。封建纲常将女子束缚于闺阁之中，以"女子无才便是德"为尚，女子从事文学活动的权利也多有限制。近代以来，特别是南社时代，女子的身心得以解放，各项权利也被不同程度地赋予。南社社员中就有不少女子，能写会画。以词著称者，如吕碧城、郑佩宜、张默君、徐自华、徐蕴华、谈月色、陈家庆、顾保瑢、张光蕙、唐群英等。她们大都进过新式学校，或者受过家人先进思想影响，为当时妇女中的"先觉"。

以前男女之间的诗词唱和多限于风流文人与风尘才女之间，至南社时代，有的是夫妇间如宋代李清照、赵明诚一般的唱和，更有男女社员间的唱和。

前者如刘三与陆灵素夫唱妇随，为时人所乐道，喻之为李清照、赵明诚。刘三卒后，她千方百计到处搜辑，成刘三《黄叶楼遗稿》，并以《水龙吟》词序之。词云：

> 朔风黄叶飘萧，挑灯重勘遗稿漏。窗前惨绿，松阴疏竹，秋光依旧。桃李当年，荫遍江右，无言搔首。忆年年尽有、人来墓畔，争相问、诗刊否？　今昔空禅参透，记西湖，酣饮长昼。笙歌聒耳，微波鱼逗，流光飞走。世态炎凉，不堪想象，泉台知否？老绵嫌寿。每深宵兀坐，抚龙怜凤，泪垂襟袖。[①]

读之令人声泪俱下，堪与李清照《金石录·后序》相匹。姚石子与王粲君夫妇，有《浮梅草》《续浮梅草》，姚氏自叙云两人"携手同车，并肩双桨，六桥三竺，与子偕行"，"偶有所感，微吟低唱，而不拘于韵句之间；绿窗检字，红袖添香，甚自得也"。[②] 被传为佳话。

---

① 柳无忌、段安如编：《南社人物传》，社会科学文献出版社 2002 年版，第 295 页。
② 《郑逸梅选集》，黑龙江人民出版社 1995 年版，第 241 页。

后者如范烟桥与同社曹纫秋女士唱和，月必数次，后来他把贻书札诗词裱装成四巨帧；又和同社徐稚稚很相契合，往来信函，俱填成《离亭燕》小令，一月间成 20 余阕。至于类似柳亚子、庞树柏等为女词人徐自华题写《西泠悲秋图》这样的情形就更多。

与传统词人对待女子的态度不同，南社词人笔下的女子形象多不是以玩偶出现的，而是对她们寄予同情、怜爱与深情。如陈无名《翠楼吟·老凤清声》一阕，其序云：

> 观女伶王克琴、林黛玉、陆菊芬、周桂实《缥缈楼》演剧，窃叹造物者予以绝世之姿、惊人之技，而复使之流转天涯，以供众目之欣赏。岂元相所谓物之尤者，不妖于人，必妖于身欤？仆本恨人，感吟成调。

词中陈氏对女伶的演技、命运作了叹惜。其《解语花·回身省鹤》小序先纪女伶王克琴的遭遇，词中刻画她的色艺出众，艳而不狎。[①] 又如黄人有《沁园春》六首，分咏"美人泪""美人睡""美人汗""美人气""美人血""美人骨"等。乍看起来如同南宋刘过、清人朱彝尊等人的无聊艳体，然从词后柳亚子所附录长长的一段文字来看，乃知黄人为恋人程稚侬而作。其《霜花腴》二首也为寄怀程氏而填，于词后附记中黄氏又叹其命薄以幽忧死。可见黄氏殆"深于情"者。

须特别拈出的是，南社女词人在创作方面显示出了李清照一般的"须眉气"。吕碧城词自不必多言。其他如唐群英为同盟会第一个女会员，擅诗词，民国初年各报刊纷纷刊载，与秋瑾一样具有须眉侠气，诗词亦不类巾帼口吻。徐自华则有《金缕曲·送子春申去》送秋瑾之作，《满江红·感怀》《满江红·巾帼英雄》为秋瑾追悼会作的迎神曲，《贺新凉·激滟湖水》为慧僧先生解职归里作等，都是激烈慷慨。其妹徐蕴华《金缕曲·漱玉清音歇》题《忏慧词》之作也如此。

南社词人以异域风光、西方故实、科学知识以及新器、新物入词，别开

---

① 郑逸梅：《南社丛谈》，《郑逸梅选集》第二册，黑龙江人民出版社 1995 年版，第 26—27 页。

生面，为其开拓词境的又一表现。尽管此种现象在以前的"诗界革命"中出现过，如谭嗣同为诗，即多新名词、多西洋典故、多有佛家语。夏曾佑、蒋智由、黄遵宪"近世诗界三杰"则均于"胸中设一诗境""举今日之官书、会典、方言、俗谚以及古人未有之物，未辟之境，耳目所历，皆笔而书之"。① 其极端者，诗中充塞西学名词及儒、释、耶三教经典语等，但此种情形在"词界"都稍稍滞后出现。

　　南社以词作描画异域风光、名胜、事物者为数不少。如王蕴章有《台城路·槟榔屿》《长亭怨慢·壬子雪兰峨七夕》《满江红·缅甸金塔》《湘月·星洲秋感寄示沪上诸友》《水调歌头·步月》等词抒写东南亚风景。词中有"问酒熟椰儿，倦魂醒未""庄严三宝，登临难许""思欲南走扶余，东穷日出，更西行欧美""电火隔江红"等语句为前代词所未有；陈世宜《齐天乐·槟屿椰林蔽天，弥望皆是，词以纪之》《水龙吟·蛇莓山公园》《惜红衣·出游霹雳》《丁香结·槟屿有感》等也以词笔写海天风景。叶玉森《甘州·夜渡太平洋》《摊破浣溪沙·乘"春日丸"东渡》《春风袅娜·东京市上》《江南好·游日本博物馆》《念奴娇·别东京时》《念奴娇·舟至长崎》等则纪旅日之行，借以抒国耻之恨。其中还取用不少日本物名、地名等。胡先骕有《沧海楼词》，他曾先后留学美国哈佛大学，最终获生物学博士学位。他还曾把苏轼诗词译介国外。其为词多有西方名物。最著者如《海国春》《天香》《声声慢》《齐天乐》等分别吟咏西方名卉稀榿、海仙花、金合欢、馥丽蕤花，不仅典丽婉约，且词中夹注外文，此乃前所未有。潘飞声曾游德国，其《说剑堂集》中不仅有纪行诗，亦有《海山词》专记彼邦山水美人，如《一剪梅·斯布列河春泛》《碧桃春·夏鳞湖》《捣练子·与嬉婵女士游高列林》《点绛唇·白湖夜游》《菩萨蛮·独游莎露园》《虞美人·书媚雅女士扇》等，均将西洋景"词化"，富于趣味。

　　女词人吕碧城在此方面有颇为突出的表现。她于"五四"运动后，曾遍游亚洲、美洲、欧洲等地，遍览世界名山秀川，古城丽景，除以《欧美漫游录》（即《鸿雪因缘》）纪其事外，又有《海外新词》一卷。举凡火

---

① 黄遵宪：《人境庐诗草·自序》，见舒芜等编《中国近代文论选》，人民出版社 1999 年版，第 172 页。

山、冰峦、湖泊、花木以及近代新生事物，无不成为其取材的对象。如《绛都春·禅天妙谛》咏拿坡里火山，《破阵乐·浑沌乍启》《玲珑玉·谁斗寒姿》等咏阿尔卑斯雪山，《解连环·万红深坞》写巴黎铁塔，《江城梅花引·搴霞扶萝》纪日内瓦湖畔樱花，《玲珑四犯·虹影牵斜》咏日内瓦之铁网桥，《金缕曲·值得黄金范》写纽约自由女神像等，均风姿各异，气象万千，新人耳目。吴宓《信芳集序》称此为"确能以新材料入旧格律"① 者。当代学者李保民笺注《吕碧城词》时，于前言中曾指出：

> 吕碧城生当海通之世，游屐遍布欧美大陆，其所历可喜可谔之境，皆非前辈词家所能想见。在吕碧城之前，尚未有人致力于以词这一形式专门表现这方面的内容。早期的官僚或文人出游欧美国家，偶有所作，大都零章断简，且少有佳作。即如康有为早年漫游美、法、德、意等十一国所作纪游诸诗，虽稍有可观，也远不能与碧城词相提并论……可以毫不夸张地说，《海外新词》丰富了词的表现形式，扩大了词的表现范围，在近代词坛上独具风采。②

李氏此论虽有些偏失——无视王蕴章、叶玉森、陈世宜、潘飞声等人已有"专门表现"异域风物的词作，然肯定了吕氏在词的题材开拓上的贡献。南社中像吕碧城一样用词写异国风景者，尚有不少。

但仍要说明的是，潘飞声、吕碧城等人在扩大词的题材并进行填制时，更多地使用传统语典辞藻，且词采典雅精工，以至于其词所题咏的异域风光、名胜物事，若非词序或词中小注几令人莫辨其为何。此种现象既是词人为词准则所限，也是词体本身所限，更是南社词人固守传统的结果。恰如前面高旭曾言："然新意境、新理想、新感情的诗、词，终不若守国粹、用陈旧语句为愈有味也。"如吕氏《琐窗寒》咏猛特如（Montreux）湖畔玉兰高树、《祝英台近》咏瑞士满山的水仙花等，若撤去词题，与传统此类咏花词作何异！当然从好处讲，也可说是其"镕新入旧"的成功体现。

---

① 吕碧城：《吕碧城集》卷四，中华书局 1929 年版。
② 李保民：《吕碧城词笺注》前言，上海古籍出版社 2001 年版，第 13—14 页。

除异域风光物事外，南社词人还竭力挖掘前所未经题写过的题材，并以之为词。如狱中题诗，前代不少，狱中填词，可以说前代乏见，南社却有不少。如邓孟硕曾因攻击袁世凯谋帝制被捕入狱，在狱中他作有诗词，一时和者甚众，不下数十首，集成《狱珊瑚》一册，惜未出版；景梅九则有狱中词数首，像《踏莎行·狱中拟春愁》《清平乐·狱中拟春闺》《湘春夜月·狱中清明感事》《钗头凤·狱中拟秋怀，戏用放翁原韵》等，身入囹圄，有此闲情，亦殊少见。[1] 宁调元于狱中也有词作，如其《一剪梅·出狱月作》云：

　　　　一瞬年华过眼忙。魂断王昌，肠断秋娘。世情都向苦中尝。更了星霜，换了炎凉。　　多谢和风与旭阳。出也寻常，入也寻常。不消前境细思量。梦是甜乡，醉是甜乡。

表现了乐观态度；其《柳梢青·丁未南幽除夕》，则抒发狱中思念亲人之情。传统以填词为"艳事""俊事"，狱中为词，实乃趣事。

又南社社友多作图寄意，有自画者，有他人画者，以此寄寓复杂感情和生活情趣。郑逸梅《南社丛谈》对此有专门记述。[2] 自然，社集中题画词颇多，"填词图"为其中常见一种。《南社词集》中收录不少吟咏填词的词作，其数量之多，也是罕见。通常是一幅填词图往往有多人唱和词作，简直是一次填词盛会。如陈去病《征献论词图》、张挥孙《闷寻鹦馆填词图》、王蕴章《四婵娟室填词图》、叶玉森《中泠填词图》、高吹万《山庐好词意图》等出来后，均有题咏词作。这种词作集交游、绘画、填词三者为一体，虽说有应景之嫌，但也可算作对词境的开拓。

南社词作中尚有不少题咏小说、戏剧的词作，有的还题咏外国小说及其人物。如叶玉森有《摸鱼儿》"赋英小说《橡湖仙影》中之安杰拉女士"，洵为新鲜事。另外，还有尝试以词体译外国诗者。如林庚白曾以《浣溪沙》译法国诗人卫廉士（Paut Valaine）所作诗《秋之歌》云：

---

① 郑逸梅：《南社社友事略》，见《郑逸梅选集》第一卷，黑龙江人民出版社1995年版，第97页。
② 《郑逸梅选集》，黑龙江人民出版社1995年版，第294—307页。

凄厉秋音去未穷。伤心不待梵琴终。黯然只在此声中！　　往日思量空溅泪，满怀悲悒怯闻钟。身如枯叶不胜风。

当然，林氏此种译法是意译而非直译。他曾先以白话语体译之，讽诵之，觉其不甚佳，遂改用词体来译，以为"大妙"。[①]杂志、报纸我国近代始有，南社社友又多从事其业者，他们词作中屡有题咏，如高旭有《踏莎行·笛里笺愁》题《日日新闻》、杜羲有《满江红·渭北终南》题《夏声杂志》等。另外，照片、日本小纨扇、高丽茧纸等均为新有事物，社作中亦有专吟咏者。

不仅如此，对自古已有之名物，南社词人却多从前人未及、未道之处入手为词。如程善之《长亭怨慢·杨花》一词小序即云：

> 松藤先生谓自来赋杨花者，皆在辞枝以后。若其嫩黄初吐，弱翠才分，宛转枝头，亦自缠绵可爱。古来词人题咏，曾未之及，宁非憾事？拈《长亭怨慢》一阕，嘱为谱之。

而沈太侔《露华·绿华去后》词小序则云："绿牡丹一种，花瓣浓厚，碧玉弄姿，绿珠初嫁，媚烟娇日，旖旎端庄，宋七家中无咏此者，用王碧山《山桃花》韵倚之。"凡此种种，均为开拓词境之一端。

以人生哲理入词，也是南社词人开拓词境的一个表现。近代以来，大力填制哲理词者为王国维，其《人间词》融人生境界与诗歌境界为一，尤为人称道。南社诸子填词于此方面虽不专注，但为之者亦有不少。如王蕴章《偷声木兰花》小序云："题乐闲翁写生小册，册中画狸奴双睡，饥鼠窃食盘中餐，虫蚁蠕蠕行，争欲分其余润。乐闲翁自题乐府短章，至有思理。"词云：

> 西风吹冷斜阳老。一卷秋心秋也笑。欲食无鱼，鼠汝何功客不如？

---

① 林庚白：《孑楼随笔》，《丽白楼遗集》下卷，中国人民大学出版社 1996 年版，第 778—779 页。

> 登场重触杯羹恋，苦竹桃笙闲莫管。子母衔蝉，悄卧花墩蝶梦圆。①

此词虽是题画词，然亦"至有思理"，颇多禅意。又傅君剑有《西江月·放言》十章，其词小序云：

> 放言十章，无闷，己酉冬所作也。衰风何待，寒蝉不鸣。婆娑木石之间，放浪形骸以外。绝圣弃智，仁义为老子所羞称；糟糟啜醨，醒醉混众人而莫返。庄周曼衍，宋玉悲凉。歌以咏怀，言非伤物。嗟嗟！步兵可作，空山应寄同声；叔夜能歌，一壑自忘忧患。辄复著录，聊用自娱云尔。

此序虽云"自娱"之作，然细究其各章内容实借词谈哲理。如其一云：

> 把笔写愁无限，及时行乐常稀。浮生只合醉如泥，时事不消说起。海上仙山缥缈，眼中梦境离奇。白云苍狗总堪疑，何物能令公喜？

此词道出了人生的无常之感。

禅词联姻，最能体现南社诸子以人生哲理入词的特色。南社中有不少信仰佛教或研究佛教者。如苏曼殊、李叔同、铁禅等为僧人；易孺曾师佛学大师杨仁山居士研究禅理，并著《华严蠡测》等；南社湘集以能词而著的刘约真，晚年专治佛学；王蕴章，曾以"成佛肯居灵运后"自负，有《人间可哀集》；宁太一著有《佛教圣典》一书；许指严著有《金刚神话》《醒游地狱记》等小说；方声涛曾是军人出身，官至监察委员，1932 年退隐后，研究佛法；萧蜕庵于 1937 年专程拜谒印光法师，纵论古今、阐发佛义，深为印光赏识，主张以佛理参书理，并著《华严字母学音篇》等；吕碧城于晚年研治佛学，法号宝莲，著《观经释论》《观音圣感录》《阿弥陀经译英》《法华经普门品译英》等；费龙丁，号佛耶居士，信佛亦信耶稣；姚鹓

---

① 郑逸梅：《南社丛谈》，《郑逸梅选集》，黑龙江人民出版社 1995 年版，第 44 页。

雏为书室起名"止观",有《大乘起信论参注》;张相文著有《佛学地理志》《佛法精理》等;徐珂编著有《佛法阿弥陀经注释会要》等;程善之皈依禅悦,有《印度宗教史论略》;陈柱亦精研佛学,有《首楞严经之教育学》等论著;谢无量有《佛学大纲》等;黄忏华(宗仰)有《印度哲学史纲》《佛学概论》《中国佛教史》《佛法大意》《东南亚五国佛教轮廓稿本》等。[1] 至于濡染佛教者,社中就更多。这些人中擅词者有如苏曼殊、李叔同、易大厂、王蕴章、宁太一、吕碧城、陈柱、姚鹓雏、程善之、徐珂、叶玉森等。这样就难免将禅语、禅理打入词中。如叶玉森《声声慢·无双佛子》为跋许少鬶《多心经》遗墨而作,中有"多心那能忏尽,最难忘心上春风"之句。宁调元《南乡子·己酉花朝》中有"已是今生缠缚苦,莫再相逢兜率天"之语,其《罗敷媚》则云:

> 金笼鹦鹉年年困,毛也飘零,羽也飘零。陇月汉云空复情。
> 前途可有翱翔处? 山有鸣矰,水有鱼罾。孤掌难鸣死不能。

以鹦鹉为喻,写尽人生无奈,与王国维《蝶恋花》咏雁词相类。姚鹓雏《潇湘夜雨》中有"愁无那,前因何在,聚散太匆匆"之句;其《金缕曲·凤露凝愁坐》小序云:"午夜不寐,感成一阕,知我罪我,所不及计。"词中有"销尽黄金同聚铁,只是一般错铸""我已君平甘弃世,更何须反复云和雨。交道事,今如土"等句,颇有禅思。李叔同在剃度前录有《金缕曲》一阕赠丰子恺,题为"将之日本,留别祖国,并呈同学诸子",词气慨慷忧愤,其中如"恨年年,絮飘萍泊,遮难回首。二十文章惊海内,毕竟空谈竟何有"之语,却透着虚空之感。

吕碧城词作将禅理佛境化入的现象是最突出的。尤其她在 20 世纪 30 年代前后,受印光法师《嘉言录》的影响,全心弘扬佛法后,写了不少涉及佛教和倡导护生之词。其中大部分寄托了词人悲天悯人的礼佛情怀,有的还以词演绎佛经故实,带有较强的说教意味。如《鹧鸪天·沉醉钧天竽不闻》《定风波·梦笔生花总是魔》《鹊踏枝·梦想诸天联席会》《绕佛阁·十玄阐

---

① 李保民:《吕碧词笺注》,上海古籍出版社 2001 年版。

邃》等均以词宣扬佛理。吕氏在《晓珠词·跋》曾云：

> 词一卷，刊于己巳（1929 年）岁抄。迨庚午春，余皈依佛法，遂绝笔文艺，然旧作已流海内外。世俗言词，多违戒律，疢焉于怀，乃略事删审，重付锓工。虽绮语仍微旨。丽情所托，大抵寓言，写重瀛花月、故国沧桑之感。年来十洲浪迹，瑰奇山水，涉览略遍，故于词境渐厌横拓，而耽直陟，多出世之想。①

这里她提到的"微旨""寓言"以及"出世之想"等语，可见其对词体功用的认识是有变化的。她虽提到了"渐厌横拓"词境，实际上以佛理禅境"直陟"词中，又何尝不是其对词境的"横拓"？

由于许多南社词人仍未脱去传统士大夫文人的"禅悦"习气，在他们笔下，随处可以找出诸如"寒江独钓""山寺晚钟""烟柳画桥""远山暮雪"之类的意象以及"忘言""自知""无言"之类的字眼。这既反映了他们追求物我两忘境界以解脱尘世的人生态度，也反映了他们营造恬淡冲远生活情趣的文化素养。虽然这种现象乃继传统词境而来，但至南社词人于此方面的开拓尤甚，仍有必要表出。

总之，在词的境界开拓方面，南社词其功厥伟。这既是他们的文化心态与人生态度所致，也是他们的知识结构体系与中西交汇的思维模式带来的现象，② 更是他们遭遇时代为反清、反袁的革命而以文学为武器的必然结果。

须指出的是，与南社诗作不同，南社此类词多能做到"立言得体"。南社社员在响应与发扬"诗界革命"时，出现了抄写新名词，捏凑成韵的现象。周祥骏《更生斋诗话》即云：

> 古人言诗有理趣而不可有理语，然果能融会古今中外哲学家言，大含细入，锻炼琢磨，不蹈袭前人窠臼，以自铸伟词，别成一家，岂非诗界更新之雄杰哉！顾近时欲连见小者流，往往好撷拾一二新名词，钞写

---

① 李保民：《吕碧词笺注》，上海古籍出版社 2001 年版，第 526 页附。
② 邵迎武：《南社人物吟评》前言，社会科学出版社 1994 年版。

《天演论》《物理学》诸书，捏凑成韵，便自诩为理境超凡，实则堕入魔道。虽淹通如某某公，亦时或不免焉，而好事者亟称之，吾不解其中有何趣味也。[①]

周氏所批评的这种现象，南社词人少犯。相反，倒是由于过分地恪守词体风貌与规范，给人一种敦厚有余、张力不足的感觉。若说南社诗在革新时以"旧囊装新酒"（柳亚子语）问题出在"装"法过于放纵上，南社词采用"旧囊新酒"为词，问题则出现在装法太传统与装的"新酒"过少。也就是说南社于词体境界开拓方面其立足点在"本色"。从这个意义上讲，南社词人在延续词学命脉方面，贡献不小，其词作在词史上具有较高的价值。

五　南社诸子对词体的革新

在词体的创新方面，南社词人虽囿于传统词学著力不够，但是也颇有可述之处。兹也从两端来论列。其一端，是填词形式的多样化。在南社之前，有唐、宋、元、明、清等历代词。对南社词人来说，可借鉴与选择的词体尤其多。再加上词人们取法对象不一，这样南社词集就简直是"众体毕备"的"展览馆"。如王蕴章《换巢鸾凤·何处今宵》用梅溪"平仄互叶体"，其《黄金缕·不信今生长似梦》小序即云："从良牧处借录梅县吴兰修《桐华阁词》竟，即仿其集中体，成小词四阕，用写新愁，不自知其音之凄戾也。"《桃源忆故人·雨霖铃唱销魂句》序云："檗子仿钮玉樵律诗，嵌'雨丝风片，烟波画船'八字入词，则东坡'郑庄好客体'也，书来索和，倚此答之。"《苏幕遮·剪红裁绿》序则云用"红友体"咏之，《忆旧游·记吴天客雁》云依"乐笑翁体"。蔡守则有《菩萨蛮·断桥笼柳秋堤半》为"回文体"，《阮郎归·沈腰判与戏为鞍》为"独木桥体"等。至于众多的"和韵""用某韵"之作自不必言。此为择体多样。

在创格方面，南社词作中不是很多，但亦有。如景定成有《分湖柳·

题亚子分湖旧隐图自度曲》三首，其序云：

> 予粗解词律，不自量度，每思效步邯郸，自创声调，迄未得当。前读亚子《分湖旧隐图记》，偶拈得"分湖柳"三字，遂成三阕。词中叠三"又"字，戏取三眠三起意，为亚子寿，挥笔写就。观之又不知是文、是诗、是词、是曲、是谣、是话矣。掉臂往竟，匍匐归宁。不笑倒方家也，因属创格，略分句韵于左。

兹录其一，以见其一斑。词云：

> 名湖不易得，（句）名士复难有。（韵）只分湖居士，（句）陆叶风流，（句）几个堪数。（叶）　　可笑灵雾无主意，（句）放如此烟波，（句）一去弗回首。（叶）空令千载词人（句），又，（叶）凄凉怀旧。（叶）

又如胡先骕《海国春·海国春还》为自度曲，小序云：

> 岁月如驶，冬尽春色，蒹葭飞动，新绿齐苗。异乡远客，春色梦人，乃自度此曲，聊舒心曲。辞之工拙，不计也。

他还曾用此调题柳亚子《分湖旧隐图》。他们这种"自度曲"的行为从理论上说是行得通的。但由于此调仅限于他们自己填制，未经他人依格使用，故还只能算"生"调。

南社词人创格虽不多，但在发挥词体功能上却有开创。较突出的表现是联句词与联章词的填制。

联句诗自汉代柏梁体开始就一直有，而联句词出现得较晚不说，其作品也不多，而到南社词人这里，联句词始得以较充分地展示。如林学衡与叶楚伧有《贺新郎·本意赠鹓雏》联句，先由林氏填上片前两韵；接着叶氏又填一半韵，另一半韵及下片前两韵林氏接着填；叶氏又两韵，林氏最后两韵。邵瑞彭与俞剑华则有《烛影摇红》寒夜联句词，与陈匪石有《烛影摇红·屑玉凝珠》联句。此种为两人联句词。还有多人联句成词者。如俞剑华与可生、匪石三人有《满江红·携手高楼》楼外楼联句；陈匪石与叶中泠、白炎有《瑞龙吟·去年面》联句等。与集句词的"炫学"特征不同，联句词主要为交游娱乐目的，虽为游戏之作，但亦是词体"休闲"功能的体现。

联章词，与诗中"组诗"相应，又称"组词"。虽然在唐宋时代已多有出现，且后来填制者亦不少，但在南社词中，此种情形尤为突出。如高吹万有《望江南词》64阕，每阕首句均为"山庐好"。朱剑芒《十六字令·闺怨录》30阕，分别拈出"痴、唏、图、书、嗔、闲、怜、伤"等字眼刻画闺中女子心态；俞剑华有《南柯子》20首、《虞美人》8首、《菩萨蛮》6首等联章词亦刻画闺态；胡先骕《菩萨蛮》十阕仿温助教体；陈蜕庵有《临江仙·遣春词》7首；傅君剑有《西江月》放言十章、《怀人词》12首、《浣溪纱·集定庵句》5首；宁调元有《忆江南·分湖好》6首；叶玉森不仅有《更漏子·和飞卿》六首与和古人词联章多种，且有《菩萨蛮》10首、《忆江南·苏州梦》15首、《忆江南》六首、《江南好·君不见》六首等联章词。这种"联章体"或"组词"现象，一方面是为炫耀才学而穷形尽相的结果，另一方面又是为了弥补词体篇制短小的缺憾，同时也是由于谙熟某一词调格律，遂驾轻就熟来填词的"情形"体现。无论出于哪一种目的，南社词人在充分发挥词体"联章"功能方面，的确做出了极大努力。

另外，南社中不少人既是小说家又是词人，他们在创作小说时经常如传统小说一样以诗词连全篇。更奇的是，他们还创制了一种"词的小说"的形式。如周瘦鹃编辑的《半月》杂志中就刊登有此种"词的小说"。细究其实，所谓"词的小说"，即用词体将所述内容表现出来，比之联章体，它有类词本事，是以词讲故事，每首词之间紧相勾连，且杂以说明文字等。尽管此种集词与小说为一体的形式没有流行开来，但仍可算作发挥词体功能的一个体现。

南社词人于词体形式创新的第二端表现是"词的解放"。如果说填词形式的多样化此一端，还只是囿于传统来发挥词体功能。那么"词的解放"此一端，则是对词体形式规范的突破。胡朴安曾于1924年指出，南社"于思想言，为革命前驱，有骤然不可抵挡的气势；于文艺言，开解放之先路，有肆然不受拘束之情形。"① 此论诚然中肯。然若深究起来，南社在诗词的解放方面还是颇"拘束"的，走的基本上是"旧囊新酒"的路子。虽然偶尔也将"旧囊"变新。如胡怀琛《采桑子》为匪石跑马厅新居所作，即采用白话入词，词云：

> 天生是个风流地，昔作香窝，今作吟窝，占领春愁孰最多？
> 喃喃赓和诚多事，藏艳由他，索句由他。问我邻家管什么。

其《浣溪沙·有个愁人睡不牢》因夜雨而作，亦用白话，诙谐有趣，但这仅仅是少数现象。尽管高旭、柳亚子等人是早期白话文运动的先锋，创办《杭州白话报》《中国白话报》，并发表过通俗歌谣，在对诗词语言的革新方面却仍本着保存"国粹"的目的未有举措。胡适等人发起的"白话文"运动开展起来后，一大部分南社成员持驳斥态度，站到其对立面，自然做不到对词体形式进行革新；有一些社友倒与时俱进，赞成白话文，但此时他们对词体仅能如胡适一般做点"白话词"，或者做一些"脱不了词曲旧套"的新诗。

在白话文学初盛的20世纪20年代，新文学家顾及的是从旧体诗词里寻找确立新诗样式的依据。当时对旧体诗词的出路及其形式的革新并未明确提出理论见解，至30年代，人们对旧诗词尤其词的形式如何变通这一问题始给予关注。南社成员柳亚子、林庚白、刘大白、徐蔚南、赵景深等参与的"词的解放运动"，便是一个突出表现。

此运动由柳亚子与曾今可、章衣萍（均与南社文人过从甚密）等一同发起。曾氏为《新时代月刊》主编，章氏为文艺茶话会的老板。当时在茶话会上以"词会"为主进行一番讨论，以后曾今可将各人见解刊登出来，成为"词的解放运动"专号。此专号包括柳亚子《词的我见》《关于平仄及其它》、曾今可《词的解放运动》《为词的解放运动答张凤问》《致柳亚子的信》、张凤（柳亚子友人）《词的反正》、郁达夫《唱出自己的情绪》、余慕陶《让他过去吧》、董每戡《与曾今可论词书》、张凤《关于"活体诗"的话》、褚问鹃《保存与改革》、张双红《"谱"的解放》、章石承《论词的

---

① 见胡朴安：《南社诗集》序，国学社印行1936年版。

解放运动》、张资平《词的解放之我见》、赵景深《词的通信》、邵冠华和章石承《读〈落花〉》等文章。

综合各家意见不外三种：一种是柳亚子、曾今可、董每戡、褚问鹃、郁达夫等主张的"半解放"。即音律方面，要平仄，但四声要完全解放，不分别阴平、阳平与上去入；韵脚要保存；要"依谱填词"；以白话或现代浅近的文言入词；不用典；活用"死律"。

一种是张双红、张凤等主张的"全解放"。即"废谱"，打破平仄；仅依字数多少，或不要词牌名称；创新谱自度腔，只要音节和谐、平仄协韵的长短句就是"词"。

一种是以张资平、郑振铎等人主张的"无须解放"。如张氏认为解放词当从音律的媒材入手，文言、白话的区别并不是解放，今日的长短的新诗又何尝不是"解放"的词？郑振铎《"词"的存在问题》一文发表较晚，他认为"当胡适之提倡诗的解放时代，是连词也被解放在内的"；"词固不必'填'，而'词'的解放则尤为多事"，若要写"新长短句"，当走"自度曲"与用新曲谱"填"词的道路。

这场"词的解放运动"，其实质是以南社为代表新旧过渡时期的文人与以新文学家为代表的文人之间就词体形式的革新与废除问题的论争。今天看来，柳亚子等人的意见是折中的，既注意继承，又意识到词当随时为变。而郑振铎等人意见则未免偏激，抛弃了传统文学样式，只讲研究，不谈创作。郑氏这种见解，一度左右大众态度达几十年，迄今改观也不多。不管怎样，柳亚子、林庚白、刘大白等南社成员在词学创作上能与时俱进，以革新词体形式，着实难得。《新时代月刊》词选一栏刊登不少"新"词。如柳亚子、林庚白合写的《浪淘沙·嘲曙天》词：

> 本是老板娘，变小姑娘。蓬松头发绿衣裳。低唱浅吟音袅袅，端的疯狂。　　家世旧高阳，流转钱塘。漫言徽歙是儿乡。好把情书添一束，看月回廊。

谐谐活泼。又如林庚白《忆旧——浣溪沙》词：

　　鬓角眉心几点愁，乱蝉阴里绿如油。湖滨曾共系兰舟。　　雪夜记同摩托卡，晚春看打乒乓球。不堪往事数从头。①

通俗明白，虽有类"打油"，却也能描摹愁情。

　　总之，尽管由于因袭过多，南社词人于形式的革新方面成就不如于境界的开拓方面大，但其探索旧文学出路的精神是可嘉的。当今的旧体诗词创作，常走的两条路：一是严守格律；一是变通格律，即用韵依新韵，平仄依普通话四声。无论哪一条，都有南社的一部分开创贡献。

　　透过其创作，我们不仅可以见到其词体观、词史观，而且还可见到南社词人在词境开拓、形式革新方面的见解主张。当然，由于南社词人的身份、背景、阅历、思想等并不是整齐划一的，具有复杂性，因而只能择其要者、突出之处，特别是与词学研究紧相关联之处来论述。又因为历来对南社词人及其创作进行全面、系统研究者乏见，故于此详究。

　　在此须补充的是，南社词作的传播方式也是前所未有的。一是社友之间的唱和。此种前代不少，但唱和后，分期以杂志面目出版成社集的现象前代却是没有；一是有不少词作在各种报纸杂志上发表。清末民初学者在各种报刊所设"词选"一栏，刊登的作品多为南社词人之作。这无疑会加快词的传播速度，扩展其接受范围；同时还影响词人的创作情绪、速度与质量；某种程度上还激发了南社词人研究词学的热情。要之，南社的词学创作无论在民国词史上，还是在词学研究史上都当占有重要地位，凡治词学者不当漠视。

---

① 均见《词的解放运动专号》，《新时代月刊》第四卷第一期二月号 1932 年 2 月 1 日。

第　六　章

论民国词体理论批评的发展、特点及其意义

　　词体理论，是词学批评研究的重要问题之一。当前对前代词体理论的研究较多，而对近代的词体理论批评却相对较少。特别是对民国时期的词体理论批评的研究更是少见。目前为止，彭玉平所著《民国时期的词体观念》[①]一文为论及民国词体的最早一篇，但是文章着眼点在民国词体问题，涉及民国时期对词体理论批评情形者相对较少。此处的"词体"主要指词作为文体的一种。凡是与词人、词作以及词学相关的内容，以其不属文体自身，故不包含在此列。"词体理论"的范围，主要关于词体的类属、词体的特性、词体体制（词律、词乐、词韵等也含在内）、词体功用以及词体的起源、词体的演化等问题。于此将结合笔者以前的研究对民国时期有关词体理论批评的进程、特点进行全面梳理与探讨，以补词体理论批评史的空白，以深化民国词及其词学的研究。

一　清末民初的词体理论批评

　　由于进入近代以来，中国的社会、政治、文化、技术及其思潮等都发生了异于前代的变化，词学的近代化与现代化进程也日渐出现。人们对词体理论的阐释与研究随之出现不同的变化。总的来看，民国时期对词体理念研究

---

①　彭玉平：《民国时期的词体观念》，《文学遗产》2007 年第 5 期。

的进程根据文学思想与时代风云的变化，可划为清末民初（1900 年到 1919 年）、五四运动到全面抗战前（1919 年到 1937 年）、全面抗战时期到新中国成立（1937 年到 1949 年）三个阶段。清末民初（1900 年到 1919 年）是民国词体理论批评的起步阶段。此阶段关于词体的见解主要来自传统词人、"西化"学者与文学史家三方面。

　　一方面，前清遗民词人多采取传统的方式来祖述前代的词体之见，略有申述。如俞樾、郑文焯、朱祖谋、况周颐、冯煦、陈洵、陈锐等均以词话或序跋方式谈及词体。其中谈论最多的是关于词体功能、词体特性与词体风貌三者。对此论者多从比兴寄托的角度来抬高、推尊词体。如俞樾《顾子山眉绿楼词序》云："词之体大率婉媚深窈，虽或言及出处大节，以至君臣朋友遇合之间，亦必以微言托意，借美人香草寄其缠绵悱恻之思，非如诗家之有时放笔为直干也。"（《春在堂文集》，载《近代中国史料丛刊》第四十二辑）郑文焯《花间集跋》也云："词者，意内而言外，理隐而文贵……其体微，其道尊也。"况周颐则言："词，《说文》：'意内而言外'。言中有寄托也。……吾为词所寄托者出焉，非因寄托而为是词也。"况周颐《蕙风词话》云："词贵有寄托，所贵者流露于不自知，触发于弗克自已，身世之感，通于性灵，即性灵，即寄托，非二物相比附也。"这种尊体观念，受当时经世致用的思潮影响较大。清末民初社会变革如甲午战争、戊戌变法、义和团运动、八国联军入侵、庚子赔款、辛亥革命、清朝灭亡等，促成"文学救国论"思潮的高涨。在其催化下，新的社会政治批评在词学研究中开始运用并逐渐加强。如陈廷焯的"沉郁温厚"之说要求词作应传达出词人对时世政局的曲折微妙的心灵感应，间接反映出处大节和社会政治倾向，深化了常州派的"比兴寄托"理论。王鹏运、况周颐等人的"重拙大"说也是针对时代现实提出的。"重"，要求词体现沉挚的感情和深刻的思想；"拙"，要求词"情真""意原""语朴"；"大"，要求词作有"语小不纤、事小意厚""词小而事大、旨大、境大"以及身世之感通性灵的寄托。可谓常州派"经世致用"词学观念的发展或延伸。特别是民国后，前清遗老暗伤旧朝，多借词体来写心，对词体的比兴寄托特性更是多有强调、发挥。此群体对词体体制、词律、词谱、词源等问题也有传统式的探讨。如郑文焯一方面承继常州派的尊体观念，一方面探讨词体的声韵乐律，著有《词源斠律》，"间尝钩撰，以中凌（廷堪）说，薙其繁复，而演赞其未备，能者从之审声知音，将由燕乐而进于雅，歌词达于声诗，咸于是编导其渊源"。①郑文焯又有《律吕古义》《燕乐守谱考》《五声二变说》《词韵订律》等。②况周颐曾说，"夫声律与体格并重，余词仅能平侧无误。或某调某句有一定之四声，昔人名作皆然，则亦仅守弗失而已。未能一声一字剖析无遗如方千里之和清真也。如是者二十余年，继与沤尹（朱祖谋）以词相切磨，沤尹守律綦严。余亦恍然向者之失，断断不敢自放。乃悉根据宋元旧谱，四声相依，一字不易。""其得力于沤尹与得力于半塘同。"③ 朱祖谋也被称为"律博士"，对万树《词谱》"精识分铢，益加博究"。④ 他们对词律、词谱的重新研究与整理，目的在于"复古"式地填词。词学的"以复古为解放"，使得词学家对几成绝学的词乐、词律、词韵等的探求愈加深入详明。尽管他们"复古"没有真正给词体带来解放，而是将填词推向"学问化"，但也为后人探索词体与音乐的关系留下了宝贵资料与研究思路。

　　另一方面，像梁启超、王国维等则或以词话的方式结合西方理念，或以现代论文方式对词体的特征与功能进行新的阐释。与当时的常州派不同，梁启超积极探寻词体文学的社会意义和美育价值，确定词为"音乐文学"的性质。他认为，词作为音乐文学，是"新民"所必需的一种精神手段。他说："盖以改造国民之品质，则诗歌音乐为精神教育之一要件。"⑤ 他肯定了明代以前音乐文学的教育意义，通过中西诗乐关系比较，指出诗乐分离无益于改造国民之品质。为此，他不止一次提出改良音乐的主张，以为词体为最佳选择。梁启超还对其女梁令娴言："凡诗歌之文学，能以入乐为贵""后有作者，就词曲而改良之，斯其选也。"⑥ 梁启超不单单从诗乐关系这一角度谈词体在文学史上的地位，还通过诗词曲等文体比较来论述之。他根据"一切事物，其程度愈低级则愈简单，愈高等则愈复杂"的进化"公例"，

---

① 见郑文焯：《词源斠律》叙，《大鹤山房全书》，苏州交通图书馆 1920 年版。

② 后四种遗失不传，据夏承焘先生《天风阁学词日记》，见《夏承焘全集》，浙江古籍出版社、浙江教育出版社 1997 年版。

③ 见徐珂：《近词丛话》引，唐圭璋《词话丛编》本，中华书局 1986 年版。

④ 沈曾植：《彊村校词图序》，见龙榆生等辑：《彊村遗书》，苏州大学图书馆藏本。

⑤ 见《饮冰室诗话》，《饮冰室文集》卷 45 上。

⑥ 见梁令娴：《艺蘅馆词选》序。

认为词体次于"曲体之诗"，而优于"他体之诗"。① 梁启超这一观点与王国维的"文体代胜"观点貌虽相似，实际上出发点不同。王氏以"境界"为准，以为文体无优劣；梁氏则循生物进化"公例"以为文体分优劣。梁启超还撰写《中国韵文里头的情感》以诗词曲等韵文为例论述了它们的创造和欣赏，回答了如何以"美妙的技术"表达"美妙的情感"这一问题。以词为例谈及词者，剖析了种种情感表达方式：奔迸的表情法、回荡的表情法、含蓄蕴藉的表情法、"浪漫派的表情法"和"写实派的表情法"。第一次将中国古代诗赋词曲表情理论系统地梳理、归纳出来，并发掘了它们的审美价值，具有一定的时代精神。梁启超还把中国古代歌谣、乐府、诗统称为"美文"。通过对美文发展的分析研究，划分出"自然之美"和"人工之美"两个种类。② 梁氏可以说是清末民初对词体进行现代阐释的第一人。王国维是紧随梁启超对词体观念进行全面刷新的学者。围绕"境界"这一核心，王国维的《人间词话》以词为审美对象展开了一系列审美批评，构建出第一个具有"现代"色彩的词学批评新体系。这个新体系包括：本体论、创作论、发生发展论（词史观）、作家作品论、鉴赏论等。具体到词体，王国维运用西方的"纯文学"观念较早对词的本质作了界说。他在《屈子文学之精神》《文言小言》中认为："文学中有二原质焉，曰景、曰情。前者以描写自然及人生之事实为主，后者则吾人对此种事实之精神之态度也。故前者客观的，后者主观的也；前者知识的，后者感情的也……文学者不外知识与感情交代之结果而已。"词作为文学之一种，也当以"景""情"为二原质，是以抒情方式来描写自然及人生的。这是词之所以为文学最基本的一点。以此为基础，他说："词之为体，要眇宜修，能言诗之所未能言，而不能尽言诗之所能言。诗之境阔，词之言长。"通过词体与诗体的比较，概括出了词体异于诗的特殊形态和性质。《人间词乙稿序》一段话也是对词的本质的揭示。文学二原质"情"和"景"在此又分别为"意"和"境"代替。他以为"意"和"境"二者是"文学内足以摅己而外足以感人"的原因。文学之所以要求有"意"和"境"，在于它是用来审美的，这就与其

---

① 见《小说丛话》，转引自黄霖：《近代文学批评史》，上海古籍出版社 1996 年版，第 393 页。
② 以上引文均见《中国之美文及其历史》，《饮冰室文集》卷 74。

"境界"说联系起来。由此他把词的审美特质揭示了出来。他明言"境界"乃"探其本"之论,"能写真感情、真景物者,谓之有境界",而"词以境界为上"。在他眼里,真正的、上乘的词当是真情与真景(亦即"意胜"与"境胜")的结合,是真实描写自然与人生同真挚抒发内心感情的统一。词只有以"境界"为其审美特质,才有生命力,才有价值。王氏对词的本质的体认,不是从词自身的体制出发,而是从审美角度,透过其表面,发掘出词与其他文学共同的审美特质——"境界"。这是异于传统词学批评之处。

此一阶段,值得注意的是,伴随着新的教学方式出现,文学史这一新的批评样式产生,人们将词体的理论写进了教科书。中国文学史的编著最早始于西方,如俄国人瓦西里耶夫 1880 年编著的《中国文学史纲要》,英人翟理斯 1897 年编著的《中国文学史》等。20 世纪初,日本人古城贞吉著有《中国五千年文学史》(1913),盐谷温有《中国文学概论》《中国文学概论讲话》(1915),儿岛献吉郎亦有《中国文学概论》和《中国文学通论》(早于 1915)等均有对词体名义、性质、体制、功能、风貌等的描述。① 如儿氏《通论》中卷韵文考第二十七至三十节专论诗余,不仅考述诗余的名义、性质、图谱,还对词的体制、同名异体、异名同体、词名的缘起、词的章法、词的字法、平仄及押韵法、通韵的范围等有所论述。② 受其影响,也为教学之需,窦警凡、林传甲、黄人等分别于光绪二十三年(1897),光绪三十年(1904)自编或仿编了《中国文学史》。其中,黄人所著在吸取西方文学观念的同时,又采用了中国固有的"选集"形式,可视为第一部"具有中国特色"的文学史。其《总论》明言"文学为言语、思想、自由之代表","诗歌、小说实文学之本色"。书中第三编第三章论诗余。他认为"词必出于诗","实谓之诗余可矣","若夫硁硁于绳尺,剖析毫芒,穷极窈渺,此则在音乐史范围,而非我文学史之事"。开始将词作为纯文学来进行学术研究而不是创作研究,为后来胡适、胡云翼等"现代派"词学家的"以词学代学词"等观点张本。这一时期,邹弢所著《词学捷径》、谢无量《词学指南》为现代词学专著中较早论词的渊源体制者,由于入门读物的性质,

---

① 参见陈玉堂编著:《中国文学史旧版书目提要》,上海社会科学院文学所 1985 年版。
② 据孙俍工译本,商务印书馆 1935 年版。

其中的词体见解影响甚广。这些文学史对词体的新释启发了胡适等人用历史进化观、时代文学观看词体。

二　五四运动到抗战前的词体理论批评

民国词体理论批评的第二阶段（1919 年到 1937 年），主要有两股学术力量，一股是以新文学家为代表的"现代派"，主要以新文学观念来重新阐释词体的演进与特性，从"体制外"对词体赋予新义、新价值。一股以词学新锐为代表的"新变派"①。采用传统学术研究方法与现代学术论文方式对词体进行专业的"体制内"的研究，为词体的研究廓清了道路。

一方面，以胡适、胡云翼为代表的词学家用新的文学史观念刷新词体认识，赋予了词体新的时代内涵。出于鼓吹文学革命的目的，胡适从"时代文学"观念以及文学进化论原理出发，标榜"词乃诗之进化"、词乃有宋之时代文学。与王国维仅仅从羔雁之具"难出新意"论"词体退化""文体代变"等观点不同，胡适首先从"语言之自然"角度，认为词体优于诗，由诗而词是中国古代诗史上的"第三次解放""最大的解放""自然进化"的结果。他通过肯定词体在中国诗史演进上的价值和地位来为新诗谋求存在的理由。胡适为了申述文学革命主张，开展白话文运动，又把词体文学当作"活文学""白话文学"的"样本库"。这就将词体的文学史价值充分运用到了新文学革命、白话文运动中，突出了词体文学在新时代的现实意义。关于词的起源问题探讨，胡适还充分运用新实验方法来研究，认为词起源时间在中唐，并考释了长短句的词体如何演进及词调如何产生的问题。与胡适通过研究词为建立新文学（白话文学）找根据，后来却又由新文学观念（白话文学、平民文学、文学进化观）等来反观词学不同，胡云翼一开始就采用新文学观念对一直以来的传统词体观念进行了"现代置换"。胡云翼用新文学观念对词学予以现代的界说，第一次限定了词学的目的是研究，而不是"学词"或"填词"，并规定了其内涵与外延。他界定"词学"除词史风貌

---

① 此处"现代派"与"新变派"依拙作《20 世纪中国古代文学研究·词学卷》（东方出版中心 2006 年版）所论。

外，词体特质、词体流变、词体起源等均为词体理论的范畴。① 可惜的是，后来现代派研究词时，却多侧重词史，而对词体的研究却不力。胡云翼演绎新文学观念入词学，形成了新的词体见解。在胡云翼之前，虽然胡适先由词体文学等入手提出了新文学革命的一系列命题，如"白话文学""活文学""时代文学"等，后来又用各种新文学观念去反观包含词体在内的文学史，凌独见、曹聚仁、徐嘉瑞等也用新文学观进行阐释与研究中国文学史，但那大多在整个文学史内。在词学研究这一领域，除胡适有专门的《词选》外，胡云翼则是首先以词学专著形式来演绎新文学观念的。在其《中国文学概论》中，曾从"死文学""模拟文学""文学的特征""文学内涵的要素""史的研究"等角度来表述过自己对旧文学采用的"现代文学批评的眼光"。而胡云翼将这种观念纳入《宋词研究》《词学 ABC》《中国词史大纲》等著作中，形成的一个词学观念就是："词体并不是一种有多大意义和价值的文体，它的生命早已在几百年前完结，成为文学史上的陈物了。"② 即仍是采用胡适的"时代文学"与"活文学"观来否认元明清以来词体文学的价值。胡云翼还从"音乐的文学"角度判断"死活文学"。其《宋词研究》即指出音乐与文学是密切关联的，"若音乐亡了，那么随着好音乐活动的文学，也自然停止活动了"，元以后的词即因音乐亡了，"变成死文学"了。③ 由"死文学""模拟文学"等观念入手，胡云翼又将王国维"文体代变"说、胡适的"时代文学"说糅在一起，借助词体来再次剖析"文学进化与时代的关系"，提出了"时代的文学"观。他引用王国维"文体代变"说进行发挥道："文体的变迁完全是这一样的道理，它的起来因为是一种新的玩意，大家都爱好，便变成'自然的风行'，这个'风行'的时候，便是这种文体的黄金时代，如唐诗、宋词、元曲这都表明一个时代文体的特色。"④ 胡氏此种观点虽已不新鲜，但由于是专门论词，影响也极大，可以说为自焦循、顾炎武等以来的"文以代降"说有力张本。但与焦循、顾炎武、王国维甚至胡适不同，胡云翼的"时代文学"观念是其从"文学的特征（时代精神、

① 见胡云翼：《词学 ABC》例言，上海世界书局 1930 年版。
② 《词学 ABC》第十章《论词体之弊》，上海世界书局 1930 年版。
③ 见胡云翼：《宋词研究》，中华书局 1926 年版，第 5—6 页。
④ 参见胡云翼：《词学 ABC》第一章《从诗的时代到词的时代》，上海世界书局 1930 年版。

地方色彩、作者个性）上着眼审视旧文学"① 的结果。与胡适等人"时代文学"见解不同，胡云翼又将宋词定性为具有"时代精神"的文学，并以此来衡定宋词及其词人。胡云翼还将西方文学观念运用到词学研究中。他根据 Winchester 的文学形成四要素（①情绪，②想象，③思想，④形体）② 说法，于其《宋词研究》中第一次提出了"词就是抒情诗"这一论断，真正把握住了词的本质。胡云翼不但能先进大胆地吸纳新文学观念，而且还能做到辩证审慎地对词体进行新的诠释。他对"活文学"内涵的扩展，"时代文学"的再度阐释，对"词是抒情诗"、词是"音乐的文学"的理论界说，以及对"平民文学""白话文学"的适度采用等等，无不为"现代派"词体理论的成型打下了基础。由于"现代派"研究词学多是为了重新估价词的价值，为了发现词体文学中的"时代精神"，为了帮助一般人们欣赏与借鉴。因此，他们均视词体文学为"遗产"，多用"白话文学"文学观、"平民文学观""时代文学观"等新文学观念重新阐释词体。

另一方面，此阶段新变派词学家对词体的名义、体制、特性、功能与风貌等方面的阐释多在"体制内"，将传统与现代糅合在一起，使人们能更好地体认词体。其中代表人物为吴梅、陈匪石、汪东与龙榆生。如吴梅于《词学通论》中有"论平仄、四声、论韵、论音律、作法"等数章专论词体。在词的起源问题上，他发挥自己词曲兼治的长处，善于从词曲比较的角度，对词体的产生、演变情形予以揭示。③ 吴梅认为："词之为学，意内言外，发始于唐，滋衍于五代，而造极于两宋。调有定格，字有定音，实为乐府之遗，故曰诗余。"他以为词体定于"玄（唐玄宗）、肃（唐肃宗）之间"。打破了传统"词为诗余"或"律诗绝而变词"的说法，将词体纳入"乐府"一系。吴梅的词源观还反映在他对词与诗、词与曲区别的辨析上。就词与曲的区别，吴梅拎出四条：第一，音律不同。第二，结构不同。第三，做法不同。第四，曲拍不同。④ 通过这样的辨析，吴梅基本上将词与

---

① 见《中国文学概论》导言，启智书局 1928 年版。
② 见胡云翼：《中国文学概论》导言，启智书局 1928 年版。
③ 见汪东：《词学通论》绪论，齐鲁出版社 1985 年版。
④ 见《词与曲之区别》以及《与龙榆生论急慢曲书》，《吴梅全集》理论卷，河北教育出版社 2002 年版。

诗、曲等相近文体区别开来，首次树立了词体的判定标准。于词的平仄四声，吴梅《词学通论》曾列专章论述，其中不乏卓见。吴梅在论平仄四声时，常采取"以词例曲"这样的方式。词韵问题上，在一一指摘各种韵书之弊后，"先论诸韵""次论分韵标目"。他还专门"参酌戈载《正韵》、沈谦《韵略》二书"制订了一个韵目。还指出了"韵学四弊"这样的问题。吴梅于《词学通论》中专列《论音律》一章，根据《词源》排次制订了八十四宫调表，总列了《管色与杀声》十二表，并纠正其讹误。还首次将中国音乐与西方音乐沟通起来。其所列《中西律音对照表》打通了中乐与西乐的"屏壁"，为中国古乐的"复活"铺平了道路。陈匪石论著中对有关词体的各个方面如词源、词乐、词律以及词韵等都发表过见解。陈氏对词的起源见解是主"和声"说与"诗词代降"说的。对于词乐，陈氏也做过专门探究。如其《声执》卷上首先驳斥明清诸填词家之说以句法平仄言律，并非"律"之本义；驳斥《草堂诗余》按字数多少硬分各种词调为小令、中调、长调的做法。于词律，陈匪石对每一词调音律的考论，即是一篇单个词调的源流史。如其《声执》卷上又从整体上论述了词律的各方面内容。他将词律与音乐分离成"文字律"的时间定在南宋，是基本符合词乐分合情形的。他对万树《词律》予以评骘，称万氏为"倚声家功臣"的同时，还予以指瑕正误。在此基础上，陈匪石又表述了四声、句法与词韵等方面的见解。陈氏的声律见解，实际上在探求词这种文学样式中蕴含的汉语言音乐性规律。陈氏在词体观方面阐明了词之来源——"和声说"；考辨了词律源流、著述；剖析了四声、句法、用韵等词体"文字律"。这就为后来词体的本体研究的深入开拓了道路。汪东于词体的见解集中在词源、词律、词韵三方面。《词学通论·原名》一节专门探讨词之"源流变迁"，亮明了词的"乐歌"属性，将词纳入了音乐文学中。在词律方面，他提出了"歌者之律"与"作者之律"两个术语，出于严审"作者之律"，考订了与词律相关的问题。在词韵问题上，汪东遍评各家词韵著作后，以为当从戈载《词韵》。不但要求从宋人词作中总结其用韵规律，还要求今人作词时严遵之。龙榆生就词体的性质、特征、演进等发表了甚为独到的见解。龙榆生反对旧学者将词定义为"意内言外"的说法，以为"我们现在所谈的词，是唐宋以来与新兴音乐结合产生的一种新诗体"。龙榆生从词与乐的关系抓住词的音乐特质。由此他解释词"必定要讲究平仄和协韵"的道理。揭示词在"文字的组织上保留着音乐性",只有"曲子词"如此。对词体的演进过程,龙氏曾专门撰《词体之演进》[1]一文,首次系统地为词"正名"。他在"明隋唐以来乐曲之渊源流变,与其分合盛衰之故"的基础上,"进而考求依此种曲拍而成之词体及其进展历程","深切注意"了新旧过渡期中的歌词体制。这是第一篇从"体制内"对词体演进情形进行详明的论文。其观点与方法至今不乏"现代"特征。龙氏还有《令词之声韵组织》,是民国时期首篇由声韵角度研究词体内部问题的现代论文。该文中,他指出:"吾尝持情性声词相应之说,以衡一切韵文。而于唐宋歌词,观其曲调之组织,凡句度长短、平仄配置与夫叶韵疏密,皆有其所以然故。而惜乎自来言词谱或词律者,未曾有所发明也。"[2]由诸家对词体研究的开创与建树来论,可以说此阶段对词体的专业研究达到了前所未有的水平。

此阶段对词体革新的探讨与争论也相当激烈。早在清末民初,梁启超提倡"诗界革命"时,词体革命也受到波及。但基本上是意境与内容上的"革命"。当胡适等人提倡白话诗文时,梁氏也是响应的,并在《晚清两大诗钞·题辞》一文中建议"得有新式运用的方法来改良我们的技术"[3]。首先,他要求"把'诗'广义的概念恢复过来",不受格律的束缚;其次,可以不讲格律但并非不须注意修辞和音节,强调"今日我们作诗虽不必说一定能够入乐,也要抑扬抗坠,上口琅然"。对胡适《尝试集》,梁氏也是尤为赞许。[4]并由新诗体与旧体诗词比较得来的意见,梁启超提出"诗词大革命"的要求:四个"排斥"、五个"应该"、两个"条件"。[5]不唯如此,梁

① 见龙榆生:《词体之演进》,1933年《词学季刊》创刊号。
② 龙榆生:《令词之声韵组织》,《制言》1937年第37、38期合刊。
③ 见《晚清两大家诗钞》题辞,《饮冰室文集》卷43,中华书局1909年版。
④ 见《梁启超致胡适》信,《胡适论学往来书信选》,河北人民出版社1998年版,第1234页。
⑤ 四个"排斥"即:排斥压险韵、用僻字;排斥用古典做替代语;排斥滥用"美人芳草"、托兴深微;排斥篇幅限制。五个"应该"即:四言、五言、七言、长短句应该随意选择;骚体、赋体、词体、曲体应该都拿来入诗;选词应该以最通行的为主,俚语、俚句不妨杂用,只要能调和;纯文言体,纯白话体只要词句显豁简练,音节谐适,应该都是好的;用韵应以现在口音谐协为主,不必拘泥于古韵,韵不能没有。两个"条件"是:不必一味用白话;语助词愈少愈好。他还指出:"往后新词家只要把个人叹老嗟卑和无聊的酬酢交际之作一概删汰,专以天然之美和社会现实两方面着力,以新理想为主干,自然会有一种新境出现。"(可参见《晚清两大家诗钞》题辞,《饮冰室文集》卷43,中华书局1909年版)

启超也身体力行，尝试着作白话词，如其《寄儿曹》三词之二《鹊桥仙·自题小像寄思成》①即是。梁启超的这些词体改良设想，是对其前期诗界革命理念的再发展。胡适曾提出"文学八事"改革文学，又将其精简归纳为"文学三要件"："第一要明白清楚，第二要有力能动人，第三要美"②。并以此来看待词体的同时，还率先写白话词，改革了词体。但由于当时人们注意力集中在新、旧文学的争论上，对词体如何改良却并未展开。直至20世纪30年代，由柳亚子与曾今可、章衣萍（均与南社文人过从甚密）等一同发起"词的解放运动"，引发了词体问题的论争。曾氏为《新时代月刊》主编，章氏为文艺茶话会的老板。当时在茶话会上以"词会"为主进行一番讨论，以后曾今可将各人见解刊登出来，成为"词的解放运动"专号。此专号包括柳亚子《词的我见》《关于平仄及其他》《词的解放运动》、曾今可《为词的解放运动答张凤问》《致柳亚子的信》、张凤（柳亚子友人）《词的反正》、郁达夫《唱出自己的情绪》、余慕陶《让他过去吧》、董每戡《与曾今可论词书》、张凤《关于"活体诗"的话》、褚问鹃《保存与改革》、张双红《"谱"的解放》、章石承《论词的解放运动》、张资平《词的解放之我见》、赵景深《词的通信》，邵冠华、章石承《读〈落花〉》③等文章。不仅如此，于1933年3月《申报·自由谈》专栏上陆续发表了相当一批反对文章。如阳秋《读"词的解放运动专号"后恭感》（3月3号）、张梦麟《所谓"词的解放"专家》、川《"解放"与"保守"》（3月4号）、玄《何必"解放"》（3月10日）、曹聚仁《词的解放》（1933年3月16日）等文章。郑振铎也有《"词"的存在问题》（《文学》1933年第1卷第四号）持反对意见。综合各家意见不外三种：一种是柳亚子、曾今可、董每戡、褚问鹃、郁达夫等主张的"半解放"。即音律方面，要平仄，但四声要完全解放，不分别阴平、阳平与上去入；韵脚要保存；要"依谱填词"；以白话或现代浅近的文言入词；不用典；活用"死律"。第二种是张

---

①　全词为："也还安睡，也还健饭，忙处此心闲暇。朝来点检镜中颜，好象比去年胖些？　天涯游子，一年噩梦，多少伤痛，愁惊、怕！（此语是事实）开缄还汝百温存，爹爹里好寻妈妈？（歇拍保存用来信语意）"（见《胡适论学往来书信选》，河北人民出版社1998年版，第1237页）。
②　《什么是文学——答钱玄同》，《建设理论集》，第214页。
③　均见《词的解放运动专号》，《新时代月刊》1932年2月1日第4卷第1期2月号。

双红、张凤等主张的"全解放"。即"废谱"，打破平仄；仅依字数多少，或不要词牌名称；创新谱自度腔，只要音节和谐、平仄协韵的长短句就是"词"；第三种是以张资平、郑振铎、张梦麟、曹聚仁等人主张的"无须解放"，反对此举。如张氏认为解放词当从音律的媒材入手，文言、白话的区别并不是解放，今日的长短的新诗又何尝不是"解放"的词？郑振铎《"词"的存在问题》一文发表较晚。他认为"当胡适之提倡诗的解放时代，是连词也被解放在内的"；"词固不必'填'，而'词'的解放则尤为多事"，若要写"新长短句"，当走"自度曲"与用新曲谱"填"词的道路。曹聚仁则质问："若说把词当作一种诗体，不拘于音律，即谓之解放，那又置宋人于何地？"① 这场"词的解放运动"，其实质是以南社为代表新旧过渡时期的文人与以新文学家为代表的文人之间，就词体形式的革新与废除问题的论争。今天看来，柳亚子等人的意见是折中的，既注意继承，又意识到词当随时为变。而郑振铎等人意见则未免偏激，抛弃了传统文学样式，只讲研究，不谈创作。郑氏这种见解，一度左右大众态度达几十年，迄今改观也不多。不管怎样，柳亚子、林庚白、刘大白等南社成员在词学创作上能与时俱进，来革新词体形式，着实难得。

三　抗战时期到解放时期的词体理论批评

抗战时期到解放时期这一阶段，虽然一直处于战火纷飞、社会动荡的境地，但人们对词学的研究并未停下来。自然，此阶段的词体理论批评也在继续。与前一个阶段相比，此阶段中，人们对词体的批评与研究主要以新变派学者为主。涉及的内容除词体的体制、特性外，还有对词体的出路、词体的功能等方面的探讨。

此阶段，以夏承焘、唐圭璋、龙榆生为主的新变派词学家继续对词体有专业式的批评与研究。早在上个阶段夏承焘就围绕姜夔词谱展开了一系列论述。他撰成的《姜夔词谱学考绩》一文第一次梳理出词乐研究的轨迹。因他采用"民间音乐文献"和"历史音乐文献"相结合的路子，因此有了重

---

① 曹聚仁：《词的解放》，《申报》1933 年 3 月 16 日。

大突破。① 此阶段，夏承焘先后撰写《唐宋词字声之演变》（1940）、《四声绎说》（1941）、《词韵约例》（1947）、《词律三义》（1947）等。与龙氏由字声探其与词调的表情关系不同，夏承焘侧重在对词的字声演变探讨上。如其"阳上作去""入派三声说"打破了前人由元曲探讨四声分化的做法，由宋词来探源。《四声绎说》与《唐宋词字声之演变》二文是夏承焘系统地勾勒词之字声演变轨迹的力作。② 于"词律之学"，夏承焘曾发表了《词律三义》《白石道人歌曲校律》等论文。不仅仅是论姜词之律，而且是为宋元词律"约例"。"词韵之学"方面，夏承焘以《词韵约例》一文为当代研究词韵提供了范例。是文中夏承焘举出"一首一韵""一首多韵""以一韵为主，间叶他韵""数部韵交叶""叠韵""句中韵""同部平仄通叶""四声通叶""平仄韵互改""平仄韵不得通融""叶韵变例"以及"词叶方音"等十余种用韵规律，并一一分析。据夏承焘《天风阁学词日记》，《词韵约例》当是他仿《古书疑义举例》一文所作《词例》的一个"样本"。③ 由此可知，他这种研究词韵的做法，实属首创。唐圭璋对词体的形式、体性皆有明确的认识。对词体的组织结构形式特点有明确的揭示。这主要体现在 1943 年他所著《论词之作法》一文中。他以为"词之组织，亦分三则"，即字法、句法、章法。字法，包括动字、形容字、虚字、俗字、叠字、代字、去声字等的用法；句法包括单句、对句、领句、叠句、设想句、层深句、翻转句、呼应句、透过句、拟人句等的用法；章法则包括起、结、换头等方法。唐圭璋对此三者揭示的目的虽在教人如何作词，但却通过大量的词例将词体的结构形式特征明白道出。他这种做法，实际上就是胡适开创的以文法论词体方法的切实运用。唐圭璋对词的体性把握尤为准确。唐圭璋指出："词之所以异于曲者，即在于雅。曲不避俗，词则决不可俗"；"词之所以异于诗者，在于婉，诗有婉，有不婉，词则非婉不可。"④ 自词体出现以来，人们即在体认词的特征。由李清照的"别是一家"到王国维的"窈渺说"等即如此；唐圭璋这里用"雅""婉"两个字即将词曲、诗词的体性判别开来；以"雅"

---

① 见夏承焘：《唐宋词论丛·姜白石词谱与校理》，《夏承焘集》第二册，第 99 页。
② 见《唐宋词论丛》，浙江古籍出版社 1997 年版，第 52—82 页。
③ 见《天风阁学词日记》，《夏承焘集》第五册，第 262 页。
④ 见唐圭璋：《论词之作法》，《中国学报》1943 年第一卷第 1 期。

"婉"论词，虽目的在为学词树一高标，但是却把握住了词体的主要体性特征。冒广生为词学耆宿，此时有《疚斋词论》发表于《同声月刊》，卷上有论艳趋乱、论大遍解数、论折字、论禺指、论近慢、论双调及过遍、论和声、论虚声、论官韵、论增减摊破、论声字相融等 11 类；卷中有论选韵、论选调、论平仄须注重偏尾、论唱法、论词有谜语、论词有徘体、论词有平仄通叶等 7 类；卷下有论词有集词、论词有联套、论摘偏、论歌头第一、论小令、论角徵二调等共 6 目。还附录有敦煌舞谱释词、唐宋燕乐异名表等两种。可以说是民国时期最为系统地研究词体的著作，虽以词话方式，却论见精辟。吴世昌此时有《论词的章法》一文，是最早对词体结构进行系统论述的论文。吴氏认为，与其他文体一样，词也讲求章法。小令从绝句化出，以抒情或简单记事为主，章法比较简单。而慢词，无论是写景、抒情、叙事、议论，都有谨严的章法。慢词章法有多种，较常见的有"人面桃花型"和"西窗剪烛型"两类，前者平铺直叙，次序分明，比较容易看出来；后者回环曲折，前后错综，往往令人生莫名其妙之感。读一首词，要注意其所写情景的时间性和真实性，只有弄清词中的时、空、虚、实，才能透彻了解此词的章法。当代学者施议对先生以为此文乃里程碑之作，标志词体结构论的产生。詹安泰于此阶段有《中国文学中的倚声问题》等论文对词体声情问题有所深究。历来词之倚声，有严守四声说和局部守声说。詹氏例举各家之说后认为，词不必严守四声，并提出词学发扬与改革之二种途径：就形以求质，使声情吻合；变质以求形，使声乐吻合。前者与美学相联系，后者与音乐相联系。

由于此阶段处于民族危亡的关头，人们对词体功能的阐发尤为突出。当时不少词选均提倡发挥词体的歌唱功能。如欧阳渐继《词品甲》又编选出《词品乙》，目的在进一步唤起人们保家卫国的斗志，用之作为歌唱时的歌词。又如贾维汉《滴珠楼词学》实是词学词法之选。贾氏书后选录百调，多为小令作为楷模。要求"应依规律，改革作风，创足以激励士气之壮烈词曲。"[1] 赵景深的《民族词选》收词人 73 位，词 100 余首，其中宋代词人有苏轼、岳飞、辛弃疾、陆游、姜夔、文天祥等，入选词作均具有"民族气节"，目的在激发学生们的抗日热情，发扬民族爱国精神。夏承焘先生的

---

① 贾维汉：《滴珠楼词学》序，兰州俊华印书馆民国三十二年（1943 年）版。

《宋词系》很明显也是出于此心，"意在发扬民族正气，以抗敌御侮"。[①] 汪东于此时在《国难教育声中发挥词学的新标准》一文中先强调词体与诗为"一族"，也具有诗教的含义及功用；然后又从音乐的角度阐述词体也有"移风易俗"的功能。

此时期对词体"歌的特性"的体认尤为深入。早在清末民初，梁启超《饮冰室诗话》就申明"古诗词入谱"这种"古为今用"的词曲改良主张。他说当时"乐学渐有发达之机，可谓我国教育界之一庆幸。苟有此学专门，则我国古诗、今诗，可入谱者，正自不少。岳鄂王《满江红》之类最可谱也"。[②] 这种"旧词新唱"的大胆设想，使原本用来歌唱的词体得以"借尸还魂"，既达到了新民的目的，又恢复了词体的音乐生命。至此时《同声月刊》中还登录不少谱了新曲的旧"词"。这种做法，实质上真正把握并恢复了词体的音乐特性。龙榆生继 30 年代所倡"新体乐歌"，此时在创办《同声月刊》时屡屡提倡"新体乐歌"的创制与强调词体的"歌"的特质。如他在《词林逸响述要》中指出："中国歌词之体制，恒随乐制推移。予于所著《中国韵文史》及《中国文学概论》，已屡申其旨矣。居今日而言创作新体歌词，欲求其吻合国情，而又不违反文学进展之程序，则舍精研中西乐理而又明于词曲递擅之故，其道莫由。"[③] 他曾在《诗教复兴论》中就强调要"诗乐合一"，"一方面依西洋作曲法，多制富有我国固有情调之乐谱，由诗家撰为走势热烈、足以振发人心之歌辞；一方面整理我国固有之音乐与诗歌，进求其声词配合，以及各种体制得失利病之所在，藉定创作之方针，因旧词以作新声，或倚新声以变旧体，融合古今中外之长，以适于时代之乐歌。"由此，他专门撰文《创制新体乐歌之途径》谈创制新体歌词当选取古诗词曲字面，"采用现代新语"，形成"适应新时代、新思想而不背乎中华民族性之新语汇，藉作新体乐歌之准则"[④]。龙氏对词体"歌"的特性的彰显与利用，实际上是对词体功能的最大限度发挥，具有创新意义。此期关于词体改革的

---

① 吴战垒：《宋词系》编后记，《夏承焘集》，浙江古籍出版社 1997 年版，第 541 页。
② 《饮冰室诗话》说当时"乐学渐有发达之机，可谓我国教育界之一庆幸。苟有此学专门，则我国古诗、今诗，可入谱者，正自不少。岳鄂王《满江红》之类最可谱也"（见《饮冰室文集》卷 45 上）。
③ 龙榆生：《〈词林逸响〉述要》，《同声月刊》1943 年 4 月第三卷第二号。
④ 均见龙榆生：《创制新体乐歌之途径》，《真知学报》1942 年 3 月第一卷第 1 期。

问题，彭玉平《民国时期的词体观念》一文论述颇详，于此不赘述。

四 民国词体理论批评的特点与意义

前文主要分阶段对民国词体理论批评进行了述评。归结起来，其发展经历了一条由传统而现代的道路。可以说民国时期的词体理论批评或研究超越了前代。对词体的论说手段也由传统的词话体、片段式，上升到高质量的现代学术论文；论说的视角由单纯的中土音乐、文化转向了西方外来音乐与文化；研究的范围也比前代拓展了不少，如词体的演进、词体的特质、词体的革新等问题均比前代所论深入。可以这样说，民国时期对词体理论的研究历程，可以充分体现与代表民国词学研究的主流特点。

其一，从研究主体来论，民国时期对词体理论的批评虽然有不少专业词家，但是又有新变。如置身于词创作外的现代派学者或新文学家，对词体的论断虽多由词史入手，却也有新的突破。如从西方观念对词体美质的揭示，使更多的人能了解词体。又如此期不少中学生、大学生都参与了词体问题的讨论。像关于词体起源、词体体制等常识的文章见于民国时期大中学校校刊者不下百篇。而大学生的学位论文以词体演进、词体声情为题者也有多篇。像李有《词的发展》、吴隆复《诗乐府词曲之蜕变》、王和《北宋词人用韵考》等均为当时燕京大学学位论文，而谢继增《文声论》为武汉大学学位论文，其中均论及了词体。而由"体制内"入手研究词体的专家或为前代耆宿，或为"新变派"，论及词体的专门学问如"词乐、词调、词韵、词律"等问题具体而微尤见功力。除前面提及者外，像蔡嵩云、杨铁夫、陈能群等均于词体专著《词源》等有所专攻。特别是"词学三大家"既能与时俱进以新体论文深挖词体，也能综合与新释前贤见解、融会旧学与新知于一体。为词体理论研究的深化铺垫了坚实的道路。

其二，从研究的热点来论，此期批评研究有所侧重也有所突破。据统计，民国时期讨论最多的问题是词的起源问题。此方面的论文近 50 篇，而各种文学史均无法回避言说此问题。虽然有部分的观点是因袭、照录与常识性的，但这也可说明，人们词体起源观点的形成离不开陈陈相因式的普及读物。有关诗词曲等文体比较的论著在民国时期也逾半百。这些文体比较的文章，一方面彰显了词体的文体特性，一方面区别开了词体与其他文体。此时期还有一个研究热点，就是对词体演进问题的叙述。这些叙述尽管有不少被裹挟在词作历史的描述中，但是还是有不少从词文体自身演进角度进行单一归纳与考述的。如龙榆生的《填词与选调》、陈能群的《词用平仄四声要诀》等均是如此。可以这样说，民国时期大多数谈论填词作法类的论文、著作均涉及此问题。民国时期对词体声情的探讨，是异于前代的新拓展；而对词体革新问题的论争也是当时的热点。

其三，从研究方法来论，民国时期对词体理论的研究也是前所未有的"特技"纷呈。如前面提及的梁启超的"情感"研究法，为词体表情研究的第一篇宏文，后来其弟梁启勋《词学》一书中专门以此演绎。王国维将西方美学运用于词体风貌的概括中，结合中国传统理念，形成"词以境界为上"的名论。胡适更是将西方文法分析方法运用于词体批评上，由此更新了词体观念；特别是他将进化论等西方学说运用于词体演进的论述上，揭示出词体的"生命力"所在。龙榆生的声情组织研究法，真正发掘了词体内部的特质。

其四，民国时期对词体理论的研究多以门径或作法为中心，这是一个值得重视的现象。可以这样说，民国时期大多数谈及词作法的论著均有词体问题的论断。传统派学者以填词来论词体，自不必说。几乎所有新变派词学家在民国都写过作法之类的著作。门径类的书如《词学初桄》《词学捷径》《词学指南》《填词法》《填词百法》《填词百日通》《词学通论》等自不必言。再如夏承焘著有《作词法》、俞平伯有《词课示例》等，目前则少为人知。这些名为"法"，实际上在总结词体"体式""体制""文本"等方面的共性。可以说是民国时期词体理论的集中展示。

其五，民国时期对词体理论的批评与研究是沿着教学与学术两条主线进行的。相对来讲，学术是为教学服务的。为此，不少与词体相关的见解集中在讲义与文学史类著作。如况周颐的《词学讲义》、徐珂的《词讲义》、傅熊湘的《学词大意》、蒋梅笙的《词学概论》等均有教科书的性质。大量的文学史教科书中对词体的讲述扩大了观点与观念的传播。而教学中，对词体的阐释与宣讲又有创作指向与欣赏指向两者。为创作者，往往侧重词谱、词律、词调等问题。而为欣赏者，则侧重词体的特质与美感的考察。又由于大量的新式学堂的日益涌现，作为创作指向的词体研究论著渐渐淡出，此种词体之学遂成绝学。倒是因为欣赏指向的盛行，以美感为中心的词体批评观念流行甚广。词体理论与批评的"教学化"或"学堂化"，既是对民国学术中流行词体观点的普及，也是民国词体观点"凝固化"的开始。由于能被写进教材的观点多出自大家、名家，而当时的大家、名家关于词体的见解又通常受时代文化与思想观念左右，有一定的局限或偏激，这就造成当前学界对诸如"词体起源""词体体性"等方面问题的争论。然而，大多数正确的观点如"词体为音乐文学之一种""词体与乐府紧相关联"等为一代代学子接受，促进了当代对词体的正确体认。

民国时期的词体理论批评作为中国词学理论批评的组成部分具有多方面的意义。一方面，解决了历代词体上的一些重要命题与关键问题，基本厘清了词体演进的历史，区别开了诗词曲的文体特征。如词体起源、词体特质、词体体制等方面都比前代详尽而有理路。此点在前面已有论述；另一方面，真正改变了人们对词体的观念与态度。如以各种新释使词体真正"尊体"，使人们正视词体的各种价值（如诗史价值、文化价值、音乐价值，甚至白话文运动、新文学革命等价值）。词学从 20 世纪至今逐渐成为显学，均有赖于此。再一方面，民国时期的词体理论批评为民国词的创作奠定了理论基础。前面已指出，民国对词体进行批评的主流虽然在学堂教师那里，但那时担任课程者多是于填词与研究词学均有造诣的词人。他们的教学既是对词体理念的宣扬，也是培养学生喜好填词的"种子"。特别是他们所著门径与作法的专书，在规范词体格律与基本特性的同时，也纳入了新的词学观念。在总结前人观念与思想的同时，也为词体在当代或未来的出路做出了有意义的探索。如彭玉平在《民国时期的词体观念》一文中对吴梅、叶恭绰、龙榆生、詹安泰等为词体问题提出的见解进行过描述，并归结为"一种文体只有在接受当中，才能充足地体现其生命活力，而文体的接受又往往离不开音乐和演唱的传播方式。中国的韵文文体在起源和发展过程中，都是借助'乐'而得以生存、发展和壮大的。在文体格局初定后，才会逐渐由乐律向格律方向过渡。"① 当前笔者在提倡"新格律词"创制问题②时，即对民国

---

① 彭玉平：《民国时期的词体观念》，《文学遗产》2007 年第 5 期。

② 见拙作《唐宋词体生成原理的当代运用——论"新格律词"的创制及其意义》，《澳门词学会议论文集》，澳门大学 2009 年 12 月。

诸家对词体革新的理念有所反思与借鉴。对民国词体理论批评的研究，有利于人们全面梳理词体理论史。当前人们对词学批评史的研究于民国部分的透视还相当不够，除了对当时著名词学家的词体观与贡献有所研究外，还没有上升到专题研究的层面。作为文体理论研究史的重要组成部分，民国时期词体批评与研究值得我们深入细致地专门探讨的课题还有许多，本文也只是粗线条地述论。当前我们对民国词学史、民国词史进行建构与研究时，词体理论也是其必要的一环。

中　编

民国词史的诗词学生态考论

第 七 章

论民国诗词学文献的整理研究及其意义

时至 21 世纪第二个十年，民国时期的文学与文化从发生至今已逾百年。然而，当前对民国时期诗词学史料的全面整理与研究还未提上日程。我们编纂的"民国诗词学文献珍本整理与研究"丛书，为专门对民国诗词学文献整理与研究的大型攻关课题。从当前本编的编纂背景、意义和重要性来看，该丛书具有补白性质，值得我们全面展开。于此，有必要再进一步地申述说明一下本编相关问题及其在民国词学、民国词研究等方面的意义。

一　界　　说

由于是首次专门提出"民国诗词学""民国诗词学文献"等术语，于此有必要对其定义进行界说。民国诗词学，是民国文学批评的重要组成部分，也是中国诗词学的一部分，是与唐宋诗词学、元明清诗词学相衔接的断代诗词学。诗词学，当前已属于古代文学学科的一个分支。早在民国时期就有徐谦的《诗词学》① 问世，根据他的定义是将诗词学专门局限于旧体诗词这种学问内的，其范围自然是从古代到民国这一历史空间的所有诗词问题。而目前我们用新的视角如古今会通、广义诗歌观念等来定义诗词学时，诗词学的范围当扩大至除古体诗词外，不仅当包含有散曲、对联、诗钟等具有"诗"

---

① 徐谦：《诗词学》，商务印书馆 1926 年版。

的性质的文体，还当包含新诗。而民国诗词学，属于诗词学的断代研究课题。主要指对民国时期有关广义诗词学一切问题进行研究的学问或学科。它当包含民国诗词史、民国诗学史（含新诗学）、民国词学史、民国诗词理论史、民国诗词批评史、民国诗词社团史、民国诗词选本学、民国诗词文体学、民国诗词文献学、民国诗词学文献学等。

民国诗词学文献，包含的内容相当广泛。凡是民国时期出现的或与民国诗词学相关的一切史料与文本等均属于此范围。具体来讲，如民国诗词学著作、民国诗词学论文（含学位论文）、民国诗词学目录、民国诗词学期刊、社团资料、选本、批评资料、理论资料、考证资料、民国诗词家或学者文集、民国诗词学史料（传记、纪事）等等均属于民国诗词学文献的范围。不仅如此，从时代分，这些文献还可分为民国时期研究前代诗词或诗词学的文献、民国时期研究民国的诗词或诗词学的文献。至于当代研究民国诗词学的文献暂不列入，以明断代文献学史之范围。

由于民国诗词学文献整理与研究具有首创性质，于此有必要对其体系进行说明，以利于各项课题的开展。整理层面上，民国诗词学文献的体系当包括民国诗学文献、民国词学文献、民国诗词文献、民国诗词结社文献、民国诗词学者文献、民国"诗词学"史料等六大项。

其一，民国诗学文献，包括各体诗学文献，如楚辞学文献、乐府学文献、格律诗文献、民歌学文献、新诗学文献等；对各个朝代诗歌及其批评进行断代研究的文献，如汉诗研究、唐诗研究、宋诗研究等，又唐诗理论批评研究、宋诗理论批评研究等文献。还有各种诗话及其研究的文献。如宋诗话研究、清诗话考述等文献，民国时期出现的各种诗话等也属于必须专门搜集与整理的民国诗学文献。另外，民国时期对历代诗史、诗人的专题研究，也是民国诗学文献应当重视的。

其二，民国词学文献，与民国诗学文献大部分相应，但也有不同。如民国时期出现的研究词乐、词律、词谱等文献就是诗学文献较少涉及的。像民国时期出现的研究唐宋词史、唐宋词人以及其他各代词史、词人的文献，乃至研究民国词及词学的文献等均如此。其实与民国词相关的文献也当包含在内，但由于与创作关联大，于此当细分划入"民国词文献"一项。

其三，民国诗词文献，专指民国诗词创作、词人、词作等文献。此种与前两种不同，一为学术史或研究史文献，属于研究性质；一为民国当时的创作文献。凡是有关民国诗人、词人及其诗词作品、批评等方面的文献均包含在内。

其四，民国诗词结社文献，本来也可归入民国诗词文献之中，但是此方面的文献是与社会、历史、社团、群体、流派乃至政治、文化等方面密切相关，并且有其特殊性。特别是这些文献中，有些虽然表面不以诗词为名，但其社团的成员却与诗词活动分不开。如果仅按诗词之名去划定，则不利于对结社问题的深入考察。笔者在与国家图书馆出版社南江涛先生联合策划"清末民国诗词结社文献"整理课题时，即本着凡兼及诗词或对诗词结社有影响的社团史料均纳入其中。实际上此类文献更多的是文学与社会学研究的史料。

其五，民国诗词学者文献，此种是以学者为中心形成的专题文献。由于是专题就可能与前几类有重复之处。然而之所以单独列出此项，目的在于引导人们重视对民国时期的诗词研究者的个案整理与研究。目前人们对当时出现的大师级的、名家式的学者，从文集的整理、行迹的考察、学术与思想的研究等方面有个案式的学术活动。但还有大量的研究诗词的学者未纳入我们研究视野，即使已纳入视野者，有的也还不完备。如浙江古籍出版社曾出版过《夏承焘集》，但不到 10 年，目前又有重新整理的全集将出版。又如唐圭璋先生目前除所编纂的《全宋词》《全金元词》《词话丛编》以及词学研究论文集《词学论丛》等出版过外，还有不少写作于民国时期的诗词学文章不为人知。目前我们已辑"唐圭璋词学文集"一种，这些还不包括他曾批点的《宋词三百首》《花间集注》以及整理的《道藏词综》等。由此来看，专列此项任务是必需的，专门整理此项任务也当亟须。

其六，民国"诗词学"史料，与前面的诗学、词学文献不同，这是关于"诗词学"这一学科的断代史料的整理。既然是民国诗词学文献的整理，自然"诗词学"这一学科文献也是必须引起我们重视的。与此相关的文献如"诗词学"概论、历代或各代"诗词学"史、"诗词学"教学、刊物等都当纳入此范围。此处专列此项内容的目的，就在于让人们意识到民国时期"诗词学"的"现代"化与"学科"化。为"诗词学"通史与断代史准备史料。

研究层面上，也应有相应的用于展开民国诗词学文献研究的体系。这一体系包括民国诗学研究、民国词学研究与民国"诗词学"的研究三大方面。

其一，民国诗学研究，当有民国诗学史（批评史、研究史、理论史包含其中，民国诗批评史也在其中）、民国诗学文献学（与其断代分体文献学相接续）、民国诗学史料学（与各种断代史料学或分体史料学相接续）、民国诗社研究（包括新诗社、诗钟社、楹联社等在内）、民国诗选学（属于诗歌选本学之断代部分）、民国诗歌期刊研究、民国诗话及其历史研究等。民国诗学专题研究，如从内容分有民国诗经学、民国楚辞学、民国乐府学等；从断代诗学研究分则有民国先秦诗学研究、民国汉魏六朝诗学研究、民国唐宋诗学、民国时期元明清诗学研究；从群体、流派、社团的逐一研究当有相应的专题；其他如民国诗学论争专题、民国诗学方法专题、民国诗话研究专题、民国诗歌文体学专题等。特别是对历代诗学家及其诗学著作（如《诗品》研究、各种诗话）的专题研究，也是我们应当加强的。而民国旧体诗史、民国民歌史、民国歌词史等则为对民国诗学文献所含创作部分的研究。

其二，民国词学研究，其体系中大多与诗学研究相应，但由于现当代以来词学有相对独立性，故于此再说明之。它当包括：民国词学史（含民国断代词学研究，如民国唐宋词学研究、民国元明清词学研究），民国词学文献学（此与唐宋词学文献学、元明清词学文献学以及近代词学文献学相接续——民国词学史料与各断代词学史料学相接，包括民国时期各代词学史料、民国时期词学自身的史料），民国词史（民国词纪事、民国词人传记、民国词艺术、民国词社、民国词人群体等包含在内），民国词选学（含民国时期唐宋词选本、元明清词选本、民国人选民国词），民国词批评理论史（民国词论、民国词序跋、民国词品评等），民国词体声律学（民国时期对词体的音乐、词谱、词律、词唱、词调等的研究），民国词话学或民国词话史、民国词学期刊、民国词学教学，等等，均具有我们深入研究的学术价值。

其三，民国"诗词学"的研究，如民国"诗词学"史，专门对"诗词学"这一学科或学问的发展历程、轨迹、规律、现象、特点与问题等方面进行综合而全面地考察与扫描，同时还对其中相关热点、专家、论著、事件等进行个案式的探讨。

最后要补充的是，民国诗词学是近代诗词学的继续，也是当代诗词学不可或缺的部分。虽然由于历史政治的断代因素，我们将百年来的诗词学史割裂成两部分，以方便深入研究。但是有不少民国诗词学者是跨越民国与新中国两个时代的，有的还跨越了清、民国与新中国三个时代；有的诗词学论著形成于民国而出版于新中国；还有的诗词学思想由民国至当代而有新的发展与演变。因此我们研究民国诗词学及其历史时，不可孤立地胶着于断代，而无视民国诗词学史的承前启后。

二　整理与研究的方式

针对整理与研究的方式问题，我们结合基本上完工的国家出版基金项目"民国诗词学文献珍本整理与研究"丛书提出几点建议。主要有七大方面：坚持整理与研究并重的原则，坚持稿本、期刊报章文献与民国版本文献统一整理与研究的原则，加强对民国时期诗词学专著的整理，加强对民国诗词选本文献的全面梳理，不可忽视民国出现的诗词法类文献汇辑，重视对民国诗词家文集的整理，采取广义诗学打破新旧诗体界限来对民国各体诗词话进行汇辑。

其一，要坚持整理与研究并重的原则。就当前来讲，不但文献学研究与文学研究有脱节的现象，就是文献整理与文献研究有时也会出现此种问题。为此我们在策划"民国诗词学文献珍本整理与研究"这一项目时专门设置了"民国诗学研究"与"民国词学研究"这样的子项目。主要针对民国诗词学的相关问题进行探讨。一是诗词学家的年谱、事迹的考证、梳理，如王钟麒年谱、汪东年谱、叶恭绰年谱、《光宣词坛点将录》笺注等；一是诗学、词学专题的研究，如民国诗学论著考述、民国词学论著考述、民国唐诗选本研究、民国宋诗选本研究、民国词选研究、民国以来重要唐宋词选研究、南社诗学研究、南社词学研究、民国词学文献学等，这些论题都是从不同的角度切入对民国诗词学文献相关问题进行考索与探讨的。与此同时，我们还专门设置有"民国词学家文集整理与研究"子项目，对诸如徐乃昌、吴虞、郭则沄、张尔田、叶恭绰、陈锐等词学家的文集进行整理的同时，还予以了深入的全方位的研究。循此思路，对其他民国诗词学家的年谱、重要诗词学著作的笺注、对其他诗词学家文集的整理与研究等当是我们民国诗词学文献研究的重要内容。此任务异于纯粹的文献汇辑，需要有较高的学术水平。另外，有谓整理不如影印，对此笔者以为，影印代替不了整理，二者不可偏废。虽然影印可保持文献本真，整理时有可能出现文字错讹，但通过当代的学术化整理不仅可使文本易读易认、扩大阅读面，有利于广泛传播，还可促使人们将整理与研究很好地结合在一起。

其二，坚持稿本、期刊报章文献与民国版本文献统一作为珍本来整理与研究的原则，是基于"珍本"这一概念来讲的。通常我们说的"珍本"，是指比较稀见或比较珍贵的书籍或文学资料。而民国文献则不大相同。一是，由于民国印刷时所用纸张有脆弱易损、不易保存的特点，这样民国出版的诗词学论著就处于亟须抢救的境地，因此我们选取整理的文献基本上是新中国成立后未曾再版的民国图书。二是，一部分存于民国报纸杂志中的诗词学文献，由于分布散、搜集不便，因此我们须汇集起来以供人研究之便。三是，一些尚处于稿本状态的诗词学文献。由于种种原因，有些诗词学文献还未曾面世。如我们在整理刘毓盘词学文献时，发现其"《花庵词选》笔记"存于上图；而在整理研究郭则沄的词学时，经过多方访求才从其孙郭久祺先生处得到《郭则沄自编年谱》。又如此丛书整理孙望的《诗经臆解》《楚辞通论》与《蜗叟诗学杂稿》，其父孙绍伯的《柳宗元诗注》等均是稿本，一直未曾面世。因此，遵照此原则对民国时期的诗词学文献的完备与保存有重要的作用。

其三，加强对民国时期诗词学专著的整理。当前已有不少丛书对民国时期的诗词学专著文献有所涉及，如《民国丛书》《民国籍萃》等均是。然总体来看，再版与整理的范围还局限于名家、名著上。这种做法如今看来不太科学，不是原生态的学术态度。为此，我们在"民国诗词学文献珍本整理与研究"第一辑中设有诗学整理卷，如中国诗学研究三种（《中国诗学研究》《中国诗学通论》《中国诗学通评》），中国诗学大纲两种（江恒源、杨鸿烈分别著有），汉魏六朝诗研究五种（《古诗论》《汉诗研究》《魏晋诗歌概论》《汉魏六朝诗研究》《苏李诗制作时代考》），汉唐诗人研究五种（《曹子建诗研究》《陶渊明批评》《杜甫今论》《李白研究》《诗人李贺》），唐宋诗学三种（《唐诗综论》《唐代诗学》《宋诗派别论》），唐宋诗人研究三种（《柳宗元诗注》《韩诗臆说》《苏东坡》），日人诗学三种（《作诗法讲话》《和诗选》《支那诗论》），张尔田诗学两种（《玉溪生年谱会笺》《李义山诗辨证》）等。这些诗学著作在民国曾经出版过，而大多当代未能再版。显然，这对我们了解与研究民国学术史是不利的。相对于诗学专著，不少词学专著在当代已有再版。诗学专著整理却相对滞后，这要求我们当加强此点。正因为此，我们在整理时，专门对这些著作一一予以简要的评价，从而使人们有更多的了解。

其四，加强对民国诗词选本文献的全面梳理。民国时期出现了大量的诗词选本，样式繁多，指向多样，是民国诗词学文献的重要组成部分。基于此，我们在策划时设立民国"诗选"与"词选"两类。诗选整理卷，有民国诗社集六种（变风社诗录、绵社诗甲乙集、沐社吟集、茭社同心录、小罗浮社唱和诗存、石城诗社同人诗草第一集），历代诗选六种（明清诗选、近代诗、近代名人诗选、现代名家诗选、中华民国诗三百首、故小说家诗选），《采风录》与《南社诗选》等；词选整理卷，则有历代词选四种（旧月簃词选、词品甲、词品乙、中华词选），唐宋词选四种（唐五代两宋词选释、唐宋词选注集评、唐诗宋词选、唐宋词选笺），女子词选（历代闺秀词选评、注释历代女子词选、女作家词选、销魂词选、中华历代女子词选、近代女子词录）、《词范》与《词式》等。由于为民国诗词学，我们专门设立"民国人选民国词卷"，整理了《近人词录》《近人词钞》《今词综》《今词选》《瓯社词钞》《沤社词钞》《如社词钞》《午社词》《雍园词钞》《同南社词钞》《南社词选》《琴社词钞》《烟沽渔唱》《南社词集》等 14 种。由于民国时期的诗词选本众多，笔者选取这些选本进行整理出版，目的在于引起人们对民国诗词选本学的重视。

其五，不可忽视民国出现的诗词法类文献的汇辑。当前对民国时期的诗词学研究时，多忽略了当时出现大量作法类著作，这就使人看不到民国诗词创作的基础所在。为此，我们专门设立了"民国诗词法整理卷"，整理有《作词法》（两种）、《诗法入门——作诗百日通》《词学入门——填词百日通》《国文百日通》《作诗法》《作诗门径》《最浅学诗法》《最浅学词法》《国文入门必读——诗词入门》《诗法通微》《诗法捷要》《诗钥》、刘坡公"诗词百法三种"（《学词百法》《学诗百法》《作诗百法》）、顾宪融"诗词作法三种"（《填词门径》《填词百法》《作诗百日通》）等。整理这些诗词法一方面有益于中国诗词法史的研究；另一方面有利于民国诗词理论的批评，特别是对扭转当前人们轻视作法类著作的态度有一定的作用。

其六，重视对民国诗词家文集的整理。前文已指出，当前对民国诗词家文集的整理多侧重在大家或名家上，还有不少民国诗词家的文集处于冷落状态。这显然也不利于我们观察到民国诗词学的原生态。但由于人数较多，不能全部纳入。为此，我们策划此丛书时，先设立"民国词学家文集"凡两卷，分别整理陈思、夏敬观、赵尊岳、蔡嵩云、刘毓盘、叶恭绰、陈匪石、佘磊霞、汪东、刘麟生、唐圭璋等词学文集 11 种。有些词学家如夏承焘、任二北、龙榆生、詹安泰等因已经出版或已有出版社纳入计划，故不再重复。本丛书中虽然对民国诗学学者的文集纳入较少，但并不意味着它们不重要。当有一个专门的民国诗词家或学者文集整理的项目，方能穷尽。

其七，采取广义诗学、打破新旧诗体界限来对民国各体诗词话进行汇辑。此处的各体诗话，包括诗话、词话、曲话、联话、诗钟话等。我们设立的"各体诗话整理卷"中，本列有南社诗话全编第一辑、第二辑、第三辑，为当初我们设想的"全民国诗话"之一部分，以其篇幅大、容量过长遂仅以南社诗话为主编入。然而，在编纂过程中，我们又发现"南社诗话全编"的篇幅、容量之大也相当惊人，非本次国家出版资助基金能完成，故只能另立。所幸的是笔者已与河南文艺出版社、凤凰出版社等达成"全民国诗话"的编纂出版协议，待另外再申请出版基金单独完成。顺便提及的是，按原先申报计划与设计，此卷中当有"全民国词话"一项。由于此项后来被凤凰出版社列为重点出版项目，只好阙如。是卷中"全民国联话第一辑"的编纂，出于当前人们对对联这一诗体的认识与研究不力的考虑而纳入。在编辑整理过程中，发现民国时期联话论著容量也尤其大，故采取"第一辑"的方式编辑，其他容以后申请到国家出版基金后再齐备。"民国新诗话"，为本编中尤其异于其他以"旧体诗词"为主各卷者。之所以如此"破例"编纂进入此项目，是为打破当前人们以新、旧论诗的观念，也以此吸引更多现当代学人注目与投入精力于民国诗词学乃于旧体文学领域研究领域中，而启发更多的古代诗词研究学人摒弃新、旧隔阂，以打通、圆融的观念来研究诗词学。同样，本编中"全民国曲话第一辑"的设计与编纂，一方面为回归传统诗、词、曲、赋兼包的"大诗学"观念，打破文体区别研究的壁垒，以有利于中国"诗性"文学文化的研究；另一方面，由于民国时期出现的曲话数量众多、容量庞大，亦非本出版基金项目所能尽刊，先出版第一辑，以示此领域尚待深入与投入。当然，由于民国各体诗话的范围广、数量大，文献查找也有相当的难度，非此次编纂能全部完成的。但可预知的是，伴随着本课题的完成会有更多学人着力于此。

依据以上几大建议，我们形成了"民国诗词学文献整理与研究"的基本框架。在设计本丛书之初，我们将其内容主要定位于编纂出版以"民国时期诗词论著珍本整理与研究"为中心的校点与研究著作。即选取民国时期出现诗词研究、诗词选、诗话、词话等著作中的珍本（珍贵本、稀见本、准孤本、稿本、抄本、油印本、评点本、报刊本等），先进行考据、提要、评识，再录入、校勘、整理，部分加以一定的专门研究。当初的框架设想是分为上下两编，持续不断滚动式推出。上编为诗学卷，包括民国时期旧体诗研究、旧体诗选、旧体诗话、旧体诗歌史料珍本等四种；下编为词学卷，包括民国时期词学研究、词选珍本、词话、词学史料珍本等四种。但在实际研究、整理与编辑过程中，我们为了细化与深化有关民国诗词学文献的整理与研究，虽然各编仍采取诗学类、词学类两者，但其卷种的设立已比原来有所改观。现在的设计规划中，首两卷为当代研究民国的诗学专著、词学专著，目的在于引起当前对民国时期诗词学著作的注意、重视与开拓。接着两卷为有关民国时期的诗学著作整理卷、民国词学家及词学著作的整理与研究卷，主要对此时出现的民国学者所撰研究诗词的著作进行整理，部分涉及了民国时期诗词研究家或文人的研究。诗词法整理卷为专门对民国时期出现的各种诗词创作方法著作的整理，目的是凸显民国时期旧体诗词创作方法论的兴盛。而词选整理卷、诗选整理卷为专门对民国时期出现的各代词选、诗选著作的整理，目的是为显示民国人对民国时期的选本批评之红火；词选部分专门列出民国入选民国词卷，主要以民国时期学者对民国词的选著为主，目的是为民国词的研究提供文献史料。民国词学家文集卷则专门对民国时期诸如刘毓盘、蔡嵩云、陈思、叶恭绰、赵尊岳等词学家的文集进行全面整理。各体诗话的整理先以诗话、新诗话、曲话、联话为主，目的是为民国诗词学的学术史、研究史、批评史提供可取史料。当然，随着科研队伍的壮大、科研资金投入的加大与"民国学术"出版意识的加强，还会有更多研究方式、经验与选题出现。

　　最后，还要说明一下具体实施过程中的问题与解决方式。围绕"民国诗词学文献整理与研究"这一中心，我们形成 11 卷 64 册的丛书规模。在编纂过程中遇到了不少问题。如部分著作的版权问题如何解决。对版权问题，我们尽可能避免版权有争议的著作。有的实在无法避开，就采取与"珍本"著者后人联系的方式，以支付其后人相应的稿费的方式解决。所幸的是，不少著者的后人都以先人著作能再见天光为重，问题基本得到解决。又譬如，如何尽可能多地拥有"珍本"问题。对有些"珍本"的获取尤难。尽管知其藏所与归属，但由于种种阅览限制、奇货可居的心态与"文物"化等因素，迄今仍不能获得。因此我们采取先得先整理先出版的原则。其他待"民国诗词学文献珍本整理与研究"第二辑、第三辑出版时再纳入。又如收录原则问题。像对民国时期有重大政治问题但于诗词学方面有建树的作者，本着不以人废言的原则，其著作虽有收录、整理与研究，但我们必说明其由，明其污处。当前研究民国诗词学的专家学者相对集中在中山大学、南京师范大学、华东师范大学以及以"中华诗词研究院"为中心的学者群那里。与唐宋文学等相比，成熟的储备人才相对较缺，不少学人还多处于边学习边研究的境界。因此，从事此课题中各项内容整理与研究的学人多以中青年为主，且以年轻的硕士、博士为主要成员。为克服此中学术质量问题，我们采取了"传、帮、带"的方式，一方面大胆起用年轻学人，目的是为民国学术研究准备"学术种子"；另一方面由学术有成的专家把关，以保证丛书的质量。

三　整理与研究的意义

　　目前我们初步设计并完成了这样一项新的开拓课题，最终形成了"民国诗词学文献珍本整理与研究"第一辑。由于作为首次对民国诗词学文献的全面整理与研究，目前还有更多的课题亟须我们展开，还存在不少困难与不足。尽管如此，全面整理与研究民国诗词学文献无论从学术意义、文化意义还是社会意义来讲都是不可小觑的。特别是本丛书的问世对民国学术热将有一定的刺激意义。

首先，开展对民国诗词学文献的全面整理与研究，对民国学术史特别是民国诗词学史具有填补空白的意义。当前虽然人们已逐渐对其中学术问题有所研究与整理，一批民国学术、历史、文化大型丛书出现。如张岂之主编的《民国学案》①，郑逸梅著《民国笔记概观》②，上海书店所出版的《民国丛书》（1992），团结出版社的《民国珍本丛刊》（2006），大象出版社的《民国史料丛刊》，国家图书馆出版社最近出版的《民国时期出版书目汇编》《清末民国旧体诗词结社文献汇编》，以及我国台湾地区印行的《近代史料丛刊》、凤凰出版社正在印行的《近代稀见史料丛刊》，等等。这些有关民国史、民国文化的大型丛书的编纂与出版，一方面说明民国词集的全面整理势在必行；另一方面也为整理与研究民国诗词学文献提供了重要文献资料、启示了一些研究路径与开拓了研究空间。如《民国丛书》虽与本课题有关，但其涉及范围过大，虽包含了一部分诗词论著，但数量相对较少，且因系影印而缺乏研究与整理一环。特别是本丛书《民国诗词学文献珍本整理与研究》所包括的诗词选本、诗词史料、诗词学等内容也是前所未有的。虽然台湾地区王伟勇所编纂的《民国诗丛刊》（2012）、张寅彭主编《民国诗话丛编》（2006）等已有问世，但其立足点基本上是文本自身或部分，并非全面对诗词学文献的系统整理与研究。由此来论，是编应当说是全新的、有填补空白的性质。

其次，"民国诗词学文献珍本整理与研究"这一课题，具有重要的学术价值与社会意义。一方面，对民国学术史的研究具有铺垫意义，有利于民国学术史的展开。民国诗词学既是一门学科，又是民国学术之一端。当前来看，人们对民国学术的研究还处于起步阶段。20 世纪末出现的世纪学术回眸，有不少回眸古代文史的学术史论著出现，但由于局限于古代与现代之别，不少关于古代文学或文体研究史的论著的民国部分要么缺失、要么简略。新世纪初，张岂之、麻天祥等学者编纂过《民国学案》，专门对民国重要学者进行梳理、研究。其中涉及少量的诗词学者。黄霖先生主持编纂的

---

① 张岂之主编：《民国学案》，湖南教育出版社 2005 年版。
② 郑逸梅：《民国笔记概观》，上海书店 1991 年版。

《20世纪中国古代文学研究》① 分别对包括民国在内的诗学、词学、散文、小说、戏曲、文论等方面的研究作了专门探讨。虽然侧重点不在诗词学，但于民国学术史有开拓意义。由此可知，专门对"民国诗词学"文献整理与研究，实际上是对民国学术史的研究的深化。按此思路，也当有民国"史学""哲学""教育学""新闻学"等文献整理与研究。这样，民国学术史研究就逐步兴旺起来。另一方面，此项目还对民国文化的研究具有辅助意义，有利于民国社会、历史、文化的深入研究，有利于民国时期文化遗产的保护与弘扬。如本丛书中所整理的诗词社团文献，不仅可以为民国社团文化提供史料，也可为考察当时人们的诗性文化生活提供依据。其中所收诗词选本文献，由女子词选可见当时对女性文化的重视，由欧阳渐《词品甲》《词品乙》等词选，可见当时人们的爱国情怀。当然，这些诗词学文献本身就是当时社会文化的体现。

第三，从实际讲，此课题是民国时期文学文献整理与研究"总工程"的一个重要组成部分，对民国诗词的研究具有直接意义，可刺激中国诗词学的整体研究。它不仅有利于人们对民国诗词学家及其成就的充分认识；同时对诗词学研究、诗词研究、诗词理论与批评研究乃至民国诗词等文学的研究的深化都有助益。可以想见，本编的完成以及续编的再启动，将对民国时期文学与文化研究的深入起到较大的推动作用，对民国戏剧学、小说学、散文学、赋学、文学批评等专题研究的深化亦将大有裨益。由此对民国旧体文学史的研究也具有推动作用。

最后，对"民国诗词学文献珍本整理与研究"第一辑丛书的重要性与必要性还须再强调。一方面，不少民国诗词学文献由于种种原因未能重刊，研究者不易全面获得，不利于民国诗词学术史研究的全面展开。本编的完成将启示人们重视之，从而于根本上扭转这一局面；另一方面，民国时期的许多诗词名家，同时也是当时的思想家或著名学者，他们的诗词作品包含非常丰富的社会进步思想和革命求索内容。对该时期的各种诗词学文献进行必要的整理、研究，对进一步梳理和研究辛亥革命的发生与发展，可提供更多文学的、文化的珍贵而可靠的历史依据；再一方面，民国图书由于出版印刷方

---

① 黄霖主编：《20世纪中国古代文学研究》，东方出版中心 2006 年版。

面的问题，或易损或已损；由于人们"贵古贱今"的心理，对民国文献的保存不够重视，故散佚甚夥，不少品种已成孤本。诗词学图书亦然。还有不少民国时期的诗词学文献，尚处于稿本、抄本、油印本状态，或以连载形式湮没在各种报纸杂志中。为了抢救这些珍贵的文化遗产，本编的完成是很有必要的，也预示着更大、更有力度地投资与投入亟待启动。

　　总之，"民国诗词学文献珍本整理与研究"这一项目，是一系列可持续发展并且具有开启多维、辐射全局意义的重大攻关工程。目前本编收录的民国诗词学文献仅是"冰山一角"，尚有更多、更珍贵、更有价值的诗词学文献需要更多的人力、物力、财力、精力等去发掘、开拓、整理与研究。所幸的是，笔者在业师钟振振教授的指导与支持下，组建了研究团队，已取得部分成绩与宝贵的经验和教训；而国务院参事室所隶"中华诗词研究院"已将研究重点转向现当代诗词的研究，并与我们所在单位南京师范大学重点研究机构形成了长期的学术合作关系，以共同开发、研究、促进与繁荣民国诗词学研究这一广袤领域。本丛书的完成过程中，中华诗词研究院就曾给予多方面的支持与关照。又伴随着本丛书"民国诗词学文献珍本整理与研究"的有序展开，笔者在杨海明、莫砺锋、钟振振等教授的指导下，还成功获得了国家社科基金重大项目"民国词集编年叙录与提要"，本丛书中有不少内容即是与此重大项目相关的研究成果。关于民国诗词学的研究亟待加强与深入，并不仅仅限于本丛书的意旨与范围上。如目前我们正在从事的国家社科基金项目"民国词史"以及正在整理出版的"全民国词第一辑""全民国词话""全民国诗话"等，也可视为与本丛书配套的从多角度整理与研究民国诗词学的学术课题。相信本丛书出版后，国家与学界会出现"民国诗词学文献珍本整理与研究"的续编、三编等。相信国家未来进行"民国史"重大工程时，也会加强、加大资助力度以开发民国各种文学、文化文献或史料，也会继之出现对其他旧体文学作品、学术、批评等多方面的论著或丛书。相信民国学术史的"热潮"会越来越高涨。

第　八　章

民国时期的宋词选本考论

　　民国时期是中国词学发生重大变革的重要阶段。这一时期出现了各种各样的"新"的词学方式。如词史编撰、词学课堂教学、词刊、词学期刊等，也出现了不少"新"的词学观念，如白话文学观、平民文学观、"境界"论、"意境"论等。伴随着这些"新"气象，此期传统的批评形式也被注入了"新"的元素。如"词选"这一方式，在民国时期就在继承中又有"新变"。据统计，仅在民国时期出现的各种宋词选本就达 200 多部。对这些"新变"现象，笔者曾撰写过一系列的论文予以揭示。如《词史编撰与词学研究的"现代化"进程》《20 世纪词学研究的"现代化"特色》等①。这里再从"民国时期的宋词选本"这一角度来论述民国词学、"民国词史"的"新变"，以期既有益于宋词研究，也有益于民国词史的研究，同时更有利于词选学、词选史的构建。下面将在补辑民国时期宋词选本目录的基础上，对其选型、特征以及意义进行详论。

一　民国宋词选本补辑

　　宋词选本，指专门选录宋词作品的选本或在编选的词选中录有宋词作

---

　　①　分别刊在黄霖主编、曹辛华著：《20 世纪文学研究》词学卷，东方出版中心 2006 年版。

品的选本。① 民国时期的宋词选本主要包括民国时期选编评注的宋词选本与民国时期翻刻刊印发行的前代（自宋而清）宋词选本。关于民国时期的宋词选本具体的情形，林玫仪主编的《词学论著总目（1900—1992年）》②，马兴荣、吴熊和、曹济平等主编的《中国词学大辞典》③ 中"20世纪词学研究书目"，以及王兆鹏、刘尊明主编的《宋词大辞典》④所附"20世纪宋词研究主要书目"等，均曾予以著录。然由于这些辞典本意不在专门搜求民国时期的宋词选本书目，故三家所收统计起来，仅有59种。然据笔者访查搜辑所补至今已达120余种。为方便论述，兹附目录如下。

（一）三家所收宋词选本目录

1.《艺蘅馆词选》，梁令娴辑，（清）光绪三十四年（1908）排印本，上海中华书局，1935年。

2.《湘绮楼词选三编》，王闿运编，湖南零陵刻本，1912年。

3.《周氏词辨》，（清）周济撰，上海扫叶山房石刻本，1912年。

4.《历代名媛词选》，吴灏编，上海吴氏木石居石印本，1913年。

5.《女子绝妙好词选》，（清）周铭编，上海中华图书馆，1915年。

6.《笠泽词征》，陈去病编，陈氏自印本，1915年；柳去疾排印本，1921年。

7.《考证白香词谱》，陈栩、陈小蝶著，春草轩石印本，1918年；上海大中书局，1933年；上海新村书店，1932年；重庆上海书店，1948年。

8.《历朝名人词选》，（清）夏秉衡编，上海扫叶山房，1919年。

---

① 萧鹏先生曾指出，"词选可以分为狭义和广义两种概念：狭义之词选，乃是编选者对若干词人的部分作品，按照一定的取舍标准进行有选择的辑录，并依据某种体例编排成帙。广义之词选，则是编选者对若干词人的作品部分地加以辑录，并依据某种体例编排成帙。……作为对词选历史的研究和词选的历史研究，我们当然应该采用广义的概念。"广义的词选可包地方词选、词坛唱和、辑佚钩沉、词社课卷以及"部分界于订谱和选词之间不纯为词谱的总集"等。（萧鹏：《群体的选择——唐宋人选词与词选通论》绪论，文津出版社1992年版，第4—5页）故本定义即依其意，并依此来判定宋词的各种选本。

② 林玫仪主编：《词学论著总目（1900—1992年）》，中央研究院文哲所筹备处1995年版。

③ 参见马兴荣、吴熊和、曹济平等主编：《中国词学大辞典》（浙江教育出版社1996年版）。

④ 王兆鹏等：《宋词大辞典》，凤凰出版社2003年版。

9. 《词学初桄》，吴莽汉编，上海朝记书局，1920 年铅印本。

10. 《十二楼艳体词选》，紫仙辑，民国九年（1920）铅印本。

11. 《古今词选》，（清）沈时栋编，上海扫叶山房，1921 年。

12. 《绝妙好词笺》，（宋）周密编，（清）查为仁、厉鹗笺，上海启新书局，1923 年。

13. 《正续词选》，张惠言、董子远编选，上海扫叶山房，1926 年。

14. 《历代闺秀词集释》，徐珂编，上海商务印书馆，1926 年。

15. 《历代女子白话词选》，张友鹤编，上海文明书局，1926 年。

16. 《词选》，胡适编，上海商务印书馆，1927 年。

17. 《苏辛词》，叶绍钧选注，"学生国学丛书"本，上海商务印书馆，1927 年；"万有文库"本，1929 年。

18. 《女性词选》，胡云翼编，上海亚细亚书局，1928 年；上海力文出版社，1946 年。

19. 《抒情词选》，胡云翼编，上海亚细亚书局，1928 年。

20. 《周姜词》，叶绍钧选注，"学生国学丛书"本，上海商务印书馆，1929 年；"万有文库"本，1930 年。

21. 《闽词征》，林葆恒编，忍盦刻本，1930 年。

22. 《词絜》①，刘麟生编，上海世界书局，1930 年版。

23. 《词选评注》，（清）张惠言辑，范午纂注，成都排印本，1931 年。

24. 《清真词选笺释》，杨铁夫笺释，广州登云阁铅印本，1932 年；"万有文库"本，1932 年。

25. 《梦窗词选笺释》，杨铁夫笺释，医学书局铅印本，1932 年。

26. 《宋词十九首》（又名《宋词赏心录》），端木埰撰，上海开明书店，1933 年。

27. 《花草粹编》，（明）陈耀文编，国学图书馆，1933 年。

28. 《改正梦窗词选笺释》，杨铁夫笺释，排印本，1933 年。

29. 《词比》，陈锐撰，蓝格稿本，作者自序署时清宣统三年（1911），

---

① 收唐至宋词 369 首，词后附注解，间或有纪事、评语及考证。另于词人小传附录《简明词学书目》。

后连载于 1933 年创办的《词学季刊》上。

30.《词式》，林大椿编，上海商务印书馆，1933 年。

31.《宋名家词选》，胡云翼编，"国学小丛书"本，上海文力出版社，1933 年。

32.《李清照词》，胡云翼编，"国学小丛书"本，上海文力出版社，1933 年。

33.《辛弃疾词》，胡云翼编，"国学小丛书"本，上海文力出版社，1933 年。

34.《清真词释》，俞平伯著，上海开明书店，1934 年。

35.《词选笺注》，（清）张惠言辑，姜亮夫笺注，上海北新书局，1934 年。

36.《读词偶得》，俞平伯著，上海开明书店初版，1934 年。

37.《唐五代两宋词概》，姜方锬编著，四川泸县文源印刷厂，1934 年。

38.《唐宋名家词选》，龙榆生编，上海开明书店，1934 年。

39.《唐宋词选笺》，曲滢生选笺，北平清华园我辈语社，1935 年。

40.《历代女子词选》，李辉群选，中华书局，1935 年。

41.《注释白话词选》，张友鹤、关廉铭编，中华书局，1936 年。

42.《词范》，杨易霖编，上海开明书店，1936 年。

43.《唐宋元明酒词》，（明）周履靖编，上海商务印书馆，丛书集成初编本，1936 年。

44.《词选续词选校读》，李次九校读，作者自印本，1936 年。

45.《词释》，朱孝移注，上海商务印书馆，1937 年。

46.《唐五代宋词选》，龙沐勋选注，上海商务印书馆，1937 年。

47.《故事词选》，胡云翼编，上海中华书局，1937 年。

48.《词选评注》，（清）张惠言辑、曹振勋纂注，北平君中书社，1937 年。

49.《续词选评注》，（清）董毅辑、曹振勋纂注，北平君中书社，1937 年。

50.《旧月簃词选》，陈曾寿编，满洲图书株式会社，1938 年。

51.《唐宋词选》，胡云翼编，上海中华书局，1940 年。

52.《唐宋词选》，胡云翼编，上海中华书局，1940 年。

53.《民族词选注》，赵景深选注，"学生国学丛书"本，商务印书馆 1940 年。

54.《词选》，中田勇次郎编，东京弘文堂，1942 年。

55.《唐宋词选集评》，余骞编，福建青年出版社，1945 年。

56.《唐宋词选》，孙人和笺注，辅仁、中大联合出版，1946 年。

57.《风雅集（填词选释）》，目加田诚编，东京惇信堂，1947 年。

58.《宋词三百首笺》，朱祖谋编，唐圭璋笺，上海神州国光社，1933 年。

59.《宋词举》，陈匪石编著，南京正中书局初版，1947 年。

（二）宋词选本补辑目录

知其各出版项者[①]（**135 种**）

1.《宋词三百首》，朱祖谋编，1924 年（署名"上彊村民"、安吉吴昌硕篆端）刻本。有小本、大本两种。1944 年又有成都薛氏崇礼堂刊本等。

2.《中国历代女子词选》（欣赏丛书），云屏著，上海大光书局，1935 年。

3.《周美成词选》，饶谷亦选，上海乐华图书公司，1934 年。

4.《女作家词选》（女作家小丛书第一辑），孙佩苣选，广益书局，1932 年。

5.《民族文选·词选》[②]，江苏省立镇江中学国文科编，1933 年。

6.《唐宋词录最》，夏承焘选，蓝江注，上海华夏图书出版公司，1948 年。

7.《词略》，卢前选评，中国联合出版公司，1944 年。

8.《词选》，胡云翼选，上海亚细亚书局，1932 年。

9.《词选》，胡云翼选，上海北新书局，1934 年。

10.《作法集评唐宋名家词选》，蔡嵩云选，抄本，1948 年，藏南京图

[①] 包括民国时所选宋词选本与重刊前代的宋词选本两大部分。
[②] 据《词学季刊》（1933 年）第一卷第 2 号扉页书籍广告。

书馆。

11.《词品甲》，欧阳渐选，支那内学院，1933 年。

12.《词品乙》，欧阳渐选，支那内学院，1942 年。

13.《五百家名媛词选》（16 卷），吴灏选，石印本，1927 年。

14.《花庵词选》，影宋写本，蟫隐庐，1922 年。

15.《唐宋词选》，孙人和选，铅印本，国立北平师范大学，1946 年。

16.《宋词选注》，孙人和选注，辅仁大学，铅印本，1934 年。

17.《词选》，孙人和辑，铅印本，民国间。

18.《宋词选》，孙人和编，铅印本，国立北平师范大学，民国间。

19.《词选》，顾震福编选，北京女子高等师范学校，民国间。

20.《词选》①，施瑛编，上海启明书局，1948 年。

21.《分类写实恋爱词选》，刘季子选，上海南京书店，1933 年。

22.《绛云楼历代女子词选》，（明）柳如是编，上海大通图书社，1936 年。

23.《名家词选笺释》，韩天锡选，大华书局，1935 年。

24.《特种国文选：诗词曲》，孙俍工编，南京中央陆军军官学校，1936 年。

25.《乐章习诵》②，卢前选录，重庆文风书局，1945 年。

26.《辛弃疾的词》，胡云翼著，分"稼轩词选"等三部分。上海亚细亚书局，1930 年。

27.《风流艳集》③（第 2 集），李警众编，上海泰东图书局，1917 年。

28.《艳词一束》，萍君选，上海北新书局，1933 年。

29.《诗词精选》，维恒编注，上海乐华图书公司，1935 年。

30.《岁时景物日咏大全》，徐珂编纂，上海商务印书馆，1924 年。

31.《唐五代两宋词选释》④，俞陛云选释，上海古籍出版社，1985 年版。

32.《唐五代两宋词选释简析》，刘永济选析，本为武汉大学讲义，由上

---

① 收唐至宋金词人 101 家，词 605 首。有作者略传和简单注释。卷首有小引，略论中国词的发展。
② 收先秦至清的乐府、诗词、散曲、民歌等共 397 首。
③ 内分六卷，选辑古今涉及风流艳事的诗、词、曲，并叙述介绍。
④ "宋词选释"分载于龙榆生主编的《同声月刊》第二卷 1—11 号、第三卷 1—11 号卷上。

海古籍出版社，1981 年。

33.《唐宋词选》，汪东，中央大学文学院讲义，1927 年。①

34.《宋词钞》，王官寿选，铅印本，1922 年，藏南京师大图书馆。

35.《宋词面目》，冯都良选注，况又韩绘图，上海珠林书店，1939 年。

36.《两宋词人小传》②，季灏编著，民治出版社，1947 年。

37.《唐宋词选·三编》（1 册），铅印本，书名据卷端及版心所题，民国间。

38.《宋词选注》（学生国学丛书），吴遁生选注，上海商务印书馆，1935 年。

39.《中华词选》，孙俍工、孙怒潮编，上海中华书局，1933 年。

40.《历代白话词选》，凌善清选，上海大东书局，1924 年。

41.《唐诗宋词选》，徐声越编注，叶楚伧主编"国学精选丛书"之一，1936 年。

42.《绝妙词钞》，李宝琛选，上海黎明书局，1933 年。

43.《模范作词读本》，施伯谟著，上海三民图书公司，1935 年。

44.《词准》，胡山源编，上海世界书局，1937 年。

45.《中国历代文学类选·词选》（选词 130 篇），周侯于选，上海世界书局，1930 年。

46.《中国文学源流》③，胡毓寰选辑，上海商务印书馆，1924 年。

47.《宋词系》④，夏承焘选，1939 年。见《夏承焘全集》第 3 册第 479 页，浙江古籍出版社、浙江教育出版社，1997 年。

48.《石芝西堪宋十二家词选》⑤，民国初。

49.《滴珠楼词学》（于右任题签，评论后选录百调小令），贾维汉选著，兰州俊华印书馆，1943 年。

---

① 汪东：《梦秋词》（齐鲁书社 1984 年版）附有《唐宋词选·识语》，据唐圭璋先生跋语知此选作于 1927 年。

② 内收约二百家两宋词人的小传，并各附词作一两首。

③ 中有著名诗词约 200 首，按文学史体例编排。

④ 原名《宋词微》，又名《宋词事系》，参见夏承焘《宋词系·前记》，《夏承焘全集》第 3 册，浙江古籍出版社、浙江教育出版社 1997 年版，第 479 页。

⑤ 为四明张寿镛约园刻《郑文焯撰梦窗词校例》所附词籍二种之一（另一为《温飞卿词集考》）。

50.《词选及其作法》，许之衡选注，北京大学出版社印，1925 年版。

51.《词林佳话》，陈登元辑注，南京书店，1931 年。

52.《销魂词选》，范烟桥选评，上海中央书店，1935 年。

53.《韦斋活叶词选》，易孺选，活页本，民智书局，1933 年。

54.《词选》①，傅惜华编，铅印本，北京大学文学院，1912—1949 年。

55.《词选》，国文科讲义，选者待考，藏上海图书馆。

56.《抗战文鉴类纂》，其中收诗词 52 首，黄源澄编，藏南京图书馆。

57.《国难文学》，吴贯因选，东北问题研究会。王卓然序，收诗词等100 余篇。

58.《通俗文类钞》（录各代白话的诗、词、文），新文学社编，上海中华书局，1920 年。

59.《满江红爱国词百首》（学生国学丛书），李宗邺编，长沙商务印书馆，1938 年。

60.《女性词话》，谭正璧著，上海中央书店，1934 年。

61.《诗词治要》，张文治著，上海文明书局，1930 年。②

62.《绿窗艳课》，周瘦鹃选辑，上海大东书局，1928 年。分上下两卷，上卷为诗，下卷收词 270 首。

63.《散天花馆词选》，张元群编，石印本，莒县新华石印局，1929 年。

64.《宋词绪》，冯平，书成于民国，后由台湾太平书局 1965 年出版。

65.《诗词精选》，苏渊雷著，上海世界书局，1934 年。

66.《诗词杂话》二卷，冯心甫编著，上海新纪元出版社，1947 年。

67.《大学文选》，傅东华编，上海商务印书馆，1947 年。

68.《词学通论》，汪东著，齐鲁书社刊《梦秋词》附，1985 年。

69.《词学捷径》，邹弢著，中华书局，1917 年。

70.《读词偶得》（修订本）③，俞平伯著，开明书店，1947 年。

71.《闺秀百家词选》，徐乃昌选，上海扫叶山房石印本，1915 年。

---

①　与《唐宋诗选》《花间集》《中国戏曲史》《南北曲选》等合编。

②　分 3 卷，卷 2 为词，收名作 160 首，附李清照词 16 首。

③　修订版第一部分删去评释周邦彦的词 7 首，改收评释史邦卿的词 4 首；第二部分删去周邦彦的词 1 首，卷首增加《诗余闲评》一文。

72.《二晏词》，夏敬观编，上海商务印书馆，1931 年。

73.《二晏词》，何铭校点，新文化书社，1934 年。

74.《二晏词》，巴龙编，上海启智书局，1933 年。

75.《秦黄词》，巴龙编，上海启智书局，1934 年。

76.《秦黄词》，何铭校点，新文化书社，1934 年。

77.《西湖诗词丛话》，（清）厉鹗著，杭州六艺书局，1929 年。

78.《绝妙好词笺》，周密著，陈伯陶标点，上海大达图书供应社，1934 年。

79.《绝妙好词笺》，周密著，上海启智书局，1935 年。

80.《绝妙好词笺》，周密著，许天啸校点，上海群学社，1935 年。

81.《花间集·绝妙好词笺》，上海世界书局，1935 年。

82.《绝妙好词》（新式标点），周密著，上海新文化书社，1933 年。

83.《白香词谱》（新式标点详注），舒梦兰著，叶玉麟标点，上海大达图书供应社，1934 年。

84.《详注白香词谱》（新式标点），舒梦兰著，谢韦庵笺注，陈益标点，上海扫叶山房书局，1928 年。

85.《白香词谱》，舒梦兰著，谢曼考正，上海大达图书供应社，1934 年。

86.《考正白香词谱》，舒梦兰著，谢曼考正，上海新村书店，1932 年。

87.《考正白香词谱》，舒梦兰著，寒梅居士句读，冰心主人校，上海大中书局，1933 年。

88.《白香词谱》，舒梦兰著，叶玉麟标点，朱太忙校，上海广益书局，1936 年。

89.《考正白香词谱》，范光明标点，吴纪光校，上海燕山外史书店，1933 年。

90.《考正白香词谱》，舒梦兰著，陈栩、陈小蝶考正，上海大中书局，1933 年。

91.《考正白香词谱》，舒梦兰著，重庆上海书店，1948 年。

92.《考释作法白香词谱》，韩楚原编，上海世界书局，1947 年。

93.《白香词谱》，舒梦兰著，朱太忙校，上海中华书局，四部备要铅印本，1936 年。

94.《唐诗三百首·白香词谱》，上海国学整理社，1938 年。

95.《正续词选》（新式标点），（清）张惠言、董毅选，寒梅居士标点，上海大中书局，1933 年。

96.《正续词选》，（清）张惠言、董毅选，上海启智书局，1934 年。

97.《正续词选》，（清）张惠言、董毅选，朱太忙校，上海大达图书供应社，1935 年。

98.《续词选笺注》，（清）董毅选录，姜亮夫笺注，1934 年。

99.《正续词选》（新式标点），（清）张惠言、董毅选，袁韬壶笺，上海扫叶山房，1926 年。

100.《词林纪事》，（清）张思岩选，上海杂志公司，1936 年。

101.《词学入门·填词百日通》，金偶庵，上海中西书局，1934 年。

102.《填词门径》，顾佛影著，平襟亚校，上海中央书店，1933 年。

103.《填词百法》，顾佛影著，上海中原书局，1925 年。

104.《填词百日通》，顾佛影著，上海大通图书社，1933 年。

105.《学词百法》，刘坡公（铁冷）著，上海世界书局，1928 年。

106.《诗词入门》，谭正璧著，上海中华书局，1938 年。

107.《最浅学词法》，傅汝楫著，上海大东书局，1934 年。

108.《诗词学》，徐谦著，上海商务印书馆，1926 年。

109.《女子绝妙词选》，（《林下词选》）（清）周铭编，上海中华图书馆石印本。

110.《词学》，梁启勋著，北京市中国书店，1985 年。

111.《词综》，（清）朱彝尊编，上海国学整理社，1936 年。

112.《词苑丛谈》，（清）徐釚编，佚名整理，藏南京图书馆。

113.《长兴词存》，王季欢与其夫人温匋辑，1924 年。

114.《松陵绝妙词选》，（清）周铭编，薛氏邃汉斋铅印本，1926 年。

115.《梅苑》十卷、校勘记一卷，圣泽楼刻朱印本，1919 年。

116.《词选·前编》，王闿运，刻本，1917 年。

117.《清绮轩词选》（6 册），（清）夏秉衡辑，刻本，苏州振新书社，民国间重印。

118.《蓼园词选》，（清）黄苏选，上海聚珍仿宋书局，1920 年，惜阴堂铅印本。

119.《阳春白雪》，（宋）赵闻礼选，商务印书馆，1940 年。

120.《宋四家词选》，（清）周济辑，商务印书馆，1940 年。

121.《乐府雅词》，（宋）曾慥编，商务印书馆，1939 年。

122.《宋六十名家词》（第 1 集）（国学珍本丛书之三），薛恨生校阅，上海国学研究社，1935 年。

123.《宋六十名家词》，（明）毛子晋编，施蛰存校点，上海杂志公司，1935 年。

124.《影印宋朝词籍五种》①，上海商务印书馆，1919 年。

125.《绝妙好词笺》（新式标点），（宋）周密辑，（清）查为仁、厉鹗笺；陈伯陶标点；朱太忙校，上海大达图书供应社，1936 年。

126.《绝妙好词笺》,（宋）周密辑，（清）查为仁、厉鹗笺，（清）余集辑续钞，（清）徐枡辑补录，四部备要铅印本，上海中华书局，民国间。

127.《绝妙词选》，黄升撰辑，武进陶湘涉园刻本，1918—1924 年。

128.《宋二十家集》，（清）李之鼎辑，宣秋馆刻本，1916 年。

129.《景刊宋金元明本词四十种》，武进陶湘续刊景宋金元明本词。

130.《词选》，（清）张惠言辑，四部备要铅印本，上海中华书局，民国间。

131.《文苑导游录》（1—10 册），常觉、陈小蝶等栩园同舍生选，收陈蝶仙的诗词讲解，栩园编译社，1921 年。

132.《填词法》②，陈蝶仙著，《文艺丛编》，栩园编译社，1921 年。

133.《松陵绝妙词选》，（清）周铭编，薛氏邃氏汉斋，1926 年。

134.《梁溪词选》，侯晰编，云轮阁钞本，民国时。

135.《女子绝妙好词》，（清）周铭编，石印本（线装），上海中华图书

---

① 书名为笔者代拟。上海商务印书馆民国八年（1919 年）影印词籍若干，存 323 种，其中词选类者五种：《乐府雅词》（三卷拾遗二卷，据抄本影印）、《唐宋诸贤绝妙词选》（十卷，据明翻宋本影印）、《中兴以来绝妙词选》（十卷，据明翻宋本影印）、《增修笺注妙选群英草堂诗余》（二卷，据明本影印）。

② 陈蝶仙：《文艺丛编》，栩园编译社民国十年（1921 年）。又连载于民国十年阳历 5 月、7 月、9 月、11 月栩园编译社所刊《栩园杂志》第一至四册《栩园酬应集》上。

馆，1915 年。

136.《评注词比》，秦选之选评，稿本，民国三十四年（1945）。

未知其各出版项等信息者（27 种）

1.《笠泽词征》，陈去病编，1915 年编。

2.《词律补正》，夏敬观，稿本，藏南京图书馆。

3.《评注词比》，不分卷，秦选之编，稿本。

4.《词林拾遗》，陈渊著，养吾斋丛书本活字印，民国间。

5.《诗词选析》，油印本，民国间。

6.《三近居词选初稿》，任卓选，稿本。

7.《临桂楼词抄》（又名《词学备体》《异撰居词学备体》），外史沈昌元际唐以调选词。

8.《两宋专家词》（2 册），油印本，民国间。

9.《宋元词类钞》，陈虑尊。

10.《此雅居宋词选》，杨芬①。

11.《诗余选》②，吴梅，现藏上海图书馆。

12.《词选》，吴梅，1922 年至 1928 年任教东南大学时词的讲义。

13.《山中白雪词选》，③ 吕碧城著，梦天雨华丛书之一。

14.《十大家词》，高旭选，1909 年④。

15.《词林史》（《词事备查》），常熟庞鸣仪凤来编。

16.《花庵绝妙词选笔记》，刘毓盘，云轮阁抄本，民国间稿本。

17.《松陵词征》，陈去病。

18.《增补闽词征》，陈守治。

19.《笠泽词征补编》，顾悼秋。

20.《蜀十五家词钞》，邵瑞彭。

---

① 杨芬，字诚村，松桃人。官至湖南提督，封二等果勇侯，加太子太傅。谥勤勇。见徐世昌编选《晚晴簃诗汇》卷122。

② 王卫民等人所著：《吴梅全集》目录中不见，该书各页骑缝中有"中国文学·词选"字样，扉页注明"文本三年级"，有何立善序。

③ 与《劝发菩提心文》《观音菩萨灵签》合编，藏上海图书馆。

④ 收李煜、苏轼、秦观、周邦彦、辛弃疾、姜夔、张炎、刘基、王夫之、龚自珍等人作品。每家题六言绝句一首。

21.《宋词简评》，郑之蕃。

22.《南浔词征》，周子美代其叔父周庆云编撰二卷。

23.《词律补体》，朱梁任。

24.《中国文学史·词选》，黄人。

25.《学生词林》，① 朱翊新。

26.《蜀十五家词校录》，吴虞。

27.《粤东词钞》，潘飞声。

以上所列为笔者目力所见的民国时期的各种宋词选本，除三家所录者，笔者又辑得163种。其中纯粹的宋词选本占三分之一强，其余为历代词选、类别词选与地域词选等。其中有不少是未经今人寓目者。如吴梅所选《词选》与《诗余选》、夏承焘先生所选《唐宋词录最》等都是研究者所遗漏的，具有较强的文献价值。

二　民国宋词选本的选型

民国时期如此多的宋词选本，虽然都以"选"为名，但各种选本的实质却不尽相同。也就是说，其"选型"各异。所谓"选型"即词选不同的类型。萧鹏曾指出："选词目的不同，编撰体制各异。故词选有不同之类型。"② 同样，民国宋词选本也是由于目的、形态、体例、选家等方面的原因，形成了各种"选型"。为了更明白地了解民国宋词选本的面貌，有必要逐一对其"选型"予以描述。

首先，民国时期的宋词选本，若是从词选外部特征包括形体、语言、选词对象、选词范围等来分，则出现各类"选型"。

其一，按形体来分，此期宋词选本可分为"独立"型与"包孕"型两类。"独立"型即专以宋词为选者。此种又可分为三类：一是"广选"型，即选源来自多数宋人词集者；一是"合选"型即宋代两家或几家的合在一起的选本，如叶绍钧的《苏辛词》《周姜词》等即是；一是"单选"型，

---

① 据《南社人物传》，社会科学文献出版社2002年版，第114页。

② 萧鹏：《群体的选择——唐宋选词与词选通论》，台湾文津出版社1992年版，第4页。

即宋代单个词人词作选本①。如杨铁夫选释周邦彦、吴文英词，胡云翼所编"词学小丛书"中有《李清照词》《辛弃疾词》两种词选。"包孕"型则是指被包含在各种通代选本类别的词选。"包孕"型约有三类：包孕在历代或跨代词选中者，如龙榆生《唐宋名家词选》、汪东《唐宋词选》、孙俍工《中华词选》、凌善清《历代白话词选》等；包孕在类别词选中者，如周瘦鹃《情词》、王君刚《离别词选》、张友鹤《历代女子白话词选》等；包孕在地域词选中者，如陈去病《笠泽词征》、林葆恒《闽词征》等，以词选表一地词史，自然包含此地宋代词人之作。它们虽不专为宋词而选，但"宋词"也是其中主要组成部分。"包孕"型宋词选本之多，不亚于"独立"型。

其二，由选本的撰述、说明、解释语言来划分有"文言"型与"白话"型两种。这是由于"白话文运动"带来的新现象。民国时期"文言"型宋词选本又可分为"传统"型与"新变"型。"文言"型宋词选本，基本上是由传统文人所选。因此此型选本所用语言"学者腔"较浓，"学术气"重，是"学院"式的。"新变"型，相对来说，撰述语言虽有"文言"但颇近"白话"。特别是到了30年代以后，用浅显易懂的文言来注解词选的情形就成了趋势与惯常。如龙榆生《唐五代宋词选》即以"准白话"出之。而"白话"型宋词选本，基本上由胡适、胡云翼等新文学家，或拥护新文学运动者选编。这些选本的语言大都明白浅近，甚至"口语"化。像胡适《词选》，不仅选"白话"词，其撰述语言也是"白话"式的；胡云翼的各种词选撰述语言更是"大白话"。其他像凌善清有《历代白话词选》，张友鹤有《白话词选》《历代白话女子词选》《注释白话词选》等则径以"白话"为名。须指出的是最早编选、出版的"白话"型宋词选并不是胡适之作，而是1923年凌善清之选。由凌氏之选序言知，该书于"民国十二年（1923），夏五月出版"②。又张友鹤编选的《白话词选》虽出版于1925年，

----

① 萧鹏先生认为词选应包括选人和选词两方面，在论述时称单选型选本因无选人一项故不把此种算在内（《群体的选择——唐宋选词与词选通论》，台湾文津出版社1992年版，第19页注释）。本文则以为仍是词选，只不过是个人词选罢了。

② 凌善清：《历代白话词选》，上海大东书局1923年版。

但从序言所署时间来看，也早在 1924 年就已选定①。另外，从标点的"新"与"旧"又可见，"文言"型与"白话"型的不同。

其三，按所选对象来分，民国时期的宋词选本又可归为"混合"型、"性别"型、"类别"型、"地域"型等。"混合"型，属于常态，即不从词人身份、词作类别、词人占籍等角度来选词。此型占大多数。"性别"型，主要指选词以妇女或女子词作的选本。如徐乃昌《闺秀百家词选》、吴灏《五百家名媛词选》、范烟桥《销魂词选》②、李辉群《历代女子词选》、胡云翼《女性词选》、徐珂《历代闺秀词集评》等均是。"类别"型，是指民国时期出现的一大批分类式宋词选本。如紫仙所辑《十二楼艳体词选》、周瘦鹃《情词》、刘季子《分类写实恋爱词选》、胡云翼《抒情词选》等是以"情"分者；而赵景深《民族词选》专选表现民族爱国故事性的词人词作，胡云翼《故事词选》则选取有故事或故事性的词人词作，王君纲《离别词选》则专收离别词作。"地域"型，专指选录一地词作的词选。由于这种词选有存人存词的目的，故它们几乎都是"包孕"式宋词选本。如林葆恒的《闽词征》、侯晰《梁溪词选》等即是。

其次，从选词的目的、功能来分民国时期的宋词选本基本上又可分为"开宗"型、"门径"型、"讲义"型、"读物"型、"研究"型、"翻刻"型等六类。

"开宗"型，主要指编选目的为开宗立派的宋词选本。这种"开宗"，既有尊体之意，也有立派的功能。民国时期属于此种类型者，如朱祖谋的《宋词三百首》，此选成于 1924 年，选宋词人 80 余家，词作近 300 首。朱氏为"晚清四大家"之一、后"常州词派"或"临桂词派"的代表人物，"平生所诣，接步梦窗"③。对此选，况周颐曾指出："近世以小慧侧艳为词，致斯道为之不尊，往往涂抹半生，未窥宋贤门径，何论堂奥！"他认为朱氏此选，"大要求之体格、神致，以浑成为主旨。为浑成未遽诣极者，能循涂守辙于三百首之中，必能取精用闳于三百首之外"，乃"为来学周行之示"，

---

① 张友鹤：《白话词选》，上海文明书局 1925 年版。
② 范烟桥：《销魂词选》，上海中央书店 1935 年版。
③ 吴梅：《唐圭璋〈宋词三百首笺注〉序》，上海古籍出版社 1996 年版。

为"端其始基"之选①。可见朱氏是选的确有明宗立派之意。后来，龙榆生于 1934 年编选的《唐宋名词选家》意图虽不在明宗立派却也多少受《宋词三百首》的影响，如他选典雅派吴文英词达 38 首，居众家之首，即有此嫌。而唐圭璋先生不仅笺注《宋词三百首》，又于其《唐宋词简释》② 中论词当重"雅、婉、厚、亮"四者，分明是对清末"常州词派"之"拙、重、大"宗旨的再推衍。卢前刊印清末端木埰的《宋词十九首》（又名《宋词赏心录》），也是属"开宗"型。此选虽然早在清末已出现，但是未推行，只是在王鹏运处珍藏。虽然对王氏的词学创作与主张有重大影响③，可是直到1933 年，才由卢前从王氏姻亲处购得，经由夏丏尊付梓。当时的词家如王瀣、吴梅、陈匪石、邵瑞彭等均有题跋评论。此选原名《宋词赏心录》，卢前改以现名既有指是选所录词为"词家鼻祖、典范"之意，又有明派之目的。由众人跋语及其行为可知，当时民国词坛上当有"金陵词派"，其宗法榜样为《宋词十九首》④。特别要强调的是，胡适《词选》也属"开宗"型，只不过其旨不在"填词"，而在宣扬标榜"白话文学"观念。当然，由于民国时期的文学观念、思潮大异于前代（如新旧文学的变更与对抗等），"开宗"型的宋词选本并不算多。

"门径"型宋词选本，虽与"开宗"型有一定的联系（如"开宗"型的目的虽也是在示人学词由入门径，但主要在立派），但其功能主要在教初学者练习填词。民国时期属于此型的宋词选本，有陈蝶仙的《填词法》⑤，刘铁冷的《学词百法》⑥，顾宪融（佛影）的《填词百日通》《填词门径》⑦等。这些词选虽以"门径"为目的，重在讲填词方法，其实是以"法"统词的词选。如刘铁冷《学词百法》虽然从音韵、字句、规则、源流、派别、

---

① 况周颐：《朱祖谋〈宋词三百首〉》序，上海古籍出版社 1996 年版。
② 唐圭璋的《唐宋词简释》原为唐圭璋在中央大学任教时讲义，至晚年才出版。承曹济平、王锡九先生见告该著出版甚晚的缘由：本选集为油印本，上下两册，其中下册为唐圭璋所教高中学生借去。初唐圭璋不以为意。至 20 世纪 70 年代，曹先生遍访唐圭璋的学生，终于觅得。上海古籍出版社遂迅速付梓。
③ 见唐圭璋：《端木子畴与近代词坛》，《词学论丛》，上海古籍出版社 1986 年版，第 629 页。
④ 关于此点，笔者已另著《论〈宋词十九首〉及其在民国词史上的意义》一文。
⑤ 连载于《栩园杂志》1921 年第 1 至第 4 册《栩园酬应集》。
⑥ 刘铁冷：《学词百法》，上海中原书局 1934 年版。
⑦ 分别有上海中原书局 1925 年版、上海中央书店 1936 年版。

格调等方面指明了学词、作词的具体方法，但每法却多举宋词为例，如简略词谱，名为"百法"，不如说是"以调析词"的词选。除此之外，像吴莽汉《词学初桄》、杨易霖《词范》、林大椿《词式》等虽是词谱，但应属"词谱式"门径型选本。如林氏之选，收调840个，凡924体，多以宋词为谱，目的即在供学生应用。当然，此型多属"包孕"式的宋词选本。

"讲义"型词选，主要用于教学。这是民国时期出现的新型宋词选本。如吴梅曾编有两部《词选》均属此型。一为1922年至1928年任教东南大学词的讲义，选收唐宋金元词人凡28家。其中宋代词人13家。[①] 一名《诗余选》[②]，是一部历代词选，其中选宋词人29家158首。二选均为大学生学词所用教材。如果说吴氏之选尚少解说部分且属"包孕"式的，则汪东《唐宋词选》、陈匪石《宋词举》、唐圭璋先生《唐宋词简释》等则是带有解说，纯以宋词为主的"讲义"型词选。

"读物"型，指民国时期为了普及词文学而选编的宋词选本。此型选本通常面向中学生、一般大众等，还多有以"词选"盈利的性质。属于此型者颇多。如胡云翼《抒情词选》站在"艺术"的立场上而选，目的"原是给太太小姐们在花前月下吟哦的"[③]；其《故事词选》是"初中国文分类选读"之一种，是作为"国文科最低限度应有的补充读物"；其主编的"词学小丛书"系列中《宋名家词选》《女性词选》以及宋词人李清照、辛弃疾等个人词选，亦是"读物"，希望能激发人们的兴趣。再如龙榆生《唐五代宋词选》是为王云五主编的《中学国文补充读本》而作，周瘦鹃的《情词》是为"伴侣丛书"而选编。其他像凌善清《历代白话词选》、孙佩苢《女作家词选》、易孺《韦斋活叶词选》、赵景深《民族词选注》、陈登元《词林佳话》等均采用不同的编选方式来选宋词供人阅读的。

"研究"型，主要是指出现的主要目的不在"开宗""门径""读物"等类型的功能，而是为发表词学研究见解的宋词选本。民国时期出现的由词

---

① 具体情形可参见黄霖主编、曹辛华：《20世纪文学研究》词学卷（东方出版中心2006年版，第139页）关于吴梅的评论。

② 现藏上海图书馆，亦不见王卫民等人所编《吴梅全集》目录中，该书各页骑缝中有"中国文学·词选"字样，扉页注明"文本三年级"，有何立善序。

③ 胡云翼：《抒情词选》，上海文力出版社1928年版。

学专家笺注的宋词选本即属此型。如姜亮夫有《词选笺注》《续词笺注》是笺注张惠言等人《词选》之作，李次九则有《词选·续词选校读》。再如徐珂《历代词选集评》、唐圭璋的《宋词三百首笺》、施蛰存校点《宋六十家词》、杨铁夫《清真词选笺释》《梦窗词选笺释》等，均是词学文献整理的成果。而俞平伯《读词偶得》、季灏《两宋词人小传》① 则又属于研读宋词的"副产品"。至于那些被冠以"国学"之名者，如薛恨生校阅《宋六十名家词》为 1935 年国学研究社出版的"国学珍本丛书"之一，而叶绍钧选注《苏辛词》《周姜词》等则属于"学生国学丛书"，就更具研究性质了。

"翻刻"型，是指民国时期所翻刻、再版前代选编的宋词选本。此型选本也有不少。如明人周履清的《唐宋明清酒词》、陈耀文的《花草粹编》，清人周济的《词辨》、厉鹗的《〈绝妙好词〉笺》、沈时栋的《古今词选》、周济的《宋四家词选》，清末梁令娴的《艺蘅馆词选》等，于此期都有再版。这种"翻刻"型宋词选本，目的不一，或出于"复古"，或出于"普及"，或便人研究，当属广义的"研究"型词选。

第三，从词选的编排方式（内部构成）与撰述方式来划分，民国时期的宋词选本又表现为不同的选型。从编排方式来看，民国宋词选本可以分为"以词人系词"型、"以题材系词"型与"以谱调系词"型三大类。

"以词人系词"型是指编排按词人姓名为顺序的宋词选本。如龙榆生所编《唐宋名家词选》即以词人先后为序，选取 42 家词人。每家下选词若干，工以选词多少来表达对词人的态度。再如《宋词十九首》虽仅选 17 家，除苏轼、姜夔为二首外，其余每家一首，也是按词人年代先后编排的。须指出的是，此型还有一种选本虽按词人来系词，却不以年代先后为序。如陈匪石的《宋词举》即采用逆溯法为编排方式②，先南宋后北宋来编排词选。是选上卷"南宋六家"，下卷"北宋六家"，先列张炎、王沂孙，接以吴文英、姜夔、辛弃疾，然后周邦彦等北宋词人。此型主要是借词人入选与否以及入选者选词数量来表现选者的词史观念与审美趣味的。"以题材系

---

① 内收约二百家两宋词人的小传，并各附词作一两首。

② 逆溯法，乃陈匪石的一种大胆而有益的尝试。若追其因，陈氏既受清中叶周济《词辨》教人"问涂碧山，历梦窗、稼轩，以还清真之浑化"的学词之法等的影响，又受"近人讲历史"的方式影响。但在周济那里只是论见，并未将其运用于自己所编选《宋四家词选》上。

词"型，是指通过对宋人词作的题材分类来选词。如范烟桥《销魂词选》就按"怀人""咏物""感时""别绪""哀悼""投赠""题咏""闺怨""艳情""无题"等来选女子词。又如刘季子《历代分类写实恋爱词选》也是按"恋之献给""恋之憧憬""恋之彷徨"等 10 类来选有关恋爱的词。①此型选本实际上具有分类词选的性质。"以谱调系词"型是指按词谱、词调来选编的宋词选本。这些选本基本上属于"词谱"或"词律"范围，但由于所列范词几乎以唐宋词人词作为主，因此又可称为"词谱"型或"词调"型词选。宋代以调选词，本为"便歌"，民国时期的"词谱"型词选"以调选词"则无此目的，只是为归类的方便，目的在方便读词、学词。如周瘦鹃的《情词》即是以调排词，选取小令、慢词各调中言情之作。而林大椿《词式》、杨易霖《词范》、顾佛影《广增考正〈白香词谱〉》等均为"填词家必读之书"②，显然属于此型。

　　从撰写方式来划分，民国时期宋词选本又有"选抄"型、"笺注"型、"析论"型、"集评"型、"纪事"型、"评点"型六种。

　　"选抄"型，主要是指仅仅精选或抄录词作而不予以评点、注释、论析的宋词选本。如朱祖谋《宋词三百首》、张友鹤《白话词选》等即是只选不注、不评，后来才有笺注本。而吴梅《词选》《诗余选》、李宝琛《绝妙词钞》③ 等则以选抄为主，迄今无人注评。此型于民国以前颇多，民国时期虽也不少但比其他类型又相对"传统"了些。

　　"笺注"型，又可分为两类：一是对已有选本的笺注，称"注他"型；一是自选自注，称"注己"型。前者如此期出现的各种笺注宋人词选、清人词选（如张惠言《词选》、周济《宋四家词选》等）的著作，以及唐圭璋对朱祖谋《宋词三百首》的笺注等均是，此型具有词选整理与研究的意味。后者"注己"型宋词选本，大多是面向大众的读物。如胡适《词选》本已为侧重"白话"，但还是给出了简短注释。其他像吴遁生《宋词选注》、徐声越《唐诗宋词选》以及叶圣陶选注的《苏辛词》《周姜词》等均因阅读对象是学生才"自选自注"。

───────────────

① 刘季子：《历代分类写实恋爱词选》，上海南京书店 1933 年版。

② 顾佛影：《填词百法》扉页广告，上海中原书局 1925 年版。

③ 李宝琛：《绝妙词钞》，上海黎明书局 1933 年版。

"集评"型，是指选家在选词的同时又于各位词人及其词下汇集他人评语的宋词选本。如徐珂有《历代词选集评》《历代闺秀集评》均选词作有名人评语者"故曰集评"①。梁令娴《艺衡馆词选》、余骞《唐宋词选集评》、蔡嵩云《作法集评唐宋名家词选》②、曹振勋纂注《词选评注》《续词选评注》等也是"集评"众家的评或注。唐圭璋《唐宋词三百首笺》更是一部体例完备的"集评"与"注解"合一的专著。

"纪事"型，是指选词时以汇辑词人词作的本事、故实等为主的词选。较早以此命名的词选是张宗橚《词林纪事》。民国时期属此种选本者，如唐圭璋《宋词纪事》、陈登元《词林佳话》、胡云翼《故事词选》以及庞鸣仪《词事备查》③ 等等。这些均是以考述宋词作品本事或汇辑词坛掌故为中心的选本。

"评点"型，是指选家在选词的同时还对词作评点，由此形成的选本。如汪东有《唐宋词选》于所选各首各家词均有评点。④ 再如俞陛云《宋词选释》虽名为"释"实是评点，于每首词下常予以扼要评语。⑤ 其他像姜亮夫所笺注的《词选》与《续词选》等均有"词评"。

"析论"型，是民国时期出现的集赏析与评论为一体的新型宋词选本。它比"评点"型更为详尽，篇幅也比较长。如俞平伯《读词偶得》与《清真词释》等均是选取词作进行赏析、论述，篇幅少则百言，多则逾千言。陈匪石《宋词举》也是如此。另外，像梁启勋的《词学》、汪东《词学通论》等虽是论著，但他们在论述中，尤其是归纳词体艺术时，常罗列大量典型宋词词作加以佐证，此种著作也可归为"析论"型词选。当然，按以上撰述体例归纳的六种"选型"，有时候常常是两种与两种以上的选型综合在一起，形成"综合"型。如唐圭璋、陈匪石等选本即是如此。因此，这六种"选型"的划分只能是相对而言。

以上我们对民国时期的宋词选本进行了"选型"归纳，由于标准不同，

---

① 徐珂：《历代闺秀词选》序，上海商务印书馆 1926 年版。
② 蔡嵩云：《作法集评唐宋名家词选》，1948 年藏南京图书馆抄本。
③ 庞鸣仪：《词事备查》，又名《词林史》，藏上海图书馆。
④ 汪东：《梦秋词》（齐鲁书社 1984 年版）附有《唐宋词选·识语》。
⑤ 俞陛云：《宋词选释》，分载于龙榆生主编的《同声月刊》第二卷 1—11 号和第三卷 1—11 号上。

同一词选通常可归在几个选型之下，这说明民国宋词选本具有综合性特征。
通过对民国宋词选本"选型"的描述与判定，我们可见其选型的多样：既
有对传统"选型"的继承，也有对传统"选型"的改造，更有前所未曾出
现的"新"选型。对其选型的划分与分析，既是对此时众多的宋词选本的
横向梳理，也有利于词选学中"型体"类别的明确与衡定，还有利于我们
在认清民国时期宋词选本面目的同时进一步阐述其特征与意义。

三　民国时期宋词选本的分期特征

归纳起来，民国时期宋词选本编选的分期可按照民国词史进程定为三个
阶段。每个阶段起讫时间分别为 1912—1923 年，1923—1937 年，1937—
1949 年。之所以这样划分的个中原因，笔者《民国词史综论》① 已有所述，
其依据有三：一是文言与白话的分庭抗礼；一是时事政局的变化；一是新文
学观念，特别是词学观念的"新变"。由于我们在此论述的对象为民国时期
的宋词选本编选，因此有必要再予以补充。之所以把 1923 年作为第一期的
终点，是因为虽然随着"白话文运动"的开展，当时的教育部于 1920 年正
式通令从小学起教学白话文。胡适于 1923 年之前已开始编选的《词选》。
此年用"白话"之名与"白话文"之名笺注的《历代白话词选》由凌善清
最早编选而成并出版。另外，范烟桥以白话注评的《销魂词选》也出版于
是年。此后像张友鹤的《白话词选》、凌善清《历代白话词选》等用"白
话"来注解宋词的选本陆续出现，形成了"新型"词选，并与以文言注解
为主的传统型词选相抗衡。这是宋词选本在民国时期的新变化。故以 1923
年为第一、二期的分界线。而把 1937 年作为民国时宋词选本第二、三期的
分界线，其原因是：1937 年前，宋词选本处于繁盛阶段，出现众多"新
变"。然而自 1937 年始，中国遭遇日本全面侵华，其间宋词选本在"选心"
上大多倾向"民族""爱国""豪放"等方面。当然，第三阶段的宋词选本
虽于数量上明显少于前阶段，但质量上却出现了《宋词三百首笺注》《宋词
纪事》《宋词举》《唐宋词简释》等优秀选本。这种"三分法"与王兆鹏、

① 曹辛华：《民国词史综论》，《首届词学国际研讨会论文集》，南昌 2006 年。

刘尊明二位先生主编的《宋词大词典》附录"20 世纪宋词研究主要书目"中按每 10 年为一段的"四分法"不同。笔者以为这种"三分法"更能体现民国时期宋词选本演变的渊源与诱因。因此，下面依此"三分法"，对各阶段的宋词选本，"辨其选型，察其选心、探其选源，观其选域，列其选阵，通其选系"①，综论各阶段的特征。

1912—1923 年作为民国时期宋词选本编选第一时期，可称之为"初变"期。其特征主要有三大方面。

首先，功能与选型已微有"新变"。一方面，因为此期基本上沿袭传统宋词选本"传人、开宗、尊体"三大功能来选词。如王闿运《湘绮楼词选》、朱彊村的《宋词三百首》选词目的均有开宗、尊体目的。而吴灏《历代名媛词选》则有"传人"功能；另一方面，也出现了些"新变"。如黄人所编《中国文学史》中就有"词选"内容。而此选用于大学授课。又如邹弢《词学捷径》虽以论为名，但论中选词，为"析论"型词选之先声。

其次，"初变"期的宋词选本，虽在选型上还比较单一，但在"选心"方面，已表现出了多样性。此期由于"保学以保国"的"国粹"整理思想以及先进的印刷技术的影响，一批前代流行的词选于此时得以重印。如《绝妙好词笺》《历朝名人词选》《古今词选》《周氏词辨》以及《白香词谱》等都被再版。又由于新思潮的东渐、妇女解放、张扬个性等影响，此期出现了《历代名媛词选》《十二艳体词选》等选本。其中"艳体词选"出自紫仙女士之手，通篇皆艳，为艳词树名目、辨诬。② 其"选心"可谓得风气之先。

第三，在选源、选域、选阵、选系上，此期的宋词选本各有不同。既有沿袭前选的一面，又有回避求异的一面。如紫仙之选，"盖本红友（万树）《词律》"却"选其浓艳诸什"。③ 又如王官寿《宋词钞》选源相当广，选词量达 2000 阕。然而从选阵、选系来看却与众不同，是选"以调之字数多寡为序，不取《草堂诗余》之例，分小令、中调诸名"，"按调分列，不取竹垞《词综》之例，将一人所作统列一处"，"调名类似而实无涉者分别各

---

① 萧鹏：《群体的选择——唐宋人选词与词选通论》总论，台湾文津出版社 1992 年版，第 4 页。
② 余端：《十二楼艳体词选》序，1920 年铅印本。
③ 吴剑门：《十二楼艳体词选》序，1920 年铅印本。

卷，不取红友《词律》之例，将调名仿佛者列于一处"，"一调而有数体者，以所录字数最少者列前，其余汇列于后，不取《历代诗余》之例，只计字数将一周数体分列各卷"，"旧刻各集，载有专题目者，录于调名之下，不取《花庵词选》备列春情、秋思诸题。"① 不唯如此，王氏在排列所选同调词作先后顺序时，"上焉者，辞旨娴雅，音律克谐；次之，辞美而律差焉；又次之，律洽而辞逊焉。"② 由此可见，王氏之作颇有集前代"大成"意味。这种"新变"对后来词选的编选无疑有启迪作用。

民国时期宋词选本编选的第二时期是从 1923 年到 1937 年，可谓"繁盛期"。其特征主要有选型多种多样、选心丰富多姿、选源各有所自、选系模式分明等四点。

首先，"繁盛期"宋词选本具有多样的选型。此点我们于前文的考察可以洞见。但于此处，我们需要强调的是"新"选型的开创。一方面是"白话"词选的纷纷涌现。如范烟桥的《销魂词选》始选于 1922 年，出版于次年。此选全文用通俗的"白话"来撰写词选的序言、名类词的解说以及评语。后来连龙榆生的《唐五代宋词选》也是出之以纯白话；另一方面，作为"讲义"的词选也有新变。如吴梅《诗余选》、汪东《唐宋词选》等都是大学教学的讲义。虽然在"初变"期有类似的词选，但径以"词选"命名的讲义著作却出现于此时；再一方面"读物"型的新词选也大量涌现。由于此类选本多是中小学生读物，其语言也基本采用"白话"。如龙榆生的《唐五代宋词选》与《唐五代宋词选》即各有不同：前者为文言型，后者则为白话型，恰恰属于"中学国文补充读物"，特别是其导言之"白话"化使人另眼相看。又由于"读物"型的普及目的，各种分类宋词选本也纷纷产生。如俞平伯于此时以《读词偶得》《清真词释》开创了"析论"型词选，将赏析与评论结合在一起。另外，"集评"型的词选于此时也开始多起来，如徐珂就有《历代词选集评》《历代闺女秀词集评》等出版。

其次，在选心方面此期的宋词选本表现各不相同。归纳起来，我们可以发现，选家的选心可按选词的意图、标准以及传达的观念等可分五类。其

---

① 见王官寿：《宋词钞》凡例，1922 年铅印本。
② 见王官寿：《宋词钞》自序，1922 年铅印本。

一，"新文学"选心。即借词选来宣扬新文学的主张与观念，或以新文学眼光来编选宋词。胡适、陈独秀诸人提倡的"白话文运动"于1920年得到政府的支持，新文学观念也得到广泛传播。"新文学"的观念与主张主要包括"白话文学""时代文学""平民文学""进化文学""纯文学""美文学"等方面。此期有一批宋词选本即因此而产生。如最早于词选中表述这些新文学观念者不是胡适、范烟桥，也不是凌善清，而是张友鹤。张氏于其《白话词选》序言中指出：

> 词在我国文学史上自占有一个相当的位置。但以我个人之眼光看来，觉其最大的价值有二：一，代表一时代之国语文学。词在当时是白话的、通俗的……在当时读之亦易于了解，故词实可以代表一时国语文学的精神。二，纯为发抒感情。……词则纯为发抒感情，故活泼泼地毫无一点陈腐之气。只以自然文字，不受任何拘束。因纯为发抒感情之故，所以写来也觉得格外动人，词之所以成为纯文学作品，也便于如此。[1]

于此处，张氏言明自己编该选的意图明确以"时代文学""国语文学""纯文学"的观念来选词。胡适于1926年出版的《词选》中则更为明确地表达了其提倡的"新文学"化的词史观念。像其序言中分整个词史为"本身""替身""鬼"三个历史阶段；将唐宋词分为"歌者""诗人""词匠"三个段落；定第一段词的特征为"平民文学"，称苏轼词为"新体诗"，指出"文学史一个逃不了的公式（民间—文人—模仿）"，如此等等，都表明他以《词选》代"白话词史"的观念，胡适也说："我是一个有历史癖的人，所以我的《词选》就代表我对于词的历史的见解。"[2] 其他像胡云翼《抒情词选》《宋名家词选》等也是出于演绎新文学观念而选。

　　其二，"新思想"选心。即选家借选词表达新的思想观念。此期出现的一系列女性词选即如此。如范烟桥在《销魂词选》序言里就说：

---

[1]　张友鹤：《白话词选》序（文明书局1925年版），然由其序当写于1923年。
[2]　胡适：《词选》序，上海商务印书馆1927年版。

在男子为中心的社会里，男子所作的词里所发泄的热情，是虚伪的、粉饰的、勉强的，深刻地说一句，多少总含侮辱性的。我们要寻觅真的热情，非到富有情感的女子词里去找不可……我敢说所选的，至少是作者最有真情寄托的作品。至少可以看出一时女子思想、情绪生活的一斑。①

至于胡云翼《女性词选》、云屏《历代女子词选》、李辉群《历代女子词选》、张友鹤《历代女子白话词选》、孙佩茝《女作家词选》等都是妇女解放新思想的不同程度反映。其他如孙俍工、孙怒潮编《中华词选》其要旨之一即是"以思想为主"②。

其三，"国学"选心。这是与此阶段出现的"整理国故"运动相关的。这种整理有两种情形，一是新文学家的整理。如叶绍钧选注的《苏辛词》《周姜词》等为"学生国学丛书"之一，施蛰存校阅《宋六十名家词》为上海国学研究社所出版"国学珍本丛书"之一，徐声越《唐诗宋词选》为"国文精选丛书"之一种。一是填词家的整理。像对张惠言《词选》的整理，唐圭璋笺注《宋词三百首》，杨铁夫选笺释《清真词》与《梦窗词》等等，都有"国学"选心。虽然这两者都把"词"当作学问，但前者选词目的在于让学生多了解词的历史，通过"读词"来达到为新文学服务的目的。此目的连龙榆生的《唐五代宋词选》也是遵从的。是选既为"中学国文补充读物"，他于导言中就主张，不应该抱着"抱残守缺"的态度去研究词，"要抱客观的态度"，"词可以不必'填'"，但可以利用其"组织加以损益变化去创造新体乐歌。"③ 相比之下，此期填词家们所选注的词选是为学问而学问。其词选整理是学术研究，并不指向新文学而是词学。

其四，"填词"选心。即此期有一批词选为满足人们填词需要而出现的。如林大椿《词式》，《凡例》讲编辑之标准时云："专供学生应用，故义取简明及实用，力避及繁芜，所以每调仅采习见之正体一首为式"。特别是他于"本书之外，拟嗣辑《词苑》一编，相辅而行，仅供参考，用便作者

---

① 范烟桥：《销魂词选》序言，上海中央书店 1935 年版。
② 见《词学指南》1935 年版后附中华书局出版消息。
③ 见龙榆生：《唐五代宋词选》导言，商务印书馆 1937 年版。

按体讽诵，以资隅反。"① 而诸如顾佛影《填词百法》、金偶庵《填词百日通》、刘坡公《学词百法》等"门径"型词选均出于此期。这些词选目的是"为初学诸君作向导，故陈与义不尚高深，遣词务求浅显"②。同样，此期对"词谱"著作如《白香词谱》的整理，也是出于"填词"的目的。另外，朱祖谋的《宋词三百首》、龙榆生《唐宋名家词选》以及卢前刊印的端木埰《宋词十九首》等也可视为"填词"树立宗尚的词选。不过，此期此类词选尚在少数。

其五，"国难"选心。此期中，1931 年"九·一八"事变，日本侵略东北，激起人民愤慨，文人纷纷以各种诗词文来激励人们勿忘"国难"。他们即使在选词时也体现了这种精神。如当时江苏省立镇江中学国文科编有《民族文选》，其中即有词选一目。其选辑标准：

> 约有四端：（甲）感情方面足以发扬士气，发扬民族精神者；（乙）义理方面足以指导青年如何挽救危亡者；（丙）积极方面描写进取奋斗从军克敌者；（丁）消极方面描写亡国惨痛国难国耻之危险者。③

可见，其选词之目的在于让学生通过词作来认识到"国难"之耻，从而奋发抗争。又如欧阳渐《词品》也是鉴于"山河破碎，上下晏然，秉国不均，民将无气"，才仿前人诗品，"爰取定以来长短句之激昂慷慨者，汇为一编，将以感发人心，激扬民气。"④ "先发奔走呼号之一声。"⑤ 其他如黄源澄编《抗战文鉴类纂》，吴贯因选《国难文学》，均收有宋代词作。

第三，在选源上，繁盛期的宋词选本各有所自。萧鹏先生在谈及"选源"时说，"选词者所采选的对象和范围称为选源。选词如采矿，矿物的品类质量和产量，不仅取决于采矿者的素质、工具和采掘方式，而且取决于矿

---

① 林大椿：《词式》凡例，上海商务印书馆 1933 年版。
② 顾佛影：《填词百法》自序，上海中原书局 1925 年版。
③ 见《词学季刊》（1933 年）第一卷第 2 号扉页书籍广告，上海书店 1985 年版影印版。
④ 欧阳渐：《词品·甲》序，支那内学院 1933 年。
⑤ 见《词学季刊》（1933 年）第一卷第 2 号第 206 页词籍介绍 "《词品甲》"，上海书店 1985 年版影印版。

床的地貌。""这个角度向来为词选研究者所忽略。"① 因此，探究此期民国时期宋词选本的选源问题，也是必须仔细。经过考察，我们可以发现，此阶段宋词选本的选源大体可分为三类："广新"型、"相因"型、"选优"型。

属"广新"类者，如凌善清、张友鹤、胡适、胡云翼等所选"白话"选，最初并没有一个选本作为参照，其选词主要以全部唐宋词为"矿床"，择取符合"新文学"观念、特别是"白话"味强的词作，属于"老矿床"新利用，既广又"新"。因此称之为"广新"型词源，由此类选本既可见宋词选本在繁盛期的"新变"，也可见"新文学"对传统词选的强大冲击力。它们同时为后来宋词选本准备了"新"选源。另外，龙榆生于1937年所选《唐五代宋词选》也有"广新"的选源的性质，该选标新立异，选辛弃疾（33首）、朱敦儒（17首）、晏几道（16首）、苏轼（15首）、欧阳修（15首）、贺铸（11首）、周邦彦（11首）等词作，均达到10首以上，远远超出了南宋姜夔（4首）、吴文英（4首）、张炎（6首）等大家，可谓后世词选侧重"豪放"的先声。其选源的"广新"可知。

属"相因"型者，如龙榆生《唐宋名家词选》虽然说"未宜辄以私意"②，但仍可见其以朱彊村《宋词三百首》为选源的痕迹。两个选本都是以吴文英词为冠，朱氏所选24首吴词，龙氏几乎照收。胡云翼所编《故事词选》虽是"白话"型词选，但其选源当来自《词林纪事》。又如此期出现了一批女性词选如《销魂词选》《历代女子词选》，其选源不外《小檀栾阁秀钞》、徐乃昌《闺秀百家词选》以及吴灏《历代名媛词选》等。另外，一批"广新"型词源的宋词选本出现后，接着就有以之为选源的词选"相因"而来。如张友鹤较早编选了《白话词选》，到三十年代，他又以此为选源编选《历代女子白话词选》《注释白话词选》等。词源"相因"型词选是"繁盛期"词选的主流，说明宋词选本的"型体"与选词内容一旦出现新变或成为"模范"，就会成为"矿床"供人采集，成为"样板"供人仿照、衍生。

属于"选优"型词源的宋词选本，此阶段也不乏其例。如朱祖谋的

---

① 萧鹏：《群体的选择·唐宋选词与词选通论》，台湾文津出版社1992年版，第7页。
② 龙榆生：《唐宋名家词选》自序，开明书店1934年版。是选龙氏"别创标点"，第一次使词选"标点化"。见《词学季刊》（上海书店1985年影印版）第三卷第1号第10页《唐宋名家词选·介绍》。

《宋词三百首》，"以神明与古今而抉择其至精。"① 据当代学者张晖统计，是选"311 首词中有 67 首是其他九种选本所未收入的"，"入选的词家中有近一半人的词籍经过朱祖谋仔细校勘，收进了《彊村丛书》"。② 可见，此选乃从众多选词籍中去粗取精，广览细取而成的。"选优"型，还以已有选本为选源，精拣细斟，形成新选本或"精"选本。如易孺的《韦斋活叶词选》，"别有好尚，一恶熟，二畏艳"③，所选"别具手眼，且多为不经见之词"，"尤见抉择之精"。④ 可见易氏别甄众选而成。其他像杨易霖《词范》、林大椿《词式》也是"优选"型词选。需特别指出的是俞平伯的《读词偶得》"系取古名家词而解释"。末附"所选古人词一百零八首，可资讽诵"。自己所选"不求备""无标准""遗珠失玉"⑤，但实际为"披寻"众选，精到之作。当然，由于目前是在综论民国时期的宋词选本，各个选本的具体选源情形非一一比勘而不明。还须补充的是，由于民国时期的词选具有受"教学""商业"等方面的影响。诸如对传统词选如张惠言、周济、周密等人之选本进行的反复、变花样的整理，也是选源问题上的特殊现象。

第四，"繁盛"期宋词选本的选系模式分明。由于选域、选阵是针对一部词选而言的，故我们在论繁盛期宋词选本的总体特征时，暂且忽略。然而，"选系"乃是对词选群内部关系的把握，⑥ 却可细究。若将此期的宋词选本进行一下归整，其选系可分为六大类型。

其一，"词谱"系列，如此期对《白香词谱》的整理而形成的"白香"系列。其二，"词选"系列，即由笺注张惠言词选而形成的系列。如范午、姜亮夫、曹振勋、李次九、董子远等人皆以张氏之选为底本的笺注之作。其三，如果说前二者的选系还主要是整理旧著的话，那么由"词法"形成的选系则是新产物。如顾佛影、金偶庵、刘坡公、杨易霖之作，均属"词法"体系。其共同特征是为教人学词，从各种词谱中选取"样板"，对词作审调

---

① 况周颐：《朱祖谋〈宋词三百首〉》序，上海古籍出版社 1996 年版。

② 张晖：《从〈宋词三百首〉看朱祖谋的词学思想》，蒋寅、张伯伟主编《中国诗学》第 11 辑 2006 年 10 月。

③ 易孺：《韦斋活叶词选》自序，上海民智书局 1933 年版。

④ 龙榆生主编：《词学季刊》创刊号第 218 页《词坛消息》，上海书店 1985 年版影印。

⑤ 俞平伯：《读词偶得》凡例，上海开明书店 1934 年版。

⑥ 萧鹏：《群体的选择·唐宋选词与词选通论》，台湾文津出版社 1992 年版，第 8 页。

析律。其四，"白话"选系。如凌善清、张友鹤、胡适等先后有白话词选。这些词选出现后，陆续又出现了一系列的"白话"宋词选本。如胡云翼虽有《女性词选》《抒情词选》《故事词选》与《词选》（有两种）等各种样式，但其选系仍不出前面三位选家之选。特别是当与胡适的《词选》为同一选系，可看作对胡适之选的"重选、续选、补选或精选"。其五，"女子"选系。如此期出现了范烟桥《销魂词选》、张友鹤《历代女子白话词选》、李辉群《历代女子词选》、云屏《中国历代女子词选》、孙佩萓《女作家词选》等。虽然名目、体例不同，但其选源则不出徐乃昌、雷瑨、吴灏等人的闺秀词钞。只不过也是对徐氏等人汇钞的再加工，故可视为同一选系。其六，"集评"类选系。此种选系是由于体例不同而命名的。如徐珂的《历代词选集评》与《历代闺秀词选集评》即属同一选系。后者是对前者的补充。徐氏之选还为后来余骞的《唐宋词集评》提供了选由，余选当是对徐氏之选的充实与增广。这六大选系模式，当然在此阶段表现得还不明显。探究它们还须和后一时期乃至新中国成立后的词选相结合，因为此期的宋词选本是后来词选编辑者的"参照系"。

民国宋词选本的第三时期，我们称为"精进"期。此期由于日本全面侵华，民族危亡关头，文化教育事业受到严重影响，相对来说，词选数量不多，但也有建树。其特点归纳起来主要有三点。

首先，在选型方面仍有开创。如陈匪石本其历年教学经验、打磨了近20年才成的《宋词举》，"仿近人编史之法，逆溯而上，厘为二卷"①，选录词人凡12家，词作53首，"仿《提要》例，于卷端稍有说明，并示宋词之径路，至昔贤总评，不论旨趣如何，悉罗列以资参考"；"每家之前，载其爵里及版本源流并昔贤评语"；"每首之后，先校记，次考律，继以论词"。②是选综合中国传统学术样式而成，将传统文献学的各种体例汇在一起，再加上从前所无的"举词详析之例"③，集文献整理与赏析批评于一体，开创了新的词选体例。近人黄俊贤在评介此书时也曾指出："经历南宋之康庄大道，进而窥北宋之堂奥，由浅转深，由易入难，不失为研词新法。著者敢于

---

① 汪辟疆：《汪辟疆文集·方湖日记幸存录·宋词选本》，上海古籍出版社 1988 年版。
② 见《宋词举》凡例，钟振振校点《宋词举》（外三种），江苏古籍出版社 2002 年版。
③ 唐圭璋：《宋词举》后记，钟振振校点《宋词举》（外三种），江苏古籍出版社 2002 年版。

大胆采用，可谓独具只眼。"① 再如夏承焘《宋词系》，"爰取宋人词之足鼓舞人心、砥砺节概者，钩稽史事为之注，以授人游诸子。"② 并取《诗·大序》"一国之事，系一人之本"之意命名之。是选原名《宋词微》后改为《宋词事系》，今定名为《宋词系》。看似与"纪事"型宋词选本有共同之处，然其实际体例上，"分三卷，一倡恢复，二哀亡国，三吊死节。"③ 是集"词""史""事""传"为一体的新型词选。而唐圭璋《宋词纪事》旨在纠正张宗橚《词林纪事》及其明清人词话之所失，其体例又与张氏之选有异，故亦当视为新型词选。唐圭璋该著也避免了清人厉鹗《宋诗纪事》那种"诗多事少"的弊病，"凡词无本事者，咸摈弗采"④。"立足'以宋证宋'，搜罗丰富，去取严格"，"力求补苴存真，明辨深思，案语精当"。⑤ 正由于受唐圭璋该著的影响，尤振中又在唐圭璋的指导下，仿其体例，编著了《明词纪事》《清词纪事》，钟振振又继之主编了《历代词纪事会评丛书》，保留了《宋词纪事》的一切优点，避免《词林纪事》之一切弊端。⑥ 由此两例可见，此时选本在选型上的新创。

　　其次，在选心方面，此期宋词选本主要集中在"国难"选心、"教学"选心与"普及"选心三大方面。"国难"选心相对于前一时期显得更加突出。如欧阳渐继《词品甲》后又编选出《词品乙》，目的在进一步唤起人们保家卫国的斗志，并用之作为歌唱时的歌词。又如贾维汉《滴珠楼词学》实是学词法之选。贾氏书后选录百调，多以小令作为楷模，要求"应依规律，改革作风，创足以激励士气之壮烈词曲"⑦。赵景深的《民族词选注》是选收词人 73 位，词 100 余首，其中宋代词人有苏轼、岳飞、辛弃疾、陆

---

① 黄俊贤评：《宋词举》，《大公报》第四版·新书评介，1947 年 9 月 21 日。

② 夏承焘：《宋词系》前记，《夏承焘全集》，浙江古籍出版社、浙江教育出版社 1997 年版，第 3 册第 479 页。

③ 夏承焘：《天风阁学词日记》，《夏承焘全集》，浙江古籍出版社、浙江教育出版社 1997 年版，第 6 册第 9 页。

④ 见唐圭璋：《宋词纪事》自序，上海古籍出版社 1982 年版。

⑤ 见李扬：《以宋证宋补苴存真——〈宋词纪事〉的学术价值》，钟振振编《词学的辉煌——文学文献学家唐圭璋》，南京大学出版社 2001 年版，第 242 页。

⑥ 见钟振振：《词林纪事会评丛书》总序，《历代词纪事会评丛书·清词纪事会评》，黄山书社 1995 年版，第 1 页。

⑦ 贾维汉：《滴珠楼词学》序，兰州俊华印书馆 1943 年版。

游、姜夔、文天祥等，入选词作均具有"民族气节"，目的在于激发学生们的抗日热情，发扬民族爱国精神。前文提到夏承焘先生的《宋词系》很明显也是出于此心，"意在发扬民族正气，以抗敌御侮。"①

"教学"选心，主要是指抗战胜利后四年为教学目的而编选的一批"讲义"型词选。这批词选多是前一阶段词选的再加工整理。如陈匪石《宋词举》、蔡嵩云《作法集评唐宋名家词选》、夏承焘《唐宋词最录》等即属为教学而选。夏承焘《唐宋词最录》选收唐宋词人26家，词作凡48首，可谓"优"中选"优"。唐圭璋于此期尚有《唐宋词简释》，此选虽然出版时在晚年，但原为唐圭璋在中央大学任教时讲义。故也当视为民国时期的教学"产品"。

同前一阶段一样，此期宋词选本有不少属于"读物"型，体现了选家"普及"选心。如此时期胡云翼又编选有《唐宋词选》，并重印"国学小丛书"——《宋名家词选》。又如冯都良选注《宋词面目》收词人66家，词作187首，况又韩并为之配备插图。② 值得注意的是，此期日本也出现了两部宋词选本：一是中田次郎的《词选》③；一是目加田诚的《风雅集——填词选释》④。这两部词选虽有汉学研究的成分，但就其用意当在为日人"普及"中国词史大貌。

第三，在选阵方面，"精进"期的宋词选本推出了异于前代的"阵形"。如陈匪石《宋词举》的选阵就颇新奇。是选先逆选南宋六家：张炎、王沂孙、吴文英、姜夔、史达祖（后删去换成欧阳修）、辛弃疾，然后依次选周邦彦、秦观、苏轼、贺铸、柳永、晏几道等北宋六家。这种排列的结构、层次与方式，的确与众不同。它既反映了陈氏的词史观、词艺观等，也说明陈氏在演绎前人词学观念时的独特"匠心"。如列"贺铸"为十二家之一，与胡适词选不收贺铸词、其他选本对贺铸也重视不够等情形相比，诚为公允；也与龙榆生于《唐五代宋词选》中标举"苏、贺、周、辛"四家的主张隐

---

① 吴战垒：《宋词系》编后记，《夏承焘全集》第3册，浙江古籍出版社、浙江教育出版社1997年版，第541页。

② 冯都良选注《宋词面目》，况又韩绘图，上海珠林书店1939年版。

③ ［日］中田次郎：《词选》，东京弘文堂1942年版。

④ ［日］目加田诚：《风雅集——填词选释》，东京悸信堂1947年版。

然相合。再如夏承焘的《宋词系》之选阵也是极有特色。由前文所引可知，是选目的在激发国人斗志，但对入选的宋代词人都苛求甚严：凡"词之本事，前人已经钩考者不录""其人不足取者不录""辞气颓唐，文字粗率者不录。"可见，夏承焘本着人品与词品"双优"的原则来选择词人。这种编排词人的方式，与当时重"词气"而略人品或重人品忽词艺的做法显然不同。由此，我们也可见夏承焘的选词重心在于"德艺双馨"。诸如此类的"新"选阵出现，既是宋词选本的"新变"，也是我们命名此期为"精进"的重要缘由。

总之，民国时期宋词选本编选的三个阶段各有特色。其"初创"期为宋词由传统向现代转变的阶段，"繁盛"期为宋词选本的全新阶段，而"精进"期为宋词选本的"深化"阶段。民国时期宋词选本的编选既有"现代"性与"多变"性，还有功利性、实用性与学术性。

四　民国时期宋词选本的意义

民国时期宋词选本对词学史与民国词史具有多方面的意义，值得我们予以揭示。既是宋词的"新式"传播，也是对宋词的"新颖"解读；既是民国词学的"新果"，也是其"新变"的体现；既是民国词创作主张的反映，也是民国词史风貌的重要成因。

首先，民国的宋词选本是宋词的"新式"传播。萧鹏先生曾指出，"词选是一种重要的传播媒介。"[①] 自然，民国的宋词选本就是宋词在民国时期进行传播的重要媒介。不仅如此，还是"新式"的。这种"新式"，表现在三个方面。

一方面，此时宋词选本的载体出现了前所未有的式样。如与传统的线装书样式不同，此期宋词选本出现了石印本、铅印本、油印本，并且款式也是多种多样。此点自不必多讲。需特别指出的是，此期宋词选本的"报刊杂志化"与"讲义"化。前者比较典型的例子是俞陛云《唐五代两宋词选释》，先后连续刊登在《同声月刊》第二卷、第三卷各期上。而后者，如我

---

① 萧鹏：《群体的选择——唐宋人选词与词选通论》绪论，文津出版社 1992 年版，第 1 页。

们在谈选型时按功用归纳出的"讲义"型，实际上"讲义"也是宋词选本的新载体。

另一方面，民国时期宋词选本的"生产过程"也是"新式"的。"词选的生产过程包括词选产生之环境""生产者""具体编选过程"三方面。[①]从宋词选本的生产环境来看，民国时期的社会环境与前代迥异。新思想、新观念、新文学以及新语言（白话）等都使人们在编选宋词时采用"新理念"与"新方式"，使之烙上"新"的时代色彩。与之相关联，民国时期的词坛背景也与前代不同。此时出现了"填词"与"废词"的对立局面。一派主张只研不创，若创也只能用"白话"填"语体"词。其编选宋词的目的在"词学"而不是学词。一派则主张"研、创"结合，填词不可废，其选编宋词的目的自然是既为填词之用，也为"词学"之果。"新"的词坛背景就决定了宋词在民国的传播是"新式"的。这也是宋词在民国时期传播的新的"土壤"。此时的选坛不是像前代那样选词出于"便歌""尊体""开宗""传人"等功能，而是大多为了立论或"熏陶"的需要才操选政的。这样的选坛"新"气象也使得宋词的传播成为"新式"的。与前代词选"生产者"的单一文化背景不同，民国时期的宋词选本生产者——选家却曾经出现传统、新变、现代三派并存的情形。"传统"派与"新变"派选词更重词的本体，通常在"体制内"选词，选词为谈词、填词。而"现代"派选词则大多不然，重以"时代文学""国语文学"或"平民文学"等新观念来烛照宋词，使之成为"新思想""新文学"的"传声筒"，选词只为"体制外"审美，具有功利主义的成分。就民国选家具体编选宋词也可见其传播"新式"。如胡云翼编选的各式各样词选，是对胡适白话"词选"的变花样翻新，其中《词选》《宋名家词选》《唐宋词选》的选目大体无别。其目的有两种，主观为出版谋利，客观为"普及"，以至还出现词选"一女两嫁"的情形。

再一方面，从"流通"来看，宋词在民国的传播更是"新式"。在流通方面，民国时期的宋词选本既有前代的经典选本如《花庵词选》《绝妙好词》、张惠言《词选》等被一再翻刻、整理，也有新出现的"新型"选本，

---

① 萧鹏：《群体的选择——唐宋人选词与词选通论》绪论，台湾文津出版社1992年版，第11—16页。

被不断再版。如凌善清、张友鹤等人"白话"型词选即是如此。特别是有的出版社还打出了促销词选的广告。如《词学季刊》中就先后对俞平伯、易孺、龙榆生、欧阳渐等人所编词选进行宣传。这就与前代那种选本的"商业"化大不相同。另外，由于民国时期新式教育的出现，宋词选本的"课本"化，也使宋词的传播焕然一新，如阅读人数陡增，而且发行量也加大。不仅如此，这些"课本"化的宋词选本按阅读对象，还被分出不同的层次：中学读物、大学读物以及不同年龄、不同专业的读物。这样，宋词选本的消费群体不再像前代那样相对单一，而是"大众"，宋词的传播面也就更加广泛。从这些层面上来看，民国的宋词选本的确是宋词的"新式"传播。

其次，民国时期的宋词选本也是对宋词的"新颖"解读。这当然先体现在新文学特别是白话文学视角中形成的"白话"型宋词选本上。众所周知，胡适等人提倡"白话文运动"，最初是为找样本与历史证据，是从古代诗词文开始的。其中，胡适最重视唐宋词的"白话"样本作用。如早在1915 年的留学日记中，胡适就认为苏轼、黄庭坚、辛弃疾、向镐等人的七首词为"活文学之样本"，其"宣言"式的文章《文学改良刍议》中也标举词体为"活文学""白话文学"的代表，并于《历史的文学观念》一文中指出，"宋词用白话者更不可胜计"。① 自然当胡适用"白话文学""活文学"等新文学观念去编选《词选》时，宋词就被赋予"新"的意义。胡适的《词选·序》以及词人小传中对宋代词人、词作予以了新的阐释。《词选》可视为胡适以选代史式的"白话词史"。虽然在胡适《词选》正式出版之前已有张友鹤、凌善清率先从"白话"视角选编了《白话词选》，但就影响来看，胡适之选，由于"选""论"结合的方式，"导师""领袖"般的个人魅力，却是"白话"型宋词选本的代表。除此，对宋词进行"新文化"的解读也是民国的宋词选本的"新颖"之处。此点既可从"女子"型词选本窥见，也可从紫仙《十二楼艳体词选》、周瘦鹃《情词》、刘季子《分类写实恋爱词选》、胡云翼《抒情词选》等选本得以证明。前者是对女子解放

---

① 参见曹辛华：《胡适的词学研究》，黄霖主编、曹辛华著：《20 世纪文学研究》词学卷，东方出版中心 2006 年版。

思想的张扬，后者是对人性解放思想的宣传。而它们借助的都是"宋词"，以选本形式传达"新文化""新思想"。另外，一批出于"国难"选心的宋词选本，也是从"民族""爱国""正义"等角度对宋词进行的"新开发"。像欧阳渐的《词品甲》《词品乙》以及夏承焘《宋词系》，就从词品、人品等角度对宋词重新审视、汰择，通过宋词促使时人达到"新"境界。

第二，民国的宋词选本是民国词学的"新果"。一方面，民国的宋词选本是民国时期词选的"新"成果。由前面归纳的"包孕"型词选可知，此时纯粹的"宋词选本"只是众多词选的一部分，更多的词选属于通代式词选。民国的词选除了这些外，还有其他断代词选。如徐珂《清词选集评》、叶恭绰《广箧中词》、沈宗畸《今词综》、陈匪石《今词选》、汪东的《如社词钞》、杨公庶《雍园词钞》等为清词选本、民国词选本。但相形之下，宋词选本为当时选"林"中的主要"果树"，是民国时期词选的主体部分。如果我们要研究民国的选词历史，不从这一主要组成部分入手，可以说根本不行。由此来讲，一部民国词选史，实际上就是民国时期宋词选本的历史。此时出现的大量"新型"宋词选本，也是整个词选史上"新"品种。而目前来看，尚未有一部专门的"词选史"，虽然萧鹏之著已有雏形，但是其行文中详前略后，对民国的宋词选本几乎不提，这不能不说是憾事。本文也正由此而发，旨在吁请学人致力于词选史的建构。

另一方面，民国时期的宋词选本是词选学理论的"新内存"。现代的词选学理论，迄今为止，除了龙榆生《选词标准论》[①]、罗忼烈《试论宋词选集的标准和尺度》[②]、萧鹏的《群体的选择——唐宋人选词与词选通论》等论著外，似乎不多见。然而，如果把民国时期的词选，尤其是宋词选本纳入这一视野的话，我们就可知词选理论，其实并不缺乏。如胡适《词选·序言》就指出："凡是文学选本都应表现选家的个人见解。""我对于词的历史的见解，也就是我选词的标准"。[③] 又如胡云翼《抒情词选·小序》在评价朱祖谋、胡适的"选词的目光和方法"后，谈了自己的选词的标准："我是

---

① 见《词学季刊》第一卷第 2 号 1933 年 8 月。
② 罗忼烈：《试论宋词选集的标准和尺度》，《文艺理论研究》1983 年第 4 期。
③ 胡适：《词选》序言，上海商务印书馆 1927 年版。

站在'艺术'的立场来选词的，注重技巧的灵活与内容的充实。"① 其《唐宋名家词选》题记则说及自己"抛弃一切宗派及音律的立场，就纯文学价值方面来品鉴的选词标准"。龙榆生《唐五代宋词选·导言》也讲到自己的选词标准是"为了时代的关系和顾及读者方面的程度，特从各家的全集里提取出'声情并茂'而较易了解的作品，并且侧重所谓豪放一派。"像这样的选词观还有许多。如果把上述这些文献汇辑起来，词选学理论的内容、体系以及方法将会逐渐健全起来。

再一方面，民国时期宋词选本是民国词籍文献整理的新成果。由前文所举"选型"可知，其中的"翻刻"型宋词选本，大多具有文献整理的成分。如人们对《花庵词选》《绝妙好词》《宋六十名家词》等词籍的标点与校勘均是如此。而"笺注"型宋词选本则是词学研究的结晶。如此期人们对前代张惠言《词选》的笺注整理竟达十种之多。而唐圭璋的《宋词三百首笺注》、叶圣陶《周姜词》《苏辛词》等则是对宋词"新"选的整理。

第四，民国时期的宋词选本是民国词学的"新变"体现。一方面，宋词选本是"词学教学"的产物，笔者在论 20 世纪词学研究的"现代化"特色时曾指出，其批评形式更加多样化，"新的词学研究形式主要有论文、专著、鉴赏文章等书面形式，以及课堂教学、研讨会等非书面形式。"② 当时并未深入探讨，现在由此来看，"讲义"型宋词选本实际上包含着"课堂教学"与"专著"两方面的性质。如上海图书馆佚名所著《词选》为"国文讲义"之一种，在选词后还附上若干问答题，像"北宋词在文学上的地位怎样""慢词的发达在甚么时候""词的解放始东坡，试述其缘由""词竟以何者为宗"等，这些问题实际上大类当代以阐释为主的论文的题目。可见，宋词选本的"讲义"化、"课本"化是民国词学出现的"新变"之一。

另一方面，民国的宋词选本中包含了大量的新词学思想。归结起来主要有词史观、词体观、词艺观、词乐观、词派观、词律观、词调观等，它们一般包括在这些选本的序言、凡例与评点中，不乏新见。反映词史观者前已多引，不再多讲。反映词体观者，如张友鹤于 1923 年编选的《白话词选》序

---

① 胡云翼：《抒情词选》小序，上海文力出版社 1928 年版。

② 见曹辛华：《20 世纪词学研究的"现代化"特色》，《中国古代近代文学研究》2000 年第 10 期；又收入黄霖主编、曹辛华著：《20 世纪文学研究》词学卷（东方出版中心 2006 年版）。

言就指出，"词是古乐府的变体"，"纯为发抒感情"，"固以婉丽为美，但有时也以白描为胜。"① 再如陈匪石《宋词举·叙》中就说：

> 　　词之为物，"深者入黄泉，高者出苍天，大者含元气，细者入无间。"虽应手之妙，难以辞逮；而先民有作，轨迹可观。若境、若气、若笔、若意、若辞，视诗与文，同一科条。惟隐而难见，微而难知，曲而难状。②

此处陈氏将词体的气貌（"深者""高者""大者""细者"）、固有特性（"隐""微""曲"）及其与诗文的共性（"境""气""笔""意"）揭示了出来，同前代或时人对词体总特征的把握相比较，立论中肯有力。他既拈出了词体的价值、共性，又拈出了特殊性。龙榆生《唐五代宋词选·导言》中就不采用前人"词乃意内言外"的说法，直言"我们现在所谈的词是唐宋以来与新兴音乐相结合产生的一种新诗体"③。反映词艺观者，此时宋词选本的评语中包含最多。如徐珂的《历代词选集评》中就保存了况周颐、夏敬观、谭献等人对词艺术的评点，而范烟桥的《销魂词选》对所选女子词作予以一一短评，若汇辑起来，可作女性词艺扫描之论文。反映词派观者，如胡云翼《宋名家词选》下编题记中将宋代的词人分为两种："一种是不去理解音律，专把词当作文学来创作的词人，一种是妙解音律能作自度腔的词人。"④ 再如欧阳渐《词品甲》继钟嵘、司空图之"诗品"，将词分为五品：

> 　　《花间》、大晟，秦、黄、耆卿，后梦窗、前美成，此一品也；浩气超尘，东坡、芗林，此一品也；仙风清爽，世外希真，此一品也；胸中不平，议论纵横，稼轩、后村，此一品也。去国哀思，羁愁沈郁，李

---

① 张友鹤：《白话词选》序言，文明书局 1925 年版。
② 见钟振振校点：《宋词举》（外三种），江苏古籍出版社 2002 年版，第 5 页。
③ 见龙榆生：《唐五代宋词选》导言，商务印书馆 1937 年版。
④ 胡云翼：《宋名家词选》，文力出版社 1933 年版。

煜而后，遗山、彦高，此一品也。①

此实以风格分派之论。至于反映词乐、词律、词调等观点者，集中在"词谱"型、"门径"型选本里。如许之衡的《词选及作法》中就有"选调""论律"等章节。②

另外，民国时期宋词选本还包含了一些先进的词学方法，促进了民国词学的"现代化"。如胡适《词选》中序言的"进化文学"、"平民文学""民间文学"等观念，为时人与后人研究词学提供了方法论，而胡云翼的各种词选也为人们提供了"故事""抒情""女性"等研究视角。龙榆生于《唐五代宋词选》导言中就介绍了"读词的三点方法"：注意句法；揣摩声调；玩索词境等。③ 这三点方法不仅是读词法，也可视作研究方法，即可从句法、声情、词境等方面研究词作，这也是龙氏当时提倡的"本体"研究方法。至于种种"类别"型选本，为词学提供了类型研究或分题材研究角度；而"地域"型词选又提供了地域文学研究的方法。要之，欲探民国词学的"新变"，其时的宋词选本当是重要的"证明"。

第五，民国时期的宋词选本是民国词创作主张的反映。也就是说，民国词创作理论的大量资料保存在宋词选本，并借着选本传播着。这些词学主张包括为词宗旨、宗法榜样、填词"秘"技等。如朱祖谋《宋词三百首》，"要求体格、神致，以浑成为主旨。"④ 其选词居前四位者为吴文英、周邦彦、晏几道等，以吴氏为最，分明是要求人们学词宗法梦窗。而在"秘"技方面，是选"以'度人'为本，而兼崇体制"，⑤ 要求词法守律。朱氏的这些主张在民国一度成为其友朋、弟子填词的圭臬。⑥ 再如吴梅曾编《词

---

① 欧阳渐选：《词品甲》序，支那内学院 1933 年版。

② 北京大学出版社印，1925—1930 年。

③ 见龙榆生：《唐五代宋词选》导言，商务印书馆 1937 年版。

④ 况周颐：《朱祖谋〈宋词三百首〉》序，上海古籍出版社 1996 年版。

⑤ 龙榆生：《选词标准论》，龙厦材编《龙榆生词学论文集》，上海古籍出版社 1997 年版，第84 页。

⑥ 关于此点还可参见彭玉平：《朱祖谋〈宋词三百首〉探论》（《学术研究》2002 年第 10 期）、张晖：《朱祖谋〈从宋词三百首〉看朱祖谋的词学思想》（《中国诗学》第 11 辑，人民文学出版社 2006 年10 月版）等论文。

选》《诗余选》等，由其所选词作以及其《词学通论》中的词艺观来看，其选词多以"沉郁""雅正""空灵"为旨，强调"词心"。由其词选数量来看，在《词选》中他以周密（38 首）、朱敦儒（22 首）、周邦彦（19 首）、姜夔（19 首）四家为宗。而在《诗余选》则又以欧阳修（18 首）、吴文英（16 首）、周邦彦（14 首）、姜夔（10 首）、苏轼（9 首）诸家为宗。综合起来看，吴、周、姜三家为其必宗对象。这与其《词学通论》中以梦窗、清真、梅溪、白石并为"学词之正宗"正同。又如陈匪石《宋词举》中主张填词严明声律，强调"由南入北"——由梦窗上溯清真，要求学词应当"先于张、王求雅正之言，盖内言外之旨，然后以吴炼其气意，以姜拓其胸襟，以辛健其笔力而旁参之史，藉探清真之门径，即可望北宋词之堂室"①。陈氏之作词主张既是对常州派周济的继承，也是其别出机杼的表现。汪东的《唐宋词选》《词学通论》中也包含有不少作词主张。如他以"中正雅善"为学词宗旨，学词首推周邦彦，并奉王沂孙词为"雅正之极则"，其作词与教人学词无疑也是以此主张为准的。而龙榆生的两种词选根据阅读对象不同，出现了有点矛盾的宗旨与宗派对象。其《唐宋名家词选》（1934 年版本），因受朱氏影响"自我"意识尚不鲜明。虽选词仍以吴文英（38 首）居首，次为辛弃疾（30 首）、苏轼（28 首）、周邦彦（24 首）、姜夔（23 首），但也表明其词学宗尚有一定改观。他将苏、辛列居前三位，意味着对朱祖谋词学宗尚的修正。而其《唐五代宋词选》侧重"豪放"与"声情并茂"，将辛弃疾（33 首）、朱敦儒（17 首）、晏几道（16 首）、苏轼（15 首）、欧阳修（15 首）、贺铸（11 首）、周邦彦（11 首）等人列居前五位，改变了前选以吴为冠的选法。龙氏于选词重"意格"，主张填词"不宜域于门户之见，不宜过分守律"。这些见解很明显也是龙氏自己填词的原则。要之，如果我们逐一对民国时编选的宋词选本与民国词人的创作与主张相比勘，就会发现，二者是紧密相关的。因此，当我们研究民国词的创作理论时，宋词选本当是个"存贮器"，也是个"突破口"。

第六，民国时期宋词选本是民国词坛、风貌的重要成因。填词在民国时期虽受到当时新文学运动的冲击，但就总体来看，此时的词体创作并没有出

---

① 见陈匪石：《宋词举》序，钟振振校点《宋词举》（外三种），江苏古籍出版社 2002 年版。

现萎缩局面，而是表现出"新"的姿态，呈现出"多彩"的风貌。如词人身份的变异（有旧式词人，新派词人，折中派词人），填词境的开拓（新题材的抒写，新思想的纳入，新境界的表现等）①，词风的杂糅（如典雅、通俗、豪放、沉郁等），词派的对立（"校派"与"社派"或者"遗老"派、"学院"派与"现代"派），词社的纷起（丽则词社、瓯社、沤社、须社、如社、午社、潜社等）。这种风貌的造成，诚然有多方面的原因，而此时宋词选本的编选与传播当是其中重要原因之一。前文已指出，民国词创作主张大多数是通过宋词选本来传达的，宋词选本为民国词创作准备了理论基础，此点不多详言。除此之外，民国时期的宋词选本还从词法、词艺、词旨、词风等方面为民国词坛提供了"营养品"与"催化剂"。

其一，以"门径"型为主的宋词选本为民国词人填词提供了基本的规范、套路与技巧。在规范上，如一再被笺注考证的，像《白香词谱》，即是民国词人填词经常采用的"图谱"范本。相对于"白香"的传统式，而林大椿的《词式》则更"新式"，目标指向的是学生。其《凡例》云："专供学生应用，故义取简明及实用，力避高深及繁芜，所以每调仅采习见之正体之一首为式。"② 这就为此时学生的填词提供了范本。"词谱"型选本印行量的扩大，对初学填词者起"规范"作用。在填词技巧上，"填词法"式的词选提供了"套路"，具有示范作用。如顾宪融《填词百法》就径称"无师自通"。其卷上归纳了词的各种作法，如"俗语入词法""书信体作法""告诫体作法""集句体作法""福唐体作法"等，每法下附范词若干；其卷下则以唐宋名家为例，研究其作法、特色，并各举出名作数阕。这就为初学者准备了"捷径"，真有可能起到"无师自通"的效果。

其二，在词艺方面，民国的宋词选本为词人提供了"模特"，灌输了审美理念与词艺原理。如吴梅在东南大学（中央大学）等高校任教时，曾编选《词选》《诗余选》供学生填词时揣摩、研习。其弟子唐圭璋在晚年回忆学词的经历时还说："吴梅先生开'词选'课时，选录历代名作，阐述详尽，更使我在词学方面，打下了坚实的基础。""我在先生的指导下，首先

---

① 关于此点可参见拙作《论南社诸子对词境的开拓》，《河南师范大学学报》2007 年第 2 期。
② 林大椿：《词式·凡例》，上海商务印书馆 1933 年版。

熟读《词选》中所选的词，次则完成先生在课堂上所布置的词学习作。"①
由唐圭璋自述可见，词选的"模特"作用对其填词是有影响的。再如龙榆
生《唐五代宋词选》为"中学国文补充读物"，他在《导言》中谈了词的
体性、特征后，指出对词要抱"客观的态度"，"把他的特殊组织弄个清楚。
进一步再利用这种组织加以损益变化，去创造新体乐歌。"② 龙氏于此所论，
不仅仅要求人们把握词体的艺术原理来填旧词，而且要求人们创作"新体
歌词"。对这种"新体歌词"，人们在谈民国词时常忽略，实际上当作为传
统词体的"变种"视之。由以上所举两例可见，民国的宋词选本既是人们
填词的艺术"秀"库，也是填词艺术方面的"导航标"。

　　其三，在词旨、词风上，民国的宋词选本也是对民国词作创作起着引导
作用。如朱祖谋的《宋词三百首》，选词以"体格、神致、浑成"为主旨，
对民国词旨宗尚"拙、重、大"、民国词中"梦窗热"、精工风格、典雅词
派等都起着导源影响。像许之衡在《词选及其作法》中要求作法讲"大、
重、新、雅"，唐圭璋《唐宋词简释》中以"拙、重、大"之旨选举法词，
讲词之作法，要求"雅、婉、厚、亮"等，既是对朱氏填词要求的推衍，
也是他们填词所遵循的原则，也影响着学词者填词的词旨、词风。再如龙榆
生于《唐五代宋词选》中选词，"提取'声情并茂'而又较易了解的作品，
并且侧重所谓豪放一派，目的是想借这个最富于音乐性而感人最深的歌词，
来陶冶青年们的情操。"③ 可以想见当青年学子在阅读是选并从事填词活动
时，不可能不受龙氏"豪放"之选的影响。他们的词作也很有可能在词旨、
词风上倾向"豪放"。类似的欧阳渐《词品甲》《词品乙》、贾维汉《滴珠
楼词学》等对民国词的"爱国"之旨与"豪放"之风，也有相当的"催
化"作用。由以上分析可见，民国词坛风貌的形成离不开其时宋词选本的
滋养、示范与培育。

　　综上各部分所论，民国时期的宋词选本选型丰富，特点鲜明，意义极为
重要。研究它们不仅有利于宋词研究与民国词学研究，更有利于民国词史研

---

　　① 唐圭璋：《我学词的经历》，中华书局《文史知识》1985 年第 2 期，后收入钟振振编：《词学的
辉煌——文学、文献学家唐圭璋》一书，南京大学出版社 2001 年版。
　　② 见龙榆生：《唐五代宋词选》导言，商务印书馆 1937 年版。
　　③ 见龙榆生：《唐五代宋词选》导言，商务印书馆 1937 年版。

究的开拓，还有利于词选学的建构以及词选史的完善。时至今日，对民国词学、民国词史的研究应当全面展开、加强。当代词学家刘扬忠先生在瞻望词学研究之未来时也曾对此予以指出。① 所幸的是南京师范大学词学研究中心已开始了对民国词及其词学的文献整理与研究。但这还远远不够，希望更多的学者能投入其中，关注并探讨之。

---

① 张若兰：《刘扬忠先生词学访谈录》，《南阳师范学院学报》2006 年第 1 期。

第 九 章

民国时期清词选本考论

民国时期是中国词学发生重大变革的重要阶段。这一时期出现了各种各样"新"的词选。对"民国时期的宋词选本"笔者已有专文论述，这里再就"民国时期的清词选本"予以考论，以期有益于清词研究、有益于民国词史的研究，更有利于词选学、词选史的构建。下面将在考索民国时期清词选本目录的基础上，对其特征与意义进行详论。

一 民国时期清词选本考索

这里的"清词选本"，指专门选录清人词作的选本或在编选的词选中录有清词作品的选本。萧鹏先生曾指出，词选可以分为狭义和广义两种概念：狭义之词选，乃是编选者对若干词人的部分作品，按照一定的取舍标准进行有选择的辑录，并依据某种体例编排成帙。广义之词选，则是编选者对若干词人的作品部分地加以辑录，并依据某种体例编排成帙。作为对词选历史的研究，我们当然应该采用广义的概念。广义的词选可包括地方词选、词坛唱和、辑佚钩沉、词社课存以及"部分界于订谱和选词之间不纯为词谱的总集"等。① 在此，我们依据萧先生之广义概念来判定清词的各种选本。民国时期的清词选本主要包括民国时期选编评注的与民国时期翻刻刊印发行的两大类。

---

① 萧鹏：《群体的选择——唐宋人选词与词选通论》绪论，台湾文津出版社 1992 年版，第 4—5 页。

据笔者访查搜辑所补至今已达 120 余种。为方便论述，兹附表如下。

（一）断代专选类（27 种）

1.《晚清词选》，徐乃昌编，南陵徐氏积学斋稿本，藏复旦大学图书馆。

2.《清词选》，胡云翼编，上海中华书局，1937 年。

3.《清代词选》，胡云翼选，《词学小丛书》之二，上海文力出版社，1946 年。

4.《清词选集评》，徐珂编，商务印书馆，1926 年。[①]

5.《箧中词》，谭献编，以其"论词之语精，三四十年间，风行一时"[②]。

6.《广箧中词》，叶恭绰编选，1935 年叶氏家刻本，1935 年《遐庵丛书》铅印本。中国国家图书馆藏有吴梅圈点批识缩微本。

7.《近三百年名家词选》，龙榆生编选，上海古籍出版社，1948 年。[③]

8.《今词选》，陈匪石著，连载于 1916 年 1—6 月《民国日报》报刊上。[④]

9.《今词综》（《寸金只玉词选》），沈太侔（宗畸）辑。

10.《沧海遗音集》，朱祖谋编选，存于《彊村遗书》，1933 年。[⑤]

11.《词荔》，朱祖谋编选，张尔田补录。[⑥] 存于《彊村遗书》，1933 年。

12.《补国朝词综补》，林葆恒选，1943 年稿本，北京图书馆藏。

13.《清十一家词》，王煜编选，正中书局，1936 年。[⑦]

14.《清季四家词》，薛志泽辑刻，成都薛崇礼堂刻本，1949 年。[⑧]

---

① 选辑吴伟业、龚鼎孳、胡进美、李雯、宋婉、孙尚任等家词 620 余首。各词后附谭复堂等人的评语。

② 舍之（施蛰存）：《历代词选叙录》，《词学》第 6 期，华东师范大学出版社 1988 年版，第 223 页。

③ 据龙榆生著：《近三百年名家词选》后记，上海古籍出版社 1956 年版。

④ 是选一直不为人注意。是选分两部分，第一部分刊于 1916 年 1 月 26 日至 3 月 21 日的每期《民国日报》上，一次刊出 2 至 3 首；第二部分在 1916 年 3 月 23 日至 6 月 9 日每期上刊出。从其选刊的词人词作来看，基本上是继谭献《箧中词》以后的光宣词人及其同时词人，间有"近世词人未刊之作"（陈匪石《今词选》叙例，《民国日报》1916 年 1 月 26 日）。

⑤ 《沧海遗音》中选录了晚清 11 家词人，如夏孙桐、张尔田、陈洵等的词作。

⑥ 全书录清代毛奇龄、陈维崧、朱彝尊、曹贞吉、顾贞观、纳兰成德、厉鹗、张惠言、周之琦、项廷纪、蒋春霖、王鹏运、郑文焯、况周颐、朱祖谋等 15 家，137 首词。

⑦ 选录纳兰性德、陈维崧、朱彝尊、厉鹗、蒋春霖、张惠言、项鸿祚、文廷式、王鹏运、郑文焯、朱祖谋等 11 人的词作。

⑧ 收录王鹏运、郑文焯、朱祖谋、况周颐等的词作。

15.《又满楼所刻词》，赵诒深编选，选唐祖命、张思孝、沈鋆、江标等16 家，1923 年刻本。

16.《三家词录》，赵少芬编选，1921 年排印本。

17.《三程词钞》，程颂万编选，鹿川阁排印本，1929 年。

18.《梁氏词学》，陈乃文抄，手稿本，1932 年。①

19.《犹得住楼诗选、词选》，李媞撰，1925 年。共选李媞的诗歌 45 首，其中词 13 首。

20.《旧月簃词选》，陈曾寿编，满州图书株式会社，1938 年。

21.《天醉楼词选抄》，江家琚选近代姚亶素词若干首，1925 年刻本，藏上海图书馆。

22.《闹红一舸词选》，（清）陈希恕撰，1922 年刻本。②

23.《吴藻词》，谢秋苹选，"词学小丛书"之一，上海文力出版社，1946 年。

24.《纳兰词》，罗芳洲选，"词学小丛书"之一，上海文力出版社，1946 年。

25.《国朝词综》，（清）王昶纂，上海中华书局，铅印本重印，分别于1920—1934 年、1934—1936 年重印。

26.《国朝词综续编》，（清）黄燮清编纂，上海中华书局，铅印本重印，分别于 1920—1934 年、1934—1936 年重印。

27.《国朝词综二集》，（清）王昶纂，上海中华书局，铅印本，1920—1934 年重印。

（二）地域类词选（26 种）

1.《长兴词存》，王季欢与其夫人温匋（嫛嬰）辑，1924 年排印本。

2.《松陵绝妙词选》，（清）周铭编，薛氏邃汉斋铅印本重刊，1926 年。

3.《广川词录》，董康编选，武进董氏刊行，1940 年。

4.《闽词征》，林葆恒编，忍盦刻本，1930 年。

---

① 收有梁启勋：《梁氏词学》、陈运彰：《吴丝新谱》、王国维：《静安词》等三种。藏上海图书馆。
② 选吴江陈希恕（梦琴）词作 55 首。

5.《蜀雅》，周登岸编，上海文明书局，1931 年。

6.《粤西词四种》，陈柱编选，北流十万卷楼，1934 年。①

7.《海宁三家词》，陈乃乾编选，共读楼铅印本，1936 年。

8.《毗陵三少年词》，钱振锽编选，1913 年。

9.《沧江乐府》，钱溯耆编选，1916 年钱氏刊刻。选录清人程庭鹭等词别集七种。

10.《湖州词征》，朱祖谋辑，吴兴刘氏嘉业堂，1927 年。

11.《国朝湖州词录》，朱祖谋辑，吴兴刘氏嘉业堂，1920 年。

12.《安徽清代名家词》，安徽丛书编印处，民国年间影印本。

13.《合肥词钞》②，李国模编选，安庆大同印制局排印本，1930 年。

14.《浔溪词征》，周庆云编，1917 年排印本。

15.《笠泽词征》，陈去病编，陈氏自印本，1915 年；又有柳去疾排印本，1921 年。

16.《西湖诗词丛话》，（清）厉鹗著，杭州六艺书局，1929 年重印。

17.《滇词丛录》，赵藩编，《云南丛书》本，1923 年。

18.《山阳词征》，丁志安编，淮安市楚州区图书馆藏稿本，民国间。

19.《西泠新词萃》，马汤楫编，选抄近代以来西泠词人词作。

20.《松陵词征》，陈去病编。

21.《增补闽词征》，陈守治编。

22.《笠泽词征补编》，顾悼秋编。

23.《蜀十五家词钞》，邵瑞彭编。

24.《南浔词征》，周子美代其叔父周庆云编撰，共二卷。

25.《蜀十五家词校录》，吴虞编。

26.《粤东词钞》，潘飞声编。

（三）闺秀类词选（15 种）

1.《女子绝妙好词选》，（清）周铭编，石印本（线装），上海中华图书

---

① 包括清人苏汝谦：《雪波词》、彭昱尧：《彭子穆先生词集》、王鹏运：《校梦龛集》、龙继栋：《槐庐词学》等。

② 录清初至民国合肥籍词人 52 家，词作 692 首。

馆，1915年。

2.《中国历代女子词选》（欣赏丛书），云屏著，上海大光书局，1935年。

3.《女作家词选》（女作家小丛书第1辑），孙佩苣选，广益书局，1932年。

4.《历代名媛词选》，吴灏编，上海吴氏木石居石印本，1913年。

5.《闺秀百家词选》，徐乃昌选，上海扫叶山房石印本，1915年。

6.《五百家名媛词选》（16卷），吴灏选，石印本，1927年。

7.《历代闺秀词集释》，徐珂编，上海商务印书馆，1926年印行。

8.《历代名媛词选》，吴灏辑，上海吴氏木石居，1927年。

9.《历代女子白话词选》，张友鹤编，上海文明书局，1926年。

10.《历代女子词选》，李辉群选，中华书局，1935年。

11.《女性词选》，胡云翼编，上海亚细亚书局，1928年；上海文力出版社，1946年。

12.《销魂词选》，范烟桥选评，上海中央书店，1925年。

13.《安徽名媛诗词征略》，刘淑玲编，1936年排印本。

14.《绛云楼历代女子词选》，（清）柳如是编，上海大通图书社，1936年。

15.《众香词》，（清）徐树敏、钱岳编选，大东书局影印康熙二十九年（1690）刊本。

（四）通代杂选类（61种）

1.《三十家词选》，郑骞选注，1940年。据燕京大学《文学年报》1940年第6期。

2.《三近居词选初稿》，（民国）任卓选，凡八卷，选词650首。①

3.《艺衡馆词选》，梁令娴辑，清光绪三十四年（1908）排印本；上海中华书局，1935年。

---

① 其中选龚鼎孳、朱彝尊、陈维崧、王士祯、顾贞观、郑燮、张惠言、厉鹗、郭麐等人词。藏上海图书馆。

4.《诗余选》①，吴梅，藏上海图书馆。

5.《诗词选》，佚名辑，民国间油印本。②

6.《中华词选》，孙俍工、孙怒潮编，上海中华书局，1933 年。

7.《词准》，胡山源编，上海世界书局，1937 年。

8.《词略》，卢前选评，中国联合出版公司，1944 年。

9.《词选》，顾震福编选，北京女子高等师范学校，民国间。

10.《名家词选笺释》，韩天锡选，大华书局，1935 年。

11.《绝妙词钞》，李宝琛选，上海黎明书局，1933 年。

12.《诗词精选》，维恒编注，上海乐华图书公司，1935 年。

13.《历代白话词选》，凌善清选，上海大东书局，1924 年。

14.《注释白话词选》，张友鹤、关廉铭编，中华书局，1936 年。

15.《历朝名人词选》，（清）夏秉衡编，上海扫叶山房，1919 年。

16.《古今词选》，（清）沈时栋编，上海扫叶山房，1921 年。

17.《玉壶山房词选》，（清）改琦，铅印本，民国间重印。

18.《词品甲》，欧阳渐选，支那内学院，1933 年。

19.《词品乙》，欧阳渐选，支那内学院，1942 年。

20.《抗战文鉴类纂》，其中收诗词 52 首，黄源澄编，藏南京图书馆。

21.《国难文学》，吴贯因选，东北问题研究会，王卓然序。收诗词等 100 余篇。

22.《民族文选·词选》③，江苏省立镇江中学国文科编，1933 年。

23.《民族词选注》，赵景深选注，"学生国学丛书"本，商务印书馆，1940 年。

24.《满江红爱国词百首》，李宗邺编，"学生国学丛书"本，长沙商务印书馆，1938 年。

---

① 王卫民等人所编《吴梅全集》目录中不见，该书各页骑缝中有"中国文学·词选"字样，扉页注明"文本三年级"，有何立善序。

② 其中收《六一词选》选欧阳修词 83 首；《珠玉词选》选晏殊词 29 首；《苕华词》选王国维词 110 首；《阳春词选》选冯延巳词 24 首；《稼轩词》选辛弃疾词 60 首；《淮海词》选秦观词 29 首。凡 335 首。

③ 据《词学季刊》（1933 年）第一卷第 2 号扉页书籍广告。

25.《通俗文类钞》（辑录近于白话的历代诗、词、文），新文学社编，上海中华书局，1920 年。

26.《十二楼艳体词选》，紫仙辑，1920 年铅印本。

27.《美人千态词》，雷瑨选，上海扫叶山房石印本，1914 年。①

28.《绿窗艳课》，周瘦鹃选辑，上海大东书局，1928 年。分上下两卷，上卷为诗，下卷收词 270 首。

29.《散天花馆词选》，张元群编，石印本，莒县新华石印局，1929 年。

30.《特种国文选：诗词曲》，孙俍工编，南京中央陆军军官学校，1936 年。

31.《乐章习诵》②，卢前选录，重庆文风书局，1945 年。

32.《风流艳集》第二集③，李警众编，上海泰东图书局，1917 年。

33.《艳词一束》，萍君选，上海北新书局，1933 年。

34.《岁时景物日咏大全》，徐珂编纂，上海商务印书馆，1924 年。

35.《西河词选》，黄人选。

36.《分类写实恋爱词选》，刘季子选，上海南京书店，1933 年。

37.《滴珠楼词学》，贾维汉选著，兰州俊华印书馆，1943 年。

38.《词式》，林大椿编，上海商务印书馆，1933 年。

39.《词范》，杨易霖编，1930 年代，藏上海图书馆。

40.《词选》，佚名编，1930 年代，藏上海图书馆。

41.《模范作词读本》，施伯谟著，上海三民图书公司，1935 年。

42.《词选及其作法》，许之衡选著，北京大学出版社，1925—1930 年。

43.《文苑导游录》（1—10 册），常觉、陈小蝶等栩园同舍生，文学指南，收陈蝶仙的诗词讲解，栩园编译社，1921 年。

44.《近人词录》，龙榆生主编《词学季刊》中所设的栏目。

45.《近代女子词录》，龙榆生主编《词学季刊》中所设的栏目。

46.《今词林》，龙榆生主编《同声月刊》中所设的栏目。

47.《清名家词》，陈乃乾，开明书店，1937 年。

---

①　多收录陈玉瑝、朱彝尊、朱昂、吴锡琪、彭孙遹、陈其年、蒋春霖等人咏美人的词作。
②　收先秦至清的乐府、诗词、散曲、民歌等共 397 首。
③　内分六卷，选辑古今涉及风流艳事的诗、词、曲，并叙述介绍。

48.《填词法》①，陈蝶仙著，《文艺丛编》，栩园编译社，1921年。

49.《词林拾遗》，陈渊著，养吾斋丛书活字印本，民国间。

50.《山中白雪词选》②，吕碧城著，"梦天雨华丛书"之一。

51.《临桂楼词抄》（又名《词学备体》《异撰居词学备体》），以调选自唐至清初词作。沈昌元（际唐）选。民国间刊，藏南京图书馆。

52.《词律补体》，朱梁任著。

53.《词林史》（《词事备查》），庞鸣仪（凤来）编，民国间，藏上海图书馆。

54.《词林佳话》，陈登元辑注，上海南京书店，1931年。

55.《女性词话》，谭正璧著，上海中央书店，1934年。

56.《诗词治要》，张文治著，上海文明书局，1930年。③

57.《诗词杂话》二卷，冯心甫编著，上海新纪元出版社，1947年。

58.《春晖社文选·词选》，张本良编，著易堂，1919年。④

59.《同南社词录》，分别刊于同南社集各期之中，1917年。

60.《南社丛选·词选》，胡韫玉编选，国学社印行，1924年。

61.《南社词集》，柳亚子编选，上海开华书局，1936年。

以上所列为笔者目力所见的民国时期的各种清词选本，凡129种。其中断代专选类凡27种、地域类词选凡26种、闺秀类词选凡15种、通代杂选类凡61种。这尚不包括如黄人《中国文学史》、徐珂《清代词学概论》、吴梅《词学通论》、陈柱《四十年来吾国文学述谈·词选》等词史著作中包孕的清词选。其实这些词史著作只不过论述增多，采取了论选结合的方式。当我们全面考察民国时期对清词的选录情形时，不应当将它们置之度外。另外，由于各种限制，即使笔者已考索的这些清词选本名目中，当存在需要辨别其实情者。在民国时期当还有不少清词选本，容以后再搜求。

---

① 陈蝶仙：《文艺丛编》，栩园编译社，民国十年（1921年）。连载于民国十年阳历5月、7月、9月、11月栩园编译社所刊《栩园杂志》第一至四册《栩园酬应集》上。

② 与劝发菩提心文、观音菩萨灵签合编，藏上海图书馆。

③ 《诗词治要》，分3卷，卷2为词，收名作160首，附李清照词16首。

④ 由于是社起于清宣统二年（1910年），而此选成书于民国八年（1919年），故当为清词选本。

二　民国时期清词选本的特点

由以上考索可知，民国时期的清词选本数目多达百余种，值得我们进一步深究。总体看来，此时的清词选本表现出不少引人注目的特点。即使与此时的宋词选本相比，也有着诸多不同的特点。这里从选型特点与各期特点予以详论。

一方面，民国时期的清词选本的"选型"多样。笔者在论民国时期宋词选本的选型，曾从不同的角度如词选的外部特征、目的与功能、编排方式与撰述方式来划分出若干选型。① 下面再依据所论，对此时期清词选本的选型特点予以描述。

其一，按形体来分，民国时既有不少"独立"型清词选本，如胡云翼《清代词选》、叶恭绰《全清词钞》、陈乃乾《清名家词》即属此型；也有不少"包孕"型，如龙榆生《近三百年名家词选》、孙俍工《中华词选》、张友鹤《白话词选》、周瘦鹃《情词》等均为此类。就总体来看，属"包孕"型者远远多于"独立"型。之所以有此情况是与民国流行的"时代文学"观有极大的关系。"清词"，按胡适等新文学家的见解，乃"模仿"的文学，"死"文学（胡适《词选》序），小说才是清代文学的代表。自然，"独立型"选本较少。如果细心考察一下，大多数"独立"型清词选本，是由重传统的"新变派"词学编选，其中胡云翼虽以"现代"派身份编选了《清代词选》，然其立足点在"白话"，在"纯文学"，在以书赢利，"但望读者能因此引起研究清词的兴趣而已"②，因为由他所编的唐宋词选就远远多于此，连其《故事词选》中也明言"就词发展之高度而言，至两宋已登峰造极，两宋以后，再也没有这样一个黄金时代了。本书所录，起于唐五代，终于宋末元初。"③ 从语言来看，在民国时期，"文言"型与"白话"型清词选本均有编选，然而，相对来说，属"文言"型者又多于"白话"型，属"白话"型者又多为包孕式"通代"词选。其中缘故显然与"白话

---

① 曹辛华：《论民国时期宋词选本的选型》，《枣庄学院学报》2008 年第 3 期。
② 胡云翼：《清代词选》题记，《词学小丛书》之三，文力出版社 1933 年版。
③ 胡云翼：《故事词选》序，中华书局有限公司 1935 年版。

文"运动有关。而从所选对象来看，属"性别"型、"类别"型、"地域"型者在此时清词选本中占了大多数，且基本上是"包孕"型的。此期出现的涉及清词的女性词选达十余种，而此时出现的各种分类词选中几乎都选录有清人词作。至于地域式词选是对一地自唐至清的词人作品的汇辑，也就保存了大量的清词，在"地域"型词选中，清人词作通常篇幅甚多，体现出了以词纪人的"乡邦"观念。

其二，由编选诗词的目的与功能来看，民国时期，"研究"型、"讲义"型、"读物"型清词选较多，而"门径"型、"开宗"型、"翻刻"型三类选本则较少。属"研究"型者，如徐珂《清词选集评》、叶恭绰《广箧中词》《全清词钞》、陈乃乾《清名家词》、林葆恒《国朝词综补》等均属此列。这些词选的编选者基本上以词学家的身份来对清词进行整理，编选清词只是其研究清词的手段之一。此时"研究"型清词选虽不及宋词选本多，但其编者多有筚路蓝缕之功。此时"讲义"型清词选，同样也不如宋词选本多，但是，却标志着清词"课堂"化，像吴梅《诗余选》为"文本三年级"的教材，其中就选录50余位清人词作。其他如黄人所编文学史中词选部分、孙俍工《特种国文选·诗词曲》、卢前《乐章习诵》《词略》、许之衡《词选及其作法》等均属"讲义型"。然由于受当时"新文学"观念的影响，此型未能如宋词选那样出现如陈匪石《宋词举》、唐圭璋《唐宋词简释》之类的"精品"。"读物型"清词选，于此期尤多，可分两类，一类是包孕在历代词选中者，如前述的《情词》等（此类最多）。一类则为专门读物，如胡云翼《清词选》、罗芳洲《纳兰词》、谢秋苹《吴藻词》等。此三种，均为胡氏"词学小丛书"之一种，即属于"读物"。相对于前三型，民国时的"开宗型""门径型"清词选，就相对较少。即使有一些"门径型"的（如刘坡公《学词百法》，杨易霖《词苑·词选》等），其中以清词为例者远远少于唐宋词，此乃"厚古薄今"的习惯所致。而此期"翻新型"清词选，虽然也有多种，如谭献的《箧中词》即曾多次重印，风行一时。但与当时对前人宋词选本翻印的热火情景相比，就显得寥落得多。这种情形的造成，自与清词自身的文学价值有关，还与当时"时代文学"观念相关。

其三，民国时期清词选本的编排方式与撰述方式与宋词选本的选型基本一致，但各型分布不一。一方面，在编排上，此时的清词选以"以词人系词"型、"以题材系词"型为多，而以谱调系词者则少见。自然因为词体形式的最早形成在唐宋，而不在有清。"以词谱系词"型大多为"门径"型，人们选作词"模范"时也就倾向唐宋名作；另一方面，由撰述方式形成的选型来看，此时清词选本仅有"选抄型""集评型""评点型"三种，而缺乏"笺注型""析论型""纪事型"。据统计，属"选抄型"清词选占总体的大半，属"集评型"者仅徐珂所选《清词选集评》《历代闺秀词选集评》等数种，属"评点型"者，以叶恭绰《广箧中词》为代表（是选于每位词人作品下均有简短评语）。造成这种特点也是与人们"重源轻流""贵古陋今""重古轻今"的惯性有关。龙榆生就曾针对此种情况发出"考古今之难，不亚考古"①的慨叹，其研治清词，也是有感于日本人今关天彭对清词与近代词的研究行为，从而激发出以治清词宣泄民族情感。龙氏尚且如此，其他人对清词的编选只能限于"选抄""集评"这样的浅层次，至于专门的"笺注""析论"也就阙如。

通过以上对民国的清词选本选型特点的分析可见，相对于此时"宋词选本"的编选的成熟，清词选尚处于草创阶段，尚有不少"选型"值得我们继之编选。

另一方面，民国时期各个阶段的清词选本编选显示出了各自特点。②就编选轨迹来看，民国时各期的清词选本编选轨迹呈橄榄状。民国前期（1912—1923）仅出现了 20 种清词选本，民国中期（1924—1936）却多达56 种，而民国后期（1937—1949）又减为 15 种。③这就表明，在民国中期，人们对清词的编选已有足够的重视。民国后期数量之所以又骤然减少，显然是受到抗日战争的影响。笔者在《民国时期宋词选本考论》一文④中对民国时宋词选本各个阶段的特征的大体评定，虽有不少可使用于评定各期的清词选本编选，但毕竟还是有别。

①　龙榆生：《清季四大词人》，龙厦材编：《龙榆生词学论文集》，上海古籍出版社 1997 年版，第436—437 页。

②　这里有民国时期清词选本编选分期划分依据曹辛华：《论民国词史的分期与特点》（《中国诗学》第 13 辑，2008 年版）中所论。

③　此处数据排除了编选时间不确切的清词选本。

④　《民国时期宋词选本考论》，为第五届宋代文学国际研讨会提交论文，后刊登于《宋代文学研究丛刊》第 15 辑，台湾丽文文化公司 2008 年版。

其一，民国初期清词选本在"功能与选型"上也有新变。如词选的刊物化（陈匪石《今词选》、陈蝶仙《著作林》上分期刊登的《雨花草堂词选》均是），地域词选的增多（像朱祖谋《湖州词征》、钱溯耆《沧江乐府》、周庆云《浔溪词征》等）；又如选心既有民国前期选心多样的一面，又有沿袭求异的一面，如徐乃昌、吴灏等人以"闺秀"视角张扬女子才华。再如在对清人选清词等书籍（像夏秉衡《历朝名人词选》、沈时栋《古今词选》）重新刻印的同时，还有《美人千态词》之类的专题词选，与《今词选》《今词综》之类的近人词选。

其二，民国中期的清词选本中也呈现出选型多样、选心丰富、选源广泛、选系分明的特点，堪称繁盛。选型上，此期出现了"白话"型词选（《历代白话词选》《销魂词选》）、"讲义"型词选（吴梅《诗余选》）、"集评"型词选（徐珂《清词选集评》《历代闺秀词集评》）等不同"型体"的诗词选本。选家选词用心不一。或为宣扬新思想，如大量女子词选中对清代女词人作品收录颇多，像胡云翼编《女性词选》、云屏选《中国历代女子词选》、孙佩苣选《女作家词选》、张友鹤编《历代女子白话词选》、李辉群选《历代女子词选》等。或为教人填词，虽然通常此类词选在选择范式时多以唐宋词作为主，但其中也有像以清词为榜样者，如刘坡公《填词百法》中即有清代诸家学词法。下选录例词若干，而在其余各"法"下也有选清词为例者。又如佚名所编《词选》中选录了朱彝尊、陈维崧、纳兰性德、厉鹗、郭麐、张惠言、周济、项廷纪、蒋春霖、况周颐、朱祖谋等人词作各一，以为范例。或为"国学"选心，如《词蒴》则是朱氏手选清词，计15家，"皆能自开门户者，选录之精，足与《宋词三百首》并传。"[1] 叶恭绰的《全清词钞》、陈乃乾的《清名家词》均出于此意。而对前人编的清词选如《国朝词综》《国朝词综补》等的重新翻印，也出于"国学"目的。或为"国难"选心，弘扬民族正气。像欧阳渐《词品正》《民族文选·词选》等即如此。在选系的方面，民国中期的清词选本，也有"词谱"选系、"词选"选系、"词法"选系、"白话选系""女子选系""集评选系"6类。此点已在拙文《民国时期宋词选本考论》中有述，兹不赘。在选源方面，民

---

① 秋蓬：《词籍介绍》，《词学季刊》创刊号，上海书店 1985 年版影印本，第 213 页。

国的清词选本，也不出"广新"型、"相因"型与"选优"型三种情形。"广新"选源的清词选本与此时宋词选本稍有不同，多是从清词名家、清代女词人的词作中来"选矿"，而不是广泛考虑。"相因"型词综的清词选本，笔者在论宋词选本时列举的多为"包孕"式者，因此，其判断亦适合于此。此期的"选优"型词综清词选，以叶恭绰《广箧中词》与胡云翼《清代词选》为代表。前者对近代以来的词作精选一二，并予以点评，后者则"用纯文学的眼光"来选词，"共录词家 129 人，录词 228 首"①。当然由于人们对清词研究重视的程度不及唐宋词研究，尽管存在"清词"这样一个大"矿源"，而来选矿者却少于选宋词者。自然，"样本"就相对较少。

其三，民国后期的清词选本也极具特色。一方面，出现了一批从"国难"角度而选的清词选本，如欧阳渐《词品乙》、赵景深《民族词选注》、龙榆生《变风集》、李宗邺《满江红爱国词百首》等，均以激发抗战爱国热情为目的；另一方面，此期出现了一批对前人的清词选本进行整理的选本。如林葆恒《补国朝词综补》，"是编初仅就家藏各词选录，所得不及三千，嗣荷叶遐庵先生以所辑《清词钞》稿本见示，又举张艮庐先生手抄词二十余册悉以相付，遂成大观。"②凡丁绍仪《国朝词综补》未及者，竟达 4097家，词作 6890 首，虽有体例未精（将民国词人卢前、龙榆生等也收入），但其功极大。又如此时又翻印了胡云翼的《清代词选》《女性词选》，龙榆生则在《同声月刊》中开设了《近代女子词录》《近人词录》这样的栏，表现出较强的搜存整理近代词的意识。特别需指出的是，龙氏于 1948 年编成了《近三百年名家词选》，目的使人明晓"三百年来词坛盛衰之故，与世运为倚伏"③。龙氏选陈维崧词最多，与龙氏对苏辛词派的喜爱有关，也与当时 40 年代抗战爱国精神以及 50 年代积极向上的精神分不开。而列朱孝臧为第二位，既有尊师的原因，也有引人"考今"的因素。在所选词作 9 首以上的 22 位词人，晚清词人多达 10 家，足可见龙氏对晚近词人的重视程度。

由以上描述可见，民国各期的清词选编特点虽与宋词选编有相仿之处，但由于时代文学观、新文学观念的影响，总体上看，不及宋词编选"繁

---

① 胡云翼：《清代词选》题记，《词学小丛书》之三，文力出版社 1933 年版。
② 林葆恒：《补国朝词综补》，1943 年稿本，藏北京图书馆。
③ 龙榆生：《近三百年名家词选》后记，上海古籍出版社 1956 年版。

荣"。尽管如此，毕竟也说明人们已对清词有了重视，清词的研究也正是由
选本开始的。相较于建国后 30 年中唯有龙榆生《近三百年名家词选》的畸
形格局来说，民国时期的清词编选是呈良性态势的。

三　民国时期清词选本的意义

民国时期清词选本在词学史与民国词史等方面，同宋词选本一样，具有
多重意义。它既有助于我们对清词文献的整理，也有利于清词史的把握；既
可为清词的编选提供借鉴，也有利于考察民国词人的创作理论来探寻民国词
坛、词风的渊源。这些意义也正是我们将民国时期"清词选本"作为研究
对象来全面系统考论的重要原因。

首先，民国的清词选本，为我们提供了大量的历史资料，具有较大的文
献价值。一方面，这些词选中保存了不少清人的生平、事迹、里籍、著述等
史料。如果说民国的宋词选本以其距宋代遥远，其文献价值相对较小的话，
那么，由于民国与清朝的接踵关系，这些清词选中所蕴含的大量史料就颇值
得重视。如江家珮《天醉楼词选抄》是对近代词人姚鹓素词作的选录，现
藏上海图书馆。此选中即保存有一则关于龙榆生的内幕的资料。江氏于
《〈齐天乐〉题彊村老人遗像，在西溪两浙词人祠》上眉批云：

> 龙沐勋榆孙集资刻《彊村遗书》，初板并无梁鼎芬词，以附和叶恭
> 绰将梁词加入，叶跋则大书中华民国年月，又将《彊村集外词》汇刻
> （集外词非自作），重违翁意。彊村与予交数十年，稔知其不取拜门之
> 人。如赵叔雍、陈蒙庵辈请附门下，彊村亟引于况夔笙处，此其明证。
> 陈伯岩为彊村撰墓志，误以龙为门人。龙则将错就错，不事改正，故意
> 刻入。殊为可叹。"抱"字均即此也。①

此则材料虽是一家之言，但关涉了龙沐勋与朱祖谋关系中的一个秘密，值得
注意。又如沈宗畸的《今词综》虽初刊于民国前数年，然后来亦有再刊，

---

①　江家珮：《天醉楼词选抄》眉批，1925 年刻本，藏上海图书馆。

是集录词人 54 位，于每位词人下均有小传。其中所录如汪瓈、于尔大、彭瑛等十余位均可补当代学者朱德慈所著《近代词人考录》①中所未收。有的即使朱著已录者，通过相对勘，也可补所录词人的生平之不备。其他像陈蝶仙《雨花草堂词选》、陈匪石《今词选》等亦均有此作用。另一方面，民国的清词选本保存了大量的清人评词、论词的文献。如徐珂的《清词选集评》中就保存了不少谭献、况周颐的点评清人词作的言语；其《历代闺秀词选集评》则保存了况周颐、谭献等人论清代女子词作的评语。至于这些清词选在保存清词作品方面的价值，由于全清词的编纂尚始完成《顺康卷》，虽暂时还显不出辑佚的价值，但也为我们了解清代词坛提供了"样本库"。

其次，民国的清词选本为我们把握清词的演进历史与轨迹提供了方便。一方面，清词选本身就透露着浓厚的词史意识。杨海明师在论宋人选宋词时，即指出词选"以选代史"的性质。②如此来讲，一部清词选，包括了现代意义上的"词史"所应述及的词人生平、思想、作品的思想意义与艺术风格等基本内容，虽采用了词选的方式，实际上就是以作品为主的词史。更何况民国人选清词相对来说，比清人选清词不易有"只缘身在此山中"的问题，反而更能认清清词"真面目"。像叶恭绰《广箧中词》中有大量评语，合之则更像一部清词史"草稿"。特别是叶氏对清代词人作品的评语不仅仅立足于词作的品评，还于作品后下"按语"对词人整体批评，像于陈廷焯词下按语云："《白雨斋词话》极力提倡柔厚之旨，识解甚高，所作亦足相副。"于郑文焯下按语云："叔问先生，沉酣百家，撷芳漱润，一寓于词，故格调独高，声采超异，卓然为一代作家，读者知人论世，方益见其词之工。"③又如范烟桥的《销魂词选》选女词人以明清两代为多，其中对清代女词人的批评就极为精到。像评清孙汝兰《百尺楼·采莲词戏用独木桥体》④云："这是最好的一首恋歌，只有郎、侬和莲子，只有八句四十二字，却把女子的心理曲曲道出，一个'共'字，一个'各'字，把两种境界画得清清楚楚，可称绝

---

① 朱德慈：《近代词人考录》，中国社会科学出版社 2004 年版。
② 杨海明：《唐宋词论稿》，浙江古籍出版社 1988 年版。
③ 叶恭绰：《广箧中词》，《遐庵丛书》铅印本，1935 年版。
④ 全词为："郎去采莲花，侬去收莲子。莲子同心共一房，侬可知莲子。侬去采莲花，郎去收莲子。莲子同房各一心，郎莫如莲子。"

唱"。① 若将范氏之选中各类词的总评与大量的词评合起，则更像一部微型的白话清代女子词史。与此同时，这些见解还将为我们把握清代词人及其词作特点提供视角；另一方面，在清词选的序跋里往往包含着编选者的"词史"观。如胡云翼就于《清代词选》题记中指出："在这人才济济的清词坛里面，大体来说，是分两条线索发展的。一条线索是朱彝尊派的浙词，一条是张惠言派的常州词。我们除了主张上看出两派的互相水火外，从作品上去说明这两派作风的殊异，实在是很困难的。同时在一个派别里面，我们倒很容易看出同派作家的重要殊异来。"② 由胡氏所言可知清词发展的"两大线索"。由杨易霖《词范·词选》中所列的问答题（如"清词何以复盛""朱陈词在清代词坛的位置怎样""成容若、项鸿祚、蒋春霖三家词风怎样""清末词家的渊源怎样"）即可见编选者的清词史观点，更不用说此选采取了先概述再选词，然后发问这样的结构。③ 又如叶恭绰《全清词钞·序言》中不仅论述了清词流变，还予以析因。编者选词有强烈的词史意识，"注意到有清一代作品的作风和流派演变，希望于每一时期杰出和流行的作品中能以表现其迹象。如顺治、康熙初期之犹袭明风，康熙、雍正之力追宋轨，乾隆初中叶渐入庸滥，乾隆末叶及嘉庆时之另辟途径等等，均设法显明其内蕴。"④ 王兆鹏先生认为"无异于一篇清词简史，足可参资"。⑤ 虽然这些清词选本反映的清词史脉络或见解，今天看来已为常识，但也正源于这些词选的普及作用才如此。至于民国所编文学史中包含的词选，就更具词史意识了。如陈柱的《四十年来吾国文学略谈》、吴梅《词学通论》、徐珂《清代词学概论》等著作中均选有大量的清词，则更有利于对清词史的把握。

　　第三，民国的清词选为我们选词提供了借鉴，是词选学研究的重要一环。我们在论其选型特征时，已对清词选的各种选型形成方式与原因作过些探讨。龙榆生于《选词标准论》曾说：

① 范烟桥：《销魂词选·艳情》，上海中央书店 1925 年版。
② 胡云翼：《清代词选》，文力出版社 1933 年版。
③ 《词选》，佚名编选。藏上海图书馆。
④ 叶恭绰：《全清词钞》例言，中华书局 1982 年版，第 5 页。
⑤ 王兆鹏：《词学史料学》，中华书局 2004 年版，第 400—401 页。

选词之目的有四：一曰便歌，二曰传人，三曰开宗，四曰尊体。前
二者依他，后二者为我。操选政者，于斯四事必有所居；又往往因时代
风气之不同，各异其趣。亦即本文之所由作也。①

民国的清词选本除缺乏"便歌"之一种外，其余三种均具，这就对今后选
词当有一些启示作用。许之衡《词选及其作法》就指出："学者研究词学，
亦可用分类办法，自行选列若干首，以资讽咏，似视选本以人分列者，较有
兴味，盖以人分者，多重于客观。"② 以许氏所论，在民国有不少清词选
"以人分者"值得我们参镜。值得注意的是，同宋词选一样，在不少清词选
的凡例、前言、评语等里面，包含着不同的选词标准。像胡云翼《清代词
选·题记》中就主张"第一要屏除所谓'派'的观念"，"以纯文学眼光"
来填词，而杨易森《词范·凡例》中第一条即言明"甄选各词以典雅平易
为准"。夏孙桐所为《广箧中词》序中指出，是选虽宗旨"一本复堂"，但
其编选方式胜之。他一改谭献从选本选词方式，而从专集中选补词、补人；
复堂正集精审，但续补"不避重复，究涉琐碎"，叶选则"条理贯串首尾，
秩如合成完璧之观"，并且与朱祖谋《词莂》"仅录大家，未暇遍及"比，
叶选遍及了众家。诸如此类的编选言论显然值得选词借镜。这也对词选学研
究的深化大有裨益。

第四，由民国清词选本可见民国词人的创作主张。一方面，虽然清词不
如宋词更适宜作为填词模范，但还是有不少词选谈及对清词的效法。陈匪石
《今词选·叙例》中一方面称"随得随辑"，"搜罗文献"；另一方面又说
"诠次所见世之名著作，用以自淑，如曰选词，敢谢不敏"。③ 刘坡公《学词
百法》中专列"清代诸家词法"，而徐珂《清代词选集评》序中就明言
"以便初学者之易于领悟"④。这表明民国人选清词也有树立学词榜样的意
味，也传达出了民国词人的为词观念。如龙榆生《近三百年名家词选·后

---

① 见龙榆生：《选词标准论》，龙厦材编：《龙榆生词学论文集》，上海古籍出版社 1997 年版，第
59—60 页。
② 许之衡：《词选及其作法》，北京大学出版社 1925 年版。
③ 陈匪石：《今词选》叙例，《民国日报》1916 年 1 月 26 日。
④ 徐珂：《清词选集评》序，商务印书馆 1926 年版。

记》就说："论近三百年词者，固当以意格为主，不得以其不复被管弦而有所轩轾也。物穷则变，来者难诬，因革损益，斯诸后起。继此有作，其或别创新声，以鸣此旷古未有之变乎。"① 这里龙榆生提倡"意格"，主张"别创新声"，对词体进行"革新"。叶恭绰于《清名家词·序》中也"持通变之说"，"谓后将为新体之歌以应时会，顾体制必有所承，以资蜕化，而胸襟意境与技巧之诚中形外。"② 再如贾维汉《滴珠楼词学》作为"门径"型"包孕式"清词选，要求填词"应在形式、辞藻、声情以外注重起承转合、篇章结构之作法"，不能"堆砌辞藻，而反埋没意境"。而沈际唐《临桂楼词钞·序言》中就指责了清代以来词调与词意相违的填词问题。相对来说，清词选本反映民国词人的宗尚、词旨、词艺等观念不及宋词选本，但由于清代尤其近代距离民国近，故清词对民国词创作有"其则不远"的作用。因此当我们探索民国词坛风貌的渊源时，不能仅从宋词选本入手，清词选也是一个重要的参照系。特别是由此时以"近""今"字眼名选的词选（如《今词选》《近人词录》）等来看，人们并未将清或近代与民国截然分开，某种程度来讲，民国词实际上是清词的衍生物。须知不少民国词是由前朝遗民写成的，民国与清代是继承联系，不应当割裂的。民国时词家在选词时也并未有特别的异代意识。因而，民国词风貌也就反映在《广箧中词》《今词选》等"包孕式"选本中。欲明民国词风貌，恃此时的清词本庶几克办。

综上所论，民国清词选本的研究，既是民国词史研究的必需，将对民国词史的研究有所裨益，也是清词研究的要求，对清词研究将有所深化；既是民国词学史研究的重要一环，也是词选学研究的重心之一，有利于词学史、词选学、词选史的构建。因此，我们必须采取历史联系、交叉贯通与系统全面的研究方式，进行更深一步的研究。像一些大型或特别的清词选还可单独予以考察，"辨其选型，察其选心，探其选源，观其选域，列其选阵，通其选系"③。特别是对涉及近代词人的词选应加强研究，以利于近代词坛风貌的"复原"与民国词史的探源。

---

① 龙榆生：《近三百年名家词选》后记，上海古籍出版社 1956 年版。
② 陈乃乾：《清名家词》，开明书店 1937 年版。
③ 萧鹏：《群体的选择——唐宋人选词与词选通论·总论》，台湾文津出版社 1992 年版，第 4 页。

第　十　章

论全民国词话的考索、编纂及其意义

　　近现代以来学者对词话整理与研究者，民国时期如况周颐、王文濡、唐圭璋等词学前辈曾用功其多。① 其中，唐圭璋所编纂的《词话丛编》最引人注目，收录词话达 85 种，可以说真正开了词话整理与研究的先河。而当前对词话整理与研究卓有成就的学者如张璋、王熙元、施蛰存、林玫仪、吴熊和、刘庆云、王兆鹏、孙克强、邓子勉、刘梦芙、谭新红、朱崇才等先生均有专门论著。其中张璋与人合纂的《历代词话》《历代词话续编》等著作收有词话 128 种（其中包括词选序 15 种，词选 7 种，论词绝句 3 种）。施蛰存与陈如江曾合纂《宋元词话》，并于《词学》栏目中编辑过不少稿本词话的整理成果。林玫仪有《词话七种考佚》②，共辑《古今词话》《词学筌蹄》《升庵词话》《百琲明珠》《唐词纪》《梅墩词话》《词论》等七种。吴熊和有《〈词话丛编〉读后》③，是文中较早提出增补唐圭璋《词话丛编》的倡议，并增补 9 种词话，还提供了近 40 种论词绝句的目录。刘庆云所著《词话十论》为专门研究词话理论的著作。王兆鹏所著《词学史料学》④ 于"词论研究的史料"一节中专门对"历代词话

---

① 况周颐有《词话丛钞》10 卷（藏上海图书馆），王文濡有校阅《词话丛钞》（全四册，上海大东书局 1921 年版），唐圭璋有《词话丛编》。当时刘体信（1878—1959 年）亦有词话编纂之意（见直介堂丛刻本刘体信《苌楚斋三笔》卷二《词话汇集》）。

② 《台静农先生八十寿庆论文集》，联经出版事业公司 1981 年版，第 729—742 页。

③ 吴熊和：《吴熊和词学论集》，杭州大学出版社 1999 年版，第 131 页。

④ 王兆鹏：《词学史料学》，中华书局 2004 年版。

专书"进行了述论。孙克强有《唐宋人词话》之纂，又有《清代词话简目》一文，收清词话 77 种（不含唐圭璋《词话丛编》所收者）。邓子勉编著《宋金元人词话汇编》搜罗了除专书外宋金元时期各个文人的各种论词的文献；刘梦芙所编《近现代词话丛编》[①] 一书中收词话凡 8 种。谭新红《清词话考述》是继王熙元的《历代词话叙录》又一部专门考述词话的专著，著录清代以来之词话达到 253 种（《词话丛编》未收而为编者所经眼之词话 132 种，仅被征引之清代词话 52 种，加上唐圭璋《词话丛编》所收 69 种），"在前贤研究的基础上把词话整理与研究的工作又向推进了一大步。"[②] 而朱崇才早在 20 世纪 90 年代就专门研究词话学，先后有《词话学》《词话史》《词话理论研究》等专著问世，1999 年所著《〈词话丛编〉未收词话考录》[③] 中考录词话达 134 种。特别是新近朱氏还完成了《词话丛编·续编》这样大型的词话文献整理项目。然而，就现有人们对词话整理与研究的成果来看，对"民国词话"的全面整理与研究还未提上日程。如朱崇才的《词话史》中，所叙写词话的历史时间仅至"近代词话"，其于"近代后期"词话的论述中，仅罗列了王闿运、冒广生、叶衍兰、沈泽棠、梁启超、蒋兆兰、周曾锦、夏敬观、陈洵、潘飞声、蔡嵩云、郭则沄、陈匪石等晚清民国词人的词话[④]，并未设立民国词话的章节。然而，民国时期不仅是词体创作的又一辉煌阶段，也是词话史发展的又一蓬勃阶段，民国词话也是词话史研究的重要内容，是研究民国词及其词学不可忽略的文献与史料。通过本人考索发现，民国时期出现的词话数量多达 450 余种。如此丰富的词话文献，值得我们进一步全面整理与深入研究。近几年来，笔者承蒙南京师范大学钟振振、程杰、陆林等先生的指导以及人民文学出版社周绚隆先生、江苏凤凰出版社姜小青、王华宝等先生的鼓励与支持，已基本上完成了"全民国词话"的编纂课题中的搜辑、录入工作。于此笔者拟对"全民国词话"的考索、编纂及其意义等问题

---

① 刘梦芙：《近现代词话丛编》，黄山书社 2009 年版。
② 陈水云：《词话研究的新创获——读谭新红著〈清词话考述〉》，见中国文学网。
③ 连载于《江苏文史研究》1999 年第 2、3 期。
④ 参见朱崇才：《词话史》第十三章，中华书局 2006 年版，第 312—318 页。

予以详论。

一　民国词话考索问题

目前，尚无对民国词话全面进行考索的论著出现，为编纂"全民国词话"，必须对与"民国词话"相关的术语进行界说。在此基础上搜辑、考索词话，进而辨别、体认、判定之。

首先，要确定的是"民国词话"的内涵与外延。顾名思义，所谓"民国词话"首先当指民国时期那些采用非现代论文式、基本以片段式表达出现的"话"词的论著或"话"民国词的论著。这里之所以用"出现"一语，因为有一些词话是在前代写成、在民国年间才刊刻印刷出版的，有一些是民国时期写作并且刊刻印刷出版的，有一些是民国期间写成却并未出版至今仍是稿本者，有些词话是民国时期为稿本后来被整理出版者。凡此四种情形出现的词话，本来都应当属于民国词话的范围。但是，鉴于前代写成的词话情形，在民国有几种传播方式：或是前代已刻印，至民国再出版；或前代写成为稿本，至民国才整理出版；或为晚清写成入民国后才刊行。因此，我们在判定何者属于"民国词话"时的标准，除了"在民国时期写成"一条外，当加上"以作者的生活时代为准"一条，即凡词话的作者在民国时期有过生活经历，才可将其写成的词话视为"民国词话"。这样有些虽是晚清时期写成但在民国时期才得以刊刻出版的词话，也当归为民国词话。还有一种写作过程"跨代"（或跨晚清民国、或跨民国与新中国）者，我们在划分时，将视之为"民国词话"。除此，如《铜鼓书楼词话》虽在民国得以报刊连载，然因为作者查礼不是生活在晚清，更无民国生活经历，故不能目之为"民国词话"，但我们在论述民国词话时会运用此种材料佐证。最后要特别指出的是，还有一种词话虽然其谈论的中心是"民国词"，但由于其写作不是在民国，而是在新中国成立以来，按照民国词话一词当还有"话"民国词之义（如张伯驹《丛碧词话》、朱庸斋《分春馆词话》等即如此），也将视之为"民国词话"，只是在收录时从严纳入附编目录中。

其次，"词话"认定问题，是能否真正判定清楚"民国词话"的前提。

通过对已有的各种词话专著进行归纳①，笔者以为，判断是否为"词话"的标准有三：标准一，通常那些明确以"词话"命名的篇目（除话本、小说者外），自然是毋庸多言。标准二，那些名称中虽无"词话"，但有如《词话丛编》等所收篇目含"词谈""词论""论词""词评""评词""谈词""读词"等字眼者，应仿《词话丛编》之成例，归入词话。民国时期属此类词话者尤多。标准三，凡属谈论词学方方面面问题的片段式论著，其本质在谈词或词学者，当视为词话；而类似以现代论文体例写成的词学论文或专著基本上不当视之"词话"，应将其归入"民国词学论文"与"民国词学专著"②类型中。下面笔者将遵照这三个标准具体说明，如何判定那些处于模糊状态的民国时期出现的论词文献是否为"民国词话"。

其一，对那些已被后人（诸如《词话丛编》《历代词话》及其《历代词话·补编》《词话丛编·续编》编者）或时人整理且冠以"词话"或视之为"词话"者，不宜再责其非而忽视，当在考述时予以辩证地承认。如谭新红《清词话考述》就将张璋《历代词话·补编》中自行汇辑、自行命名的《雪桥词话》（杨钟羲）、《遐庵词话》（叶恭绰）等列入，将钟振振所辑《旧时月色斋论词杂著》（陈匪石）、李保阳所辑《梅花词话》（张诚）等也当作词话著录。再如，朱崇才《词话丛编·续编》将原刊于当代《词学》为编者重辑的《花随人圣庵词话》列入，又将自己所辑、自行命名的《曼殊室词话》《梦桐词话》收入。此种虽然历史上并未出现过的词话名称，均乃后世编纂、著录者另立之名称，但至我们编纂时，由于已既成事实，当在叙录时说明之，仍视为词话。

其二，结合以上三条标准，对论著题目虽不以词话名，而在当时刊出时列于"词话类"者，我们也当视为词话。如《江苏文献》中收有隐蛛《跨鹤吹笙续谱》与泾南钓叟《善香室随笔》两种，虽名非词话，但在其目录中却标明为"词话"，可见，当时人们刊载是视为词话的。自然我们也当以

---

① 关于"词话"的定义与外延等问题，朱崇才所撰《词话学》《词话史》《词话理论研究》三部专著均有较为细致的辨析。孙克强先生也有《词话考论》专门论述。本书于此主要是结合民国词话的各种情形来重新界说的。

② 此二者同属民国词学批评"三大文献"，已列入钟振振与笔者承担的民国诗词学文献整理项目（河南文艺出版社的出版基金项目）中的"全民国词学论文汇辑"与"民国词学文献珍本丛刊"。然而，根据凤凰出版社所出版的诗话、词话系列，词学论文当归入词话类，属广义的词话。

词话收录。又如有一些谈词文章，题目非词话，内容为论词者，在刊登发表时也未标明为词话，但在民国时的索引、目录等文献著录条目中却列之为"词话类"者，笔者以为也当视为词话。如民国时期的《日报索引》①刊物中词话类下收有《武汉日报》所刊朱光潜《王静安的〈浣溪沙〉》，《中央日报》上所刊《缥缈孤鸿影》《李后主和他的周后》《〈念奴娇〉被窃案》《明人伪作陆放翁妻词》《周美成词之混唐人句》等，对这些文献我们也依当时成例当作"词话"，只不过由于其零星状态，汇辑后以文献出处通称"××中词话"（如《中央日报》中词话）。

其三，当前对论词绝句、填词百法、常识、通论等论著是否为"词话"存在着分歧，该如何处理。如张璋等人所纂《历代词话》中就收有郑方坤、厉鹗、谭莹、朱依真等《论词绝句》凡四种；朱崇才所著《〈词话丛编〉未收词话考录》②中亦收录潘飞声的《论粤东词绝句》与《论岭南词绝句》凡两种。通常人们限于词话多为散体的观念，对"论词绝句"这样的话词样式多排除在"词话"之外，而事实上，笔者以为，论词绝句只不过是词话的"韵文"化表现，因此，我们在判定时，应当将其作为"词话"看待。在民国时期出现的还有论词词这样的"韵文"化词话（如朱彊村《〈望江南〉杂题我朝诸名家词集后》、卢前《〈望江南〉饮虹簃论清词百家》）。在民国时期出现了介于现代专著与传统词话之间的著作，如顾宪融的《填词百法》、徐敬修的《词学常识》、吴梅的《词学通论》③、汪东的《词学通论》等即如此。当前如朱崇才、谭新红等即将顾氏所著列入词话目录，而张璋等人所纂则将吴、汪二人《词学通论》选择式地收入。这种做法有其不合理性，因为违背了前面词话界说的三大标准中"片段式"一项。但在民国时期还有一种虽名为"通论""概论"等，但由于被分散刊登在一种期刊或多种期刊上，对此种情况下出现的论词文献，以其与判定词话的"片段式"标准大体相侔，本着文献汇辑的精神，可以视之为"词话"，但当列入副编。另外，民国时期出现了不少"讲义"式词学文献，如况周颐的《词学讲义》、徐珂的《词讲义》、寿玺的《词学讲义》《词学大意》、傅君

---

① 《日报索引》，南京中山文化教育馆1937年版。
② 连载于《江苏文史研究》1999年第2、3期。
③ 吴梅此作在民国时期图书分类时也是被列入"词话"的。

剑的《学词大意》等。对况氏之作，张璋、朱崇才、谭新红等均已目为
"词话"，却对其他几种因未能著录故未说明。于此，我们以为凡是以"片
段式"出现、未能系统以书本形式出版者，当准况氏《词学讲义》之例，
目为词话，列于副编中。

　　其四，专门的词人传记、书目是否可列入词话范围问题。民国时期有不
少关于词人传记的词学文献，如唐圭璋在编纂《词话丛编》时就收录有张
尔田的《近代词人逸事》、周庆云《两浙词人小传》，谭新红即以词话叙录。
而朱崇才所纂《词话丛编·续编》中收录有《历代词人考录》达27卷。可
见他们都将此种著述当作词话的。对此笔者以为，传统词话中既有"纪人"
一体，应当视为"词话"。但是，以其体例与传统以"词话"为题者存在较
大差异，应列入副编中为宜。准此，像吴克岐的《清代女词人考》之类、
顾培懋《两宋词人小传》等，我们虽视之为词话，但也列入副编。词学书
目是否当列入词话的范围呢？朱崇才在其《词话学》中指出"历代公私书
目中对于词籍和词人的著录、评论，对词话研究有莫大帮助"，并认为《四
库全书总目·集部词曲类》提要"诚为清代中叶考证兼论述类词话的代表
之作"①，显然是视之为词话的。其他像《直斋书录提要》中关于词籍的叙
录部分，张璋等人所纂《历代词话》将其摘出命名为《直斋词评》收录；
而像柯劭愍等人所编《续修四库全书总目提要·词籍提要》，谭新红《清词
话考述》中也当作词话叙录。笔者以为，民国时像赵尊岳所著《词籍提要》
《惜阴堂汇刻明词提要》② 以及郑骞《三十家词选目录（附集评）》③ 等目
录之作既然具有话词的性质，自然也当视为词话。只是编纂"全民国词话"
时当列于附编。

　　其五，对民国时期"包孕式"词学文献的"词话"性质当如何判定问
题。所谓的"包孕式"词学文献，即不是单独成篇、成册而是隐含或杂合
在各种文献诸如词籍、诗话、笔记、文学史论著中的论词之语。民国时期含
在词籍中评点之语为数不少，如夏敬观曾评点《彊村丛书》，范烟桥有《销
魂词选》之评，汪东有《唐宋词选·识语》，唐圭璋、汪国垣、林庚白曾评

---

　　①　朱崇才：《词话学》，文津出版社1995年版，第62—63页。
　　②　分别见龙榆生主编《词学季刊》创刊号与第1卷第3号、第2卷第1号。
　　③　《文学年报》1940年第6期。

点过卢前的词集《中兴鼓吹》。① 如何判定其是否为"词话"呢？就目前整理词话者的态度来看，唐圭璋曾将由张惠言等所编《词选》辑出评语名之为《张惠言论词》；将由《蓼园词选》辑出的评语，命名为《蓼园词评》；由《湘绮楼词选》辑出的评语命名为《湘绮楼词评》；由梁启超文集中辑出的论词之语命名为《饮冰室词评》。在编纂《词话丛编》时将他们与龙榆生所辑《彊村老人评词》等都收录了进去。显然在唐圭璋那里，是视这些汇辑成词评为词话的一种的。当代的词话整理中，张璋所纂词话著作，也大量地整理收录了各种评词之语。像夏敬观评《梦窗词》，李保阳辑出后命名《梦窗词评》，谭新红《清词话考述》一书目之为词话并叙录；乔大壮的《片玉集》批语，朱崇才的《词话丛编·续编》亦作为词话收入。既然有这么多学者将重新汇辑出的评词之语视为词话。那么，就有必要在搜辑词话时将评点之语考虑在内。我们不能仅仅因为当时未有其书，怕混淆后人视听就置之不理。应当本着积极汇辑、慎重命名的精神，将众多评词或评词学之语汇辑出来，纳入"全民国词话"的整理范围。只是在编纂时不可直接以"××词话"命名，当如唐圭璋《词话丛编》之做法称"《××》评词"或"××人评词"为佳。在民国时期，还有包含于诗话中或与诗话等合在一起的论词之语、包含于笔记中论词之语与包含于文学史中关于词学之语等，它们与词评的方式相似，都属于"包孕式"的。唐圭璋在编纂《词话丛编》时，对这种现象的处理方法是，先辑出再重新命名。如将《能改斋漫录》中的论词内容裁篇辑出后命名为《能改斋词话》；从《苕溪渔隐丛话》中辑出的论词内容，命名为《苕溪渔隐词话》；从张侃《张氏拙轩集》中"拣词"部分裁篇题作《拙轩词话》；从《清稗类钞》中辑出者命名为《近词丛话》。唐圭璋的这种做法是基于这些词学文献具有的"词话"性质，这是可取的。然而，由于"新命题目"易造成人们误以为是当时即有此著作或书籍。因此，当我们面对"包孕式"词学文献时，不可直接建立新名，而是按"××（作者）论词"或"××（著作）中的论词文献"等拟书名或篇名，并标明汇辑整理者的姓名、出处、成因等。笔者在搜辑民国词话时发现，如

---

① 诸如此类的评点之语甚多，笔者曾专门就民国时期的词籍评点予以研究，抄录汇辑了一大批评语。拟作为"全民国词话"附录部分。

果唯单独成篇、成书者始为"词话"，才予以收录编纂，那势必遗漏杂、合、包、糅在各种民国文献中的具有词话性质的资料。如陈衍的《石遗室诗话》中就有不少论词之语，王蕴章《然脂余韵》中也有大量关于女词人的评论言语。可以这样说，民国时期出现的各种诗话、笔记与文史著作中都有可能隐藏着"话"词的文献，不可因未专门成篇、成书就无视。也就是说，"包孕式"词话也是"全民国词话"考索、整理与研究所关注的对象。

基于以上的界说，笔者在考索民国词话时先在求全的基础上，然后用以上关于"民国词话""词话"的判定标准进行辨别、判定，努力做到务实、求质（即以内容实际情况来断定是否为民国词话），陆续搜辑到题目以词话命名者有 170 余种；如《词话丛编》等所收篇目含"词谈""词论""词评""论词""谈词""读词"等字眼者，近 120 种；其他名目者 150 多种。将笔者考索搜辑的词话数量（450 余种）与前述当代诸家论著、丛编中所收者相比较，笔者发现民国词话数量庞大得惊人（这还不包括汇辑的话词文献）。如张璋等《历代词话续编》所收民国词话仅 114 种（包括词序与论文在内），而谭新红所著《清词话考述》由于后出转精，几乎囊括了此前词话研究、整理者关于民国时期词话目录，收录民国词话之条目才 120 余种。即使将笔者考索的民国词话中存在模糊待定的部分去掉，笔者所收明确为民国词话者还有 1000 种左右（此数目尚不含本人自民国各种文献中搜罗、裁篇、抽抄、汇辑而成"包孕式"词话条目）。由于篇幅限制，于此不一一罗列其详目，好在笔者仿谭新红《清词话考述》已另成《民国词话考述》初稿，作为编纂"全民国词话"的前期准备。

二　民国词话的存在形态问题

于此，笔者将对民国词话的存在形态予以描述。笔者在搜辑、考述民国词话时发现，与前代词话存在形态不同，民国时期词话在已有的形态基础上，又多出一些新形态。这就值得我们在搜辑时注意与说明。

其一，与前代词话相同的存在形态，如刻本、稿本，民国时期也照样有。属刻本者相对比较容易搜辑。而以稿本状态存在者，由于其传播不广，呈"孤本"状态，搜求难度相当大。此类词话或收藏于图书馆（甚至地方图书馆），或保存在收藏家手中，或以遗稿方式保存在词话作者后人手中。因此，笔者已搜罗到的稿本词话 20 余种。又由于是稿本，不少词话作者的生平相当难考察，有的甚至词话作者姓名也成了难解之谜。另外，不少稿本为行草或草书写成，也给录入造成一定的困难。虽然如此，由于稿本词话处于"被遗忘"的境地，不少是词学界同人未能寓目者，其文献价值相对较大。如笔者已录入完成的稿本词话陈夔《虑尊室词话》是与《虑尊室词选》合在一起的，涉及词乐、词人、词艺、词史等方面的问题。或以为此种稿本迄今不为人知、识，其影响式微，意义就不大，但是秉承当前还原学术史、文学史"原生态"的精神，至少可补民国词话的缺失，对考察陈夔的词学创作也肯定是有帮助的。对这些稿本，笔者拟先以《晚清民国稀见稿本词话汇辑》的方式整理，再将属民国词话者以存目的方式收入"全民国词话"中。

其二，铅印（石印）图书本是民国词话存在的常态。在晚清民国之际，随着铅印、石印等印刷物逐渐增多，以铅印本、石印本的形态存在的词话也为数不少。除了单行本外，一般来说，民国时有不少词话含在各种总集、选集或别集中。此种形态的词话由于多属"包孕式"的，故最难搜辑。欲对民国词话进行全面考索，对铅印本、石印本"包孕式"词话的整理是关键。由于民国时期的纸张质量不如线装的宣纸，易损、易毁、易碎（虽然有一些已变为电子书，但大多处于待整理状态），这样，此种形态的词话不仅因其处于隐藏、杂糅状态难查找，又因此而加大了借阅难度。特别是，包孕在铅印别集中的词话，由于别集数量大，就要求我们只能采取"地毯"式考索，方尽可能多地占有。

其三，油印本是民国词话存在形态异于前代的特别之处。因为油印是晚清民国以来印刷史上的新方式。特别是民国时期出现了大量的油印文献。词学论著在民国以此种方式面世者也为数不少。笔者曾撰《油印本词学文献考录及其价值》一文，其中也收录有多种油印本词话。如任卓的《三近居墨屑》即是以油印本出现，陈匪石《声执》也曾如此。词话有油印本，一方面表明作者经济有限选取了低廉的印刷方式；另一方面又说明，此种词话已超越了稿本状态进入了传播链中。

其四，报纸、期刊本是民国词话存在的又一常态。作为新的传媒形式，各种报纸、期刊在晚清民国纷纷出现，与诗话等批评文体一样，有不少词话被刊发在报纸、期刊上。其发表形式多种多样。或长，或短，或文言，或白话；或一次刊完，或连载多期。这些词话不一定发表在纯文学刊物上，有时连军事、医疗、铁路、农学等专刊上也有词话的身影。如陶骏保《从军词话》发表在《南洋兵事杂志》上；李昌漫《词的浅说》即发表在《中国农学会丛刊》上。统计起来，民国时刊登词话较多的期刊为学报类，其次是娱乐休闲类。须指出的是，"报纸"形态的词话，以其量多且繁琐，是目前较难穷尽的一类。如笔者通过对《民国日报》进行排查，由其中得到词话有 10 种之多；通过对《先施乐园报》进行搜辑，得词话 7 种；通过对《中央日报》的排查，得词话有 13 种。其中唐圭璋的《梦桐室词话》① 曾不定期地连载在《中央日报》上，值得注意。目前来看，民国时期的一些期刊已有了电子影像，但报纸却还未全有。这就意味民国词话的编纂要做到真正的"全"，目前的难度更大。

其五，评点本。此种存在形态与前面各种因传媒方式而成的形态不同，是由于人们在阅读过程中的评点习惯而出现的。这些评点可以存在于稿本、抄本上，也可以存在刻本、铅印本上，有时期刊上也会出现。由前面我们对词学评点的"词话"性质的判定，民国时期的各种词籍评点的评语也是我们民国词话收录的范围。然鉴于不少词籍评点具有唯一性，要发现有评点的词籍也是有困难的。加上有些评点本词籍目前有可能还存在私人手中，要全面汇辑各种评词之语，就更为不易。好在一般能评点词籍者多为词学名家或专家学者，因此，要搜求词籍评点的评语，只须按民国词学学者存书的流向跟踪查寻，当有所获。

归结起来，民国词话的存在形态异于前代，增大了考索难度。我们在考索时，对民国时期的各种刻本、稿本、油印本类词话，当从古籍部图书中获得；对铅印本、石印本或部分期刊当从近现代图书中获得；对现代期刊、报纸中的词话，可凭借当代的一些电子期刊影像检索系统获得一部分。实际上，目前电子化的民国期刊数量还不够多，要查找还必须亲临其地不可。特

---

① 朱崇才：《〈词话丛编〉·续编》中收有《梦桐词话》，一为朱氏自己所汇辑，一为唐圭璋原著《梦桐室词话》（发表在《中国文学》1944 年第一卷第一期）。而《中央日报》上所刊多与此不同。

别是一些地方图书馆中所存的民国图书数量与名称尚未真正的面世，遑论电子化，故更须亲临逐一排查，方能求全。

三　民国词话的类型及特点

关于词话的类型，朱崇才于其著述中仅依其具体内容划分为"本事、品评、引用、考证、论述"等五大类。当我们对民国词话的类型进行考察时发现，这种单一视角的划分，不足以体现其多样与新变的特点。横看成岭侧成峰，标准不一类不同。当我们从词话范围、基本内容、写作方式、写作目的态度、发表途径等不同角度来为民国词话划分类型的时候，就会出现多种"型"态。为此，笔者将在考察民国词话各种类型特点的基础上，再专门对其自身特点进行论述。

其一，从民国词话的写作涉及时代来分，有断代型与通代型之分。通代型，指词话涉及的时代范围从唐宋至民国皆有。如况周颐《历代词人考录》、汪东的《词学通论》等即为通论型。断代型，指只涉及某一时代词学的词话。如况周颐《宋人词话》、夏敬观《汇辑宋人词话》、任家桢《宋词述评》、杨剑花《宋词史话》、何自厚《清词述评初稿》、焦鹍《当代词坛概况》等均为断代型。与前代词话相比，民国断代型词话尤多，而涉及面为宋词者又尤其多，这说明宋词一直为民国词话谈论的中心。民国时不少专"话"清词、近代词乃至民国词的词话的出现，说明民国时期对各代词的研究还是相对均衡的。

其二，按照词话的主题内容来分，民国词话有纪事型、纪人型、谈艺型、感悟型、趣味型、常识型、述论型与考据型等。如张尔田的《近代词人逸事》即属纪事型。况周颐《历代词人考略》、顾培戀《两宋词人小传》等即为纪人型。属谈艺型者如吴世昌《论词的章法》、吴征铸《论词之句法》、冯沅君《词的句法》与各种评词之作，等等，专门谈论词的艺术、技法。属感悟型者唐弢《读词闲话》、卢鸿基《读词杂感》等，多写读词的各种感受，民国时期有不少以"读词"为题的词话，大多可归入此型。属趣味型者，如《呕嗻词话》《甜言蜜语词话》《香艳词话》以及陈登元辑注的《词林佳话》等，其中心在汇辑奇事、香艳、趣事等内容，以激发人们的各种情趣。常识型的词话旨在介绍词学的基本知识，如夏承焘《如何读词书》、憾庐《怎样读词》、漱英《怎么样读词》、傅君剑《学词大意》、李昌漫《词的浅说》等。属述论型者，如黄定安的《词换头研究》、王西神《词学一隅》、李冰若《怎样研究词学》、龙沐勋《词学通论》、华钟彦《词学引论》、顾随《稼轩词说》等，其中心在表述论证个人的词学见解。此型在民国词话中占分量较多。考据型，其实也当属述论型的一种，然以其重心在文献考据，又与之不同。如刘毓盘撰《唐五代两宋词选校记》、陈运彰的《校词札记》、杨易霖《读词杂记》等均属此种，唐圭璋发表于《中国文学》上的《梦桐室词话》也基本以考据为主。笔者按内容将民国词话划分为八型，与朱崇才的五型有所不同是有缘由的。一是朱先生划分类型时实际上是以内容的形成方式为原则的，而笔者则是按词话内容的主题来划分；二是朱先生的分型针对的当主要是民国以前的传统词话，而笔者则专门就民国词话而划。事实上，民国词话与前代传统词话在内容方面是较多新变的。如感悟型、趣味型、常识型三类词话，即前所未有；而述论型词话则是现代学术论文与传统词话的散谈形式的"中和"结果，通常专门就某一问题展开谈论，重在表达论证的过程与论点。当然，若按内容再分得具体一点，则可有词选型、词史型、词法型、词品型、词学型、词乐型、词"语"型，闺秀型、郡邑型、名胜型、话"物"型，等等。又按民国词话主题内容的集中程度，可分专题型与杂话型两种。杂话型，是前代传统词话本来就有的，民国词话中此型尤多；专题型词话，民国以前虽有（如《梅花词话》），但不如民国时期多。据统计，民国词话中属专题型者多达40余种。如《怀人词话》《怀旧词话》《中秋词话》《满江红词话》《咏雪词话》《长兴词话》《香艳词话》《幽默词话》等等，均是专门"话"某一主题者。由此可见，民国词话内容的深度与广度异于前代，也说明民国词话作者研究视角的多维。

其三，按"话"语方式来划分，民国词话又可分为多类不同的"型"态。这里的"话"语方式包括了多方面的内涵，如用语的文白、话语的形态、写作文采的有无、篇章的关系等等，因此，就会"型"态类别不一。由语言的文、白可分民国词话为"文言"型、"白话"型。民国时期的书面语与前代不同，白话文的流行，白话文词话也就应运而生，这是此前少见的。"白话"型词话通常发表于白话期刊上。如《屯田词话》《杂碎词话》《蕉窗词话》《咏雪词话》《放屁词话》等均如此。不过要说明的是，民国期间"白话"型词话虽然不少，但不如"文言"型为多。究其由，当因词学乃专门的国学或"国粹"，非有旧学根底者不易言说。根据"话"语的形态来分，民国词话主要有"星语"型、"论文"型与荟萃型。"星语"型词话，多是札记、随笔、即兴式的，语句简短，每则篇幅不长，呈条带状。如萧涤非《读词星语》、蒋礼鸿《读词偶记》等即如此，此型本为词话的常态，民国词话中数量自然颇多。"论文"型词话，是晚清民国以来出现的新型态。由于现代学术论文的兴起，原本作为散状即兴式的词话也逐渐"论文""论著"化。此型词话论述词学时涉及面不但广泛而且深入，极有章节与逻辑结构。如蔚梅《微明词话》实际上为一篇论文。文中对词体"以歌声配合乐器的声律之美，有运用词藻表现内心感情的文字之美"等分别"加以研讨"，揭示其"对语体诗之发展有所裨益"的方面①。如刊在《联益之友》上吴梅的《词话》即有总论、分论（音律、词评）等，当是其《词学通论》的雏形。而刘毓盘所著《花庵词选笔记》，则是一部专门讲述《花庵词选》的专著。陈夔的《虑尊室词话》也是一部有体系的大型词话，逐一对词学的音律、词史、词艺、词人等方面问题进行谈论。正如前面对词话的界说，民国时期有大量的现代式的词学论文，只有作者或以前编者认为是词话者，我们才予以认可，其他当列入附录。荟萃型词话，指那些将各种形式的话词文章汇编在一起，形成了各式荟萃的型态。如张璋所辑的叶恭绰《遐庵词话》，即属此型。此词话中包含有叶氏评《广箧中词》之语，也收有叶氏《清代词学之撮影》这样的论文。又根据词话的文本形态，还可分为"包孕型"与"合话型"。"包孕型"前文已有分析。"合话型"实际上为特殊的包孕型。民国时期有不少将诗词合话、词曲合话的著作。诗词合话者，如庞树柏《抱香簃诗词话》、杨全荫《缩春楼诗词话》、林庚白《孑楼诗词话》、徐昂《诗词一得》、黄浚的《聆风簃诗词话》、冯振的《自然室诗词杂话》；词曲合话者，如陈栩《古今词曲品》、叶华《词曲识小录》、叶梦雨《词曲琐话》、朱清华《云溪词曲谈》等均如此。这种复合词话说明作

---

① 蔚梅：《微明词话》，《新风月刊》1948年第3、4期合刊。

者诗词兼治或词曲均研，能持比较的眼光；而其观点有利于我们考察文体差异。另外，根据词话写作表达方式可分文采型与学术型两种，这与接着要谈到的词话写作的态度与目的相关。

其四，根据词话写作者的态度与目的，民国词话又可分为专业型与业余型。词话作者以专家的身份写出的词话，其学术含量必然高出业余作者所写者，以其一为行家，一为"票友"。而词话作者写作目的不同，词话面目就有治学型、读学型、创作型、娱乐型几类。治学型词话，多为学者研究词学的结晶或玉屑，限于现代论文体例不易发表，又弃之可惜，遂合成词话。读学型多为初涉词学者在阅读词籍时做的笔记或札记，此型在民国时期出现的比前代为多。前代多是以评点的方式存在，至民国由于报纸期刊的传播之便，人们将读词、学词的发现、心得合起发表者，就益发盛行。仅笔者搜罗此型词话就达 50 余种。创作型词话，一般是由词家写成，目的是教授初学。此型在前代虽有如《乐府指迷》《词旨》之类的著作，但与民国相比，其数量不如，其系统程度也不足。如陈栩《填词法》、吴梅《论词法》、夏承焘《作词法》、唐圭璋《论词之作法》、邹弢的《词学捷径》、谢无量《词学指南》、傅汝楫《最浅学词法》、刘坡公《填词百法》等均是谈作词方法的。相对于前代以词选代学词教材的现象，民国时期人们一面应对新文学的冲击，另一面又对旧体诗词有所留恋，填写旧体诗词的风气仍盛行，特别是为满足新式教学的需要，新的有体系、有层次的"词法"类教材也就应运而生。这样，"创作"型词话也就比前代增多且有系统。娱乐型词话，大多报纸、杂志是为了附庸风雅、满足时人对传统文化的"喜好"心态而刊登的，其目的不在学术，而在点缀、游戏。如前引属趣味型者《啁噍词话》《甜言蜜语词话》《香艳词话》等即出于此种目的。目的不同，则词话所担负的功能也是多样。由此形成的词话类型有点缀式、娱乐式、指教式、笔记式、摘抄备忘式、治学式、教学式等。

由以上分析可见，民国词话类型多样，比前代多有新变。由此，也可见民国词话主题多样、形式多样、功能多样等特点。除此之外，民国词话还有杂乱、因袭的一面，也有精审与新创的一面，还有"报刊杂志化"明显等特点。于此有必要再予以申述。

其一，民国词话杂乱与因袭并存。其杂乱，既表现在篇幅的不固定，如短的仅一则几十字，呈补白状，长则达数万言，成为专著；也表现在词话的格式无定，有通篇无标题者，有条目清楚者，有短札式的，有论文式者；更表现在话题的"芜杂"。既包括了前代词话的主题，也有新的论题，如《青楼词话》专谈歌妓与词，《从军词话》专话军伍与词，《嘓噪词话》则以通俗幽默的内容为主。另外，词话作者身份的复杂，也是前所未有的。如此期写作词话者既有如传统治词学的专家，也有新式大学的教授；既有旧式文人，也有新文学家；既有报刊界的编辑，也有大学、中学的学生。这种杂乱，本来是传统词话固有的表现。但至民国，由于新式印刷出现、新旧文学碰撞与西方学术传统东渐，进一步加剧了这种"杂乱"特征。如果说在民国之前，词话的写作动机相对单纯，大抵为了传世与"为无益之事"以遣"有涯之生"。民国时期，则如前面所述的"治学""读学"、创作、娱乐等目的杂织。这样，民国词话出现"杂乱"特点可以说是与时俱化的结果。因袭是前代也通常出现的现象。但在民国时期，由于出版、报刊的发达，加上当时知识产权维护意识淡薄等原因，其词话的因袭特点尤为明显。因袭的一个表现是，词话作者的自"抄袭"。如况周颐之作于期刊上刊出的《香海棠馆词话》《玉梅词话》《餐樱庑词话》《珠花簃词话》①《玉栖述雅》《香东漫笔》《缥兰堂室词话》《蕙风词话》、"联益之友"词话与"艺文"词话②，又有稿本词话《宋人词话》《历代词人考略》等，其中相互重出者，多有存在。屈兴国编纂《蕙风词话辑注》、孙克强所编纂《广〈蕙风词话〉》、谭新红《清词话考述》等对此种现象有专门辨别。况氏尚且如此，其他作者自然不免。如果说"自"抄袭情有可原，民国时期更有一些词话抄录、转述同一内容、史料，以至于其中重出之处不少。如民国时期《闺秀词话》（不止雷瑨一种）、《女性词话》《青楼词话》等以女性视角言说的词话，多是前代女性词人、词作、词事资料的变花样整理，其材料多源于前代的闺秀词选、徐乃昌《小檀栾闺秀词》与况周颐的《玉栖述雅》等女性词文献。再如民国时期还有一批关于词的界说与词的起源之类的论文，或概括胡适之新说，或沿袭节略他人的观点。这就导致了这些词话质量下降与新意缺失。

---

① 《珠花簃词话》已散佚，林玫仪先生曾从《宋人词话》《历代词人考略》中辑出凡48则。又上海图书馆所藏"两浙词人小传"稿本中，也有数则存在。

② 后两种因原名为"词话"，刊登于《联益之友》杂志与《艺文》杂志上，故暂以此刊名代称之。

尽管此时词话有如此不足特点，但我们在考索、编纂时，还是会全部收录，聊备一格。民国词话这种因袭、芜杂的特点主要是由形成方式与背景目的不同而引起的，不可以今日之科学眼光来贬之、轻之，但又要有所考辨才可。

其二，精审与新创共存是民国词话异于前代词话的"亮点"。虽然民国词话有杂乱、因袭之弊，但并不是说，民国时期的词话并没有精审之作、新创之处。除《人间词话》（虽发表于民国以前几年，但由于其定本在民国时期）外，如况周颐的各种词话、冒广生的各种词话、徐珂《词讲义》、王蕴章《词学讲义》、陈夒《慮尊室词话》、赵尊岳《珍重阁词话》、夏仁虎的《枝巢谈词》等均堪称"精审"。这些词话的精审之处主要表现在体系完备、话论结合、论断独特、见解新颖等方面。如徐珂的《词讲义》虽名为讲义，却是以"话"出之，其讲述涉及了作词过程的方方面面，既系统又细腻。如论词的作法术语，除重、拙、大外，又有列举出"厚、穆、静、自然、吞吐离即、真、质、本色、高、深、隽、奇、幽、洒、丽、峭、曲、清空、淡、疏、密、雅、婉、神来、神韵"等25种之多。又如夏仁虎的《枝巢谈词》，分上、下两编，上编列"明体、谐声、设色、佳对、隽语"五部分，下编列"辨格、趋向、作法、审音、附录"等五项，将词体的体制、声情、艺术、作法等方面的问题一一作解。可以说民国词话从质到量都有超越前代之处。

民国词话的新创之处，主要表现在体例的翻新、视角的新换、专题的新更、观点的新颖等方面，这些也是民国词话得以有自树立、"精审"的根本。如《词林佳话》虽是抄撮式的词话，但作者陈登元却抓住"佳"这一中心，既有娱乐读者的目的，也有普及词史、激发兴趣的功用。又如《噱噱词话》与《幽默词话》，虽是继晚清李宝嘉《庄谐词话》而来，但篇幅要大得多，并且立足点在于娱人，由他们可集中察见历代词作另一通俗面目，同时也反映出民国时期通俗文学文化的潮流影响。民国词话中包含许多新见解，这与前代词话的多因循、多搜采、少论断等问题有鲜明的差异。归纳起来，民国时期不少词学新说、新范畴都出自词话或经词话宣扬开来。如"重、拙、大""穆、境"出自况周颐的《蕙风词话》，"贵洁"说出自蒋兆兰的《词说》，"贵养""贵留"说来自陈洵的《海绡说词》，"贵神味""尚风度"说出于赵尊岳的《珍重阁词话》；"雅婉厚亮"说为唐圭璋的《论词之作法》所倡；"细密"说出自俞平伯的《读词偶得》等。与前代一贯以口号式立派持续久长、"尊一""守成"的情形不同，民国词话大有"百家争鸣"的味道，奇谈怪论式、口诛笔伐式的观点层出。这些新创既是对传统词话的扬弃，也是为对抗现代新式论文样式而于当时词话的新变尝试，当然也由此使得词话这种样式走向"消亡"态势。

其三，报纸杂志化明显是民国词话较前代词话来说，最为突出的特点。一方面，通过比较晚清与民国第一个 10 年词话在报纸与期刊上出现的情况可以发现，词话的报纸杂志化是呈递增趋势的。如晚清时期在报刊上刊登的篇目才 13 种①，而民国第一个 10 年中刊登的达 30 余种②。报刊杂志的公众性阅读特点，扩大刺激了词话的写作与传播；另一方面，由民国时期报刊杂志上出现的词话来源看，大体可分三类。一为前代或清代遗老稿本词话的刊出。如查礼《铜鼓书堂词话》、杜文澜的《憩园词话》等即如此，这中间有保存国粹、弘扬国学的意味。一为"喜旧"文人主办的刊物上新造的词话。试看从 1912 年至 1916 年的《民国日报》中的词话刊登情形。此时主《民国日报》笔政者多为南社中人，国学根底扎实、旧式诗词兼善，像陈去病《病倩词话》、成舍我《天问庐词话》、姚鹓雏《论词》《词品》、闻野鹤《怬篍词话》《千叶莲花室词话》《论词杂札》、张庆霖《固红谈词》等等，均以连载方式刊出。一为新文学或白话刊物上作为点缀刊出的零星词话。林憾庐《谈词》，就连载于《人间世》③ 中用白话写成，作者以为是，"偶有所得，便欣然忘食"之乐的"漫话"，虽然"没有系统的研究"，但见解也有可取之处。又如在《北平晨报·艺圃》上分别刊登了干因的《杂碎词话》《诗词丛话》，中山敌子《诗词辨句》、丁易《词中叠字》、林丁《蕉窗词话》；而《北平日报·副刊》则刊有关中濠《屯田词话》，《正中校刊》上

---

① 如瘦鹤词人的《词学刍议》《续词学刍议》《词学刍议余论》《从军词话》《筑轩词话》《小三吾亭词话》《剥果词话》《香海棠馆词话》《饮琼浆馆词词话》《绿藦芜馆词话》《抱碧斋词话》《玉梅词话》《人间词话》等。

② 如《守诚斋词话》《小梅花馆词话》《餐樱庑词话》《习静斋词话》《蘽轩词话》《适斋词话》《竹雨绿窗词话》《听秋声馆词话》《红藕花馆词话》《梅魂菊影室词话》《梅花同心馆词话》《闺秀词话》《镜台词话》《倚琴楼词话》《绾春楼词话》《空斋词话》《黛影阁词话》《根香山馆词话》《惨别离楼词话》《词论》（四种）等。

③ 《人间世》1934 年第 12、14、16 期。

刊有松如《白茶斋说词》，均是白话刊物，其词话也是用白话，与传统词话不同。民国词话的新型态正来源于此。另外，由刊载民国词话的报刊杂志类型看，以学报类刊物发表词话为最，其次是诗词社团刊物，再次为社会生活报刊。而学报类报刊所分大学学报、中学报刊两类中又以大学主办的报刊杂志发表词话为多。词话的报刊杂志化，改变了前代词话传播滞后的局面。使人们可以迅速获取词学信息，并及时作出反应，如汲取或批评其中词学观点等。民国词话数量较前代大增，很大程度上与其报刊杂志化有关。也就是说报刊杂志刺激了词话作者的写作热情。黄霖先生等曾指出，"在现代传媒影响下，中国文学公共领域的形成和批评空间的开创，有三大要素至关重要。一是报纸，二是期刊杂志，三是文学社团。相对于传统的文学批评而言，近现代以来的中国文学批评在批评空间上得到了较大的拓展。这主要表现在各种文学杂志、报纸、期刊大量出现，较之传统批评空间局限于书信、序跋、评点，文学批评的空间大大拓展。"[1] 当我们揭示民国词话写作的背景与成因时，是绕不开报刊杂志化这一关键的。

总之，由以上分析可见，民国词话"型"态多样，既有杂乱与因袭的一面，也有精审与新创的一面，报刊杂志化明显为其异于前代的独特之处。

四　民国词话的价值与意义

民国词话无论于民国词与民国词学，还是历代词史与词学批评等方面都具有极高的文学价值、理论价值、文化价值。这本是毋庸多言的。但鉴于当前人们对"民国词话""民国词话学"以及"民国词话史"的整理与研究还不够全面、系统、深入的现状，笔者将结合已整理出的种种民国词话文本具体谈其在词史、词艺、词论、词学理论与批评、词学文献以及文学、文化等方面的价值。换言之，笔者将在归纳民国词话所涉及的"热点"问题基础上来彰显其价值。

其一，词的发展历程问题是民国词话常话及的热点之一，因而对我们考察词史、认识词史具有启示价值。民国词话中于词史观念的见解主要集中在

---

① 黄霖、黄念然：《"中国文学批评近现代转型研究"论纲》，《华中师范大学学报》2007 年第 5 期。

发明词的起源问题与描述通代或各代词的演进与特点两方面。对词的起源，民国以前的词话多是简短论及，而民国词话中论及者多达 20 余处。对传统的诗余说、乐府说有所申述的同时，还提出了燕乐说、民间说等新观点。如民间说的提出者为胡适，后来一些现代派学者在所著词话（如刘次箫的《读词漫谈》①）中也常祖述与引证之。而这些观念也是前代在彼时条件局限下不可能有的。笔者考察词体生成问题②时即是在借助与综合民国词话诸家的观点基础上进行的。民国词话中涉及各代词的发展历程问题者，也有不少。如杨剑花《宋词史话》专门论宋词的历史，何自厚《清词述评初稿》则以词人为线索为清词著史，而焦鄨的《当代词坛概况》则专话民国词坛的发展情况。又如谭正璧《女性词话》则俨然是一部缩微的女性词史。这些词史观念对当代词史观有不小的塑型作用。可以说正是这些词话的熏染作用，使当前的现代词史观念深入人心。另外，通常我们在传达前人的词史观念时，多注重名家见解，而对其他各家词话所含的词史内容并未全面顾及，当我们整理出"全民国词话"后，就可在以后著词史时，将其观点汲取。与前代词话相比，民国词话于词史方面价值远高一筹。

其二，词艺是民国词话谈论的又一中心热点，对我们把握历代词的艺术特色与掌握填词技巧等方面有直接的指导、借鉴作用与价值。民国不少词话（如前面所列举的"词法型""词品型""词评型"）都涉及了词作的艺术如何、该怎样写才有艺术性等具体问题。这类词话往往是由词坛名家主笔写成，多是他们在评点前人词作或时人作品时的会心之言，有的可以说还是他们的心得、经验自道。像陈绚《海绡说词》既是对宋名家王沂孙、吴文英、周邦彦等人词作艺术的品评，也是指导学词者的填词门径。其弟子冯平又专门有《冰簃词话》与《宋词绪》来进一步演绎之。赵尊岳的《珍重阁词话》又称《金荃玉屑》，也是兼赏词与填词于一体的词话。当然，民国时期更多的是词艺与词技分开的词话。特别是受新文学思想影响较多的文人所作词话多重在谈词体艺术美感的生成与表现等，当前人们能对词体美感的开掘甚深、领略甚广与此等词话的影响密不可分；而有填词之好者则多有谈作词

---

① 刘次箫：《读词漫谈》，《星野》1947 年五月特大号。

② 曹辛华：《词乃乐府的"格""律"化——词体生成问题新论》，《江海学刊》2011 年第 3 期。

法的词话。如吴梅、唐圭璋、夏承焘等均有"作词法"之类的词话，涉及填词的各个环节。可以说填词之道至今不坠，正多赖于此等词话。

其三，民国词话本来就是词论文献的一种，自然其于词论、词学理论、词学批评诸方面的学术价值尤高。宛敏灏早在 20 世纪所著《谈词话》一文就指出词话中，"不但词史可资取材，其他关于词学史、词乐史、词谱、词韵以至诗歌创作、文学批评、辑佚、校勘，等等，无不汇集保存部分资料，但看我们是否善于利用而已"①。词论方面，民国词话中包含许多对各代词的观点，这些观点通常因为当时汇集总结的学术潮流与现代意识大大超出了前代陈见。王国维的《人间词话》如此，陈匪石的《声执》、赵尊岳的《珍重阁词话》、龙榆生的《词学通论》、陈能群的《耐充室词话》等均有比较新颖的词史论见与作词理论。不少词话中还多论及民国词的创作要求、评价与发展态势等，为我们研究民国词及民国词学保存大量史料的同时，也有助于对其中规律与理论的把握。特别要指出的是，虽然有些词话未涉及民国词的问题，但由于作者通常濡染与专研特定的词人词作，其词话所透漏的好恶、赏批信息也是我们考察作者填词宗尚、词风成因的必要文献。如陈匪石于《声执》中标榜两宋词人凡 12 家，其《宋词举》中即以此标准选词评词，由此可探知陈氏填词当受此 12 家影响较多，要考察陈氏《倦鹤乐府》的词风宗尚与特色成因，当结合其话词文献方可。又民国词话是一种词学批评的行为与表现，其中容纳的词学观、词学批评观尤盛。此时有的词话不是单纯论词，而是对词学、词学批评方式等问题的专门讨论。如郝少洲的《今古一炉室谈词》就用较多的篇幅对词话问题与"前人论词之法"② 予以针砭。可以这样肯定地说，欲撰出精细的"民国词学批评史"，离开了民国词话难乎其难。笔者在撰著《20 世纪中国古代文学研究·词学卷》的综论篇时，于民国词话中的词学批评史料鉴借就颇多③，然而由于当时时机、因缘不到，未能臻善。有感于此，才有今日对"全民国词话"的整理与编纂的行动。

---

① 宛敏灏：《谈词话》，《安徽师大学报》1985 年第 1 期。

② 郝少洲：《今古一炉室谈词》，连载于《永安月刊》1947 年第 99、101 期。

③ 参见黄霖主编、曹辛华著：《20 世纪中国古代文学研究》词学卷，东方出版中心 2006 年版，上编"综论"等章节。

其四，民国词话还具有极高的文献考据价值。由于民国词话作者处于思想革新、文化革新的时期，当时整理国粹或国故的学术思潮影响及词学，各种词籍辑佚、校勘、笺注等整理工作陆续展开，民国就出现了不少关于词学文献心得、发现内容的词话。除零星地涉及文献的词话外，如赵尊岳《惜阴堂汇刻明词提要》、陈运彰《纫芳宧读词记》《校词札记》、杨易霖《读词杂记》、王仲闻《读词杂记》、夏承焘《词逐》、唐圭璋《梦桐室词话》等均为专门的文献考据词话。这些词话中文献考据观点有的已为今人吸收，如夏承焘、唐圭璋的观点由于其名家效应，受到的关注就特多，而陈运彰等人的论见，因不易见到，就常被人忽略。由王仲闻之作可知，他于民国时期即对宋词文献有专研，后来能佐唐圭璋重订《全宋词》，良有以也。当前在各代词学研究全面展开的形势下，就更应当重视并汇辑民国词话中关于词学文献各方面的观点，汲取之、利用之。

其五，民国词话，同民国时期的其他文学文献一样，还具有较高的文化价值。一方面，民国词话可以说与民国词一样，都是民国文人"心灵文献"库之一，对我们把握民国词人的心态、心灵颇有帮助。此点无须多言。民国词话还反映了民国词人、学者对待词体的态度。如唐弢的《读词闲话》附注曾云："这里是我五年前的一篇读词闲话，自从我弄新文学以来，已经宣告和旧文学脱离关系，立誓不再作诗，填词了，自然也不会再弄词话这一类东西。去年的复兴文言运动，声势是非常浩大的，但我自己却也更明白而且更坚定地走着我自己的路。把这篇东西寄给中华邮工，算是给我自己一点纪念。从此以后，在文言文、文言诗词里，再不会找到我了。"[1] 由此段可知唐弢曾致力于旧诗词，后来才强制自己与之绝缘，目的是反对所谓的"复兴文言"运动；另一方面，由民国词话可见当时的各种人文精神。如由那些逸事类词话可知当时文人与前代文人一样尚雅、博雅、附庸风雅，通过对词人、词作的本事、逸事的描述来满足自己对风雅之态的艳羡与希冀。而由香艳类词话与幽默类词话可见民国文人的低俗之态。为了满足市民的猎艳、猎奇、娱乐、游戏的消费需求，为刺激刊物的发行，将词话当作娱乐的点缀或专门抄撮、或重新编造此等词话（像《嘧喉词话》即刊登在曹绣君主编

---

[1]　唐弢：《读词闲话》，《中华邮工》1935 年第 4 期。

的《游戏文学丛刊》）上。从此种意义上讲，香艳、幽默类词话就是通俗文学的一种。由民国那些关于女性词人的词话又可见当时对待女性的态度，有尊重者，有亵玩者；而由女性所为词话来看，可知民国女性知识程度的提高，进一步扩大了女性于词学的话语权。民国词话中不少词话涉及了"爱国"精神，这既是民国多灾多难社会的反映，也是词话作者的社会责任心的反映。如《满江红词话》即以岳飞等人的名作为例，强调作"激昂慷慨"① 之词。汪东于《国难声中研究词学之新途径》中就讲道："今日何日，岂吾人藻缋文学，饰民耳目，以摇荡其心灵之时乎？……丁兹国难方殷，文学有无救亡图存、拨乱反正之功，诚不能无疑；人咸目文学为粉饰太平之具，而不知文学之本质，乃人类固有之思想感情想象，感物而动，藉辞藻声律而表现之，为民族精神之所系托。故镕铸民族意志，振奋民族精神，均有赖于文学之熏陶。"要求"处万方多难之今日，提倡悲壮变体之词，以振人心，铸国魂，培正气，障横渡，其亦救亡国存之一助欤？"② 由此可见，民国词话中呼号爱国的精神必然充斥；再一方面，民国词话中包含了不少语言学、文章学的史料。如有的词话中涉及了词作语言的考释问题，还有不少论及词的句法、章法等问题，这些都属语言学或文章学的范畴。特别是由于西方方法观念、语言学观念的输入，有些民国词话作者在"话"词时还有意识运用之，如胡适日记中谈词片段就有"文法分析"法。总的来说，民国词话蕴涵的文化信息，值得重视。

其六，民国词话作为文论文体的一种，还具有文学属性，其文学价值也当注意。孙克强在《词话考论》一文中指出："词话这种以语录体片段文字为特点的词学批评文体，在古代词学史上最为引人注目。民国之后仍然盛行，至今也还有延续。词话文献的发掘和整理十分重要，对词话作为文论文体的特点和分类的认识也应引起重视，在词话研究深入的基础上，进一步推动整个词学的研究。"③ 但是目前为止，少有专门探究词话的"文采"者。事实上，若按文章作品的分类，大多词话当属"小品文"与"学术文"的合体，称之为学术小品文并无不妥。因为词话形式的不固定与随笔式，就不

① 亦实：《满江红词话》，《东南评论》1947 年第 1 卷第 5 期。
② 汪东：《国难声中研究词学之新途径》，《国立中央大学日刊》1936 年第 1651、1652 期。
③ 孙克强：《词话考论》，《中山大学学报》2009 年第 6 期。

像论文式那样古板严谨，其中就不乏文采可读似小品文者。特别是民国词话时期，词话的多样性远超前代，虽然不同形式的词话其文采程度不一，但与前代相比，更多的词话呈现出小品文姿态。如王季思《词的正变》先来个"楔子——落叶与蝉"，然后以"秋深矣，当落叶萧萧，吟蛩唧唧和时候，不禁又记起王沂孙的几句词"① 开头，文学味极强。又詹安泰的《无盦说词》虽用文言，但颇"浅近"，语句工整优美，诸如"读名家令词，于看似平易者最须切实体会；读名家慢词，于看似琐屑者最加意玩索。平易每多本色语，必其意味甚深厚也，不则浅率矣；琐屑每多渲衬语，必于前后情意有关也，不则冗滥矣"之论，竟全用隔句对。由此可见，当前我们应突破局限于研究现代纯文学或唯美文学作品的现状，考虑将民国词话——这一现代散文研究的空白点纳入研究范围，将民国词话当作学术散文之一体来研究，有利于现代文章史研究的深入。

　　要之，由以上对民国词话自身价值的剖析可见，无论于词史、词艺，还是于词论、词学文献诸方面，民国词话都蕴涵丰富的观点与史料。这对词话研究、词学研究等方面具有重要的意义。一方面，研究民国词话，不仅有利于词话史的完善，也有利于词话学研究的深入。作为断代词话史——民国词话史，一直因为其时代归属为现代，迟迟得不到研究者的重视。如朱崇才的《词话史》中就认为："不言而喻，词学的研究对象应以唐宋词为主，而宋金元词话与元明清词话相比较，在时间上更接近唐宋词，在内容上对唐宋词的记述及研究有更深切的体会，处于更基本、更值得重视的位置，因此，本书在论述中，即稍详于宋金元词话，而稍略于明清词话。"② 朱先生尚且如此，可以想见，对民国词话史的重视至今相当不够。同理，当前的词话学研究也多忽略了对民国词话的研究。而民国词话作为历代词话的组成部分，有其特色与价值，是需要我们专门探究的；另一方面，研究民国词话，还有利于民国词学史研究的深入，有利于把握民国词学批评史的进程，有利于民国词论研究的深化。民国词话为民国词史的研究提供更多史料（词人、词作、词学文献等）的同时，还将为研究民国文学与文化提供史料。正如朱崇才

---

① 王季思：《词的正变》，《战时中学生》1939 年第 1 卷第 1 期。

② 朱崇才：《词话史》绪论，中华书局 2006 年版，第 5 页。

曾指出："词话史的研究，应该是在词话文本研究的基础上，以词话理论探讨为导向，包括对于词话史的叙述、概括、评论，特别是对于有关问题的理论探讨。文本研究包括对于历代词话的搜集、钩沉、整理、汇编、考证、校勘等工作。词话史的理论研究，则应主要从理论的高度，深入了解剖析历代词论家的主要观点、主要理论成就及不足，探讨其理论的环境背景及意义，为我们今天的词学研究特别是词作研究、欣赏提供有益的参考借鉴。"① 于民国词话，笔者以为也当按朱氏的理论来研究，发现、发挥其中各方面的价值与有益"营养"，以利于词学（词论、词话、批评）向精细深广发展。

五　全民国词话的编纂问题

既然民国词话价值与意义不亚于前代词话，"全民国词话"的编纂就值得进行。所谓的"全民国词话"的"全"，义在努力求全，并非一网打尽、无一遗漏式的"全"。即本着穷搜冥罗的精神，尽可能全面地汇辑民国时期出现的词话作品（大到专著，小及片言只语），最终接近"完全"境界。编纂"全民国词话"本是一个浩大而艰辛的科研工程，于此，笔者将具体说明其编纂问题如编纂的必要性、可能性、编纂计划、编纂的体例、编纂的学术意义等。

首先，要强调说明的是"全民国词话"编纂的必要性。关于"全民国词话"编纂的必要性，虽然在前面论述时已有提到，但在此还须专门论述。一方面，为了填补断代词话整理与研究的空白，弥补已有词话研究成果的不足，有必要展开"全民国词话"的编纂课题。就当前成果来看，人们对宋金元词话的整理已达到相对完美的地步，如唐圭璋编纂的《词话丛编》、施蛰存与陈如江合纂《宋元词话》、张璋的《历代词话》及《历代词话续编》、孙克强的《唐宋人词话》、邓子勉编著的《宋金元人词话汇编》、朱崇才的《词话丛编·续编》等都大量地涉及宋金元词话的整理。于明清两代的词话，尚未有专门的《全明词话》《全清词话》编纂，以其大多篇目已包含于唐圭璋、张璋、朱崇才所纂汇编式词话。至于民国词话虽有汇编式词话

---

① 朱崇才：《词话史》绪论，中华书局 2006 年版，第 5—6 页。

涉及，但其数量有限，且着眼点不在"断代"。而在词学研究日益精细化的今天，各种断代词话的编纂与研究就成了学术空白点。就当前专研词话学的成果来看，朱崇才的《词话学》《词话史》《词话理论研究》等专著为大纲式、综论式的历代词话研究成果，断代词话研究有颜翔林的《宋代词话的美学研究》、高峰的《宋元词学思想研究》① 与谭新红《清词话考述》等，而民国词话的专门研究至今阙如。为此，有必要实施"全民国词话"的编纂工作。就当前涉及民国词话整理与研究的著作来看，还存在不少不足之处。如普遍未能视"民国词话"为一代词话专门整理与研究。朱崇才所著提及"民国词话"这样的字眼②，其《词话史》于近代词话一章序言中云："辛亥之后，词学进入现代阶段，但词话之作仍时有所见，对此一部分词话，凡其作者自前清而来，且以古典之形态所作者，亦在本章一并论述。"③可知他是将民国词话当作近代词话的附庸的。又如谭新红《清词话考述》中虽收有民国词话，但所收仅为论及清词的词话。由于人们对"民国词话"的模糊意识，导致民国词话研究一直处于"空白"状态。"全民国词话"的编纂正为弥补此不足，故当早日提上日程。另一方面，当代对民国文献的整理，特别是对民国诗话、小说话等断代文学史料汇编的整理成就要求"全民国词话"的编纂必须展开。当前人们已逐渐对民国时期的学术问题有不少的研究与整理成果。如文献方面，《民国丛书》编辑委员会所编纂《民国丛书》（上海书店，1992 年），北京图书馆编《民国时期总书目：1911—1949》（书目文献出版社，1995 年），大象出版社《民国史料丛刊》（2009年）等，卞孝萱、唐文权编《民国人物碑传集》（团结出版社，1995 年）等；专著方面，如郑逸梅著《民国笔记概观》（上海书店，1991 年），姜克夫编著《民国军事史略稿》（中华书局，1995 年），熊尚厚主编《民国著名人物传》（中国青年出版社，1997 年），严如平主编《民国著名人物传》（中国青年出版社，1997 年），张岂之主编《民国学案》（湖南教育出版社，2005 年），张寅彭主编《民国诗话》（上海古籍出版社，2006 年），黄霖则

---

① 此二种均为南京师范大学钟振振指导完成的博士学位论文。

② 如朱崇才：《词话学》第七章"品格——境界论"中提及"民国词话作者如蔡嵩云、梁启勋、陈匪石等人，对词境亦多有论述"（文津出版社 1995 年版，第 451 页）。

③ 朱崇才：《词话史》第十三章近代词话，中华书局 2006 年版，第 297 页。

有《小说话汇编》课题等。这些关于民国文献的整理与研究成果昭示着，"全民国词话"的编纂可填补民国学术整理与研究的空白，值得开展。另外，由前面所述，民国词话从属于词话学、词话史、词学史、词学批评史、民国词学、民国词研究等领域，与之相关已展开或蓄势待发的研究课题，要求"全民国词话"编纂早日完成。笔者在研究民国词学与民国词史课题时，发现要绕开民国词话是无法言说或言说不清的。

其次，关于编纂"全民国词话"的可能性。时至今日，笔者认为编纂"全民国词话"的条件已成熟，时机已经到来。一方面，各种诗词文献史料汇编的完成为我们提供了经验、教训与文献史料。撇开各种大全式的作品总集的编纂不论，仅各种词话丛编的编纂经验、教训就足资借鉴。如自唐圭璋《词话丛编》完成后，不少学者在总结其功劳的基础上，也提出了一些中肯的意见。这都为我们编纂"全民国词话"提供了借鉴。不仅如此，已有的词话丛编与词话研究著作已从文本与目录等方面，促进了此课题的顺利完成。如唐圭璋所纂收有民国词话凡 21 种，张璋等所纂凡 114 种（含唐圭璋所收），刘梦芙《近现代词话丛编》凡七种，朱崇才所纂凡 18 种。这些已整理好的民国词话文本，为我们继续整理提供了文本的同时，也提供了示范与方法。而谭新红《清词话考述》中所涉民国词话目录多达 121 种（其中已含唐圭璋所纂中 21 种目录与张璋等所纂、刘梦芙所纂部分篇目），也为我们搜求具体文本提供了线索与信息。另一方面，就现在的图书传播现状来看，编纂"全民国词话"的条件已具备。且不说大量的大型民国文献史料图书的出版便利我们搜求词话文本与获得有用信息，当前全国不少图书馆藏书目录的电子化，也为我们检索民国词籍提供了方便。特别是最近若干年，晚清民国时期图书与刊物的电子图像化，又为我们异地获得关于词话的文献提供了便捷方式。笔者已录入的他人成果未收的词话文本中，有四分之一即由此而得。而民国文献的电子化趋势是不断增强的，这就意味着要达到尽可能的"全"切实可行。再一方面，当前人们对民国旧体文学的研究热，对"全民国词话"的编纂之举有催化作用。以前人们研究民国文学时多侧重新旧文学的交替与交融、近现代之际文坛的著名流派、作家与作品，多侧重戏剧、小说等通俗文学文体。全面专门对民国传统文体作品进行整理与研究者，只是近十年的事情。如施议对所纂《中华词综》、刘梦芙所选《20 世纪中华词选》为涉及民国词整理的成果，而胡迎建所著《民国旧体诗史》为专门研究民国旧诗史的著作。近些年人们越来越关注民国传统文坛研究，像2009年于上海华东师范大学召开的词学国际研讨会所提交的论文涉及民国词学者就超过20篇。当前对民国文化的研究也呈火热状态。这一切都为我们编纂"全民国词话"提供了良好环境与最好时机。另外，业师钟振振教授与笔者多年来一直从事《民国词丛刊》这样的大型词文献整理项目，又为编纂"全民国词话"提供了学术空间与学术积淀；而由唐圭璋、孙望、徐复等南京师范大学前辈学者所奠定的文献整理与研究风气加强了我们的学术信心。特别是朱崇才新近编纂出版的《词话丛编·续编》为笔者完成"全民国词话"的编纂提供了榜样。事实上，"全民国词话"就是唐圭璋、朱崇才之纂的"补编"，只不过是以断代体出之。

第三，述说"全民国词话"的编纂计划与体例。编纂的第一步，自然是对民国词期各种词话的考索、编目、叙录。目前此项工作已基本完成。所收词话文献已有450余种（含唐圭璋、朱崇才、张璋、谭新红诸家著述的150种），此数目随着考索的深入会继续增长。其第二步，在对所占有词话文献的作者、词话形成、词话内容等问题一一考证与辨析基础上汇辑。就当前对已有的词话文献信息的考辨来看，民国词话文献现状可分四类：一是，各种当代已经刊发印刷的词话，如唐圭璋诸人所纂的词话等，拟当作存目出现在"全民国词话"中。二是，虽然已有其名但收录不完全者。如唐圭璋所纂收有徐珂《近词丛话》，仅取自徐氏《清稗类钞》中论词部分，而徐氏所著《可言》《大受堂札记》等笔记中还包含有不少论词话语，除此，徐氏尚有《词讲义》稿本存世。朱崇才所纂收唐圭璋《梦桐词话》中，未录《中央日报》上所刊《梦桐室词话》。诸如此类者当另加汇辑以补其缺。三是，对原来诸纂未收现在已知的成篇词话，重点在辨析其相关文献问题，做到去伪存真。四是，原为评点词籍之语、"包孕式"论词之语须要重辑者。逐一汇辑的同时，要说明文献来源，力避凭空添造词话篇名之嫌。编纂的第三步，按"全民国词话"编纂的体例将录写好的词话文本排序、归整成册。编纂体例的确立是"全民国词话"编纂完善与否的保证。因而，于此重点说明。

其一，该纂名为"全民国词话"力求辑全。分正编、副编、附编三者。

正编收民国时期出现、由民国文人写成的以词话为名的论著。副编收录民国时期出现、由民国文人写成的未以词话为名但有词话性质的论著（收录时应当仍其原名，不另外再加、改为"词话"之名，以免凭空造名、混淆视听，而误导人以为当时真有此名的词话存在）。附编收录与汇辑民国词话有关的词学史料如词评、包含于文学史中的词论等，或作者生长于民国在民国以后所写成的词话，或"话"民国词的词话（此种酌情少收，以俟当代词话之辑）。

其二，凡已见于通行的唐圭璋所纂《词话丛编》、张璋等所纂《历代词话》及《历代词话·续编》、刘梦芙《近现代词话丛编》、朱崇才所纂《词话丛编·续编》者，该纂将以其量少，仍录。

其三，该纂所收词话无论文言、白话①，也无论散语、韵语，只要以非现代专著写成者均在汇辑之列。词籍序跋、专门的现代词学论文与现代词学专著，以其形式独特一般不录，拟以"民国词籍序跋汇编""民国词学论文汇编"等名另行。

其四，凡是出现不同版本的同一名称的词话，多少不同者收其多者，多少相同者收其定本（如闻野鹤《恻筡词话》，一为《民国日报》连载者，一为《野鹤零墨》本，取其后者）。

其五，凡词话作者有多种词话，但性质不一，有分属各编的情形。将以互见法于先出现者叙录中道明。另于书前列作者索引与书名索引，方便检索。

其六，凡词话篇目名称有异、性质亦不同者，如正稿、续稿之类即视为另外一种词话。凡是篇名同而内容不同者（如民国时期有三种"闺秀词话"、两种"香艳词话"），也视为两种词话。至于名异而实同者，收录时取其通行名称，于叙录中注出。

其七，各编中篇目的排列以词话写作时代先后为序，凡不清楚写作时间者，以作者活动时代为序，并说明之。

其八，对词话原本中明显错误的标点、字、词、句，一般径改并说明

---

① 像张寅彭《民国诗话》凡例中所言不收以白话文说旧体诗者，谭新红《清词话考述》凡例中言"只收文言词话。以'词话'名书而以白话撰成者，本书不予收录"。该编以白话型词话为民国词话的新品种，不以其白话而弃之。

之。其余异文处，仍之。

以上几则体例，只是就通常情况而言，凡是有特殊问题者，将在叙录中详为说明。当然此编纂体例目前还是设想中。真正切实的编纂体例要等正式投入编纂时才能敲定。

最后，有必要再申明一下"全民国词话"编纂的现实意义。陈水云曾指出："词话写作的高峰期主要在清代和民国两个时期，对这两个时期文献的搜集和整理长期以来是学术界的盲点，词话的搜集和整理工作也一直得不到应有的重视。"[①] 笔者编纂"全民国词话"之举算是对陈氏期盼的一种"响应"。一旦是编完成，可补前所未备，丰富词学文献资料、扩充词学文献资料，从而拓宽词学理论研究领域，有利于词学史乃至词学批评史的研究。就目前所辑的民国词话内容来看，它包括历代词学史上的各方面资料，不仅对研究民国文人的词学及其词论极具价值，而且对诠释前代词学及词论也有极重要的意义。又因民国文人生逢近现代，其所作词话中论及近现代词坛之语尤多，对我们研究近代词史、民国词史无疑有极大的帮助。不仅如此，它还有利于民国社会、历史、文化的深入研究；有利于民国时期文化遗产的保护与弘扬，有利于民国学术史的整理与研究；有利于人们对民国词学家及其成就的充分认识。它还将启示人们对当代词话、域外词话的重视与汇辑，激发人们写作词话的兴趣。

附录　民国词话部分篇名、作者考录

民国词话中包含有大量的民国词文献信息，同时也包含有不少品评民国词的文献，还包含有不少民国词人的史料文献，因此为"民国词史"研究的又一原始文献库。笔者目前已完成"全民国词话"的编纂，于此附录部分民国词话的作者与篇名（由于数量繁多，仅附纯以"词话"名篇者，出处不具附），以见民国词文献之丰富，为民国词史研究提供丰富的理论与批评资料。

1.《蕙风词话》：况周颐

---

① 陈水云：《词话研究的新创获——读谭新红著〈清词话考述〉》，见中国文学网。

2.《蕙风词话续编》：况周颐

3.《香海棠馆词话》：况周颐

4.《蕙风簃词话》：况周颐

5.《第一生修梅花馆词话》：况周颐

6.《珠花簃词话》：况周颐

7.《玉梅词话》：况周颐

8.《餐樱庑词话》：况周颐

9.《纕兰堂室词话》：况周颐

10.《词学讲义》：况周颐

11.《宋人词话》：况周颐

12.《历代词人考略》：况周颐

13.《玉栖述雅·附陈运彰跋》：况周颐

14.《联益之友·词话》：况周颐

15.《织余琐述》《织余偶述》《织余续述》：况卜娱

16.《人间词话》：王国维

17.《人间词话》：常风

18.《剥果词话》：于右任

19.《骚心丛谈》：于右任

20.《小三吾亭词话》：冒广生

21.《筑轩词话五则》：天涯呜咽生宋思复

22.《从军词话》：陶骏保

23.《绾春楼词话》：杨全荫

24.《倚琴楼词话》：周焯

25.《镜台词话》：陈去病

26.《梅花同心馆词话》：林学衡

27.《竹雨绿窗词话》：碧痕

28.《听秋声馆词话》：丁绍仪

29.《闺秀词话》：《妇女杂志》

30.《词论》：易顺鼎、吴东园、周镜湄、刘哲庐

31.《咏雪词话》：锡金

32.《弦边词话》：健凡

33.《新词话》：朱衣

34.《满江红词话》：亦实

35.《词话与乐话》：卫心

36.《双白龛词话》：蒙庵

37.《石淙阁词话》：硕父

38.《颐斋词话》：硕父

39.《石床词话》：硕父

40.《菊部词话》：庄蝶庵

41.《耐充室词话》：陈能群

42.《词话》：石狮头儿

43.《淡泊斋词话·李后主与李清照词》：李冰人

44.《海棠香梦馆词话》：朱婉贞

45.《芳菲菲堂词话》：毕几庵（倚虹）

46.《适斋词话》：邝摩汉

47.《词话》：《中国实业新报》

48.《古今词话》：唐弢

49.《怀人词话》：子文

50.《守诚斋词话》：稚侬

51.《蘂轩词话》：绛珠

52.《春雨楼诗话·附词话》：王湘君

53.《词话》：顾尚绩

54.《双梅花龛词话》：郑周寿梅

55.《聆风簃诗词话》：黄秋岳

56.《怀旧词话》：留夷

57.《诗词话》：幼仝

58.《子楼诗词话》：林庚白

59.《新年词话》：吴去疾

60.《柳溪词话》：仲坚

61.《读红馆词话》：次檀

62.《词话》：佚名《家庭杂志》

63.《小梅花馆词话》：冷芳

64.《西溪词话》：星舫

65.《西溪词话续编》：星舫

66.《西溪词话四编》：星舫

67.《今人词话》：星舫

68.《大鹤山人词话》：龙榆生辑录

69.《大鹤山人论词遗札》：龙榆生辑

70.《郑大鹤先生论词手简》：叶恭绰辑

71.《绝妙好词校录》：郑文焯

72.《绝妙好词旁证》：郑文焯

73.《鹤道人论词书》：郑文焯

74.《大鹤山人遗著》：郑文焯

75.《大鹤山人词集跋尾》：郑文焯撰、龙榆生辑

76.《大鹤山人遗札》：郑文焯

77.《大鹤先生手札汇钞》：戴正诚

78.《雨华盦词话》：钱斐仲

79.《还读轩诗词话》：朱保雄

80.《听歌词话》：紫兰主人

81.《秋苹词话》：苹子

82.《论词话》：谢之勃

83.《词话一则》：仲宪

84.《读词法》：红篱

85.《痎斋词论》：冒广生

86.《旧时月色斋词谭》：陈匪石

87.《与黄花奴论词书》：吴东园

88.《论词绝句》：哀蝉

89.《论词之作法》：唐圭璋

90.《宋词作法概说》：唐圭璋

91.《梦桐室词话》：唐圭璋

92.《作词法》：夏承焘

93.《词迳》：夏承焘

94.《论词心》：詹安泰

95.《词境新诠》：詹安泰

96.《梅魂菊影室词话》：王蕴章

97.《秋平云室词话》：王蕴章

98.《近词丛话》：徐珂

99.《词讲义》：徐珂

100.《论词绝句三十首》：高旭

101.《恤簃词话》：闻野鹤

102.《千叶莲花室词话》：闻野鹤

103.《论词杂札》：闻野鹤

104.《论词杂记》：闻野鹤

105.《双凤阁词话》：朱鸳雏

106.《双凤阁词话续稿》：朱鸳雏

107.《古今词曲品》：陈栩

108.《填词法》：陈蝶仙

109.《抱香簃词话》：庞树柏

110.《韦斋杂说》：易大厂

111.《习静斋词话》：方瘦坡

112.《红藕花馆词话》：刘哲庐

113.《词学讲义》：寿玺

114.《〈望江南〉饮虹簃论清词百家》：卢前

115.《垂云阁恋爱词话》：朱剑芒

116.《绿蓑芜馆诗话·附词话》：周瘦鹃

117.《论词法》：吴梅

118.《联益之友·词话》：吴梅

119.《粤词雅》：潘飞声

120.《论岭南词绝句》：潘飞声

121.《论粤东词绝句》：潘飞声

122.《示了公论词绝句十二首》：姚鹓雏

123.《词林玉屑》：姚民哀

124.《倚声偶得》：稿本

125.《词学讲义》：王蕴章

126.《空斋词话》：史别抱

127.《根香山馆词话》：滕若渠

128.《冷庐非词话》：滕若渠

129.《黛影阁词话》：谢黛云

130.《词林厄言》：稿本

131.《词林丛话》：稿本

132.《樵盦词话》：稿本

133.《学词大意》：傅君剑

134.《枝巢谈词》：夏仁虎

135.《冰簃词话》：冯平

136.《香艳词话》：无闷

137.《茶业词话》：白俞

138.《名山词话》：钱振锽

139.《星影楼词话》：钱振锽

140.《虑尊室词话》：稿本

141.《沤盦词话》：《杂志》

142.《花随人圣盦词话》：黄浚

143.《丛碧词话》：张伯驹

144.《闽词谈屑》：陈声聪

145.《读词枝语》：陈声聪

146.《须曼龛词话》：旧燕

147.《诗词剩话》：胡寄尘

148.《读词漫谈》：刘次箫

149.《中秋词话》：程云青

150.《学词随笔》：姚鹓雏

151.《学词随录》：破浪

152.《词品五则》：高文

153.《读词偶得》：俞平伯

154.《怎样读词》：憾庐

155.《读词闲话》：唐弢

156.《读词杂感》：卢鸿基

157.《读词劄记》：庄子毅

158.《读词偶记》：蒋礼鸿

159.《怎么样读词》：漱英

160.《再论读词》：漱英

161.《读词杂志》：鲍传铭

162.《读词随笔》：龙榆生

163.《文芸阁先生词话》：龙榆生辑

164.《彊村老人词评》：朱祖谋撰、龙榆生辑

165.《近代名贤论词遗札》：龙榆生辑

166.《忍寒庐零拾》：龙榆生

167.《彊村本事词》：龙榆生

168.《词学通论·论平仄四声》：龙榆生

169.《读词小纪》：张龙炎

170.《读词散记》：之盘

171.《读词杂记》：杨易霖

172.《读词小记》：烟桥

173.《读词偶识》：高树

174.《读词星语》：萧涤非

175.《燕居脞语》：刘宣阁　麟生

176.《读词杂感》：许兆义

177.《读词一得》：钱毅

178.《读词杂记》：细华

179.《读词杂记》：淡华

180.《词林新话》：吴世昌

181.《论词之句法》：吴征铸

182.《略论词之句法》：杨国权

183.《谈词》：憾庐

184.《闲话谈词》：史幼云

185.《今古一炉室谈词》：郝少洲

186.《谈词及词人》：君明

187.《谈词》：梦蚨

188.《谈词》：何家炳

189.《北宋词论》：张尊五

190.《金荃玉屑·歌词臆说》：赵尊岳

191.《金荃玉屑·珍重阁词话》：赵尊岳

192.《金荃玉屑·读词杂记》：赵尊岳

193.《词通》：徐棨

194.《宋词史话》：杨剑花

195.《读全宋词》：饶宗颐

196.《宋词漫释》：魏明经

197.《话宋词》：谷云

198.《疏篁馆杂缀》：无觉

199.《评两宋词》：阮真

200.《宋词述评》：乐安姓任

201.《安徽两宋词人小识》：宛敏灏

202.《宋词概论》：郑一干

203.《南宋词人小记》：冯沅君

204.《两宋词人概评》：黄勖吾

205.《南北宋词略》：严筱湄

206.《怎样研究词学》：李冰若

207.《词学一隅》：王西神

208.《日本填词史话》：神田喜一郎著、李圭海译

209.《词学的途径》：袁绚秋

210.《词学引论》：华钟彦

211.《词学概论》：刘德成

212.《词说》：顾名

213.《小词话》：幕班

214.《云溪词曲谈》：朱清华

215.《两宋词人小传》：顾培懋

216.《微明词话》：尉梅

217.《词牌脞说》：斯文

218.《读词有感》：梅子黄

219.《读词偶识》：仲石

220.《词曲识小录》：叶华

221.《词曲琐话》：叶梦雨

222.《喔嚎词话》：曹绣君（编）

223.《读词杂记》：巴壶天

224.《词论》：张文宬

225.《论读词之法》：彦威

226.《憩园词话》：元园

227.《春雨潇湘馆诗词话》：梅奴

228.《诗词杂谈》：时秀文

229.《读词随笔》：林书田

230.《读闺秀百家词选札记》：杨式昭

231.《听鹃榭词话》：武酉山

232.《词的起原》：沈忱农

233.《啼红阁词话》：沈瘦碧

234.《读词一得》：洪生

235.《词的讲解》：浦江清

236.《清代词学》：王洪佳

237.《熊毛嘉礼词话》：耳食

238.《幽默诗话·附词话》：胡山源

239.《放屁词话》：词客

240.《词的启源》：郑振铎

241.《纫芳宧读词札记》：陈运彰

242.《纫芳簃说词》：陈运彰

243.《词品》：陈永年

244.《绾春楼词话》：杨全荫

245.《词的句法》：冯沅君

246.《自然室诗词杂话》：冯振

247.《女性词话》：谭正璧

248.《说词》：李万育

249.《词的发展》：李素

250.《当代词坛概况》：焦罋

251.《读词杂记》：王仲闻

252.《跨鹤吹笙续谱》：隐蛛

253.《觉园词话》：谭觉园

254.《一叶庵说词》：宗澹云

255.《凝寒室词话》：徐兴业

256.《词的浅说》：李昌漫

257.《藕香馆散记》：章石承

258.《词心笺评》：邵祖平

259.《白石道人词笺平》：陈柱

260.《菌阁琐谈》：沈曾植

261.《近代词人逸事》：张尔田

262.《黄媛介词话》：《西京日报》

263.《词话》：朱光潜

264.《秋天谈词》：白杰

265.《柯亭词论》：蔡桢

266.《词话汇集》：刘体信

267.《诗话词话六种》：阙名辑

268.《词曲概论》：森槐南

269.《词曲概论·补遗》：森川竹磎

270.《论词绝句》：高野竹隐

271.《抱碧斋词话》：陈锐

272.《卧庐词话》：周曾锦

273.《片玉山庄词略》：朱彦臣

274.《雪桥词话》：杨钟羲著、张璋辑

275.《霜红词话》：胡士莹录、李保阳整理

276.《续修四库全书总目提要·词籍提要》：柯劭忞等

277.《读词小笺》：林花榭

278.《清词玉屑》：郭则沄

279.《水西轩词话》：卓掞著

280.《长兴词话》：温甸

281.《映庵词评》：夏敬观

282.《汇辑宋人词话》：夏敬观

283.《五代词话》：夏敬观

284.《梦窗词评》：夏敬观

285.《忍古楼词话》：夏敬观

286.《映庵词话》：夏敬观

287.《分春馆词话》：朱庸斋

288.《词论》：刘永济

289.《两浙词人小传》：周庆云

290.《凌波榭词话》：曹元忠撰、陈运彰辑

291.《读词稿》：祝氏

292.《千一斋词话》：程先甲

293.《词林佳话》：陈登元辑注

294.《水云楼词话》：周梦庄

295.《填词要略》：陈声聪

296.《片玉集批语》：乔大壮

297.《樱窗杂记》：汪兆镛

298.《词比》：陈锐

299.《饮冰室评词》：梁启超

300.《词说》：蒋兆兰

301.《词的我见》：柳亚子

302.《学词目论》：王易

303.《诗余闲评》：俞平伯

304.《栩庄漫记》：李冰若

305.《谈词随录》：廖辅叔

306.《词学流变》：宋咸萃

307.《白茶斋说词》：松如

308.《词谰》：宣雨苍

309.《一苇轩词话》：刘德成

310.《醉月楼词话》：伴鹃

311.《酹月楼词话》：配生

312.《屯田词话》：关仲濠

313.《蕉窗词话》：林丁

314.《杂碎词话》：干因

315.《诗词丛谈》：干因

316.《闺秀词话》：雷瑨、雷瑊辑

317.《长兴词话》：温匋辑

318.《词征》：张德瀛

319.《岁寒居词话》：胡薇元

320.《海绡说词》：陈洵

321.《淮海先生诗词丛话》：秦国璋

322.《然脂余韵》：王蕴章

323.《诗词趣话》：葛煦存辑、琴石山人校阅

324.《诗词一得》：徐昂

325.《无盦说词》：祝南（詹安泰）

326.《词林玉屑》：仙源词客

327.《说词韵语》：刘咸炘

328.《词学肄言》：刘咸炘

329.《词概》：刘咸炘

330.《约斋词话》：沈祥龙

331.《珠玉词评》：赵尊岳

332.《晚晴楼词话》：刘尧民

333.《词学通论》：汪东

334.《天问庐词话》：成舍我

335.《论词》：成舍我

336.《水心楼词话》：郑天健

337.《兰蓓蕾馆词话》：唐和华

338.《孟晋山房词话》：王钟麟

339.《惨离别楼词话》：王钟麒

340.《香艳词话》：姚赓夔

341.《词话》：潘飞声

342.《评唐刻词话丛编》：厉啸桐

343.《词话：重言与迭韵》：白慕

344.《词话：仙品与鬼才》：白慕

345.《无所任庵词话》：竹庵

346.《钱塘诗词话》：耐寒后人

347.《闺秀词话》：《时事汇报》

348.《梅魂菊影室词话》：尊农

349.《闲人词话》：李焰生

350.《词话》：陈陈

351.《词话》：莲子

352.《方外词话》：述庵

353.《无所任庵联语词话》：竹庵

354.《红叶山房词话》：霜蝉

355.《词话》：词客

356.《甜言蜜语词话》：李警众

357.《集成词话·桂蔚丞先生遗词》：忆梅

358.《集成词话》：厉鼎煃

359.《天际思仪盦词话》：吴兴、宋训伦

360.《碧梧存稿·词话三则》：王桐龄

361.《春闺词话》：业辉

362.《夏闺词话》：业辉

363.《秋闺词话》：业辉

364.《冬闺词话》：业辉

365.《词话零拾》：世民

366.《星槎词话》：厉星槎

367.《星槎词话补义》：厉星槎

368.《星槎词话外编》：厉星槎

369.《星槎词话丛编》：厉星槎

370.《双十书屋词话》：忍庵

371.《忆红馆词话》：鸳湖

372.《怡簃词话》：翁麟声

373.《词话》：黑子、病凤、陈兆元、棣华馆主、秋梦、山眉、佩青、佚名、似春、祖靖亚、竹轩、朱鸳雏、栩园等著

374.《雕龙啸虎录·词话》：赵酊生

375.《重阳词话》：朱剑芒

376.《燕柳词话》：阿龙

377.《七夕词话》：枫隐

378.《今闺秀词话》：佛影

379.《定山词话》：陈定山

380.《词与词话》：郑振铎

381.《也是词话》：张友仁

382.《白醉拣话—词话三则》：徐沄

383.《词话》：配生

384.《词话》：忏吾

第 十 一 章

论清末民国旧体诗词结社文献及其意义

当前为止有关诗词社团的研究成果甚夥。现代文学方面，如贾植芳所主编《中国现代文学社团流派》① 为较早由流派入手著成的现代文学史著作，陈安湖所主编《中国现代文学社团流派史》②、杨洪承所著《文学社群文化形态论——现代中国文学社团流派文化研究》③ 也是颇有价值的专著。范泉主编《中国现代文学社团流派辞典》④ 所列有关文学社团者 1035 条。而陈思和、丁帆主编《中国现代文学社团史研究书系》⑤ 则涉及了《新青年》文学团体、文学研究会、创造社、语丝社、南社、栎社等。而古代诗词社团研

---

① 贾植芳主编：《中国现代文学社团流派》，江苏教育出版社 1989 年版。

② 陈安湖主编：《中国现代文学社团流派史》，华中师范大学出版社 1997 年版。

③ 杨洪承：《文学社群文化形态论——现代中国文学社团流派文化研究》，安徽文艺出版社 1998 年版。

④ 范泉主编：《中国现代文学社团流派辞典》，上海书店 1993 年版。

⑤ 陈思和、丁帆主编的《中国现代文学社团史研究书系》（东方出版中心 2006 年版）多部书，如栾梅健的《民间的文人雅集——南社研究》、许俊雅的《黑暗中的探寻——栎社研究》、陈离的《在"我"与"世界"之间——语丝社研究》、咸立强的《寻找归宿的流浪者——创造社研究》、庄森的《飞扬跋扈为谁雄——作为文学社团的新青年研究》、石曙萍的《知识分子的岗位与追求——文学研究会研究》以及金理的《从兰社到〈现代〉——以施蛰存、戴望舒、杜衡及刘呐鸥为核心的社团研究》、刘群的《饭局·书局·时局——新月社研究》、廖久明的《一群被惊醒的人——狂飙社研究》、周燕芬的《因缘际会——七月社、希望社及相关现代文学社团研究》、杨萌芽的《古典诗歌的最后守望——清末民初宋诗派文人群体研究》、黄乃江的《东南坛坫第一家——菽庄吟社研究》、吴敏的《宝塔山下交响乐——20 世纪 40 年代前后延安的文化组织与文学社团》、黄文倩的《在巨流中摆渡："探求者"的文学道路与创作困境——一个台湾研究者的视野、思考与再解读》等。

究方面也有不少专著出现。如欧阳光的《宋元诗社研究丛稿》① 从宋代诗社与诗歌流派、宋元科举与文人会社、月泉吟社作者群略考、释省常西湖白莲社、文彦博洛阳耆英会等角度较早对古代的文学结社现象进行过系统地研究；何宗美的《明末清初文人结社研究》《明末清初文人结社研究续编》② 择取明末清初文人结社进行断面研究，揭示其文学史意义和文化史意义。20世纪 90 年代，上海书店曾专门将古代诗词结社唱和文献进行整理。如白居易等撰《香山九老会诗》、谭献辑《池上题襟小集》、谷际岐、袁弥渡等撰《九峰园会诗》、张瀚辑《武林怡老会诗集》均被影印出版。国家图书馆出版社于 2006 年曾出版《民国珍稀短刊断刊》大型丛书，其中收录有一部分文学社团刊物，有些即为诗词结社文献（如《浙江卷》中所收《亦社丛刊》《翼社》等）。③ 当前对近代至民国旧体诗词社团研究的论著不多，仅有袁志成、查紫阳、万柳、马大勇以及笔者所著的相关论著④。又笔者与业师钟振振教授所从事的国家出版基金项目《民国时期诗词学文献珍本整理与研究》因限于篇幅、体例等问题并未将所有诗词社集全面纳入我们的项目中，仅专门收录诸如南社、如社、须社、沤社、国风社、变风社、铁血社、正声诗社、沐社、绵社等十余种社集或社刊，以此显示民国诗词学文献的范围与引导学人的学术视野。所幸的是，针对迄今于近代以来旧体诗词社团文献整理与研究的不足之处，国家图书馆出版社现在又专门影印整理了百余种旧体诗词结社文献，可谓有功于学界。据考察，清末民国时期出现了大量的旧体诗词社团，而历来研究社团者多侧重社会活动团体，而对文学社团的重视虽然较多，但多立足于新文学社团。就当前笔者目力所及清末民国存在的旧体诗词社团数目已近千，自然因诗词结社形成的各种文献数量也相当庞大。这是

---

① 欧阳光：《宋元诗社研究丛稿》，广东高等教育出版社 1996 年版。

② 见何宗美：《明末清初文人结社研究》（南开大学出版社 2003 年版）、《明末清初文人结社研究续编》（中华书局 2006 年版）。

③ 《民国珍稀短刊断刊》，国家图书馆出版社 2006 年版。

④ 如曹辛华：《民国词社考论》（《2008 年词学研讨会论文集》）、查紫阳：《晚清词社知见考略》（《中国韵文学刊》2010 年第 2 期）、袁志成：《晚清民国词社的地理分布、成因及影响》（《湖南城市学院学报》2011 年第 2 期）、万柳：《清代词社研究》（中州古籍出版社 2011 年版）以及马大勇：《近百年词社考论》（《文艺争鸣》2012 年第 5 期）等均对晚清民国词社有所考索，遗憾的是当前对诗社的考索却存在较大的空缺。

前所未有的，也是当前文学社团研究不当忽视的。为让学界更好地了解此际诗词结社文献的存在状态，这里将先在考察诗词社团的基础上，对其文献类型特点与意义等予以揭示。

一　清末民国旧体诗词社团名考

这里的"清末民国"涉及近代与整个民国时期，于此主要指 1840 年鸦片战争以来至 1949 年新中国成立之间的近百年时间。此段时间中，由于现代传媒、西学东渐、新旧社会体制的更迭、新旧文学交杂与交替等因素，各种各样的社会团体涌现出来，与之伴随的文学社团，特别是诗词社团，更是层出不穷。为对晚清、民国诗词社团文献进行全面的把握，笔者曾在当前相关学者研究的基础上，专门作过《晚清民国旧体诗词社团考述》一文。由于篇幅冗长，不宜于在此全面展示。兹仅胪列晚清、民国各地区出现的诗词社团名称，以见其广。为保证诗词社团性质的纯粹，此处所列基本不包含仅有酬唱集、消夏集者存在而其社团名目不可考者，也不含有结社记载，但社名、社集等文献却无者。为区别晚清、民国诗词社团的结社状况，此处分开述之，对横跨晚清、民国者，以其建社时间与主要活动时间来判其所属阶段。由于社团数目众多，于此不附考辨过程。

（一）目前已考得的晚清时期诗词社团名称

1. 北京（15 个）

灯社、著涒吟社、琼河诗社、励志文社、著诗社、薇省同声集、咫村词社、庚子词社、暾社、辅仁文社、薇省同声集、城南词社、宣南词社、吟秋诗社、荔香吟社等。

2. 上海（27 个）

雪鸿吟社、海滨酬唱词社、聚星吟社、龙门词社、蔡鸿鉴吟社、瘦红吟社、剑光吟社、茸城近课词社、嬉春词社、莲花社、江南吟社、天涯五友团、白莲社、春晖文社、丽则词社、刘江（娄江）吟社、白沙吟社、小罗浮诗社、玉兰诗社、檠珠诗社、文雅社、飞绵吟社、日河吟社、淞南吟社、聚星吟社、沪渎联吟社、新社等。

3. 江苏（31 个）

红梨诗社、冶春诗社、淮海词社、江东词社、听松词社、延秋词社、菊影吟社、云溪词社、丁至和消寒词社、军中九秋词社、九秋吟社、张丙炎消寒词社、方潜颐延秋社、红鸳词社、鸥隐词社、寒碧词社、射湖社、南河诗社、鲸华社、滨社、法社、寒山社、折枝吟社、分湖文社、南社、寒隐社、吴社、鸥隐词社、三千剑气文社、红豆社、丽红诗社等。

4. 浙江（30 个）

益社、后"越三子"社、小桃源室联吟、苹花社、红椁馆诗课、竹林诗社、皋社、西泠消寒会、消寒吟社、西泠吟社、吟秋词社、孙佑培吟秋社、风徐词社、鸥梦词社、东野联吟社、花溪诗社、洋园唱和、秋社、鹿泉社、江村吟社、越社、匡社、鹿山吟社、菱湖吟社、㰹李金石书画社、著作林社、仿洛诗社、海云洞唱和、吉斋小筑唱和、同声诗社等。

5. 福建（10 个）

船司雅集社、聚红词社、李宗林结社、梅崖词社、红亭诗社、月山吟社、龙江诗社、冷红吟局、托社、志社等。

6. 广东（16 个）

西园吟社、袖海楼诗社、东堂吟社、凤台诗社、越台词社、山堂词社、花田词社、山堂吟社、鹿园词社、惠泉亭诗社、探骊诗社、流光别墅联吟诗、冷圃诗社、春秋吟社、曼陀词社、盟鸥诗社等。

7. 湖南（10 个）

兰林词社、红兰吟社、罗汝怀结社、罗汝怀消寒会、岁寒三友社、日鸥今雨社、榕社、湘社、罗山诗社、湘社等。

8. 其他诗词社团较少的省份（13 个）

台湾有栎社、台南南社、瀛社、玉山吟社、菽庄吟社等；湖北有骚坛诗社、汉上消闲社；河南有梁社；山东有来鹤社；香港有吟香社；云南有翠屏诗社、云学会；黑龙江有松江诗社等。

9. 省份等信息不明、待定者（16 个）

海天诗社、白桃花吟社、菊社、立社、长春社、瓮社、奎鼎社、神交社、复社、雄风社、梅社（非民国时者）、鹤露诗社、迟菊诗社、翠屏诗社、诗园雅集、陈山雅集等。

（二）目前已考得的民国时期诗词社团名称表

1. 北京（38个）

函夏考文苑、北海诗社、六合诗社、寒山诗社、稊园诗社、蛰园诗社、可兴诗社、灵囿诗社、漫社、九九社、瓶社、聊园词社、琼河诗社、雅社、灵囿诗社、聊社、春兰雅集、南国诗社、冰社、偶然诗社、稷园词社、大风诗社、衡门社、平社、采社、陆陆社、述学社、嘤社、觳社、南园廑社、溧凌诗社、新诗社、瓶花簃词社、咫社、南雅诗社、茶寿会、雅言社、赤城诗社等。

2. 上海（84个）

希社、淞社、沤社、春音词社、圣遗诗社、丽泽文社、超社、樊园吟社、逸社、进社、鸣社、心社、进社、息游社、饭后社、同袍社、唯美社、诗词函授社、春园诗社、道南诗社、蕉窗诗社、客山诗社、淞滨吟社、豫园雅集、淞社（创于民国十六年者）、鸥社、留溪鸣社、松风社、松江休暇社、白莲社、花近楼逸社、艺社、文友社、兴华社、晨光社、沧社、觚社、文学研究社、楚社、学生文艺社、九社、朝霞诗社、甲子社人文社、罗溪吟社、物外吟社、中国女子书画会诗社、乐文社、文艺社、沤社、康桥画社、红叶诗社、鸡鸣诗社、词学季刊社、历下诗社、歌社、励志社、因社、画中诗社、声社、大夏诗社、黄华诗社、心社、寒社、持恒诗社、不易社、沪大诗社、苍筤诗社、风月吟社、昧园吟社、沧江吟社、七七吟社、海滨诗社、海门吟社、胥社、龙树寺雅集、盍簪雅集、乐天诗社、社友文艺社、怡社、午社、群雅社、崇中吟社、陶社、康园雅集等。

3. 江苏（67个）

南河诗社、霞社、吴社、分湖诗社、冰心社、宁社、蜕尘吟社、海门吟社、酒社、潇鸣社、云社、吴声诗社、后秋柳诗社、中央诗社、苏台唱和社、兰陵诗社、合社、求是学社、怡然社、觉社、六一消夏社、潜社、虞社、琴鹤山馆词社、苔岑吟社、玄灵诗社、甲子吟社、沧社、也社、琴社、梅社、潜社、苏社、克社、国风社、冠云诗社、星社、云社、铁花吟社、白雪吟社、东社、吴江文艺协会、己巳社、马陵七子、潼阳正气诗社、淞社、碧山吟社、六一消夏词社、青溪诗社、青社、白下诗社、石城诗社、绮社、兰社、梅社、土星诗社、上已诗社、白下诗社、厂林诗社、石鼓山诗社、华林诗社、聚星社、湖海文艺社、扫叶楼庚社、横云诗社、冶城吟社、柏因社等。

4. 浙江（43个）

木犀香诗社、嘤鸣诗社、槜李吟社、螭阳诗学社、聂社、慎社、藕汀诗社、浙江安定中学校课余诗学社、息社、灥社、翼社、丹山十才诗社、栩园诗社、巽社、瘦竹文社、姚江同声诗社、棠阴诗社、慎社、瓯社、槜李文社、秋声社、嘐社、棠荫诗社、嘉音社、嘉定树学社、微音社、嘉定星社、嘐北青年文化协进会、翔社、铎社、大风社、歌诗社、湖社、之江诗社、莲韬词社、四明春风诗社、右文社、嘐声公余曲社、秋霞诗社、青年文艺研究会、超社、嘉义诗社、崇正诗社等。

5. 福建（25个）

志社、托社、源社、融社、马江吟社、曦社、则社、创社、燕溪诗社、留云社、说诗社、鹤场吟社、菽庄吟社、怡社、栎社、支社、鞠社、瓠社、南社闽集、袖海楼吟社、板桥吟社、星社、嘐北联谊社、余社、掘社等。

6. 广东（22个）

龙塘诗社、方社、盂山吟社、壶社、松滨吟社、海棠社、中山诗社、檀社、萝岗地方自治协进社、南风文社、凤台新社、南风文社、七七吟社、国立中山大学中国语言文学研究会、夏声社、变风社、东山诗社、东官诗社、变风诗社、绵社、越社、壶社等。

7. 台湾（51个）

桃社、竹社、北门吟会、宜兰文社、聚奎吟社、采诗会、以成社、娑仙籁吟社、崇正社、斐亭诗社、牡丹诗社、海天吟社、鹭江吟社、碧山词社、台北大龙峒诗钟社、台南敦源吟社、白鸥诗社、竹桥吟社、学甲吟社、寄鸿吟社、美友吟社、大冶吟社、天籁吟社、春莺吟社、三友吟会、剑楼吟会、中部吟会、将军吟社、醒庐文虎社、酉山吟社、听涛吟社、台南诗会、罗山吟社、北门吟社、桐侣吟社、酉山吟社、樗社、绿社、中嘉南联吟会、全岛联合吟会、全岛联吟大会、全岛临时联吟大会、全岛诗人恳亲会、台南州下联吟会、屿江吟社、鲲瀛诗社、芦溪吟社、琅环诗社、荽社、薇阁诗社、嘉义诗社等。

8. 湖南（21 个）

门存诗社、凝粹堂消寒会、湘南文社、溻西支社、壶山诗社、潇湘诗社、陶社、碧湖诗社、觉华诗社、湘雨诗社、船山学社、五溪诗社、武陵诗社、松风社、苍筤社、姜斋社、武陵学社、沐社、山中诗社、五溪诗社、萸江吟社（萸社）等。

9. 河南（11 个）

秋心社、夷门诗社、宛南诗社、九山诗社、礼社、衡门诗钟社、衡门诗社、金涪社、金梁吟社、梁园诗社、衡门诗社等。

10. 四川（9 个）

东华诗社、怡园诗社、振华诗社、岁寒社、春禅词社、锦江词社、华溪诗社、藕波词社、海星诗社等。

11. 天津（11 个）

雪鸿诗社、城南诗社、俦社、国风社、须社、城南诗社、俦社、俦社（另一种）、星二社、玉澜词社、梦碧词社等。

12. 湖北（6 个）

双溪诗社、汉口诗社、荆卢诗社、骚坛诗社、京汉公余消闲社、南音社等。

13. 安徽（6 个）

棠社、南屏诗社、戊午春词社、北山诗社、安大诗社、明堂诗社等。

14. 东北三省（15 个）

逸兴诗社、六桥社、花江九老会、后耆英会、岱东吟社、嘤鸣诗社、浩然诗社、宗风社、难平文艺社、二堡社、新东方诗社、辽东诗社、沈阳诗社、以文诗社、冷社。

15. 其他地区（31 个）

重庆有雍园词社、潜社渝集、中兴诗社、饮河诗社、花溪诗社、正声诗词社等；云南有鸣琴学社、粉团诗社、嘤鸣诗社、椒花诗社；贵州有湄江吟社、双荫盦雅集等；山东有端阳诗社、曹南诗社、朐阳诗社、范湖吟社等；陕西有怀安诗社、千龄诗社等；海南有海南诗社、北社；江西有友文社、半园诗社；河北有莲池诗社；香港有北山诗社、隐鹤诗社、坚社等；澳门有雪社等；域外有日本随鸥吟社、丽日诗社；星洲菩提诗社、伦敦诗社。

16. 其他待定者（59 个）

孔社、鞠社、雨林诗社、瀛谈诗社、丙辰学社、筠社、消寒社、退闲吟社、春江诗社、明伦诗社、北陵雅集、行余学社、青年社、晚霞艺文社、赛菊诗社、剧吟社、韬园诗社、友声诗社、万年园诗社、希白诗社、中华学艺社、雅园诗社、吟啸月刊社、萍社、棣华吟馆诗社、藕香吟社、篸社、南泠诗社、今雨雅集社、京汉同人修禊雅集、岳云别业雅集、同轨诗社、健社、芳草文社、存社、冷枫诗社、蚕桑诗社、四存学会、三九吟社、余英吟社、春明会、清游会、观澜诗社、联社、秋闱雅集、陈园雅集、漪澜堂雅集、雪庄雅集、穆氏文社、雪社、春鸟诗社、鸾鸣诗社、《新学生》诗社、云庄诗社、三山吟社、鹊社、新灯社、东池雅集、燕赵诗社等。

由以上所考得的诗词社团名称可见，清末民国时期旧体诗词社团的数量是相当庞大的。其时代分布、地域分布均呈现不均衡的特征。一方面，在诗词社团时代分布上，清末要少于民国。由前面名录可知，晚清诗词社团 168 个；而民国则有 499 个。即使排除对晚清诗词统计不力等因素，也会远远超出。究其缘由，因民国时期不仅有传统诗社存在，也有以刊物为核心的社团存在，更有由国学、学术组织形成的诗词社团，还有行业组织形成的诗词团。另一方面，在地域分布上，以北京、上海、江苏、浙江、福建、广东、台湾等的诗词社团数量排在前几位，湖南、江西、河南、黑龙江、天津等地的诗词社团数量排在其次。若从东西南北大方位来考察，诗词社团大部分集中在东南沿海。这种分布的不均衡，是民国区域文化发展不平衡的反映，也是当时历史、政治、战争等因素制约的结果。

二　清末民国旧体诗词结社的类型特点

清末民国旧体诗词社团结社类型多样。按社团主要创作文体样式来划分，有包罗型、专业型、兼顾型三种。包罗型即集旧体文学各种文体（诗、词、文、赋、曲、联句）的创作、研究以及政治活动等于一体，如著名的南社即如此。专业型者，如分别以作诗、填词、诗钟、曲词为主，创作与活动不相杂糅。像各种诗社如月山诗社、龙江诗社等基本上专力作诗，而须社、沤社、如社、蓼辛社等则专门填词，而托社、灯社、萍社、寄社等则专门作诗钟。兼顾型指社团创作于诗词兼顾，其文献结集也是以诗词为主。像苔岑社、梅社、国风社、潜社等均是。

若按成因、目的来划分，诗词社团的类型则有娱乐型、征友型、宗风型、学术型、教学型等多种。娱乐型诗词社团，重在以诗词为游戏方式来达到遣兴消闲的目的。如各种诗钟社即主要由此而生。诗钟原是先生出嵌字题，让学生练写七言对偶句的方法。又称改诗、折枝诗、钟联、钟句、偶句、联吟、击钵吟等，分四格：合咏格、分咏格、笼纱格、嵌字格。诗钟作为文人逞强、斗智、炫才的文字游戏，最初以福州人为主。从清道光开始，北京有吟秋诗社、荔香吟社、灯社、稊园诗社、城西诗社；江苏省内，南京有滨社、法社，苏州有吴社、折枝吟社、寒山社，常州有鲸华社；广州有与社；上海有江南吟社；福建有托社、志社、源社、融社、马江吟社、曦社、则社、创社和燕溪诗社等。1925 年至 1926 年福建海军军人张准等也创立有袖海楼吟社，专为诗钟游戏。民国时期的一些游戏杂志如《滑稽杂志》等还专门有诗钟社课，定期披露。而此时出现的大量以消闲、消夏、消寒为名的诗词社团也均以娱乐遣兴为目的。如 1912 年，缪荃孙、吴昌硕、陈三立、樊增祥、潘飞声、曹炳麟等曾于上海结消寒社。① 又如 1929 年由潘承谋、邓邦述、吴曾源、杨俊、张茂炯、蔡晋庸、顾建勋、吴梅、王謇等九人于吴县创六一消夏词社，三个月为词十八题②，以之来消夏。晚清民国时期，此种社团尤多。

征文征友型诗词社团多以某种期刊为主成社，一方面杂志为提高发行而刊登社作，一方面诗词作者为找到同声相应、嘤鸣相求的笔友而能通过信函来往而加入社团。如光宣之际形成的丽则吟社即是。此社全称为海上丽则洁身社，以《国魂丛编》为主汇集了各地诗词作者，采取评选的方式吸引了大量的会员③。又如苔岑吟社于 1920 年由吴放（字剑门，号松龛老人）创立于武进。据《苔岑吟社要言八则》知，此社"以诗为重，兼及古文辞""每年刊印苔岑丛书，一次搜罗海内名人大稿""汇刊同社尚齿表，原为海

---

① 见胡晓明、李瑞明编著：《近代上海诗学系年初编》，上海教育出版社 2003 年版，第 141 页。
② 见潘承谋等：《六一消夏词》，己巳年（1929 年）刊本，藏苏州大学图书馆。
③ 见丽则吟社：《国魂丛编》，1908 年刊本，藏南京图书馆。

内诸同社互通声气起见，三年汇刊一次。"① 虞社于 1920 年由喻鸥侣创于常熟，据朱祖赓云："庚申（1920）春月俞君鸥侣创立虞社，发行月刊，始与海内友朋邮筒往返，藉结文字之缘。"② 甲子吟社于 1924 年由陆冠秋、顾息侉等结于太仓，其成员有本地与外埠之分，其社刊即为《甲子吟社》月刊。据该社简章，"以陶咏性情、提倡风雅为宗旨。凡涉标榜声华，及党同伐异之见者，概不敢存"，"每月征诗一次，不拘体例。凡关本乡掌故、先朝遗事及纪游、托兴诸作，皆可应征。每月汇刊一次。谨依来稿先后编次。自乙丑（1925）年正月为始。"这种以刊为社的社团在清末民国之际最为常见。特别是当时的《时报》《益闻报》《民国日报》《先施乐园报》等报纸也均有诗词征集栏目。

宗风型诗词社团主要有两种情形。一是发扬乡邦文化、宗尚乡贤之风形成的地域型诗词社团。此种社团属于继往开来式的，既是对乡邦诗词文化历史的延续，也是乡邦文人交流的依托。如扬州的冶春诗社，自清康熙年间由渔洋山人王士祯集社瘦西湖红桥茶肆，立冶春诗社起，一直绵延到民国时期。同治年间扬州文人臧谷（臧宜孙）、孙小山等承继文简公王士祯红桥盛举以续谱修禊故事，成立冶春后社。民国五年，戴天球、杜召棠、孔庆镕发起并邀请当时扬州诗书画名流参加，继续开展"冶春诗社"活动。又如南河诗社，由翰林院编修王金声、贡生王日休、举人禹时俊为首成立于清嘉庆年间江苏响水，民国后王鼎言、孙礼城、王石安、张禄任、陈世清、王海屿、陈开之和王云樵等又继之，诗酒唱和。一是以前代诗词大家或领袖为主所形成的专业式社团。如周应昌于 1920 年前后创立琴鹤山馆词社，"尝悬石帚老仙及坡仙像，一香一茗一书一画，严有师资。"③ 即以苏轼、姜夔为宗。又如 1930 年创立的沤社，即是以词学家朱祖谋（沤尹）为领袖建立起来的。至于此时出现的寿苏会、茶寿会等也是因对苏轼、杜茶村等诗人的尊崇而成立的。

学术型诗词社团，即以研究学术为主的同时还兼有诗词创作活动。如清末的晚晴簃诗社本为 1919 年时任总统的徐世昌发起的选诗社，重在选刻清

①　吴放辑：《苔岑丛书》，癸亥（1923 年）年刊本。
②　见《虞社精华录·跋》，民国二十年（1930 年）辛未刊本。
③　周应昌：《霞栖诗词续抄》，上海国光书局壬申（1932 年）冬铅印本。

诗，但由于其中徐世昌、王式通、曹秉章、王树楠、宋伯鲁、柯劭忞、樊增祥、秦树声、成多禄等均擅吟诗，遂成选诗与作诗兼有的社团。又如清史馆本为编纂清史而设，但其中王闿运、柳诒徵、刘师培、姚永概、夏曾佑、罗惇曧、秦树声、李岳瑞、郭曾炘、柯劭忞、王树楠、邵瑞彭、杨钟羲等均擅诗词，遂形成了诗词社团。其他像国学保存会、国学商兑会、述学社、词学季刊社、同声月刊社等均因学术而及诗词创作，遂有相应的诗词社团活动。

教学型诗词社团，主要指近代以来新式学堂兴起后因教学诗词而形成的新型社团。这种社团基本上是以大学为基地，以诗词教授为中心形成的。如潜社为 1926 年由东南大学爱好词曲的学生组成业余学术团体，以吴梅为指导教师，学生有唐圭璋、段熙仲、王季思、任中敏、卢前、张世禄、王玉章、盛静霞、徐益藩、周法高、常任侠、沈祖棻等。规定月集两次，大家轮流出题，当时填词作曲，一一评定，列出名次。社作汇集成册，名为《潜社汇刊》[1]，共十二集，收词曲 306 首。1932 年在中央大学吴梅、汪东等教授的指导下，王嘉懿、尉素秋、章伯璠、沈祖棻、徐品玉、胡元度、龙沅、杭淑娟、曾昭燏等女生创立有梅社。[2] 又如 1930 年邵瑞彭则在河南大学组织夷门词社，社集后汇成《夷门乐府》。而因社乃由唐克标、萧子英、周留云、江克农、唐友渔、蒋廷猷等学生与其师潘兰史、胡朴安、王蕴章等 1933 年创于上海正风文学院。[3] 再如 1942 年，沈祖棻指导杨国权、池锡胤、崔致学、卢兆显等学生在成都金陵大学成立了正声诗词社，并出版有《风雨同声集》；同年任教金陵大学的孙望宴请庞石帚、萧中仑、沈祖棻、刘君惠、高石斋、陈孝章等于枕江楼餐馆，散席前沈成《高阳台》一首，中有"断蓬长逐惊烽转，算而今、易遣华年。但伤心，无限斜阳，有限江山"之句，余人和之。此次共写成七首《高阳台》，被称为《枕江楼悲歌》，一时在成都各大学竞相传抄，流播至广。伴随着枕江楼雅集形成了藕波词社。[4] 当然，也有私塾式教学形成的教学型社团。如武进周葆贻所创的兰社即如此。由《武进兰社弟子诗词集》所收诗词可知，周氏男、女弟子多达百人，

---

① 吴梅：《潜社汇刊》总序，1936 年刊本。

② 关于此梅社具体情形，可参见尹奇岭《梅社考》（《新文学评论》2012 年第 4 期）。

③ 唐克标辑：《因社集》，民国二十二年（1933 年）。

④ 见刘彦邦：《记藕波词社的一次作诗会》，《世纪》1999 年第 4 期。

并刊印有《武进兰社弟子诗词集》[①]。而福建的寿香社则是因何振岱教授女弟子学作诗词而形成的。

除以上几种类型的诗词社团外，还有两种情况值得我们重视。一种是不以诗词社团为名，但有作诗填词等诗词活动之实的诗词社团类型。如中国女子书画会，作为中国第一个女子书画团体，1934 年 4 月 29 日创立。由冯文凤、李秋君、陈小翠、顾青瑶、杨雪玖、顾默飞等发起。又有陆小曼、丁筠碧、虞澹涵、杨雪瑶、吴青霞、包琼枝、朱砚、黄映芬、朱砚英、徐慧、余静芝、周炼霞、鲍亚晖、谢应新、谢月眉、庞左玉、何香凝、余威丹、杨缦华、江亚南、江一南、江南蘋、宋若婴、陈思萱、查浣尘、樊诵芬等响应，当时上海所有女子书画好手几乎尽入。此社虽名为书画会，但其中又常有诗社式的活动。其中各位书画家多擅诗词。其他像同乡会、同行会、同好会之类的团体，虽主要目的不在诗词，但也通常于聚会时吟诗填词，通过其会刊刊登出来。

另外一种是虽未形成长期的社团活动，但却有诗词结社之实亦值得我们注意。这种情形通常以联吟、酬唱、唱和、雅集、题咏、寿庆、哀挽等方式呈现。如于咸丰十一年（1861），太平军攻破海盐县城后，大批文人逃至徐元章海盐小桃源室附近避难。因元章族祖徐维鉴作《避兵诗》，和者甚众。历时四年，乱定方罢。参与联吟酬唱者有 47 人，所作诗词二千余首。徐元章编集为《小桃源室联吟诗存》，于同治五年（1866）刊行。这种联吟，其实质已成诗社。又如光绪中广东增城黄氏筑流光别墅成，联吟属和者至六千五百余人，并汇刻佳章，成《流光别墅联吟诗集》，其社团性质已具。酬唱、唱和是诗词社团成员交流作品、展示才华的重要方式。由洪锡承所辑《江城酬唱集》、关赓麟辑《京师大学堂同人酬唱初稿》、朱拙叟等撰《朱理斋先生重游泮水唱和集》、强光治辑《星来唱和集》、李宣龚辑《硕果亭看花酬唱集》、黄蕴深辑《金闻骊唱集》等来论，两人唱和或多人唱和，乃至成集，虽不言为社团而明显已有结社性质。雅集，为诗词社团活动的主要方式，有不少并未明言为社团，但却有雅集的行动。如由陈曾寿辑《南湖雅集诗》、路孝愉等辑《今雨雅集社壬戌诗选存》、徐善宝辑《武塘风雅集》

---

① 　金雨野等辑：《武进兰社弟子诗词集》，1939 季岁次己卯印。

《癸酉庐山雅集诗草》、张卓人辑《重九登高吟》、靳志辑《癸未七星岗展禊诗录·复兴登高诗录》、曹经沅辑《癸酉九日扫叶楼登高诗集》等均是,如果按其作诗填词的模式来察,其社团活动的性质是明显的。至于张鼎荃辑《惕庵稀龄唱酬集》、王德元辑《霍溪老人六秩唱酬集》、惠泉辑《蓉湖水晶婚唱和集·蓉湖双楼图咏集》、章黼辑《西溪梅竹山庄图题咏》、蒋端容编《华吟梅悼词续刊》、陆丹林编《玉岑词人悼感录》等,则是因寿庆、题咏、哀挽而形成的"多对一式"大规模诗词活动见证,究其实质虽然结社的成分少,而成"团"的意味却浓。由此,笔者以为,社团类型的划分中,若仅仅注重"社"的考察,而不重"团""会"的存在,是不科学的。就当前社团研究来看,人们多偏重"社"的一面,对"团"的研究多以群体或群笼统论之,却又相当匮乏。这是当前我们在整理诗词结社文献时应当予以重视的。

三 清末民国旧体诗词结社文献的类型、特征

晚清民国诗词结社文献的类型特征是与诗词社团的形成、运作方式、活动以及传播、影响等问题紧密相关的。于此,将在前文关于诗词社团类型的归纳等基础上,对结社文献的类型特征进行考察,并提出整理的原则与设想,以促进学人的研究兴趣。

首先,按内容来划分,晚清民国诗词结社文献的种类驳杂。社作诗词为整理的主体部分,不言而喻。除此之外,与社员相关的结社文献如社员别集也是重点,因由此可获得与结社相关的更详细信息。诗词社团的同人录、年齿录、社员通讯录、社团章程也属研究结社活动的重要文献。由于虽为诗词社团,但不少社团尚有骈文、曲、赋、诗话、词话等创作,它们有时也含在社集中,故不能以其非诗词而无视其作为结社文献的性质与价值。又凡清末民国时期报道、评价、总结、整理当时诗词社团的文章(消息、广告、序跋、纪念、回忆录等)均属结社文献。社刊,作为诗词结社文献的重要载体与诗词社团产生的中心或标志,也是结社文献整理的重要对象之一。

此处必须专门作界说的是,作为主体部分——社作文献的种类问题。虽然通常社作文献多以社团命名,但尚有不少此类文献是以社团的社团宗旨、

社作方式、活动方式、活动时间、地点以及成员组成、职业与成分等来命名的，这就形成了不同的社作文献类型。其一，以社团宗旨（要在同声相应）命名者，如以同声集为名者，即有《鄂渚同声集》《皖江同声集》《薇省同声集》《湖海同声集》《惠麓同声集》《沪渎同声集》《逆旅同声集》等，希社的社作亦名《同声集》。其二，以社作方式——酬唱、唱和、联吟等命名者更多。如王朝佐所编《沂滨唱和集》为其归隐天长沂湖之滨后，于1930年作《四九述怀》四首，邀请苔岑诗社各地诗人及本县方家百位和诗约200首，于1931年结集成册，由高邮杨荟亭题签，李子才、刘香九、叶疾尘分别为之作序。又如《闺怨唱和诗》，为剑光吟社社友所作；《海滨酬唱词》，据其序中"呈贵馆并乞诸吟坛赐和壬申九月十五夜望月感怀"[1]知，亦为社作。诸如此类"酬唱、唱和"的集子，虽然大多有社作汇辑的性质，但因此方式并非社团所专有，故须辨明。如《法性倡和诗集》，虽未明言为社集，但由《南华月刊》所载诗题如"己卯闰七夕后一日集西郊远公苍卜楼，分得'心'字""题分得'片'字"等以及所署为"周大樽冷泉甫（编）"等情形判，定其为社集不妄。其三，以社团的活动方式为主命名者大多亦为社作文献。雅集是诗词社团活动的最主要方式，由此形成了大量"雅集"型结社文献。如同治年间，船政大臣沈葆桢，常叫幕僚拈题分韵，限时制定，有《船司雅集录》。而汪辟疆、黄季刚、王晓湘、王伯沆、汪旭初、胡小石、汪友箕等于民国十七年（1928）玄武湖北湖修禊，有《戊辰上巳北湖湖神祠修禊联句》[2]。陈伯弢、胡小石、王晓湘、王伯沆、汪辟疆、胡翔冬、黄季刚等民国十八年（1929）鸡鸣寺豁蒙楼雅集，有《豁蒙楼联句》。而宴集、修禊、登高等又为雅集的各种活动方式，伴随这些方式形成的社作也就随之。像光绪年间《瀛寰琐纪》所载《戊戌茱萸会诗》，孙点所辑《己丑燕集续编》《庚寅燕集三编》；民国时曹经沅辑《甲戌上巳玄武湖修禊诗草·甲戌重九鸡鸣寺豁蒙楼登高诗草》《癸酉九日扫叶楼登高诗集》；龙仲衡所辑《秋禊诗辑（附丙戌新秋诗）》[3]；张卓人辑《重九登高吟》；沈尹默等撰《壬午九日歌乐山登高集》；靳志所辑《癸未七星岗展禊诗录·复兴

---

① 见《海滨酬唱词序》，《瀛寰琐纪》1872年第3期。
② 见张亚权：《汪辟疆先生藏九教授结社题诗扇面考论》，《中国典籍与文化》2009年第4期。
③ 见《贵州文献汇刊》1949年第5期。

登高诗录》、朱文柄辑《涵碧登高集》等等，均为此种诗词社团活动方式的产物。寿庆活动也是产生结社文献的方式之一。有以古人寿诞为名目雅集唱和的，如《国艺》所载《寿苏迎春雅集》与《为杜茶村生日作茶寿会专辑》《茶寿会续编》即是如此。也有为当时人庆寿而形成诗词唱和文献的。像顾征钖等撰《兢斋六十唱和集》、李汝堃辑《邃盦古稀双寿唱和集》、孙传蕙等辑《梦园八十述还酬唱集》、黄端履辑《六十述怀百家酬唱录》均是，此种文献由于结社的目的不明显，可视作广义的诗词社团文献，或者为短期结社文献。另外，以社团成员的成分（数量与年龄）等为名的结社文献，如庄宇逵辑《南华九老会唱和诗谱》、钱世钟辑《珠台九老会唱和诗》、佚名辑《宜园千龄会吟草》等即是。要补充的是，晚清民国尚有哀挽类诗词文献，其中包含有社团成员者自然当视为结社文献。若按前面将寿庆类诗词文献定为"短暂结社"的产物来判，由于这些诗词活动虽不是"社"，但形成的是"团（团体）"，故有必要将其考虑在内。

其次，按照文献存在状态来看，诗词结社文献可分刻印本、稿抄本、期刊本三类。刻印本结社文献又包括刻本、石印本、铅印本、油印本四种。刻本文献基本集中在晚清，易保存。石印本、铅印本于民国最为常见，但由于纸质脆薄易破，亟须影印；而油印本文献每种数量不多，传播不广，几同稿本，需要访求。稿本、抄本类结社文献，就现在来看数量也不多，但由于几无复本，最值得影印。而从另一方面来讲，由于诗词结社通常以一定的经济实力强大的文人来襄助或以诗词影响力大的名家来号召，其社作结集印行的可能性极大。故稿本、抄本结社文献多局限于小型的诗词社团的社作。期刊本结社文献，指刊登在杂志、报纸上与诗词社团相关的文献。此类文献自晚清现代化的传媒——报纸、期刊流行以来就逐渐出现。如《瀛寰琐纪》《益闻录》《清议报》《申报》《时报》等即刊有诗社章程、社作等文献。以清《申报》为例，此中登载涉及的诗社有飞绵吟社、聚星吟社、瘦红吟社、淞南吟社、日河吟社、沪渎联吟社、木渎白雪吟社、剑光吟社、西泠吟社、玉兰诗社、檠珠诗社、盟鸥诗社、鹤露诗社、海天诗社、吟社击钵吟等。晚清时的新社更发行了同名社刊，专门登载其社作。至于民国时期刊登诗词社团文献的期刊就更多。就目前来看，虽然已有不少晚清民国时期的期刊已电子影像化（像国家图书馆的民国期刊库、上海图书馆晚清民国电子期刊库、大成老旧期刊、瀚堂近代期刊等），但由于数量庞大，特别是目前报纸的电子影像化还相当迟缓，仅有几种（如申报、益世报等），这远远不能满足我们汇辑诗词社团文献的需求。因此，期刊本诗词结社文献也应当作为我们整理的重点。

第三，清末民国旧体诗词结社文献具有杂、广、散、残四大特点。其一，杂。由前面所统计的诗词社团数目知，因结社文献的类别多样，其数量当数倍于社团数目。以南社为例，仅其社作期刊就多达 24 册，再加上其下子社如湘社、越社、广南社、辽社、同南社等社作以及各种南社诗词选本就更多。此时出现的与之相关的各种文献如纪略、史传、表录、评述等数量也相当惊人。此时结社文献的形态、种类之杂，已见前文。这里主要谈其复杂、杂糅等特点。因为此时处于古今交替、新旧相交之际，其结社文献涉及的范围跨越近代、现代与当代等不同时期出现的种种文献。之所以纳当代文献作为搜求清末民国文献的范围，因为有不少前代的结社文献至新中国成立后才汇辑、刊行，这就增加了文献考索的复杂性。除此之外，各个诗词社团成员的文集或著述中也杂糅不少结社文献，其中包含不少考订社员生平与史实的信息，故都当列入结社文献之列。此种方式当前南社研究时，已有采用。即使不如此，也当全面涉猎。这就意味着其范围将更进一步扩大，其复杂程度也将随之提高。其二，广，即结社文献分布面广。与前代结社文献多藏于已整理、汇辑成册的古籍中相比，由于政治、历史等特殊原因，晚清民国时期的结社文献为人疏忽或轻视，未能专门集中。此时的诗词结社文献分布地区相当广，不仅各大图书馆均有保存，更由于结社文献作为民间艺文、乡邦文化的载体与渐成文物等原因，一些地区、县市级图书馆、博物馆也有收藏，还有不少文献存于私人（如社员后人、藏书家）手中。另外，域外也有不少结社文献的出现与存在。其三，散。晚清民国诗词结社文献尽管已有不少汇辑、刊刻成书，但更有不少文献还处于分散状态。且不计零星散见的文献，即使大宗者也并非集于一处。这主要反映在期刊类结社文献上。由于期刊的发达，社员们不再像传统那样仅限于乡邦、友朋间传播社作，而是投稿刊登于报刊、杂志上。如南社的社作，除社刻外，还散见于《先施乐园报》《民国日报》《时报》《民权素》以及其他由南社编辑的报刊、杂志上。至于有关南社其他文献就更加分散。其四，残。此时结社文献除与晚清民国其他文献一样也有易残缺、易破损的特点外，残，还指由于社会动荡、各种革命造成的人为残缺。笔者在访求诗词结社文献的过程中，发现见于记载的社集，现在要么仅存个别篇章，要么只有部分，要么仅存名目。就现在所掌握的文献中，已明确为晚清诗词社团者逾千，但社集齐全者不足半千。又由于结社文献种类丰富，不限于社集，这种"残"状，增加了全面整理的艰巨程度。

　　第四，根据以上描述，要整理晚清民国旧体诗词结社文献，笔者以为当采取"抓重点、求完整、有类别、有步骤"四项原则。所谓抓重点，即先对晚清民国重要诗词社团的结社文献进行整理，而结社文献中又当以社集为重点。凡是读者难见、罕见或未有电子影像，且有较高史料价值、影响又较大者，应列为重点。国家图书馆所影印出版的这套丛书，基本上遵照了此点。求完整，即在整理时对某个诗词社团文献完整者当优先；当力求社集文献完整，能补者要尽力补完整；在此基础上，力求将与结社相关的文献如同人录、年齿录、苔岑录、纪略、史传等一并整理，以方便研究者。有类别，即将结社文献按一定的类别归整。如按诗社文献、词社文献、诗钟社文献来编辑，或以社作文献、社史文献来编排。最好的方式当是同一社团的各种结社文献编在一起。还可以地域分类，形成诸如晚清民国旧体诗词结社文献北京卷、上海卷、浙江卷、江苏卷、台湾卷或域外卷的编排方式。有步骤，即按一定的规划有序进行整理。就目前来看，第一步，先侧重容易拿到的、重要的、完全的结社文献的整理，因此种整理为填空白，目前学界关注还不多，先如此做可引起影响，吸引学人研究眼光。第二步，对那是难得的、重要的、要尽力（须耗财力、人力）方完全者（如稿本、抄本、珍本、有文物性质的）进行整理。第三步，对那些存在于报纸、杂志上的社集文献进行整理。特别是，对那些散存的、零星的，需搜求汇辑的结社文献进行整理。有步骤，还指当对结社文献按扫描、影印、校点这样的顺序依次进行。扫描为影印的前提，结社文献经扫描后不仅可为影印之资，还可制成电子影像于网络，汇集起来就是一个"晚清民国旧体诗词结社文献影像库"，供人取资。这本是便利之事，奈目前由于图书保护等因素，尚不可行。又影印一途，除扫描方式，还可采取拍照方式获得文献复印件，且与扫描比，拍照对图书原件的损伤相对较小，最可适行。而校点，则属深度整理，虽然有研究成分且方便初学，但与影印相比却易改变结社文献原貌。就目前来论，当以让更多人易见、快见更多结社文献的原貌为上。

总之，对晚清民国旧体诗词结社文献的全面整理是一项继往开来的大举措，目前各种条件已说明这一举措势在必行，行当不断。它不仅关系文学研究的新进展、新增长，是民国旧体文学、近现代社团特别是文学社团研究的催化剂与导火索，更与晚清民国文献的维护、抢救、利用的文化行动密切相关。当前，已有民国籍粹、民国史料丛刊、晚清民国旧体诗词文献的汇编、近代史料丛刊、民国诗词文献珍本整理与研究等大型文献整理丛书；还有张剑、彭国忠、徐雁平等主持"近代稀见史料丛刊"，笔者所主持编纂的《全民国词》《民国词话全编》《民国诗话全编》，王伟勇先生所主编《民国诗集丛刊》《民国词曲丛刊》等大型专题项目的开展。尽管有如此多的文献整理课题，但对近现代文史文献整理的任务仍任重道远，需要更多人力、学力、财力、物力投入其中，更需要当代学界从上到下的关心、支持与行动。

第 十 二 章

论抗日战争诗词文献的整理、研究与意义

　　"抗战"作为自 1931 年以来出现的与军事、民族、历史、政治、文化密切相关的特有名词，已深深嵌在中国人民的心中。它是因日本侵略中国而中国反抗日本侵略的代称，也是民国时中国耻辱与抗争的标记，是中国现代历史的重要阶段，也是当时乃至后世政治、文化的重要影响因子。而与之紧密相关的诗词文献，是传达与记述"抗战"时代文化、心态以及情状的重要载体。迄今为止，人们对抗战诗词已有较多的关注与研究，已有不少相关成果出现，但是从文献角度对抗战诗词及其相关文献全面、系统整理与研究者，却还未能提上日程。为此，笔者将在回顾当代的整理与研究成就基础上，对有关全面整理抗战诗词文献问题提出初步设想，并兼论其意义，由此促进抗战文献以及民国以来诗词文献等研究的深入。

一　抗战诗词文献的界说

　　当前虽然已有不少论著对"抗战诗词"有所界说。但是专门对抗战诗词文献的内涵与外延专门解释者未有。这里有必要专门予以新的界说。
　　首先，"抗战"的内涵与外延值得我们再判定。通常我们把"抗日战争"简称为"抗战"，这种做法已成惯例。但是，在中国历史上曾有过多次的"抗日"。最早可追溯的是明代的"抗倭"，近代的如"甲午战争"，此后台湾为反对割让出现的"抗日"，"日俄战争"中东北人民的"抗日"，

民国时期反对《二十一条》转让青岛权利给日本、"九一八"事变后东北抗日、"一二八"抗日、"七七"事变、"八一三"后全面抗日等。尽管当前人们多倾向于最后一种，如果我们在研究或整理"抗战诗词"文献时，就必须予以说明与限定所指为哪一种或哪个时期。否则，就会产生歧义。笔者以为，既然主题为"抗战"，就当遵从约定俗成的原则，以 1931 年"九一八"到 1945 年的抗日结束为中心。如果必因论题无限制，而扩大到或延引其他各种抗日战争。笔者以为当将相关其他"抗日战争"的文献或研究置于附编或外编。从地域方面来谈，须重点指出的是，与甲午战争及台湾反割让相关的"抗战"虽当归入另一类型或阶段。但是由于台湾"日据时期"有近 15 年时间与通常的"抗战"时期有重叠，因此，我们不当由于"通常"或"约定俗成"而割裂或无视台湾"抗战"。同样，港澳的"抗战"也有此种问题。在民国"抗战"史上，港澳人民也参与了"抗日战争"。再一点，由于抗日战争不是仅限于中国战场的，在东亚、东南亚以及太平洋等国家与地区也存在着抗日战争，美国于 1942 年也投入反抗日军暴行的战争。因此，如果我们不在"抗战"一语加上时空限定语词，则意味着"抗战"（抗日战争）是世界性、国际性，而不是仅限于"中国"一地的。事实上，在学术日益国际化的今天，提及抗日战争也不当限于中国一隅。此种观念将是笔者在此文中一以贯之的。也就是说，当前研究"抗战"或"抗日战争"，当从时空上予以新拓、扩容，当按历史学科的研究视野凡是抗日战争均当纳入研究，而不当仅囿于"中国"视角。

其次，有关"抗战诗词"的问题。通常我们讲"诗词"，均指传统意义上的旧体诗歌。然而由于时至 20 世纪，新诗、新歌词的出现使诗国增加新的品种与类型。当言及诗词时如不以新、旧之语区分，称之为新诗、旧体诗就容易造成歧解。而当前新文学研究与旧代文学研究已出现逐渐融合的态势。如果将诗词的内容仍局限于旧代诗歌的范围里，新诗、新歌词、歌谣与传统的旧体诗、词、曲等仍裂疆治之，已不符合当代的学术精神。因此，本书所论的诗词当指古今中外一切诗歌的统称，与通常意义上的诗歌相等。之所以不用诗歌之名，而用"诗词"，目的为了凸显传统诗词。因为，相当长一段时间里，人们对百年旧体诗歌的研究远远滞后于新诗研究。民国时期的传统诗词还没有全面、系统地进入人们的研究视野。当前人们对民国旧体诗词虽有一定的开拓与深化研究，但也多是割裂开新旧诗体的。有鉴于此，我们将"诗词"的外延扩大到包括传统诗歌（诗、词、曲）、新诗（含歌曲、歌谣）甚至外文诗歌在内的各种诗作。明乎此，所谓"抗战诗词"，就是反映抗日战争或与抗日战争相关的传统诗词曲作品、新诗作品以及外文作品。它不仅包括抗日战争时期的各种诗词作品，也包括此后各种以纪念抗战、回忆抗战为中心的诗词。之所以这样将"抗战诗词"的内涵与外延扩大与通常所言不同，一方面是出于全面、系统的"全球化"观念，一方面是出于综合、融合的贯通理念。全球化要求我们界定"抗战诗词"时，不当忽略港澳台的抗战诗词，也不当无视外国与抗日相关的诗作。若仅仅限于中国大陆来整理与研究抗战诗词作品，无疑是狭隘的。

　　第三，有必要界定一下"抗战诗词文献"的范围。简单地讲，凡是与抗战诗词相关的各种文献均属我们整理与研究的范围。具体讲，抗战诗词文献可区分为七大类型。其一，作品文献。其中抗战诗，包括旧体诗词、新诗、外文诗三类作品。而抗战新诗中，与之相关的歌谣、民歌等均归入，抗战歌曲与歌词大多数实际上也是新诗的一种。但考虑到当时也有以《满江红》之类词作入歌与有乐谱相伴的情形，将会单列为一类。以外文写成抗战诗作文献也是我们当注意的部分。因为在东亚、南亚、东南亚乃至太平洋地区等国家也存在有大量与抗日战争相关的诗歌作品。它们或用华文写成，或用外文写成。这些虽然是外国文学研究的范围，但不能因为是外文写作而成就排除在"抗战诗"之外。抗战词文献，在民国时期也有大量出现，虽不能与抗战旧体诗数量抗衡，但也蔚为大观。其二，抗战诗词作家文献，凡于抗战期间写作大量诗词的作家生平、事迹以及相关著述都当纳入此列。其三，抗战诗词社团、群体文献。在抗战期间出现了大量的诗词写作社团与群体，如饮河诗社、燕赵诗社、淮安诗社、焚社等均是。如中华全国文艺界抗敌协会中不少成员都是诗人，写有大量的抗战诗。当时 1941 年在菲律宾成立的"华侨文艺青年抗日反奸同盟"，属下的文艺社有"野草""激流""黎明""燎原""繁星""晨曦""野火""原野"等等，这些文艺社均写过大量抗战诗歌。如果不对这些群体及其相关文献进行整理，势必难以深入研究。其四，抗战诗词期刊文献。抗战时期出现大量的专门宣传抗战、反映抗战的期刊。如卢前于 1938 年 5 月至 1945 年 12 月所主编的《民族诗坛》，凡五卷二十九册，为抗战诗词的发表提供了阵地。其他像《中华乐府》《抗战艺术》《抗战文艺》等均有不少抗战诗词刊登。其五，抗战诗词理论、批评与研究文献。在抗战时期如何写作诗词，诗词写出后评价如何，关于抗战诗词的产生、发展与影响，以及各种研究抗战诗词的论著等。这些也是整理与研究抗战诗词文献必须关注的。早在抗战时期这些文献就伴随着诗词创作产生，诸如季生《抗战诗的几个问题》①、水草平《抗战诗短论》②、石时《关于抗战诗歌》③、常任侠《抗战四年来的诗创作》④、严华龙记录《抗战中的诗歌阵线》⑤ 等均发表在抗战时期。而洛蚀文编《抗战文艺论集》（文缘出版社，1939 年）、何鹏著《抗战文艺诸问题》（文化供应社，1941 年）、蓝海著《中国抗战文艺史》（现代出版社，1947 年 9 月第 1 版）、姚伯麟著《抗战诗史》（改选与医学社，1948 年 3 月） 等，又为民国时涉及抗战诗词批评与研究的文献。至于新中国成立后各种与抗战相关的批评、研究论文与著作就更多。另外，民国诗话、词话中也存在不少论及抗战者，需要我们专门汇辑。其六，抗战诗词选本或总集文献。自抗战发生开始，大量有关抗战的作品涌现。人们在各种期刊上选刊这些作品的同时，还编选各种选本。如金重子编《抗战诗选》，由战时文化出版社 1938 年 2 月在汉口出版，为战时文化丛书之一。此选第一部分收郭沫若《抗战颂》、王统照《上海战歌》、冯玉祥《张庆余将军》、李金发《亡国是可怕的》 等新诗 40 余首，第二部分为旧体诗。有茅盾《序·这时代的诗歌》和编者《编后》。而冯玉祥《战时诗歌选》、蒲风等著《街头诗歌》⑥ 也属此种。至于新中国成立后各种有关抗战诗词的选本就更多。还有在抗战期间出现的以抗战为中心编选的各种前代诗词选本，如欧阳渐所编选《词品甲》《词品乙》。不能以所选诗词非民国人所作就置之不理，也当纳入此范围，也是我们当研究整理的重要内容之一。其七，抗战诗词网络文献。网络文献虽然多是完成后上传或发布在网上的，但是其形态、范围、数量与影响等方面的优势是纸质文献不能比拟

①　季生：《抗战诗的几个问题》，《新动向》1939 年第 3 卷第 5 期。
②　水草平：《抗战诗短论》，《流火》1939 年第 7—8 期。
③　石时：《关于抗战诗歌》，《战时学生（成都）》1939 年，第 1—9 页。
④　常任侠：《抗战四年来的诗创作》，《文艺月刊》1941 年第 11 卷第 7 期，第 11—25 页。
⑤　严华龙记录：《抗战中的诗歌阵线》，《诗报（重庆）》1937 年试刊号，第 11—14 页。
⑥　蒲风等著：《街头诗歌》，诗歌社 1938 年版。

的。以上七大类型，是当前我们对抗战诗词文献整理与研究应当包含的主要对象与内容。

二　抗战诗词文献的特征

前面对抗战诗词文献进行的界说，实际上也对其特征有一些反映。于此再集中从性质、文体、"型"态（时间、空间、主体）、主题等角度予以专门探讨。

首先，抗战诗词文献不仅具有抗战文学的特征，也具有抗战文化、抗战史料的特点，三者关系密切。一方面，抗战诗词作为与抗战小说、抗战戏曲、抗战散文或文章等并列的文学样式，既是抗战文学的组成部分，也是抗战文学的独特样式。因此它既具有依附性，又具有独立性。另一方面，作为抗战文化的一部分，抗战诗词的文化价值更大。因为从文学性来看，不少抗战诗词常有"文章"化、标语化、口号化的特点，文学美感不足而革命情感强。但是并不能因此而对此类文学价值不高的文献就忽略掉。因为它们已是抗战文化的有机组成部分。"革命"、"高大上"的文化特质是抗战诗词文献最主要的价值所在。再一方面，从史料角度来论，抗战诗词是抗战史料的主体部分之一，但就当前与抗战史料的发掘情况来看，人们对抗战诗词文献的整理还未全部纳入计划。如抗战时期或稍后形成不少纪事组诗，像王冷斋《卢沟桥抗战纪事诗》（50 首）、章文甸《抗战纪事诗十章》①、丁叔言《抗战纪事诗》（42 首）、马君武《抗日纪事诗》等，均直接反映了抗战史实。像居正的《行役吟》②、卢前的《中兴鼓吹》、郑振铎的《战号》、王统照的《横吹集》与《江南曲》、艾青的《我爱这土地》、蒲风的《钢铁的歌唱》与《黑陋的角落里》、王亚平的《红蔷薇》、辛劳的《捧血者》等均从不同角度存留了抗战"心灵"史料。还有一些涉及抗战的诗词作者在写作时就加有序跋或注解。如李根源的《腾冲战役纪事诗》凡 150 首，均加有详注。因此，不当将二者割裂来观，仅仅将抗战诗词视为文学而置之史料之外。当

---

① 　章文甸：《抗战纪事诗十章》，《中山中学校刊》1941 年第 1 卷第 2 期。
② 　居正：《行役吟》，大东书局 1947 年版。

前人们对抗战诗词的"史料"性质虽有认识，但在整理与研究时却并未足够重视。

其次，正如前面界说，抗战诗词的文体全面而多样。可以这样说，无论是传统词诗体裁，还是新文学体裁，均被运用于表现或抒写抗战。旧体诗中，乐府体、楚辞体、古体（古风、歌行）、格律诗体等均有运用。特别是出现不少如杜甫"诗史"式的作品。词体，按传统的"要眇宜修"的文体特性，通常给人以不适合表达抗战题材的印象。事实上，民国时期不少词人留下了优秀篇章。除卢前的《中兴鼓吹》外，像叶圣陶、章士钊、溥心畬、汪东、唐圭璋、沈祖棻等人均有大量的抗战词作。中华诗词研究院编选《抗战词选》所收词人多达二百人。笔者在从事《全民国词》编纂时，就目前第一辑所收词人词作来看，写作涉及抗战的词人几占大半。民国时期出现的抗战歌曲，有以古辞谱新曲者，更有不少以新诗谱曲者，这些歌曲可以说是抗战诗词最具鼓动力的部分。民间歌谣中也有不少与抗战相关的内容。虽然文体有异，但抗战性质则同。为了突出各种文体在表达抗战主题的各种特点，中华诗词研究院所编选的"抗战诗歌"丛书即为了彰显此点采用了抗战新诗选、抗战旧体诗选、抗战词选、抗战歌曲歌谣选等编选方式。

其三，从型态来看，抗战诗词文献的类型多样繁杂。一方面，选型众多。抗战始至今，虽然全面的抗战诗词总集并未出现，但已有大量的各种选本问世。其中以古励今型，值得我们注意。早在抗战时期就出现了大量的以"国难"为选心的诗词选本。这些选本所选虽然不是写于民国抗战时期，但目的在借古代作品激发抗战热情。如以欧阳渐的《词品甲》《词品乙》为代表，多从历代词中选取具有"反抗战争"、激发民族精神、爱国等意味的作品。其他如《民族文选·词选》①《民族词选注》②《〈满江红〉爱国词百首》③《特种国文选（诗词曲）》④《乐章习诵》⑤《抗战文鉴类纂》⑥

---

① 江苏省立镇江中学国文科编：《民族文选·词选》。
② 赵景深选注：《民族词选注》，"学生国学丛书"本，商务印书馆 1940 年版。
③ 李宗邺编：《〈满江红〉爱国词百首》，"学生国学丛书"本，商务印书馆 1938 年版。
④ 孙俍工编：《特种国文选（诗词曲）》，南京中央陆军军官学校 1936 年版。
⑤ 卢前：《乐章习诵》，重庆文风书局 1945 年。收先秦至清的乐府、诗词、散曲、民歌等共 397 首。
⑥ 其中收诗词 52 首，黄源澄编，藏南京图书馆。

《国难文学》① 等均属此类。视角虽不同，但目的却均在抗战、爱国。除以古励今型外，还有不少专门选辑当时抗战诗歌的选本出现。如金重子编《抗战诗选》②、魏冰心编选《抗战诗歌》③、田间撰《抗战诗抄》④ 等是专选式，而三原姚伯麟著《抗战诗史》⑤、蓝海著《中国抗战文艺史》⑥、阿英编著《中日战争文学集》⑦ 等则是“包孕式”的选本。至于当代出现的抗战诗词选本就更是多种多样。如分别以“九一八”“七七事变”“抗战胜利”等为中心的专题选集就不断随着纪念活动而出现。另一方面，作者、时空等方面情状不一。抗战诗词的作者既有当时“在场”的官兵，也有文人、学生甚至民间艺人、百姓等。可以这样说，几乎所有爱国人民都参与了抗战诗词的“生产”与传播活动。又从时空来论，自抗战发生后至今各个时期均有抗战诗词文献的产生与汇辑，有全国性的编选行为，也有地方文献的汇辑行为。从时段上，抗战文献的产生与编选可分为三个时期：一为抗战时期至新中国成立前。此期为抗战诗词文献原生态阶段；一为新中国成立后至 20 世纪末，此期为抗战诗词文献的汇辑阶段；一为新世纪，此期新的文献大量被发现、汇辑与研究，而抗战文献网络化日益递增。每一个阶段的抗战文献无论从生成、传播还是接受都有不同的风貌，值得我们深究。

其四，抗战诗词文献的题材内容多样、艺术风貌不一。虽然抗战诗词的主题为抗战，但如果细化，抗战诗词的题材内容就多姿多样。归纳一下，抗战诗词文献的题材内容主要有呼吁抗战、展示战争、描写战场、讴歌战士、吊唁烈士，展示国难、苦难，描述抗战时风俗民情。另外，回忆抗战、纪念抗战等为抗战胜利后不少诗词的主要内容。要着重指出的是，还有不少抗战诗词涉及了域外或国际上的抗战内容。如姚伯麟所著《抗战诗史》（实际上当称抗战史诗）中除收录记述当时“九一八”“一二八”“七七”“八一三”事变的抗日诗作外，还收录大量纪述太平洋战争的诗作。陈孝威曾编《太

---

① 吴贯因选：《国难文学》，东北问题研究会，王卓然序。收诗词等 100 余篇。
② 战时文化出版社 1938 年 2 月在汉口出版。
③ 魏冰心编选：《抗战诗歌》，正中书局 1941 年版。
④ 田间：《抗战诗抄》，新华书店 1946 年版。
⑤ 姚伯麟：《抗战诗史》，改造与医学社 1948 年版。
⑥ 蓝海：《中国抗战文艺史》，现代出版社 1947 年版。
⑦ 阿英编著：《中日战争文学集》，北新书局 1948 年版。

平洋鼓吹集》，收录在香港所办《天文台》杂志以及酬罗斯福等外国领导诗作。① 而当时的菲律宾华人作家如潘葵村的《达忍三年》，收有《达忍岛逃亡生活回忆录》《达忍岛逃亡纪事诗》36 首及附录传统诗 19 首、律诗论文3 篇等。分文体讲，以鼓动、宣传抗战为中心者，抗战歌曲尤多；纪实式叙写战场，或直白抒写抗战情怀与控诉战争、哀叹战争苦难等题材，以诗体最多。而写歌谣则以讽刺与歌颂为主。抗战词与其他文体题材内容不同，虽然有涉及具体的抗战内容者，但以抒写抗战时期人们心绪、心灵见长。在艺术方面，抗战词不同于各种诗体的直抒胸臆与明白易懂，基本上采取婉曲典雅的笔法来展现各种情怀。由于篇幅所限，人们采取词体抒情时或采取《六州歌头》《莺啼序》等长调，或采取小令形成联章组词。又由于以抗战为中心，不少诗体作品常有口号化、通俗化与质木化的倾向，"革命"性强烈、文采不足为不少抗战诗作的特点。尽管从艺术性讲，此类作品艺术美感不够，但从文献角度来论，这些作品都反映了当时抗战的方方面面，其史料价值值得重视。

其五，抗战诗词文献存在状态各异。它们不单单是我们搜辑作品的资料库，也是我们研究与整理抗战诗词的重要对象。早在抗战初期，抗战诗词文献就已产生，各种相关诗集、文集等均有出版。与线装书相比，用铅印来印刷者尤多。但就当前寓目者来看，还有一批抗战诗词文献处于稿本、油印本状态，不少还保留在私人手中。当前人们对抗战新诗的整理与研究相对来说较多，对旧体诗词、民歌、民谣以及外文诗等的整理与研究还处于起步状态。这样，就需对稿本、油印本的文献足够重视。而外文类抗战诗词文献由于其专业属性，也当有擅长外语或外国文学者予以搜集。除诗词专集或总集（图书）外，抗战诗词期刊，也是我们当注意的。据统计，专门以抗战为主并有诗词刊登的杂志已逾 200 种，除前文提及者，诸如《抗战建国大画史》《抗战儿童》《国民教育》《抗战与交通》《军民旬刊》《抗战要讯》《全民抗战》《抗战画刊》《抗战（汉口）》《抗战周刊》《抗战戏剧》《东南文艺》《一条心》《前线》《天文台》等刊物均刊有抗战旧体诗词及其文献，至于当时刊登新诗、歌谣、歌曲的新文学刊物就更多。由于其数量繁多目前又无

---

①　李景瑞：《握笔抗战的诗人将军陈孝威》，香港《大公报》2010 年 8 月 11、12 日。

系统的辨别等原因，其存在状态的全貌还不易详言。

三　整理与研究的思路

　　抗战诗词文献，为抗战史料的有机组成，既是所有抗战文学文献的一部分，也是现当代诗词文献的一部分。由于诗词的特殊性，迄今尚处于不为重视的状态。既然当前尚未出现全面系统对抗战诗词文献予以整理与研究，于此就有必要说明如何整理与研究的问题。

　　首先，我们认为，应当本着全面与系统但有所侧重的原则来整理与研究抗战诗词文献。一方面，对将大陆及港澳台地区与域外相关的抗战诗词文献通盘考虑。不仅注意相关汉文文献，也要注意外文文献。涉及抗战各个区域的诗词文献都当予以关注。另一方面，要兼顾各体抗战诗词文献。当前除对旧体诗词当有全面地整理意识外，对抗战歌曲也当予以全面的搜集，对民歌、民谣甚至墙头诗、顺口溜等民间诗歌文献也当专门搜辑。由此形成"抗战诗词大系"或"抗战诗词全编"等大全式文献总集。至少形成类似抗战旧体诗全编、抗战词全编、抗战新诗全编、抗战歌曲全编、抗战歌谣全编等文献的汇辑。甚至还可按地域形成诸如中共湛江市委党史研究室所编《红土烽烟——湛江抗日古诗选》之类抗战诗词区域文献汇编。

　　其次，当以抗战时期旧体诗词文献为中心。此类文献处于古代文学、近代文学与现代文学等学科长期忽略的境遇。特别是，由于纯文学、唯美文学、时代文学等观念的影响，抗战旧体诗词未能得到足够的重视。而史学界在对抗战史料整理时，以抗战旧体诗词为文学作品或者表现史实不直接而大多不予关注。当前对抗战新体诗的研究与整理较多，而对抗战旧体诗词目前虽有不少诸如《东北人民抗日诗词选》[①]《卢沟桥抗战诗词选》《台湾同胞抗日爱国诗词选》[②]《回忆八年抗日战争组诗》《抗日烽火诗词选萃》[③]《枫

---

　　① 东北烈士纪念馆编：《东北人民抗日诗词选》，黑龙江人民出版社 1965 年版。

　　② 陈碧笙编：《台湾同胞抗日爱国诗词选》，九州出版社 2001 年版。

　　③ 红叶诗社编：《抗日烽火诗词选萃》，解放军文艺出版社 2007 年版。

林诗词——抗日战争四十周年纪念专辑》① 《苏北盐阜抗日根据地诗文选集》② 等，但目前来看，多局限于选辑的层面，还未能上升到"全"的境地。这就要求我们以此为中心积极全面地整理与研究，发掘其中新价值。

第三，选取有意义、紧迫而必需的文献进行整理与研究。我们认为，一方面，当首先加强稿本、油印本等珍稀抗战诗词文献的抢救工作。抗战发生八十多年，不少处于稿本、油印本状态的文献时刻面临着毁灭的危险，只有采取征收、复制、电子图像化等手段，才能保全。另一方面，对民国时期出现的种种抗战诗词文献进行影印汇辑。如各种选本、各种别集、各种与抗战诗词相关的批评文献等都当纳入此列。特别是当时刊登抗战诗词的杂志，也有专门汇辑整理的必要。再一方面，当尽可能从民国诗词家、文学家的集子中选择、辨识、抽取所含的抗战诗词篇章，汇辑起来形成抗战诗词汇编。此种工作任务繁重，非短期能奏效。当全民国词、全民国诗等大型课题趋于完成时，才有可能实现。但可采取所见即所得的方式，尽量搜辑，以广见闻、充实文献。

第四，坚持文献考索。文献考索是抗战诗词文献整理的第一步。一方面，当做好抗战诗词文献的书目、版本工作。如对抗战诗词别集予以普查，形成书目；对各种各个时期抗战诗词选本进行梳理；对民国时期各种刊登抗战诗词的期刊、社团刊物等进行摸底、汇辑。特别要对重要的抗战诗词文献进行版本考述，明其源流。另一方面，当对抗战诗词文献写作、形成、传播等相关时代、过程以及内涵、指向予以考证辨别，以求去伪存真、揭示史实真相。再一方面，也是文献考索中较烦琐的，就是对民国旧体诗词中"抗战"性质的判定。民国词中此类待定文献最多。词比诗婉，通常借助意象或典故来涉及抗战，并不直接言明或叫嚣式地表达。这就需要我们仔细地逐一判定。如毛泽东于抗战期间有两首名作：一为《念奴娇·昆仑》，一为《沁园春·雪》。前者有自注云"昆仑，主题思想是反对帝国主义，不是别的"，有人以为与抗日关系不大。但是若从词中"江河横溢，人或为鱼鳖""太平世界，环球同此凉热"来判，反映了"战争灾难""渴望和平"等抗

---

①　上海枫林诗词社编：《枫林诗词——抗日战争四十周年纪念专辑》，上海枫林诗词社 1985 年版。

②　王阑西主编：《苏北盐阜抗日根据地诗文选集》，江苏人民出版社 1984 年版。

战主题。只不过细节较少。而后一首题为咏雪，表达的是革命家的豪迈情怀，与抗战主题似不搭界。但若从毛泽东作为抗日战争的领导人，他这种革命乐观向上精神反映在词作中，不正是鼓舞了人民的抗战斗志？又从写作时为 1936 年 2 月，毛泽东率"中国人民红军抗日先锋军"渡过黄河，准备转往绥远对日作战。在陕西清涧县袁家沟筹划渡河时，大雪突起，登高远望而作此词。如单凭词中无"烽火""战争""日寇"等明显字眼，就不视为抗战词作，不亦武断？名人之作，尚且如此难断，可想众多的民国词人词作中抗战词的判定难度当不小。

第五，采取专研与普及相结合的方式来进行整理或研究。专研者，如对各种抗战诗词文献进行编年、笺注，对各种抗战诗词社团文献、抗战诗词期刊文献逐一研究，对抗战诗词文献的形成、历程等进行考论等。其实，每一种抗战诗词文献都可以作为一个研究课题。特别是有关抗战旧体诗词文献与歌曲文献，由于还存在大量的未开垦区域，就更值得专门研究。但是，由于抗战诗词的整理与研究归根结底是指向"不忘战争、倡导和平"的，单纯地研究而不注意普及，就达不到此目的。因此，当在专研的基础上进行普及工作或先普及再专研。此方面虽然已有选本（精选、萃编）之类的著作出现，但还须加强。如可以用选中选的方式，选取百篇或三百篇抗战诗词作为普及读物，供人阅读。甚至可选取部分作品作为课外阅读教材的内容。又如出版繁体字的相关选本以便海外华人阅读。还可将部分抗战诗词作品翻译成外文，让世界了解。早在民国，卢前的《中兴鼓吹》就曾被杨宪益译成英文出版。再如汇辑出民国时期的抗战歌曲以及当代抗战影视中插曲等，制成音乐多媒体，以供大家吟唱。又如建立抗战诗词网，一面让大家参与民国抗战诗词的汇辑，一面让更多当代人抒写的抗战诗词有机会传播。我们认为，某种程度上普及比专研更需要投入人力、物力与财力。

第六，坚持整理与研究的有机结合。单纯汇辑式的整理只是研究的初步，只有研究如何整理或将文献研究与文献整理结合，才能使整理更有学术意义、更加科学化。为此，我们认为在整理之前，先从文献角度来做个案式研究，如抗战诗词文献考述，抗战诗词文献编纂史，抗战旧体诗、词、歌曲版本叙录，抗战诗别集、词别集提要，重要抗战诗词作家作品编年。甚至可先形成抗战诗词作品知见录、各地域抗战诗词文献考索等。

第七，在此基础上，展开对抗战诗词文献的全面汇辑、整理。在整理过程中或初步完成汇辑后，还应展开深度的理论层面的研究，如形成抗战诗词史、分体抗战诗词史、抗战诗词理论史（批评史、研究史）、抗战诗词社团研究、抗战诗词期刊研究、域外抗战诗词研究等论著。只有这样，才能将抗战诗词这一研究领域拓展、深化。

四　整理与研究的意义

抗战诗词是"带血的文字"，带着血的痛苦、血的记忆、血的代价以及血的教训。抗战诗词文献的整理与研究，是牢记历史、不忘国耻、维护和平、世界大同的必须。其历史意义、政治意义、时代意义都是巨大的。但具体到学术层面，我们认为，抗战诗词文献的整理与研究除了现实意义外，还具有多方面意义与作用。

其一，有利于推动民国以来旧体诗词研究的深化。虽然我们前面在界定"抗战诗词"时将诗的外延扩展至新诗、民歌、民谣，甚至外文诗，而词的外延扩至歌词。但就当前研究状况来看，抗战旧体诗词，特别是民国部分，当是我们整理与研究的重点。由于民国版图书的印刷出版的纸张、存量等目前正处于保存困难期。特别是由于一直以来人们对明清以来诗词的"文学性"的轻视，对民国出现的诗词多倾向于名人大家，由此一度出现了研究真空。21 世纪以来，此种局面虽有改观，但还不够"热火"。如果我们借着抗战诗词文献整理与研究的"高、大、上"东风，以此为契机，加强民国以来旧体诗词的学术化，就有可能引领更多学人投入民国以来旧体诗词的研究领域。

其二，对全民国诗、全民国词以及全民国歌词与歌谣的整理与研究有铺垫意义，将刺激推动民国诗词文献学的进程。当前为止，人们对新诗文献的整理与研究已趋于饱和。虽然对抗战新诗、歌词、歌谣的整理还处于选编阶段，但比起与之同时期存在的旧体诗词来，已远远走在前列。抗战旧体诗为民国诗不可或缺的部分，抗战词也为民国词不可少的内容。当我们全面而系统地整理抗战诗词时，无疑为全民国诗、全民国词的编纂提供了更多的文献资料。民国诗史、民国词史的撰写也绕不开抗战诗词文献的整理。同样，目前为止，还未出现全民国歌曲歌词的著作，如果先以抗战歌词的全面搜辑、编纂为契机，由此带动全民国歌词的编纂，无论对抗战诗词还是民国歌词研究都是有益的。因此，"抗战旧体诗全编""抗战词全编""抗战歌词全编"等的启动，不仅仅为"抗战"主题服务，以避免每到纪念、庆祝"抗战"时，各种选本或各种项目的重复劳动，而且也为加快全民国诗、词、歌词等编纂进程提供了铺垫。

其三，加强抗战诗词文献的整理与研究对打通新、旧体诗歌研究壁垒有积极意义，对当前新文学研究观念等有纠偏作用。关于此新、旧文学的汇通问题不少学者已提出过，并且黄修己、孔范今等所著新文学史中已有体现，新世纪不少研究新文学的学者如陈平原、沈卫威、丁帆、李遇春等从不同角度将旧体诗词与新文学合论或合研。现在整理与研究抗战诗词文献时，将旧体诗词与新诗合在一起，即是出于此点考虑。早在抗战初期，殷作桢著《战争文学》① 在论及民族革命战争文学的内容时指出，提倡当多侧重抗日战争的描写、暴露帝国主义封建军团的罪恶、表现革命士兵之英勇的血腥斗争、新英雄主义的民族英雄的表扬、描绘伟大的复兴农村的建设工作、鼓吹反帝的革命战争、歌颂民族革命战争的胜利与民族复兴的完成、翻译国际民族革命战争的文学、多制作民族革命战争的影片与煽动战争的悲壮激昂的军歌等。主张用电影、戏剧、小说、诗歌等四种主要的文学形式"创造出来"。但根据他所论诗歌主要指新诗。当前新文学界在谈论"国防文学""战争文学"时，还是多侧重新文学中小说、戏剧、新诗等。其实，在当时旧体诗词也参与了"国防文学"。如从当时陈安仁的《宋代的战争文学》、胡云翼的《唐代的战争文学》、阿英编的《中法战争文学集》与《中日战争文学集》等来看，是将古代、外国的战争文学纳入的。而当时的抗战刊物如《抗战文艺》《民族诗坛》等也均新旧诗兼刊。这就说明，当前在研究现代文学时，单纯就新诗或新文学来定义文学观念是不适合的。由抗战诗词文献入手有利于将当前人们论述国防文学、战争文学、民族文学、革命文学等问题时撇开旧体诗词或文学不谈的片面与偏见纠正过来。当代刘心皇在著《抗战时期沦陷区文学史》时，就采用新旧文学样式及其作家合论的方式来

① 殷作桢：《战争文学》，大风社 1935 年版。

叙述伪组织中各种文人及创作。研究作为沦陷区文学的对面——抗战诗词时，自然也当采用兼论模式。只有这样才能真正形成公允而客观的"抗战诗词史"。

其四，对抗战史料的整理与研究有促进与补充意义。前文已指出，当前人们对抗战史料的整理多侧重在文章文献上，而对同样与抗战相关的诗词文献却并未纳入。如 2011 年 11 月 25 日至 29 日，由北京大学历史学系和西南大学中国抗战大后方历史文化研究中心共同举办的"中日战争暨抗战大后方史料整理与研究学术讨论会"，文学研究界基本阙如。本来抗战诗词就是抗战史料的有机组成部分，当我们将诸如抗战诗词期刊、社团、总集、别集以及批评等文献系统整理出来，将会大大丰富抗战史料。特别是，如此还可以扭转人们对抗战史料研究的误区——偏重实用，而对史料的文学性关注不足的问题。如由中国人民抗日战争纪念馆主办的《抗战史料研究》是以抗战史料研究为主的学术性刊物，但其中刊登的论文缺少了对作为文学与史料性质兼有的抗战诗词的研究。而当前的现当代文学研究期刊也多从文化与文学影响的视角涉及抗战诗词，至今未有诸如抗战诗词鉴赏之类图书出现。这就需要从史料与文学两个视角同时审视抗战诗词，使之史料价值与文学价值得到充分发掘、展示。

其五，提倡对抗战诗词文献的整理与研究，对抗战文学、抗战文艺、抗战文化的研究有开拓、启示意义。一方面，抗战诗词属于抗战文学，但由于新文学界与古代文学界的学术界限，当前新文学研究界研究抗战文学时，多忽视了对抗战旧体诗词的研究。而具有古代文学背景者于抗战诗词研究又用力不足。只有将抗战旧体诗词当作抗战文学必不可缺的研究对象时，抗战文学研究才能达到全面境界。如当前有不少论文将当代描写抗战的小说以及拍摄的抗战影视纳入研究抗战文学范围，却忽略了当前为止大量诗词作者所写的纪念、回忆抗战的作品。只有将当代与抗战相关的诗词也纳入抗战文学，其研究才能更加深入，不致偏颇。另一方面，抗战旧体诗词属于抗战文艺之一项，民国时期虽也有将诗词视为文艺的情形与做法，但是就现有的研究论著来看，人们多将文艺限定在戏曲、影视以及各种通俗曲艺上。民国时期出现了不少白话诗词，像冯玉祥所创的"丘八体"即如此，从文学性来讲虽不足，但文艺味却足。另外抗战民歌、抗战民谣作为民间文学、民间文艺之一种，也是抗战文艺研究的范围。由此可拓宽现当代文艺的研究领域。再一方面，抗战诗词作为抗战文化的体现，整理与研究它，可采取文化视角。当我们将抗战诗词从爱国文化、历史文化、传统文化、仪式文化（颂吊与纪念）、政治文化等层面去解读与研究时，对抗战文化的研究无疑是有促进意义的。特别是，当前诸如《桂林抗战文化史》《重庆抗战文化史》《中国西部抗战文化史》等的撰述均离不开抗战诗词文献。可以想见，当从事其他类似抗战文化史研究时，抗战诗词文献的全面整理将会为之提供更丰富的资料。

总而言之，抗战诗词为民国以来旧体诗词重要组成部分，亟须我们从不同方面深入进行学术攻坚。而抗战诗词文献的整理与研究是一项大工程，需要更多的学者投入其中。当前由于学科壁垒问题，古代文学界的学人涉足者相对较少。这就需现代文学研究学人当充实自己于古典诗词方面的素养，以利于更好、更深入地精研，扭转当前此领域研究空疏薄弱的态势。

下　编

民国词史相关文献汇考

第 十 三 章

论民国词集文献的整理及其意义

　　民国词集的全面整理是一项规模较大、任务繁重艰巨、颇具挑战意义的重大文献整理与研究课题，也是"全民国词"编纂的前期工程，更是民国词史撰著必须解决的文献瓶颈。由于长期以来，按惯例将民国以后旧体文学的整理不视为古籍整理的范畴，虽一直作为现代文学研究的对象，而现代文学又长期侧重新文学研究，于民国旧体文学的整理与研究相当薄弱。当前国家对民国词集文献整理的选定、列入重大招标课题，其主要用意当在汇集专门的文献学、词学研究的学者对民国词进行传统学术方法的全面研究，加强有关民国旧体文学文献整理与研究的学术意识，为民国史的编撰提供相关史料。此中的"民国词集"，主要是指凡创作完成于"民国元年（1912）至民国三十八年（1949）九月三十日"这一时段的各种词集，含总集（选集、合集）、社集、别集（个人单行词集、个人文集所含词集）、报刊所刊词集等。凡填制于此期间而保存或刊行于新中国以后者均归入"民国词集"，民国间保存与刊行的前代词集均不视为"民国词集"，而生于民国时期的词人于新中国成立后所写词集也不归为"民国词集"。对民国词集文献的全面整理包括对民国词集的总目的编纂、提要的撰写、编年、叙录（包括与词集相关的文献叙录、版本的考察、词人传记汇编、词集序跋品评等）、相关文献的电子化以及刊印出版等。于此笔者将在综论当前研究现状的基础上，提出相对可行的方案并论定其意义，以利民国词史的撰著。

一　民国词集文献全面整理的基础与成就

民国词集的整理所涉主题，不仅包含词（清词或近代词、民国词、当代词以及词学）、近代文学、现代文学、近现代历史与文化等断代文学与历史文化层面，也包含民国词集的总目、编年、叙录、提要等与民国词学文献整理与研究相关的文献学层面，至少涉及了诗词学、近代文学、现代文学、文献学、历史学等五大学科。因此，于此将由各个层面来论述民国词集整理的相关现状以及已具备的条件与成就。

其一，由于民国词集属于断代文体作品研究与整理的范畴，各代词体全纂伴随着各代诗歌作品全集的编纂业已展开。当前来看，自唐宋而清各代词集的整理均已展开，而民国词集的全面整理还处于启动阶段。一方面，民国以前的词总集已大多完成与正在进行。当前，全唐五代词的整理从林大椿、张璋至曾昭岷、王兆鹏等专家的整理已逐渐精审完备。全宋词的整理由唐圭璋、王仲闻诸先生基本完成。全金元词则由唐圭璋先生完成了编纂工作。全明词已由饶宗颐等先生于 2004 年完成，周明初先生于 2007 年又有全明词补编问世，最近周先生又展开了全明词重编的工作。全清词的编纂由于量大任重，在程千帆先生的引领下又经过张宏生先生等学者的努力，目前已完成了《顺康卷》《雍乾卷》的编纂。另一方面，民国词的全面整理出现相对较晚，虽然自 2006 年至今，"全民国词"编纂工作已由南京师范大学曹辛华教授主持展开①，但对民国词集的局部整理要早于此。表现有三。表现之一，自民国至当前已有不少选集与丛刊出现。早在民国时期，已有《沧海遗音》《雍园词钞》《近人词选》《广箧中词》之类的民国词集汇刻与选本出现。新时期以来涉及民国旧体诗词的重要选本有：华钟彦《五四以来诗词选》（1987）、于友发等《新文学旧体诗选注》（1987）、毛谷风《二十世纪名家诗词钞》（1993）、严迪昌《近现代词纪事会评》（1995）、施议对《当代词综》（2002）、钱理群等《二十世纪诗词注评》（2005）、刘梦芙《二十世纪中华词选》（2008）以及杨子才《民国五百家词钞》（2008）和《民国六百

---

① 目前《全民国词》第一辑为国家出版基金项目（浙江古籍出版社，2015 年）。

家诗钞》（2009）等。① 表现之二，有关民国旧体诗词资料整理的大型丛书至新时期已出现不少。这些初步为我们保存与整理了部分民国词集文献。归结起来凡 17 种。如 20 世纪 30 年代所纂《续修四库全书》中收录晚清民国之际词人集达 10 种。民国时期的大型丛书"万有文库"不仅包含有词学书籍，也含有民国词人的文集。新时期以来，《二十世纪诗词文献汇编》含《诗部》《词部》《文论部》，分别由巴蜀书社和黄山书社推出，已出版 18 册。黄山书社出版《二十世纪诗词名家别集丛书》，含《翠楼吟草》等 20 余种，又《安徽近百年诗词名家丛书》含《还轩词》等八种。巴蜀书社 90 年代初推出《吴芳吉集》《赵熙集》等现代旧体诗文集多种。上海社科院出版社推出《温州文献丛书》，含《黄群集》《杨青集》等多种现代旧体诗文集。上海书店 90 年代影印出版的《民国丛书》中收有《遯庵汇稿》《双照楼诗词集》等多种。上海古籍出版社出版的大型《中国近代文学丛书》中的许多诗文集里都含有各自作者在民国时期的诗词作品。中国人民大学出版社和社科文献出版社 90 年代推出的《南社丛书》中收有不少词集。岳麓书社近年推出《湖湘文库》，含《王先谦诗文集》等近现代旧体文集 20 余种。由福建人民出版社推出《福建文史丛书》，含《何振岱集》等 7 种。新世纪中出版的"民国籍萃"中包含民国词集 3 种，文集多种。张剑主编的近代稀见史料丛刊中也收有一定的民国文人稿本文集。钟振振教授与笔者近几年主持的国家出版基金项目"民国时期诗词文献珍本整理与研究"中收录了民国词家专集，凡 16 种。台湾地区出版的大型丛书近代史料丛刊中包含民国词集 10 余种。台湾地区王伟勇先生正主持编纂的《民国词曲丛刊》收录近百种词集。表现之三，自民国以来大量的诗词别集或词集在新中国成立后又得以出版印行。由于缺乏系统整理观念，出版的这些诗词集主要集中在三类词作上。一类是不少革命家的诗词集与革命诗词选，一类是来自民国学者的别集，一类是诗词名家的别集。兹不一一胪列。基于各种断代词全集编纂与整理以及大量民国词编选刊刻的现状，对民国词集的全面整理应当提上日程。我们国家将民国词集文献整理列为重大项目，也正是为此。

其二，民国词集又属于民国文学或现代文学的范畴。当前现代文学研究

---

① 此文将提及众多与民国词集文献相关的图书、史料，除必要者外，常见者均不一一注明版本信息。

界对民国时期各种新文学文体的全面整理已卓有成效。而对与之相应的包括词集在内的旧体文学的全面整理虽还未真正地展开，但已有不少整理与研究的成果。早在 1935 年前后学者们已编纂了"新文学大系"（包含新诗、小说、戏剧、散文、理论等卷）大型丛书。当前民国时期出现的新文学家专集已出版殆尽。由于不少新文学作家在民国时期也从事旧体诗词创作，因而他们的全集或专集中也含有词集部分，如朱自清、冰心、关露等。目前为止，新文学研究界已对民国旧体诗词有所整理与研究。如于友发等《新文学旧体诗选注》、钱理群等《二十世纪诗词注评》等均属于此；研究著作方面，民国时期如谢无量的《中国大文学史》、钱基博的《现代中国文学史长编》、陈子展的《最近三十年中国文学史》、胡适的《五十年来中国之文学》、陈柱的《四十年来吾国之文学略谈》等著作均涉及大量的民国诗词家。而新时期以来，如朱文华《风骚余韵论——中国现代文学背景下的旧体诗》（1998）、刘士林《20 世纪中国学人之诗研究》（2005）等均专门对旧体诗词有研究。尤值一提的是由刘纳主编的《清末民初文人丛书》（1998）和孙中田主编的《中国近现代文学名家诗词系列解析丛书》（1999）对民国旧体诗词界不少名家名作展开深入的个案研究，这是现代文学界对民国旧体诗词研究做出的重要贡献。特别是，新文学研究界已有对旧体诗词编年的成果，如李遇春的《当代诗词编年史稿》，目前尚在进行中的《民国旧体诗词编年史稿》。这意味着，现代文学界已注意到了民国诗词是学科绕不过的文献与问题。

其三，民国词集文献的整理与民国史、民国学术、民国文化等大有关联，当前有关后者的整理与研究已有不少成果出现，而包含其中的民国诗词的整理却未得到应有重视。且与之相比，对民国词文化、历史进行大规模地研究相对滞后。历史类者，如姜克夫编著《民国军事史略稿》（中华书局，1987—1995 年），卞孝萱、唐文权编《民国人物碑传集》（团结出版社，1995 年），熊尚厚、严如平等主编《民国著名人物传》（中国青年出版社，1997 年）。除此之外，还有一批民国学术、历史、文化大型丛书出现。如张岂之主编的《民国学案》（湖南教育出版社，2005 年），郑逸梅著《民国笔记概观》（上海书店，1991 年），上海书店出版的《民国丛书》（1992），团结出版社出版的《民国珍本丛刊》（2006），大象出版社出版的《民国史料丛刊》，国家图书馆出版社出版的《民国时期出版书目汇编》《清末民国旧体诗词结社文献汇编》，以及台湾地区印行的《近代史料丛刊》、凤凰出版社正在印行的《近代稀见史料丛刊》等。这些有关民国史、民国文化的大型丛书的编纂与出版，一方面，说明民国词集的全面整理势在必行，一方面也为整理与研究民国词集提供了重要文献资料。

其四，民国词集的整理与研究又属于近代文学与民国旧体文学史的研究范围，当前对民国各种旧体文学的研究为民国词集的整理与研究提供了启示与借鉴。"民国旧体文学史"的研究范围，与其他断代文学史一样，具有丰富多样的特点。归纳起来当有通史研究、分体研究、作家作品研究、创作理论与批评研究、史传研究、文献整理与研究、专题史研究等7项。然而，由于种种原因，民国旧体文学史的建构一直未完全提上日程。曹辛华于《论民国旧体文学史的建构及其意义》①中在说明建构方式的同时，也对当前研究的不足与意义进行过深入揭示。当前为止，人们对包括词体在内的民国旧体文学的研究基本集中在三大层面。一方面，各种旧体文学作品与理论的整理。诗词作品整理方面，除前面所引诗词丛刊外，尚有：台湾地区王伟勇编纂的《民国诗丛刊》（2012）、张寅彭主编《民国诗话丛编》（2006）以及南江涛主编《清末民国旧体诗词结社文献汇编》（2013）等。最近《民国诗词学文献珍本整理与研究》中不仅整理了如民国诗词选本、民国诗词家别集等民国诗词文献，还整理了包含《全民国诗话第一辑南社诗话》《民国联话汇辑》《民国曲话汇辑》《民国新诗话汇辑》以及民国诗法、词法、诗词批评等著作在内的民国诗词理论与批评文献。另一方面，民国旧体文学的历史及其批评的研究。如胡迎建的《民国旧体诗史稿》、吴海发的《二十世纪中国诗词史稿》、张振国从事的《晚清民国志怪传奇研究》、刘梦芙从事的《近百年名家旧体诗词及其流变研究》、马大勇从事的"二十世纪诗词史"研究、王达敏从事的近现代旧体散文史研究以及曹辛华从事的《民国词史》研究等均属此列。再一方面，民国旧体文学社团流派名家的个案、专题研究。现代文学方面，如贾植芳主编《中国现代文学社团流派》、陈安湖主编《中国现代文学社团流派史》、杨洪承著《文学社群文化形态论——现代中

---

① 《中国文学从古典向现代转型专题研讨会论文集》，中国社会科学院文学所2012年版。

国文学社团流派文化研究》、范泉主编《中国现代文学社团流派辞典》涉及旧体文学社团者尤多。而陈思和、丁帆主编《中国现代文学社团史研究书系》则专门研究了以《新青年》为核心的文学团体、文学研究会、创造社、语丝社、南社、栎社及以施蛰存等文人为核心的文学团体。其中南社的研究最为火热。台湾地区林香伶有《南社研究》，曹辛华有博士后课题为"南社词学研究"，南社研究会还策划出版了"南社学术丛书"等。至于对民国旧体文学名家研究的论著也有不少，不具体罗列。

其五，伴随着词学研究的兴盛与发达，迄今为止，研究民国词史、民国词学的成果逐渐涌现，这昭示着民国词及其词学的研究热点的来临，也为课题完成提供学术可能。归纳起来有三大方面。一方面，关于民国词籍的整理方面，目前尚处于"选辑"式状态，尚未有系统全面地对民国词进行大全式的文献汇辑。总集整理有叶恭绰辑《全清词钞》《广箧中词》，严迪昌辑《近代词钞》，陈乃乾辑《清名家词》，钱仲联辑《清八大名家词集》；词话整理有唐圭璋辑《词话丛编》、张璋等辑《历代词话》《历代词话续编》、严迪昌辑《近现代词纪事会评》、谭新红著《清词话考述》以及孙克强等辑《蕙风词话·广蕙风词话》《大鹤山人词话》与《清代词人词话》等；史料整理者如有朱德慈著《近代词人考录》等。还有朱崇才等编"词话丛编续编"等著作。施议对主编的《当代词综》、刘梦芙的《二十世纪中华词选》中虽选抄了大量的民国词人词作，但所收词人词作数量仅是冰山一角；其他像严迪昌编纂的《近代词钞》、华钟彦所编《五四以来诗词选》、毛谷风所选《二十世纪名家诗词钞》等著作中也涉及大量民国词品评与词集整理的相关信息。至于对社团词作与个人词集的整理虽也有一些成果，但多集中在南社诸子、龙榆生、卢前、沈祖棻等名家词的校注整理上。如柳亚子辑《南社词集》、汪东所编《如社词钞》、李保民的《吕碧城词笺注》等即是。另一方面，于民国词人词作的文献考据方面，目前虽然有一些论著出现，但大多集中在词学名家或文化名人的词学活动与事迹的考索上，而对大量的非名家或不以词名者考据不力。其中对民国词人传记、年谱、生平事迹的研究多集中在词学名家如王国维、梁启超、吴梅、陈匪石、吕碧城、叶恭绰、乔大壮、龙榆生、夏承焘、唐圭璋等词人考据上。如王卫民的《吴梅评传》、张晖撰《龙榆生年谱》，陈谊撰《夏敬观年谱》，冒怀辛编《冒广生词曲论文集》等即属此类。词集作者或词人传记方面，有朱德慈的《近代词人系年》及《近代词人考录》、严迪昌的《近现代词纪事会评》与《近代词钞》等论著所作词人小传中涉及不少民国词人的生平事迹。虽然重点不在"民国"，但对民国词人生平的考求钩沉颇有助益。另外，由于现代文学与民国文学的交叉关系，关于兼工诗词的新文学家如胡适、郁达夫等人的传记、年谱、事迹考证也有不少，但多限于新文学的视角，往往对他们的词学活动考索不够。由此可见，关于民国词人词作的文献考据值得我们做的工作尚有许多，特别是民国词人考录、民国词坛原生态、民国词创作活动史实等方面尚须拓展、加强。再一方面，目前综论及民国词史及词学的论文逐渐增多，呈兴盛之势。其一，词史方面正在逐步展开研究。如施议对的《百年词通论》《当代词综·序言》、刘梦芙的《20世纪中华词选·前言》、华钟彦的《五四以来诗词选·序言》等论著中，述及了民国词史的大致脉络与局部风貌，而严迪昌的《近现代词纪事会评·序言》，孔范今主编的《20世纪中国文学史》，邓红梅的《女性词史》，许宗元的《中国词史》，王小舒等著的《中国现当代传统诗词研究》以及胡迎建的《民国旧体诗史稿》等论著中则涉及"民国词史"上"零星"现象与问题。杨柏岭、莫立民各有"近代词史"，查紫阳的近代词社考，薛玉坤的"民国词群体流派研究"等均对"民国词史"有更多更深入的研究。而刘梦芙的百年诗词流变研究、马大勇的百年诗词史、曹辛华的民国词史研究等一系列论文与国家项目为民国词集研究全面而系统的展开提供了科研成果与学术刺激。其二，关于民国词的批评与民国词论的研究方面，目前成果也不够丰富，并且多呈"名家"式与"包孕"式研究状态，并未形成系统。对民国词名家的批评虽有不少，但能如邓乔彬的《吴梅研究》、朱惠国的《论胡适对苏辛词的偏爱》、彭玉平《论民国时期的清词编纂与研究——以叶恭绰为中心》等论著深入细致研究者不多，这就意味着对更多民国词家进行深度与力度兼具的个案研究势在必行。较为全面地专门地宏观批评与微观透视相结合探讨民国词理论的论著尚未大量出现。虽然各种词学批评史如朱惠国的《中国近世词学思想研究》、杨柏岭的《晚清民初词学思想建构》中论及了民国词及其词论，但能如彭玉平《民国时期的词体观念》等专门而细致地论述者却不多。由此可见，由名家而全体逐步拓展民国词人词集个案研究的范围，应当予以足够的重视与发掘。特别指出的是，曹辛华所著《20世纪文学研究·词学卷》为黄霖教授主持的国家社科重大项目子项目成果之一，对民国词学的流派、词学特征、词史编撰以及词学名家有专门的论述。傅宇斌目前有"现代词学史研究"的课题。这些总体研究民国词学的重要成果为此课题研究准备良好学术经验。

其六，总目类可资民国词集总目编纂借鉴的成果，多集中前代文学总集的断代整理上。至于四库全书总目等传统目录文献，兹不罗列，仅述与民国词集总目相关者。由于晚清民国的交替，如李灵年、陆林等编《清人别集总目》（2000）、柯愈春《清人诗文集总目录提要》（2001）、袁行云《清人诗集叙录》等总目成果中包含有大量民国词集的文献信息，域外部分，如日本西村元照编《日本现存清人文集目录》、松村昂《清诗总集一三一种解题》、韩国金学主《韩国重要图书馆所藏明清人文集目录》等也有利于民国词集的查寻。早在民国时期还出现了一些书目索引可供查找民国词集的线索。如平心编《全国总书目》（开明书店，1935年）、杨家骆著《图书年鉴》（商务印书馆，1933年）、南轩图书馆编《南轩图书馆图书目录》（1937年）等。新时期以来，北京图书馆编《民国时期总书目：1911—1949》（书目文献出版社，1995年）为我们提供了查询民国词集的第一种总目；而《民国时期出版书目汇编》（全二十册，国家图书馆出版社影印，2010年）、《民国时期发行书目汇编》（国家图书馆出版社，2010年8月）等，将民国时期84家147种大中小出版机构与书局所出版、发行的图书目录、广告、章程等影印出版，比《民国时期总书目》更全面、更丰富地保存了民国词集在民国的出版情况，方便了民国词集总目的编纂。目前为止，专门的词学目录也有出现。如赵尊岳有《词目》、袁文薮有《袁文薮藏清词目》、柳诒徵有《词籍目录初稿》、吴世昌有《清人词目录》等，均保留了不少民国词集目录、版本信息。另外，还有不少包含综述民国词集书目的著述。如有不少词学大辞典后附有相关目录，其中《中国词学大辞典》所收不少民国名家词集目录。吴熊和、严迪昌、林玫仪合编《清词别集知见目录汇编》收录有部分晚清民国词别集目录，黄文吉《词学研究书目（1912—1992）》、林玫仪《词学论著总目（1900—1992）》、王兆鹏《词学史料学》均收有一定数量的民国词集目录。近年杜海华编《20世纪全国报刊词学论文索引》一书也为我们查询民国词集的信息提供了一定的方便。

其七，编年类研究成果也为"民国词集编年"相关研究提供方法借鉴。这种成果又分两大类。第一类为总体文学或断代文学编年者。涉及近代文学者，如《中国近代文学史事编年》（1983）、《近代上海诗学系年初编》（2003）《近代上海词学系年初编》（2003）等；涉及民国或现代者，如《中国现代文学运动史料编年》（1994）、《二十世纪中国文学编年》（2013）、《现当代学人年谱与著述编年》（2007）等。而当前以来涉及民国旧体诗词史料整理的著作中对民国词集编年问题在编撰形式上具有启发性的，如毛大风《百年诗坛纪事》（1997）、王晋光等《1919—1949旧体诗文集叙录》（1998）等。此外有刘福春《新诗纪事》（2004）。第二类为个人著述或年谱编年者。对唐宋词名家的研究通常采取编年校注的方式，如邓广铭《稼轩词编年笺注》、夏承焘《姜白石词编年笺校》等。此种编年为民国词集编年提供了学术借鉴。涉及民国诗词家者，如王继权编注《郭沫若旧体诗词系年注释》（1982）、程千帆笺注《沈祖棻诗词集》（1994）、李保民笺注《吕碧城词笺注》（2001）、张寿平释译《于右任诗书编年释译》（2007）、吴海发著《鲁迅诗歌编年译释》（2010）以及各家关于梁启超、王国维、吴梅、胡适、陈寅恪、吴宓、汪东、龙榆生、夏敬观、王易、卢前、夏承焘、唐圭璋等词人的年谱中包含了大量的词作编年。这些有关文学编年的著作一方面说明对民国词或民国词集及其词学活动的编年大有必要，另一方面也提供了方法借鉴与文献参考。再一方面，叙录侧重于民国词集的版本、序跋品评、词人传记等方面的文献的详细考述与汇录。叙录类成果目前对断代诗词集版本研究的著作相对较少，多是包含在著述考论中。像唐圭璋著《宋词四考》中即有版本考一种，饶宗颐著《词集考》涉及版本者较多，王兆鹏著《词学史料学》、邓子勉著《宋金元词籍文献研究》、任德魁著《词文献研究》等均有版本考部分。序跋品评类研究成果，目前虽有不少，但涉及词体者不是甚多。如陈绍伟编《中国新诗集序跋选·1918—1949》、钱仲联主编《历代别集序跋综录》、祝尚书编《宋集序跋汇编》、金启华等编《唐宋词集序跋汇编》、吴熊和主编《唐宋词汇评》等。这些均为"民国词集序跋"叙录与汇编提供了借鉴。如施蛰存主编《词籍序跋萃编》、毛大风选辑《近百年诗词集序跋选》、钟振振主编"历代词纪事会评"、严迪昌编著《近现代词纪事会评》、孙克强主编"历代词人词话"等又收录有部分民国词品评研究的著作。有关可供民国词人传记叙录方面借鉴的目前成果颇丰。如张慧剑著《明清江苏文人年表》、庄一拂著《明清散曲作家汇考》、邓长风著《明清戏曲家考略》、江庆柏著《清代人物生卒年表》、胡健国编著《近代华人生卒简历表》等包含不少民国词人相关信息；而胡健国主编《国史馆现藏民国人物传记史料汇编》、王明根主编《辛亥以来人物传记资料索引》、邵延淼主编《辛亥以来人物年里录》、王继祥主编《中国近现代人物传记资料索引》、傅德华主编《二十世纪中国人物传记资料索引》、徐友春主编《民国人物大辞典》、吴相湘著《民国人物列传》、蔡鸿源主编《民国人物别名索引》、卞孝萱等编著《民国人物碑传集》《辛亥人物碑传集》等为我们叙录民国词集传记提供大量的文献信息。其中朱德慈《近代词人考录》《近代词人行年考》等均涉及一部分民国前期词人史传问题。另外，王重民主编《清人文集篇目分类索引》、来新夏著《近三百年人物年谱知见录》、台湾周骏富辑《清代传记丛刊》以及北京图书馆出版的《珍本年谱丛刊》《地方志人物传记资料丛刊》等，均为民国词人传记研究的可利用资源。

其八，提要类研究成果相当丰富，在为民国词集文献整理提供示范的同时，也为民国词集的查寻、汇辑提供了信息。这些成果又可分三类。第一类属于传统的"四库"式的提要，像四库提要系列、善本书提要系列等。四库系列者，如四库全书总目提要等；善本书系列者，如王重民《中国善本书提要》《中国善本书提要补编》、来新夏主编《清代目录提要》等。第二类是史学、集部等专门提要成果。涉及近现代者，如刘朝辉编《民国史料丛刊续编总目提要》、郝润华编《二十世纪以来中国古籍目录提要》、陈玉堂著《中国文学史旧版书目提要》、胡从经编纂《香港近现代文学书目》、郭志刚主编《中国现代文学书目汇要·诗歌卷》等均是。第三类是诗词类书目提要。如祝尚书《宋人别集叙录》、张忠纲著《杜集叙录》、袁行云著《清人诗集叙录》、张寅彭辑著《新订清人诗学书目》、谭新红著《清词话考述》、张默编《台湾现代诗编目》等。其中王晋光等编著《1919—1949旧体诗文集叙录》涉及的民国词集数量不过十多种。目前来看，尚无全面系统的民国词集提要著作出现，这也亟待完成。

其九，电子数据库是新世纪以来出现的现代化整理文献方式，与时俱进，当有民国词集文献的整理相关文献电子数据库的建设。较早出现与词学相关的电子数据库有南京师范大学所研发的"唐宋词检索系统"。南京师范大学朱崇才教授新近已完成教育部科研项目"词学资料电子库"。当前为止，与民国词集文献相关的电子数据库有两类。一类为全文影像数据库；一类为目录索引数据库。一方面，这些数据库中有些涉及民国词集相关文献。如爱如生公司"中国基本古籍库"收有一部分民国词集与民国词学方面的影像文本。其他如爱如生近代图书数据库、新浪爱问近现代图书资源库、雕龙——中国日本古籍全文检索数据库、中美百万册、Google 图书资源库、超星数字图书馆、读秀学术搜索、方正 APABI 数字图书馆、书生之家等均收录一定数量民国词集及其相关图书影像。这些数据库为我们汇辑民国词集相关文献也提供了便利。另一方面，有些电子数据库与民国词集文献密切相关。目前可利用的数据库凡 18 种，可从中检索、下载并汇辑出大量的民国词集文献。如全国报刊索引、晚清民国期刊全文数据库、大成老旧刊全文数据库；中国近代报刊库、学苑汲古、国家图书馆馆藏民国期刊、国家图书馆馆藏民国图书、中国近代文献联合目录、重庆图书馆馆藏民国文献等。以上各种电子资源库，便利了此课题完成，也为相关电子数据库的建设奠定了基础。就目前的已有的词学电子库来论，尚无专门的民国词学文献资源库。也正因此，民国词集文献的整理数据，可作为民国词学文献资源库之一种。

综上所述，与民国词集文献的整理相关的研究成果已有丰富的积累，研究态势也日渐增强。归结起来有三大特征。

其一，从研究成果形式与内容来论，有"四多四少"之特点。一是，包孕式成果多，而专门的与民国词相关的科研成果相对较少。二是，交叉式成果相对较多，而断代式研究的成果相对较少。三是，涉及民国词学的成果多，而专门研究民国词的相对较少。四是，对民国词史研究的成果相对多，而民国词文献方面的研究成果相对较少。特别是新世纪以来，人们对民国词及其词学的研究日益增多。

其二，从研究主体来论，研究人员分布面广。如研究者的代群分布，百年词学五代学人均曾参与，各地域学人均有。不仅如此，不少出版单位或文化公司也涉足民国诗词的研究。另外，各学科均有学者参与。来自诗词学专业的学者多有参与的同时，研究清代文学、近代文学的专业也有涉及。近些年现代文学学科也有不少学者着力于此。

其三，从研究意识来论，呈越来越热的状态。国家社科部门对民国词研究的重视正逐渐加强。进入新世纪后，国家或教育部先后批准资助与民国词相关的科研项目达十种以上。如曹辛华《民国词史》先后得到教育部（2009）与国家基金（2011）的资助；刘梦芙有《近百年名家旧体诗词及其流变研究》（国家项目，2011 年结项），马大勇有《百年诗词史》（国家项目，2010—2013 年），李遇春有《民国旧体诗词编年史稿》（国家项目，2013—2016 年），袁志成有《文人结社与晚清民国文学转换》（国家项目，2013 年），傅宇斌有《现代词学史》（国家社科青年基金项目，2013 年结项）。朱惠国有《近代社会转型与清末民初词的流变研究》（教育部项目，2012 年结项），查紫阳有《晚清民国词社研究》（教育部项目，2010 年），尹奇岭《民国南京旧体诗人雅集与结社研究》（教育部项目，2010 年），袁志成有《晚清民国词人结社与词风演变》（教育部项目，2011 年）等。朱崇才有《词话丛编三编》则为高校古委会资助项目。曹辛华、钟振振所主持的《民国诗词学文献珍本整理与研究》为国家出版基金项目。曹辛华又有国务院参赞室所隶"中华诗词研究院"专项重大课题"现当代诗词研究"。凡此可见国家在新世纪以来对民国诗词研究的支持力度之大。种种现状说明，对民国词集文献的整理的科研时机已到，亟须投入更多的人力、物力、财力与精力，以刺激与促进学界对民国词及民国词学乃至各种民国旧体文学进行突破性的研究。

二　民国词集文献整理的思路与问题

众所周知，全面整理民国词集文献是一项规模较大、任务繁重艰巨、颇具挑战意义的重大课题，也是全民国词编纂的坚实基础。其主要工作有三方面。一是民国词集及其作品全面排查、考察、获取与刊印。二是民国词史的传统撰写。以编年史、史传、提要等，为近代文学史、现代文学史、民国旧体文学史的建构与研究提供便利。三是文献学或史料学的研究与运用。即做好对民国词集的排查编目、编年、叙录、提要与汇辑刊印等。围绕这三方面工作形成六大方面的研究课题。

其一，民国词集总目提要。首先是对民国词集的全面普查、获取与编目，形成总目录。民国词集的类别分民国词别集（此处"别集"专指个人词集，下文均同。含民国个人文集中的词集）、民国词总集（含一家或几家词合集、各种民国词的选集）、民国词社集、民国报刊上的词集等。从分布地域上含大陆部分、港澳台部分及国外部分；时间段上含清末民初、民国时期、新中国成立后三大段；以此为"全民国词"的整理与研究奠定基础。其次，为民国词集作提要。即在基本获取词集文本的基础上，以各种词人传记、版本考察、词集序跋品评等任务为各种民国词集进行提要钩玄，如简述词人生平、里籍、行实，明标版本情形，品评词人及词艺等。最后，汇合两种成果成民国词集总目提要的编纂。

其二，民国词的编年。一方面对民国词集的写定、刊刻时间进行编年以见其传播。另一方面，对民国词集具体内容及其主要作品的创作时间进行系年或编年，形成民国词编年史。再一方面，对民国词学活动编年。民国词集的创作活动如雅集、结社、唱酬、批评、传播等亟须以编年体史书的方式进行考察与研究。

其三，民国词集版本叙录。对迄今为止出现的各种民国词集版本进行辨别、考订、梳理源流等。民国时期各种出版印刷、现代传媒等纷纷出现，使得民国词集的版本从稿本、抄本、刻本、铅印本、石印本、油印本到报刊本等呈现多种多样。又由于民国词人有不少跨代情形，对他们不在民国时期写定、刊行的词集也需要从版本方面辨析剥离清楚。再加上特殊的政治原因，有不少词人到台湾地区与国外，他们的词集版本也需专门考辨。对民国词集版本的总体研究、逐一研究，都是完成"民国词集总目提要"必须要提前做的科研任务，也是总目提要完成时产生的相关成果。只有对民国词版本进行系统的叙录、考辨，才能在撰写提要中版本部分时立论有据。

其四，民国词集序跋品评资料汇录。民国词集中有大量的词学资料，如词集的品题、序跋、词论、评点、评介等，亟须考辨、编年、汇录。一方面为提要中评论部分的撰写提供文献依据与奠定基础，另一方面为民国词集的研究提供文献资料。

其五，民国词人传记资料汇录。虽然民国距现在不足百年，但大量的词集著者或编者生平已有非考证不清的情形，此为民国词集叙录应有之意。民国词人的数量、民国词人的分布、民国词人的行实、民国词人的著述等都是在做提要时必须提前厘清的问题。特别是在展开民国词集普查时，民国词人姓名、基本行迹等都须先有简目，才能以此为线索进行，又做提要时对词人的词风进行论断时，传记史料也是必依文献。

其六，与民国词集文献的整理相关文献电子数据库。当前为数字化电子时代，在前面研究的基础上，形成种种相关的电子数据库势在必行，如民国词集丛刊影像库，民国词集版本（含封面、装帧、印刷等外部影像与序跋、品题、评点情形等内部影像），以及民国词集总目、作者、时代、区域省份分布等于一体的综合电子数据库，与民国词集相关的民国词学资料电子数据库（含民国词学活动史料、民国词话、民国词社、民国词选、与民国词相关的杂志、民国词学论文、著作以及研究民国词学的论著）等。

以上研究内容的设立与方案的提出，将为"全民国词"的整理铺垫道路，也为民国词史的撰著准备充分的文献史料与研究条件。对民国词集文献的整理是规模相对巨大的拓荒式研究课题。根据民国词集整理与研究应有内容，于此将其总体研究框架定为：总目提要、编年、叙录以及电子数据库"四大板块"，即全面普查民国词集并编纂总目提要、编年民国词集或民国词、叙录汇辑与民国词集相关的词学文献、与"数字化"民国词集相关文献等四大板块。这四大板块中，"叙录板块"若按当前已有的《清人诗集叙录》的方式来设计，则与提要板块又有冲突，且总课题民国词集文献的整理的标题就存在内涵重复的问题。很显然，总课题名称中的"叙录"之义与目标不在类似"提要"研究方式，而是强调与"民国词集"相关的各方面文献进行具体考查与研究，进行比提要更具体的叙述与汇录。

"四大板块"中"民国词集总目提要"的编纂是首要解决问题。而电子数据库板块则为对研究成果的全面总结、深度发展、现代应用。其余板块则是在对民国词集相关文献、史料、问题的专题式整理与研究，是对民国词集文献学层面进行全方面"科考"必不可少的路径与课题，也是撰写总目与提要必据文献的汇辑，更是提高与检验总目与提要质量的保证，还将为"民国词学文献库"奠定基础。"总目提要板块"，是民国词集全面整理的中心与重心所在，也为总课题研究四大板块中耗费最多（人力、物力、财力与时间)、牵涉面最广（词集时间跨度近代、民国时期与新中国时期；普查地域分布大陆、港澳台地区与海外等)、情形最复杂、任务最重的板块。目的正是解决当前民国词集文献分布面广、搜求任务重的难题。但并不是说，在完成"总目提要板块"课题任务时，割裂与其余各个板块的联系。事实上，"民国词集总目提要"这一板块是其他各个板块开展与完成赖以成功的坚实基础。其余板块的开展与完成也有助于理清各种民国词集之间的关系，避免出现误收、重出、漏收等问题。此板块虽然只设一个板块，但实由总目与提要两部分组成。总目是所有工作的出发点。只有先编纂总目，才能普查与获得文献，同时在普查过程中又充实总目。而提要则在总目部分、普查与获得文献以及叙录板块基本完成的基础上进行。虽然不以一个板块设计，但却是总课题研究的又一重心。完成此总目提要板块，不但要有传统文献学功力，有词学研究的素养与经验（熟知词史、特别是近现代词史，词学批评等)，更须有较强的文学感受能力（能迅速与敏锐地明晓词集思想、内容、艺术等方面的利弊优劣)。此课题必须在阅读大量的民国词及其相关文献后再进行。可以说，总目提要板块，是对叙录板块各个板块的综合与运用。叙录板块是提要板块整理与研究的基石与依托。

"编年板块"是以坚实的文献史实对民国词集进行传统编年史式整理。由于如果单纯对民国词集的刊行时间进行编年就应当不是此重大招标课题中"编年"实际指向。一方面，大多数民国词集均已有印刷、出版年代，并且因现代出版的要求，多数词集有序跋等予以明言，可以编年，以见民国词集的源流与传播。另一方面，民国词集中具体内容与主要词作具有重要的史实、文学意义，值得编年。目前不少名家词集的编年笺注的整理即在于此，不少断代文学作品的系年著作也是出于此方面的考虑。再一方面，有关民国词集的创作活动、形成以及词学事件等外部史料，可为民国词学、民国词坛的总体研究提供史实，具有重要的文化价值与文学史价值。因此，此板块当包含"民国词集编年""民国词编年"与"民国词学编年"三部分，具体编年时将综合起来。其中"民国词编年"部分是对民国词集所承载内容的内部整理，由此可见民国各个时期词人心态、生活细节、生存状态、词作风貌以及相关史实，属于"以诗证史"或"以诗写史"的整理方式。而"民国词学活动编年"则是由外部对民国词集的形成与创作活动以及当时词学研究等在民国各个时期呈现的史实、事件进行考察、编年，是纪事本末式的文献整理方式。只有将民国词集的内部与外部两方面进行合理地"编年"，才是"编年"的全部用心。

叙录板块，重在对与民国词集整理与研究相关的版本、著者、词学史料等进行汇辑考述与全面而具体地研究，以避免各种浪费；更为总目提要这一主体提供详细而具体的文献依据，为民国词集研究提供各种史料。其中包含的"版本叙录"是集中对民国词集版本类型、异同、形成、流传过程等的具体研究，它既包括对民国时期所出现的民国词集版本叙录，也叙录新中国成立后刊刻出版的民国词集版本。而"民国词人传记史料汇录"，关系到民国词集生产主体的问题，是研究与整理民国词集必须解决的问题之一。只有明晓民国词人的生平事迹，才能对民国词作的归属、民国词的编年、提要等有准确的把握。当前不仅民国词集中保留了不少著者传记资料，而且与民国词相关文献中也多有保留，搜求汇辑这些史传文献对"民国才子传""民国文苑传"等问题有重要价值。"民国词集序跋品评汇录"，是为提要撰写中评价部分提供文献的必需，是对民国词集的词学史或批评史文献价值的发掘，也是根据统筹原则必须有此板块的设立。

电子数据库板块，是对总课题相关文献与研究成果的数字化，与前面各个板块既有平行交叉关系，同时又有先后关系。如总目编纂、各种编年、叙录等，在一开始就离不开数据库，而史料汇录也需要将大量的影像变为文本或将图书资料转化成影像。而要此电子数据库真正完成则有赖于前面板块的圆满完成与相关的电子化技术的支持。

对民国词集文献的整理的展开、计划的实施、科研的实践与任务的完成都将围绕"有利于民国旧体文学深化、有利于全民国词的编纂、有利于民国文学文献学（特别是民国词学文献）的发展、有利于民国文学文化史料的展示"这四个中心目标进行。

一方面，将以弥补民国词这一断代文体总目提要的空白为目标，完成"民国词集总目"的编纂、民国词集的编年、民国词集相关文献的叙录、民国词集提要以及相关电子数据库建设等任务。在全民国词及其他旧体文学文献的整理与研究方面，将起到铺路奠基的作用。通过完成"民国词集总目与提要"这一艰巨任务，以弥补断代文体总目与提要的空白，促进更多

"总目提要"等断代文学文献方面空白性课题的实施。

　　另一方面，在学术思想理论方面，通过对民国词集文献的全面把握与研究，总结民国文人、学者的学术思想与学术方法及经验教训等为民国学术史或民国学术思想史提供参考；通过对与民国词集相关的史传资料、序跋品评资料等的叙录、汇辑，为民国词学史、词学批评思想与理论提供可资文献。

　　再一方面，民国词集文献整理的实施与研究，将以修正、加强、刺激近代文学学科、现代文学学科、诗词学学科以及文献学学科等发展为目标。由于新文学运动的发展与兴起，民国时期的种种旧体文学的成绩与存在被长期"遮蔽"。时至新世纪，当我们以原生态观念、以全面系统的思想来反观各个学科在研究对象选取上不足与遗憾时，重写、重构、重建以及还原学科的历史真实的任务就被提上日程。对民国词集文献的整理从民国词为切入口，将为此目标的实现提供学术支持。由此课题的大规模展开将"民国词学文献学"、民国旧体文学史等逐步纳入相关学科的研究对象中，让近代文学学科、现代文学学科、诗词学与文献学学科的科研队伍真正交流与互动起来，也是其预期目标之一。当然，其最终的目标是，通过对民国词集文献的全方位整理与研究，为当前词学、近现代文学、民国史等方面的研究提供可资利用的文献史料。

　　对民国词集文献的整理实质上是"全民国词"编纂与整理这一浩大工程的第一阶段，其艰巨与繁重程度是相当强的。"民国词集"为中心对象，总目编纂、编年、叙录与提要与文献汇录等为主要的整理与研究方式、方法与路径。

　　一方面，为完成此重大研究任务，我们应当分三步走。第一步，对民国词集进行全面普查、搜访与考察，形成总目。即在总课题组的统筹、指导与负责下，调动板块组各个成员与其他相关人员参与全面普查民国词集，尽可能复制全部目录文本与词集文本，编出总目。第二步，在普查与复制民国词集文献的同时或之后，由各个板块组对民国词集进行编年、叙录与提要。第三步，在各种编年、汇录、提要等研究成果的基础上对民国词集总目与提要等进行修订，然后完成民国词集文献的整理相关文献电子数据库的建设，最后形成臻于完全的民国词集全编，为"全民国词"编纂奠定主体基础。

　　另一方面，当采取多种视角来对民国词集文献进行整理。如以"全民国词"编纂为中心的词籍整理视角。在开展民国词集文献全面整理之前，必须有"全民国词"的意识，一旦缺失此视角，所产出的成果将成"废品"，造成"全民国词"编纂的受阻，达不到直接目标要求。"全民国词"视角，是确保民国词集总目质量的关键。由此视角，将不会忽略那些合集中的词集、诗文集中的词集、杂志上的词集、社团词集以及各种稿本、抄本、油印本词集，也不会忽略在海外出版的民国词集。当前，安定和谐的社会、繁荣昌盛的文化、现代化的设备、便捷的通信以及充足的科研人才等都为"全民国词"研究视角提供了有利的环境条件与科研依据。特别是，当前已有的《全宋词》《全金元词》《全明词》《全清词》等断代词全集的编纂成果、经验与教训等，说明以"全民国词"研究视角展开攻关是必需的。又如以诗词文集相关问题考据与叙录为中心的文献学视角。民国词集文献的整理归根到底属于文献学研究的范畴。由此视角出发，既可以调动更多的文献学方面的专家与学人进入此课题攻坚。民国词集的总目、民国词集的版本、提要等都需有扎实的文献学功底与研究水平，需有文献学专家的加盟。同时，由文献学视角，可以将与民国词集相关的各种问题考据清楚的同时，建构出民国词学文献学体系并研究之。可以说，采用文献学视角，是课题学术质量的根本保证。再如以词体文学为中心的文学研究与批评视角。尽管民国词集文献的全面整理属文献整理与研究性质，但是脱离了文学这一研究视角，就会失去其最终旨归——为发扬文学遗产中的优良传统。如对"民国词集提要"这一板块的研究，如果没有文学审美与批评的素养，就不能揭示出更多优秀词人词作，也不能真正展示出民国词坛的风貌特征。所谓的提要也就成为虚无。此课题实施完成的另一重要目标也正是为民国词史的撰著。另外，以词学史料建设为中心的史料学视角也是必需的。民国词集不仅仅是文学艺术作品集，更是词学史料库、历史文献史料库。如果在研究时，对有关民国词人史传资料、民国词集序跋品评资料弃置一旁，有关提要的撰写就不可能准确与可信。当我们再从事民国词学史料整理与民国文人传记史料整理时，势必要再重新逐一排查与民国词集相关的文献。当我们采取史料学视角时，就避免了此弊。由史料学视角入手，电子数据库的建设就会更扎实、更充实与更实用。

民国词集文献的整理作为"全民国词"编纂的前期工程，规模相对巨大。只有解决研究中的关键性问题、分清重点与难点，才能圆满完成。

　　一方面，全面地查清"民国词集"是最关键部分。没有民国词集的总目，也就无法获取其文献文本，所有的提要、版本、编年等问题，都成空谈。能否尽可能全备而完善地编纂出"民国词集总目"，决定了其他板块能否及时、迅速、顺利地展开。因此，必须以民国词集总目的完善编纂为首要任务。另一方面，能否尽可能全面地占有民国词集文献的文本，是完成此课题的第二个关键性问题。如果说，总目的完善是民国词集文本获得的关键，那么，占有所有民国词集文献的文本，就解决了编年、叙录与提要的文献依据问题。事实上，如果不能够尽量全部占有民国词集文献，总目的编纂也将处于"难产"状态。因为，总目编纂与所有文献文本的获得是紧相关联的。再一方面，文献学功力的高下，是此课题质量、水平是否有保证的关键性问题。民国词集文献的整理归根到底是文献学的学术项目。编年、叙录、提要等均属传统学术的范畴。虽然只有诗词学与文献学兼善的学者才能发挥最大能量，但某程度上，文献学水平在课题实施中起的作用将更大。因此，此课题的完成，非有赖于文献学功力扎实的诗词学专家不可。

　　由于民国词集文献的整理属规模大、拓荒式的大型工程。在解决与完成此课题过程中，将会遇到不少难点，需要我们攻坚与突破。

　　首先，如何穷尽所有"民国词集"。目前本课题虽然不是"全民国词"编纂，但要完成它却必须以此为前提，并且绕不过此点。这样，难点就在于如何穷尽所有的"民国词集"。虽然前面已论述了全面普查民国词集的具体方法，但要真正解决这一难点却不容易。因为要做到此点，必须将民国时期所有相关的图书与文献尽览，还必须将新中国建立后大陆、港澳台等地区出现的与民国相关的图书与文献阅尽，方有可能。而事实是，与民国词集相关的文献多且不论，其藏存方式与地方等也需普查清楚才能借阅。这些问题不解决，其难点就一直存在，直接影响其他板块的进程。与之紧密关联，各种民国词集珍本文献的取得问题与海外与民国词集相关文献的获取问题都是必须克服的。民国词集不同于前代古籍仅以线装为主，其形成方式多样，其中铅印、石印等文献多是用易碎、发黄、褪色、变脆的"新闻纸"或"机器纸"制成，易损、易毁。当前国家已启动整理扫描成电子文献工作。但仍有不少单位、部门均以保护为由既不自己整理，也不让人整理与阅览。这就造成了难题。特别是，当前虽有一些民国词集相关文献整理出来，但由于原书已破损，不能再见到，这就造成了版本对校的困难。另外，复制民国词集文本时如何与其拥有者理顺关系，也是珍本文献取得的难题。因为解决此问题，不是行政与学者的能力所能的。目前为止，究竟有多少民国词集及其文献在港澳台地区与国外，还是个未知数。特别是国外图书馆中所藏近现代文献的目录整理工作，当前学界还未全面展开。因此，要解决获取海外文献的问题，也就成了棘手之事。目前，我们应该做的是，集中对海外与民国相关的汉文文献按照各个国家的各个大型图书馆先逐一普查。但这又要涉及大量的人力、财力问题。

其次，建立民国词集相关的文献库存在一定的难度。一方面，同前代词集的出版、传播方式不同，民国词集的版本有多样性。一种词集有可能存在稿本、抄本、刻本、铅印本、油印本、石印本多种情况，也能有总集本、选集本、合集本、别集本多种存在方式，再加上所藏存地、评点方式等不同，版本的考校就成为此课题难点之一。当考校难点克服后，就可筛选出最优版本，作为"全民国词"整理的底本。另一方面，诗词系年历来是学术界公认的难点。因为诗词的艺术手段化通常模糊其真实情况，就给系年考证带来了一定的难度。特别是为民国词编年时，由于不少词人的生平事迹尚未考实或模糊不清，仅靠词作内容往往有不精准之处。另外，由于文献的多寡不一，与词集相关史料具有不确定性，取舍史料也就陷入两难境地，要么过少，要么过量。怎么做到词集编年的"信而有征、征而有力"，此一难点，必须克服。再一方面，民国词集中附带有不少著者的史传文献。除此，词人传记史料还散见于各种图书、碑志、方志等文献中，需要广泛索搜。这就加大了此板块的难度。目前对此难题，办法只能是按所得词集文本著者的姓名去查询各种史志图书。由各省各地区的方志文献入手当是捷径，但其工作量大，操作起来有一定的难度。还有词集品评文献汇辑上的难题。由于民国词集的品题、评点、评介等不是每种都有，有时同一版本的词集评点会有多人、多次、多种等情况，品题、评点、评介的时间也是即时即兴式。这就加大了叙录、汇辑的难度。有品评的词集版本不同于无品评者，其词学价值相对较高，获得文本的难度也会增大。目前，究竟有多少品评过的词集，不得知晓，摘录的烦琐程度也较大。因此，相对于序跋的汇辑，品评文献的汇辑无疑是难点。另外，电子数据库的优化也是一个难题。就目前的电子文献建设来论，建设与民国词集相关的电子数据库是必需的，否则不能与时俱进。如何将与民国词集相关的电子文献与研究成果整合成"民国词学文献数据库"的主体之一，这既需要研究者能力，也须视文献汇辑的程度，更要电子数据程序的设计等。优化的目标，是建设民国词集文献的整理相关文献电子数据库当遵照的。要达到此点，其难度也是不小的。

　　基于以上问题，我们应提出一系列先进的整理与研究理念。如抓住民国词集文献的整理，避免整理中出现挂一漏万的现象，造成各项浪费。抓住"民国旧体文学"这一理念，既突出了民国词集研究的归属，也彰显了民国词集文献整理在学科建设上的突破意义，还能启示更多学人开拓与词同时并列的其他如诗、赋、曲、骈文等文体的整理与研究；将民国词集文献整理归属于"民国词学文献学"，对民国旧体文学文献学的开拓具有启示意义。民国词集为民国词史研究的主要对象，也是民国词史赖以完成的主要资料。对民国词集文献的整理既是民国词学文献的一部分，也是民国词史研究进行的必经之路。研究此课题，离开"民国词史"这一中心根本行不通。民国词人史传，作为民国词集"叙录"的一部分，既可为民国词人的考察提供史料，也为民国史的研究深化作铺垫，又与传统的才子传、文苑传等学术样式接轨。而民国词集序跋品评的汇录，一方面可为民国旧体诗集、文集等的整理提供视角，另一方面可发掘出民国词集的词学史料价值，还为民国词人、词作的评价提供参考文献。只有坚持多学科协作这一学术理念，即在词学、近代文学、现代文学、当代文学、文献学乃至史学等多个学科的同心协力研究下，才能保证此课题高效率、高质量完成，才能出色完成此重大项目。通过系统地全盘考虑"民国词集文献整理"这一课题，我们不仅应当设置传统式研究的方案，还应当设置电子资源库建设等这一现代方案。我们还当顾及全民国词的整理与全民国其他文体作品的整理问题。对民国词集文献的整理不仅要做到系统研究，还必须统筹考虑、安排方方面面问题，做到有理、有利、节时、节能与避免人力、物力、财力的浪费。

三　相关文献资料的总体分析

　　撰著民国词史、整理全民国词等所需文献依次可分为民国词集文献类、民国词话类、词学研究类、丛书类、史传类、编年类、总目提要叙录类、诗文集类电子数据库等八类。此外选取的标准是有史料价值者、有参考价值者、有启示意义者以及有方法论意义者附录于此，予以分析。

（一）类型界说

民国词集文献类，又分民国词总集、别集、民国词选本、民国词社集等几类。这些是民国词集文献的主体部分。词总集中含与民国词相关的各种大型词汇编与各种选本。民国词别集类目录，先列 20 多种词集文献书影，以示别集珍本与版本类型。次按版本类别所列词集近 300 种，均为曹辛华教授目前已整理成档，列入"全民国词"第一辑者，因数量过多，故未全列。民国词选类，汇录民国时期出现的各种词选目录，其中均为涉及民国词选本，同时因选编者为民国学者，其中也隐含了大量文献信息。故于此列出，以示重视。民国词社集目录所列主要是以词社为主的集子，未包含填词活动其他诗文社团的集子，原因是数量过多（笔者有《论清末民国旧体诗词结社文献整理及其意义》可参）。

民国词话类，为与民国词集整理紧密相关的文献，因为民国人撰写的词话中所含民国词的信息更多。它既是民国词集提要所需品评文献的资源库，也是民国词人信息重要的来源库。另外，每个词话作者基本上都有词集，为撰写其词集提要可提供首要的评价依据与文献。因此，笔者在编纂《民国词话全编》的基础上，已对其中涉及的文献资料有所整理。于此附录若干目录，以示此课题任务之艰巨。

词学研究类，又分列词学文献类、词学期刊类、词学专题类、词学论文类。词学文献类主要选录对当前课题研究有启发、示范意义的代表作。而词学期刊仅选取民国至今出现的词学专刊，事实上，在民国有不少期刊发表过词集，也刊登过词学论文。由于数量过多，另外又有各种晚清民国期刊电子影像库，于此并未广列。但要说明的是，民国期刊为查寻民国词集相关文献的重要渊薮，不可忽视。词学专题类又分总论、词史、词话研究、年谱、词学论文等。总论类选录对词学相关问题综合研究的著作，也包括论及民国词或词学内容的专著，词史类，选取各种词史著作，以其中引用、运用到民国词学文献，同时，也对提要的撰著提供词史素养、扩大眼界。词史类著作中，还有一批已论及民国词者，此类著作中包含有大量民国词集的信息，是必须研读、加以利用的。词话各类总编目录，选录各种词话汇编图书，其中有不少话及民国词的文献，可为民国词人、词作的考索提供资讯，也为提要中评价民国词准备了依据。目前笔者编撰年谱类词学著作，本当与前面编年类合为一种，然由于属词学专门著作，遂列于此，目的为民国词集的编年提供资料与方式的同时，也为民国词个人专集的编年整理提供材料。

丛书类，主要选取与本课题研究关联较大的丛书凡 15 种。这些丛书中一方面包含有民国词集文献，另一方面含有研究民国词集所需的史料文献，这些丛书为民国词集研究相关文献的搜求、汇集与整理提供了可信可以取资的文本，特别是也属于民国词集版本考察的一个重点。

史传类，主要选录与民国词人考录、民国词集著者史传密切的图书，是对民国词相关人物生平、里籍、行实、著述等问题进行考索、研究的重要工具，也是搜寻民国词集目录的重要信息库。

编年类文献目录有两类，一类涉及民国诗词或文学编年的著作，一类是有关个人词集编年的著作。前者可提供民国词及民国词学各种活动的信息，同时也提供编年样板与方法。后者则为民国词别集的编年提供榜样与示范。

总目提要与叙录类，一方面选录重要的经典的学术著作为民国词集总目、民国词集的各种叙录、民国词集提要等子课题的深入研究提供范本，另一方面，由此类图书可以发现相当多有关民国词集文献的线索与信息。诗文集类，由于与民国词集相关的数量巨大，不能一一罗列，于此选录部分图书，以示此项当为民国词集文献的渊薮。当前尚无"民国诗文总集"，要弄清民国词集的具体情况，各种与民国相关的总集、选集是排查对象之一。而民国各家诗文别集，数量众多，其中隐藏、黏附着大量的词集，更是要排查的重要图书。此处选录部分，以示本课题研究并非就专门个人词集来片面地开展文献普查工作。

电子数据库资源类。所列目录均为目前笔者为研究"民国词史"这一国家课题而采用过的资源库。随着电子数据库的出现与不停的增长，还会有更多的资源库可资利用。

（二）代表性文献述评

与民国词集研究相关的文献相当浩瀚。它们不但有专门的民国词总集、选集、合集、别集等文本文献，而且大量诗文别集、总集等中也包含有词集文本，还有大批量的与民国词相关、与民国词集文献相关的各种文献。于此，除前面论述研究状况时已述及一批文献资料外，再择要概括介绍涉及民国词及其相关问题的文献资料，以利民国词集的全面整理。

1.《近代词钞》（严迪昌编著，江苏古籍出版社，1996 年）

该著全文凡 150 万字，共收词人 201 家，录词 5500 余首，诚为近代词研究资料之大观。严先生在《清词史重版后记》中称本书可与《清词史》"道咸词史"等章互为参证，此犹谦言之也。本书前有两万余字之《近代词史札论》，于近代词史分期及词坛风会流衍等诸多重大问题进行扼要剖析。正文中于 200 位词人各系一小传，其中于词人生平行迹、词学主张、词史地位等均予精审考辨与提挈。该著对民国词集的研究也有极高的文献价值与示范意义。

2.《当代词综》（施议对编纂，海峡文艺出版社，2002 年）

该著为继朱彝尊《词综》、丁绍仪《清词综补》 （原名《国朝词综补》）之后又一部以《词综》为系列的大型词总集。此编精装四册，全编凡六卷，汇辑词作者三百余家，词作品三千余首。编纂者首先正名，树立标准，设立体例，列述百年词之发展历史及未来展望，然后编排作品，其目标明确，立意高远，体制完备，是一部极具文献价值的词总集。至此，三部词总集——《词综》《清词综补》及《当代词综》，共同构成了由唐、宋至明、清，以至中华人民共和国诞生以后历代词作品的一个完整系列，甚是有功于词苑。是编包含了大量民国词人、词集的信息与评论。

3.《二十世纪中华词选》（刘梦芙编著，黄山书社，2008 年）

该编共 21 卷 3 册，是又一部展示 20 世纪词作丰硕成果的大型选本，重点选录大家名手的精品，兼取一般作者的佳篇，又采录诸多评语，既为百年词坛高树丰碑，又为新世纪词的创作和研究提供借鉴，具有重要的史料价值和学术意义。编者在遍读两千多位词人二十多万首词作的基础上，参考前贤选词体例，以"格高、情真、辞美、律严"为衡词标准，收录词人 838 位、词作 7034 首。

4.《民国诗集丛刊》（王伟勇等主编，台中文听阁图书公司，2009 年）

《民国诗集丛刊》为《民国学术丛刊》第四种。编辑"民国诗集"有时代的价值，既可观往知来，视民国诗集为继承传统的群体，又可补足民国学术的整体性。收录叶昌炽、金泽荣、林纾、王树柟等民国诗集一百一十余种，其中 90%以上为未出版或大部分图书馆未馆藏，资料自属珍贵。该刊原件大多辑自线装书，有铅印、刻本、稿本、石印及排印等版本，其中稿钞本有一定的比例，具重要的数据价值。该刊与《民国文集丛刊》相辅相成，既补足诗文并观的完整性，复可借以更全面了解民国传统诗集之文风，所收诗集可作为研究民初学术思想之基本文献。各诗集之序言、题词暨作者以编年系诗，可作为撰写民国学者传记之辅助材料。

5.《近代上海词学系年初编》（杨柏岭编著，上海教育出版社，2003 年）

《近代上海词学系年初编》以时间为经络，叙述近代上海词人及词作的历史，1860 年前后、1900 年前后及 1911 年之后这三个高峰期构建了近代上海词学的历史进程、上海词坛的文化活动和事件、诗人简介、诗选等。该书经多方搜寻查考，以客观、平实、存真的态度，比较集中的系年编排，填充了近代词学研究中的一项空白。

6.《近代词人行年考》（朱德慈著，当代中国出版社，2004 年）、《近代词人考录》（朱德慈著，中国社会科学出版社，2004 年）两种

前者力图对近代词人活动的时间先后、词作结集与刊刻状况进行初步清查。作者尽可能地检阅原著，查验当时资料，对每位词人的生年、卒年、字号、科举年份、终官何职、结集的足本名称及其卷数、若未结集则散作见之于何总集等，进行综合考订。后者以考证词人生平为主，对词集版刻源流，除重要词人外，一般只介绍其善本或全本。此两种中包含不少民国词人、词集的信息，为考索民国词集不可缺少的著作文献。

7.《清词别集知见目录汇编》（吴熊和、严迪昌、林玫仪合编，"中央"研究院中国文哲研究所筹备处，1997 年）

吴熊和、严迪昌、林玫仪三位先生费时四载合辑而成的《清词别集知见目录汇编》，是一部全面反映现存清词别集著述、馆藏信息的大型专用工具书，于清代及民国词学研究居功甚伟。该著按词集名笔画顺序排列，收录清词别集版本 6276 种，清词作者 2000 余家。各种版本详注收藏单位，又附录有《合集选集或个人词集子目》《清词别集收藏单位索引》和《别集作者姓名索引》，检索甚便。该著在为民国词集总目提供参照的同时，也提供了不少晚清入民国的词人词集目录信息。

8.《二十世纪中国文学编年》（卓如、鲁湘元主编，河北教育出版社，2013 年）

该著凡两册，以翔实的资料特别是第一手资料作为入选条目的依据。当某种文体、某一文体作品集、某一文学现象和文坛某一事件在书中首次出现的时候，编写者不仅要为读者提供其原始出处，而且要在研究的基础上对其价值、影响、历史地位等方面予以科学的实事求是的判断。本书的涉及面远非文学一端，涵盖面相当广泛，篇幅浩大，入选作家有 1500 余人，至于列入的报刊、作品则数以万计，为民国词集的编年提供了样板与参考。

9.《清人别集总目》（李灵年、杨忠主编，陆林、陈敏杰等撰，安徽教育出版社，2000 年）

该书为第一部全面反映现存清代诗文别集著述、馆藏及作者传记资料的大型工具式的文学书目。以海内外公藏及私人收藏为依据，共著录以清人为主兼及由明入清和由清入民国的近 20000 名作家撰写的约 40000 部诗文集。所著录书均为清代作家以汉语创作的诗集、文集、诗文合集兼及以诗文为主要内容的个人全集。该纂不仅包含不少晚清入民国的别集目录，为民国词集相关文献考述提供信息，也是本课题中"民国词集总目"编纂的重要样板与借鉴。

10.《清人诗文集总目提要》（柯愈春著，北京古籍出版社，2002 年）

全书分上、中、下三册，560 万字。该书以全国大中型图书馆藏书为主，共著录清代有诗文别集传世者，约合作者 19700 余家，诗文集 4 万种。依据《四库全书总目》有关别集的分类及界限，仅著录个人诗文集。所著录作者上起明末，下迄民国初。此书包含有由清入民国的文人著作信息，为"民国词集文献整理"编纂的重要参考与借鉴。

11.《清人文集别录》（张舜徽著，华中师范大学出版社，2004 年）

凡二十四卷，是一部关于清人文集的文献解题目录。作者长期钻研清人文集，从经眼的 1100 余家清人文集中，挑选出其中 592 人的文集撰写叙录，汇为此书。该书是研究清代文学中最有价值的目录学著作之一，也是清代文献研究的重要著作和清代学术史研究的基础性成果，是"民国词集文献整理"这一子课题当参照的典范之作。

12.《清人诗集叙录》（袁行云著，文化艺术出版社，1994 年）

凡八十卷。著录清代 251 位诗人的诗集。该著所收诗集以单刻本为主，兼取少量抄本、丛书本、选本。凡"内容多涉清代时事与社会生活"之诗集，不论作者生于明卒于清或生于清卒于民国，并收录之。该著一方面为本课题提供了由清入民国文人的文献，另一方面也为民国词集文献整理提供借鉴。

13.《1919—1949 旧体诗文集叙录》（王晋光等编著，江苏教育出版社，1998 年）

该著为"五四以来旧体诗文集叙录"项目中的一个部分。为 1919 年至 1949 年大陆出版的，而且其作者在 1919 年以后仍在世的诗集、词曲集、文集以及合集的提要。分诗集、词曲集、文集、诗文词曲合集四部分。该书为考索民国词集及其相关文献的重要文献资料，也为"民国词集文献整理"提供了一定参照。

14.《民国人物碑传集》《辛亥人物碑传集》（卜孝萱、唐文权编著，凤凰出版社，2011 年）两种

此两种由卜孝萱、唐文权两位先生整理、筛选结集而成。这些碑传既可弥补正史之不足，又可订正正史中的错误。从史料价值上看，它比正史更接近历史真相。此两种可为"民国词集著者传记叙录"提供一定史料。

15.《二十世纪中国人物传记资料索引》（傅德华主编，上海辞书出版社，2010 年）

该编为查考百年人物、研究历史和展望未来的重要工具书。共收录 1900—1999 年有过传记资料的各类人物 4.8 万余人，中文传记资料二十余万条。资料来源于 1949 年前和新中国成立后包括港台地区的千余种人物专著、近三千种报刊、2900 余种论文集。所收人物按姓氏笔画为序排列。书后附有与中国有关联的部分外国人物传记资料索引，以及报纸、期刊、论文集一览表和其他有关参考书目，对研究百年来中国近现代人物起到重大作用。为民国词人传记的查询提供了资信。

16.《中国近现代人物传记资料索引》（王继祥主编，东北师范大学图书馆，1988 年）

本书是我国史学界第一部查找近现代人物传记资料方面的大型检索工具书。编者广泛搜集了新中国成立前后至 1987 年 8 月间所出各种专著、论文、资料，从中辑录了有关我国近代现代人物资料 24000 余条，编为本索引。共收录近现代人物（1840—1949）10000 余人，包括政治、经济、军事、文化、教育、科学、体育等各界知名人士。按被传人的姓氏音序排列，为便于检索，书前列有被传人物姓氏音序和笔画检字表。本书为民国词人传记提供了一定的参考文献。

17.《词籍序跋萃编》（施蛰存主编，中国社会科学出版社，1994 年）

本书包括唐、五代、辽、金、元、明、清词别集序跋，词总集、选集序跋以及词话、词谱、词律及其他词学杂著序跋。为本课题中"民国词集序跋品评汇录"提供了学术观念支持与编纂样板。

18.《唐宋词集序跋汇编》（金启华等编，江苏教育出版社，1990 年）

全书以词人为经，序、跋为纬，从唐张志和始，至宋（含辽、金）段成己止，按时代先后编次。全书分别集、总集（含选集）两部分，共收唐宋 160 余位词人约 400 种词别集和 120 种词总集、选集之序跋。所收序跋多从比较通行的善本中录出。校勘纠正了原书序跋中不少错漏，并加新式标点。也为本课题中"民国词集序跋品评汇录"提供了学术观念支持与编纂样板。

19.《历代别集序跋综录》（钱仲联主编，江苏教育出版社，2005 年）

该纂汇集自汉迄民国初年间，近千种别集，约 1400 余篇之序及跋，主要收取《四库全书》所收别集之序跋。也有《四库全书》未收者。具有较高之学术价值和文献价值，对于研究中国文学史，弘扬民族文化，具有十分重要的意义。该纂对"民国词集序跋品评汇录"的设计有重要的学术启示。

20.《中国新诗集序跋选 1918—1949》（陈绍伟编，湖南文艺出版社，1986 年）

该辑选收了 92 种新诗集的序跋，重要诗人的诗集均有选入。编选时"力求体现新诗的发展轮廓主流和重点作品，兼及各种流派"。编者为入选的序跋写了"编后小记"，介绍作者简况，版本情况及对序跋的见解，既吸收了前人的研究成果，也提出了一些不同的看法。不仅可以帮助读者了解诗人及其作品，也是重要的史料。该著对本课题中"民国词集序跋品评汇录"的设计也有重要的学术启示。

21.《近百年诗词集序跋选》（毛大风、王斯琴选辑，钱塘诗社，1991年）

全书分五卷，计收诗词集序跋180余篇。近百年来诗词集之序跋，多半出自名家手笔，或叙诗词之继承流派，或评诗家之卓然成就，论断精辟。或自述学诗之经历与心得，往往缕述细腻，令人折服。该编容量虽少，但也启示我们对民国词集的整理不应忽视"序跋品评"资料。

22.《词学季刊》（龙沐勋编，创刊于1933年）

该刊为较早以词学为名称创办的专门刊物。开设栏目有：论述、专著、遗著、辑佚、杂俎、近人词录、词林、文苑、通讯、杂缀、附录等。撰稿者为来自中央大学、北京大学、浙江大学等著名高校的国内词坛界俊杰之士、一流人物，如龙沐勋、夏敬观、夏承焘、梁启超、叶恭绰、唐圭璋、赵尊岳、王易、吴梅、陈匪石、易大厂等。为查寻民国词、民国词学等各种活动必须依赖的文献资料。

23.《同声月刊》（龙榆生，同声月刊社，1940—1945年）

《词学季刊》因战争破坏停刊三年之后龙榆生所创办。从1940年12月至1945年7月，此刊一共出39期，凡"诗歌、词曲及音乐"方面的创作、论著和译著等都择优刊登。是考索民国词活动以及词集相关文献的重要资源。

24.《晚清民国期刊全文数据库》（电子文献：上海图书馆）

《晚清民国期刊全文数据库（1833—1911）》，共收录了从1833年至1911年间出版的三百余种期刊；《民国时期期刊全文数据库（1911—1949）》计划收录民国时期（1911—1949年）出版的两万余种期刊，1500余万篇文献。此两种数据库为本课题的顺利进行提供了强有力的丰富文献资料。一方面为从期刊中搜辑所刊词集提供了方便，另一方面为查询与民国词集相关的文献提供一种快捷途径。类似的电子库尚有《大成老旧刊全文数据库》《翰堂近代报刊》等。

"民国词集文献整理"这一工程规模大，牵涉多个学科的多种文献资料。我们在研究时所取资的重要文献资料主要有五类：一类为专门以词为名的词集文献。此为本课题研究对象"民国词集"中明显文献，按名索书可迅速完成大部分民国词集文献的获取与研究；一类为有关民国词集搜求与获取的民国图书、当代再版或整理的大型图书等，其中所含民国时期各种诗文总集、别集等为重要文献。这些都是对民国文献中所"包孕"的词集文本进行排查的重要对象，如仅仅对易见的专门以词为名的民国词集考索，而不大量翻检、排查此类文献资料，民国词集的总目就无法完备与完善；一类为各种书目、索引、提要、方志以及图书馆检索目录等为重要文献；此为普查民国词集的入口，只有先汇辑民国词集大体目录或民国词人的大体姓名，才能进行全国普查，才能做到有的放矢；一类为与课题相关的有参考价值、有示范意义、有方法论意义的文献资料。这些是课题最终质量好坏的关键。因此，当列为重要行列；一类为各种电子数据库。这些是便捷取得与本课题相关影像文献的有效途径。掌握这些数据库不仅可节省各种人力、财力，也节省大量的时间。故研究这一课题不能离开电子数据库这一文献资料。

四　民国词集文献整理的意义

民国词集文献的整理具有极其重要的学术价值与学术意义。这一课题既是对已有相关成果的发展与突破，也是对民国词、民国词学以及民国旧体文学史整理与研究的大规模拓荒，其应用价值与社会价值都是需要高度重视的。由前面综述可见，对民国词集文献的整理已有较强的研究基础与学术环境，值得我们展开。近20年来，人们对民国词及其词学的研究尤热，为民国词集的全面整理也提供了可进一步探讨、发展或突破的空间。尽管目前对民国词集的全面、系统地研究还未出现大型的成果，但却说明了已成为当前对民国词及其词学研究的首要任务与迫切需要。从其背景、意义和重要性来看，民国词集文献的整理具有补白性质，具有重要的学术价值、应用价值与社会意义，值得我们全面展开。

其一，民国词集文献的整理对近代文学史、现代文学史以及民国旧体文学史具有补白意义。一方面，可补近代文学研究之空白。当前近代文学研究界大多囿于1840—1917年这样一个时间界限，对包含民国词在内的民国旧体文学史的关注不够充分。像近代文学大系、近代文学史等著作都未能延伸到1949年。像许宗元的《中国词史》、黄拔荆的《中国词史》（增订版）、邓红梅的《女性词史》等专门词史著作，均点到民国为止。而莫立民《近代词史》也是仅涉及部分晚清入民国的词学名家。目前除有关诗词、小说等文体的研究已经有所展开外，其余的尚无大创获。此课题的设立在促进民国词史研究深入的同时，也将刺激与促进近代文学界对民国其他旧体文学的整理与研究。另一方面，可补现代文学研究之空白。包括民国词史在内的民国旧体文学史与现代文学史的关系大类"月之两面"。二者均属民国文学史（虽然现代文学史多从 1917 年开始描述），这是不争之事实。如果再按孔范今、黄修己、袁进等先生的理论与实践来看，现代文学史实际上当包含旧体文学与新文学两方面。由于"现代文学史"被狭义化为"新文学"的代名词，而且处于强势话语权（这是当时破旧立新的必需），其状态至今仍如月亮之亮面。也就是说，旧体文学、新文学（现代文学）均属于现代文学史或民国文学史的组成部分，均曾为 20 世纪中国文学史的发展、流变做出过贡献。由于在新文学建立、演进与学科独立过程中的种种缺失或误区，包括民国词在内的旧体文学才"被处于"对立面、"被暗淡""被潜伏"，才导致大多数人只见"月之亮部"——新文学史，有意或无意忽视民国或现代旧体文学史的"光辉"。当前对民国词集的整理与研究，实际上是弥补现代文学研究中的偏差，揭示被隐藏的"光辉"。目前现代文学研究已注意到对民国旧体诗词史的重要，不仅言说著史时多多顾及，而且已有不少与旧体诗词相关的成果问世。这就说明对民国词集文献的整理作为重大招标选题将对现代文学史的研究也将有极大的促进与修正作用。再一方面，将补民国旧体文学史研究的空白，并对其他文体研究有启示、刺激、促进作用。前面已指出，民国旧体文学史包括民国旧诗史、民国词史、民国曲史、民国文言戏剧史、民国赋史、民国文言小说史或旧体小说史、民国骈文史、民国文言文章史、民国旧体文学文体史、诗钟史、对联史等多项内容。但除民国诗史与民国词史的研究已有启动外，大多尚少人涉足。民国词集文献的整理大型招标课题的启动，一方面将为其他文体文学史的研究提供方法与方式等方面的借鉴，另一方面将为这些课题提供文献资料与参照成果。①

---

① 《论民国旧体文学史的建构及其意义》，见《中国文学从古典向现代转型研讨会论文集》，中国社会科学院文学所 2012 年。

　　其二，由于民国旧体文学史料与文献一直不被纳入古籍整理的范畴，因此现有的文学史料学、文学文献学整理成果，基本上不涉及民国旧体文学部分。民国词集文献的整理对文学史料学、文学文献学的整理与研究史具有补白意义。一方面，可补史传研究之不足。史传研究，对民国旧体文学作家的家世、生平、交游等传记史料的考察、创作活动的编年是梳理清楚创作"原生态"的必需。诸如旧体文学编年史（大事记）、民国词编年史、民国词纪事、民国词学活动编年史、民国旧体文学才子传等均属此类。但就目前成果来论，此类成果甚少。民国词编年史，可填补民国编年史上文学类的空白。当前《民国人物大辞典》《中国近现代人物名号大辞典》等对民国文学家的收录本来就少，而所收旧体诗词作者的条目就更少。"民国词人史传史料汇录"则可补此方面不足。同时，将为民国艺文志、民国文苑传的研究与编纂提供给养。另一方面，可补民国旧体文学文献整理与研究之不足，促进民国各种传统文体作品的整理。民国词集的编年、叙录与提要即为其中一部分。迄今，尚未有人编纂《民国旧体文学大系》，这是当前从事民国旧体文学史研究应当早日提上日程的工作。施议对的《当代词综》、刘梦芙对20世纪诗词学文献的整理、张寅彭的《民国诗话丛编》等为新时期率先对民国旧体文学文献进行整理的突出成果。目前民国旧体文学文化研究所从事的《民国时期旧体文学作品全面整理与研究》的课题也属此范围。当前与人民文学出版社达成的《全民国词丛刊》项目，也属此列。而曹辛华、钟振振教授正主持的国家出版基金项目《民国时期诗词学文献珍本整理与研究》（中有《全民国诗话》《民国诗学著作考述》《民国词学著作考述》《全民国词话考述》、民国诗词社集、民国人选民国词等），曹辛华与凤凰出版社签约的横向项目《民国词话全编》等均为与此相关的文献工作。民国词集文献的整理是全民国词编纂的必要环节与必经之路，可以说是当前首次由国家社科指挥大规模地专门研究与整理民国诗词文献的攻关任务。由此，民国诗集、民国曲集、民国赋、民国骈文等旧体文学的全面整理与研究将会陆续启动。再一方面，可补现代文学研究史料整理之不足，为现代文学史研究增添新史料。民国词集因为属于旧文学文体的产物，与其他诗、曲、赋、骈文等文体作品一样迟迟得不到现代文学史家的重视。当前人们对史的部分，已采取新旧兼述的态度，但在史料整理时却缺少了这一重要内容。民国时所编

《新文学大系》，目标为撇清与旧体文学的关系，根本未考虑编纂《旧体文学大系》。目前，笔者正与大象出版社合作完成此"民国旧体文学大系"一事。而当代各种现代文学史料丛书编纂时，也基本未考虑与之并存的旧体文学史料。刘增杰等学者在编纂现代文学史料学等图书时，对包括民国词学史料的旧体文学史料基本考虑不足。又如刘长鼎、陈秀华等编著《中国现代文学运动史料编年》，卓如、鲁湘元主编《二十世纪中国文学编年》等时即缺少了对民国旧体文学史料的关注。时至今日，在打通古今、融汇新旧的原生态文学批评理论的指导下，现代文学研究界已认识到了问题，并提出了纠偏策略，实施了一定的行动。由此来论，民国词集的整理与研究将从客观上填补现代文学史料与文献的整理与研究问题上的空白，弥补其缺憾。

其三，对民国词集文献的整理具有极其重要的学术价值，其学术意义也相对较大。一方面，此课题将填补中国断代词史研究的空白，将为民国词、民国史的研究扫清道路。当前为止，唐宋词史、金元词史、明词史、清词史等均已有专著问世，与之相应的各种文献整理与研究工作已相继展开。民国词方面，目前国家社科基金课题"民国词史"的撰著任务也由曹辛华主持进行，而与之相应的民国词集文献的整理虽然因工程浩大，但由于是撰著民国词史的首要必需，已经在进行中。这意味着在民国词集文献的整理这一重大项目基础上完成的民国词史，才可能是扎实可信、文献可靠的断代词史。另外，此课题将从文学素养、文献学素养、历史文化素养等方面锻炼学者、挑战其学术能力。另一方面，民国词作为中国词史不可或缺的重要阶段，同唐宋词一样具有文学价值、文学史价值，对民国词集文献整理的完成将对这些文学价值与文学史价值的揭示具有重要作用。首先，通过对民国词集的系统梳理，将会对民国时期出现的各种词集有全面的把握，以见民国词创作之盛。而对民国词版本与作者传记史料的叙录则又有利于把握民国词传播与民国词人生活的真实面貌。对民国词集及其词作的编年、词创作活动的编年则有利于我们了解民国词创作的历史轨迹与真实细节，再现民国词坛的风貌。民国词集文献整理则又可让更多人迅速概观民国各家词的特点与艺术，由此形成较为全面而准确的民国词史观念。由于受"时代文学""纯文学"等观念的习惯影响，人们曾一度轻视明清词研究，当前此种状态已有所改变，但民国词研究的全面展开正在进行。本课题研究即立足于对民国词各种价值的审视与彰显。实际上，换个角度讲，民国词集文献的整理就是民国词史的各种类型的集合，只不过是以传统的文献学的方式来撰著而成的。也就是说，民国词集的编年（民国词、民国词学的编年）是一种词史方式，而提要也是一种词史方式，而民国词人传记史料汇录又是一种史传式的词史。不言而喻，其文学史价值也是不容轻视的。

其四，民国词集文献的整理具有相当重要的应用价值与社会意义。一方面，应用价值，如民国词集总目（含港澳台与国外）将对民国诗集总目、民国文集总目等的编纂提供可资文献。还将为全民国词的编纂直接提供便利。民国词集提要，将继唐宋词集提要、金元词集提要、明清词集提要以及各种断代诗、文集提要成为集部提要系列的重要成果，同时将为民国词史以及各种旧体文学史乃至新文学史的撰写提供参照、参考与依据文献。民国词编年，将更细致地展示各个重要词人的心路历程，对研究民国文人生活、文人心态有重要的参考作用。对充实现有的现代文学史编年有重要的作用，还对完善各种断代文学编年史系列有助益，对扩充或充实民国文化史或民国编年史有重要作用。民国词学活动编年，既是从外部对民国词集形成或创作活动的考辨与梳理，也是对各种词学研究活动的叙述与归整，为民国词学史与民国词史将提供可靠的时空史料。民国词集版本叙录，既是各种断代词集版本叙录的补充，也可开拓版本学研究的新领域。特别是对词体传播或民国文学文化传播史提供可信资源。民国词人传记史料汇录，则对民国词人生平、行实的考察有重要资助，也对民国人物的增订与补充有益。特别是对民国史传的研究可提供更多的资源库。民国词集序跋品评汇录，既将为民国词史撰著提供给养，也为民国词学及其历史的研究深入准备丰富的文献，有利于民国词学批评史的撰写。民国词集文献的整理相关文献电子数据库，将对人们检索民国词集相关资讯有便利，也可以扩充词学电子资源库。同时还将为民国词学电子资源库奠定基础。另一方面，透过民国词集不仅可以对民国的社会、历史、风土、人情、心灵等问题有较深了解，而且，此课题的完成对当代社会文化也有一定的影响。如有助于更深层次地揭示近现代社会转型对文学或文化变革的作用、意义与影响。历来人们探讨近现代社会转型与文学或文化变革的关系时，多从宏观视角来扫描。由词体文学这一维度来细致探求者，尚属空白。因而，借助民国词集文献的整理对民国词坛变革轨迹与变革因果的探求，此问题将被翔实有力地发掘与总结出来。又如有助于近代文学、现代文学、现代艺术、现代文化以及现代史研究的深入。由于民国时期为近代与现代交会、传统文学与新文学交会、传统文化与现代文化交会、西方文化与本土文化交会的特殊时期，因而，民国词集文献整理的研究，就不同于其前断代词史的研究，而是跨学科、跨领域的整合比较研究。自然对民国时期的新旧文学、各种文化、民国史等学科、领域都具有重要参照、启示、突破意义。再如民国词集文献的整理的实施，将为研究民国历史、保全民国文化遗产提供一定的保障与启发。它实际上也是"民国史"大工程的一部分。民国时期的许多诗词名家，同时也是当时的思想家可提供更多文学的、文化的珍贵而可靠的历史依据。民国图书由于出版印刷方面的问题，或易损或已损；由于人们"贵古贱今"的心理，对民国文献的保存不够重视，故散佚甚夥，不少品种已成孤本。词集图书亦然。还有不少民国时期的词集文献，尚处于稿本、抄本、油印本状态，或以连载形式湮没在各种报刊中。为了抢救这些珍贵的文化遗产，此课题也亟待启动。特别是著名学者、词人，他们的诗词作品包含非常丰富的社会进步思想和革命求索内容。对于该时期的各种词集文献进行必要的整理、研究，这对于进一步梳理和研究辛亥革命、国内革命、抗日战争、解放战争等的发生与发展，必有助益。还要指出的是，民国词集是中国词史上又一大"心灵文献"库，整理与研究此库将为当代人领略民国文人心灵与汲取其中营养提供便利。一部民国词史就是民国词人共同写成的"心灵史"。时至今日，我们仍可从民国词集中汲取"心灵"营养，从中获取各种人生意蕴的样本。

第 十 四 章

民国词集版本考录

　　民国词史专门的文献研究还处于空白研究状态。要撰著好民国词史，就必须对民国词文献进行全面的梳理，由此为描述式的词史奠定基础。事实上，笔者于此所做的考索，也是另一种方式的民国词史。又由于民国词文献相当浩瀚，笔者只能将目力所及的部分文献著录于此。具体来分，包括民国词人词作的文献有词总集、词别集、词选、词社社集等四大类。除此四大类外，还有不少词文献包含于民国文人的别集或文学总集中，需要我们逐一核查、考索。现将所寓目各类词集考录部分汇聚于此，以彰显民国词史的大体风貌。为彰显词集的版本形式多样，在列举词别集时分别以刻本、石印本、铅印本、稿抄本等类标示；其他则以音序排列，以见其夥。由于目前处于汇集阶段，具体而专门的民国词集版本考述将在以后再进行。

一　民国词别集

　　十多年来笔者一直从事民国词集的搜集与整理工作，目前已寓目或搜集到各种民国词集凡 2000 余种。由于篇幅所限，兹示部分词集目录以见其广。此目录基本上以版本类别编次，以各种词集名称首字的拼音先后为序，见其版本情形。

刻本类

1.《凹园词钞》一卷：黄荣康撰，民国十年（1921）刻《凹园诗钞》本。

2.《百仙词》：程先甲撰，千一斋，民国十八年（1929）刻本。

3.《抱香词》：杨铁夫撰，民国二十三年（1934）刻本。

4.《碧梦龛词》一卷：徐树铮撰，民国二十年（1931）朱印本。

5.《碧云词》一卷：董受祺撰，民国十一年（1922）董氏诵芬室刻本。

6.《宾香词》一卷：汤宝荣撰，民国十四年（1925）刻本。

7.《波外乐章》：乔曾劬撰，民国二十九年（1940）朱印本。

8.《盍山旧馆词》：章华撰，清光绪二十四年（1898）刻本。另有清光绪二十五年（1899）刻本。

9.《檗坞词存》一卷：王以敏撰，清光绪间刻本。

10.《补梅花馆词稿》：骆元邃撰，1932年亦寿堂活字本。

11.《餐菊词》：储蕴华撰，民国三十七年（1948）宜兴排印本。

12.《餐樱词》一卷：况周颐撰，民国五年（1916）刻本。

13.《苍斋词录》一卷：刘得天撰，民国三十年（1941）刻本。

14.《沧江乐府》：钱溯耆辑，民国五年（1916）刻本。

15.《忏盦词抄》一卷：沈泽棠撰，民国十八年（1929）刻本。

16.《忏盦词续集》：廖恩焘撰，民国二十年（1931）刻本。另有民国二十三年（1934）刻本。

17.《城东唱和词》一卷：吴昌绶、张祖廉撰，民国十四年（1925）刻本。

18.《初日楼正续稿》二卷：罗庄撰，民国十年（1921）上虞罗氏刻本。

19.《纯飞馆词》：徐珂撰，上海商务印书馆民国三年（1914）《天苏阁丛刊》刻本。

20.《纯飞馆词初稿》一卷：徐珂撰，1893年刻本。

21.《纯飞馆词》三集：徐珂撰，民国十五年（1926）杭州朱氏排印本。

22.《丛碧词》二卷、续一卷：张伯驹撰，民国二十七年（1938）刻本。

23.《萃堂词录》一卷：潘鸿撰，清光绪三十三年（1907）刻本。

24.《寸灰词》：宣哲撰，清末刻本。另有民国三十三年（1944）精刻本。

25.《十忆词》一卷：杜敬义撰，《达观斋》附本，清宣统三年（1911）铅印本。

26.《大漠诗人集》：顾佛影撰，民国二十三年（1934）印本。

27.《黛韵楼词集》：薛绍徽撰，清宣统三年（1911）刻本。另有民国初刻本。

28.《丹隐词》一卷：郭延撰，民国二十四年（1935）刻本。

29.《淡月平芳馆词》一卷：章华撰，民国二十年（1931）刻本。

30.《定巢词集》十卷：程颂万撰，民国十八年（1929）刻本。

31.《洞仙秋唱》一卷：唐咏裳撰，民国刻本。

32.《遯庵乐府》二卷、续集一卷：张尔田撰，民国三十年（1941）龙氏忍寒庐刻本。

33.《阆伽坛词》：刘肇隅撰，民国二十二年（1933）刻本。

34.《东溪草堂词》：樊增祥撰，清光绪十九年（1893）渭南县署刻本。

35.《二家词钞》：李慈铭、樊增祥编，清光绪二十八年（1902）刻本。另有清光绪十九年（1893）渭南县署刻本。

36.《二家词赓》：樊增祥辑，清光绪三十二年（1906）西安臬署刻本。

37.《芳杜词剩》：马一浮撰，民国二十九年（1940）刻本，又有1947年刻本。

38.《栩园词稿》：陈栩撰，1924年刻本。

39.《古槐书屋词》一卷：俞平伯撰，民国间刻本。

40.《观堂长短句》：王国维撰，民国二十一年（1932）刻本。

41.《海上词四编》：钱振锽撰，民国元年（1912）木活字本。

42.《海棠香梦词》二卷：陈栩撰，清光绪二十六年（1900）刻本。

43.《海绡词》：陈洵撰，1923年刻本。另有民国二十二年（1933）刻本。

44.《蒿盦词剩》一卷：冯煦撰，民国十三年（1924）刻本。

45.《和小山词》：赵尊岳撰，民国十二年（1923）刻本。

46.《红鹤词》一卷：金天羽撰，民国三十六年（1947）刻本。

47.《红树白云山馆词草》一卷：张昭汉撰，民国二十三年（1934）江南邵氏刻本。

48.《花村词剩》一卷：陆日曛撰，民国十六年（1927）苏斋刻本。

49.《花雨楼词草》一卷：刘翰棻撰，民国十八年（1929）刻本。另有民国二十年（1931）刻本。

50.《花月平分馆绮语》：吕光辰撰，民国二年（1913）刻本。

51.《怀荃室诗余》：王鉴撰，民国六年（1917）刻本。

52.《怀亭词录》二卷：蒋学坚撰，清光绪二十一年（1895）刻本。

53.《浣月词》一卷：曾懿撰，清光绪二十九年（1903）刻本。

54.《黄山樵唱》：朱师辙撰，1932年刻本。

55.《篁溪归钓图题词》：张伯桢辑，民国二十一年（1932）东莞张氏刻本。

56.《回风堂词》：冯开撰，民国二十二年（1933）刻本。

57.《悔龛词》：夏孙桐撰，民国十五年（1926）朱印刻本。另有民国二十二年（1933）《彊村遗书》本。

58.《击缶词》一卷：甘大昕撰，民国三十四年（1945）活字本。

59.《济游词钞》一卷：徐寿兹撰，民国五年（1916）刻本。

60.《寄庵诗词存稿》：孙汝怿撰，清宣统三年（1911）刻本。

61.《寄沤词稿》：丁立棠、杨世元撰，民国二十九年（1940）刻本。另有1940年刻本。

62.《寄榆词》：魏臧撰，民国二十六年（1937）剡溪袁氏济美堂刻本。

63.《彊村词剩稿》：朱祖谋撰，民国二十二年（1933）《彊村遗书》本。

64.《彊村集外词》：朱祖谋撰，民国二十二年（1933）《彊村遗书》本。

65.《彊村语业》三卷：朱祖谋撰，民国十三年（1924）托鹃楼刻本。

66.《劫余词》一卷：王嘉诜撰，清宣统三年（1911）刻本。另有1924年刻本。

67.《今悔庵词》一卷：张慎仪撰，民国八年（1919）刻本。

68.《锦霞阁词集》一卷：包兰瑛撰，清宣统三年（1911）刻本。

69.《井眉轩长短句》一卷：吴曾源撰，民国二十二年（1933）刻本。

70.《静妙斋词》一卷：庄梦龄撰，民国二十八年（1939）愿贤堂活字本。

71.《卷秋亭词钞》：胡念修撰，清光绪二十四年（1898）刻本。

72.《映盦词》二卷：夏敬观撰，1907 年刻本。

73.《珏庵词二集》：寿玺撰，民国二十八年（1939）刻本（朱印）。

74.《珏庵词初集》：寿玺撰，民国十九年（1930）刻本（朱印）。

75.《枯桐怨语》：寿玺撰，民国（1912—1949）朱墨刻本。

76.《柯亭长短句》：蔡嵩云撰，民国三十六年（1947）刻本。

77.《课花盦词》：董康撰，民国二十九年（1940）刻本。

78.《空一切盦词》：邓嘉纯撰，民国九年（1920）刻本。另有 1885 年刻本及 1986 年重印刻本。

79.《款红楼词》一卷：梁鼎芬撰，民国二十一年（1932）刻本。

80.《乐静词》：俞陛云撰，1928—1929 年刻本。

81.《乐静词二编》：俞陛云撰，民国十八年（1929）刻本。

82.《雷塘词》：闵尔昌撰，1924 年刻本。

83.《冷红词》：郑文焯撰，民国九年（1920）苏州周氏刻本。另有 1902 年吴兴沈氏刻本。

84.《量守庐词钞》：黄侃撰，1945 年刻本。

85.《凌波词》：曹元忠撰，民国二十一年（1932）刻本。

86.《聆风簃词》一卷：黄浚撰，民国十四年（1925）刻本。

87.《零梦词》：夏仁虎撰，1929 年刻本。

88.《留我相庵词》一卷：吕光辰撰，民国二年（1913）刻本。

89.《柳溪长短句》：向迪琮撰，民国十八年（1929）双流向氏刻本。

90.《龙顾山房诗余》三卷：郭则沄撰，民国十七年（1928）栖楼刻本。

91.《龙顾山房诗余续集》：郭则沄撰，民国间刻本。

92.《渌水余音》：徐礼辅撰，民国十九年（1930）朱印本。另有民国三十三年（1944）香山徐氏朱印本。

93.《曼陀罗寱词》：沈曾植撰，民国二十一年（1932）刻本。

94.《美人长寿盦词集》：程颂万撰，清光绪二十六年（1900）宁乡程氏刻本。

95.《梦坡词》二卷：周庆云撰，民国二十二年（1933）刻本。

96.《名山词》一卷：钱振锽撰，民国元年（1912）木活字，《名山三集》本。

97.《名山词续》：钱振锽撰，民国元年（1912）木活字本。

98.《牟珠词》一卷：邓潜撰，民国十一年（1922）刻本。

99.《牟珠词补遗》一卷：邓潜撰，民国十一年（1922）刻本。

100.《廿四花风馆诗词钞》：陈昭常撰，民国二十九年（1940）刻本。

101.《沤梦词》四卷：邓邦述撰，民国二十二年（1933）刻本。

102.《鸥影词稿》五卷：龚元凯撰，民国十七年（1928）京师刻本。

103.《片玉山庄词存》：朱彦臣撰，民国二十四年（1935）刻本。

104.《栖香阁藏稿》一卷：李藻撰，民国元年（1912）木活字本。

105.《绮秋阁乐府》：夏绍笙撰，民国（1912—1949）刻本。

106.《潜园词》：魏元旷撰，民国二十二年（1933）刻本。

107.《潜园词续钞》：魏元旷撰，民国二十二年（1933）刻本。

108.《樵风乐府》九卷：郑文焯撰，民国二年（1913）仁和吴昌绶双照楼刻本。

109.《青萍词》：任援道撰，民国二十九年（1940）金陵刻本。

110.《青蕤盦词》四卷：蒋兆兰撰，民国二十八年（1939）刻本。

111.《青蕤盦词前集》：蒋兆兰撰，民国二十八年（1939）刻本。

112.《青蕤盦词后集》：蒋兆兰撰，民国二十八年（1939）刻本。

113.《轻梦词》：叶麟撰，民国三十五年（1946）《雍园词钞》刻本。

114.《清淮词》：汤成烈撰，民国十一年（1922）刻本。

115.《清寂词录》五卷：林思进撰，民国三十二年（1943）成都刻本。

116.《清声阁词四种》六卷：吕凤撰，民国二十五年（1936）刻本。

117.《清声阁诗余》：吕凤撰，民国二十五年（1936）刻本。

118.《晴花暖玉词》二卷：邓嘉缜撰，民国八年（1919）刻本。另有1920 年刻本及 1986 年重印刻本。

119.《邛都词》二卷：周彦威撰，民国四年（1915）刻本。

120.《秋亭词钞》二卷：胡念修撰，杭州清光绪二十四年（1898）刻本。

121.《瀼溪渔唱》一卷：林葆恒撰，民国二十七年（1938）刻本。

122.《仁安词稿》二卷：王守恂撰，民国十年（1921）刻本。

123.《瑟园词录》一卷：刘富槐撰，民国十五年（1926）刻本。

124.《山禽余响》：邵瑞彭撰，民国二十五年（1936）壮学堂刻本（朱印）。

125.《勺庐词》一卷：洪汝闿撰、陈匪石校勘，民国间尹山堂刻本。

126.《石莲闇词》一卷：吴重憙撰，民国四年（1915）刻本。

127.《实君词稿》一卷：刘虚撰，民国二十二年（1933）杭州虎林中学合刻本。

128.《守白词甲稿》：许之衡撰，药庵居士评，北平民国十八年（1929）刻本。

129.《守白词乙稿》：许之衡撰，药庵居士评，北平民国十九年（1930）刻本。

130.《瘦碧词》二卷：郑文焯撰，民国九年（1920）苏州周氏刻本。另有1888年刻本。

131.《霜红词》一卷：胡士莹撰，民国二十年（1931）刻本。

132.《说来词》：吴嘉谟撰，清光绪二十二年（1896）刻本。

133.《天泪庵词》一卷：姜继襄撰，民国元年（1912）刻本。

134.《天梅遗集词》六卷：高旭撰，民国二十三年（1934）刻本。

135.《苕雅余集》一卷：郑文焯撰，民国九年（1920）苏州周氏刻本。

136.《听水斋词》：陈宝琛撰，民国二十七年（1938）刻本。

137.《亭秋馆词钞》四卷：许禧身、周韵珠撰，京师中国书店，民国元年（1912）刻本。

138.《蜕尘轩诗余》：施赞唐撰，民国八年（1919）木活字印本。

139.《问琴阁词》：宋育仁撰，清（1644—1911）刻本。

140.《问棐亭纪恨诗词稿》一卷：华谉撰，清光绪间刻本。

141.《无悔词》一卷：周树年撰，民国三十五年（1946）刻本。

142.《无长物斋词》：刘炳照撰，民国三年（1914）刻本。

143.《吴沤烟语》：张上和撰，民国四年（1915）刻本。

144.《五十麝斋词赓》：樊增祥著，清光绪二十八年（1902）刻本。另有清光绪十九年（1893）渭南县署刻本。

145.《西邨词草》二卷：陆日章撰，民国十六年（1927）苏斋刊刻本。

146.《惜斋词草》一卷：郭传昌撰，民国十五年（1926）刻本。

147.《香草词》一卷：周曾锦撰，民国十年（1921）刻本。

148.《香草亭词》：裴维佽撰，民国二十一年（1932）刻本。

149.《香兰词》一卷：袁毓麟撰，民国二十一年（1932）刻本。

150.《香宋词》二卷：赵熙撰，成都民国六年（1917）霜甘小阁刻本。

151.《小绿天庵词草》：窦镇撰，民国八年（1919）木活字本。

152.《小三吾亭词》：冒广生撰，刻本，年不详。

153.《啸庵词》：夏仁虎撰，1913年刻本。另有民国九年（1920）刻本。

154.《瀯碧词》：王景沂撰，清光绪二十四年（1898）刻本。另有清光绪二十五年（1899）刻本。

155.《星隐楼词》：钱振锽撰，清光绪二十五年（1899）刻本。

156.《雪堂词钞》：金榜撰，民国十九年（1930）木活字本。

157.《雁村词》：蔡晋镛撰，民国二十二年（1933）吴县徐氏卓观斋刻本。

158.《扬荷集》四卷：邵瑞彭撰，民国十九年（1930）双玉蝉馆刻本。

159.《药梦词》：金兆蕃撰，民国二十年（1931）刻本。

160.《野棠轩词集》四卷：奭良撰，民国十八年（1929）文模斋刻本。

161.《怡怡室词》一卷：汤声清撰，民国十二年（1923）汤氏家刻本。

162.《宜秋馆词》一卷：李之鼎撰，刘方炜编，民国（1912—1949）宜秋馆刻本。

163.《颐和园词》：王国维撰，上海广益书局，民国三年（1914）刻本。

164.《以恬养智斋词录》：程庭鹭撰，1918年刻本。

165.《倚梅阁词钞》：沈韵兰撰，清宣统元年（1909）刻本。另有1916年刻本。

166.《郢云词》：李岳瑞撰，民国二十二年（1933）《彊村遗书》本。

167.《娱生轩词》一卷：王德楷撰，民国二十二年（1933）金陵卢氏饮虹簃刻本。

168.《云瓿词》：曹元忠撰，清光绪二十四年（1898）刻本。

169.《云淙琴趣》三卷：邵章撰，民国十九年（1930）倬盦邵氏刻本。另有民国二十四年（1935）刻本。

170.《雷塘词》一卷：闵尔昌撰，民国十三年（1924）刻本。

171.《瞻园词》二卷：张仲炘撰，清光绪三十一年（1905）刻本。

172.《瞻园词续》一卷：张仲炘撰，民国二十五年（1936）刻本。

173.《长江词》二卷：周岸登撰，民国三年（1914）刻本。

174.《蛰庵词》一卷：曾习经撰，民国二十二年（1933）《彊村遗书》本。

175.《蛰庵词》一卷：王嘉诜撰，民国十三年（1924）刻本。

176.《谪星词》一卷：钱振锽撰，民国元年（1912）木活字本。

177.《名山词》一卷：钱振锽撰，民国元年（1912）木活字本。

178.《徵声集》：罗振常撰，民国十年（1921）上海蟫隐庐刻本。

179.《止广词钞》：杨世沅撰，民国二十九年（1940）刻本。

180.《朱丝词》二卷：陈衍撰，民国七年（1918）刻本（朱印）。

181.《珠山乐府甲稿》：苏康甲撰，民国二十一年（1932）刻本（朱印）。

182.《铸铁词》一卷：董受祺撰，清光绪二十五年（1899）刻本。

183.《缀芬阁词》一卷：左又宜撰，民国二年（1913）刻本。

184.《濯绛宧存稿》：刘毓盘撰，1909年刻本。

185.《滋兰馆词》一卷：王德方撰，民国二十四年（1935）刻本。

186.《自叹修行词》：佚名撰，民国十七年（1928）五城瑞霭堂刻本。

187.《扬荷集》：邵瑞彭撰，1930年双玉蝉馆刊朱印本。

铅印本类

188.《闇斋词》一卷：张学华撰，民国三十七年（1948）蔚兴印刷厂铅印本。

189.《懊侬词》：李遂贤撰，民国十九年（1930）铅印本。

190.《八百里荷花馆题画词》：袁天庚撰，民国二十三年（1934）铅印本。

191.《半舫斋诗余》一卷：廖恩焘撰，民国二十八年（1939）铅印本。另有民国二十九年（1940）铅印本。

192.《半秋轩词》：高肇桢撰，民国二十四年（1935）铅印本。

193.《半秋轩词续》一卷：高肇桢撰，民国三十年（1941）铅印本。另有民国三十六年（1947）铅印本。

194.《半樱词》二卷：林鹍翔撰，民国十六年（1927）铅印本。

195.《半樱词续》二卷：林鹍翔撰，民国二十七年（1938）铅印本。

196.《抱香词》一卷：杨铁夫撰，民国二十三年（1934）铅印本。

197.《裒碧斋词》一卷：陈锐撰，上海开明书店民国二十六年（1937）铅印本。

198.《笔花草堂词》：张逸撰，民国二十一年（1932）铅印本。

199.《硐镜簃词》：徐鋆撰，民国二十一年（1932）铅印本。

200.《碧春词》：徐鋆撰，民国二十一年（1932）铅印本。

201.《碧虑商歌》一卷：黄孝纾撰，民国（1912—1949）铅印本。

202.《碧栖词》一卷：王允皙撰，民国二十三年（1934）铅印本。

203.《病鹤词稿》：金鹤翔撰，民国二十二年（1933）铅印本。

204.《餐菊词》：储蕴华撰，民国三十七年（1948）铅印本。

205.《沧海归来集词》一卷：姚倚云撰，民国二十二年（1933）铅印本。

206.《沧海归来续集》：姚倚云撰，民国二十二年（1933）铅印本。

207.《草间词》一卷：李绮青撰，民国七年（1918）铅印本。

208.《忏盦词》：廖恩焘撰，民国二十年（1931）铅印本。

209.《传恨词》一卷：王守恂撰，民国铅印本。

210.《春灯词》一卷：刘麟生撰，民国二十八年（1939）铅印本。另有民国二十九年（1939）铅印本。

211.《词絜》：刘麟生撰，上海世界书局民国十九年（1930）铅印本。

212.《纯飞馆词》三集一卷：徐珂撰，民国三年（1914）杭县徐氏铅印本。另有民国十四年（1925）胥山朱氏宝彝室铅印本。

213.《纯飞馆词续》一卷：徐珂撰，民国十二年（1923）杭县徐氏铅印本。

214.《词盦词》：黄福颐撰，中华书局民国三十年（1941）铅印本。

215.《词集》：吴恭亨撰，民国二十三年（1934）铅印本。

216.《达观斋十忆词》：杜信义撰，民国（1912—1949）铅印本。

217.《殆隐遗稿剪春词》：石志泉撰，民国二十二年（1933）铅印本。

218.《澹庐诗余》：徐鋆撰，民国二十年（1931）铅印本。

219.《荡澜簃词钞》一卷：朱应征撰，民国二十二年（1933）铅印本。

220.《鞮芬室词甲稿》：何震彝撰，清光绪三十二年（1906）铅印本。另有清光绪三十三年（1907）上海点石斋铅印本。

221.《独茧词》：郭则沄撰，民国《龙顾山房诗赘集》铅印本。

222.《阏逢困敦集》：陈训正撰，民国（1912—1949）《天婴室丛稿》第一辑铅印本。

223.《阇伽坛词》二卷：刘肇隅撰，民国二十二年（1933）铅印本。

224.《繁霜词》一卷：沈宗畸撰，民国五年（1916）铅印本。

225.《放如斋词草》：钱世撰，民国十年（1921）苔岑社铅印本。

226.《废墟词》一卷：刘治雍（尧民）撰，民国二十八年（1939）铅印《废墟诗词》本。

227.《分春馆词》一卷：朱庸斋撰，广州奇文印局民国三十七年（1948）铅印本。

228.《鲟隐词钞》：高德馨撰，民国二十四年（1935）铅印本。

229.《弗堂词》二卷：姚华撰，民国二十五年（1936）贵州通志馆铅印本。

230.《溉泉楼词》一卷：凌学放撰，民国十二年（1923）铅印本。

231.《宫井词》：王景禧撰，民国（1912—1949）铅印本。

232.《菰里瞿氏四世画卷题词》：孙雄编，铅印本。

233.《古欢室诗词集》：曾懿撰，清光绪二十九年（1903）铅印本。

234.《观尘因室词曲合钞》：陈景寁撰，民国二十六年（1937）铅印本。

235.《观堂长短句》：王国维撰，上海开明书店，民国二十六年

（1937）铅印本。

236.《广咏梅词》一卷：林鹍翔撰，民国九年（1920）铅印本。

237.《海波词》四集：梁启勋撰，1952年铅印本。

238.《海绡词》：陈洵撰，民国十二年（1923）铅印本。

239.《含美书屋词稿》一卷：关榕祚撰，民国铅印本。

240.《寒翠词》：李大防撰，民国十八年（1929）铅印本。

241.《和白石词》：夏仁虎等撰，民国二十七年（1938）铅印本。

242.《和白香词》：陈协恭撰，民国三十八年（1949）铅印本。

243.《红冰词》：卢前撰，民国铅印本。

244.《候蛩词》：洪汝冲撰，民国元年（1912）铅印本。又有民国六年
（1917）铅印本。

245.《笏园词钞》一卷：周麟书撰，吴江印务局民国三十年（1941）
铅印本。

246.《花隐词剩》：徐钟恂撰，民国二十二年（1933）铅印本。

247.《花周集》一卷：王渭撰，民国十三年（1924）铅印本。

248.《华原风土词》一卷：顾曾烜撰，陕西通志馆民国二十三年至民国
二十五年（1934—1936）铅印本。

249.《合阳杂咏》一卷：顾曾烜撰，陕西通志馆民国二十三年至民国二
十五年（1934—1936）铅印本。

250.《环山楼词》：项炳珩撰，民国三年（1914）铅印本。

251.《幻》：曾觉之撰，民国（1912—1949）铅印本。

252.《浣花集》：曾懿撰，清光绪二十九年（1903）铅印本。

253.《悔龛词》一卷：夏孙桐撰，1962年铅印本。

254.《悔龛词续》：夏孙桐撰，1962年铅印本。

255.《晦珠馆近稿》一卷：马汝邺撰，民国十七年（1928）铅印本。

256.《惠如长短句》：吕惠如撰，民国（1912—1949）铅印本。

257.《吉留词》：陈训正撰，民国（1912—1949）《天婴室丛稿》第二
辑铅印本。

258.《几士居词甲稿》：史树青撰，民国三十二年（1943）铅印本。

259.《寄庵词》一卷：汪东撰，民国三十五年（1946）《雍园词钞》铅

印本。

260.《寄傲山馆词稿》：沈琇莹（南岳傲樵）撰，民国二十九年（1940）铅印本。

261.《寄沤止广词合钞》二卷：丁立棠、杨世沅撰，民国二十九年（1940）铅印本。

262.《茧庐词》：谢抡元撰，民国（1912—1949）铅印本。

263.《蒏淞梦雨词》：刘冰研撰，民国二十一年（1932）铅印本。

264.《謇灵修馆词》一卷：金嗣芬撰，民国二十一年（1932）铅印本。

265.《彊村词钞》：朱祖谋撰，王煜纂录，上海正中书局，民国三十六年（1947）铅印本。

266.《彊村语业》：朱祖谋撰，上海开明书店，民国二十六年（1937）铅印本。

267.《九秋词》：谢抗白撰，民国（1912—1949）铅印本。

268.《旧月簃词》一卷：陈曾寿撰，民国十年（1921）铅印本。

269.《鞠谦词》二卷：仇埰撰，民国三十六年（1947）铅印本。

270.《倦鹤近体乐府》：陈匪石著，铅印本。

271.《映盦词》一卷：夏敬观撰，民国二十八年（1939）铅印本。

272.《璚笙吟馆诗余》二卷：崔瑛、崔肇琳撰，民国十四年（1925）铅印本。

273.《扶荔词》一卷：崔瑛、崔肇琳撰，民国十四年（1925）铅印本。

274.《柯亭长短句》三卷：蔡嵩云撰，上海中华书局，民国三十七年（1948）铅印本。

275.《窥园词》：许南英撰，北平和济印书局，民国二十二年（1933）铅印本。

276.《缆石春草》：陈训正撰，民国（1912—1949）《天婴室丛稿》第二辑铅印本。

277.《廖仲恺先生自书词稿》：廖恩煦撰，民国十九年（1930）金属版印本。

278.《留春词》一卷：顾随撰，民国二十三年（1934）铅印本。

279.《柳溪长短句》：向迪琮撰，民国十八年（1929）铅印本。

280.《柳斋词选》一卷：张锡麟撰，民国四年（1915）铅印本。

281.《龙顾山房诗余续集》一卷：郭则沄撰，民国三十三年（1944）铅印本。

282.《楼幼静张穆生诗词合稿》：楼巍、张敬熙撰，民国二十二年（1933）铅印本。

283.《龠闇词》一卷：李孺撰，民国二十二年（1933）无冰阁铅印本。

284.《虑尊词》一卷：陈夔撰，民国十一年（1922）铅印本。

285.《曼陀罗龕词》一卷：沈曾植撰，民国十三年（1924）铅印本。

286.《莽庐词稿》一卷：吴汉声撰，民国十九年（1930）铅印本。

287.《梅景书屋词集》二卷：吴湖帆、潘静淑撰，民国二十八年（1939）吴氏四欧堂铅印本。

288.《蒙拾堂词稿》一卷：梁文灿撰、丁锡田辑，民国十八年（1929）铅印本。

289.《梦花馆词钞》：杨俊撰，民国二十六年（1937）铅印本。

290.《梦芗词》二卷：程宗岱撰，民国五年（1916）铅印本。

291.《梦玉词》：陈寅著，清光绪三十四年至清宣统二年（1908—1910）铅印本。

292.《绵桐馆词》：杨调元撰，民国三年（1934）铅印本。

293.《鸣鸾集》：曾懿撰，清光绪二十九年（1903）铅印本。

294.《摩西词》：黄人撰，民国九年（1920）铅印本。

295.《末丽集》：陈训正撰，民国（1912—1949）《天婴室丛稿》第二辑铅印本。

296.《墨巢词》：李宣龚撰，1941 年铅印本。

297.《牟珠词》：邓潜撰，民国二十五年（1936）贵州通志馆铅印本。

298.《南华词存中集》二卷：王鸿年撰，民国十九年（1930）铅印本。

299.《南云小稿》一卷：唐圭璋撰，民国三十五年（1946）《雍园词钞》铅印本。

300.《凝碧馀音》一卷：溥儒撰，民国三十三年（1944）北平铅印本。

301.《甓湖草堂词钞》一卷：左桢撰，民国十一年（1922）铅印本。

302.《泣玉词》：蒋报捷辑，民国十四年（1925）铅印本。

303.《谦斋诗词集》七卷：秦之济撰，清宣统三年（1911）铅印本。另有民国铅印本。

304.《彊村词钞》：朱祖谋撰，王煜纂录，上海正中书局，民国三十六年（1947）铅印本。

305.《樵风词钞》：郑文焯撰，王煜纂录，上海正中书局，民国三十六年（1947）铅印本。

306.《青箱书屋余韵词存》一卷：王东寅撰，民国铅印本。

307.《秋岸集》：陈训正撰，民国（1912—1949）《天婴室丛稿》第一辑铅印本。

308.《秋明集》一卷：沈尹默撰，北京书局，民国十八年（1929）铅印本。

309.《然脂词》：陈夔撰，民国十一年（1922）铅印本。

310.《忍寒词》二卷：龙榆生撰，民国三十七年（1948）铅印本。

311.《纫佩轩诗词草》一卷：吕景蕙撰，民国二十三年（1934）铅印本。

312.《纫秋轩词钞》：程松生撰，民国十年（1921）苔社铅印本。

313.《容安小室词钞》：杨福申撰，同文书局，清宣统三年（1911）铅印本。

314.《如法受持馆诗余》：张克家撰，民国八年（1919）铅印本。

315.《入秦草》一卷：章士钊撰，民国三十一年（1942）铅印本。

316.《蕊红词》：宋伯鲁撰，民国三年（1914）海棠仙馆铅印本。

317.《三借庐词剩》一卷：邹弢撰，广益书局，民国三年（1914）铅印《三借庐剩稿》本。

318.《山阳笛语词》：刘冰研撰，民国（1912—1949）铅印本。

319.《涉江词》一卷：沈祖棻撰，民国三十五年（1946）《雍园词钞》铅印本。

320.《生花馆词》：徐承禄撰，民国铅印本。

321.《诗余口业》：陈夔撰，民国二年（1913）铅印本。

322.《石莲闇词》：吴重熹撰，民国四年（1915）铅印本。

323.《拾翠轩词稿》：金兆丰撰，上海中华书局，民国三十八年

（1949）铅印本。

324.《守白词甲稿》：许之衡撰，民国十八年（1929）铅印本。

325.《守白词乙稿》：许之衡撰，民国十九年（1930）铅印本。

326.《瘦蝶词》：李国模撰，民国二十二年（1933）铅印本。

327.《瘦梅馆诗词钞》：汪浣沄撰，民国三十五年（1946）铅印本。

328.《瘦吟草》：沈沂曾撰，民国三十一年（1942）铅印本。

329.《疏篁待月处词草》：黄文琛撰，民国十七年（1928）铅印本。

330.《蜀雅别集》二卷：周岸登撰，民国二十年（1931）铅印本。

331.《蜀雅》十二卷：周岸登撰，民国二十年（1931）铅印本。

332.《双树居词》二卷：杨铁夫撰，民国间铅印本。

333.《双照楼诗词稿》：汪兆铭撰，民国三十年（1941）铅印本。

334.《霜草宧词》：芮善撰，民国二十三年（1934）铅印本。

335.《霜厓词录》：吴梅撰，文通书局，民国三十一年（1942）铅印本。

336.《说剑堂集词》一卷：潘飞声撰，民国二十三年（1934）铅印本。

337.《饮琼浆馆词》：潘飞声撰，国学萃编社清光绪三十四年至宣统三年（1908—1911）铅印本。

338.《硕果斋词》一卷：施祖皋撰，上海国立暨南大学南洋文化事业部民国二十二年（1933）铅印本。

339.《松峰词稿》一卷：林岩撰，民国间铅印本。

340.《松冈诗余》：黄绍璟撰，民国二十二年（1933）铅印本。

341.《潭心诗余》一卷：李维藩撰，《潭心诗草》附本，民国三十一年（1942）铅印本。

342.《逃海集》：陈训正撰，民国（1912—1949）《天婴室丛稿》第一辑铅印本。

343.《替竹盦词》五卷：蒋彬若撰，清光绪铅印本。

344.《天人合评吹万楼词》：高燮撰，民国三十四年（1945）铅印本。

345.《铁龛诗余》：王永江撰，民国铅印本。

346.《听潮音馆词集》三卷：蔡宝善撰，民国十九年（1930）铅印本。

347.《听风听水词》：李绮青撰，民国八年（1919）铅印本。

348.《维心亨斋词集》一卷：冼景熙撰，民国二十五年（1936）铅印本。

349.《味莼词》六卷：汪曾武撰，民国十年（1921）铅印本。另有民国三十年（1941）铅印本和民国三十二年（1943）铅印本。

350.《味辛词》二卷：顾随撰，民国十七年（1928）铅印本。

351.《文笔峰词》：章蔡璧珍撰，民国三十二年（1943）铅印本。

352.《问梅山馆词钞》六卷：舒昌森撰，民国十一年（1922）铅印本。另有民国十四年（1925）铅印本。

353.《问月词》一卷：李宝淦撰，清宣统三年（1911）铅印本。另有民国铅印本。

354.《无盒词》一卷：詹安泰撰，民国二十六年（1937）铅印本。

355.《无病词》：顾随撰，民国十六年（1927）铅印本。

356.《霰集词》二卷：顾随撰，民国铅印本。

357.《荒原词》：顾随撰，民国十九年（1930）铅印本。

358.《蕙风琴趣》：况周颐撰，《鸳音集》附本，民国七年（1918）铅印本。

359.《秀道人咏梅词》：况周颐撰，民国九年（1920）铅印本。

360.《西菩山房诗词稿》：方遒撰，民国三十年（1941）铅印本。

361.《耦园课存》：张荣培撰，《惜余春馆词钞》附本，民国十六年（1927）铅印本。

362.《习静斋词钞》一卷：郭昭文撰，民国二十一年（1932）铅印本。

363.《遐庵词甲稿》：叶恭绰撰，民国三十一年（1942）铅印本。另有民国三十二年（1943）铅印本。

364.《咸酸桥屋词》：唐咏裳撰，民国十三年（1924）铅印本，另有民国十五年（1926）铅印本。

365.《香宋词》：赵熙撰，民国八年（1919）铅印本。

366.《香雪盒词剩》一卷：程松生撰，民国初铅印本。

367.《销魂词》：毕振达撰，民国三年（1914）铅印本。

368.《箫心剑气词》：蔡宝善撰，清宣统元年（1909）铅印本。

369.《一粟盒词集》：蔡宝善撰，清宣统元年（1909）铅印本。

370.《绿芜秋雨词》：蔡宝善撰，清宣统元年（1909）铅印本。

371.《箫心剑气楼诗余》：孙肇圻撰，民国十九年（1930）铅印本。

372.《晓珠词》四卷：吕碧城撰，民国二十一年（1932）铅印本。另有民国二十六年（1937）铅印本。

373.《信芳词》：吕碧城撰，民国十八年（1929）铅印本。

374.《阳春白雪词》：吕美荪撰，民国二十三年（1934）铅印本。

375.《瑶天笙鹤词》二卷：汪渊撰，民国四年（1915）铅印本。

376.《药梦词》二卷：金兆蕃撰，民国二十年（1931）铅印本。

377.《药梦词续》一卷：金兆蕃撰，民国二十年（1931）铅印本。

378.《药梦七十后词》一卷：金兆蕃著，民国二十年（1931）铅印本。

379.《一峰词钞》一卷：陈一峰撰，1961年铅印本。

380.《蚁珠精舍遗稿》：徐大坤撰，民国三十三年（1934）铅印本。

381.《忆香词》：孙正礽撰，民国七年（1918）水南草堂铅印本。

382.《饮露词》：李国香撰，《江山万里楼诗钞》附本，民国十五年（1926）铅印本。

383.《樱云阁词》：李家璇撰，清光绪三十二年（1906）铅印本。

384.《永阴存稿》：郑骞撰，《永阴集》附本，民国十八年（1929）铅印本。

385.《游丝词》：郭坚忍撰，民国三年（1914）扬州铅印本。

386.《雨屋深灯词续稿》一卷：汪兆镛撰，清宣统三年（1911）至民国十七年（1928）铅印本。

387.《雨屋深灯词》一卷：汪兆镛撰，民国十七年（1928）铅印本。

388.《雨屋深灯词三编》：汪兆镛撰，民国二十九年（1940）铅印本。

389.《玉玲珑馆词》：庞树柏撰，民国六年（1917）铅印本。

390.《玉蕊楼词钞》六卷：黎国廉撰，民国三十八年（1949）铅印本。

391.《蕴素轩词》一卷：姚倚云撰，民国二十二年（1933）铅印本。

392.《长公词钞》一卷：沈昌眉撰，民国二十年（1931）铅印本。

393.《长沙章先生桂游词钞》一卷：章士钊撰，民国三十年（1941）铅印本。

394.《中兴鼓吹》三卷：卢前撰，独立出版社民国二十七年（1938）

铅印本。

395.《驻梦词》：严既澄撰，人文书店 1932 年铅印本。

396.《紫荑词》：陈训正撰，民国（1912—1949）《天婴室丛稿》第二辑铅印本。

397.《纕华词》：黄侃撰，民国元年（1912）铅印本。

398.《醉园庽臼词》一卷：蒋萼撰，民国二十九年（1940）铅印本。

399.《左盦词录》：刘师培撰，郑裕孚、钱玄同辑，北京宁武南氏《刘申叔先生遗书》，民国二十五年（1936）铅印本。

石印本类

400.《半樱词续》：林鹍翔著，1938 年石印本。

401.《波外乐章》：乔曾劬撰，成都茹古书局民国二十九年（1940）石印本。

402.《痴梦斋词草》三卷：黄仙裴撰，民国四年（1915）石印本。

403.《春灯词续刊》：刘麟生撰，1939 年石印本。

404.《粹玉词》：汤执盘撰，民国十九年（1930）石印本。

405.《谦隐词钞》：高德馨著，1935 年石印本。

406.《艮庐词》一卷：张茂炯撰，民国二十年（1931）石印本。

407.《艮庐词外集》一卷：张茂炯撰，民国二十三年（1934）石印本。

408.《艮庐词续集》一卷：张茂炯撰，民国二十三年（1934）石印本。

409.《孤吟感梦词》：胡元玉撰，民国五年（1916）石印本。

410.《华鬘室词》：阔普通武撰，石印本。

411.《兰锜词》：程文楷撰，民国十六年（1927）石印本。

412.《六一消夏词·和作》一卷：邓邦述辑，《六一消夏词》附本，民国十八年（1929）石印本。

413.《六一消夏词》十八集：邓邦述辑，民国十八年（1929）石印本。

414.《绿草词》：潘静淑撰，《佞宋词痕》附本，1954 年石印本。

415.《绿梦词》：陈翠娜撰，民国《栩园丛稿》石印本。

416.《蛮巢词稿》：张鸿撰，民国二十八年（1939）石印本。

417.《怀琼词》：张鸿撰，《蛮巢词稿》附本，民国二十八年（1939）石印本。

418.《南疆词草》：陈希豪撰，民国三十七年（1948）石印本。

419.《佞宋词痕》五卷：吴湖帆撰，1954年石印本。

420.《佞宋词痕外篇》：吴湖帆撰，《佞宋词痕补遗》附本，1954年石印本。

421.《小山词》：吴湖帆撰，《佞宋词痕补遗》附本，1954年石印本。

422.《藕香馆词》一卷：章柱撰，民国三十年（1941）石印本。

423.《绮秋阁词集》：夏绍笙撰，长沙艺文石印社，民国（1912—1949）石印（绿印）本。

424.《琴思楼词》一卷：易顺豫撰，民国三年（1914）石印本。

425.《青溪买夏词》一卷：萧丙章撰，清宣统三年（1911）石印本。

426.《秋盦词草》：黄易撰，清宣统二年（1910）石印本。

427.《染雪庵词》：朱兆蓉撰，民国六年（1917）石印本。

428.《十万金铃馆词》二卷：陈步墀撰，民国石印本。

429.《瘦叶词》一卷：潘承谋撰，民国二十三年（1934）石印本。

430.《水南阁词》：徐绍植撰，上海文明书局，民国二十四年（1935）石印本。

431.《闻妙香室词钞》四卷：钱锡棨撰，清宣统二年（1910）石印本。

432.《无攲词剩》：徐奉世撰，清宣统三年（1911）义州李氏名山堂石印本。

433.《遐翁词赘稿》：叶恭绰撰，1959年石印本。

434.《香雪楼词二集》：陈栩撰，《栩园词集》附本，民国《栩园丛稿》石印本。

435.《小鸥波馆词钞》一卷：赵藩撰，民国三十二年（1943）石印本。

436.《夜珠词》：茅于美撰，民国二十九年（1940）石印本。

437.《倚柱词》：王浩撰，民国（1912—1949）石印本。

438.《蚓篷词》：王揆墀撰，《蠖庐诗选》附本，民国十二年（1923）石印本。

439.《蛰庵词》：王嘉诜撰，石印本。

稿本、抄本类

440.《百惹词集》：抄本。

441.《半梅词稿》：史诠撰，抄本。

442.《碧桃馆词》：赵我佩撰，抄本。

443.《碧月楼词钞》一卷：徐炳煋等撰，清宣统三年（1911）抄本。

444.《薜萝馆诗余》：陆荣撰，抄本。

445.《冰弦词》：徐乃昌撰，稿本。

446.《丹隐词》：郭延撰，抄本。

447.《丁巳词》：李传元撰，抄本。

448.《遯盦乐府续集》：张尔田撰，双照楼抄本。

449.《非想非非想天中人语》：黄人撰，抄本。

450.《分绿轩诗余》：原题桃源渔父净之氏撰，稿本。

451.《海绡词》：陈洵撰，稿本。

452.《后同焚余稿》：刘后同撰，民国（1912—1949）稿本。

453.《华溪渔笛词》：佚名撰，抄本。

454.《洹村词》：袁心武撰，民国（1912—1949）稿本。

455.《辑庵词》：马祖熙著，手稿本。

456.《驾辨庼词》：沈修撰，民国（1912—1949）抄本。

457.《驾辨庼词》一卷：沈修撰，清宣统三年（1911）抄本。

458.《净严词》：李传元撰，抄本。

459.《丁巳词》：李传元撰，抄本。

460.《重蕙词》：黄侃撰，抄本。

461.《眉月三分楼词》：林寿康撰，抄本。

462.《钱仲英诗词》：钱耆孙撰，民国元年（1912）稿本。

463.《尚湖春弹词》：许瘦蝶撰，1919 年抄本。

464.《瘦眉词卷》：张素撰，民国（1912—1949）抄本。

465.《瘦叶词》：潘承谋撰，稿本。

466.《天醉楼词选钞》：姚亶素撰，抄本。

467.《汪旭初先生词集》：汪东撰，1977 年抄本。

468.《西江月》：佚名撰，民国（1912—1949）抄本。

469.《燕筑集》：原题赤霞撰，抄本。

470.《鸯摩馆词钞》一卷：杨寿楠撰，清宣统三年（1911）稿本。另有 1930 年稿本。

471.《鸳摩馆词补钞》：杨寿楠撰，1930 年稿本。

472.《乙庐老人词》：赵恒撰，民国（1912—1949）抄本。

473.《倚盾鼻词草》：包荣翰撰，民国（1912—1949）抄本。

474.《朱彊村先生手书词稿》：朱祖谋撰，开明书店，1934 年影印本。

475.《朱青长词集》二十八卷：朱青长撰，东华学社，民国十四年（1925）石印手稿本。

476.《竹梧仙馆词》：瘦红词客撰，抄本。

油印本类

477.《苍雪词》：姚锡钧撰，1965 年油印本。

478.《二十三年春日填词》：陈长蘅撰，民国二十三年（1934）油印本。

479.《负斋词钞》一卷：王耒撰，1957 年油印本。

480.《还轩词存》三卷：丁宁撰，1957 年油印本。

481.《寒竽阁词》：吴庠撰，1957 年油印本。

482.《花信楼词》：洪炳文撰，民国（1912—1949）油印本。

483.《洹上词》：袁克文撰，民国二十七年（1938）油印本。

484.《倦鹤近体乐府》五卷：陈世宜撰，民国三十八年（1949）油印本。

485.《莫哀歌草》一卷：王芃生撰，民国三十四年（1945）油印本。

486.《双蝶馆词稿》一卷：汪怡撰，清宣统三年（1911）油印本。另有民国（1912—1949）油印本。

487.《霜厓词录》：吴梅撰，民国（1912—1949）油印本。

488.《他山词》：程学銮撰，1957 年油印本。

489.《太一诗词合钞》：宁调元撰，油印本。

490.《天香室词集》一卷：郑元昭撰，《何振岱集》附本，民国油印本。

491.《西溪壬午词稿》：朱乐之撰，民国三十二年（1943）油印本。

492.《徐陈唱和词》一卷：徐映璞、陈瘦愚撰，1979 年油印本。

493.《养性轩词钞》：沈曾荫撰，民国（1912—1949）油印本。

494.《影观词稿》一卷：汤国梨撰，民国三十年（1941）油印本。

495.《云淙琴趣》一卷：邵章撰，1953年油印本。

其他类

496.《春灯词续》一卷：刘麟生撰，1949年影印本。

497.《霜厓词录》：吴梅撰，民国三十二年（1943），吴县潘氏陟冈楼据民国二十九年（1940）刻本重写影印本。

498.《大厂词稿》：易孺撰，商务印书馆民国二十四年（1935）影印本。

499.《颐和园词》：王国维撰，1912年影印本。

500.《穷塞微吟》一卷：志锐撰，清宣统二年（1910）影印本。

501.《渌水余音》：徐礼辅撰，民国三十三年（1944）影印本。

502.《卧云楼诗词集》：郑翘松撰，藏福建师范大学图书馆。

503.《廖仲恺先生自书词稿》一卷：廖仲恺（恩煦）撰，上海民智书局，民国十九年（1930）影印本。

504.《八十一寒词》一卷：何震彝撰，清宣统元年（1909）本。

505.《波外乐章》四卷：乔曾劬撰，成都茹古书局民国二十九年（1940）印本。

506.《尘痕烟水词》一卷：刘冰研撰，民国二十一年（1932）《寒杉馆丛书》本。

507.《初日楼少作词》一卷：严既澄撰，上海霜枫社民国十三年（1924）本。

508.《春水集》：陈复撰，现代文学社民国二十年（1931）本。

509.《椿荫庐词存》一卷：杨延年撰，民国七年（1918）本。

510.《大厂词稿》：易大厂撰，上海商务印书馆，民国二十四年（1935）印本。

511.《樊山词稿》十二卷：樊增祥撰，上海广益书局，民国十五年（1926）《樊山诗词文稿》本。

512.《芳杜词剩》：马一浮撰，《马一浮全集》附本。

513.《芳杜词外》：马一浮撰，《马一浮全集》附本。

514.《飞情阁词钞》一卷：黄光撰，1949年《飞情阁集》本。

515.《分绿窗词钞》一卷：刘鉴撰，长沙友善书局民国三年（1914）本。

516.《耕烟词》五卷：张德瀛撰，民国三十年（1941）《阁楼丛书》本。

517.《观尘因室词曲合钞》一卷：陈景寔撰，民国二十六年（1937）安徽大中华印刷局本。

518.《观堂长短句》一卷：王国维撰，民国二十一年（1932）《彊村遗书》本。

519.《官梅阁诗余》：何适撰，民国二十四年（1935）厦门版。

520.《寒笳集》（遗集存词 11 阕）：李叔同撰，民国二十二年（1933）版。

521.《和小山词》一卷：赵尊岳撰，《蕙风词》二卷附本，民国《惜阴堂丛书》本。

522.《红鹤词》（又名《红鹤山房词》）：金天羽撰，《天放楼诗季集》1932 年版本。另有 1947 年版。

523.《候蛩词》：洪汝冲撰，1917 年候蛩馆印本。

524.《壶隐词钞》：崔宗武撰，《壶隐诗词钞》附本，上海聚珍仿宋印书局民国八年（1919）本。

525.《花笑楼词四种》：杨其光撰，清宣统元年（1909）《绣诗楼丛书第五种》本。

526.《悔盦词钞》：汪曾保撰，民国二十三年（1934）养泉斋本。

527.《悔龛词》一卷：夏孙桐撰，民国二十二年（1933）《彊村遗书》本。

528.《鸡肋集》二卷：缪金源撰，民国十七年（1928）版。

529.《蒭淞梦雨词》：刘冰研撰，民国二十一年（1932）《寒杉馆丛书》本。

530.《江山帆影词》一卷：刘冰研撰，民国二十一年（1932）《寒杉馆丛书》本。

531.《江山万里楼词钞》四卷：杨圻撰，上海民国十五年（1926）自刊《江山万里楼诗词钞》本。

532.《彊村词剩稿》二卷：朱祖谋撰，民国二十二年（1933）《彊村遗书》本。

533.《彊村集外词》一卷：朱祖谋撰，民国二十二年（1933）《彊村遗书》本。

534.《绝俗楼词》：白采撰，民国二十四年（1935）南昌独学斋本。

535.《看月楼词》一卷：章衣萍撰，民国二十一年（1932）上海女子书店本。

536.《亢盦词稿》一卷：徐寿兹撰，民国十一年（1922）版。

537.《窥园词》：许南英撰，《窥园留草》本，北平和济印书局，民国二十二年（1933）版。

538.《落花词》：曾今可撰，上海新时代书局，民国二十一年（1932）版。另有民国二十二年（1933）版。

539.《绿天簃词集》：张汝钊撰，民国十四年（1925）《绿天簃诗词集》本。

540.《扪虱谈室词》一卷：廖恩焘撰，蔚兴印刷厂，民国三十七年（1948）本。

541.《梦痕词》一卷：辛际周撰，民国铅印《灰木诗存》本。

542.《霞栖词钞》二卷：周应昌撰，上海国光书局民国二十一年（1932）本。

543.《潜园词》四卷：魏元旷撰，民国二十二年（1933）《魏氏全书》本。

544.《潜园词续抄》一卷：魏元旷撰，民国二十二年（1933）《魏氏全书》本。

545.《山阳笛语词》：刘冰研撰，民国二十一年（1932）《寒杉馆丛书》本。

546.《呻吟诗词》：裘岳撰，民国二十九年（1940）宁海本。

547.《式溪词》一卷：吴士鉴撰，民国二十五年（1936）版。

548.《瘦蝶词》一卷：李国模撰，苏州毛上珍 1933 年版。

549.《太一词钞》：宁调元撰，《太一诗词合钞》本。

550.《桃叶词别集》一卷：曾念圣撰，1960 年版。

551.《陶陶集》一卷：吴庆焘撰，民国十五年（1926）版。

552.《听风听水词》一卷：李绮青撰，民国八年（1919）版。

553.《听水斋词》一卷：陈宝琛撰，民国二十七年（1938）刻《沧趣楼诗集》本。

554.《蜕词残稿》：陈梦坡撰，民国三年（1914）《蜕翁诗词刊存》本。

555.《无长物斋词存》：刘炳照撰，民国四年（1915）刘氏嘉业堂本。

556.《五十麝斋词赓》三卷：樊增祥撰，清光绪二十八年（1902）刻《二家词钞》本。

557.《相思词》：卢葆华撰，自刊1933年版。

558.《湘潭杨叔姬词录》：杨庄撰，民国二十九年（1940）《湘潭杨叔姬诗文词录》本。

559.《小三吾亭词》：冒广生撰，《丛书集成三编》本。

560.《叙圃词》：何遂撰，民国三十七年（1948）版。

561.《鸯摩馆词》一卷：杨寿枏撰，民国十九年（1930）版。

562.《瑶瑟余音》一卷：楼巍撰，民国二十一年（1932）《楼幼静张穆生诗词合稿》本。

563.《画眉词》一卷：张敬熙撰，民国二十一年（1932）《楼幼静张穆生诗词合稿》本。

564.《双清词草》：廖仲恺撰，开明书店，民国十七年（1928）影印本。

565.《彝罍词》一卷：温訚撰，民国十九年（1930）版。

566.《倚梅阁词钞》一卷：沈韵兰撰，清宣统元年（1909）本。

567.《饮冰室词》：梁启超撰，《饮冰室全集》附本。

568.《郘云词》一卷：李岳瑞撰，1933年《彊村遗书》本。

569.《雨屋深灯词》三编一卷：汪兆镛撰，民国二十九年（1940）版。

570.《玉玲珑馆词》：庞树柏撰，民国六年（1917）《庞檗子遗集》本。

571.《灾梨集缪》：金源撰，民国十七年（1928）版。

572.《蛰庵词》一卷：曾习经撰，1933年《彊村遗书》本。

573.《海上词》：钱振锽撰，《名山全集》本。

574.《左盦词录》：刘师培撰，民国二十五年（1936）刊本。

当代版民国词集

1.《佞宋词痕外篇》：吴湖帆撰，1954 年吴氏梅景书屋影印本。

2.《和小山词》：吴湖帆撰，1954 年吴氏梅景书屋影印本。

3.《我春室词集》：何振岱撰，附《我春室文集》：1955 年油印本，又有《何振岱集》本。

4.《罗音室诗词存稿》：吴世昌撰，香港商务印书馆 1963 年版。

5.《墨巢词》：李宣龚撰，文海出版社 1966 年影印本。

6.《墨巢词续》：李宣龚撰，文海出版社 1966 年影印本。

7.《金问泗诗词稿》：金问泗撰，文海出版社 1974 年影印本。

8.《云在山房骈文诗词选》：杨寿枬辑，文海出版社 1974 年影印本。

9.《长毋相忘诗词集》：王陆一撰，文海出版社 1974 年影印本。

10.《潘公展（有猷）先生言论诗词选集》：陶百川、季灏选，文海出版社 1974 年影印本。

11.《逸云诗词遗稿》：陈逸云撰，文海出版社 1974 年影印本。

12.《古槐书屋词》：俞平伯撰，俞铭衡编，文海出版社 1974 年影印本。

13.《陈毅诗词选集》：陈毅撰，人民文学出版社 1977 年版。

14.《董必武诗选》：董必武撰，人民文学出版社 1977 年版。

15.《沫若诗词选》：郭沫若撰，人民文学出版社 1977 年版。

16.《坚白精舍诗集》：方东美撰，黎明事业文化公司，1978 年版。

17.《叶剑英诗词浅析》：叶剑英撰，北京师范学院中文系《语文自学讲义》增刊，1978 年版。

18.《陶铸诗词选》：陶铸撰，人民文学出版社 1979 年版。

19.《邓拓诗词选》：邓拓撰，人民文学出版社 1979 年版。

20.《王季思诗词录》：王季思撰，浙江人民出版社 1981 年版。

21.《夏承焘词集》：夏承焘撰，湖南人民出版社 1981 年版。

22.《田汉诗选》：田汉撰，人民文学出版社 1982 年版。

23.《胡厥文诗词选》：胡厥文撰，文史资料出版社 1982 年版。

24.《观堂长短句》：王国维撰，上海书店，1982 年影印本。

25.《蒿盦词》：冯煦撰，上海书店，1982 年影印本。

26.《裛碧斋词》：陈锐撰，上海书店，1982 年影印本。

27.《稼研盦庚午销夏词钞》：徐定撰，杭州依然静好楼 1990 年影印本。

28.《韫椟轩诗词》：杨仲瑜撰，1999 年临海杨氏胶印本。

29.《郭沫若旧体诗词系年注释》：郭沫若撰，王继权等编，黑龙江人民出版社 1982 年版。

30.《柳亚子诗词选》：柳亚子撰，人民文学出版社 1983 年版。

31.《沈尹默诗词集》：沈尹默撰，书目文献出版社 1983 年版。

32.《沈尹默手书词稿四种》：（有《寄庵词》《念远词》《松壑词》《涉江词》四种）沈尹默撰，齐鲁书社 1984 年版。

33.《延伫词》：徐行恭撰，1984 年影印本。

34.《延伫词续》：徐行恭撰，1984 年影印本。

35.《延伫词赘》：徐行恭撰，1984 年影印本。

36.《郭沫若全集》：郭沫若撰，人民文学出版社 1984 年版。

37.《刘永济词集》：刘永济撰，湖南人民出版社 1984 年版。

38.《霜红词》：胡士莹撰，《宛春杂著》附本，浙江文艺出版社 1984 版。

39.《天风阁词集》：夏承焘撰，百花文艺出版社 1984 年版。

40.《于右任诗词集》：于右任撰，杨博文辑录，湖南人民出版社 1984 年版。

41.《郁达夫文集》：郁达夫撰，花城出版社 1985 年版。

42.《梦秋词》：汪东撰，齐鲁书社 1985 年版。

43.《诗词小集》：周谷城撰，湖南人民出版社 1985 年版。

44.《还轩词》：丁宁撰，安徽文艺出版社 1985 年版。

45.《磨剑室诗词集》：柳亚子撰，上海人民出版社 1985 年版。

46.《李济深诗文选》：李济深撰，文史资料出版社 1985 年版。

47.《马叙伦诗词选》：马叙伦撰，周德恒编，文史资料出版社 1985 年版。

48.《茅盾诗词集》：茅盾撰，上海古籍出版社 1985 年版。

49.《棣华楼诗词》：黎兑卿撰，湖南淮川诗社内部编印本 1986 年。

50.《梦桐词》：唐圭璋撰，江苏古籍出版社 1987 年版。

51.《王沂暖诗词选》：王沂暖撰，青海人民出版社 1987 年版。

52.《王统照诗词注评》：王立鹏撰，《山东师范大学学报》1987 年刊登。

53.《清寂堂集》：林思进撰，巴蜀书社 1989 年版。

54.《张大千诗文集编年第七卷》：张大千撰，曹大铁、包立民编，荣宝斋出版社 1990 年版。

55.《海红词》：周梦庄撰，1991 年台湾印本。

56.《汪周词》：汪东、周梦庄撰，黎明文化事业股份有限公司 1991 年版。

57.《梦松风阁诗文集》：徐震堮撰，华东师范大学出版社 1991 年版。

58.《苏步青文选》：苏步青撰，浙江科学技术出版社 1991 年版。

59.《心太平室集》：张一麐撰，民国丛书第三编第 82 册，1991 年上海书店据 1947 年版影印。

60.《丰子恺文集·文学卷》：丰子恺撰，浙江文艺出版社 1992 年版。

61.《湘珍室诗词稿》：胡国瑞撰，武汉大学出版社 1992 年版。

62.《小山诗词》：钱小山撰，上海师范大学出版社 1992 年版。

63.《叶圣陶诗词选注》：叶圣陶撰，开明出版社 1992 年版。

64.《春颂》：姚萍撰，成都科技大学出版社 1993 年版。

65.《梓人韵语》：曹大铁撰，南京出版社 1993 年版。

66.《江上诗存》：林散之撰，花山文艺出版社 1993 年版。

67.《征尘拾遗集》：李祯撰，西南师范大学出版社 1993 年版。

68.《引庵词》：邓桐芬撰，1994 年内部印刷版。

69.《沈祖棻诗词集》：沈祖棻撰，江苏古籍出版社 1994 年版。

70.《玉轮轩后集》：王季思撰，中山大学出版社 1994 年版。

71.《田名瑜诗词选》：田名瑜撰，田成上选注，四川民族出版社 1994 年版。

72.《石莲阁词》：吴重熹撰，上海古籍出版社 1995 年影印本。

73.《可园词存》：陈作霖撰，上海古籍出版社 1995 年影印本。

74.《萧向荣诗词集》：萧向荣撰，解放军出版社 1995 年版。

75.《倦鹤近体乐府》：陈匪石撰，油印线装本，1960 年版。

76.《丽白楼遗集》：林庚白撰，中国人民大学出版社 1996 年版。

77.《马一浮集》：马一浮撰，浙江古籍出版社 1996 年版。

78.《毛泽东诗词集》：毛泽东撰，中央文献出版社 1996 年版。

79.《冰茧庵诗词稿》：缪钺撰，河北教育出版社 1997 年版。

80.《荔尾词存》：石声汉撰，中华书局 1998 年版。

81.《天甃楼诗文集》：黄咏雩撰，花城出版社 1999 年版。

82.《邵天任诗选》：邵天任撰，学苑出版社 1999 年版。

83.《半隐园词草》：王用宾撰，《山西文史资料》1999 年版。

84.《影观词》：汤国梨撰，南京师范大学《文教资料》2000 年编印。

85.《培风楼诗》：邵祖平撰，浙江大学出版社 2000 年版。

86.《涉江诗词集》：沈祖棻撰，河北教育出版社 2000 年版。

87.《顾毓琇全集》：顾毓琇撰，辽宁教育出版社 2000 年版。

88.《吴白匋诗词集》：吴白匋撰，南京大学出版社 2000 年版。

89.《悔龛词笺注》：夏孙桐撰，内蒙古大学出版社 2001 年版。

90.《廛庐词剩甲稿》：郑德涵撰，2001 年郑彦昉编印本。

91.《吕碧城词笺注》：吕碧城撰，李保民笺注，上海古籍出版社 2001 年版。

92.《水竹山庄诗文集》：周重能撰，2002 年自印本。

93.《父子诗词选集》：朱大可、朱夏撰，南岛出版社 2003 年版。

94.《罗音室词》：吴世昌撰，《吴世昌全集》河北教育出版社 2003 年版。

95.《顾衍泽诗词集》：顾衍泽撰，华夏文化出版社 2003 年版。

96.《于右任诗词曲全集》：于右任撰，于媛主编，世界图书出版公司 2006 年版。

97.《漱红阁诗词曲稿》：傅璧园撰，上海古籍出版社 2006 年版。

98.《卢前诗词曲选》：卢前撰，中华书局 2006 年版。

99.《任中敏先生诗词集》：任讷撰，香港浩德国际有限公司 2006 年版。

100.《刘克生诗词钞》：刘克生撰，天地出版社 2007 年版。

101.《陈方恪诗词集》：陈方恪撰，潘益民辑注，江西人民出版社 2007 年版。

102.《夕秀词》：寇梦碧撰，黄山书社 2009 年版。

103.《周弃子先生集》：周学藩撰，黄山书社 2009 年版。

104.《飞霞山民诗词》：张珍怀撰，黄山书社 2009 年版。

105.《章士钊诗词集·程潜诗集》：章士钊、程潜撰，湖南人民出版社 2009 年版。

106.《繁霜榭诗词》：沈轶刘撰，黄山书社 2009 年版。

107.《翠楼吟草》：陈翠娜撰，黄山书社 2010 年版。

108.《枕秋阁诗文集》：陈寂撰，黄山书社 2010 年版。

109.《海外庐诗余偶录》：潘受撰，黄山书社 2010 年版。

110.《半梦庐词》：王蛰堪撰，黄山书社 2010 年版。

111.《王用宾诗词辑》：王用宾撰，北岳出版社 2011 年版。

112.《常燕生诗词集》：常燕生撰，黄山书社 2011 年版。

113.《清道人遗集》：李瑞清撰，黄山书社 2011 年版。

114.《詹安泰全集》：詹安泰撰，上海古籍出版社 2011 年版。

115.《天蠁词》：黄咏雩撰，香港春秋出版社 2012 年影印本。

116.《天蠁楼诗词文集》：黄咏雩撰，香港春秋出版社 2012 年影印本。

117.《天蠁词怀古集》：黄咏雩撰，香港春秋出版社 2012 年影印本。

118.《芋园北江游草》：黄咏雩撰，香港春秋出版社 2012 年影印本。

119.《芋园诗稿》：黄咏雩撰，香港春秋出版社 2012 年影印本。

120.《芋园诗稿燕歌集》：黄咏雩撰，香港春秋出版社 2012 年影印本。

121.《芋园文存》：黄咏雩撰，香港春秋出版社 2012 年影印本。

122.《澄碧草堂集》：徐澄宇、陈家庆撰，黄山书社 2012 年版。

123.《绿波词稿》：刘凤梧撰，黄山书社 2012 年《蕉雨轩诗钞》版。

124.《陈匪石先生遗稿》：陈匪石撰，黄山书社 2012 年版。

125.《澄碧草堂集》：陈家庆、徐英撰，黄山书社 2012 年版。

126.《戎庵诗存》：罗尚撰，黄山书社 2013 年版。

127.《养晴室遗集·卷五》：庞俊撰，巴蜀书社 2013 年版。

128.《香草亭词草》：裴维侒撰，黄山书社 2014 年《香草亭诗词》① 版。

129.《楚望楼诗文集》：成惕轩撰，黄山书社 2014 年版。

---

① 《香草亭诗词》（《香草亭诗草》《香草亭词草》以及裴维侒夫人顾玉琳的《花韵楼诗词賸稿》和《裴维侒年谱》四部分）。

130.《朱自清旧体诗词校注》：朱自清撰，人民出版社 2014 年版。

二　民国词总集

此处词总集包括民国时期学者所编纂者与当代学者所编纂者。大多为"包孕式"词总集。兹列部分当代人所编历代词总集、各种文学合集等目录。有关民国词作的选本专门列入民国词选集一类中。

1.《词综补遗》：林葆恒编，上海古籍出版社 2005 年张璋整理版。

2.《当代词综》：施议对编纂，海峡文艺出版社 2002 年版。

3.《二十世纪名家诗词钞》：毛谷风编著，华东师范大学出版社 1993 年版。

4.《二十世纪诗词注评》：钱理群编，漓江出版社 2011 年版。

5.《二十世纪中华词选》：刘梦芙编选，黄山书社 2008 年版。

6.《广箧中词》：叶恭绰辑，浙江古籍出版社 1998 年版。

7.《彊村丛书》：朱孝臧编，上海古籍出版社 1989 年版。

8.《近代词钞》：严迪昌编著，江苏古籍出版社 1996 年版。

9.《历代蜀词全辑》：李谊编纂，重庆出版社 2007 年版。

10.《历代蜀词全辑·续编》：李谊编纂，重庆出版社 2007 年版。

11.《民国六百家诗钞》：杨子才著，长征出版社 2009 年版。

12.《民国五百家词钞》：杨子才编，中国线装书局 2008 年版。

13.《箧中词·广箧中词》：谭献、叶恭绰辑，浙江古籍出版社 1998 年版。

14.《全清词钞》：叶恭绰主编，分纂和襄助者共 53 人。创始于 1929 年，至 1952 年完成，始终其事者为陆维钊。

15.《五四以来诗词选》：华钟彦主编，河南大学出版社 1987 年版。

16.《现代十家词精萃》：中山大学中文系编，花城出版社 2011 年版。

17.《新文学旧体诗选注》：于友发、吴三元编注，山东教育出版社 1987 年版。

18.《又满楼所刻词》：赵诒琛编选，选唐祖命、张思孝、沈鋆、江标等 16 家，1923 年刻本。

19.《中国近代文学大系·诗词集》：钱仲联主编，上海书店 1991 年版。

三　民国词选类

　　民国时期出现了众多词选，其中包含了大量的民国词文本、词人、词学活动等文献信息，也为我们研究民国词史提供了资料。故于此展示部分考录。此目录实为民国人选民国词之大致情形，有利于从中搜辑民国词作与词人；由此见民国词的接受历史。兹以词集名、选者、出版者、出版时间、版本类型为序。

（一）民国人选民国词

　　1.《柳洲亭折柳词》：江峰青等辑，清光绪十九年（1893）刻本。

　　2.《艺衡馆词选》：梁令娴辑，清光绪三十四年（1908）排印本。

　　3.《闺秀词钞》：徐乃昌编，南陵徐氏小檀栾室，清宣统元年（1909）刻本。

　　4.《闺秀百家词选》：徐乃昌选，1915 年扫叶山房石印本。

　　5.《皖词纪胜》：徐乃昌辑，清光绪三十年（1904）南陵徐氏小檀栾室刻本。

　　6.《毗陵三少年词》：钱振锽编选，1913 年版。

　　7.《历代名媛词选》：吴灏编，上海吴氏木石居 1913 年石印本。

　　8.《美人千态词》：雷瑨辑，民国三年（1914）扫叶山房石印本。

　　9.《箧中词续》：王蕴章辑，《国学杂志》1915 年第 1 期。

　　10.《笠泽词征》：陈去病编，陈氏 1915 年自印本。又有柳去疾排印本，1921 年版。

　　11.《今词选》：陈匪石编，《民国日报》1916 年 1—6 月连载。

　　12.《沧江乐府》：钱溯耆编选，1916 年钱氏刊刻。

　　13.《风流艳集》（第 2 集）：李警众编，上海泰东图书局 1917 年版。

　　14.《浔溪词征》：周庆云撰，梦坡室，民国六年（1917）刻本。

　　15.《州山吴氏词萃》：吴隐辑，民国七年（1918）西泠印社刻本。

　　16.《春晖社文选·词选》：张本良编撰，易堂 1919 年版。

17.《湖州词征》：朱祖谋辑，吴兴刘氏嘉业堂 1920 年版。

18.《国朝湖州词录》：朱祖谋辑，吴兴嘉业堂民国间刻本。

19.《十二楼艳体词选》：紫仙辑，民国九年（1920）铅印本。

20.《词学初桄》：吴莽汉编，上海朝记书局 1920 年铅印本。

21.《三家词录》：赵少芬编选，1921 年排印本。

22.《滇词丛录》：赵藩编，云南丛书本，1923 年版。

23.《溉泉楼词集》：凌学敀撰，侯氏环溪草堂 1923 年铅印本。

24.《文苑导游录》（1—10 册），栩园编译社 1921 年版。

25.《长兴词存》：王季欢、温訇辑，1924 年版。

26.《历代白话词选》：凌善清选，上海大东书局 1924 年版。

27.《南社丛选·词选》：胡韫玉编选，国学社 1924 年。

28.《销魂词选》：范烟桥选评，上海中央书店 1925 年版。

29.《天醉楼词选抄》：江家珮选民国姚亶素词若干首，1925 年刻本。藏上海图书馆。

30.《近人词录》：雷瑨辑，上海扫叶山房 1926 年石印本。

31.《历代闺秀词集释》：徐珂编，上海商务印书馆 1926 年印行。

32.《历代女子白话词选》：张友鹤编，上海文明书局 1926 年版。

33.《五百家名媛词选》（《历代名媛词选》）：吴灏选，1927 年石印本。

34.《女性词选》：胡云翼编，上海亚细亚书局 1928 年版；另有上海文力出版社 1946 年版。

35.《散天花馆词选》：张元群辑，莒县新华石印局 1929 年石印本。

36.《三程词钞》：程颂万编选，1929 年鹿川阁排印本。

37.《合肥词钞》：李国模编选，安庆大同印制局排印本 1930 年版。

38.《闽词征》：林葆恒编，1930 年忍盦刻本。

39.《梁氏词学》：陈乃文抄，手稿本，1932 年。

40.《女作家词选》：孙佩茝选，广益书局 1932 年版。

41.《沧海遗音集》：朱祖谋编选，《彊村遗书》本 1933 年版。

42.《词莂》：朱祖谋编选，张尔田补录，《彊村遗书》本 1933 年版。

43.《夷门乐府》：邵瑞彭编，1933 年刻本。藏河南大学图书馆。

44.《绝妙词钞》：李宝琛选，上海黎明书局 1933 年版。

45.《艳词一束》：萍君选，上海北新书局 1933 年版。

46.《分类写实恋爱词选》：刘季子选，上海南京书店 1933 年版。

47.《女性词话》：谭正璧撰，上海中央书店 1934 年版。

48.《粤西词四种》：陈柱编选，北流十万卷楼 1934 年版。

49.《采风录》：曹泾沅编，国风社 1934 年版。

50.《广箧中词》：叶恭绰编选，1935 年叶氏家刻本。中国国家图书馆藏有吴梅圈点批识缩微本。

51.《模范作词读本》：施伯谟编选，上海三民图书公司 1935 年版。

52.《名家词选笺释》：韩天锡选，大华书局 1935 年版。

53.《艺蘅馆词选补遗》：梁令娴编，上海中华书局 1935 年版。

54.《历代女子词选》：李辉群选，上海中华书局 1935 年版。

55.《中国历代女子词选》（欣赏丛书）：云屏编选，上海大光书局 1935 年版。

56.《安徽名媛诗词征略》：光铁夫、刘淑玲编，桐城 1936 年排印本。

57.《特种国文选：诗词曲》：孙俍工编，南京中央陆军军官学校，1936 年版。

58.《南社词集》：柳亚子编选，上海开华书局 1936 年版。

59.《海宁三家词》：陈乃乾编选，共读楼铅印本，1936 年版。

60.《清十一家词》：王煜编选，正中书局 1936 年版。

61.《词准》：胡山源编，上海世界书局 1937 年版。

62.《清名家词》：陈乃乾编纂，开明书店 1937 年版。

63.《满江红爱国词百首》：李宗邺编，"学生国学丛书"本，长沙商务印书馆 1938 年版。

64.《旧月簃词选》：陈曾寿编，"满洲图书株式会社" 1938 年版。另有长春满日文化协会，1938 年版本。

65.《广川词录》：董康编选，诵芬室民国二十九年（1940）刻本。总24 卷，收《苍梧词》（董元恺撰）、《蓉渡词》（董以宁撰）、《漱花词》（董潮撰）、《玉椒词》（董基诚撰）、《兰石词》（董祐诚撰）、《斋物论斋词》（董士锡撰）、《蜕学斋词》（董毅撰）、《碧云词》（董祺撰）、《课花盦词》

（董康撰）、《玉㕙词》（董俞撰）。

66.《民族词选注》：赵景深选注，"学生国学丛书"本，商务印书馆1940年版。

67.《补国朝词综补》：林葆恒选，1943年稿本。藏北京图书馆。

68.《乐章习诵》：卢前选录，重庆文风书局1945年版。

69.《近三百年名家词选》：龙榆生编选，上海古籍出版社1948年版。另有1979年版。

70.《清季四家词》：薛志泽辑刻，成都薛崇礼堂刻本，1949年版。

71.《梁溪词选》：侯晰编，云轮阁，民国（1912—1949）钞本。

72.《吴江叶氏词录》：叶钟英辑录，民国（1912—1949）抄本。

73.《梁溪词选》：侯晰编，云轮阁，民国（1912—1949）钞本。

74.《山阳词征》：丁志安编，民国（1912—1949）稿本，藏淮安市楚州区图书馆。

75.《今词综（寸金只玉词选）》：沈宗畸辑，集成图书公司民国（1912—1949）铅印本。

76.《清词钞零拾》：叶恭绰辑，民国（1912—1949）抄本。

77.《安徽清代名家词》：安徽丛书编印处民国（1912—1949）影印本。

78.《晚清词选》：徐乃昌编，南陵徐氏积学斋稿本。藏复旦大学图书馆。

79.《清词四家录》：王伯沆辑注圈点，冬饮丛书手抄本。

80.《抗战文鉴类纂》：黄源澄编，藏南京图书馆。

81.《国难文学》：吴贯因选，东北问题研究会民国二十二年（1932）印。

82.《近人词钞》：《青鹤》中所设的栏目。

83.《近人词录》：龙榆生主编，《词学季刊》中所设的栏目。

84.《今词林》：龙榆生主编，《同声月刊》中所设的栏目。

85.《近代女子词录》：龙榆生主编，《词学季刊》中所设的栏目。

86.《西泠新词萃》：马汤楹编，选抄近代以来西泠词人词作。

87.《松陵词征》：陈去病编。

88.《南浔词征》：周子美代其叔父周庆云编撰。

89.《增补闽词征》：陈守治编。

90.《西河词选》：黄人选。

91.《粤东词钞》：潘飞声编。

92.《笠泽词征补编》：顾悼秋编。

93.《绿窗艳课》：周瘦鹃选辑，分上下两卷。上卷为诗，下卷收词270首。

94.《山中白雪词选》：吕碧城选，《梦天雨华丛书》之一。

95.《三近居词选初稿》：任卓选，稿本。

96.《词林史》：（《词事备查》），常熟庞鸣（仪凤）来编，稿本。

97.《临桂楼词抄》：（又名《词学备体》《异撰居词学备体》），外史沈昌元际唐以调选词。

98.《蜀十五家词钞》：邵瑞彭编。

99.《蜀十五家词校录》：吴虞编。

（二）当代人选民国词

100.《郭沫若鲁迅刘大白郁达夫四大家诗词钞》：晓冈编，嘉兴秀州出版社 1950 年版。

101.《老一辈无产阶级革命家诗词选读》：郭双成注，郑州大学中文系 1978 年版。

102.《台湾爱国诗词选》：厦门大学台湾研究所 1981 年版。

103.《台湾爱国怀乡诗词选》：巴楚编，时事出版社 1981 年版。

104.《岭南历代词选》：朱庸斋选，陈永正注，广东人民出版社 1987 年版。

105.《现代名家诗词选注》：刘运祺、蔡炘生编，广西人民出版社 1987 年版。

106.《中国百家旧体诗词选》：杨金亭编，贵州人民出版社 1991 年版。

107.《抗战诗史》：陈汉平编注，团结出版社 1995 年版。

108.《近现代词纪事会评》：严迪昌编著，黄山书社 1995 年版。

109.《中国抗战诗词精选》：杨金亭编，北京燕山出版社 1997 年版。

110.《中国抗日战争诗词曲选》：熊先煜编，重庆出版社 1997 年版。

111.《中华百年爱国诗词》：章绍嗣、张晓钟主编，武汉出版社 1998 年版。

112.《名人诗词选》：江树生编，香港天马图书有限公司 2004 年版。

113.《卢沟桥抗战诗词选》：熊先煜主编，北京燕山出版社 2007 年版。

114.《缀英集》：启功、袁行霈主编，线装书局 2008 年版。

四　民国词社集类

有关民国词的社集数量众多，笔者于《清末民国旧体诗词结社文献汇编·前言》中所统计已达 500 多种，于此先著录与民国词紧相关联者。此目录也为民国人选民国词之一部。

1.《白莲社梨云集》：张是公等，上海聚珍仿宋书局，辛酉（1921 年）刊印。

2.《采风录》（凡三集）：曹泾沅（攘蘅）编纂，民国十六年（1927）到民国二十年（1931）国风社刊本。

3.《春禅词社词》：赵熙等撰，民国六年（1917）铅印本。

4.《春晖文社社选第一集第二集》：高燮汇辑，民国五年至八年间（1916—1919）刊本。

5.《东社》（凡三集）：金凌霄、叶圣陶、刘大白等选，分别于 1914 年、1915 年、1916 年出版。

6.《合社诗词钞》：合社编 1916 年油印本，藏常熟图书馆。

7.《壶社丛选》：由蔡卓勋 1927 年编，凡二卷。

8.《鸡鸣集》（凡九期）：硕果诗社何绍庄等辑。第一期 1947 年刊、第九期 1966 年刊，线装。

9.《甲子吟社》：合订本，甲子吟社社刊，1925 年。南京图书馆现存民国十四年乙丑（一月第一号至十月第十号）、丙寅第二集第一期至第四期。

10.《进社第一、二、三集》：王汉彤等辑，1916 年刊本。

11.《快哉亭诗词》：天津城南诗社撰，民国十五至十六年（1926—1927）粘贴本。

12.《乐府补题后集·甲编》①：蒋兆兰、徐致章等撰，民国十一年（1922）版。

13.《乐府补题后集·乙编》：蒋兆兰、徐致章等撰，民国十七年（1928）版。

14.《冷社诗集》四卷：荣梦枚等撰，古陶美术馆仿宋印刷部精印，民国二十四年（1935）铅印本。

15.《蓼辛词》：仇埰等撰，民国二十年（1931）蓼辛社刊。

16.《六出集》：澳门雪社（1916年创）冯平（秋雪）、冯印雪、梁彦明（卧雪）、黄沛功、刘君卉（抱雪、草衣）、赵连城（冰雪）、周佩贤（宇雪）等撰，1934年刊本。

17.《六一消夏词》：潘承谋等，己巳年（1929）刊，苏州大学图书馆藏本。

18.《漫社集》：程炎震辑，漫社，1921年刊印。

19.《梅社月刊》（宿草录、今雨录）：梅社编，1926年、1927年刊，南京图书馆藏。

20.《湄江吟社诗存第一辑》：王琎等编辑，民国三十二年（1943）刊。

21.《梦碧词刊》：梦碧词社，1948年天津刊本。

22.《绵社甲乙集》：冯平等社作，民国三十七年（1948）刊。

23.《沐社吟集》：叶在铤等，1945年铅印本。

24.《南社词集》：柳亚子主编，上海开华书局1936年版。

25.《瓯社词钞》：吴兴林鹍翔审定、永嘉陈闳慧编，温州同文印书馆民国十年（1921）铅印本。

26.《沤社词钞》二十卷：朱孝臧等著，民国二十二年（1933）铅印本。

27.《沤社词钞·和作》一卷：朱孝臧等著，《沤社词钞》附本，民国二十二年（1933）铅印本。

28.《瓶社词录》：郭则沄等，1938年前后刊于北平。

---

① 《甲编》收录依次为徐致章（《拙庐词》）、蒋兆兰（《青龚庵词》）、程适（《蛰庵词》）、储凤瀛（《萝月词》）、储蕴华（《餐菊词》）、徐德辉（《寄庐词》）、储南强（《定斋词》）、任援道（《豁盦词》）等，还收社外同声李丙荣（《绣春馆词》）、陈思（《华藏词》）等。

29.《萍缘词选》：虞社《虞社丛书》本，1920 年至 1931 年刊。

30.《萍缘诗词选》：虞社《虞社丛书》本，1920 年至 1931 年刊。

31.《诗词补刊》：虞社《虞社丛书》本，1920 年至 1931 年刊。

32.《绮社杂稿》：薛综缘辑，1933 年刊本。

33.《潜社词刊》：吴梅编辑，民国二十五年（1936）铅印本。

34.《潜社词续刊》：吴梅编辑，民国二十五年（1936）铅印本。

35.《琴社词存》：琴社编，1927 年刊本，藏苏州图书馆。

36.《纫秋轩词钞》：程松生等撰，苔社《苔岑丛书》，民国十年（1921）铅印本。

37.《如社词钞》十二集：倦鹤（陈匪石）等撰，民国二十五年（1936）铅印本。

38.《慎社集》（第二集、第三集）：永嘉慎社编，1921 年版，藏上海图书馆。

39.《慎社文录诗录词录》：刘绍宽等撰，民国十一年（1922）石印本。

40.《诗词专刊》：陈洵、闻野鹤、古直等编，国立中山大学 1931 年刊本。

41.《寿香社词钞》：林心恪校刻，民国三十一年（1942）刊本。

42.《水香洲酬唱集》（卷三词类）：俦社辑，民国二十五年（1936）天津铅印本。

43.《松江修暇集》（附社集词作）：1918 年铅印本。

44.《松风社同人集》二卷：雷补同辑，民国十四年（1925）刊。

45.《淞滨吟社甲集、乙集》：周庆云编，民国四年（1915）刊印。

46.《宋台秋唱》：苏泽东编，1916 年版。

47.《同南社词录》：同南社集各期，1917 年版。

48.《蜕尘吟社唱和诗》一卷（又名《槁蟬唱和编》）：王鼎梅辑，甲寅 1914 年季秋。

49.《午社词》七集：午社辑，民国二十九年（1940）铅印本。

50.《武进兰社弟子诗词百人集》：周葆贻等辑，民国二十八年（1939）铅印本。

51.《戊午春词》：袁天庚等著，民国七年（1918）石印本。

52.《希社丛编》（六册）：邹弢辑，1925 年希社刊，上海图书馆藏。

53.《胥社词选》：胥社同人撰，民国十五年（1926）铅印本。

54.《雅言》（自凡 12 册）：北京余园诗社，1941 年刊。

55.《烟沽渔唱》：郭则沄、袁思亮等撰，民国二十二年（1933）铅印本。

56.《夷门乐府》：桑继芬等撰，邵瑞彭编选，1933 年印本。

57.《艺社诗词抄》：艺社编，民国间（1912—1949）铅印本。

58.《雍园词钞》：杨公庶辑，1946 年刊，南京师范大学图书馆有唐圭璋题签本。

59.《正声社诗词集》第一种《风雨同声集》①：杨国权等撰，1944 年成都刊本。

60.《正始社丛刊》：吴县正始社王德钟、田兴奎、陈家庆、朱汝昌、柳冀高等著，1917 年刊本。

61.《咫社词钞》：关赓麟辑，1953 年油印本。

---

① 收有杨国权《蕊馨词》30 首、池锡胤《镂香词》25 首、崔致学《寻梦词》31 首、卢兆显《风雨楼词》36 首。

第 十 五 章

民国词人考录

民国词人考录，实际上为"民国词史"的另一种撰写方式，是对传统传体史书方式的继承。由于考录时主要从词人的生卒、里籍、行迹与著述等方面进行，这样每一个词人小传就是该词人简貌的呈现。当众多词人小传合在一起，就是一种"传记"式民国词史。这样方可避免新式词史撰述方式的不足。与此同时，也为全面把握民国词史风貌提供数据库式的史料。由于当前所考词人数量众多，限于篇幅，于此仅作为初编，以见其史。

一　例　言

（1）此处的"民国"，按当前学术界惯例专指清灭亡以后与新中国成立之前这段时期。此处的"民国词"，主要是指在此阶段出现的并由当时词人填写创作的词作。然而，又根据严迪昌《清词史》论云：

　　和"清末四大家"唱酬较多、交往频密的词人尚有端木埰（著《碧瀍词》）、陈锐（著《抱碧斋词》）、陈洵（著《海绡词》）、夏孙桐（著《悔龛词》）等，陈洵和夏孙桐卒年都迟至 1940 年以后。此外，以诗和诗论闻名的陈衍（著《乌丝词》）、诗人易顺鼎（有《眢天影事谱》）、梁鼎芬（有《款红楼词》）等亦擅词，并皆卒于民国以后，拟入"民国词史"。①

---

① 严迪昌：《清词史》，江苏古籍出版社 1990 年版，第 534—535 页。

此段话将由清入民国的词人均视作"民国词史"当论列的民国词人。准此，对"民国词"的范围当在"凡是民国时期写成的词作"定义上有新的界定。即凡是由民国词人（凡在民国生长且有词创作者）写成的词作均当视为民国词。在界定"民国词"时，将参考前贤之法，将"民国词"的内涵与外延定为"凡是在民国时期生活并填词者的词作"。此定义在使用时，将会有"泛滥"之弊。但在具体整理时，须灵活把握。一般当以凡在民国时期所写的词作为"民国词"这一狭义概念为准。又考虑到词作创作时间不易考订的事实，当本着《全明词》《全清词·顺康卷》对易代之际词人词作全部兼收之例来整理"民国词"、来判定"民国词人"。

（2）本传收录词人基本以卒年在辛亥年（1911）后，词学活动在1949年前即发生的词人为主。细分起来，民国词人当由四代作者组成。第一代词人是一生大部分时光生长在清朝，中华民国成立时，已步入晚年。① 此代词人以清朝遗老为多。第二代词人是出生于光绪年间的文人。他们或参与过中华民国的建设，或在中华民国建立时已活跃在词坛。相当于施议对《当代词综》中的"第一代"。该著所收词人生年上限为1862年，核算起来，民国建立时，年长者当届50岁。② 第三代词人是指当中华民国成立时，或已经出生，或正步入青年，刚开始步入词坛的文人。其生年介于1890年至1912年，是民国词创作的生力军。③ 第四代词人是生年介于1912—1929年之间者。之所以将此代词人下限定在1929年，乃因生于1929年以后的词

---

　　① 如"清末四大家"中郑文焯、况周颐、朱祖谋等。这代词人基本上属于"满清遗老"型。当代学者钱理群、袁本良等所著《二十世纪诗词注评》（钱理群、袁本良选《二十世纪诗词注评》，广西师范大学出版社2005年版）一书中将所收作者生年上限提到1844年。究其缘由，在20世纪的确尚有不少前清遗老存在，在探讨民国词史时，自然也不能不顾及其此时所作之词。严迪昌在《清词史》中提出的拟入"民国词史"的词人的生卒年依次为：陈洵（1870—1942）、夏孙桐（1857—1942）、陈衍（1856—1937）、易顺鼎（1858—1920）、梁鼎芬（1858—1920）。既然严氏因为这些词人"皆卒于民国以后"，拟入"民国词史"，则我们也循其例，来定民国词人。

　　② 这类词人有不少是南社成员，以文学、学术、革命三者相鼓吹，是民国词创作的中坚力量。如于右任、王蕴章、陈匪石、易孺、吴梅、吴眉孙、汪东、吕碧城、汪兆铭等。除此之外，如梁令娴、叶恭绰、夏敬观、张尔田、林葆恒、马一浮、张宗祥等也属于这代词人。

　　③ 此中年龄稍长者，如向迪琮、乔大壮、顾随、张伯驹、赵尊岳等。再如毛泽东、鲁迅、郁达夫、叶圣陶、陈毅、叶剑英等一批兼具革命家与新文学家身份的词人也属于第三代。第三代词人由于前半生生活在民国时期年富力强，年龄稍小，如黄公渚、唐圭璋、龙榆生、夏承焘、吴白匋、吕贞白、王季思、钱仲联、丁宁等，于填词方面创作尤多。应是我们研究的重点之一。

人，到1949年新中国成立时还未成年，其词学活动当完全属于"当代词史"的讨论范围。① 由是知"四代人"跨清、民国、新中国三个时代。为避免遗漏民国有填词行为者，此小传采取博收严察的方式。

（3）本传拟仿朱德慈《近代词人考录》体例，但由于词人搜录未全，不宜以年龄先后排列。因此以姓氏拼音顺序为先后编排。其中凡引用朱德慈《近代词人考录》考索按语者，不另注明，但在其基础上再略有修补。

（4）本传以人系词集，先列词人生卒、名字号，有履历者简述之，再列其著述、词集，并略述版本。不详词集者暂缺。然所录词人基本为有填词记载者。

（5）本传的主要资料来源主要有：叶恭绰《全清词钞》《广箧中词》、林葆恒《词综补遗》、施议对《当代词综》、刘梦芙《20世纪中华词选》、唐圭璋《词话丛编》、尤振中与尤以丁《清词纪事会评》、严迪昌《近代词钞》和《近现代词纪事会评》、朱祖谋《国朝词坛点将录》、汪国垣《光宣以来诗坛旁记》、钱仲联《光宣词坛点将录》与《近百年词坛点将录》（陈国安有笺注）、朱德慈《近代词人考录》、刘梦芙《五四以来词坛点将录》、吴熊和等编纂《中国词学大辞典》、林玫仪主编《清词别集知见目录》与《词学论著总目》、饶宗颐《清词年表》、吴宏一《常州派词家年表》、张宏生《清词年表初编》、杨柏岭《近代上海词学系年初编》、傅宇斌《〈词学季刊〉词人小传》、袁行霈与赵仁珪等主编《抗战诗词选·附抗战诗人小传》、徐世昌《晚晴簃诗汇》、汪辟疆《光宣诗坛点将录》、江庆柏《清代人物生卒年表》、柯愈春《清人诗文集总目提要》、李灵年《清人别集总目》、钱实甫《清代职官年表》、王晋光《1919—1949旧体诗文集叙录》、尚海《民国史大辞典》、徐友春主编《民国人物大辞典》、蔡鸿源《民国人物别名索引》，卞孝萱辑《民国人物碑传集》、吴相湘《民国人物列传》、陈玉堂编著《中国近现代人物名号大辞典》（全编增订本）、周家珍编著《20世纪中华人物名字号辞典》、傅德华《二十世纪中国人物传记资料索引》、刘国铭《中国国民党百年人物全书》、朱铸禹《中国历代画家人名辞典》、

---

① 第四代词人大多接受的是新式教育，在新文化运动的背景下，出于对古典的热爱毅然致力于填词。因而此代词人大多新文学与古典文学兼擅。此代词人中以宛敏灏、潘景郑、吴世昌、万云骏、沈祖棻、吴则虞、任铭善等为最优者。

梁淑安编《中国文学家大辞典·近代卷》、恽茹辛《民国书画家汇传》、乔晓军编著《中国美术家人名辞典》、林昌健《浙江民国人物大辞典》、寻霖与龚笃清编著《湘人著述表》、石叟与刘慧勇编《中华民国诗千首》、杨子才《古今五百家词钞》《民国六百家诗钞》《民国词五百家词钞》、施议对《中华词综》等等。

（6）本传中人物生平多采自近代诗词总集、现当代诗词总集（含现当代诗词选）以及所见各家词集、现当代各家文集、现当代各种方志、各种检索系统等。由于出处繁杂，参考资料众多，此处不全注明。由于尚有许多词人的传记资料文献缺乏，部分词人较详细的生平暂缺，容以后专门考索出之。

（7）本传对词人生平、行实、品评等文献出处，限于篇幅未能全文详录、详注，容以后"民国词人传记史料汇编""民国词纪事"等著弥补之。

（8）此为民国词人的部分小传，逾千位。仅为初编，许多词人小传尚未收入，且待续编。然此已将民国词史上大家、名家基本囊括，于此可见民国词史之大概，若民国史之"词苑传"。

（9）本小传词人均按姓氏拼音排序，便于查寻。

二　小　传

1. 安文钦（1874—1962），字景远。陕西绥德人。清末秀才，怀安诗社社员。抗战时积极与八路军合作，曾当选陕甘宁边区第二届参议会常驻议员、副议长。新中国成立后，历任陕西省人民政府委员，第一、二届全国人民代表大会代表。有《满腹牢骚记》。

2. 白采（1894—1926），原名童汉章，字国华，又字爱智、瘦吟，改名白采，又名白吐凤。江西高安人。曾入创造社，并任上海立达学院教授。有《绝俗楼遗诗》，收词一卷。（详上官涛、胡迎建编《近代江西文存》）

3. 白鸿仪（1888—1933），字弋人、尘拙，号棠园。自署北澂人。陕西澄城县城东关人。保定军官学校毕业，曾任陕西督军府参谋长。1918年授陆军少将。姚文蔚《更生集》云："生长宁夏，著功关陇"，《晚晴集》云："抛弃军炳，肆力词章。"

4. 白蕉（1907—1969），名馥，字远香，号旭如。本姓何，名法治，后更名为白蕉，别署云间居士、济庐复生、复翁、仇纸恩墨废寝忘食人等。上海金山县张堰镇人。出身于书香门第，才情横溢，诗书画印皆允称一代。曾任上海中国画院筹委会委员兼秘书室副主任、中国美术家协会上海分会会员、上海中国书法篆刻研究会会员、上海中国画院书画师。主编《人文月刊》，有《云间谈艺录》《济庐诗词稿》《客去录》《书法十讲》《书法学习讲话》等。

5. 白炎，字卧羲，号中垒。河北宛平人。南社社员。有词见《南社词集》。（详林东海、宋红选注《南社诗选》）

6. 包兰瑛（1872—?），女，字者香，一字佩菜。江苏丹徒人。如皋朱兆蓉室，曾随宦浙、湘、鄂等地。（详《锦霞阁诗集》卷三《壬寅七夕三十初度》，《晚晴簃诗汇》卷一九一）有《锦霞阁词集》一卷（光绪三十四年刻本，宣统二年杭州刻本），与《锦霞阁诗集》合刊。俞樾序："余披吟一过，觉清丽之中独饶逸气。"傅崇黻序："披吟一过，惊叹枕经胙史，含英咀华，如近作中之感时咏史诸篇，其卓识精思迥超流俗，……当今之世咸谓我中国女界中独少人才，抑何所见之浅耶？"（详傅璇琮《中国诗学大辞典》）

7. 包荣翰（1863—1927），字素人，一作树人。原籍镇江丹徒，寓居扬州。晚清岁贡生。早年生活在扬州，中年常在外奔波。光绪三十二年受聘于江苏旅皖学院，为地学教习。辛亥革命后，以教书为业。冶春后社社员。陈廷焯外甥暨学生，陈氏词学嫡系传人。曾与同学许正诗、许棠诗、王宗炎、陈兆煊、陈凤章诸人整理出版《白雨斋词话》《白雨斋词存》《白雨斋诗钞》。雅好文学，尤工倚声。有诗集《断肠诗一百首》《水云轩诗钞》《遗砚斋诗存》，词集《包素人词集》（内有《醉眠芳草诗余》《红灯白纻词》《倚盾鼻词草》三种，每种又各分上下卷，南开大学图书馆古籍部藏）。（详《包荣翰传略》，天津图书馆藏抄本；顾一平《冶春后社诗人传略》，扬州市扬大印刷厂承印 2010 年版）

8. 包树棠（1900—1981），字伯苇，号笠山。福建上杭人。历主集美航海学校、福建音乐专科学校、福建省立师范专科学校讲席，新中国成立后为福建师范学院教授。有《笠山词集》《笠山诗话》《随无涯斋读书记》等。

9. 毕振达（1891—1926），又名倚虹，号几庵，笔名娑婆生、春明逐客。江苏仪征人。上海著名小说家、报人，曾创办《上海画报》。著有《人间地狱》，共八十回，后二十回由包天笑续成。辑有清代妇女作品集《销魂词》（1914 年铅印本）。（详扬州市政协文史资料委员会《百年风流·扬州近现代人物传》；张炯《中国文学通史·第 8 卷》；乔以钢《女性文学教程》）

10. 蔡宝善（1869—1939），字师愚，号孟庵。浙江德清人。光绪二十九年经济特科进士，民国七年任江苏政务厅长。（详《观复堂诗集》卷三《四十一岁初度感赋》）张鸣珂弟子，曾入六一消夏社，与邓邦述、吴梅、吴曾源、张茂炯等人唱和。有《一粟庵词集》二卷（宣统元年西安图书馆铅印本）、《绿芜秋雨词》一卷（光绪三十四年铅印本）、《箫心剑气词》一卷（同前）、《听潮音馆词集》三卷（1930 年铅印本）、《沧浪渔笛谱》一卷（1936 年铅印本）。

11. 蔡璧珍，名玉如，笔名璧珍。曾任《平阳日报》主编，取《文笔峰副刊》一年所载诗词，重新选编刊行，定名《文笔峰词章》（平阳青年印刷所 1943 年铅印本）。

12. 蔡伯亚，字伯雅，以字行。河南商丘人。河南大学毕业，邵瑞彭弟子。1933 年，曾任商丘留汴学会会刊文书干事。有《澹碧轩长短句》。（详傅宇斌著《现代词学的建立·〈词学季刊〉与 20 世纪三四十年代的词学》）

13. 蔡传奎（1872—?），字斗南，号文雨，一号缦庐。湖南湘潭人，原籍江苏吴县。光绪二十九年恩科举人，中式第四十八名，官邮传部主事。（详《清代朱卷集成》第 331 册）有《缦庐词》，附于《缦庐遗集》（1927 年铅印本）。

14. 蔡观明，原名达，字处晦。江苏海安人。历任南通如皋中学及约翰、光华大学教员，有《绿绮词》。

15. 蔡晋镛（1896—1957），原名俊镛，字韵笙，号雁村，一号巽堪。江苏吴县人。光绪二十年举人，官河南知县。曾与邓邦述、吴梅等组六一词社，以填词消暑，事后刻有《六一消夏词》。有《雁村词》一卷（1933 年吴县徐氏卓观斋刊本）。

16. 蔡守（1879—1941），原名珣，字哲夫，后更名守，字成城，号寒琼。广东顺德人。擅书画篆刻，师从黄宾虹。南社社员。曾加入国学保存会，襄助邓实等编辑《国粹学报》。有《寒琼遗稿》。（详孙克强、杨传庆、裴喆编著《清人词话·下》）

17. 蔡嵩云（1888—1950），原名桢，号柯亭。江西上犹人。曾任河南大学教授，师事李瑞清、陈锐。有《柯亭长短句》《柯亭词论》《词源笺证》《乐府指迷笺证》《作法集评唐宋词选》。

18. 蔡莹（？—1952），字正华，号小安乐窝主人。浙江吴兴人。与王欣夫、陈运彰、况又韩等有唱和。有《比玉词》《睡禅词》《朱彊村望江南题清词笺注》。

19. 蔡映辰（1859—1913），字少岚，号浣雪。江苏海安人。善书画，清附贡生，初为通州儒学训导，不久引退。致力于乡村小学教育，创办康庄初小。热心地方公益事业，创设老人院、施药局、存婴局。曾任栟茶市议会议长。有《绿云盦诗词集》。（详南通市教育局、南通市教育史料征集编写办公室编《南通市教育史料》）

20. 蔡元培（1868—1940），字鹤卿，又字仲申、民友、孑民。浙江绍兴山阴县（今浙江绍兴）人。曾任国民党中央执委、国民政府委员兼监察院院长、中华民国首任教育总长、北京大学校长、中央研究院院长等，1940年3月5日病逝于香港。有《蔡元培全集》，收有词作。

21. 曹大铁（1916—2009），原名鼎，字大铁，又字若木，号尔九、北野、若木翁、寂庵、寂翁、废铁、大铁居士、菱花馆主等。江苏常熟人。斋名"半野堂""菱花馆""双照堂"。从杨圻先生作诗、入张善子、张大千昆仲门墙习丹青、叩于右任先生学书法。主攻土木工程，余绪诗词书画。有《梓人韵语》，中有《大铁词残稿》。

22. 曹广权（1858—1935），字东寅，号南园老人。长沙人。清光绪十九年举人。善书法。曾官禹州知州兼淇县知县、礼部左参议、典礼院直学士。有《南园诗集》一卷(1937 年铅印本)。

23. 曹孟其（1883—1950），原名惠，以字行。长沙人。历任湖南都督府秘书、国民革命军前敌总指挥部秘书、湖南省孤儿院院长兼广益中学、三峰中学校长。编有《湖南孤儿院菊谱第一集》（1934 年长沙该院石印本），另有《逸词残稿》《孟其文录》。

24. 曹希璨（1872—1912），字韫生，号遁庵。浙江天台人。（详张廷琛《遁庵诗稿序》）有《团绿山房诗余》一卷（宣统三年木活字《遁庵诗稿》本）。据张《序》："今韫生年甫强仕。"由宣统三年（1911）逆数四十岁，故知其生于同治十一年（1872）。

25. 曹元忠（1865—1923），字夔一，一作撰一，号君直，晚号凌波居士。江苏吴县人。光绪二十年举人，官资政员议员、内阁侍读学士。（详民国四年印《笺经堂遗集》卷首曹元弼《诰授通议大夫内阁侍读学士君直从兄家传》）有《凌波词》（亦名《笺经室词》《云瓶词》）一卷（有光绪二十四年刻《题襟集》本；1933年刻《沧海遗音集》本、复旦藏稿本二卷），《乐府补亡》一卷（有光绪二十七年刻《笺经室丛书》本；《词学》第七辑本；复旦藏稿本）。陈运彰辑有《凌波榭词话》。

26. 曹佐熙（1867—1921），字摭沧，号毅庵，又号怡庐老人。益阳人。民国初曾任省议会议员。有《岑南诗草》一卷（1934年铅印本）。

27. 常任侠（1904—1996），安徽颍上人。中央大学毕业，师事吴梅。曾任教于中山大学。新中国成立后任中央美术学院教授、中国社会科学研究院研究员。有《红莲华集》。

28. 常燕生（1898—1947），山西榆次人。中国青年党首领之一，知名思想家、政治家、社会活动家、历史学家、哲学家。1920年毕业于北方高等师范。1925年加入青年党。历任青年党中央执行委员兼宣传部部长、青年党中央常务委员兼文化运动委员会主任委员、国民政府行政院政务委员、国民政府委员等。有《常燕生诗词集》。

29. 陈邦武（1918—1943），字尚忍。湖北浠水人。陈曾则子，赵朴初表弟。新中国医学院卒业。有《碧漪馆词》（陈曾则《御诗楼续稿》附刻本）。

30. 陈邦炎（1920—2016），湖北浠水人。北平中国大学毕业。曾为上海古籍出版社学术委员会委员、中国韵文学会常务理事、词学研究会理事、上海古典文学研究会理事、作协会员。有《临浦楼论诗词存稿》。

31. 陈宝琛（1848—1935），字敬嘉，又字伯潜，号弢庵。福建闽县人。同治四年举人，七年成进士，官至山西巡抚、弼德院顾问大臣。谥文忠。（详《碑传集三编》卷八陈三立《清故太傅赠太师陈文忠公墓志铭》）有

《沧趣楼词》一卷，与《沧趣楼诗集》合刊（1936 年刻本、1938 年福建陈
懋复文楷斋天津刻本、台湾文海版《近代中国史料丛刊》第 40 辑本）。

32. 陈保棠（1873—?），字潜庵，号伯南。福建长乐人。光绪十九年举
人，官河南汝宁知府。民初创鞠社于汾溪福惠寺。1917 年，协纂民国《长
乐县志》。1919 年，北上任海军部秘书。工书法。词传俱见《闽词征》卷
六。有《囊山楼诗文集》。（详陈及霖主编《福建陈氏人物志》）

33. 陈伯陶（1855—1930），字子砺，一字象华，号瓜庐。广东东莞人。
光绪五年中举，十八年成进士，官至江宁提学使署布政使。谥文良。（详
《广清碑传集》卷十七陈宝琛《陈文良公墓志铭》）有词见《全清词钞》卷
三十六。

34. 陈步墀（1870—1934），字子丹。广东饶平人。附贡生，宣统初入
太学，官候选道。辛亥后主办香港干泰隆公司廿余年。（详卞孝萱辑《民国
人物碑传集》卷十三温肃《陈子丹墓志铭》）有《双溪词》三卷、《十万金
铃馆词》二卷（民国石印《绣诗楼丛书》本）。

35. 陈沧海（1901—1964），原名季章。浙江温岭人。浙江两级师范学
堂毕业，李叔同弟子。后就读于厦门大学，以病辍学。曾削发为僧，法名蕴
光，40 年代初还俗。有《拈花词》《遗珠词》《沧海楼诗词钞》《味雪
词》等。

36. 陈曾寿（1878—1949），字仁先，号苍虬，别署耐寂、复志、焦庵。
湖北蕲水人。光绪二十一年补县学生，二十八年中举，二十九年成进士。官
至都察院广东道监察御史、学部右侍郎。（详卞孝萱辑《民国人物碑传集》
卷十陈祖壬《蕲水陈公墓志铭》）有《旧月簃词》一卷（1921 年上海聚珍
仿宋印书局铅印本；1933 年刻《沧海遗音集》本；附于《苍虬阁诗续集》
一卷本，1921 年江宁蒋氏真赏楼仿聚珍版）。

37. 陈禅心（1912—2002），号畏佗。福建省莆田县人。1936 年加入中
国空军，属空军第四大队。抗战时曾转战于南京、南昌、周家口、武汉，参
加武汉空军保卫战。后任福建省文史研究馆馆员。集唐人诗句为抗战诗集
《抗倭集》《沧桑集》。

38. 陈次园（1917—1990），名中辅，字次园，以字行。昆山玉山镇人。
1940 年毕业于东吴大学法学院。著名翻译家、诗人、书法家，中华诗词学

会发起人。曾任外文出版局编审。有《倾盖集》《朝彻楼诗词稿》。

39. 陈大远（1916—1994），笔名胡青、大风。河北丰润人。1941 年在冀东参加抗日。历任《救国报》刻写员、编辑，冀东新长城社理事及编辑、长城皮影社指导员，《冀东日报》编辑部长等职。有诗词集《大风集》。

40. 陈鼎忠（1879—1968），又名天倪，字星环。益阳人。民国间历任湖南官书局编审，省长公署秘书，东北大学、湖南大学、中山大学教授。有《尊闻室剩草》二卷附诗余（1948 年益阳文心书店铅印本）。

41. 陈蠡园（1890—1949 后），号濡西外史。江苏常州人。有《己丑集》。

42. 陈迩冬（1913—1990），原名仲瑶。广西桂林人。著名诗人、古典文学专家。抗战期间，曾任国防艺术社宣传部副主任、主任，中华全国文艺界抗敌协会桂林分会理事等职。编有《苏轼诗选》《韩愈诗选》等。

43. 陈方恪（1895—1966），字彦通，号鸾陂。江西义宁人。陈三立子。震旦学院毕业。曾任上海正风文学院、南方大学教授。新中国成立后任南京图书馆研究员。有《㼮香馆词》《浩翠楼词》《鸾陂词》《适屦集》等。

44. 陈匪石（1884—1959），原名世宜。江苏南京人。师事张仲炘、朱祖谋，先后入南社、如社。中央大学教授。有《旧时月色斋词》《倦鹤近体乐府》。

45. 陈复（1907—1932），又名志复。广东番禺（今广州）人。1922 年考入上海复旦中学，1925 年赴莫斯科中山大学学习。后在苏联加入中国共产党。1929 年回国，任香港工人日报社副社长。1930 年到天津从事革命宣传活动，后回广州任中共广州市委宣传部部长。1932 年 8 月 10 日在广州被捕后被杀害。有《春水集》。（详李盛平《中国近现代人名大辞典》）

46. 陈古逸（1864—1931），原名度。四川泸西人。与由云龙、张学智等有唱和，有《泡影词》。袁嘉谷序云："词皆少年时作，以二李之纤新，行苏辛之浩气，较竹垞、饮水，殆无多让。"

47. 陈国柱（1898—1969），福建莆田人。早年曾参加孙中山所属护法军反对北洋军阀。1925 年加入中国共产党。新中国成立后任政务院参事、中央文史馆办公室主任、国务院参事。能诗词，有《碧血丹心集》。

48. 陈海天（1894—1989），广东南海人。1931 年加入广东空军。1947

年以陆军上校衔退役。曾获抗战胜利甲级二等光华勋章。擅诗词，被誉为"空军诗人"。有《恺庐誊稿》《恺庐文选》等。

49. 陈海瀛（1882—1973），又名无竟，字雪舟，号说洲，又号希微室主人。闽县人。清光绪二十八年举人，后留学日本。北伐时为广州大元帅府秘书。曾先后任教于福建法政学堂、华南女子学院、福建学院，1959 年受聘为福建省文史馆名誉馆员。有《读史记管见》《师友感逝录》《希微室文稿》《希微室诗稿》《梧州桂林杂诗》《希微室折枝诗话》等，编有讲义《中国文学史》《孟子政治论》等。

50. 陈衡恪（1876—1923），字师曾，号槐堂，别号朽道人。江西义宁人。陈三立子。毕业于日本高等师范学校，归国后任江西教育司长、教育部图书编辑。曾任教于北京女师、北京高师、北京美术学校、美术专门学校。有《中国绘画史》《陈师曾先生诗文集》。

51. 陈焕章（1881—1933），字重远。广东高要人。光绪三十二年进士，次年留学美国，获哲学博士。（详《历代名人生卒年表补》）有《陈默斋诗词稿》（1966 年影印稿本）。

52. 陈寄凡，长沙人。有《瑜香阁诗钞》一卷、《词钞》一卷（1928 年长沙陈氏《雁行集》本）。

53. 陈寂（1900—1976），字寂园，号枕秋。广东怀集人。民国时曾入清游会，任中山大学教授。有《鱼尾集》《枕秋阁诗词》。

54. 陈家麟（1905—1981），字玉书。广西贺县人。抗战早期在桂林读书，后参加广西学生军。1945 年创办"贺县桂岭初级中学"并任校长。1946 年创办"桂岭卫生院"。曾主编《袭击周刊》《鼙鼓周刊》。有《征程吟草》。（详政协贺县文史资料委员会编《贺县文史》）

55. 陈家庆（1904—1970），女，字秀元，号碧湘。湖南宁乡人。陈家鼎妹，徐澄宇妻。吴梅弟子。曾任教于安徽大学、重庆大学、上海中医学院。有《碧湘阁集》（含《诗》一卷、《词》一卷、《文》一卷，1933 年铅印本），《碧湘阁近稿》（民国安徽大学石印本）。另有《黄山揽胜集》（与夫徐澄宇合著，1937 年上海中华书局出版）。

56. 陈洁华，女，长沙人。有《静翠轩诗钞》一卷（1928 年长沙陈氏《雁行集》本）。

57. 陈洁如，女，长沙人。有《锄月山庄诗钞》一卷、《词钞》一卷（1928 年长沙陈氏《雁行集》本）。

58. 陈洁瑜，女，长沙人。有《晚香楼诗钞》一卷、《词钞》一卷（1928 年长沙陈氏《雁行集》本）。

59. 陈景寋（1878—?），字梦初。安徽凤台人。四方游幕，足迹遍海宇。光绪末执教于寿州公学，宣统元年辞之。有《观尘因室诗话初集》一卷（1936 年九月皖江印书馆铅印本）。另有《观尘因室词曲合钞》十二卷。（详蒋寅撰《清诗话考》；王政《古典文献学术论丛·第二辑》）

60. 陈敬婉，女，长沙人。有《净尘阁遗稿》一卷、《词钞遗稿》一卷（1928 年长沙陈氏《雁行集》本）。

61. 陈九思（1901—1998），原名樾，别号挹芬。浙江义乌人。曾任浙江大学、浙江农学院教师。1957 年后任上海师范学院教授。有《转丸集》。

62. 陈开瑞（1916—?），广西全州人。抗战期间曾在桂林任国防艺术社队员、广西桂剧学校教导主任、第四战区荣誉军人管理处少校视察等职。有《瑞牛吟草》。

63. 陈宽，字子叔。四川酉阳人。清宣统三年主笔《西顾报》。1926 年任四川武胜驻军第二十军三师部秘书长。晚年居成都，与刘叔平结怀风诗社，有《堨篾前后集》。

64. 陈夔（1870?—1927?），字典韶。江苏镇洋人。唐文治表弟。诸生，壮岁官江西知县。（详《诗余口业》卷首唐文治《诗余口业序》）有《诗余口业》一卷（1933 年志庐铅印本）。

65. 陈夔（1871?—1923 后），字子韶，号伯瓠。浙江诸暨店口人。为学冥心希古，诗文洁净精微。马一浮先生谓其词胜于诗，遂专心致力于词。生前未梓集，传世《虑尊词百阕》《然脂词》，为其门人刊录。有《虑尊词》一卷、《然脂词》一卷（1922 年铅印本）。据《虑尊词自叙》："己卯春，先叔父归自武林，赐便面一幅，上书李太白《忆秦娥词》，时尚未能句读，请于叔父。"末署："壬戌春日陈夔伯瓠甫自叙。"时己卯为光绪五年（1879），壬戌为 1922 年，由是知其生卒当为"1871?—1923 年后"。

66. 陈夔龙（1857—1948），字筱石，一作小石，晚号庸庵。贵州贵筑人。光绪十二年进士，官直隶总督兼北洋大臣。（详《辛亥人物碑传集》卷十三高振霄《清授光禄大夫太子少师故直隶总督北洋大臣陈公墓志铭》）有《庸庵词钞》一卷。

67. 陈寥士（1899—1971），字器伯，号玉谷。浙江鄞县人。师事冯君木、况周颐。有《单甲戌稿》，与陈瘦愚、马云合著《三友诗词唱和存》。

68. 陈曼若（1901—1982），字道瑛，号荷山。湖南湘阴人。曾任江西省上饶县县长、南昌行营少将参议等。1941 年任国民政府考试院奖恤司司长、考功司司长。（详袁行霈、赵仁珪主编《诗壮国魂·中国抗日战争诗钞》）

69. 陈懋鼎（1870—?），字泽铉，号征宇，一号槐楼。福建闽县人。光绪十六年进士，官外交部参议。（详《清代朱卷集成》第 68 册、《闽词征》卷六）有词见《词综补遗》卷二十、《闽词征》卷六。

70. 陈梦坡（1860—1913），原名彝范，字叔柔，号梦坡、蜕翁、蜕庵等。江苏武进人。清末报人。光绪十五年中秀才，纳赀任江西铅山知县。旋因教案落职，移居上海。接办胡璋经营不善的《苏报》。延妹夫汪文溥任主笔。光绪二十八年，与蔡元培等发起成立中国教育会，任评议员，并支持蔡元培筹办爱国学社。光绪二十九年，汪文溥离任后，聘章士钊任主笔，使《苏报》成为革命党的宣传阵地。"《苏报》案"后，流亡日本，结识孙中山、陈少白等。后去香港，光绪三十一年返沪，不久被捕入狱。光绪三十三年保释，流落浙江、湖南。辛亥武昌起义后，参加湘桂援鄂联军，任联军司令部书记。未几，离湘返沪加入南社，曾主编《太平洋报》。后赴北京，主笔《民主报》《国学丛选》等。遗作有《映雪轩初稿》《烟波吟舫诗存》《东归行卷》等。后由妹夫汪文溥编为《陈蜕庵先生文集》《蜕翁诗词刊存》（中有民国三年本《蜕词残稿》）、《蜕翁诗词文续存》三种。（详江苏省地方志编纂委员会编《江苏省志·人物志》）

71. 陈铭枢（1889—1965），自号真如。广西合浦人。曾任淞沪警备司令、京沪卫戍司令长官、国民党政府行政院副院长兼交通部长等职。参加过"一二八"淞沪抗战。1933 年，因在福建成立"中华共和国人民革命政府"被国民党开除党籍、革职。新中国成立后，曾任全国人大常委、全国政协常委、民革中央常委。能诗词，以词、书、画作三友。有《贞刚三友画册》。

72. 陈娜（1902—1968），女，名瑾，又字小翠，别署翠侯、翠吟楼主。斋名翠楼。陈栩女。浙江钱塘人。十三岁能诗，有神童之目。曾任上海女子文学专校、无锡国专教师，上海女子画会编辑。新中国成立后，任上海中国画院画师。工诗、词、曲、小说，能书善画，曾出版译著多种。于诗造诣尤深，被沈禹钟许为"当代闺中唯一隽才"。1934 年，与顾青瑶、杨雪玖、李秋君等人组成中国女子书画会，又组织画中诗社，兴盛一时。（详左鹏军《晚清民国传奇杂剧文献与史实研究》）有《翠楼文草》《翠楼吟草》《翠吟楼词曲稿》等诗文，《自由花》《护花幡》《黛玉葬花》等杂剧和《焚琴记》《疗妒针》《望夫楼》《自杀堂》等小说，另有《绿梦词》（民国石印《栩园丛稿》本）。（详刘继才《趣谈中国近代题画诗》）

73. 陈乃文（1906—1991），女，字蕙漪，号蕙风楼主。上海崇明人。师事樊增祥、刘永济。曾任教于国立暨南大学、治中女子中学。新中国成立后，为上海文史馆员。有《蕙风楼诗词》。

74. 陈南徽，长沙人。有《涧香山馆诗钞》一卷（1928 年长沙陈氏《雁行集》本）。

75. 陈潜，字潜公，号豸叟，蠖园老人。湖南湘乡人。民国时与曾广钧等有唱和。有《蠖园诗草》一卷、《诗馀》一卷（1922 年湘乡咸通石印局石印本）。《诗余》前有 1920 年九月蠖园老人撰《蠖园诗余序》，收词若干首。（详寻霖、龚笃清编著《湘人著述表》）

76. 陈勤婉，女，长沙人。有《忆云阁诗钞》一卷、《词钞》一卷（1928 年长沙陈氏铅印《雁行集》本）。

77. 陈庆森（1869—1911 后），字奉阶，或署讽佳。广东番禺人。光绪十七年举人，官湖南省知县。辛亥革命后归寓广州。（详《词学》第七辑施蛰存《百尺楼词之作者》）有《百尺楼词集》，刊《词学》第四辑（1986年）。据《百尺楼词》内《满江红·戊戌生日自题小照》，上阕有云："生我奚为？算三十、男儿非少，只赢得、王郎抑塞，江郎文藻。"其时戊戌为光绪二十四年（1898），因知其生于同治八年（1869）。

78. 陈去病（1874—1933），字佩忍，号巢南，别号垂虹亭长。江苏吴江人。光绪二十一年诸生。早年以办报为业，先后主创《江苏》《二十世纪大舞台》《警钟日报》《中华新报》《大汉报》等，曾任东南大学教授。中年时与柳亚子等创建"南社"。入民国，参与"二次革命"、护法运动，出任国民党江苏临时省党部委员、江苏革命博物馆馆长等。（详《南社人物传》"陈去病"条、金荃《陈去病先生年谱》，上海图书馆藏铅印本）有词见《南社丛刻》《陈去病诗文集》（社会科学文献出版社 2009 年版）。

79. 陈荣昌（1860—1935），字筱圃，号虚斋，又号铁人、盾农、困叟、桐村。云南昆明人，祖籍江苏上元县（今南京）。师从张振卿。历任山东学政、贵州学政、福建宣慰使、昆明经正书院山长。有《虚斋诗稿》《虚斋文集》《桐村骈文》《虚斋词》。（详孙克强、杨传庆、裴喆编著《清人词话·下》）

80. 陈锐（1859—1922），字伯弢，一字伯涛，号抱碧。湖南武陵（今常德）人。光绪十九年举人，官江苏试用知县。（详《中国文学家大辞典·近代卷》）有《抱碧斋词》一卷、《抱碧斋词续》一卷（见民国十九年排印《抱碧斋集》八卷本，陈三立、夏敬观分别作序；另，《抱碧斋词》一卷尚有 1937 年上海开明书店《清名家词》铅印本），《抱碧斋诗》四卷、《七言律诗》一卷、《词》一卷、《杂文》一卷（清光绪二十一年扬州刻本），《抱碧斋文集》（松鹤斋抄本，今藏南京图书馆），《抱碧斋词话》一卷（1934年《词话丛编》铅印本），《抱碧斋诗》五卷、《词》一卷、《杂文》一卷。（清光绪三十一年扬州刻本），《抱碧斋集》十卷（1930 年铅印本）。

81. 陈瑞林（1904—?），河北省清苑县人。1939 年参加八路军，1947年加入中国共产党。抗日战争时期，任晋察冀军区一军分区一所主治医生、五所所长。有词见《民族诗坛》。

82. 陈声聪（1897—1987），字兼与，号壶因，又号荷堂。福建福州人。师事乔大壮。早年入谷社，新中国成立后为上海文史馆馆员。有《壶因词》《诗词小志》《填词要略》《闽词谈屑》等。

83. 陈寿嵩（1879—1940），字栩园，号蝶仙，晚名栩，别署天虚我生、樱川三郎。浙江钱塘人。南社社员。先为《申报》副刊《自由谈》之编辑，后弃文经商。（详郑逸梅《南社丛谈·南社社友事略》）有《海棠香梦词》四卷、《眉山冷翠词》一卷（民国五年中华图书馆铅印《天虚我生诗词曲稿》本）、《新疑雨集》《香雪楼词》《栩园词集》等，另有《考证白香词谱》一卷。

84. 陈瘦愚（1897—1990），原名守治，号乐观翁。福建南平人。曾入南社、南社湘集。发起成立南社闽集、南京芳草社、常州苔岑社、上海乐天社、常熟虞社等。有《陈瘦愚词选》。（详福建省文史研究馆编《百年闽诗》）编刊《千岁唱和词》，出版《神交唱和集》《乐天安命室词删》《愚窝诗词话》《愚窝诗词年刊》《瘦愚三十初度唱和集》《徐陈唱和词》《乐天楼填词图题咏集》《陈瘦愚词选》等。

85. 陈叔通（1876—1966），名敬第。浙江杭州人。幼承家学，于经、书、古文、诗词等方面用力甚勤。光绪三十八年举人，翌年进士，授翰林院编修。曾参加戊戌维新运动、辛亥革命、反袁斗争。抗战期间，参加抗日救亡活动。历任众议院议员、商务印书馆董事、浙江兴业银行董事、中华全国工商联主任。中华人民共和国成立后，任中央人民政府委员、全国人大常委会副委员长、政协全国委员会副主席等职。有《百梅书屋诗存》。

86. 陈思（1873—1932），字慈首。辽宁辽阳人。与钱名山、谢玉岑、蒋兆兰等有唱和。民国时任东北大学教授。有《华藏词》。

87. 陈天民，字翰彬。广东新会人。有《静虚室词稿》。

88. 陈廷辉，长沙人。有《逸园诗钞》一卷、《词钞》一卷（1928年长沙陈氏《雁行集》本）。

89. 陈纬元（1850—1920），后名漳，字经渔，号辛楣。四川绵竹人。光绪十四年举人，二十四年成进士，官湖北黄安、谷城知县。（详邓昶《辛楣先生传》，《屦亭诗集》卷首）有《窳庐词》一卷（民国十五年成都昌福印刷公司代印《屦亭诗集》本）。据《近代词钞》谓之"生卒年不详"。考张政《屦亭诗集序》（卷首）："民国九年十一月二十一日遭疾，终于家，享年七十有一。"

90. 陈无用，字虑尊。浙江诸暨人。南社社员。辑有《宋元词类钞》，其词见《南社词集》。

91. 陈希豪（1896—1965），字亦昂。浙江东阳人。毕业于北平中国大学政治经济科，曾任浙江省政府委员、国民党浙江省党部工人部长、国民党上海市党部指导委员兼训练部长、国民党中央训练部秘书等职。有《南疆词草》（1948年石印本）。（详万仁元等编《中国抗日战争大辞典》；刘国铭等编《中国国民党百年人物全书》、浙江省政协文史资料委员会编《浙江近现代人物录》、《浙江文史资料选辑》第四十八辑）。

92. 陈肖兰（1860—1935？），广西贵县人。有词附《陈肖兰女士诗集》（详《魏铁三先生陈肖兰女士遗集合刊》，1935 年何和征版）。据《陈肖兰女士诗集》编年排序，其中《初度日有怀先慈》编于丙申（1896），首联云："年华卅七感蹉跎，忍听书生诵《蓼莪》。"因知其生于咸丰十年（1860）。又，罗功武《陈肖兰女士诗集序》："女士，贵县陈方伯鹿笙之女，州牧幼鹿之妹……民纪甲子，女士年逾耳顺……乙亥春，（和征）将其遗稿属余校阅。"乙亥为 1935 年，由此知当卒于此年之前。

93. 陈协恭，号研因。1947 年时突患疯瘴之症。归卧月余，方复起居停。两年间，翻阅韩楚原先生所编《白香词谱》百首。循环雒诵，至再至三。偶尔步韵，积之既久，遂成一册，是为词集《和白香词》。于 1949 年秋编成一卷并由友人付印。又民国时有陈寅亦字协恭，与此非一人。

94. 陈星涵（1846—1918 后），字有庚，别号寄红词客。江苏昭文人，官浙江江山县尉。有《洞仙词》。

95. 陈旋珍，女，广东南海人。马维岳室。黄福颐弟子。毕业于中山大学。后从军。有《微尘吟草》。

96. 陈洵（1870—1942），字述叔，号海绡。广东新会人。少有才思，游江右近十年。早年随父在佛山经商。曾受业吴道镕门下，补南海县学生员。年未及冠即受江西瑞昌县知县黄元直之聘，为其家塾教师。晚岁任中山大学教授。与黄节、谭祖任等交密。以词著称，颇为朱彊村推挹。有《海绡词》一卷（1923 年朱祖谋活字印本）；二卷（1933 年印《沧海遗音集》本）；续一卷（刊《同声月刊》第二卷第七号）；《陈洵海绡词残稿》（刊香港《何曼庵丛书》第十一种）。刘斯翰编有《海绡词笺注》（上海古籍出版社 2002 年版）（详刘斯翰《海绡词笺注》附录三《陈洵年谱简编》、马兴荣等编《中国词学大辞典》）。

97. 陈训正（1872—1943），字屺怀，又字无邪，号玄婴、天婴，晚号晚山人。浙江慈溪人。光绪二十八年举人。同盟会成员。民国时曾任浙江省政府委员、杭州市市长。一生著述颇丰，尤在方志学的理论和实践上成绩斐然，主修过民国《定海县志》和民国《鄞县县志》。另有《天婴室丛稿》（中有《末丽词》《紫荑词》《吉留词》《缆石春草》等，清宣统三年铅印本）（详孙克强、裴喆《论词绝句二千首》，朱关田《沙孟海全集》）。

98. 陈衍（1856—1937），字叔伊，号石遗。福建侯官人。光绪八年举人。入刘铭传、张之洞幕，光绪末年任学部主事。入民国任厦门大学、无锡国专教授。（详卞孝萱辑《民国人物碑传集》之唐文治《陈石遗先生墓志铭》、陈声暨《陈石遗先生年谱》）有《朱丝词》二卷，与其《石遗室诗集》十三卷合刊（光绪三十一年刻本、1918 年刻本朱印本）；与其《石遗室文集》二十八卷合刊（1929 年武昌刻本）。陈步编有《陈石遗集》（福建人民出版社 2001 年版）。

99. 陈一峰（1887—1975），广东新会人。早年毕业于交通大学。后东渡日本。一战时返港经商，从事金融股票业。抗日时期，与柳亚子等有交谊。有《一峰诗存》《初曦楼诗词》，另有《一峰词钞》（1961 年铅印本）。（详叶元章、徐通翰《中国当代诗词选》，黄坤尧《香港诗词论稿》）

100. 陈倚楼，字笑侬。周葆贻弟子。民国武进兰社成员。有《倚楼诗》《笑侬词》。

101. 陈逸云（1908—1969），女，字山椒。东莞茶山陈屋村人。初中毕业后，仅读一年师范，即越级考入广东大学（中山大学前身）。1927 年毕业于法科系。后任国民党广州党部干事兼《国民日报》记者、国民革命军前敌总指挥部政治部党务科长、上海市妇运会主席、国民党南京市党部执行委员会委员兼妇女部长、国民政府司法院秘书。1932 年到美国密歇根大学就读。1936 年取得市政管理硕士学位。学成归国，任铁道部专员，并主编《铁道月刊》。1946 年后，担任中央文化运动委员会委员兼广州市文化特派委员、立法院立法委员。去台湾后任"联合中国同志会妇女委员会"主任委员。1952 年、1957 年分别当选为"国民党第七届中央委员"和"第八届候补中央委员"。

102. 陈毅（1871—1929），字诒重，号恂庐。湖南湘乡人。早年师事王先谦。光绪三十年进士。历任京师编译馆主纂、京师大学堂提调、资政院参议等。曾参与预修《皇清文献通考》，并以孤臣自命。酷嗜藏书，积五世藏书达 30 余万卷。辟有藏书楼曰"阙慎室"。所购多金石原拓和名家考校之本，宋、元、明善本书百多部，校勘批注殆遍。有《阙慎室藏书目录》二册。另有《墨子正义》《恂庐诗文集》等。

103. 陈毅（1901—1972），字仲弘。四川乐至人。中国无产阶级革命家、军事家、诗人。新中国成立后曾任华东军区司令员、上海市长、中央军委副主席、国务院副总理兼外交部长等职。有《陈毅诗词选集》《陈毅诗词全集》等。

104. 陈寅恪（1890—1969），江西修水人。陈三立子。曾任清华大学、岭南大学教授。新中国成立后，任中山大学教授、中央文史馆副馆长。有《寅恪先生诗存》《元白诗笺证稿》《隋唐制度渊源略论稿》等。

105. 陈永联（？—1949 后？），民国文友社成员。有词集《嘹唳》，收词 100 余首。

106. 陈与同（1845—？），字煦万，号可斋。福建侯官人。同治十二年举人。官江苏宜兴知县。（详《清代官员履历档案全编》第 27 册；《福建省志·文苑传》）有词见《闽词征》卷六。

107. 陈玉清（1921—1990），字钝叟。江苏泰州人。无锡国学专科学校毕业。上海海潮诗社社长兼主编。

108. 陈芸，女，字芸仙，号淑宜。福建侯官人。父陈寿彭。有《小黛轩集》。

109. 陈运彰（1905—1955），原名陈彰，字君漠，一字蒙安、蒙庵、蒙父，号华西，斋名证常庵、华西阁。原籍广东潮阳铜盂，生长于上海。为况周颐入室弟子。历任上海通志馆特约采访、潮州修志局委员，之江文理学院、太炎文学院及圣约翰大学教授。工诗词、善书画、精篆刻。有《纫芳簃词》。

110. 陈泽，长沙人。有《遁庵诗钞》一卷（1928 年长沙陈氏《雁行集》本）。

111. 陈泽锽（1905—2000），号琴趣。福建福州人。父陈海瀛。师事何振岱。有《琴趣楼诗》。卢为峰评："所传词皆面目清新，颇有情趣，非寻常涂抹者可比也。"

112. 陈昭常（1868—1914），字平叔，号谏墀，一字简始，亦作简持。广东新会人。光绪十五年举人，二十年成进士。官至吉林巡抚。与梁启超、曾习经、左绍佐等有唱和。（详《近代名人小传·官吏》）有《廿四花风馆词》一卷，与《廿四花风馆诗》合刊（1930 年家刻本）。

113. 陈之鼎，字椿轩。广东番禺人。光绪进士。有《蒟香词》。

114. 陈中凡（1888—1982），原名钟凡，号觉元。江苏盐城人。曾任南京大学中文系教授、南京文联副主席、江苏省文史研究馆馆长。有《中国文学批评史》《古书读校法》《诸子通义》《中国韵文通论》《汉魏六朝文学》《清晖集》等。

115. 陈柱（1889—1944），字柱尊，号守玄。广西北流人。早年就读于南洋公学，后留学日本。南社社员。曾任无锡国专、大夏大学、暨南大学教授，安徽大学校长，交通大学中文系主任。辑有《粤四家词》。另有《守玄阁词》。

116. 陈宗颖（1855—1914），字孝坚。番禺人。陈澧四子。光绪十四年优贡生。授阳山县训导。《番禺县续志》卷二十著录陈宗颖《达神恉斋词》。

117. 陈宗遹，字云窗。福建闽县人。生活于同、光间。有《补眠庵词》二卷、《竹窗词》（光绪十六年刻本）。

118. 陈祖善，江苏常熟人。同、光间在世。有《花雨楼词》二卷，与其《鸳嬗媛舫诗》合刊（光绪三十三年刻本）。

119. 陈作霖（1837—1920），字雨生，号伯雨，学者称可园先生。江苏江宁人。官江宁县学堂山长、江苏通志馆总校分纂。有《可园词存》，编有《金陵词钞》。

120. 成本璞（1877—1931），字棹渔、琢如，号天民、淡庵、愚民。湖南湘乡人。南社社员。后加入湘集南社。光绪中两举经济特科，皆报罢，乃发愤留学日本。归国官浙江台州知府、中书科中书等职。民国初，任国务院秘书、简任官、伊犁外交司司长。曾从江标、谭献习词。为张燮钧、江标所推重。所作诗词收录于《湘乡成氏三修族谱》。遗著有《泪影词》一卷（光绪二十五年长沙刻本）、《九经新义》、《通雅斋丛稿》（含《淡庵骈文》一卷、《淡庵文存》一卷附一卷、《碧云词》一卷、《泪影词》一卷、《湘瑟秋雅》一卷、《酒痕集》一卷、《潈溪集》一卷、《松园集》一卷，清宣统元年武林刻本，江标序）。另有《吴会题襟集》一卷、《湘瑟秋雅》一卷。（详顾曾沐《通雅斋丛稿序》、郑逸梅《南社社友录》）

121. 成昌（1859—？），字子蕃，一字湟生，号子和、南禅，萨克达氏。满族镶黄旗人。光绪十四年举人。官四川夔州知府。（详张文森《著�吟社同人小传》、孙雄《道咸同光四朝诗史》乙集卷五）有《退来堂诗词钞》，见《子蕃遗稿》十六种附二种（藏北京大学，稿本）。

122. 成善楷（1912—1989），字伯遵，晚号霜叶居士。重庆忠县两河乡人。有《霜叶诗词选》。

123. 成舍我（1898—1991），原名成勋，后名成平，舍我为其笔名。湖南湘乡籍人，出生于南京。北京大学中文系毕业。曾任上海《民国日报》主编、北京《益世报》总编。1924年后，先后创办《世界晚报》《民主报》《立报》《香港立报》《世界日报》。1947年当选为立法委员。南社社员。《南社词集》有词。

124. 成惕轩（1911—1989），名汝器，字康庐，号楚望。湖北阳新龙港人。1939年毕业于中央政治学校高等科一期，通过高等文科官考试，升为少校。后陈布雷擢为简任秘书。抗战胜利时被授予抗战胜利勋章。有《楚望楼骈体文》《楚望楼诗》等。

125. 程坚甫（1899—1989），广东省台山县村人。自小出外求学，在广州中学毕业后，曾担任当时广东省长陈济棠辖下的燕塘军校图书馆管理员。此后曾担任国民政府的低级职员，历任广东省盐业公会秘书、韶关警察局文书、中山地方法院秘书、广东省高等法院汕头分院秘书。有《洗布山诗存》等。

126. 程千帆（1913—2000），原名会昌，号闲堂。湖南宁乡人。沈祖棻夫。曾任武汉大学中文系主任、教授，南京大学中文系教授，江苏省文史研究馆馆长。有《古诗考索》《文论十笺》《闲堂诗存》等。

127. 程潜（1882—1968），字颂云。出生于湖南醴陵官庄。同盟会会员。日本陆军士官学校第六期毕业。国民党陆军一级上将。曾任湘军都督府参谋长、非常大总统府陆军总长、广东大本营军政部部长。中华人民共和国成立后，任中央人民政府委员、全国人民代表大会常务委员会副委员长、湖南省省长等。有《程潜诗集》。

128. 程倩薇，女，广东人。1936年毕业于中山大学，师事龙榆生。有词一阕见《词学季刊》第三卷第一号《近代女子词录》。（详傅宇斌《现代词学的建立·〈词学季刊〉与20世纪三四十年代的词学》）

129. 程善之（1880—1942），字庆余，号小斋，别署一粟。安徽歙县人。侨寓扬州。南社社员。先后任教于扬州府中学堂、扬州国学专科学校。有《沤和室词存》。

130. 程适（1867—1928后），字肖琴，号蛰莽。江苏宜兴人。官安徽知县。民国入白雪词社。有《蛰莽词》。

131. 程澍，字甘园。安徽休宁人。光绪十七年举人。官度支部主事。与汪渊、程颂万等有唱和。有《匏笙词》（一名《黄海洞箫谱》二卷，光绪三十四年京华印书馆铅印本）。

132. 程松生（1863—?），字梦侯，号筼甫。安徽歙县人。光绪十七年举人，中式第七十三名。官江苏睢盱厅同知。（详《清代朱卷集成》第184册）有《香雪庵词剩》一卷（民国二年铅印本）、《纫秋轩词钞》（苔岑社民国十年铅印本）。

133. 程颂芬，字彦清，号牧庄。湖南宁乡人。光绪间贡生。官教授。（详民国《宁乡县志》第十《先民传二十二》）有《牧庄词》三卷（民国十八年上海大中印社刊行吕传元编钞《三程词钞》本）。

134. 程颂万（1865—1932），字子大，号鹿川、定巢、石巢，晚号十发居士。湖南宁乡人。监生。官湖北高等工业学堂监督、候补道、湖北造纸厂总办等。（详《清代官员履历档案全编》第8册、陈宝书《十发先生年谱》）有《湘社集》（易顺鼎、程颂万合编，清光绪十七年长沙蜕园刻本）、《楚望阁集》十卷（清光绪二十七年长沙刻本）、《楚望阁集》六卷（清光绪二十七年长沙竢园刻本）、《鹿川近稿》一卷附录一卷（1921年鹿川阁石印本）、《鹿川田父集》五卷（1914年长沙十发书堂石印本）、《石巢诗集》十二卷（1923年武昌鹿川阁刻本）、《美人长寿庵词集》五种六卷（含《言愁阁笛语》二卷、《蛮语词》一卷、《湘社雅词》一卷、《十鞬词钞》一卷、《十鞬后词》一卷，清光绪二十六年武昌刻本）、《鹿川诗集》十六卷（1931年鹿川阁刻本）、《定巢词集》十卷。（1924年宁乡程氏武昌刻本）另辑《三程词钞》三种八卷（含程霖寿《湖天晓角词》二卷、程颂芬《牧庄词》三卷、程颂万《鹿川词》三卷，1929年至1930年眉山夏忠道铅印本）。

135. 程先甲（1872—1932），字鼎臣，号一夔，晚号百花仙子。江苏江宁人。光绪十七年举人。曾任江南高等学堂教授。（详卞孝萱辑《民国人物碑传集》卷七潘宗鼎《私谥懿文程一夔先生墓志铭》）有《程一夔词》一卷（1923 年江宁程氏千一斋铅印本）、《百仙词》四卷（1929 年刊本）。

136. 程炎，字悔迟。河北真州人。有《劫余盦词存》（扬州左卫街广陵石印）。

137. 程仲清，即程文楷。江苏仪征人，辛亥时追随革命军，有《兰锜词》（1927 年石印本。收词 46 首。书前有叶惟善、诸宗元等人题辞，书后有程松岩跋）。（详《江苏艺文志·扬州卷》，冯乾编校《清词序跋汇编》）

138. 程宗岱（1854—?），字青岳。江苏仪征人。工词。与宣哲、胡栗长等有唱和。有《梦芗词》二卷（1916 年铅印本）。袁镛评其《梦芗词》"哀感顽艳，凄然动人"（详《梦芗词·叙》）。

139. 池汉宫，字则文。福建闽县人。官浙江知县。有《饮渌词》《西湖渔唱》。著有《闽词话》（稿本）。

140. 仇埰（1872—1945），字亮卿，号述盦。江苏上元人。宣统拨贡。试用浙江知县。民国居里，抗战后寓沪。与夏敬观、林葆桓、吴眉孙等唱和往来。王孝煃有《仇君述盦传》述其事。仇氏有《鞠燕词》。另辑有《国朝金陵词综续》。又有《蓼辛词》（为词社社集）。

141. 储凤瀛（1873—?），原名瀛年，字荫高，号映波，又号翔甫。江苏宜兴人。光绪二十九年恩科举人，中式第五十九名。官两浙盐运副使。（详《清代朱卷集成》第 206 册）有《萝月词》。

142. 储南强（1876—1928 后）字铸侬，号定斋。江苏宜兴人。民国时任国会议员，并入白雪词社，有《定斋词》。

143. 储蕴华（1870—1928 后），字朴诚，号餐菊。江苏宜兴人。光绪二十九年举人。官法部主事。民国入白雪词社。有《餐菊词》。（详袁行需《诗壮国魂·中国抗日战争诗钞》）

144. 崔鳞台，字耘青。四川利津人。柯凤荪弟子。有《沧浪词》。（柯凤荪题识）

145. 崔师贯（?—1932 后），字百越，亦作白月。广东南海人。有《白月词》一卷，附于其《砚田集》（1933 年铅印本）。

146. 崔瑛（1850?—1915?），字瑶斋，号匏叟。广西桂平人。诸生。与王增祺、邓鸿仪等人有唱和。有《琼箫吟馆诗余》二卷（光绪三十年铅印本、1918 年广西印刷所铅印本）。封面李澄题签署："乙丑夏月李澄谨署。"扉页为"匏叟遗像"。词集显系按时间先后编排，卷上丁酉年内有《瑶华·四十五初度感怀》二阕。《满江红·癸卯月当头夜，泸江舟次有怀》有云："五十一年曾几见，八千余里同翘首。"己酉年内有《洞庭春色》四首，序曰："余五十七岁初度，承同乡诸好赐过，杯酒流连，自慨碌碌，半生不成一事。拟将归隐，百感充怀，谬谱斯词，四叠其均，不自知其刺刺也。"末阕《水调歌头》序："乙卯重九有怀，倦于游览，登楼眺饮，以当登高，聊拈此解。"

147. 崔永安（1858—?），字盘石。汉军正白旗人。光绪六年进士。官至直隶布政使。（详《光绪六年庚辰科会试同年齿录》）有词见《全清词钞》卷二十八。

148. 崔肇琳（1877—1929），字湘琪，又字天畸，号玉汝。广西桂平城厢人。崔瑛子。光绪二十三年中举，翌年中进士，授翰林院庶吉士，旋任陕西省华阴县知县。入民国，历任职广西梧州府知事、两广巡阅使秘书长、广西省政府财政厅厅长等。工诗文，有《扶荔轩诗存》《扶荔词》（附崔瑛《璃笙吟馆诗余》后，1925 年铅印本）等。（详《广西文献名录》；莫立民《近代词史》）

149. 崔宗武（?—1918），字骥云。浙江海盐人。与康有为、梁启超交谊甚密。（详陆湘《壶隐诗词钞序》、陈如璋《壶隐诗词钞跋》）有《壶隐词钞》一卷，与《壶隐诗钞》二卷合刊（1919 年上海聚珍仿宋印书局铅印本）。

150. 戴坚（1913—1999），湖南长沙人。国民党陆军中将。黄埔军校第七期参谋政治科毕业。1941 年起任远征军荣誉二师少将师长，率部远征缅甸，对日军作战。抗战胜利后，调任 54 军任副参谋长。后在美国定居。

151. 戴祥骥，字耀德。河南考城人。邵瑞彭弟子。有《听鹂余啸》。（详刘国铭主编《中国国民党百年人物全书·下》）

152. 单恩藻（1856—1922 后），字黼卿，号田桥词客。上海人。有《花声月意楼词》二卷（光绪三十二年丙午吴树芬、翁斌孙分别题签，俞钟颖序，藏南京图书馆，稿本）。据卷二《贺新凉》小序："民国辛酉，余马齿六十有六矣。"因知其生于咸丰六年。《总目》称其名作"单思藻"，误。称其集"《听莺馆诗稿》一卷、《花声月意楼词》八卷"，词集之卷数误。

153. 邓邦述（1868—1939），字孝先，号正暗，晚号群碧翁。江苏江宁人。光绪十七年举人，二十四年成进士。官奉天交涉使、吉林民政使。（详《清代官员履历档案全编》第8册、《词林辑略》卷九）有《鸥梦词》四卷（1934年刻《群碧楼自著书》本）。

154. 邓鸿荃，字雨人，号休庵。广西临桂人。王鹏运妹婿。光绪十五年举人。官四川候补道。年近七十卒。有《秋雁词》一卷（1918年成都刻本）。

155. 邓嘉缜（1845—1915），字季垂。江苏江宁人。光绪元年举人，官奉天巡警道。（详马其昶《奉天巡警道邓君墓志铭》，《抱润轩文集》卷十九；《续金陵通传》）有《晴花暖玉词》二卷（1919年江宁邓氏刻《双砚斋丛书》本）。

156. 邓均吾（1898—1969），笔名均吾、默声。四川古蔺人。1921年参加创造社。曾任《创造季刊》编辑、中共古蔺县委书记、中华文艺界抗敌协会理事。1949年后历任重庆市文联副主席、重庆市作协副主席、《红岩》杂志主编等。工诗词。有诗集《心潮篇》《白鸥》《遗失的星》《邓均吾诗词选》等。

157. 邓潜（1856—1928），原名维琪，字华溪。贵州贵筑人。光绪十五年进士。官四川富顺县知县。（详聂树楷《〈牟珠词〉跋》）有《牟珠词》一卷、补遗一卷（1936年贵阳文通书局铅印《黔南丛书》本）。

158. 邓桐芬（1911—1976），字楚材，号引庵。广东顺德人。青年时期曾在中山大学校务办公厅任职员。中年后，因病下肢瘫痪。与朱庸斋、陈寂、张采庵、刘逸生、欧树培、李小竹、李曲斋、何炳、曾翊良、汪季行诸家酬唱。早年有《月当楼词》，晚年删定为《引庵词》。

159. 邓拓（1912—1966），福建闽侯（今福州）人。曾任《晋察冀日报》社长兼总编辑，《人民日报》总编辑、社长，北京市委书记等职。有《中国救荒史》《燕山夜话》《邓拓诗词选》《邓拓诗集》等。另有《邓拓文集》行世。

160. 狄葆贤（1873—1921），字楚青，一作楚卿，号平子，别署平等阁主、六根清净人。江苏溧阳人。光绪举人。曾参与维新变法，失败后逃亡日本。光绪二十六年归国，参与自立军起义。事败后即专力从事新闻活动，创办《时报》《小说时报》等。晚年奉佛。（详戈公振《中国报学史》《江苏艺文志·常州卷》）有词散见《平等阁笔记》及梁启超《饮冰室诗话》等。

161. 丁立棠（1860—1918），字禾生，号讱庵。原籍丹徒。丁立均堂弟。工诗词，精医学。清光绪年间乡试附贡生。1907 年春被商界人士公推任东台商会总理。有《寄沤词》，与杨世沅《止庵词》合刊行世（1940 年鹤天精舍刻本）（详杨祚职《寄沤止广词稿合钞跋》、泰州市政协文史资料委员会《泰州文史资料·第 3 辑》、高金宝《中国近代名贤书札》）。

162. 丁宁（1902—1980），女，字怀枫，号还轩。江苏镇江人。师事陈含光、程善之。曾任职于南京国学图书馆。1949 年后任职于安徽图书馆、文史馆。与龙榆生、夏承焘有唱和。有《还轩词》（1957 年油印本）。

163. 丁仁长（1861—1926），字伯厚，晚号潜客。广东番禺人。光绪八年举人，九年进士。官至翰林院侍读，充日讲起居注官。（详《碑传集三编》卷十张学华《诰授通奉大夫日讲起居注官翰林院侍读丁君行状》）有词见《全清词钞》卷三十五。

164. 丁三在（？—1918），字善之，号不识、子居。浙江钱塘人。南社社友。曾任职江南图书馆，精于版本目录之学，创聚珍仿宋活字版。有《小槐簃吟稿》。（详郑逸梅《南社丛谈·南社社友事略》）另有《丁子居剩草》（民国十年仿宋铅印本）。周庆云序："不沾沾于规唐模宋，而春容大雅，有太原公子褐裘丰度。词则小令最工，如《浣溪沙》《罗敷媚》诸阕，直可追踪《饮水》，吉光片羽，卓有可传。"

165. 丁尧臣（1853？—?），字又香。浙江会稽人。有《蕉雨山房诗余》一卷，与《蕉雨山房诗钞》等合刊（光绪七年刻本）。

166. 董必武（1885—1975），字用威。湖北黄安（今红安）人。抗战时期，曾任中共与国民党谈判代表，国民参政会参政员，长期驻留重庆。1945 年，曾作为中国解放区代表赴旧金山参加联合国会议。工词。有《董必武诗选》。

167. 董大（1897—1970），即董巽观，原名祥晋，字吉甫，以号行。嘉兴人。董宗善子。工书，擅北魏石刻。善填词。亦能丹青。有《垂杨馆笔谭》《春雨斋词甲乙稿》（详乔晓军编著《中国美术家人名辞典》）。

168. 董康（1867—1946），字授经，亦作绥金。江苏武进人。光绪十六年进士。曾任刑部主事。（详《江苏艺文志·常州卷》）民国为北京大学等高校教授，后任职日伪华北临时政府。有《课花庵词》一卷（1941 年自辑刊《广川词录》本）。王学钧《李伯元年谱》："毗陵悔迟生即董康，字授经，江苏武进即常州人。他与李伯元同乡且同年生（同治六年），1946 年病故于北京。"

169. 董祺（1862—1921），原名受祺，字绶紫。江苏阳湖人。光绪十五年举人。入镇抚使陈毅幕任军法科科长。（详《碧云词》附董康《先兄绶紫家传》）有《铸铁词》一卷（光绪二十五年自刻本）、《碧云词》一卷（民国年间刻本、诵芬室刻《广川词录》本）。

170. 董咏麟（1892—1983），原名敦修，字永龄，别号天狂，曾住杭州浣纱路，又自号浣纱村人。浙江鄞县人。工诗。有《宝稼堂诗文钞》《莺湖书屋杂志》，已散佚。今存《烬余集稿》。

171. 窦镇（1847—1928），字叔英，号拙翁，别号九峰谈士。江苏无锡人。同治间增贡生，官江浦教谕。有《小绿天庵词稿》一卷，附于《小绿天庵稿》（民国八年铅印本）。（详《江苏艺文志·无锡卷》）

172. 杜衡，字湘俊。广东三水人。早年毕业于日本早稻田大学，为梁启超入室弟子。曾在北洋政府任职，直奉战争时离开北京。1930 年应第十三军军长兼武汉警备司令夏斗寅之聘入幕。抗战期间，在国民党广东省政府任职。有《剑壁楼诗纂》。

173. 杜敬义，字立夫，号荔圃。直隶永年（今属邯郸市）人。少有才名，屡试不中，四十后以诗酒自遣，七十而卒。（详言敦源《杜荔圃先生传》，见杜敬义《达观斋十忆词》）工词曲，有《达观斋十忆词》一卷（清宣统三年铅印本）。

174. 杜兰亭（1906—1997），字水因。江苏无锡人。师事钱振锽。曾供职于银行、房产局等单位。有《饮河轩诗词稿》。

175. 段熙仲（1897—1987），原名天炯，以字行。安徽芜湖人。东南大学文科毕业，从吴梅治词曲。曾任安徽大学、中央大学、四川教育学院、南京师范大学教授。师事国学大师柳诒徵先生，国学造诣深厚。有《礼经十论》《公羊春秋三世说探源》《鲍照五题》《水经注》等。

176. 樊增祥（1846—1931），字嘉父，一字云门，号樊山，别署天琴。

湖北恩施人。同治六年举人，光绪三年进士，曾官陕西宜川、渭南等县县令，至陕西布政使、江宁布政使护理两江总督。袁世凯当国时为参政院参政。（详见卞孝萱辑《民国人物碑传集》之钱海岳《樊樊山方伯事状》）有《五十麝斋词赓》三卷，与诗文合刊（光绪二十八年西安刻本、1926年广益书局版、《近代中国史料丛刊》本）；《东溪草堂词》二卷（光绪十九年开雕《樊山集》本、1913年石印《樊山全集》本、《近代中国史料丛刊》本）；《双红豆馆词赓》一卷（光绪二十八年西安臬署开雕《樊山续集》本、《续四库》本）。另选有《微云榭词选》十卷。

177. 范金镛（1857—1928），字藕舫，一作沤舫，号沤道人。江西新建人。光绪六年进士，官云南南宁县知县。（详《近代名人小传·艺术》《清代官员履历档案全编》第28册）有《蝶梦词》一卷，附于其《心香室诗钞》（光绪三十一年罗次官廨刻本）。

178. 范钟（1859—1913），字仲林。江苏通州人。光绪二十年举人，二十四年成进士，官河南鹿邑知县。（详《江苏艺文志·南通卷》）有《蜂腰馆词》一卷，与《蜂腰馆诗集》合刊（1919年刻本）。

179. 方东美（1899—1977），名珣，字德怀，后改字东美，曾用笔名方东英。安徽桐城县人。现代著名哲学家，新儒学八大家之一。1920年毕业于金陵大学。1921年赴美留学，获威斯康星大学哲学硕士学位。1925年起执教于中央大学。有《坚白精舍诗集》《中国人生哲学概要》等。

180. 方观澜（1832—1919后），字紫庭，别号方山遗民。江苏仪征人。诸生，曾任直隶、浙江等地盐业大使。（详见其《方山氏纪年诗》，民国八年刊本）。有词见《清词综补续编》卷三。

181. 方煐（1865—1915），字梅俦。安徽歙县人。（详《枕云山斋诗稿》卷首顾榕《梅俦小传》）有《枕云轩词钞》一卷，与《枕云山斋诗稿》合刊（1929年铅印本）。

182. 方镛声（1915—1993），浙江金华人。某军工厂高级工程师。喜诗词、书画、篆刻。有《紫岩吟草》。

183. 费树蔚（1883—1935），字仲深，号韦斋，又号愿梨、左梨、左癖、迂琐。江苏吴江同里镇人。柳亚子表舅，吴大澂婿。纳资为郎。官河南州牧。曾入袁世凯幕府。宣统元年任员外郎，兼京汉路要职。未几，丁母忧归里。辛亥革命后补肃政史。曾任信孚银行董事长、吴江红十字会会长。袁世凯阴谋复辟，曾直谏，不见纳，遂返乡。隐居苏州桃花坞，善诗词，与章太炎、金松岑、张仲仁等为友，与张仲仁被称为"苏州二仲"。有《费韦斋集》《韦斋文钞》《韦斋诗钞》等。

184. 丰子恺（1898—1975），原名丰润，号子恺。浙江崇德人。著名漫画家、教育家、翻译家。能诗词，有《丰子恺文集》。

185. 冯保清，字涤庵，号茂仙。浙江慈溪人。活动于光、宣年间。有《醉月词》一卷，与《松韵楼诗稿》合刊（光绪二十五年刻本）。

186. 冯开（1873—1931），原名鸿墀，字阶青，号君木，别号回风亭长。浙江慈溪人。光绪二十三年拔贡，官丽水县训导。（详《碑传集三编》卷四一陈三立《慈溪冯君墓志铭》、沙文若《冯先生行状》）。晚年旅食上海，与朱祖谋、况周颐、程颂万、吴俊卿、陈训正等交往。有《回风堂诗余》一卷（1933 年刻朱祖谋辑《沧海遗音集》本）。

187. 冯平，字秋雪，以字行。广东南海人。澳门雪社社员。与叶恭绰、陈寂园、黎季裴等有唱和。1911 年在澳门加入同盟会，积极投身辛亥革命与讨袁斗争。后在澳门从事文化出版实业，与友合办南华印字馆，出版《诗声》期刊。主办佩文小学并任校长。继而组织澳门中华教育会，任会长。1927 年大革命失败后，受杨匏安等委托，将佩文小学扩充为中学，安排一批同志当教职员，以事掩护，并在印字馆为中共秘密印刷出版《红旗》周刊、《工农小报》等地下刊物。后被葡澳当局逮捕，经谢英伯等营救得释。抗日战争初期，任中山大学战地服务团驻香港办事处主任。香港沦陷后，避居广西桂林、昭平等地。新中国成立后，任广州市文史馆馆员。有《冰簃词话》《宋词绪》。

188. 冯诵芬（？—1921），江苏无锡人。有《耐盦词》。

189. 冯煦（1844—1927），字梦华，号蒿庵，晚号蒿隐。江苏金坛人。光绪八年举人，十二年探花，官四川按察使、安徽巡抚等。晚年居上海，以赈灾为务。（详《碑传集补》卷十五魏家骅《副都御史安徽巡抚兼理提督冯公行状》）。有《蒙香室词》（一名《蒿庵词》）二卷（民国二年刊《蒿庵类稿》本、《近代中国史料丛刊》本）；《清名家词》本；《蒿庵词剩》一卷（1924 年刻本）。另有《宋六十家词选》十二卷。

190. 冯沅君（1900—1974），原名淑兰。河南唐河人。曾任中山大学、东北大学、山东大学教授。有《四馀词稿》《中国诗史》等。

191. 冯振（1897—1982），字振心。广西北流人。著名教育家、古典文学专家、诗人。有《老子通证》《自然室诗稿》（三集）、《诗词作法》等。

192. 傅道博，字绍禹，号沼采。室名藤芜阁。湖南醴陵人。南社社员。有词见《南社词集》。（详陈玉堂著《中国近现代人物名号大辞典》）

193. 傅濬（1845—?），字答泫，一作答泉。山东聊城人。同治十二年举人，官内阁中书、浙江严州府同知。（详《清代朱卷集成》第 218 册、《清代官员履历档案全编》第 28 册）有《石云词》。

194. 傅绍岩（1866—1937），字梅根，晚号汭陀。宁乡人。纳资官湖北道员。晚境颇窘，借笔砚为活。有《东池精舍诗别集》二卷（1924 年铅印本、1933 年铅印本）、《东池诗集》二十四卷、《东池文集》八卷、《桴浮集》一卷、《探庐十日集》一卷、《云因集》二卷（1914 年铅印本）。

195. 傅熊湘（1884—1931），字文渠，一字君剑，号钝安、屯艮。湖南醴陵人。毕业于岳麓书院，长期以办报为业。入民国，曾任安徽棉税局局长、湖南省图书馆馆长。历主湖南《长沙日报》《国民党日报》笔政，主持南社湘集多年。（详卜孝萱《民国人物碑传集》，李澄宇《钝安遗集·傅钝安墓志铭》，刘鹏年《傅钝安先生年谱》）有《钝安词》一卷，附于《钝安遗集》（民国二十一年长沙鸿飞印刷局铅印本）。据钝安自作《钝安诗词后序》（原载《南社丛刻》第十三集）尾署"甲寅九月，钝安三十一岁初度日，酒尽三十觞，识诸卷尾"，甲寅即 1914 年。由之逆数三十一岁，因知其生于光绪十年（1884）。李澄宇作《墓志铭》称："钝安以民国十九年十二月十五日卒安庆寓馆，享年四十有八。"所谓享年，稍有夸饰。至郑逸梅《南社丛谈·南社社友事略》则称："一八八四年甲申九月生，一九三四年卒。"可知钝安享年五十一岁。

196. 甘大昕，字蓬庵。浙江绍兴人。之江大学毕业，师事夏承焘。有《击缶词》一卷（民国三十四年水周堂木活字本）（详傅宇斌《现代词学的建立·〈词学季刊〉与 20 世纪三、四十年代的词学》、赵任飞《绍兴图书馆藏古籍地方文献书目提要》）。

197. 高翀（1865—1918），字侣琴，号太痴，晚号清逸道人。江苏长洲人，寄籍上海。师事郑文焯、何镛。光绪间诸生，荐经济特科，主《苏报》撰席。辛亥后被推为"希社"领袖。（详民国《宝山县续志》卷十四）有《百盆花斋词剩》四卷、《希社题衿词初集》，附于《清逸道人集》（1918 年版）。据《近代上海词学系年初编》1884 年："高翀（1885—约 1919）本年春暮，高翀游沪上。"生年殆系笔误。其《百盆花斋词剩》内有《满江红·甲午三十初度》可证其生年。

198. 高德馨，字远香，号鲜隐，别号鲜溪退士、转溪退士。江苏吴县人。官浙江候补知县。（详《江苏艺文志·苏州卷》）与吴九珠、张茂炯、吴梅等创立琴社。有《鲜隐词钞》《远香诗词遗稿》（苏州图书馆藏稿本）。

199. 高尔庚（1860?—1923 后），字辛仲，一作星仲，号曼孙，一号学顽。江苏泰州人。光绪二十五年贡生。师事于龙川。有《井眉居诗余》，见《归群词丛》（藏福建师范大学图书馆，钞本）。据：黄葆年《井眉居诗抄序》："是诗也，亦知其为龙川之遗音而已矣。呜呼！知龙川之遗音，则岂非千古文人之大幸，又岂非汝与吾之大幸也。高子其识之。癸亥冬月，希平氏黄葆年序于吴门归群草堂。"癸亥即 1923 年，时曼孙尚健在。

200. 高翰，字雁宾，广西桂林人，毕业于广西南宁军校，任职军中。有《雁宾诗余》。

201. 高亨（1900—1986），字晋生，吉林双阳人。清华大学研究院毕业。历任各大学中文系教授。有《周易古经今注》《诗经今注》等。能词。

202. 高觐昌（1856—1924），字绍荼，一字葵北，号省庵，辛亥后改字遁庵。江苏丹徒人。光绪十二年进士，官广东廉州、广州知府、广东巡警道。（详《碑传集三编》卷二一冯煦《分巡广东广肇罗道高君墓志铭》）有《葵园词钞》。

203. 高铭彤，字炜珊，一字彤伯。贵州贵筑人。生活于光绪年间，从富顺宋育仁受学。年十八卒。（详《晚晴簃诗汇》卷一八一）有《湘椴宦词》一卷，见《湘椴宦遗稿》（光绪十一年资中刻本）。

204. 高树（1848—1930?），字蔚然，号珠岩山人。四川泸州人。光绪元年举人，十五年成进士，官职方司员外郎、奉天新民府知府。（详其《金銮琐记·自叙》，《珠岩山人三种》本）有词见《词综补遗》卷三十二。据《四川近现代人名录》，生卒作"1847—1932"，未详其由。

205. 高文（1908—2000），字石斋。河南南阳人，一说江苏南京人。毕业于南京金陵大学，曾任河南大学中文系教授。有《汉碑集释》《岑参诗选》等。能词。有《柳溪词草》，刊《金声》杂志。

206. 高燮（1879—1958），字时若，号吹万、寒隐等。江苏金山（今属上海）人。1903 年与高旭、高增在松江创办《觉民社》，出版《觉民》月刊。1908 年在上海组建并主持寒隐社。后又成为南社成员。多才多艺，擅长书画及金石。一生以文艺广交朋友，与陈去病交密。有《天人合评吹万楼词》一卷（1945 年铅印本），后人另辑有《高燮集》。

207. 高旭（1877—1925），字天梅，号剑公、钝剑。江苏金山人。光绪三十年留学日本东京法政大学，归国后任教上海健行公学。南社发起人之一。（详《高旭集》附录郭长海《高旭年谱》）有《微波词》六卷（1936 年刊《天梅遗集》本），另有《天梅佚词》一卷。（详郭长海编《高旭集》）

208. 高毓浵（1877—?），字潜子，号淞潜。直隶天津静海人。（详《沤社词钞·同人姓字籍齿录》）有词见《沤社词钞》。

209. 高增（1881—1943），字迪云，号澹安、卓庵，别署卓公、笃庵、佛子、大雄、觉佛、岫云、秋士、东亚愤人。室名自怡轩、啸天庐。江苏金山（今属上海市）人。南社社员。高旭弟。1903 年，与兄高旭、叔父高燮等组织觉民社，创办《觉民》杂志，鼓吹反清革命。有《澹庵诗存》《自怡轩诗钞》《啸天庐词存》。（详左鹏军著《晚清民国传奇杂剧史稿》）

210. 高肇桢（1877—1958），字慕周，号且园。江都（今江苏扬州）人。清附生，擅文学，工倚声。科举废，改学法律，复从戎幕。喜游历，先后游越、湘、楚等地，历古人未历之境。曾任安徽怀宁县政府秘书。新中国成立后，任江苏省文史馆馆员。工词，有《半秋轩词存》《半秋轩词续》《半秋轩制印泥法》。蒋太华评其词云："戛戛独造，无一词蹈袭古人窠臼。……读之，其喜也，如水流花放。其戚也，如霜落猿啼。绮丽如美女靓妆，豪放如壮士拂剑，庄严清远则又如五云楼阁、雨后青山。"（详李坦《扬州历代诗词·四》；王澄《扬州历史人物辞典》）。

211. 葛德遂，女，字羽珍。湖南武冈人。周次公少将之母。有《品兰轩诗词集》一卷（1919 年笃祜堂刻本）（详刘学文主编《古今咏竹集》）。

212. 葛远（1855—1895 后），女，字香根，别字惜芳痴人。湖南湘潭人。葛利川女，诸生杨晒炎室。（详其《评梅阁集》卷二《四十生日自慰》）有《评梅阁词》一卷，附于《评梅阁集》（1918 年康吉堂活字印本）。

213. 耿道冲（1867—1932），字斋贤。江苏华亭人。龙门词社社员。

214. 龚元凯（1869—1928?），字佛平，号君黼、蜕龛。安徽合肥人。光绪二十九年进士，授翰林院编修。与王以敏、沈宗畸、秦际唐、寿石工等有交游。曾入著湑吟社。民国后又入艺社。有《蜕龛词》二卷（1919 年石印本）、《鸥影词稿》五卷（1928 年北京刻本）。

215. 龚镇湘（1838—1911 后），字静庵，号省吾。湖南善化人。清同治七年进士，光绪八年任山西乡试副考官。曾官湖北知府，与程颂万、黄景贤、陈夔龙等有唱和。有《静园词钞》、《静园诗钞》五卷（藏湖南图书馆，清光绪二十九年钞本）、《静园诗钞后集》一卷（清宣统二年刻本）、《登高介雅集》（清宣统三年铅印本）、《静园诗余前集》一卷、《静园词钞后集》一卷（清宣统二年铅印本）。

216. 贡桑诺尔布（1871—1930），字乐亭，号夔庵。兀良哈氏，蒙古族人。世袭郡王，兼卓索图盟盟长。入民国，任中央政府蒙藏院总裁。有词见《夔庵吟稿》（1931 年刊本）。

217. 古应芬（1873—1931），字勷勤，亦作湘芹。广东番禺人。同盟会员。参与策划广州起义和二次革命。曾任大元帅府秘书、广东省财政厅长、中央监察委员。有《孙大元帅东征日记》《双梧馆诗文集》。

218. 顾曾烜，字升初。江苏南通人。1883 年中进士，1893 年任耀州知州。知耀州后，编就一部诗歌体的耀州志《华原风土词》。（详《清代朱卷集成》）

219. 顾建勋（1881—1929 后），字巍成，号瓠斋。苏州吴县人。前清秀才。1927 年至 1930 年任苏州女子中学教员。曾与王朝阳、吴梅、黄钧、张荣培、王佩、蒋兆兰等结琴社。1929 年又与潘承谋、邓邦述、吴曾源、杨俊、张茂炯、蔡晋庸、吴梅、王謇等九人于吴县创六一社，以填词来消夏。

220. 顾麟士（1865—1930），字鹤逸。江苏元和人。少无宦情，隐于画以自终。（详卞孝萱辑《民国人物碑传集》卷十冒广生《元和顾隐君墓碣铭》）有词见《彊村遗书·彊村填词图题跋》。

221. 顾随（1897—1960），字羡季，号苦水。河北清河人。曾任辅仁大学、燕京大学教授。有《顾随文集》，收《东坡词说》《稼轩词说》《驼庵诗话》及词选、诗选等多种著作。自 1927 年起出版旧体诗词集《无病词》《味辛词》《荒原词》《留春词》《霰集词》《濡露词》《苦水诗存》等（详李遇春《现代中国诗词经典·诗卷》；闵军《顾随年谱》）。

222. 顾无咎（1886—1929），字崧臣，号悼秋、灵云、退斋、老服、服媚、神州酒帝等，室名灵云别馆、服媚室等。江苏吴江黎里镇人。柳亚子表侄。南社社员。又倡立酒社。擅填词、吟诗、绘画、书法、篆刻、吹笛、唱昆曲，喜欢喝酒听琴，观赏庭院小景，结交文人墨客。出版有《雪上人轶事》《酒国点将录》，有词见《南社词集》。编有《丽泽词征补》。

223. 顾宪融（1901—1955），号佛影，以号行。上海南汇人。师事陈栩，曾任无锡国学专修学校教师。有《大漠山人集》《填词百法》等。

224. 顾雪奇（1901—1996），字寄庐，号一木。浙江温岭人。"浙中七诗人"之一。有《一木楼词稿》。（详毛大风、王斯琴编注《现代千家诗》、霍松林主编《中国当代诗词艺术家大辞典》）

225. 顾衍泽（1902—1953），字仲尃。江苏沛县人。民国间任沛报编辑，后任沛中教职，卒于任。有《顾衍泽诗词集》。

226. 顾翊徽，女，字伯彤。江苏山阳人。泗阳杨毓瓒室。生活于同光间。（详《江苏艺文志·淮阴卷》）有《熙春阁词》，见《小檀栾室闺秀词钞》（稿本）。

227. 顾印愚（1856—1913），字印伯，一字蔗孙，号所持，别号塞向翁。四川华阳人。光绪五年举人，官湖北武昌府通判。（详《成都顾先生诗集》目录后程康识语）存词见《历代蜀词全辑》。

228. 顾玉琳（1855?—?），女，字淑琼。江西永新人。裴维侒室。有《花韵楼词剩稿》，与《名诗剩稿》合刊（民国版）。

229. 顾毓琇（1902—2002），字一樵，堂名蕉舍，自署锡山老翁。江苏无锡人。1923 年毕业于清华学校。后赴美国麻省理工学院深造，获工程学科博士学位。回国先后任浙江大学、中央大学、清华大学校长，中央大学校长、上海市教育局局长、国立政治大学校长等职。1950 年移居美国，为麻省理工学院、宾夕法尼亚大学教授。曾从乔大壮学词。有《蕉舍吟草》《蕉舍词曲五百首》《顾毓琇词曲集》（南京大学出版社 1997 年版）。

230. 关赓麟（1880—1936?），字颖人。广东南海人。光绪三十年进士，官邮传部主事、财政部秘书等。（详《新世说》卷二）有词载其《远志集》（民国二十四年排印《稊园诗集》本）。

231. 关榕祚（1852—?），字六升，广西临桂人。光绪五年优贡，十一年举人，十六年成进士，官吏部郎中、云南曲靖知府、江西广信知府。有《晚翠楼词》《含美书屋词稿》（江新印刷所铅印本）。（详《清代官员履历档案全编》第七册；光绪《临桂县志》卷六）

232. 关松坪（1895—1938），名际泰，以字行。关友声兄。山东济南市洛口镇人，晚清著名书画家松年再传弟子。以书画知名于齐鲁，尤长于古文学，所做文章受章太炎先生赞许。30 年代，与其弟关友声共创“济南国画学社”。能词。

233. 关友声（1906—1970），原名关际颐，字友声，以字行，号嘤园主人。山东省济南市泺口镇人。中国现代著名书画家。1928 年就读山东大学国学系。1931 年与兄关颂平在济南共创国画学社与齐鲁画社。1945 年在济南中国艺术专科学校及山东南华学院艺术系任教。1948 年任湖南南岳国立师范学院美术教授。后执教齐鲁大学、山东艺术专科学校。曾任中国美术家协会山东分会常务理事、省政协委员。擅长中国画，兼擅书法、诗词、琴棋、京剧。与钱基博有唱和。有《嘤园词》。

234. 桂霖（1849—?），字香雨，博尔济吉特氏。满洲进士，曾官河南布政使、贵州贵西道。（详《清代官员履历档案全编》第 6 册）有词见《白山词介》卷五。

235. 桂念祖（1869—1915），一名赤，字伯华。江西德化人。光绪二十三年举人。曾从康、梁变法，随杨文会学佛，客死日本东京。师事皮锡瑞。（详见卞孝萱辑《民国人物碑传集》卷十二欧阳渐《九江桂伯华行述》）又有词见《艺蘅馆词选》戊卷及《忍古楼词话》等。

236. 郭宝珩（1867—1912 后?），字伯迟，一作百迟，自号百痴生，号薯庵。江都（今江苏扬州）人，居卸甲桥。光绪十七年举人，三应礼部试，均不第。“以大挑教谕改知县，充湖北抚院文案。积资应出宰，力辞不就，大府益以是重之。后充粤汉铁路总局秘书。”（详董玉书《芜城怀旧录》）游历大江南北，多有吟咏。能诗，尤工词，为冶春后社成员，与梁公约齐名，有"梁郭"之称。少喜浮艳之辞，弱冠后，触事多违，其诗风乃一归雅正，有《蕑厂诗》。另有《画绿词》《箮味词》《月楼款梦词》《莲丝绮语》《苇间渔唱》诸集，总名《五十弦锦瑟词》五卷（光绪三十一年铅印本）。

237. 郭传昌（1855—1911后），字学裘，号子冶，又号惜斋。福建侯官（今属福州市）人。光绪二十年甲午恩科二甲进士。同年五月，以主事分部学习，授官工部主事。改广东博罗县知县。有《惜斋诗集》《惜斋词草》（1926年刻本）。

238. 郭坚忍（1869—1940），女，字延秋，江苏江都人。陈芷渔室，与秋瑾交谊甚厚。曾创办扬州私立女子公学。（详《扬州历史人物辞典》）。有《游丝词》（1914年扬州作新社铅印本）。

239. 郭介梅（1900—1950），名寿宁，以字行，亦字靖林，法号慧震居士，别署杯渡斋主人。江苏盐城人。毕业于大同法学及东方文化研究院。为民国期间著名爱国学者、政治家、教育家、慈善家、佛学家、文学家、书法家、诗人。有《务本丛谈》《杯渡斋文集》等50卷著作。能诗词。

240. 郭沫若（1892—1978），四川乐山人。杰出的诗人和学者。任北伐军总政治部副主任。新中国成立后，任中央人民政府政务院副总理、中国科学院院长等职。有《郭沫若文集》《郭沫若诗词集》等。

241. 郭筱竹（1909—1993），字豫才。河南滑县人。师事邵瑞彭。1934年河南大学国文系毕业后，到河南通志馆担任协修。1936年，到河南省博物馆任研究员。1946年，任重庆国立女子师范学院史地系教授。1979年，任河南大学历史系教授。晚年，致力于中国古代土地制度的研究。有《觚竹余音》。（详张锡顺主编《1988—2000滑县志》）

242. 郭延（1879—?），字季吾，一作季武。四川叙永人。蜀中大诗家赵熙和向楚弟子。曾赴日本习算学，回国为两广总督岑春煊幕府，后返川省绵州任官。晚年在成都等地与赵熙、向楚、林思进、宋育仁、方旭、曾孝谷、杜柴扉、庞石帚、释传度等名流诗酒唱和。著有《丹隐诗词存》（1935年刻本）、《丹隐居叶儿集》。

243. 郭则沄（1882—1947），字啸麓，又字子庵，一字蛰园，号雪坪，又号桂岩，别号龙顾山人。福建侯官人。光绪二十八年举人，二十九年成进士，中式第五十四名，官浙江温处兵备道，署浙江提学使。民国任铨叙局局长、国务院秘书长等职，后隐退。在北京结聊园、蜇园社，在天津结须社。（详《辛亥人物碑传集》卷十五许钟璐《清故诰授光禄大夫头品顶戴赏戴花翎署浙江提学使司提学使侯官郭公墓表》）。有《龙顾山房诗余》六卷，附于《龙顾山房全集》（1928 年刻）；《龙顾山房诗余续集》一卷，附于《龙顾山房诗赘集》（1944 年铅印本）。另作《清词玉屑》十二卷（民国十七年刻《全集》本，诗余为七卷）。另有《独茧词》，刊于民国前。

244. 郭昭文（1907—?）女，字质之。河北定兴人。1933 年毕业于国立北京师范大学研究院历史科。同年任该校研究所编辑。后赴日本东京法政大学学习。次年任河南禹县师范学校历史教员。擅诗词。妹郭笭序云："姊常为词，清新简约，有唐五代遗风，不涉宋人堆砌之弊，故多作小令，不甚为长调也。"有《习静斋诗词抄》二卷（1932 年铅印本）及未刊稿《文字汇声》《说文广韵切语上字比较表》《说文解字切语校正》《王筠说文韵谱校斠补》等。（详薛维维《中国妇女名人录》；林葆恒辑、张璋整理《词综补遗·第4册》）

245. 韩绂（1870—?），字韵笙。安徽寿春人。清光绪二十年甲午举人，二十一年乙未进士，以知府官浙江。有《饧香馆诗钞》初集六卷、词一卷（光绪二十九年木活字本）。

246. 韩秋岩（1899—2001），原名士元。江苏黄桥人。原西安农机厂总工程师，退休后居苏州。善书画。曾任沧浪诗社社长、江南诗词学会副会长等。有《题画诗词四百首》《韩秋岩画选》。

247. 郝允贤，字剑晴。山东人。光绪年优廪贡生。以军功保举直隶州知州。民国初入田澄瑞幕。民国期间，曾任财政部河南印花税处处长。有《剑晴词》。（详于建华、于津著《拍回书画细赏玩》）

248. 何葆仁（1871—1934 后），字静斋。浙江武义人。有《水部居诗钞》二卷（1934 年丽水排印本）。

249. 何承天（1904—?），字子皇。广东人。民国十九年留学日本，有《梓耦园诗集》附诗余。

250. 何桂珍，女，字梅因。湖南善化人。上虞俞维藩室。生活于同光年间。（详《晚晴簃诗汇》卷一八八）有《枸橼轩诗余》一卷，与《枸橼轩诗抄》合刊（1914 年刻本、1925 年重刻本）。

251. 何海鸣（1886—1936），原名时俊，字一雁。衡阳人。清末参与反清运动，后从事报业。曾任《商务日报》编辑、《大江报》副经理。1912 年于上海创办《民权报》。1915 年创办《爱国晚报》。有词见于报刊。

252. 何衢（1871—1947），字特循。湘潭人。清末留学日本弘文师范学院。曾任湖南教育司次长。于湘潭创办崇实女校及敦本、大本两所小学。有《适园诗存》一卷（1940 年铅印本）。

253. 何适（1908—1967），字访仙。福建惠安人。国立北平大学毕业，后赴法留学，入南锡大学，获法学学士学位。曾任国立广东法科学院及私立广州大学等校教授。1946 年当选为制宪国民大会代表。1948 年当选为立法院委员。新中国成立前夕去台湾。著有《政治学概论》《国际私法》《国际公法》《法学绪论》《官梅阁诗余》（1935 年本）等（详张宗洽《雄风千载颂延平·赞颂郑成功诗词对联选编》；《民国人物大辞典》）。

254. 何遂（1888—1968），字叙甫。祖籍福清。早年入中国同盟会，曾任陆军大学战术教官、北京政府航空署署长、黄埔军校代理校长等职。拥护建立抗日民族统一战线主张。酷爱书画、文物，将家藏古文物和图书分赠北京、上海、南京等各大博物馆。有《叙圃词》（1948 年本）（详张天禄《福州人名志》）。

255. 何维棣（1856—1913），字益逊，号棠荪，一号潜颖。湖南道州人。同治十二年顺天榜举人，中式第 119 名，光绪九年进士，授庶常。官四川候补道，掌川东土税。（详《鹿川文集》卷五程颂万《何君棠孙墓志铭》）有《潜颖诗二集》十卷、《煮冰词》一卷（清宣统二年成都刻本）。

256. 何维朴（1842—1922），字诗孙，晚号盘叟。湖南道州人。维棣弟。同治六年副贡，官内阁中书，累至道员。民国后寓沪。精篆刻、鉴别古画，与程颂万多有唱和。（详《清史稿》卷四八六、民国《上海县志》卷十七）有《何诗孙词稿》一卷，见《何诗孙手书诗稿》（1925 年乙丑鹿川阁摹印本）。

257. 何曦（1899—1980），女，字健怡，号敦良。福建福州人，父何振岱。新中国成立后，为福建省文史馆馆员。有《晴赏楼诗词集》。

258. 何香凝（1878—1972），女，广东南海人。廖仲恺夫人。国民党革命派杰出代表、现代画家。曾任全国人大常委会副委员长、全国政协副主席、华侨事务委员会主任、中国妇联主任、中国国民党革命委员会主席、中国美术家协会主席。有《何香凝诗画集》等。

259. 何振岱（1867—1952），字梅生，号心与、觉庐、悦明，晚年自号梅叟。侯官县（今福建福州）人。师事名儒谢章铤。光绪二十三年举人，被江西布政使沈瑜庆聘为藩署文案。辛亥革命后在福州主纂《西湖志》兼《福建通志》。擅画能琴，书法融碑帖于一炉，功力深厚。诗作成就亦高，以其深微淡远、疏宕幽逸的诗歌美学在闽派中独树一帜，是"同光体"闽派的殿军人物。有《觉庐诗草》七卷、《我春室文集》四卷（中有词一卷，首都图书馆藏，民国油印本）、《榕南梦影录》二卷、《心自在斋诗集》一卷、《寿春社词抄》八卷、《西湖志》二十四卷传世，尚有《易学录》《明诗话》《词话》和《笔记》等未出版。

260. 何震彝（1880—1925），字鬯威，号苍苇。江苏江阴人。光绪二十三年举人，三十年进士，官邮传部郎中。（详《清代朱卷集成》第200册，《晚晴簃诗汇》卷一八二）有《八十一寒词》一卷（宣统元年铅印本）、《鞿芬室词》五卷（光绪二十七年上海商务印书馆铅印本）。

261. 洪大川（1907—1984），号龙波。台湾省嘉义人。精研中医。日据时代，超然绝俗，拒学日文，而专心研究中国经史之学，提倡国粹。有《事志斋诗文集》。

262. 洪炔，字堇父。浙江淳安人。南社社员。有词见《南社词集》。

263. 洪璞（1906—?），女，字守真。福建福州人。师事何振岱。寿春社词人。有《璞园诗词稿》。

264. 洪缮（1867—1929），本名攀桂，又名一枝，字月樵。日本割台后，改名缮，字弃生。台湾彰化人。甲午时积极抗日，任中路军筹饷委员。其后则闭门家居，拒绝参与日本政事。有《寄鹤斋词》（见《寄鹤斋选集》，有《台湾文献丛刊》第三〇四种本、《台湾文献史料丛刊》第八辑本）。

265. 洪汝冲，字未丹，一作味聃。湖南宁乡人。官刑部主事、辽阳知州、吉林知府。与程颂万、陈锐等人有唱和。有《候蛩词》五卷（1912年铅印本、1917年吉林铅印本）、《候蛩词合编》（1925年铅印本）、《词韵中声》二卷（1925年写印本）。

266. 洪汝闿（1869—?），字泽丞，号勺庐。安徽歙县人。诸生。（详《沤社词钞·同人姓字籍齿录》）曾入沤社，与夏敬观、蔡嵩云等唱和。有《勺庐词》一卷（民国初北平刻本，据集中纪年最迟为乙丑秋所作之《浣溪沙·重阳日小饮酒楼》，当刻在1926年以后）。

267. 洪汝源，字毅夫，号莲坞。湖南宁乡人。清光绪壬辰进士，授检讨，署绥宁府、保宁府事。辛亥后任县议会议长。有《盘泉山馆诗钞》。

268. 洪心衡（1900—1993），字梦湘。福建福州人。长期从事教育工作，新中国成立后任福建师范大学教授。有《东风引吮集》。

269. 侯家凤（1854—1892），字翔千，号梦玉。江苏金匮人。贡生。（详《江苏艺文志·无锡卷》）有《倚琼楼词》。

270. 侯学愈（1867—1934），原名士纶，字伯文，号戢庵。金匮（今无锡）人。举孝廉不第，授课乡里。博收乡贤著作，积三万多卷，刊印《梁溪诗文征、续钞》等十种。长古文辞，工声韵。有《环溪草堂诗稿》。

271. 胡道文（1888—?），字郁荪。四川蓬溪人。民国时入蔡锷军中。与袁嘉谷有唱和。有《郁园诗集》附词。

272. 胡国瑞（1908—1998），字芝湘。湖北当阳人。刘永济弟子。1936年毕业于武汉大学中文系并留校任教。曾任武汉大学三至九世纪研究所副所长，兼下属文学研究室主任、湖北省文学学会会长、九三学社武汉分社委员。有《湘珍室诗词稿》。

273. 胡汉民（1879—1935），号不匮翁。广东人。曾任国民政府主席。工诗词，与冒鹤亭、龙榆生等有唱和。有《不匮室诗余》。

274. 胡介昌（1874—1939），原名承禧，字兹铸，别号西麓。无锡人。光绪二十五年入县学为生员，举乡试不第，乃不求仕进，以教书为业。诗作空灵澹荡。有《西麓诗钞甲、乙集》。

275. 胡矩贤（1867—?），字眉寿，亦作玫绶。湖南长沙人。光绪二十年进士，授翰林院编修。有《梦芍轩词》。

276. 胡厥文（1895—1989），上海嘉定人。著名爱国民主人士、政治活动家、杰出实业家。1932年"一二八"日寇侵沪，联合同业支援十九路军抗敌。抗日战争时期，带头拆厂内迁。曾任中南区机器工业协会理事长、迁川工厂联合会理事长等。新中国成立后，任全国工商联常委、全国人大常委会副委员长、全国政协常委等职。有《胡厥文诗词选》。

277. 胡凯姒，女，字静香。广东人（一云江苏通州人）。生活于咸、同年间。胡履坤女，婺源江棣圃室。有《爱月轩遗稿》，附词四阕（南京图书馆藏）。

278. 胡念修（1873—?），字灵和，号右阶、幼嘉。浙江建德县人。清末刻书家，室名刻鹄斋、灵仙馆、倦秋亭、向湘楼。有《向湘楼骈文初稿》《灵芝仙馆诗钞》《倦秋亭词钞》（光绪二十四年刻本），辑有《四家纂文叙录汇编》《刻鹄斋丛书》等（详光绪《刻鹄斋丛书》本《四家纂文叙录汇编》，孙克强《论词绝句二千首·下》，曾枣庄《中国古代文体学·附卷三 清代文体资料集成》）。

279. 胡苹秋（1907—1983），原名胡邵。安徽合肥人。光绪三十三年生于保定。出身世家，父睿，字渔笙。胡苹秋以将军、名票载于史，有诗词才华。

280. 胡朴安（1878—1947），字仲民，号朴庵。安徽泾县人。南社成员。有《寒山子诗》《朴学斋词存》。

281. 胡睿，字渔笙。安徽合肥人，胡苹秋父。曾任段祺瑞陆军第三镇上校军法处长，后为湖南衡阳道道尹。遗著有《紫蓬山房诗稿》四卷附《诗余》一卷、《寄庐诗稿》二卷。

282. 胡善曾（1849—1916），字葆卿，号凤山。浙江慈溪人。举人，屡试春闱不售。（详其《适可居诗集自序》、陈训正《书胡君诗卷》）有《凤山牧笛谱》二卷，附于其《适可居诗集》（1916年铅印本）。据《诗集》卷四首题《戊子元旦与从兄鲁曾闲语》，其中云："从兄对予道情愫，四十平头同初度。"其时戊子为光绪十四年，因知其生于道光二十九年（1849）。《凤山牧笛谱》卷下有调寄《满江红》，序曰："辛卯正月述感"起拍云"四十逾三，看两鬓萧疏如此"，亦表明其生于道光二十九年。又，《总目》称其"字葆乡"，非。

283. 胡士莹（1901—1979），字宛春。浙江平湖人。南京高等师范学校毕业，师事吴梅、刘毓盘。历主上海暨南大学、光华大学、之江大学教授。新中国成立后任杭州大学教授。与陆维钊、徐震堮等有唱和，有《霜红词》（1931年刻本）、《霜红残存旧作词》。

284. 胡嗣福，字杏孙。安徽桐城人。活动于同光间，官浙江嘉兴府通判。有《竹榭词稿》一卷（光绪二十一年刻本）。

285. 胡嗣瑗（1868—1935），字琴初，一作晴初，号愔仲。贵州开州人。光绪二十八年进士，官内阁中丞。有词见《词综补遗》卷十四。据郑孝胥有诗题《胡琴初五十诗》（《海藏楼诗》卷十一）编年丁卯（1927年），知琴初应生于同治七年（1868）。

286. 胡体晋，字锡蕃，号退庵。湖北孝感人。光绪十四年举人。（详《晚晴簃诗汇》卷一七六）有《退庵词》一卷，附于《退庵遗集》（1914年其子胡天演素园刻本）。

287. 胡薇元（1850—1925?），字孝博，号诗舲，别号壶庵，又署玉津阁主，自称"百梅亭长"。顺天大兴人，寄籍浙江山阴。光绪三年进士，官四川涪陵知县、陕西西安知府。辛亥后，被革命党拘禁二十多日，为清朝守臣节不屈，作绝命诗明志。放归后潜蜀中，居前贤百梅亭旧宅。晚年定居、著述、讲学于四川犍为，大抵卒于1920年前后。（详赵熙《香宋诗集》，《益州书画录续编》）有《壶庵五种曲》《梦痕馆诗话》《岁寒居词话》等著作。另有《铁笛词》一卷（光绪二十七年凫山吕氏刻本）、《天云楼词》二卷，与《天云楼诗》合刊（光绪十一年刻本）、《天倪阁词》一卷（光绪二十七年刻本）、《鹏华词集》一卷（四川省图书馆藏，稿本）。

288. 胡熙寿（1887—1922），字谔臣，号莘斋。湖南宁乡人。光绪二十八年举人，入赀为内阁中书。（详民国《宁乡县志》第十《先民传六十一》）后入京师大学堂。民国后主撰《国民日报》。有《红相思馆词》一卷。

289. 胡先骕（1894—1968），字步曾。江西新建人。留美获植物学博士，归国后先后任东南大学、中央大学教授、中研院院士。有《忏庵诗稿》附词。

290. 胡小石（1888—1962），原名光炜，字倩尹，号夏庐，晚号沙公。浙江嘉兴人。曾任中央大学、金陵大学教授，南京大学文学院院长、图书馆馆长。有《夏庐词》。

291. 胡雪抱（1882—1927），字元轸，号穆庐。江西都昌人。师事同光体闽派著名诗人沈瑜庆。宣统元年优贡，考进士未中。授广东盐经历，不就。民国初年寓居南昌，与王浩、王易、汪辟疆等江西先贤交往密切。有

《昭琴馆词集》。

292. 胡以谨（1886—1917），谱名显扬，一字慎掭，号伯宜，亦作百宜、百愚，又号湛园。江西安义县万埠镇大垅村人。生于清光绪十二年丙戌五月十三日，卒于 1917 年丁巳闰二月十四日。清宣统元年（1909）己酉科拔贡，先后肄业于江西高等农业学堂，毕业于江西法政专门学校。入民国，历任江西都督府秘书、《江西民报》主编、江西乐平县知事。1917 年在天津候任直隶省县知事，因伤寒医治无效病逝，年仅 32 岁。今有其孙胡百隆辑《胡以谨诗词辑存》（1997 年初版，增订本，天马图书有限公司 2000 年版），含《求一是斋诗词初稿》三卷（存词 12 首），《湛园诗钞》一卷及新辑诗文楹联若干。

293. 胡瑛，字达夫。湖南新化人。师事周焕珍。有《三余诗集》一卷、《集句》一卷、《三余小词》一卷（1916 年木活字本）。

294. 胡颖之，字粟长。浙江山阴人。入瑞澄幕。与夏敬观有唱和。南社社员。有词见《南社词集》。

295. 胡云翼（1906—1965），原名胡耀华。桂东县人。词学家、中国文学史家。曾任中华书局、商务印书馆编修，暨南大学等校教授。有《宋名词选》（1933 年上海亚细亚书局出版）、《宋名家词选》二卷（1946 年上海文力出版社出版）、《清代词选》（上海亚细亚书局出版、1946 年上海教育书店出版、1946 年上海文力出版社出版）、《词选》（1932 年上海亚细亚书局出版、1936 年上海中国文化服务社出版、1948 年上海教育书店出版）、《词学 ABC》（1930 年上海世界书局出版）、《宋词研究》（1926 年上海中华书局出版、1929 年上海中华书局出版）、《女性词选》一卷（1946 年上海文力出版社出版）、《抒情词选》（1932 年上海亚细亚书局出版、1947 年上海教育书店出版）。

296. 华铃（1915—1992），原名冯锦钊。生于澳门，祖籍广东新会。20 世纪三四十年代蜚声上海抗日诗坛，被誉为"时代的号角"。有《华铃诗文集》（钦鸿、闻彬编，1994 年百花文艺出版社）行世。

297. 华谌，字子敬，又字痴石，别署一叶秋盦、桃花梦中僧。浙江仁和人。光宣之际，参与丽则吟社的诗词唱和。活跃于晚清民初曲坛，与陈蝶仙、何公旦称为西泠三家。有《问蕖亭纪恨诗词稿》一卷（光绪年间刻本)，《聆痴符》《浣花石诗》二卷，《一叶秋盦曲稿》二卷，另有《扶头别唱》《馋愁子》《扫愁帚》《送酒钩》各一卷（详汪普庆《中华曲综》）。

298. 华钟彦（1906—1988），原名连圃。辽宁沈阳人。毕业于北京大学，先后任教于天津女子师范学院、东北大学、东北师范大学、河南大学。有《莳蘅吟馆诗词稿》《花间集注》。

299. 宦应清（1861—1929），字梦莲，号诲之，别号屏凤庄旧主，又号汉上消闲社主。贵州遵义人。父宦懋庸，有《莘斋诗馀》。子宦乡为我国著名外交家、国际问题专家。清光绪贡生，入幕二十余年。曾致力于办报、教育和文化学术的研究与著述。除编撰《屏凤山庄箕裘集》前三十卷外，另有《文钞》《诗钞》等九种著作传世。有《消闲社主诗余》一卷，附于其所辑《汉上消闲集》（宣统三年汉上振华书局铅印本）。

300. 黄葆年（1845—1924），字锡朋，一字希平。江苏泰县人。光绪五年举人，九年成进士。历官山东莱阳、泗水等知县。弱冠时即拜李光炘为师，学习太谷学说。晚寓苏州，创立归群草堂，传授太谷派思想。人称归群先生。（详陈辽《周太谷评传》附录四，南京出版社1992年版）有《归群草堂诗余》。（详《归群词丛》，福建师范大学图书馆藏钞本）

301. 黄冰，字韵琴。长沙人。有《秋丝阁诗草》一卷，《诗余》一卷（1930年长沙蝶社影印本、1936年湘城蝶社影印本）。

302. 黄曾源（1858—1936），字石孙，号立午，晚号槐瘿。福建闽县人。光绪十六年进士，官山东济南知府。（详吴郁生《碑传集三编》卷二十四《二品衔候补道山东济南府知府前礼科给事中翰林院编修黄公行状》）有词见《词综补遗》卷四十六。

303. 黄棣华（1871—1953后），字伟伯。广东顺德人。晚年与黎季裴、刘伯端等人有唱和。有《负暄山馆词钞》。

304. 黄凤岐（1851—1934），派名学诚，字元祐，一字方舟，晚号久芳，又号渭叟。安化人。清光绪二十年进士。曾任羽林军"虎神营"教练，继在滇、桂、皖等省任知府等职。有《种茂园诗草》三卷（清石印本）、《久芳阁诗草》一卷、《年谱》一卷（1931年铅印本）。

305. 黄佛颐（1886—1946），字慈博，号慈溪。广东香山人。父黄映奎，能诗善文。宣统元年拔贡。曾任广东通志局分纂、香山志书分纂、广州时中学校校长。博才多学，工诗文词，着力研究整理乡邦文献。有《广州城坊志》《慈溪词》（详陈泽泓《岭表志谭》）。

306. 黄福颐（？—1933 后），又名弗怡。江西宜黄人。师事谭献。民国入国史馆，为稊园诗词社社员，亦曾入聊园词社、清溪诗社。作词宗清真、梦窗两家，词名著于都门。（详其《词庵词自序》）有《词庵词》四卷（含《煮字集》《阿凤集》《抱珠集》《采绿集》，1933 年铅印本、虚白斋丛书本）。池汉宫序曰："揣音锻字，不内恕，不外矜，汲古之功，累索珍秘，融化犹夷，力臻婉密。虽其处境愈贫，逼稭给弗继，而奇趣百出。"（详傅宇斌《现代词学的建立——〈词学季刊〉与 20 世纪三四十年代的词学》）。

307. 黄光（1872—1945），字梅僧，一作梅生。平阳人。青年时师事思想家陈黻宸（字介石，与平阳宋平子、瑞安陈虬，有"东瓯三先生"之称），治文字训诂之学，善诗文篆刻。曾入瓯社。有《樱岛闲吟》（又名《东游百咏》）、《厄闰集》《历劫录》《飞情阁集》（内有《飞情阁诗钞》一卷、《历劫吟》二卷、《飞情阁词钞》一卷）和鼓词《桃花扇》《玉蜻蜓》等（详黄美足《平阳县黄氏志　第五编》；薛钟斗《东瓯词征》；郑立于《平阳县志》）。

308. 黄家鼎（1854—1883 后），字俊生，号骏孙。浙江鄞县人。官福建汀州税务长、省布政司理问。有《西征诗余》（见《西征集》卷二，光绪八年补不足斋刻本、光绪十七年《黄氏家集初编》本）。据《西征集》乃作者自订本，卷首《例言》尾署："光绪八年百花生日家鼎自识。"又，其中《西征文存》卷首有林风章《序》，云："辛巳春，风章权宰新罗，适黄俊生太守亦以司榷来鄞水……今太守以陆机入洛之年，著贾谊过秦之论，对之能勿叹前此之奔走徒劳、年华虚度也？……壬午孟春中澣，归善林风章召卿甫识于新罗之斯未能信斋。"陈兆璜《西征集跋》："己卯，余应京兆试，友人设宴招饮，维时俊生太守亦在座，少年英气，咄咄逼人，殊有不可一世之概。"因知其生于咸丰四年（1854）。

309. 黄家骥（1880—？），字晓秋。湖南湘乡人。有《欸乃余曲》二卷，与《瓦缶雷鸣》合刊（光绪二十二年长沙刻本）。据谭献《复堂日记·续录》光绪二十五年七月初九日："黄晓秋以所著《瓦缶雷鸣》诗四卷、《欸乃余曲》词二卷、《无隧积谈》一卷见质……诗词皆后胜前作，年方二十，进境正未可量。"

310. 黄钧（？—1934），字颂尧，号次欧。江苏吴县（今苏州）人。出生于医学世家。早年曾练习作画和研习《文选》。长沙藏书家叶德辉来吴中访书，见其文笔和藏书，亦崇拜之极而称奇。家藏先哲医学秘籍甚多，曾购藏潘介繁"桐西书屋"的旧藏。江南医家王新之曾据其所藏和征集多家藏书志目，编纂成《十三科医学本草书目》近百卷。另收藏文集、方志等。藏书处有"小学斋""均涛阁"等，藏书印有"小学斋藏""黄氏次欧所藏""南阳叔子藏本"等。有《一厝词》。

311. 黄钧（？—1943），字梦蘧，号栖园。湖南醴陵人。南社社员。曾任《铁笔报》《长沙日报》编辑、《天声日报》总编、醴陵县志局编纂。有《栖园遗集》。

312. 黄侃（1886—1935），字季刚，又字梅君，别署量守居士等。湖北蕲春人。师事章太炎、刘师培。光绪二十年考入湖北文普中学堂，后留学日本，归国任《春声日报》主编、北京大学等高校教授。（详章炳麟《广清碑传集》卷二十《黄季刚墓志铭》；贺觉非《辛亥武昌首义人物传·黄侃》，中华书局1982年版）有《繢秋华室词》（《黄季刚诗文钞》本，湖北人民出版社1985年排印）。

313. 黄人（1866—1913），原名振元、震元，后更名人昭，字羡涵，又字慕韩、慕庵，别号江左儒侠、野蛮、蛮、梦闇、梦庵、慕云。中年更名黄人，字摩西。江苏常熟浒浦人。近代作家、批评家。1900年后任东吴大学文学教授，后入南社，创建"三千剑气文社""国学扶轮社"。博学多才，对文学史研究卓有成效。主编小说期刊《小说林》，所撰《小说林发刊词》《小说小话》，在晚清小说论著中较有名。善诗词，作品多见于《南社丛刊》。才华横溢，但言论怪异，举止狂野，与当时苏州的李思慎、沈修、朱锡梁被文坛合称为"苏州四奇人"，后因精神病死于苏州。有《摩西词》。（详《南社人物传》"黄人"条，周文晓执笔；王永健《"苏州奇人"黄摩西评传》，苏州大学出版社2000年版）有《摩西词》八卷（1920年张鸿铅印本）；《摩西词》，与诗文合刊作《黄人集》（江庆柏、曹培根搜集整理，上海文化出版社2001年版）。

314. 黄荣康（1877—1945），字祝蕖，号凹园，别号大荒道人，晚号蕨庵。广东三水人。终身从事教育，曾组织"烽火诗社"，又长字画，于荔湾结"清游会"，与高剑父、陈树人等交密。（详黄任恒《凹园诗词钞跋》）生平著述颇丰，有《求谦斋文集》《求谦斋诗文续集》《击剑词》《三水诗存》《三水艺文略》等。另有《凹园词》一卷，附于《凹园诗钞》（民国十年刻本、《丛书集成续编》本）。（详陈寂、傅静庵主编《岭雅》）

315. 黄绍璟，字剑鸣。广西容州人。年轻时留学日本，回国后先后在北京故宫和闽南等地工作。曾从军抗日。有《松冈诗余》（1933 年铅印本）（详袁行霈《诗壮国魂·中国抗日战争诗钞》）。

316. 黄畲（1913—2007），字经笙，号纫兰簃主。台湾淡水人。父黄宗鼎。1931 年在北平四存中学毕业。1934 年起在北平市政府任职。1941 年入北平国学院词章门攻读，拜前清翰林郭则沄为师。参加当时郭则沄组织的蛰园诗社、瓶花簃词社、前清翰林关赓麟组织的稊园诗社、咫社词社及名士张伯驹组织的庚寅词社，与社友关赓麟、章士钊、叶恭绰、夏仁虎、龙沐勋、王冷斋、张伯驹、黄君坦、萧劳等唱和，作品载于《稊园吟稿》、《咫社词钞》。又被聘为北平古学院研究员，结识吴廷燮、王谢家等前辈，诗词益进。曾学山水画，入中国画学研究会。新中国成立后为中学教师。1974 年12 月退休。1988 年 12 月被聘任为中央文史研究馆馆员，兼《诗书画》丛刊编委。有《纫兰簃诗词文集》。

317. 黄文琛（1856—1926?），字云门，号秋孙，亦号慵仙，晚号云窝慵叟。江苏江宁人。黄文达弟，与舒昌森唱和颇多。曾创龙川新社。光绪十九年恩科举人。（详见《江苏艺文志·南京卷》）有《疏篁待月词草》三卷，与《青琅玕馆文剩》合刊（1925 年版）。又《江宁黄氏家集》（1919 年铅印本）。

318. 黄文翰（1849—?），黄文琛兄，黄文达弟。有《揖竹词馆诗词草》。又《江宁黄氏家集》（1919 年铅印本）。

319. 黄仙裴（1841—1913），名玉堂。广东中山人。弱冠通籍，入词馆。为山西学政，丁母忧，不复仕。侨居铁城，日以文艺自娱。（详中山诗社《中山诗词选·第一卷》）曾官翰林院学士，与黄映奎、缪云湘等唱和。有《痴梦斋词草》《莲瑞轩诗钞》。

320. 黄孝绰（1905—1950），字公孟，号讷庵。福建闽侯人。黄孝纾四弟。有《藕孔烟语词》。

321. 黄孝平（1902—1986），字君坦，号苏宇。福建闽侯人。曾为暨南大学、青岛大学教授，新中国成立后为中央文史馆员。有《红踯躅庵词剩》《清词选》。

322. 黄孝纾（1900—1964），字公渚，号匑庵，别号颧士、霜腴。福建闽侯人。曾任上海南洋大学、北京师范大学、齐鲁大学、山东大学教授。有《匑庵词》《崂山集》《欧阳修词选译》。

323. 黄孝先，字伯骞，号半髡。福建闽侯人。有《瓮天室词存》。

324. 黄协埙（1853—1924），字式权，号鹤窠村人，又号梦畹。上海人。曾主《申报》笔政多年。师事张文虎，与舒昌森、邹弢等有唱和。有《宾红阁乐府》。

325. 黄性一（？—1952？），长沙人。报人。有《长沙火劫词》一卷（1938年铅印本）、《湖南新闻事业》（湖南图书馆藏，抄本）、《吴古欢先生轶事》一卷（1933年铅印本），另编《张石侯先生荣哀录》（1934年长沙张石侯追悼会铅印本）。

326. 黄勖吾（1905—1980），又名黄剑秋。澄海人。毕业于国立中央大学文学系。曾任国立中山大学师范学院教授。后侨居新加坡，任南洋大学教授。有《白云红树馆诗词草》。

327. 黄濬（1890—1937），字秋岳。福建侯官（今福州）人。师事晚清名家陈衍（石遗）。17岁自京师大学堂译学馆毕业，后留学日本早稻田大学，归国后在政府任职。北京政府垮台后曾一度蛰居。1931年，再度从政并亲近日本，后因出卖国家机密被处死。其才华横溢，能诗善文，所作诗文被孙雄选入《四朝诗史》，因名列汪国垣《光宣诗坛点将录》而声名大振。有《聆风簃词》（1925年刻本）。

328. 黄炎培（1878—1965），字任之。上海川沙人。早年加入同盟会。1941年成立民主同盟，被选为常委。1945年成立民主建国会，被选为常务理事。曾任政务院副总理、轻工业部部长、全国人大常委会副委员长。有《苞桑集》《天长集》《延安归来》等。

329. 黄焱木（1850？—？），一名育翰，又作育韩，字欣园。福建永福人。光绪元年举人，官广西容县知县。有《梦潭词》一卷（光绪九年小摩竭室刻《影事词存初稿》本)。

330. 黄彝凯，字孟乐。湖南长沙人。活动于同光年间。有《铁笛词》一卷（光绪二十四年刻《题襟集》本）。

331. 黄映奎（1855—1929），字仲照，号日坡。广东香山人。宣统元年举人，创办中国文专科学校。晚年入罗浮酥醪观为道士。（详阳海清《中南西南地区省市图书馆馆藏古籍稿本提要》）有《杜斋诗钞》附词。

332. 黄咏雩（1902—1975），号芋园。广东南海人。有《天蠁楼诗文集》《芋园诗稿》等。能词。

333. 黄玉堂（1852—?），字仙裴。广东顺德人。同治十三年进士，官山西学政、翰林院编修加侍讲。（详《同治十三年甲戌科会试同年齿录》）有《痴梦斋词草》二卷。

334. 黄兆枚，字宇逵，号芥沧，别号南曹旧史。长沙人。清光绪二十九年进士，官吏部主事。有《芥沧馆诗集》十一卷、《文集》四卷（1934年蒋文德堂刻本）、《芥沧馆骈文》一卷、《散文》一卷、《书札》一卷、《诗》一卷、《词》一卷、《挽词》一卷（民国铅印本）、《芥沧馆文录》一卷（湖南图书馆藏，民国稿本）、《芥沧馆诗集》八卷（清宣统三年长沙振华铅印本）、《芥沧馆诗集》六卷、《文集》三卷（1923年长沙罗博文堂刻本）、《芥沧馆诗斑》一卷、《文斑》一卷（1917年石印本）、《鸡林杂咏》一卷。（民国铅印本）《塞上闲吟》一卷（民国吉林吉东印刷所铅印本）。

335. 黄正忠（?—1936年），号树乔，别号木庵。长沙人。有《木庵文存》二卷（1933年开封扶群印刷所铅印本）、《木庵文存》六卷、《雪苑骊歌》一卷（1936年开封新豫印刷所铅印本）、《雪苑骊歌》一卷（1933年宝翰斋石印本）。

336. 黄竹坪（1908—?），字安定。浙江平湖人。曾任南京江南诗画社副社长。有《竹坪诗词集》。

337. 黄祝渠（1877—1945），名荣康，号凹园。广东三水人。毕生读书讲学，著述甚丰。有《求慊斋文集》《骈文》《凹园诗钞》《诗续钞》《求慊斋诗文续集》《击剑词》《清宫词本事》等。

338. 黄宗宪，字硕臣。福建永福人。光绪二十年举人。（详《闽词征》卷五）有《映庵词》，光绪九年小摩竭室刻《影事词存初稿》本。（详刘荣

平《词学考论》）

339. 霍洁尘，广州古塔坡山人。师事林树熙。民国甲戌印《芳心尘影斋丛刊》，收霍洁尘撰《和饮水词前集》一种。《丛刊》第二册另有霍氏词集《梵月碧泠词》。谢洁珍序："能以藻思清辞运于笔底，格调高迈迥异庸流。"其书每页分上下两栏，上栏录性德原词，下栏为霍氏和词，共和一百八十七首。其名"前集"，盖原拟作"后集"，欲尽和纳兰词，而实未作后集。据《丛刊》第一册之《洁尘居士略传》云，其耽内典，习净土；然书由戴季陶题签，则未必真敝屣尘俗士也。其词风格驳杂，用语生涩，多不美听，稍能掉文而已。（详《芳心尘影斋丛刊》）

340. 霍松林（1921—2017），甘肃天水人。曾任陕西师范大学中文系教授、中华诗词学会副会长等职。有《唐音阁吟稿》《霍松林选集》等。

341. 贾景德（1880—1960），字煜如。山西沁水人。父贾作人，光绪十五年登己丑科进士。叔父贾耕，乙酉拔贡，辛卯举人，先后主讲潞安府（长治）的上党书院和令德堂（山西大学堂的前身）。贾景德是阎锡山与袁世凯合作的牵线人，中原大战晋绥系高层唯一的支持者，阎锡山永远的秘书长，最后的送葬人。民国曾入漫社，与周退舟、张白翔有唱和。又倡韬园诗社。有《韬园诗余》。

342. 贾霈周（？—1922），字董芗，号苟生，又号石僧，晚号顽叟。江苏长洲人。诸生。有《梦花词》《顽叟词钞》。（详林葆恒辑《词综补遗·第4册》）

343. 贾修龄（1894—1976），又名贾仁敏、贾策安。曾在江苏、湖北等地重点中学和高等院校任国文教员。1944年秋，任国立湖北师范学院国文系教授，后代理系主任。有《忆梅庵诗词稿》《香雪微吟》《蓓蕾集》。

344. 姜继襄（1863—1924后），号劲草词人，又号曙叟。安徽怀宁人。师事王可庄。光绪二十年举人，中式第一百十八名，官湖北钟祥县知县。（详《清代官员履历档案全编》第8册）历任湖北罗田、黄安、江陵诸县知县。民国后仍任职八年，晚年赋闲，专事写作。卒于民国十三年之后，享年65岁以上。能诗，善古文辞。有《天泪庵词》一卷（1912年刻本）、《劲草堂笔记》。另有戏曲作品《劲草堂曲稿》（又名《劲草堂传奇三种》，含《汉江泪》《金陵泪》《松坡楼》）及传奇《梧桐泪》等。

345. 姜仑（1893—1959），名可生，号杏痴。江苏丹阳人。上海神州大学毕业。南社社员。有词见《南社词集》。

346. 姜胎石（1879—1944），名若，字参兰，号胎石。江苏丹阳人。江南陆师学堂毕业。南社社员。有词见《南社词集》。

347. 蒋彬若（1837—1913），字次园，号山樵。江苏宜兴人。官候选训导。与夏孙桐、顾云、刘炳照等有唱和，曾入鸥隐词社。有《替竹庵词》五卷（清光绪间铅印本）。

348. 蒋鹳平（1915—1984），字仲青。述彭子。浙江海宁人。毕业于上海高等职业学校。历任南京公交公司总务，上海航政局文书。能诗词，好书法，善治印。早年研究训诂说文之学。曾为保存先祖藏书，做出一定贡献。《海宁艺苑人物》云："能诗词，好临池，日暮致数百字，无间寒暑。行楷出入颜真卿、苏轼之间，篆法酷摹吴昌硕，工力湛深，兼善治印，亦能刻竹。早年研究训诂说文之学，有特见创获，尝撰《六书辨疑》，为俞敏所称赏。仲青为苏家林介侯（兆禄）婿，久馆岳家，得其指授，造诣益精。晚境坎坷，有乞书乞印者，辄谢不应，故流传颇少。"有《仲青诗词稿》。

349. 蒋萼（1835—1915），字跗堂，自号醉园居士。江苏宜兴人。官丹徒县教谕。有《蘦臼词》。李恩绶跋："词之缛处、涩处，是其正宗。又加以新警之思，峭峭之笔，此真能得家风者。"

350. 蒋方爕（1857—1939），改名纪恩，字韶卿，号鹿苹，又号忍庵。浙江海宁人。蒋学济子，蒋学勤嗣子。曾参与编纂《海宁州志稿》。有《抱阙斋诗词稿》。

351. 蒋礼鸿（1916—1995），字云从。浙江嘉兴人。女词人盛静霞夫。著名语言学家、敦煌学家、辞书学家。1939 年毕业于之江大学，先后在之江大学、湖南蓝田国立师范学院、重庆国立中央大学师范学院任教。有《怀任斋诗词·频伽室语业》，为蒋礼鸿、盛静霞夫妇合集。

352. 蒋其章（1842—?），字子相，一作芷湘，号公质，又号质庵。浙江钱塘人。同治九年举人，中式第四十八名。光绪三年成进士，中式第五十六名。官甘肃知县。（详《清代朱卷集成》第 258 册）有词见《词综补遗》卷八十。

353. 蒋启霆（1919—2000），字雨田，号杞亭。望曾曾孙，鹏骞子。幼承家学，师事李右之，肄业于无锡国学专修学校。善诗词，娴于文史及版本目录学。常撰诗文在京、沪、杭等地报刊发表。有《杞亭诗文存》《楹联存稿》，辑有《诵芬录》《海宁二蒋集》等。

354. 蒋寿镁（1880—1961），原名清征，字曼龄，号迈伦。浙江海宁人。蒋方夔长子。室名曰"心斋斋"。有《中国历代货币考》《禁烟刍议》《心斋斋诗文稿》《心斋斋杂俎》等。

355. 蒋廷黻（1850—1912），原名学焘，字雅鹤，一字直博，又字秫鹤，号山佣，又号盦庐。浙江海宁人。为蒋光煦七子。承家学，善诗，雅好藏书，藏书处名"盦庐"。光绪十八年进士。官吏部文选司郎中，记名御史；宣统三年授广东韶州知府，未履任，殁于沪上。曾与冒鹤亭、吴仲怿、耆寿民等人唱和诗作，冒鹤亭曾为其作《题蒋盦庐年丈〈麻鞵踏雪图〉》。著有《读左杂咏》一卷、《盦庐诗词四种》、《读史兵略缀言》一卷、《麻鞵纪行诗存》一卷、《随沪纪行诗存》二卷、《盦庐遗著》一卷、《盦庐词》一卷、《看镜词》一卷。

356. 蒋学坚（1845—1914），字子贞，号怀宁，别号石南老人。浙江海宁人。（详杨明《述蒋学坚先生〈怀亭诗话〉》，《古籍研究》2003 年第 1 期）有《怀亭词录》三卷，与《怀亭诗录》合刊（光绪二十一年刻本）。

357. 蒋玉棱（1848—1910 后），字公颇，号俯青，别号冰红词人、小水云词人。江苏江阴人。光绪中叶，曾"远官云南八年"。（详邓之诚《稿本〈冰红集〉题识》）有《冰红集》五卷（藏南京图书馆，金武祥辑钞《粟香室丛钞》本；藏北京图书馆，稿本三册）。

358. 蒋兆兰（1855—1932），字香谷。江苏宜兴人。民国于里中创白雪词社。有《青蕤庵词》四卷（1939 年宜兴任氏刻本），另《词说》一卷。

359. 蒋竹如，湘潭人。新民学会会员。湖南第一师范毕业，留校任教。有《如园诗存》一卷、《长短句》一卷（1940 年铅印本）。

360. 蒋左贤，女，字翰香，号梅边女史。浙江海宁人。为蒋光煦女，诸生张葆恩继室。德清俞樾曲园先生有记云："女史为生沐先生第十六女，所居别下斋畔有老梅一枝，因号梅边女史。所著词即题曰《梅边笛谱》，辞旨深长，音节悽惋。论者以其乡徐湘苹夫人比之，洵无愧色。"

361. 金榜，字振声。安徽兰陵人。与房善继交密。有《雪堂词钞》。

362. 金保权（1872—?），字子才。广东番禺人。光绪二十三年举人，官江西赣县知县。（详其自作《辛未六十周甲诗》）有词见《词综补遗》卷六十六。

363. 金鹤翔（1865—1931），字琴一，号幼香，别号病鹤居士。江苏常熟人。岁贡生。（详《江苏艺文志·苏州卷》）与黄人、沈汝瑾、刘毓盘交密。有《病鹤词》二卷，附于《病鹤遗稿》（1933 年版）。

364. 金孔章（1904—1989），安徽桐城人。历任金陵大学、中央大学、安徽大学、南京农学院教授。有《经济乐府》。

365. 金其恕，字养斋。浙江嘉善人。生活于同、光年间，诸生。（详《晚晴簃诗汇》卷一六九）有《倚云楼词》一卷，附于《倚云楼集》（光绪六年刻本）。

366. 金蓉镜（1856—1930），初名鼎元，字甸丞，号潜庐、暗伯，晚号香严，别号澂湖遗老。浙江秀水人。光绪十四年举人，十五年成进士，官工部主事、湖南永顺府知府。（详卞孝萱辑《民国人物碑传集》卷十之金兆蕃《从兄永顺君事略》）有《澂湖遗老词》一卷，附于《澂湖遗老集》（1928 年刻本）。

367. 金石（1846?—1910 后），原名百岩，字夔伯，号石翁。浙江会稽人。诸生。（详《清代画史增编》卷二十五）有《蔗畦词》二卷。（光绪二十八年会稽金氏刻本）据左运奎《迦厂词钞》叙刻于宣统二年（1910）夏秋，夔伯为之题词《木兰花慢》，因知其卒于该年后。又，金氏另著《强自宽斋外集》，卷二《会稽赵仲羲先生墓志铭》："先生讳尧春，字仲羲，姓赵氏。……咸丰辛酉，粤贼陷绍兴，先生仓皇脱免。……绍城复，葺旧居，授徒自给。……石生十六年而执经于先生之门，壮而以贫奔走于外。……先生卒于光绪二十一年闰五月，年七十有四。"因知其约生于道光二十六年（1846）前后。

368. 金嗣芬（1877—?），字楚青，自号睿灵修馆主人。江苏江宁人。金世和（柳簃）之弟。幼受业于吴鸣麒。曾在沪上报馆任职，后奉端方之命赴日本调查学务半年。光绪三十二年优贡，官江西上犹知县。1922 年尚在世。有《东湖消夏续录》《板桥杂记补》。（详《江苏艺文志·南京卷》、王鹏善《钟山诗文集》）有《睿灵修馆词钞》一卷，与《睿灵修馆诗钞》

合刊（1932 年铅印本）。

369. 金粟，即吴庆焘（1856—1926?），榜名庆恩，字实仲、文麀，一字仲宽，号炯然，别号金粟庵头陀、孤清居士。湖北襄阳人。光绪十一年举人，官江西赣南道台。入民国，出任襄樊红十字会会长。工书法，在沪为上海中华书局写仿宋体字，书局据以铸成铅字，用于印刷。所撰《欂珠仙馆诗存》七卷，附《陶陶集》一卷、词一卷（藏南京图书馆、河南省图书馆，1926 年襄阳吴氏铅印本）（详《湖北省志·人物志稿》；柯愈春《清人诗文集总目提要》；阳海清《中南西南地区省市图书馆·馆藏古籍稿本提要》；朱兴和《现代中国的斯文骨肉·超社逸社诗人群体研究》）。

370. 金天翮（1874—1947），初名懋基，改名天羽，字松岑，号鹤望、天放楼主人、鹤舫老人等。江苏吴江人。清季参加爱国学社，民国与章炳麟主讲苏州国学会。后任上海光华大学教授。有《孤根集》《天放楼诗集》《天放楼续集》《天放楼遗集》《红鹤山房词》（1932 年本）等。

371. 金文梁（1852—?），字养知，号企桥，别号倚雪。江苏元和人。光绪十五年举人，中式第一五三名。（详《清代朱卷集成》第 182 册）有《倚雪山房词》（一名《鹈鸣馆词》）二卷。

372. 金问泗（1892—1968），小名连，号纯孺。浙江嘉兴人。金兆蕃子。曾任驻比利时大使，晚年定居香港。金兆蕃《安乐乡人诗集》附其词。自序："余所作词，昆曲家项君馨吾偶取制谱，倚笛而歌，音节颇称。因相与选存两首，一有板眼，一为散板。略师白石意采入集中，以俟海内外词曲家之审音。"

373. 金武祥（1841—1926），字溎生，号粟香。江苏江阴人。监生，官广东盐运司同知。（详《江苏艺文志·无锡卷》）有《芙蓉江上草堂词稿》一卷。

374. 金兆蕃（1868—1950），字篯孙，别署安乐乡人。浙江嘉兴人。光绪十五年恩科举人，官内阁中书、度支部司长。民国入清史馆，任会计司司长。师事蒋廷黻，入聊园词社。曾为徐世昌代编《晚晴簃诗汇》，并编纂《槜李丛书》。（详卞孝萱辑《民国人物碑传集》卷七，屈强《嘉兴金篯孙先生行状》）有《药梦词》二卷、续一卷，《七十后词》一卷（1931 年铅印本；1943 年刻本；《近代中国史料丛刊续编》第二十一辑本）。

375. 金兆丰（1870—1934），字瑞六，号雪荪，或作雪生。浙江金华人。光绪十二年补博士弟子员，二十八年中举，二十九年成进士，中式第八名，官翰林院编修、国子监师范学堂监督。（详《陟冈集·附录》王树楠《清封二品衔记名提学使翰林院编修金雪荪君行状》）有《拾翠轩词稿》一卷（1949 年中华书局铅印本）。

376. 金震（1904—?），字东雷。江苏吴县人。师事金天羽。尝主天津大公报笔政，后回里入章太炎办苏州国学讲习所。有《东庐诗余》。

377. 靳志（1877—?），原名项曾，字仲云。河南祥符人。光绪二十三年举人，中式第五名，二十九年成进士。官农商部主事。（详《清代朱卷集成》第 228 册）曾远游西域，归入译署，以诗什为日课。有《居易斋诗余》一卷，附于《居易斋诗集》（1935 年铅印本），又有《过江集》《入洛集》。

378. 景定成（1882—1961），字梅九，以字行。山西安邑人。就读于山西大学堂、日本帝国大学。南社社员。有词见《南社词集》。

379. 敬安（1852—1912），俗姓黄，名读山，字寄禅，号八指头陀。湖南湘潭人。同治七年出家，晚任天童寺住持。（详卞孝萱辑《民国人物碑传集》卷十二冯毓孳《中华佛教总会会长天童寺方丈寄禅和尚行述》、《海潮音》第十五卷第七期大醒《八指头陀年谱》）有《八指头陀词》一卷（光绪刊本），附于《八指头陀集》（1919 年北京刻本）。

380. 康同璧（1884—1969），女，字文佩，自号华鬘室主、华鬘室主人，室名华鬘室。南海人。康有为女，宝安罗昌室。美国哥伦比亚大学毕业。善诗词、书画。有《华鬘词》。

381. 康有为（1858—1927），原名祖诒，字广厦，号长素，一号更生。广东南海人。光绪十九年中举，二十一年成进士，官工部主事。领导"戊戌变法"，失败后，逃亡海外。（详《康有为诗文选》附录简夷之《康有为年谱简编》，1963 年人民文学出版社铅印）有《万木草堂诗钞》附词一卷（1914 年石印本）。

382. 亢少卿（1903—1992），字文慧。湖北襄阳人。抗战期间寓居桂林，任中小学教师。有《风尘吟草集》。

383. 柯昌泌（1899—1985），女，字征君。山东胶县人。父柯绍忞，师事王国维。有《石桥词稿》《和观堂长短句》。苏昌辽跋："端庄清雅，意境高洁。"

384. 柯劭慧（1854?—?），女，字稚筼。山东胶县人。荣成拔贡孙季咸室。（详《晚晴簃诗汇》卷一八九）有《楚水词》一卷（1915年双照楼刻本），与《思古斋诗钞》合刊（1928年刻本）。

385. 柯绍忞（1850—1933），字凤荪，号蓼园。山东胶县人。早年丧父，柯母出自书香门第，湛深国学，善诗。光绪十二年考取进士。授翰林院庶吉士，后改任编修，擢国子监司业，提督湖南学政，改授翰林院侍讲，转侍读，授贵州提学使，署学部右参议，充京师大学堂总监督。后提升为典礼院学士，授山东宣慰使，督办山东全省团练。民国后，仍为废帝溥仪侍讲，以遗老自居。有《蓼园诗钞》，能词。

386. 孔凡章（1914—1999），原名繁祎，号礼南。四川成都人，祖籍浙江萧山临浦镇。曾任中央文史研究馆馆员。有诗词集《回舟集》《回舟续集》等。

387. 孔昭鋆（1863—1921），字允和，号季修。广东南海人。其父为广东近代藏书大家孔广陶。光绪举人。有《清淑斋唱和词》。（详《南海龙狮南海衣冠南海古村·南海衣冠篇》）

388. 旷世斌，字公质。湖北潜江人。有《万卷草堂漫稿》，内收词一卷。《1919—1949旧体诗文集叙录》："多题赠作，长调摹耆卿，小令也清婉可诵。"

389. 况周颐（1859—1926），原名周仪，后避宣统皇帝溥仪讳，改名周颐，字夔生，别号玉梅词人，晚号蕙风词隐。临桂人（今广西桂林），原籍湖南宝庆（今邵阳）。幼聪颖，九岁补博士弟子员。其《存悔词》一卷，即十七岁以前所作。光绪三年举优贡。光绪五年中举人。光绪十四年任内阁中书。光绪二十一年，以叙用知府分发浙江候缺补用。又曾入两江总督张之洞、端方幕府。著作宏富，词作有《新莺词》《玉梅词》《锦钱词》《蕙风词》《菱景词》《二云词》《餐樱词》《菊花词》《存悔词》各一卷，总称《第一生修梅花馆词》。词话有《蕙风词话》五卷、《蕙风词话续编》两卷、《玉栖述雅》一卷。辑有《薇省词钞》十卷、附录一卷，《粤西词见》一卷、附《玉梅后词》一卷。王国维云："蕙风词小令似叔原（晏几道），长调亦在清真（周邦彦）、梅溪（史达祖）间，而沉痛过之。"（详《人间词话》）与词坛前辈王鹏运交游，词学理论受其影响，认为作词有三要，曰："重、拙、大。"与王鹏运、郑文焯、朱祖谋并称"晚清四大家"。钱仲联喻之为"天机星智多星吴用"（详《中国词学大辞典》；《近百年词坛点将录》）。

390. 阔普通武（1853—?），字安甫，号青海，一号楂客。他塔拉氏，满族正白旗人。光绪十二年进士，官至礼部左侍郎、西宁办事大臣。光绪二十九年休致。（详《光绪十二年丙戌科会试同年齿录》《中国近现代人物名号大辞典》）有《华鬘室词》一卷（清末民初石印本）。

391. 赖伟英（1894—1958），别号波民。江西南康人。江西陆军小学堂、南京陆军第四预备学校毕业。辛亥革命后，随学生军参加光复南昌之役，事毕继入陆军预备学校和保定军校学习。1916 年 8 月保定军校毕业。抗日战争爆发后，任中央陆军军官学校第三分校筹备委员会委员等职。抗战胜利后，任第三战区司令长官部高级参谋等职。1947 年 7 月任陆军中将军衔，同时备为退役。（详陈予欢《保定军校将帅录》）民国时与邝摩汉有唱和。有《劫余集》附词。

392. 劳纺，女，字织文。浙江桐乡人。劳乃宣女，陆军部郎中陶葆廉室。有《织文词稿》二卷，刊于《词学季刊》第二卷第三、四号（1935年）。

393. 劳乃宣（1843—1921），字季瑄，号玉初，自号矩斋，晚号韧叟。浙江桐乡人。同治四年举人，十年进士，官吏部稽勋司主事、京师大学堂总监督、学部副大臣。张勋复辟时任法部尚书，失败后匿居青岛。（详《桐乡劳先生遗稿》卷首《韧叟自订年谱》、柯绍忞《诰授光禄大夫劳公墓志铭》）有《劳山词存》一卷，附于《桐乡劳先生遗稿》（1921 年刻本、1927 年刻本、台北文海版《近代中国史料丛刊》第 36 辑本）。

394. 乐嗣青，字士清。江西人。师事饶子觉。有词与其祖《桃花馆词》合刊。

395. 雷飞鹏（? —1933），字筱秋，晚号艾叟。浙江嘉禾人。清末以孝廉宦游京师，辛亥后为省议员，曾任湖南图书馆馆长。有《艾室诗文稿》、《梦辽草》一卷（清宣统二年铅印本）、《都庞山馆诗文钞》二卷（1939 年蓝山地方石印局石印本）。

396. 黎承礼（1868—?），字薇孙，号凫衣。湖南湘潭人。光绪二十年进士，官四川崇宁知县。（详《清代官员履历档案全编》第 28 册）有《涧松波馆词》。

397. 黎兑卿（1916—?），女，名孚。湖南浏阳人。乡间女诗人，曾任岳麓诗社理事。有《棣华楼诗词集》。

398. 黎国廉（1871—1950），字季裴，号六禾。广东顺德人。光绪十九年举人，官福建补用道，署兴泉永道。曾任《岭学报》主编。（详《清代官员履历档案全编》第 6 册、《海绡词笺注》卷一）有《玉蕊楼词钞》（民国二十八年香港版）、《秝音集》（与陈洵合著，1939 年香港版）。

399. 李柏荣（1893—1972），别号日涛。邵阳人。湖南省立第一师范学校毕业，曾任职故宫博物院、北京大学图书馆，后任教于南京三民中学。抗战期间归湘。平生著述二十余种：有《日涛语录》三卷（1947 年石印本），《日涛杂著》一卷（1934 年邵阳进文铅印局铅印本；又稿本，今藏湖南图书馆），《读古微堂诗集札记》（稿本，藏湖南图书馆），《文学杂论》（民国邵阳进文铅印局铅印本），《戏剧杂论》（民国邵阳进文铅印局铅印本），《魏源师友记》二卷（1936 年大展纸业印刷局铅印本），《初日集》（1936 年铅印本）。（详于霖、龚笃清编著《湘人著述表》）关于其卒年，一说为 1969 年，可参考中国人民政治协商会议邵阳市委员会文史资料研究委员会所编《邵阳市文史资料·第 3 辑》。

400. 李宝淦（1864—1919），字经彝、汉堂，晚号荆遗。江苏武进人。诸生，官署湖南候补道、提学使。与刘炳照、徐乃昌等有唱和。民国入淞社。有《问月词》一卷，附于其《汉堂类稿》中《濯缨堂诗钞》后（1922 年李祖年铅印本）。《1919—1949 旧体诗文集叙录》云："其词多学李后主，又有白石之风。"（详《毗陵名人疑年录》卷五；《清代毗陵名人小传》卷九）。

401. 李宝章（1849—1914 后），字谷贻，一字裴园，晚号待庵老人。江苏武进人。同治十二年举人，官至浙江候补道。（详《清代官员履历档案全编》第 6 册）有《待庵题画词》，与《待庵题画》诗合刊（1914 年刻本）。

402. 李葆光（1903—1951），字子建。河北南宫人。李刚己子。官吉林地方审判厅推事。师事范当世。作诗颇有父风。（详俞樟华《桐城派编年·下》）有《涵象轩词》。

403. 李葆恂（1859—1915），字宝卿，一字文石，号猛庵，别署红螺山人，晚更名理，字寒石，号凫翁，别署孤笑老人。奉天义州人。任湘鄂两岸淮盐督销员、候补道。（详《碑传集三编》卷四一中陈三立《义州李君墓表》）与吴重熹合撰《津步联吟词》一卷，见《津步联吟集》附（1916 年仲秋刻于京师）。

404. 李冰若（1899—1939），原名锡炯，自号栩庄主人。湖南新宁人。早年就读于中山大学，后师事吴梅、陈钟凡。曾任国立暨南大学教授。有《弥陀盦词》《茝楚轩诗》《花间集评注》《绿梦庵词》《闲庐遗事》《栩庄漫记》。

405. 李丙荣（1867—1938），字树人。江苏丹徒人。附贡生，官安徽知县。（详《江苏艺文志·镇江卷》）有《绣春馆词钞》。

406. 李炳灵（1858—1919 后），字可渔。四川垫江人。光绪五年中举，后选授德阳县教谕，曾与谢必铿重修《垫江县志》。1907 年任垫江中学前身忠州学堂堂长，1912 年至 1919 年任垫江县立中学校长。（详《垫江中学校史》）有《可渔词》。（详《历代蜀词全辑》）

407. 李勃（1912—1992），四川平昌人。1933 年加入中国共产主义青年团，1936 年加入中国共产党，1937 年参加中国工农红军。曾任八路军总部后勤部政治部组织科科长、警备第一旅政治部副主任、第四十八军政治部主任、济南军区副政委。1955 年被授予少将军衔。能诗词。

408. 李承阳（1864—1940），字秉公。祁阳人。有《竹石山房全集》诗钞五卷，文钞一卷，其子李祖荫编（1943 年祁阳李氏竹石山房铅印本）。

409. 李传元（1854—1924 后），字橘农，号訒斋，别号安般。江苏新阳人。光绪十五年进士，官至浙江提法使。（详《清代朱卷集成》第 116 册、《晚晴簃诗汇》卷一七六）有《净严词》（又名《芬陀利馆诗余》《訒斋词》）一卷。

410. 李从龙（1853? —?），字符之。安徽无为人。光绪间诸生，任北洋陆军学校一等书记官。有《聋叟词稿》一卷（藏安徽省图书馆，民国秋道人钞本）。

411. 李大防，字范之。（今属重庆）四川开县人。诗人。李宗羲之子。宗羲在同治年间曾为两江总督。民国初期任赵州知州，1913 年任福建省长汪筱岩秘书，1919 年为安徽政务厅厅长、安徽安庆道道尹。有《啸楼集》《寒翠词》《讱盦诗存》《庄子王本集注》等。民国时任教于安徽大学。工词。有《寒翠词》。

412. 李独清（1909—?），曾任贵州大学、贵州师范大学中文系教授。执教大学讲坛四十年。作诗近三千首。有《洁园剩稿选》《李独清学术文选》。

413. 李放（1887—1926），原名充国，一名放原，易名放，字无放，号词堪，一号小石，别号石雏、浪翁、郎逸、猖君、真放、墨幢道人等，又有猥君、石雏、猖君诸称。奉天义州（今辽宁义县）人。曾任清政府度支部员外郎。其父李葆恂，多藏书。受其父影响，遂以收藏和藏书为乐，多以历史文献资料为主，久居天津。冰社成员，与郭则沄有唱和。

414. 李辅耀（1848—1916），字幼梅，号和定，晚更名吉心，号定叟。湖南湘阴人。光绪二年副贡，官浙江候补道。与吴庆坻、周声洋等人唱和。有《玩止水斋词》一卷。

415. 李刚己（1872—1915），河北南宫人。光绪十九年举人，二十年成进士，官山西静乐知县、大同知府。（详《李刚己先生遗集》李葆光《先府君行述》、赵衡《李刚己墓志铭》）有词见《李刚己先生遗集》卷一（民国六年刻本）。

416. 李根源（1879—1965），字印泉，又字养溪、雪生，号曲石，别署高黎贡山人。祖籍山东益都（今山东青州），生于云南德宏州梁河县九保。近代名士、国民党元老。抗战时期先后四次为英勇牺牲的抗日将士建造英雄冢，披麻送国殇。曾任云贵监察使，带队前往云缅前线督战。有《雪生年录》《雪生年录续编》《曲石文录》《曲石诗录》《曲石诗文续录》《曲石文存》《曲石续文存》《曲石庐藏碑目》《荷戈集》《东斋诗抄续抄》《九保金石文存》《镇扬游记》《娱亲雅言》《吴郡西山访古记》《吴县冢墓志》《洞庭山金石录》《阙茔石刻录》《景鄹堂题跋》《西事汇略》《虎阜金石经眼录》《曹溪南华寺史略》（与邓尔雅合作）、《河南图书馆藏石目》《滇西兵要界务图注》《滇军在粤死事录》《陈圆圆事辑》《陈圆圆续辑》等。

417. 李观，女，字沅芷。萍乡李有棻女，适醴陵潘晋。善近体诗，尤工倚声。有《漱芳轩诗词合钞》。

418. 李贯慈（1908—1947），河南沁阳人。1932 年参加中共领导的农民运动，1937 年参加山西青年抗日决死队。后到晋察冀边区，任灵寿县县长、平西区专员、冀东行署秘书长。

419. 李国楷（1886—?），字荣卿，号少崖。安徽合肥人。主要活动于光绪间。太学生，官江西补用道。（详《清代官员履历档案全编》第 7 册）有词见《合肥词钞》卷四。

420. 李国模（1884—1932），字方儒，号筱崖，又号吟梅馆主。安徽合肥人。光绪间监生，官山东补用道。（详《瘦蝶词》附李国楷《筱崖行状》）师事李景卿。有《瘦蝶词》一卷附一卷（1933 年苏州版）。

421. 李瀚昌，字石贞，号鸥叟。宁乡诸生。由澧州学正转官大梁。性淡泊无所耽嗜，独喜为诗。有《清季宫词》一卷（民国铅印本）、《南蝉楼诗集》六卷（1931 年长沙铅印本）等。

422. 李济深（1886—1859），原籍江苏，生于广西苍梧。国民党高级将领。1933 年因联合十九路军在福建成立"中华共和国人民革命政府"被国民党政府免职，后去香港。1948 年发起成立民革，任主席。新中国成立后任中央人民政府副主席、全国人大常委会副委员长。有《李济深诗文选》《李济深诗词对联选》。

423. 李霁野（1907—1994），安徽霍邱人。翻译家。历任河北天津女师学院、辅仁大学、台湾大学外语系教授、系主任，南开大学外语系名誉主任。曾任天津市文化局局长、天津市文联主席等。

424. 李家煌，字骏孙，一字饮光。安徽合肥人。李国松子。年少清才，旁通星相，于诗尤工。（详王揖唐《今传是楼诗话》）有《始奏集》《癯音词》。

425. 李家炜，字榴孙，一字洪载。安徽合肥人。家煌弟。有《拈华词》。

426. 李家璇，女，字小斋。江西德化人。江阴何震彝（1880—1916）室。有《樱云阁词》（光绪三十三年铅印本）。

427. 李嘉芬，字兰轩。湖北孝感人。光绪间拔贡生，官江西铅山县知县。有《鸟心花泪词》二卷、《云影词》一卷（1915 年铅印本）。

428. 李景骧（1868—?），字季缄。福建侯官人。光绪二十年进士，官江西永新知县。（详《清代官员履历档案全编》第 28 册；《闽词征》卷六）有《复斋诗稿》附词。

429. 李敬婉（1893?—?），女，字季琼。安徽合肥人。李可亭妹。1908 年约 15 岁。有词见《卧庐词话》。

430. 李靖国（1887—1924），初名国权，字可亭。安徽合肥人。太学生，官候补知府。入民国任参议院议员。入涒吟社。有《宜春馆诗集》附词（光绪刻本）。

431. 李静昌，字心寮。湘乡人。有《看剑斋诗》一卷、《梅边款语词》一卷、《开天阁词略》一卷。

432. 李久芸，女，四川人。刘明扬室。肄业四川省立第一女子师校，师事朱青长。有《玉露词》。

433. 李木庵（1884—1959），湖南桂阳人。曾任陕甘宁边区高等法院院长、检察长。新中国成立后任司法部党组书记、副部长。有《西北吟》《解放吟》《窑台诗话》等。

434. 李穆宣（1867—1922 后），四川人。活动至民国十年后。（详其自作《烛影摇红·自寿》《扫花游·国民恸》）存词见《历代蜀词全辑》。据《扫花游·国民恸》："奇冤谁诉，痛民国十年，万端差误。"同年所作《烛影摇红·自寿》："计算悬孤，明年五旬又加五。"

435. 李朋杜（1850—1931），字少怀。河源人。有《知守轩诗词集》。（详《河源人物志》）

436. 李祁（1902—1989），女，湖南长沙人。师事刘麟生。曾任教于湖南大学、浙江大学、台湾大学。1951 年后去美国，任加州大学等校教授。有《李祁诗词集》。

437. 李绮青（1859—1925），字汉父，一字汉珍，别号倦斋老人。广东归善人。光绪十六年进士，官吉林宁安府知府。（详其《倦斋吟稿》之《庚申生日咏怀》；《中国近代文学大辞典》）从张景祁学词。有《草间词》一卷（1918 年铅印本）、《听风听水词》。

438. 李权（1868—1947），字巽孚，号郢客。湖北钟祥人。光绪进士，曾为京官。有《郢客词》。

439．李孺，字子申，号龠庵。汉军正白旗人。光绪十一年举人，官至湖北提学使。有《龠庵词》一卷（1933 年阚铎无冰阁铅印本）。

440．李瑞清（1867—1920），字仲麟，号梅庵，晚号清道人。江西临川人。光绪十九年中举，翌年成进士，官两江师范学堂监督兼江宁提学使、江苏布政使，谥文洁。（详文海版影印《清道人遗集》卷首，黄维瀚《清江苏布政使临川李公瑞清传》）民国后，寓居上海，改着道服，鬻书自给。有《梅庵词》，刊于《词学季刊》第一卷第三号（1933 年）。

441．李少石（1906—1945），字默农。广东新化人。1934 年因地下工作被捕入狱，抗战后在港澳和重庆八路军办事处工作，于重庆受狙击去世。有《少石遗诗》。

442．李绅，字石吾。安化人。有《留璞堂诗集》五卷（1919 年郴江木活字本）、《梅鹿书屋诗草》（藏湖南图书馆，民国李金门抄本）。

443．李慎侯（1851—?），字子卿，号瀛仙，晚号蜕翁。江苏丹徒人。光绪八年举人，中式第八十二名，十八年成进士，官淮安府学教授。（详《清代朱卷集成》第 171 册）有词见《京江词征》。

444．李世光（1853—1923），字次林。江苏泰兴人。光绪举人。有《求是斋诗余》。

445．李叔同（1880—1942），初名广侯，字息霜，法名演音，号弘一。浙江平湖人。南社社员。民国任教于浙江两级师范学院、南京高等师范学院。有词见《南社词集》。

446．李淑琴（1880—1894），女，安徽合肥人。翰林院编修李经世女。有词见《合肥词钞》卷四。

447．李淑一（1901—1997），女，湖南长沙人。历任长沙私立衡粹艺术师范学校国文教员、湖南省立女子中学附小国文教员兼班主任、长沙福湘女中和第十中学语文教员兼班主任。1977 年被聘为中央文史研究馆馆员。

448．李树勋，字虞琴，别号梅山樵史，号退隐山人。安化人。清季以贡生官浙江知县。有《梅山樵唱》一卷（1919 年长沙湘鄂印刷公司铅印本）。

449．李遂贤（1871—1939），字仲都，号寄堪，又号吟香居士。江苏吴县人。1908 年肄业于浙江法政学校。1912 年至 1935 年，于京绥、京汉、中东等铁路局及交通部供职，曾任哈尔滨法政大学"经师"，讲授诸子之学。1935 年退居北京，著有《十三经说义》书稿。精于篆刻，得齐白石称许。与戏曲大家洪炳文交密。所著杂剧《罗阳秋忆》，与洪炳文《信香秋梦》合订为一册，题为《瓯江酬唱集》。有《客梦留痕集》稿本一卷，《达生编韵言》一卷，另有词集《懊侬词》（1930 年铅印本）。（详涂宗涛《苹楼藏书琐谈》、邓绍基《中国古代戏典文学辞典》、赵禄祥《中国美术家大辞典》、陈荣《中国中医药学术语集成·中医文献》）关于其生年，一说 1881 年。（详来新夏《近三百年人物年谱知见录》）

450. 李泰阶（1860？—1927？），字平孙。江苏仪征人。有《双桐书屋诗余》，见《归群词丛》（藏福建师范大学图书馆，钞本）。

451. 李铁夫，与其妻合撰《白霞诗词钞》。其妻约生于 1908 年。陈启周序："白霞伉俪词钞之付诸剞劂宜矣。白霞神摇，春柳洁挺秋芙，进止雍闲，类裴休之来座上，丰姿轩异。"

452. 李维藩（1883—1942 后），字秉心。上海青浦人。曾任青浦县教育会会长。与戴克宽交密。游燕蓟之地，参加青浦诗社。有《潭心诗草》诗一卷、诗余一卷（1942 年铅印本）。（详戴克宽《潭心诗草序》）

453. 李维源（1868—1948），字松圃，号沤舫。嘉应州人。工诗词。有《南归诗草》。（详《梅县文史》十五辑）

454. 李我（1895？—1962 后），晚号遁园。湖南湘阴人。擅长诗词。有《燕山居吟草》。

455. 李仙根（1893—1943），名蟠。广东香山石岐人。曾祖李遐龄，为岭南名士；父李达庐，光绪举人；夫人孙少卿佩莪，孙中山族妹。1908 年入广东陆军小学，加入同盟会。曾参与辛亥武装起义准备工作，任孙中山侍从秘书、机要秘书。抗日战争开始后，曾任国民参政会参政员。工诗文，与胡汉民、廖仲恺、古应芬、于右任等多有唱和。擅隶书、行书。有《岭南书风》《小容安堂诗抄》《游野浮生集》《李仙根日记·诗集》等。

456. 李宣龚（1876—1953），字拔可，号观槿，又号墨巢。福建闽县人。光绪二十年举人，官江苏桃源县令、候补知府。宣统间出任江苏农工商局。入民国，以办水泥厂等实业及经营商务印书馆著名。（详《硕果亭诗》

《硕果亭诗续》等）据《硕果亭诗自序》："岁乙亥，年六十。"时乙亥为民1935 年，因知其生年应在光绪二年（1876）（《总目》谓其生卒年为 1880—1950，一作 1876—1953，失考）有《墨巢词》一卷，与其《硕果亭诗》合刊（1940 年铅印《墨巢丛刻》本）。《墨巢词续》，与《硕果亭诗续》合刊（1950 年铅印《墨巢丛刻》本）。

457. 李宣倜（1888—1958?），字释堪，一作释戡，号散释。福建闽县人。（详《近代中国史料丛刊》第五十五辑、孙雄《旧京诗存》卷三之《庚午仲秋赓社周而复始重印社友题名喜赋二律索同人和》附录《社友十二人》）有《剑暮室诗余》。

458. 李一氓（1903—1990），生于四川省彭州市。1925 年加入中国共产党。抗日战争爆发后，在皖南受命协助叶挺组建新四军，任新四军秘书长和中共中央东南分局秘书长。能词。有《击楫集》。

459. 李镛（1854—1920），字浣云，幼名振镛。浙江嘉兴人。李文熙孙，李璠子，巴金祖父。历知宜宾、南部、南溪等县。晚年定居成都。有《秋棠山馆词钞》。（详赵青《嘉兴历代才女诗文征略》）

460. 李由农（1903—1974），湖南醴陵人。1941 年任福建省政府编译室主任，1946 年任《福建时报》社长。后去台湾。有《由农休闲诗录》一卷（1937 年长沙尝试书社铅印本）。

461. 李岳瑞（1852—1927），字孟符，号春冰，别号小郢、郢云。陕西咸阳人。光绪九年进士，官工部员外郎充总理衙门章京。入民国，任清史馆协修。（详《中国近现代人物名号大辞典》）有《郢云词》一卷（光绪二十七年刻本、1933 年刻《沧海遗音集》本）。

462. 李藻，女，字苹秋。清光绪江宁人。汪子湘室。有《栖香阁藏稿》一卷，钱振锽辑入《名山全集》（详南京师范大学古文献整理研究所《江苏艺文志·南京卷》；林葆恒辑、张璋整理《词综补遗·第 4 册》；何愈春《清人诗文集总目提要》）。

463. 李哲明（1868—1936），字惺樵，号皈民。湖北汉阳人。曾任翰林院秘书郎，民国时入清史馆协修。有《皈民词学》。

464. 李祯（1914—?），山东临淄人。曾任总参三部政治主任、工程技术学院副政委、红叶诗社副社长。有《征尘拾遗》《革命导师、元帅颂》等。

465. 李之鼎（1864—?），字振唐，室名知无涯斋。江西南城人。曾任广东澄迈等县知县，辛亥革命后以遗老自居，寓居上海。有《宜秋馆词钞》一卷，与《宜秋馆诗钞》合刊（光绪三十年刻本）。另有《宜秋馆诗话》。

466. 李仲权（1892—1945），名家模。内江人。幼年随父李逢机宦游湖北，入武昌蜀学堂肄业。1903 年入内江楚省学堂，师事名儒罗仲武，并接受西学。民国十五年以国民党左派身份，与共产党人黎灌英、钟白心等合作，创办内江公学。1945 年夏病故。有《雅存诗集》一卷。

467. 李宗岱，字瘦珊，号少山，又号鞅公。清末佾生。曾任《湖南通俗日报》主笔、宁乡榷运局局长等。有《鞅公诗文集》。

468. 李祖廉，字绿茹。江苏武进人。生活于同、光年间。（详《江苏艺文志·常州卷》）有《怀青庵词》一卷，附于徐佑成《补恨楼词》（光绪二十一年刻本）。

469. 连横（1878—1936），字武公，号雅堂，又号剑花。台湾台南人，祖籍福建龙溪。"栎社"社友。曾任《台湾新闻》主笔、《台湾诗荟》主编、雅堂书局经理等。（详书目文献出版社《中国历史研究——台湾及海外中文报刊资料专辑》第一辑《连雅堂先生的生平》）有《剑花室词》。（详《近代中国史料丛刊续编》第十辑《剑花室诗集》本）

470. 梁朝杰（1877—1958），字伯隽，号出云馆主人。新宁（今台山）人。有《游美诗词存稿》。（详《台山文史》第五辑）

471. 梁鼎芬（1859—1920），字星海，一字伯烈，号节庵，晚号病翁、葵霜、痛夫、藏山叟。广东番禺人。师事陈澧，受词学于叶衍兰。官至湖北按察使，先后主广雅书院、钟山书院讲席。光绪六年进士，官至湖北安襄郧荆道、按察使，署布政使。谥文忠。（详一发《梁文忠公年谱稿》，1937 年《北平木斋图书馆馆刊》第二期；温肃《梁文忠公小传》，《广清碑传集》卷十八）有《款红楼词》一卷（1932 年铅印本）、《款红楼词未刊稿》（刊 1944 年 11 月《同声月刊》第四卷第 2 号）。

472. 梁凤（约 1889—1962 后），字自强。湖南宁乡人。年七十四，尚能参与省政。退食余闲，常作诗古文辞，有《自强文集》十二卷、《新生诗集》四卷。

473. 梁鸿志（1883—1946），字众异，号无畏。福建长乐人。光绪二十九年举人。入民国官参事，曾从陈衍学诗。任汪伪政权行政院长，抗战后以汉奸伏法。（详《沤社词钞·同人姓字籍齿录》《新世说》卷二）有词见《沤社词钞》。

474. 梁钜文（？—1938），字芸生。四川长宁人。民国大学肄业。有《幽贞词》。

475. 梁龙（？—1967），字云松。嘉应州人。善诗词。有《苹庐诗稿》。（详《客籍志士与辛亥革命》）

476. 梁启超（1873—1929），字卓如，号任公，又号饮冰室主人。广东新会人。光绪十五年举人。师事康有为，发动戊戌变法。失败后，亡命日本。民国曾任司法总长，任清华研究院导师。（详杨复礼《梁任公先生年谱》，民国三十年版）有《饮冰室词》一卷（有词 66 首），附于《饮冰室文集》（中华书局 1932 年初版、1989 年重版《饮冰室合集》本）。

477. 梁启勋（1876—1965），字仲策。广东新会人。梁启超之弟。早年在康有为万木草堂修业。1896 年在上海《时务报》担任修改译稿工作，1902 年入上海震旦学院（后改为复旦大学）读书，后旅居美国数年。1912 年任天津《庸言》杂志撰述，翌年任《大中华》杂志撰述。1914 年任北京中国银行监理官，又任币制局参事。1928 年脱离政界。1931 年执教于青岛大学。1933 年在交通大学、北京铁道管理学院任训育主任。1938 年任职于中国联合准备银行。1951 年 7 月被聘任为中央文史研究馆馆员。曾入聊园词社，新中国成立后入咫社。梁启勋著有《词学》二卷、《稼轩词疏证》六卷、《中国韵文概论》三卷、《曼殊室随笔》五卷、《海波词》四卷（1952年铅印本）。译作有《大社会》，后更名为《社会心理之分析》。梁启勋擅长填词，其《海波词》专门咏梅者，用《菩萨蛮》调，先后达二百余首，邵章评之为"不雕琢而自成格调，宋人之佳境也"。（详中央文史研究馆编《中央文史研究馆馆员传略》）

478. 梁思顺（1893—1956），女，字令娴，笔名艺蘅。生于广东新会。梁启超长女，外交官周希哲夫人。毕业于日本女子师范学校，师事麦孟华。民国时期曾任北平女青年会董事兼秘书、北平红十字会理事、燕京大学国文系讲师。1956 年被聘任为中央文史研究馆馆员。编有《艺蘅馆词选》五卷，其自序云："令娴校课之暇，每嗜音乐，喜吟咏，间伊优学为倚声。"另译有《东洋文化史大系》。（详中央文史研究馆编《崇文集·中央文史研究馆馆员文选》）

479. 梁文灿，字质生，号炙笙。山东潍县人。光绪二十年进士，官至福建道监察御史。有《蒙拾堂词稿》（一名《杏雨词》）四种四卷（民国十八年铅印本）。

480. 梁煦南，字璧珊，号迂斋。广东香山人。生活于同、光年间，诸生。师事刘熙载。有《迂斋词》一卷，与《迂斋诗钞》合刊（光绪十四年刻本）。又有《三洲渔笛谱》。

481. 梁耀明（1912—2000），号锲斋。原籍广东顺德，定居香港。经营木业，工诗，性好游。有《听晓山房集》《听晓山房续集》。

482. 梁祚昌（1848？—?），字克斋，号馥庄。湖北孝感人。曾宦济南。有《倚萝山馆词钞》四卷（宣统元年仲夏在山左馥庄精舍刻本）。

483. 廖恩焘（1865—1954），字凤舒，号忏庵，又号珠海梦余生。广东惠阳人。曾任驻古巴领事、驻日本公使等。后任江苏省金陵关监督。受词于朱祖谋。（详《民国人物大辞典》）有《忏庵词》八卷、《忏庵词续稿》四卷（民国二十一年铅印本）。

484. 廖基械（1861—1946），字次峰，号石芙主人。宁乡人。廖树衡子，廖基植弟。曾主管常宁水口山矿务。有《瞻麓堂诗钞》四卷（1934年长沙刻本）、《瞻麓堂文钞》二卷（1947年宁乡衡田廖氏刻本）、辑《沩山诗选》一百二十四卷。

485. 廖基植（1858—1912），字璧耘。湖南宁乡人。廖树衡子。附贡生，长期佐其父开办水口山矿。清光绪三十三年被湘抚奏保获四品商勋五品衔。（详廖基械《紫藤花馆诗草序》；民国《宁乡县志》第十《先民传》五十二）。有《紫藤花馆词》，附于《紫藤花馆诗草》（民国十四年长沙刻本）。另有《绿净轩词钞》一卷（1925年长沙刻本）。

486. 廖仲恺（1877—1925），原名恩煦，又名夷白，字仲恺。广东惠阳人。早年留学日本，1905年加入同盟会，始终拥戴孙中山及其革命方针，曾任广东财政厅长。（详汪兆铭《廖仲恺先生传略》）有《双清词草》一卷（1925年影印手稿本）、《民国丛书》版《廖仲恺集》（上海书店1990年版）。

487. 林葆恒（1872—1950），字子有，号讱庵。福建闽侯人。光绪十九年举人，中式第十三名，曾任驻小吕宋（今菲律宾）副领事、驻泗水领事。（详《沤社词钞·同人姓字籍齿录》）民国时在天津组织须社，后至上海创建沤社。有《瀼溪渔唱》一卷（1938 年闽县林氏刻本）。另辑有《闽词征》六卷、《词综补遗》一百卷。

488. 林北丽（1916—2006），女，字幼奇。福建福州人。徐蕴华女，林庚白妻。曾任中国科学院动物研究所、药物研究所图书馆负责人。有《林北丽集》。

489. 林伯渠（1885—1960），名祖涵。湖南临澧人。早年参加同盟会。1937 年任陕甘宁边区政府主席。曾任中央人民政府秘书长、全国人大常委会副委员长等职。1960 年 5 月 29 日病逝于北京。能词。有《林伯渠文集》。

490. 林朝崧（1875—1915），字俊堂，号痴仙。台湾台中人。年十四入邑庠，后无意仕途，倡建"栎社"，以文学饮誉台岛。（详《近代中国史料丛刊续辑》第十辑《雅堂文集》中连横《林痴仙传》）有《无闷草堂诗余》一卷，附于《无闷草堂诗存》（1931 年林献堂刊本；《台湾文献丛刊》第七二种本；《台湾文献史料丛刊》第八辑第 149 册本）。

491. 林端仁（1842—?），字望之，别号醉禅外史。福建闽侯人。同治间侨寓上海，后官杭州。有词见杨文斌编《海滨酬唱集》。据：《海滨酬唱词》有醉禅外史《风敲竹·三十自述》，编年辛未，即同治十年（1871），因知其生于道光二十二年（1842）。又，同卷乙亥年（1875）杨文斌有《桂枝香·送林望之（端仁）之官武林》。

492. 林黻桢（1873—?），字肖蜪。福建侯官人。官江苏嘉定知县。民国入沤社。（详《清人诗文集总目提要》）有《霜杰词》一卷。

493. 林开謩（1866—1940），字益苏，号贻书，又号放庵。福建长乐人。光绪二十年举人，中式第五名。二十一年成进士，中式第一九五名，署江西布政使。（详《清代官员履历档案全编》第 6 册、《清代朱卷集成》第 84 册）有词见《词综补遗》卷六十五。

494. 林鹍翔（1871—1940），字铁尊，号半樱。浙江归安人。光绪二十八年举人。学词于朱祖谋，晚年倡结瓯社于越中。（详《沤社词钞·同人姓字籍齿录》、《午社》第七集）关于其卒年，吴庠《木兰花慢》序云："己卯腊八日，铁尊翁病殁沪上，词社罢弃，赋此寄哀。袁伯夔后翁二日亦逝，同人咸谓其落花首唱为不祥，故前结及之。"己卯（1939）十一月二十二日为公历 1940 年元旦。据夏承焘《天风阁学词日记》1940 年 1 月 18 日云："阅报，惊见林铁师一月十六日卯时之耗。得年六十九。本月 21 日午刻在海格路中国殡仪馆大殓。"以此知林鹍翔卒年为 1940 年 1 月 16 日。有《半樱词》二卷（1927 年铅印本）；续二卷（1928 年铅印本）。

495. 林汝珩（1907—1959），号碧城。祖籍广东番禺县五凤村。生于广州，后居香港。曾与廖恩焘、刘锦堂、罗忼烈等结坚社。20 世纪 20 年代末、30 年代初留学美国哥伦比亚大学。归国后任行政院秘书。因汪精卫赏识而追随汪伪政府。后任职广东大学。有词集《碧城乐府》（原书 1959 年出版）。

496. 林纾（1852—1924），初名群玉，亦名徽，又名秉辉，字琴南，号畏庐，别署冷红生、六桥补柳翁、践卓翁等，私谥贞文先生。福建闽侯人。光绪八年举人。先后执教于杭州东城讲舍、北京京师大学堂、孔教大学等。（详朱羲胄《贞文先生年谱》）有《畏庐文集》《诗存》《春觉斋论文》《畏庐词》（一名《补柳词》）、《冷红斋词剩》。

497. 林思进（1873—1953），字山腴，晚号清寂翁。四川华阳人。光绪二十八年举人，官内阁中书。民国时任大学教授、图书馆馆长。与赵熙、邓潜等在成都组织春禅词社。有《清寂堂词录》五卷，附于《清寂堂集》（1989 年巴蜀书社版）。

498. 林学衡（1896—1941），字浚南，一字忏慧，又字庚白，别署众难，以字行。福建闽侯人。宣统二年肄业京师大学。辛亥革命爆发后，经柳亚子介绍，参加南社。曾受孙中山命，鼓吹北伐。后悉心治学。抗战爆发后，由南京至武汉、重庆，奔走流浪。1941 年由渝抵香港，仅八日，太平洋战事起，为日寇枪杀。有《急就集》《舟车集》《藕丝集》《焚余集》《过江集》《水上集》《吞日集》《角声集》《丽白楼词剩》等。

499. 林岩（1911—1977），字松峰。福建闽县人。学者、诗人。胡厥文故交。历任银行、海关秘书等。有《松峰词稿》（民国间铅印本）。（详刘梦芙《二十世纪中华词选》）

500. 林之夏（1878—1947），字凉笙，号秋叶。闽侯人。同盟会会员，南社社员。曾在南京清军任教练官兼讲武堂教官，密谋起义。辛亥革命后任中央第一师师长。久寓杭州。工书法。有《海天横涕楼集》。

501. 凌大寿，字静山。清平江人。有《花雨山房诗集》四卷、《词集》一卷、《文集》一卷、《花雨山房诗选》二卷（1913 年武昌刻本）。

502. 凌学敩（1862—1918），原名凌霄，字伯昇，号溉泉，室名溉泉楼。江苏无锡人。肄业南菁书院，并从俞曲园游。光绪七年秀才，附贡生，官中书，候选州同知。喜游历，通经史，藏书甚富。工诗文，擅诗词。有《溉泉楼诗集》二卷，附《溉泉楼词集》一卷（1923 年铅印本）。为文幽深峭拔。为诗以孟郊、李贺为宗，瘦峭奇崛，力避甜熟，纪游之作善于刻画景物（详王立人《无锡诗词》；赵永良《无锡名人辞典》）。

503. 凌应霖（1869—1933），字甘伯，号雨岩。江苏吴江人。一生教读行医。有《静寄轩词余》。

504. 刘冰研（1881—1951），字冬心。四川华阳人。清末秀才，曾入吴佩孚、邓锡侯、刘湘幕，民国时与赵熙、林思进等有唱和。有《秋柳集》《山阳笛语词》，另有《蓊淞梦雨词》（1932 年铅印本）。

505. 刘炳照（1847—1917），原名铭照，字伯荫，一字光珊，号蘅塘，又号语石，晚号复丁老人。江苏阳湖人。承家学，最工词，曾与夏孙桐、费念慈等结鸥隐词社。与郑文焯、俞樾等有唱和，是继谭献之后江浙词坛尊宿，掌"寒碧词社"多年。有《梦痕词》《焦尾词》各二卷，《春丝词》一卷，总称《留云借月庵词》，又名《无长物斋词存》。

506. 刘曾骙（1846—1926），字骧臣。号新里，晚号梦园。河南祥符人，家住城内馆驿街。其父刘遵海。同治三年举人，光绪二年进士，官山东茌平知县。任知县期间，兴办学校、培育人才、表彰节烈、平反冤狱、修举先贤祠祀，为人称道。光绪十九年，在顺天府致仕。有《梦园词集》。

507. 刘楚湘（1886—1952），字梦泽，号适斋。肄业于岭南大学。1916年被选为国会议员，并担任宪法起草委员。1917 年黎元洪辞总统职，国会解散，孙中山南下广州，召开国会非常会议，刘楚湘与会。1924 年后任八省联军机要处副处长、昆明市政会办、元江县长等。抗战时期，在腾冲被日寇占领的情况下，出任腾冲县务委员会主任委员，代行县务，集合千余志士抗战；并受命主持滇缅公路腾冲至缅甸密支那段。有《澹远堂诗文集》《癸亥政变纪略》等。

508. 刘大白（1880—1932），原姓金，名庆棪，字伯贞。浙江绍兴人。清贡生。东渡扶桑，加入中国同盟会。曾入东社。辛亥革命后，自行改本姓刘，名靖裔，号大白，笔名汉胄、白屋诗人等。1912 年任《绍兴报》主笔。二次革命失败，报馆被封，出亡东瀛。1915 年因反对袁世凯与日本签订《二十一条》条约，受日警视厅压迫，又转赴南洋。五四时期参加新文化运动，是白话诗倡导者之一。长期在上海各大学执教，1929 年任教育部常务次长、政务次长。有《白屋遗诗》（1984 年书目文献出版社）。

509. 刘大受（1852—?），字道传，号绍庭。福建侯官人。同治十二年举人，中式第一二二名，候补江西知县。（详《清代朱卷集成》第 338 册、民国《闽侯县志》卷八四）有《樊香词》一卷（光绪九年小摩竭室刻《影事词存初稿》本）。

510. 刘得天（1901—?），四川邛崃人。1920 年于成都公立国学专科学校毕业，先后在成都金陵女子大学文理学院、华西协和大学任中文系教授。1946 年任相辉文法学院、国立女师学院文史学、国文学教授。1950 年任西南师范学院汉语言文学系教授，讲授楚辞、杜诗、元曲、诗选、世界文学史等课程。有《嘉遯室诗录》《苍斋词录》（1941 年刻本）。（详《西南师范大学教授名录》）

511. 刘放园（1883—1958），原名道铿，字放园，后以字行。福建福州人。法学家。1953 年被聘为中央文史研究馆馆员。1918 年至 1928 年任《晨报》社长、总编辑等职。抗日战争胜利后，任盐业银行董事会秘书。有《放园吟草》。

512. 刘凤梧（1894—1974），又名国桐，字威禽，号蕉窗老人，又署司空遁叟。安徽岳西古坊乡人。毕业于安徽大学，师事周岸登、李大防。曾任安徽文史研究馆馆员。有《蕉雨轩诗钞》《病蛩吟草》《劫灰集》《绿波词稿》《劫灰词》。

513. 刘福姚，字伯崇，号忍庵。广西临桂人。曾任湖北乡试主考官，民国时寓居上海。有《忍庵词》。与王鹏运、朱祖谋合撰《庚子秋词》。

514. 刘富槐（1869—1927），字树声，号龙伯，又号瑠园，晚号蒙叟。

浙江桐乡人。光绪二十三年优贡，二十八年举人，官内阁中书。（详《清代朱卷集成》第 296 册）有《璱园词录》一卷，与《璱园诗录》合刊（民国十五年刻本）。《璱园诗词录》自序尾署："丙寅长夏蒙叟自序。"

515. 刘翰棻（1877—1951），字俊庵，号冷禅。广东南海人。曾就读于广州广府学宫万木草堂，师事康有为。中年时又师事朱祖谋。有《花雨楼词草》一卷（1932 年刻本）。

516. 刘蘅（1895—1998），字蕙愔。福建福州人。曾任中学教师，后为福建文史馆馆员。师事何振岱。有《蕙愔阁词》。

517. 刘嘉慎，字敏思，一字佩规。番禺人。师事况周颐。有词五阕见《词学季刊》第二卷第二号、第二卷第三号。

518. 刘鉴（1852—1930），女，字惠叔，一字慧卿。湖南长沙人。曾纪官室。有《分绿窗词钞》一卷，附于《分绿窗集》（1914 年长沙友善书局铅印本）。（详成晓军《曾国藩家族家训》）关于其生卒年，一说 1852—1933。（详孙海洋《湖南近代文学家族研究》）

519. 刘敬（1866—?），字龙生，号惜园。福建闽县人。光绪二十九年进士，官四川绵阳知县。词、传俱见《闽词征》卷六。

520. 刘克生（1907—2008），四川乐至县人。成都国学院肄业，先后任乐至中学、私立钦仁中学教师、乐至县政协委员兼文史委员会副主任、《乐至县志》副总编。有《石缘阁诗文词联丛稿》《刘克生诗钞》等。

521. 刘麟生（1894—1980），字宣阁，号春灯词人，笔名春痕。安徽庐江人。师事庞树柏。毕业于上海圣约翰大学政治系。曾任商务印书馆、中华书局编辑。民国时任金陵大学教授，后赴日本、欧美从事教育工作。其遗稿逝后捐于南京师范大学图书馆。有《春灯词》《茗边词》，编有《词絜》等。

522. 刘孟忼（1894—1969），名贞健。四川云阳人。一直从事革命工作，新中国成立后任四川文史馆馆长。有《陈桐花馆词钞》。

523. 刘乃勋（1872—1966），字少弼，晚年号一庐主人。父弼唐，广东东莞人。任香山县幕。有《一庐存稿》四卷、《八十自卷》《一庐诗选》《一庐时事诗存》等。

524. 刘鹏年（1896—1963），字雪耘。湖南醴陵人。南社社员。有词见《南社词集》。

525. 刘溇（1828—1901后），字芙裳。湖北黄冈人。官江陵府学训导。与程颂万有唱和。其论词以"秀雅清丽为宗"。有《小隐山房诗余剩稿》。

526. 刘清韵（1841—1916），女，字古香。江苏海州（今沭阳）人。沭阳钱梅坡室。光绪二十三年因水灾伴夫流寓江南，晚境困窘。（详周丹原《刘古香女史传》，《著作林》第五期）。有《瓣香阁词》一卷、补遗一卷（光绪三十四年刊，《著作林》第五期、第十六期）。

527. 刘师培（1884—1919），字申叔，号左盦，别署光汉子。江苏仪征人。光绪二十八年中举。曾留学日本，为同盟会员。后入端方幕、阎锡山幕，复投靠袁世凯，晚年为北京大学教授。（详《刘申叔先生遗书》卷首蔡元培《刘君申叔事略》；万仕国《刘师培年谱》，广陵刻印社2004年版）。有《左庵词录》一卷（1936年宁武南氏排印《刘申叔先生遗书》本）。

528. 刘世珩（1875—1926），字聚卿，号继庵，一号季芝。安徽贵池人。光绪二十年举人，中式第九十二名，官度支部右参议。（详《广清碑传集》卷二十金天翮《刘世珩传》）有《聚学轩词稿》一卷，（藏北师大，钞本）。有《梦凤词》《素玉词》《洗文词》、剩稿各若干卷。另辑有《国朝安徽词录》十二册。

529. 刘守璞（1865—1963），字伯端，以字行。广东番禺人。早年供职广东学务公所，1913年移居香港。与张学华、黎季裴等人唱和。赴港后，就职于香港殖民地华民署，任文案。好诗词，与章士钊平辈论交，曾加盟南社。又在20世纪50年代与廖恩焘共创坚社。参加者有王韶生、张纫诗、曾希颖、汤定华等。世人以刘先生及其叔刘子平、弟刘叔庄合称"番禺三家"。（详黄坤尧编《番禺三家集》）有《沧海楼词钞》《心影词》《燕芳词册》等。

530. 刘希武（1901—1956），四川省江安县人。抗战爆发后，任李家钰四十七军军部秘书，随军出川抗战。负伤回川，从事文教工作。曾任重庆市图书馆馆长等职。有诗集《希武诗词集》《瞿塘诗集》《遗瓠堂诗草》等。

531. 刘秀明，女。福建闽县人。刘为阳女，吴成淇室。有《蕙华镜影词》。

532. 刘虚，字实君。1929年后，长期游历南京、潍县、青州、济南等地，与林丰年多有诗词唱和。有《实君词稿》一卷（与林丰年《丰年诗草》合刊，杭州虎林中学1933年本）。

533. 刘延涛（1908—2001），字慕黄。河南巩县人，后居台北永和。著名书画家、书法理论家。早年受于右任先生之重托。所著《草书通论》是我国书法史上第一部单体书法系统论著。能词，抗战时曾与卢前、张庚由等创办《中华乐府》。

534. 刘尧民（1898—1968），原名治雍，以字行。云南会泽人。曾入悟善社，新中国成立后任教于云南大学。有《废墟诗词》（1939 年铅印本）、《词与音乐》（1946 年版）。

535. 刘逸生（1917—2001），原名刘日波。广东香山县隆都溪角乡（今中山市）人。毕业于香港中国新闻学院。有《刘逸生诗词》等。

536. 刘永济（1887—1966），字弘度，号诵帚。湖南新宁人。民国时先后在东北大学、武汉大学、浙江大学任教。抗战时期在四川乐山武汉大学任教。新中国成立后任教于武汉大学。曾从况周颐、朱祖谋学词。有《诵帚盦词》《词论》《微睇室说词》，又有《诵帚词集》《云巢诗存》等。

537. 刘玉蟠，字寒星。玄州人。有《镂香乐府》。

538. 刘钰，字任安。师事周葆贻。民国兰社成员。有《破斧集》《忍厂诗词草》。

539. 刘毓盘（1867—1928），字子庚，号椒禽。浙江江山人。光绪二十三年拔贡，官陕西云阳知县。民国时任北京大学教授，授词学。（详查猛济《刘子庚先生的“词学”》，《词学季刊》第一卷第三号）有《词史》《词学辑注》《词略》《词话》。另有《嚼椒词》（一名《濯绛宧词》）一卷（宣统元年刻本）、《词史》十一卷等。

540. 刘岳云（1849—1917），字佛青，一作佛卿。江苏宝应人。光绪五年中举，十二年成进士，官农部四川司郎中、浙江绍兴知府。（详《广清碑传集》卷十六唐文治《刘佛卿先生神道碑》）有词见《词综补遗》卷五十九。

541. 刘韵琴（1884—1945），女，江苏兴化人。文学家刘熙载之孙女。九岁能诗，及笄文名籍甚。曾任马来西亚华侨学校校长。后赴日本留学。回国后任《中华新报》记者，为我国最早女记者。以小说反衰。能诗词，有《韵琴杂著》。

542. 刘泽湘（1867—1924），字今希，晚号钓月老人。湖南醴陵人。肆业于岳麓书院，留学日本东京弘文学院。（详郑逸梅《南社丛谈·南社社友事略》、民国《醴陵县志·人物志·人物传七》）有《鞭影楼词》（长沙《湘君杂志》本）。

543. 刘肇隅（1875—1933 年后），字廉生，号淡园居士。湖南湘潭人。诸生，候选训导。（详《沤社词钞·同人姓字籍齿录》）师事杜贵墀、叶德辉，与程颂万、朱祖谋、陈三立、周庆云等有唱和。入沤社。有《阆伽檀词》二卷（1933 年铅印本）。

544. 刘子平（1883—1970），番禺人。刘伯端叔。章士钊《章孤桐南游吟草》中《答刘子平三首》有"海外词人数二刘"之句，注云："二刘者君（刘子平）与其侄伯端。"（详黄坤尧编《番禺三家集》）

545. 柳亚子（1887—1958），原名慰高，字安如，后改名人权，号亚卢，再改名弃疾，字亚子。江苏吴江人。光绪二十八年诸生，后入同盟会，发起领导南社。入民国，任上海通志馆馆长。（详柳无忌《柳亚子年谱》，中国社会科学出版社 1983 年版）有《磨剑室词》三集（上海人民出版社1983 年排印《磨剑室诗词集》本）。

546. 龙榆生（1902—1966），名沐勋，以字行，号忍寒、箨公等。江西万载人。先后师事黄侃、陈衍、朱祖谋。历任上海暨南大学、国立音乐院、中山大学、复旦大学、中央大学教授，1956 年后任上海音乐学院教授。有《风雨龙吟室词》。另有《中国韵文史》《东坡乐府笺》《唐宋名家词选》《近三百年名家词选》《龙榆生词学论文集》。并刊印整理《彊村遗书》，主编《词学季刊》《同声月刊》。

547. 楼巍（1858? —?），字幼静。浙江诸暨人。有《瑶瑟余音》，另有《蓬根吟稿》（民国五年铅印《楼幼静诗词稿》本；1932 年铅印《楼幼静张穆生诗词合稿》本）。

548. 卢葆华（1903—1945），女，字韵秋，号雪梅。贵州遵义人。名儒卢宗彝独生女。好游历，为文多奇气。新文学作家，出版有新诗集《血泪》、中篇小说《抗争》、旧体诗集《飘零集》、散文集《哭父》、词集《相思词》，均存上海图书馆。（详龙先绪《怀南文钞》）

549. 卢鼎公（1904—1979），名鼎，又名燮坤，号一石，又名郾庐。祖籍东莞，长居香港。对篆刻、诗、词、书、画，皆有湛深的研究。

550. 卢敏（1883—1959），字霞九。浙江乐清牛鼻洞人。清庠生。后改习法政，民国十年于虹桥创办女子学堂。慎社、瓯社社员。有《啸园雪鸿吟》《啸园百咏》，另有《卧云楼吟草》（内有《卧云楼词草》，温州晏公殿巷文霞 1934 年本）。（详吴明哲编著《温州历代碑刻二集》、黄式苏著《黄式苏集》）。

551. 卢前（1905—1951），字冀野。江苏南京人。中央大学毕业，师事吴梅。先后任光华大学、中央大学、河南大学教授，南京通志馆馆长。写新诗，工旧体诗，尤擅词曲，精通音律，俊语流丽、沉郁雄奇。有《南北曲溯源》《中国散曲概论》《词曲研究》《红冰词》（详袁行霈《诗壮国魂·中国抗日战争诗钞》）。

552. 芦荻（1912—1994），原名陈培迪。广东省南海县西樵镇学堂乡人。抗战期间转到桂林《广西日报》任副刊《漓水》编辑。有诗集《桑野》《驰驱集》《芦荻诗选》等。

553. 陆峤南，字更存，号侠飞，别署玄同居士、都崎山人。广西容县人。南社社员。1924 年后参加南社长沙分社。有词见《南社词集》。

554. 陆日曛，字无方。江苏吴江人。有《辛夷花馆诗剩》一卷、《守瓶文剩》一卷、《花村词剩》一卷（详柯愈春《清人诗文集总目提要》、《北京师范大学图书馆中文古籍书目》）。

555. 陆日章，江苏吴江人。有《西村词草》二卷（苏斋 1927 年刻本，词集卷首有金祖泽题签，现存浙图）（详徐侠《清代松江府文学世家述考》）。

556. 陆沈子，活动于清季，与谭献之子交密并问学于谭。有《醒愁词》。

557. 陆维钊（1899—1980），原名子平，别署微昭，晚年别署劭翁。浙江平湖人。南京高等师范学堂毕业，师事王泊沆。曾在清华大学国学研究院做王国维的助手。新中国成立后，为浙江美术学院教授。有《圆赏楼词》。

558. 路朝銮（1880—1954），字金坡，别号瓠庵。贵州毕节人。路璠之子。曾任四川候补知州。民国时入清史馆，后任教于四川大学，与赵熙、邓潜、林思进等人结春禅词社。曾任四川候补知州。（详孙雄《旧京诗存》卷三之《庚午仲秋赓社周而复始重印社友题名喜赋二律索同人和》附录《社友十二人》）有《瓠庵词》。

559. 伦鸾，女，字灵飞。广东番禺人。杜鹿笙室。师事邓尔雅。曾任教于北京大学。《词综补遗》著录其《玉函词》。况周颐《玉栖述雅》收词五阕及断句若干。

560. 伦明（1875—1944），字哲如，一作哲儒。广东东莞望牛墩人。光绪二十七年举人。宣统二年，与张伯桢同主两广方言学堂讲席。同年九月，入张鸣岐幕。民国十年，应聘为北京大学国学研究所诗词教授。其后任北京师范大学、燕京大学、辅仁大学等校教授。有《辛亥以来藏书纪事诗》。另编有《续书楼书目》。

561. 罗德源（1876—1948），字润泉。益阳人。清光绪三十年举人。曾任县劝学所总董、广东候补知县。辛亥后捐产创办蛇山中学。有《抱一斋文集》《诗集》。

562. 罗惇曧（1885—1924），字孝遹，号㼛东，又号㼛公、㼛庵。广东顺德人。光绪二十九年副贡，官邮传部郎中。（详卞孝萱辑《民国人物碑传集》）有《㼛公词》，与《㼛庵诗集》合刊（1928 年叶恭绰刻本）。

563. 罗家伦（1897—1969），字志希，笔名毅。绍兴柯桥镇江头人。1919 年，在陈独秀、胡适支持下，与傅斯年、徐彦之成立新潮社，出版《新潮》月刊。五四运动中，起草的印刷传单《北京学界全体宣言》，提出"外争国权，内除国贼"的口号。抗战前和抗战期间，曾任国立中央大学、国立清华大学校长之职。有《疾风》《耕云集》《心影邀游踪集》。

564. 罗尚（1923—2007），四川宜宾县人。16 岁闻"七七"事变毅然从军，转战西南各省，历经抗日、内战。赴台后任职"考试院秘书"。有《戎庵选集》《戎庵诗存》等。

565. 罗一清（1881—1932），字寿泉。北里人。光绪辛丑补行庚子科，举人。性刚烈，有胆识，遇事敢言，不避权势。（详罗训森《中华罗氏通谱》）有《寿泉诗词钞》。

566. 罗章龙（1896—1986），字仲言，号文虎。湖南浏阳人。参加发起新民学会。曾任湖南大学教授、中国革命博物馆顾问。有《亢慕斋诗词集》。

567. 罗振常（1875—1944），字子经，号邈园。浙江上虞人。罗振玉从弟。清末任奉天屯垦学堂教习，辛亥后在上海经营蟫隐庐书店。有《徵声集》（民国十年上海蟫隐庐仿宋聚珍版印行）。（详罗静《邈园先公年谱》）

568. 罗正纬（1884—1951），字达存，号涵原。湘潭人。曾任西北汇刊社社长、国史馆编审委员、国民政府行政院参议等。辑有《明湖唱和集》三卷补遗一卷（1930年铅印本）、《戊辰宁皖集》一卷（民国铅印本）、《东西南北集》一卷（民国南京京华书馆铅印本）。

569. 罗庄（1895—1941），女，字寤生，一作婺琛，又字孟康，以孟康字行。生于江苏淮安，世为浙江上虞人。罗振常女。雅擅诗词，尤以词名世。有词集《初日楼稿》（1921）、《初日楼续稿》（1927）、《初日楼遗稿》（1924）等行世。

570. 罗卓英（1896—1961），字尤青。广东大埔人。曾任国民党第十八军军长。抗日战争期间，参加保卫上海、南京、武汉战役，指挥上高战役等，任第十九集团军总司令、第九战区总司令等职。于1942年任远征军第一路司令长官。抗战结束后曾任广东省政府主席，东北行辕副主任等职，1949年去台湾。有《呼江吸海楼诗集》《正气歌注》。

571. 吕碧城（1883—1943），女，字遁天，号圣因，法号宝莲，别署兰清、信芳词侣、晓珠等。安徽旌德人。早年参与创办北洋女子公学，加盟南社，中年出国，居瑞士最久，晚寓香港。（详李保民《吕碧城词笺注》附录五《吕碧城年谱》）有《信芳词》，见《信芳集》（1918年王钝根校印本、1925年上海刊本、1929年北京刊本、1930年增刊本）；《晓珠词》（1932年刊本，卷三手写本，四卷本，1937年刊行）；《吕碧城集》五卷本（卷三词，卷四"海外新词"，1929年上海中华书局版）。另有《山中白雪词》。今有《吕碧城词笺注》（李保民笺注，上海古籍出版社2001年版）。

572. 吕凤（1869—1933），女，字桐花。江苏阳湖人。赵椿年室。（详《江苏艺文志·常州卷》）与裘凌仙、樊曾祥、赵尊岳等有唱和。有《清声阁诗余》四种六卷（1936年铅印本）。据《清声阁诗余》卷一有《贺新凉》三阕，其二小序："戊申三月为予四十生朝，感填此解。"时戊申为光绪三十四年（1908），因知其生于同治八年（1869）。

573. 吕集义（1909—1979），字方子。广西陆川人。抗战期间在无锡国专（桂林）任教，有《敌忾集》《广西诗征丙编》。

574. 吕景端（1859—1930），字幼舲，号蛰庵，亦号药禅。江苏阳湖人。光绪八年举人，官内阁中书。晚居盛宣怀幕府。（详《清代毗陵名人小传》卷九、《毗陵名人疑年录》卷六）有《药禅词稿》。

575. 吕景蕙（1874—1924），女，字若苏，号璇友。江苏阳湖人。吕景端妹，同里赵茗卿室。（详赵尊岳《纫佩轩词草序》、吕雪俦《纫佩轩词草跋》）有《纫佩轩词草》一卷（1934年上海百宋铸字印刷局铅印本）。据赵《序》云："十年转眼，华屋山邱之感。"序成于1934年甲戌，因知璇友卒于民国十三年（1924）前后。又，吕《跋》云："吾四姊名景蕙……年十五即博通今古，善诗文，经伯兄幼舲指授，艺益进。……年二十有四，适同里赵茗卿为室。……姊殁年五十一。……甲戌仲冬妹吕雪俦谨识。"由1924年逆数五十一岁，故知璇友生当同治十三年（1874）前后。

576. 吕清扬（1880?—?），字眉生。安徽旌德人。吕碧城姊。历任北洋女子公学监督、安徽第二女师校长等。有《眉生词稿》（光绪三十一年排印《吕氏三姊妹集》本）。

577. 吕湘（1875—1925），字惠如。安徽旌德人。民国初任南京女子师范学校校长。（详《历代闺秀生卒年表补》）有《惠如长短句》一卷（光绪三十一年排印《吕氏三姊妹集》本；《词学季刊》第三卷第二号）。

578. 吕应靖，字簠饬。江苏阳湖人。约生活于同、光间。（详《江苏艺文志·常州卷》）有《静庐词》一卷。（光绪三十年刻本）

579. 吕贞白（1907—1984），名传元，以字行，别字伯子，号茄庵、萧翁、戴庵。江西九江人，寄籍上海。早岁随父宦居南通，从陈星南、张季直游。后定居沪上，从朱祖谋问词。中年受聘于中央大学文学院。1949年后任职于华东文化部文物处、上海图书馆。1957年调上海古籍出版社，后又以编审兼华东师大、复旦大学教授。有《吕伯子诗词集》《茄庵识小录》等。

580. 吕志伊（1881—1940），字天民。云南思茅人。1905年加入同盟会。1908年参与发起云南独立会，并支援河口起义。曾任《光华日报》《民立报》主笔。参加黄花岗之役。辛亥革命时，任云南都督府参议。后任临时政府司法次长。二次革命时，回云南策动反袁，后在国民政府任职。有《偶得集》。

581. 马宝文，字芷名，一作芷民，又字相如，自号柳隐词人。江苏武进人。诸生。生活至民国间。（详《清代毗陵名人小传》卷九）有《茶山草堂词》一卷（李一氓藏，稿本）。

582. 马君武（1881—1940），原名道凝，字厚山，号君武。祖籍湖北蒲圻，生于广西桂林。同盟会章程八位起草人之一，《民报》的主要撰稿人。参与起草《中华民国临时约法》及《临时政府组织大纲》，担任中华民国临时政府实业部次长，后又担任孙中山革命政府秘书长、广西省省长、北洋政府司法总长、教育总长。1924 年，马君武开始淡出政坛，精力逐步投入教育事业，先后担任大夏大学、北京工业大学、中国公学、国立广西大学等学校校长。有《马君武先生集》《马君武诗选》等。

583. 马念祖（1905—1963 年后），北京人。早年于京师大学国学馆研究经学、诗词，后经萧一山介绍师事柯劭忞，从事声韵、训诂研究。曾任北京古学院研究员。有《伪书举例》《水经注引考》《两汉经学史》《蔓草秋窗集》，另有《筎音词钞》一卷（四维书局 1936 年本）（详唐吟方《近现代名人尺牍》）。

584. 马庆余，广东顺德人。师事陈洵。有《小媚秋堂词》。陈洵题："此稿词六首，直登宋人之堂，世有知音，当不以余言为过。"

585. 马汝邺（1890—1970），女，字书成。四川成都人。著名回族才女，马福祥继室。父马淑午，清末任吉林将军署佥事。1926 年马汝邺在天津任教，以诗文闻名。马福祥去世后，马汝邺曾任国民党立法委员，1949年流寓台湾。有诗文集《晦珠馆近稿》（1928 年上海排印本），收文 31 篇，诗 129 首，词 14 首（详李灵年、杨忠《清人别集总目》；陈龙《临夏人物志》）。

586. 马味纯，字钟麒。金台人。有《古榆轩诗余》。

587. 马文苑（1853—?），字藕香，号兰台。江苏长洲人。光绪八年举人，中式第三十二名。（详《清代朱卷集成》第 169 册）有《藕香词》。

588. 马叙伦（1884—1976），字夷初。浙江杭县人。师事章太炎、吴梅。曾任清华大学、北京大学教授，国民政府教育部次长。新中国成立后任教育部部长。有《寒香宧词》《石屋余沈》等。

589. 马一浮（1883—1967），学名福田，又名浮，字一浮，又字一佛，号湛翁，晚号蠲叟、蠲戏老人。浙江会稽人。光绪二十四年戊戌县试第一名，后曾赴美国、日本留学。民国元年出任教育部秘书长。抗日战争爆发后，避寇走四川，任乐山复性书院院长。为新儒家代表人物之一，主持复性书院。1949 年后任浙江文史馆馆长。与沈尹默、夏承焘、龙榆生等有唱和。有《蠲戏斋诗前集》《避寇集》《蠲戏斋诗编年集》《芳杜词剩》（1940 年刻本）、《芳杜词外》，附于《马一浮全集》。

590. 马依群（1921—2008），号雨山野老。安徽巢县人。曾任新华社记者，安徽人民出版社编审，中华诗词学会理事、顾问等。有《望春楼诗抄》。

591. 马祖熙（1915—2008），字缉庵。江苏建湖人。任教中学多年。曾任上海春申诗社副社长。有《缉庵诗词稿》《迦陵词选笺》《陈子龙诗集校编》（合著）等。

592. 麦孟华（1875—1915），字孺博，号曼清、蜕庵。广东顺德人。师事康有为。光绪十九年举人。主编《时务报》。参与戊戌变法，失败后亡命日本。（详汤志钧《戊戌变法人物传稿》卷三）有《蜕庵词》一卷，附于《蜕庵集》（1936 年版；1921 年朱祖谋刻《粤两生集》本）。

593. 麦英桂，女，号醉醒道人，自号醉醒老人。香山小榄镇人。麦德沛第五女，何启图室。有《芸香阁诗草》一卷。（详《榄溪麦氏族谱》）

594. 麦又桂，女，字芳兰。香山人。增贡生麦德沛第七女，同里何怀向室。诗词音调清朗，音节和平，虽处困极，绝无哀痛之声。有《谢庭诗草》一卷。（详《榄溪麦氏族谱》）

595. 毛乃庸（1875—1931），字伯时，更字符征，别号剑客。江苏甘泉人。宣统元年拔贡。曾任江北师范教务长、江苏通志局分纂。（详卞孝萱辑《民国人物碑传集》卷六柳诒征《毛元征传》）有《剑客诗余》一卷（光绪三十年自刻袖珍本）。

596. 毛泽东（1893—1976），字润之（原作咏芝，后改润芝），笔名子任。湖南湘潭人。诗人，伟大的马克思主义者，中国共产党、中国人民解放军和中华人民共和国主要缔造者和领导人。1949 年至 1976 年，毛泽东担任中华人民共和国最高领导人。有《毛泽东诗词》。

597. 毛宗藩（1869—1913），字介臣，号馥棣。浙江鄞县人。贡生。

（详张寿墉《峡源集序》）有《峡源词》（见《峡源集》，民国《四明丛书》第八集本）。

598. 茅盾（1896—1981），原名沈德鸿，字雁冰。浙江桐乡人。现代作家、社会活动家。1915 年毕业于北京大学预科班。1920 年曾发起成立文学研究会，主编《小说月报》，是左翼文艺运动的领导人之一。有《茅盾诗词集》。

599. 茅于美（1920—1998），女。江苏镇江人。师事缪钺。浙江大学毕业。1949 年后任职于出版总署编译局、中科院文学研究所、中国人民大学。有《夜珠词》《海贝词》等。

600. 冒广生（1873—1959），字鹤亭，号疢斋。江苏如皋人。曾任刑部郎中，民国时任江浙等地海关监督，1949 年后任上海市文管会顾问。有《小三吾亭词选》《小三吾亭词话》《冒鹤亭词曲论文集》。

601. 冒文蘐，女，字佩卿。江苏如皋人。观察许月菡室。与屈蕙纕、张婉仪、龚镇湘等唱和。有《绮香阁诗词钞》。

602. 梅焯云，字桂仙。宁乡人。有《卧云楼诗草》二卷、补编一卷、杂咏一卷（清宣统三年长沙刻本），另有《卧云楼诗集》六卷（1925 年长沙刻本）。（详寻霖、刘志盛《湖南刻书史略》）

603. 梅际郇（1873—1935），字念石。四川巴县人。光绪年举人。（详杨庶堪《念石斋诗序》）有《念石词》一卷（见其《念石斋诗》，民国二十五年任师尚铅印本）。据《念石斋诗》编年排列，卷二丙寅年内有《五十四岁生日避客于叔敬家有以福德之说相谩者归而感赋》，因知其生于同治十二年（1873）。又，杨庶堪《念石斋诗序》："吾友念石翁既殁之越月，其门人将刻其遗诗而薪余为序……中华民国廿四年六月杨庶堪。"知其卒于1935 年。

604. 梅冷生（1895—1976），名雨生。浙江温州人。师事林鹍翔。曾与夏承焘等组慎社。又入瓯社。新中国成立后任温州图书馆馆长。有《劲风楼唱和集》《劲风阁遗稿》。

605. 闵尔昌（1872—1948），字葆之，号香翁。江苏江都人。曾入袁世凯幕。（详《江苏艺文志·扬州卷》）有《雷塘词》一卷，附于其《云海楼诗存》后（1924 年刻本）。

606. 缪华（1874—1920），女，字补笙，一字韵华。江苏武进人。刘钟岳继室。（详《江苏艺文志·常州卷》）有《韵庐自娱诗词草》三卷。

607. 缪金源（1900 前后—1942），字渊如。江苏东台角斜镇人。1922年，与江苏旅京之北大、女师大、法政专门学校等同学共同组织"江苏清议社"，创办《江苏清议》。著有《宋元明诗三百首》《缪金源诗词集》《鸡肋集》《灾梨集》。（详《广州文博》）关于其卒年，一说 1941 年，参上海鲁迅纪念馆编《上海鲁迅研究》。

608. 缪荃孙（1844—1919），字炎之，号筱珊，晚榜所居堂曰艺风，故世称之为艺风先生。江苏江阴人。光绪二年进士，中式第三十一名。官至国史馆总纂、学部候补参议。（详《碑传集三编》卷十缪禄保《四品卿衔学部候补参议翰林院编修缪府君行述》）有《碧香词》一卷，与《艺风堂诗存》合刊（民国江阴缪氏刻本、1939 年燕京大学图书馆刻本）。另辑《常州词录》三十卷、《云自在龛刻名家词》十七种二十四卷。

609. 缪廷梁（1895—1957），字镇蕃。江苏常熟人。早年毕业于北京大学中国文学系，后留学美国，获芝加哥大学硕士学位和哥伦比亚大学教育博士学位。曾任金陵女大文理学院中文系主任、重庆中央图书馆总务主任。

610. 缪文煜，字仲华。江苏海安人。历任东台师范学校、栟茶初级中学教员、校长。有《爨余集》。

611. 缪钺（1904—1995），字彦威。江苏溧阳人。曾从张尔田学词。先后任教于河南大学、浙江大学、华西大学、四川大学。有《冰茧庵诗词稿》《诗词散论》《灵溪词说》等。

612. 缪之镕（1840—1914），字醒园，号炼卿。江苏丹徒人。任浙江同知。有《醒园词集》。

613. 缪子彬（1893—1959），号若庵。江苏江阴人。缪荃孙子。有《若庵词存》。

614. 莫永贞（1877—1928），字伯衡。浙江安吉人。光绪二十九年举人，法科进士。官南洋法官养成所所长，入民国，任浙江省财政厅厅长、苏浙太湖渔业局总办等职。（详《爱余室遗集》卷首之莫庸《先府君行述》）有《爱余堂词集》一卷与《爱余堂诗文集》合刊，名《爱余室遗集》（1934 年中华书局版）。

615．聂其炜（1883—1968），字管臣。湖南衡山人。聂缉椝第四子。清末留学日本法政大学。曾任中国银行协理、中孚银行行长、上海中央银行稽核处副处长。有《佩韦室诗草》《虫天阁残稿》。

616．聂袭（1877—1940），女，字佩兰。湖南衡阳人。邵阳曾实秋妇。有《吟香阁诗集》（1925 年印本、1937 年印本）。

617．聂祖汀（1870—1937），字雁湖。湖南桃源人。同盟会成员。曾任湖南高等普通学堂监督兼教习，主办湖南地方自治讲习所。1912 年与汤化龙等组织统一共和党。抗战后因不满时政，剃发为僧。有《乐观楼诗集》。

618．宁调元（1883—1913），字仙霞，号太一，别署齐王门下鼓瑟人。湖南醴陵人。清末留学日本。回国创《洞庭波》（后更名《汉帜》）杂志及《民声日报》。参建南社。讨伐袁世凯行动中被捕，就义于武昌抱冰堂。（详卞孝萱辑《民国人物碑传集》之刘谦《宁调元先生事略》、柳无忌主编《南社人物传》之熊罗生《宁调元传》）有《明夷词钞》一卷。（柳亚子编《太一遗书》1915 年版）后更名《太一词钞》，一卷，与《太一诗钞》合订（1956 年上海刘谦油印本）。后又与诗文合订，杨天石、曾景忠编为《宁调元集》（湖南人民出版社 1988 年版）。

619．牛蔚堂，字秀臣，一自文荣。山东诸城人。活动于同光间。官山东范县训导。有《问吾心斋词稿》一卷。（光绪间遵化文岚石印局石印本）

620．欧阳渐（1872—1944），江西宜黄人。近代佛学家。早年专攻陆、王之学，欲以补救时弊。后归心佛法，师事江宁杨仁山。1911 年主持金陵刻经处。1922 年又创设支那内学院，讲学与刻经并进。1924 年办法相大学。抗战开始后，至四川，于江津设支那内学院蜀院。1944 年 2 月 23 日在江津逝世。有选本《词品甲》《词品乙》等。

621．欧阳克嶷（1916—1999），四川威远人。曾任民革新疆区委副秘书长、新疆文史研究馆馆员、新疆诗词学会常务副会长。所著《焚余草》存诗词 1400 多首。

622．欧阳文（1912—2003），湖南平江人。1930 年参加红军。授中将军衔。新中国成立后历任解放军报总编，军事电讯工程学院政委、院长，四机部副部长，电子工业部副部长等职。有《青松诗集》《征途诗集》等。

623．欧阳予倩（1889—1962），湖南浏阳人。新中国成立后任中央戏剧学院院长、中国文联副主席、中国戏剧家协会副主席、中国舞蹈工作协会主席。有《欧阳予倩文集》《欧阳予倩全集》。

624. 欧阳祖经（1882—1972），字仙赔，别号阳秋。江西南城人，世居南昌。文献学家。1938年，日军入侵江西，携家人去桂林，将家中藏书数万册悉数捐给浙江大学。1940年8月，任江西国立中正大学文法学院副教授。有《欧美女子教育史》《省名考》《欧阳祖经诗词集》等。

625. 潘伯鹰（1904—1966），原名式，字伯鹰。安徽怀宁人。现代书法家、诗人、小说家。国共和谈时，曾任国方代表章士钊秘书。新中国成立后，任上海中国书法篆刻研究会副主任委员、同济大学教授。有《中国的书法》《中国书法简论》《玄隐庐诗》等。

626. 潘昌煦（1868—1958），字由笙，号蕊庐。江苏元和人。李超琼弟子。光绪二十四年进士。（详《清代朱卷集成》第190册）辛亥后任大理院刑庭庭长、燕京大学教授。有《蕊庐词》，与《蕊庐诗存》合刊（1963年铅印本）。

627. 潘承谋（1874—1931年后），字聪彝，一字轶仲，号省安。江苏吴县人。光绪二十三年副贡，官农工部员外郎。（详《江苏艺文志·苏州卷》）有《瘦叶词》一卷，录词九十五首，附编二卷，录《己巳消寒词》《庚午消夏词》各十二首（1934年石印本）。据《江苏艺文志·苏州卷》称其卒于1918年，《总目》袭之，误。《中国词学大辞典》页259："？—1934？"张茂炯序评其词曰："承先世余韵，所为词亦以富丽为工。"又云："其哀怨处，兼有香隐庵（潘遵璈）遗意。"

628. 潘飞声（1858—1934），字剑士，号兰史，别署说剑词人、十劫居士、剪淞阁主等。广东番禺人。光绪中叶，应聘赴德国柏林大学讲授汉语言文学。返国后，举经济特科，不应。旅居香港十年，晚年移居上海。曾为南社成员，后入希社、沤社、题襟金石书画社等。（详郑逸梅《南社丛谈·南社社友事略》）学词于叶衍兰。有《说剑堂词》四卷，见自刊《说剑堂全集》（光绪十五年刻本、光绪二十四年刻本、1934年上海铅印本）；《饮琼浆馆词》一卷（宣统元年刻本）。另有《饮琼浆馆词话》、《粤词雅》一卷、《粤东词钞三编》。

629. 潘鸿，字仪父，号凤洲。浙江仁和人。同治九年举人，官内阁中书，升侍读。有《萃堂词录》一卷，与《萃堂诗录》合刊（光绪三十三年自序刻本、民国重刻本）。

630. 潘静淑（1892—1939），女，名树春。江苏吴县人。出身簪缨世家。1915年适同邑吴湖帆，两人诗画相得，有"管赵"之誉。1922年静淑三十初度，其父以宋刻《梅花喜神谱》相赠，遂以"梅景书屋"名其居。1924年迁上海，从吴瞿安学词。又工画花卉。行楷尤精绝。1939年6月突患腹疾，三日而殁。吴湖帆为悼念亡妻，汇编静淑生前所作画、词及他自己的作品合为《梅景书屋画集》与《梅景书屋词集》（收录吴湖帆《佞宋集》28首、潘静淑《绿草集》13首、附集句3首，吴氏四欧堂1939年铅印本）。（详嶙峋编《闺海吟·下·中国古代八千才女及其代表作》；魏新河编《词学图录·第8册》）

631. 潘其祝（？—1926），字奓荪。浙江泰顺人。有《须曼那馆词》（民国石印本）。

632. 潘受（1911—1999），原名潘国渠，字虚之，号虚舟。福建南安人。1930年南渡新加坡。初任《叻报》编辑。1934年起执教于华侨中学、道南学校及马来亚麻坡中华中学，并任道南学校校长。1940年任"南洋华侨回国慰问团"团长，率团取道缅甸回国，慰劳抗日将士。有《海外庐诗》。

633. 潘文熊（1844—1920），字渭渔，号幼南，又号质之。江苏常熟人。同治六年举人，中式第十二名，光绪三年成进士。官刑部主事、扬州府学教授。（详《清代朱卷集成》第150册、《江苏艺文志·苏州卷》）有《拙余词》《易安词》《瘦石词稿》各一卷（民国十九年常熟联益印刷公司铅印本）。《宝砚斋词》一卷，与《宝砚斋诗》合刊（1930年潘庆平铅印本）。

634. 潘欲敬（1862—1918），女，字静庄。江苏常熟人。归钟麒继室。（详《江苏艺文志·苏州卷》）有《蒔梅阁词》，与《蒔梅阁诗草》合刊（1919年铅印本）。

635. 潘之博（1874—1916），初名博，字若海，一作弱海，号弱庵。师事康有为。与麦孟华齐名。后加入倒袁活动。（详潘其管《先府君行述》、《汪辟疆说近代诗》之《光宣以来诗坛旁记》）。有《弱庵词》一卷（1921

年朱祖谋刻《粤两生集》本）。

636. 庞鸿书（1848—1915），字仲劬，号渠庵，晚号郦亭。江苏常熟人。光绪六年进士。官湖南布政使、贵州巡抚。（详《广清碑传集》卷十五引《重修常昭合志》）与金兆蕃有唱和。有《归田吟词》一卷，附于《归田吟稿》（1923 年庞氏版）。

637. 庞俊（1896—1964），初字少洲，慕白石道人歌词，更字石帚。四川成都人。博通经史。弱冠即受知于赵熙、林山腴等川中名家。历任成都高等师范、成都师范大学、华西协和大学、光华大学、四川大学教授。弟子白敦仁辑其诗词文为《养晴室遗集》，又汇其学术杂著为《养晴室外集》）。

638. 庞树柏（1884—1916），字檗子，号苣庵，别署龙禅居士。江苏常熟人。肄业于江苏师范学校。曾任江宁、苏州等地学堂及上海圣约翰大学教席。（详萧蜕《庞檗子传》、郑逸梅《南社丛谈·南社社友事略》）南社社员，曾从朱祖谋学词。有《玉玲珑馆词》一卷（附于《庞檗子遗集》，民国五年版；又有常熟图书馆藏稿本）、《湘心词》一卷、《衮香词》一卷（常熟图书馆藏合订稿本）。

639. 庞树松，江苏常熟人。字栋材，一字树坤，号独笑、病红、樗农。庞树柏弟。南社社员。曾与庞树柏、黄人等组织"三千剑气文社"。《南社词集》中收有其词作。

640. 裴维侒（1856—?），字君复，号韵珊，一号云衫。河南祥符人。光绪元年举人，六年成进士。官福建道监察御史、顺天府尹。（详《清代官员履历档案全编》第 6 册、《清代朱卷集成》卷 392）庚辛之际与朱祖谋、王鹏运、郑文焯、张仲炘等多有唱和。有《香草亭词》一卷（1933 年刻《沧海遗音集》本）。另有《韵珊词选》。

641. 彭敦毅（1871—1919），字任甫，号讱庵。长沙人。曾任松滋财政委员帮办。有《讱庵诗钞》一卷（1923 年铅印本）。另有《讱庵诗集》十卷，《骈文》四卷，《词》一卷。

642. 彭骏声，字景文，号浣花居士。江西赣县人。有《浣花词集》。

643. 彭銮（1832—1891 以后），字瑟轩。江西宁都人。拔贡生。同治五年任内阁中书，后官会典馆提调、广西南宁知府。（详《清代官员履历档案全编》第 4 册、《薇省同声集序》）有《朱弦词》。

644. 彭淑士，女，字亦婉，号葆青。安徽无为人。李国模室。有《碧梧轩诗存》《绣冰词》。

645. 彭慰曾，字安之。江苏吴县人。张荣培弟子。有《耦园课存》。

646. 彭俞（1876—1946），字逊之，号守愚，别号东亚破佛。江苏溧阳人，祖籍浙江绍兴。（详《竹泉生初芽集》卷首狄寿颐《竹泉生初芽集序》；郑逸梅《艺林散叶续编》第 18 条）有《竹泉生词》一卷，见《竹泉生初芽集》（光绪二十二年活字印本）。

647. 濮丹吾，江苏溧水人。活动于同、光及民国初年，词作于光绪间。有《眷眉词》一卷（藏南京大学图书馆，1928 年夏成都文通印刷局版）。

648. 濮文曦（1851—?），字柚生，一作幼生。江苏溧水人。光绪二年举人，官浙江新昌县知县。（详《可园文存》卷十一陈作霖《濮氏四贤吏传》；《清代官员履历档案全编》第 28 册《续金陵通传》）有词见《金陵词钞》卷七。

649. 濮贤姐（1868?—?），女，字荔初。江苏溧水人。长沙蒋寿彤室。（详《江苏艺文志·南京卷》）有《拈花小社诗余》一卷，附于《拈花小社遗稿》（1931 年铅印本）。

650. 濮贤娜，女，字书华。江苏溧水人。嘉兴李镛室。生活至民国间。（详《江苏艺文志》南京卷下册）有《意眉阁词稿》一卷，与《意眉阁诗稿》合刊（光绪三十四年刻本、1915 年刻《李氏词稿》本）。

651. 溥儒（1896—1963），初字仲衡，改字心畬，自号羲皇上人、西山逸士。满族人，为清恭亲王奕䜣之孙。曾留学德国。笃嗜诗文、书画。画工山水，兼善人物、花卉及书法。与张大千有"南张北溥"之誉。又与吴湖帆并称"南吴北溥"。1963 年逝世于台湾，葬于阳明山。以画驰名。有《凝碧余音词》，收于《寒玉堂诗集》中。

652. 戚法人（1909—1958），1923 年就读中央大学中文系，原南京大学中文系教授。有《南国红豆词》。

653. 漆鲁鱼（1902—1974），原名宗义，笔名鲁鱼。四川江津人。抗战期间曾任中共川东特委宣传部部长、西康省教育厅督学等职。工词。

654. 漆运钧（1878—1974），字铸城，号松斋。贵州贵筑人。日本早稻田大学政治经济科毕业。1951 年 12 月被聘任为中央文史研究馆馆员。历任北洋政府农林部佥事、水产司第一科科长、编辑处处长等职，兼任北京各大学讲师。有《四书集字说文钞》《十三经集字》《春秋左氏传人表》等。

655. 齐廷襄，字恭甫。湖南湘潭人。有《秋姜词钞》（1931年湘潭守益印刷社铅印本）。

656. 耆龄（1862—?），字寿民，号濩斋。伊尔根觉罗氏，清宗室，满族正红旗人。光绪十八年进士，官户部主事、内务府大臣。有《消闲词》一卷。有词见《词综补遗》。钱仲联《近百年词坛点将录》："地劣星活闪婆王定六耆龄。"

657. 钱昌照（1899—1988），字之蔡。江苏常熟人。幼承母教，工诗词。师事沈勉俊、张尔田。有《钱昌照诗集》附词。

658. 钱承钧，字鉟郢，一字禾父。浙江嘉善人。壮岁为法官。公退之暇，喜倚声。与淳安邵瑞彭次公极友善。有词集《柳窗集》《玉阶集》。

659. 钱福年，字艮斋。江苏长洲人。光绪元年举人。官浙江知县。（详《江苏艺文志·苏州卷》）有《蛛寄窝词钞》一卷，与《蛛寄窝诗抄》合订（苏州图书馆藏稿本）。

660. 钱国祥（1835—1901后），字乙生，号南泉。江苏吴县籍无锡人。有《忆南濠词》。

661. 钱来苏（1884—1968），名拯，字来苏。原籍浙江杭县，出生于奉天省奉化县（今吉林梨树县）。1904年赴日本留学。日俄战起，弃学回国，在东北创办辅华中学及《吉林日报》。"七·七"事变后，任少将参事。1947年投奔延安。新中国成立后任中央文史研究馆馆员。工诗词。有《孤愤草初喜集合稿》《钱来苏诗选》。

662. 钱耆孙，字仲英。嘉兴人。钱仪吉曾孙。庠生，邮传部主事。有《钱仲英诗词》（天津图书馆藏稿本）。（详林葆恒辑、张璋整理《词综补遗·第2册》）

663. 钱世，字秉钧。阳湖（今江苏常州）人。有《放如斋词草》一卷（苔岑民国十年铅印本，书口题"放如斋词钞"，卷首题"放如斋词草"）。

664. 钱锡寀（1845—1911后），字亮臣，号惠仲，晚号味青老人。浙江仁和人。同治十二年举人，中式第三十一名。官顺天北路同知。有《闻妙香室词钞》四卷（宣统二年影印稿本），与《闻妙香室诗稿》合刊（宣统二年天津醒华报馆石印本）。据醒华报馆本有自作跋，尾署："味青老人跋，时年六十有七。"《词钞（卷三）》有《水调歌头·癸卯初度自述》，首句曰："五十九年矣，往事渺云烟。"则其生年当为 1845 年（详《闻妙香室诗词稿跋》）。

665. 钱小山（1906—1991），原名伯威，字任远，号小山。钱振锽子。江苏常州人。新中国成立后，常州市政协副主席、江苏省文联委员、常州市文联名誉主席。自幼习诗词，生平所作过万首。有《小山诗词》，另与钱仲易合著《埙篪集》。

666. 钱振锽（1875—1944），字梦鲸，号谪星，又号名山，别署星隐庐主人。江苏阳湖人。光绪十九年恩科举人，二十九年进士。官刑部主事。因上书言事不被采纳，愤而辞职还乡。有《谪星词》一卷（光绪三十三年活字印《阳湖钱氏家集》本；1947 年木活字印《名山全集》本）（详《广清碑传集》卷二十》之《钱振锽传》《清代毗陵名人小传稿》）。

667. 钱钟书（1910—1998），字默存，号槐聚。江苏无锡人。毕业于英国牛津大学。曾任中国社会科学院副院长。有《围城》《谈艺录》《管锥篇》《槐聚诗存》等。

668. 乔大壮（1892—1948），原名曾劬，以字行，又曾字勤父、勤孙，号壮殹，别署壮夫、劳庵、波外翁等。四川华阳（今成都）人。曾任中央大学教授。1947 年赴台湾大学中文系任主任，次年解职，投水自沉于苏州。有《波外乐章》《乔大壮遗墨》。

669. 乔尚谦（1865—1927），字筱山。山西祁县人。光绪二十三年丁酉举人。自清末至民国间，历任陆军部主事、祁县政府科长、中学教师、山西省银行董事等职。有《息影园诗存》二卷（1930 年排印本）。

670. 秦伯未（1901—1970），原名之济，以字行，又字一辛，号谦斋。上海人。名医，创办中国医学院，主编《中医世界》，医学著作颇丰。1949年后，任上海市第十一人民医院中医内科主任、卫生部中医顾问。有《秦伯未诗》附诗余、《谦斋诗词集》。

671. 秦更年（1883—1960?），字曼青。与吴眉孙、冼玉清等有交游。有《婴闇诗余》。

672. 秦乃歌（1846—1915），一说（1844—1914）（详乔晓军编《中国

美术家人名辞典·补遗一编》)。字笛桥，号又词。上海人。室名灵兰书室、玉瓶花馆。工诗词，擅书画篆刻，晚年专精医理。有《瓶花馆诗余》。

673. 秦绶章（1849—1925），字仲和，号佩鹤，又号培萼。江苏嘉定人。同治五年补博士弟子员，光绪二年优贡，中式第二名，九年成进士，官至蒙古镶黄旗副都统兼署护军统领。辛亥革命后卸职居上海。（详唐文治《清故光禄大夫建威将军兵部左侍郎镶黄旗满洲副都统秦公墓志铭》，《广清碑传集》卷十六）有《讽籀室词》，附于《秦佩鹤先生遗集》（藏上海图书馆，1943年钞本）。

674. 秦树声（1861—1926），字右衡，一字晦鸣，号乖庵。河南固始人。光绪十二年进士。官至广东提学使。（详《辛亥人物碑传集》卷十四王树楠《广东提学使固始秦君墓志铭》）有词见《全清词钞》卷三十六。

675. 秦锡圭（1863—1927?），字介侯，号见斋、寿宜。上海人。南社社员。曾任山西寿阳胫知县。民国后曾任护法国会参议院议员。有《见斋诗稿》附诗余。

676. 秦之济（1901—1970），号谦斋。上海人。中国近代中医学家。自幼酷爱文学和医学，凡经史子集、诸家医典、诗词歌赋、琴棋书画，无不涉猎。工诗词，善书画，好金石之学。1921年创办上海中医书局，自编医书医刊，校订古籍，整理出版。在报刊、杂志发表论文、小品、史话等数百篇。有《谦斋诗词集》七卷（清宣统三年铅印本）（详《中医大辞典》）。

677. 庆珍（1870—1941年后），字博如，号铁梅。满族正蓝旗人。光绪二十九年候补经济特科。有词见《雨花草堂词选》。

678. 丘逢甲（1864—1912），又名仓海、沧海，字仙根，号蛰仙。台湾苗栗县人，祖籍广东镇平。光绪十五年进士。官工部主事、广东谘议局副议长等。甲午战败后，率领民众抗日护台。民国时曾任教育部部长。（详丘复《仓海先生墓志铭》、丘瑞甲《先兄仓海行状》，均据丘铸昌标点本《岭云海日楼诗抄》附录、丘铸昌《丘逢甲评传》）有《岭云海日楼词钞》。

679. 丘复（1874—1950），字荷公。福建上杭人。光绪年举人。南社成员。辛亥革命时，曾佐丘逢甲以广东代表身份赴南京筹组临时政府。后被选为福建省议员、全国参议院议员，未赴任而南返广州孙中山大元帅府任参秘。后致力新学，编纂史志。有《愿丰楼杂记》《杭川别乘》《南武赘谭》

《冶城游草》等。

680. 丘炜萲（1874—1941），字菽园，一作叔元，别号星洲寓公。福建海澄人。光绪十九年举人。曾创办《天南新报》。同盟会南洋分会会员。（详《近代中国史资料丛刊续编》第三十七辑本《丘菽园居士诗集》卷首之张叔耐《丘菽园传略》；郭延礼《中国近代文学发展史》第十八章第七节注）有《啸红词》。

681. 裘岳（1913—1985），字载岳，号知节。浙江宁海人。毕业于上海大学文学院。曾任宁海中学文史教员。有《呻吟诗词》《耕读庐诗话》。民国时期方志学家干人俊曾为其撰文作序。（详《白石村志》编纂委员会编《白石村志》）

682. 屈蕙纕（1862—1904后），女，字逸珊。浙江临海人。屈云珊妹，黄岩王咏霓室。有《含青阁诗馀》一卷，与《含青阁诗草》合刊。（光绪二十九年刻本）据《含青阁诗草》卷三有《江行绝句十四首》，其十二："巉岩削壁临江立，树色烟痕照眼青。仿佛梦中登觅处，五云犹绕御碑亭。"自注云："辛巳岁，余梦至一处，见峭壁临江，危亭孤峙，中有御碑亭。曾吟一绝，醒时仅记末二句：'飘然便欲乘风去，小谪红尘二十年。'舟中遥望，梦境宛然。"辛巳允为光绪七年（1881年），因知其生于同治元年（1862）。再者，《含青阁诗余》有《情久长·和外闰五日追悼韵》，附录王咏霓原作，其序云："癸卯五日，于舒州迎江寺中为天球礼佛追悼。"时癸卯为光绪二十九年（1903）。

683. 瞿鸿禨（1850—1918），字子玖，号止庵，晚号西岩老人。湖南善化人。同治十年进士，官至外务部尚书，协办大学士。（详《清史稿》卷四三七、《碑传集补》卷二余肇康《清故诰授光禄大夫经筵讲官军机大臣协办大学士外务部尚书瞿文慎公行状》）有词见《词综补遗》卷十五。

684. 瞿若虹（1896—1965），原名鸿灿。江苏常熟人。长期从事教育工作。有《隐庐存稿》。

685. 饶汉祥（1883—1927），字宓僧，一字羼提。湖北广济人。光绪二十九年举人。后赴日留学。回国任福建学务所视学。民国初任北洋政府参政院参政、总统府秘书长等。（详《湖北省志·人物志稿》第一卷）有《珀玕词集》一卷。

686. 饶钦农（1920—1995），湖北武昌（今武汉江夏区）人。学者、诗人。曾执教于中国人民大学、北京师范学院、湖北大学，又任湖北省文史馆馆员。编有《广韵新编》等。

687. 饶芝祥（1861—1912），字符九，号占斋。江西南城人。光绪二十年进士。官辽沈道监察御史、贵州铜仁府知府。（详卜孝萱辑《民国人物碑传集》卷十三陈衍《清辽沈道监察御使贵州铜仁府知府饶君墓志铭》）有《占斋诗余》，附于《占斋诗文集》（1932 年南昌铭记印刷所铅印本）。

688. 饶宗颐（1917—　），字固庵，又字伯濂、伯子，号选堂。广东潮安人。1935 年，应中山大学之聘任广东通志馆专任纂修。1939 年协助叶恭绰编《全清词钞》。后任无锡国专、香港中文大学教授。有《选堂诗词集》《清晖集》《敦煌书法丛刊》《殷代贞卜人物通考》《词集考》等。

689. 任讷（1897—1991），字中敏，号二北，又号半塘。江苏扬州人。师事吴梅。历任广东大学、复旦大学、南方大学、四川大学讲席。新中国成立后任教于扬州师范学院。有《唐声诗》《唐戏弄》《敦煌歌辞总编》《感红室词》等。

690. 任援道（1890—1980），号豁盦。江苏宜兴人。早年入保定军官学校。曾参加辛亥革命。1935 年任冀察政务委员会外交委员。抗日战争爆发后投敌。1938 年 3 月任南京维新政府绥靖部部长。1940 年 3 月汪伪国民政府成立后，历任苏浙皖三省"绥靖"军总司令、代理军事参议院院长、军事委员会委员、"绥靖"军官学校校长、汪伪国民党中央监察委员、第一方面军总司令、海军部部长、江苏省长、军事委员会驻苏州"绥靖"公署主任等职。1945 年日本投降后，被蒋介石委任为南京先遣军第一路总司令，为重庆国民政府抢占东南地区效劳。后逃往香港，死于加拿大。（详李松林《中国国民党史大辞典》）学词于蒋兆兰，有《青萍词》。（1940 年刻本）赵尊岳序："其旨自南渡历北宋以窥五代十国，于是令、慢、引、近莫不合于古人。而浩瀚要眇之思、朗润清华之境，又不仅域于古人也。"关于其卒年，一说 1960 年代（参刘国铭《中国国民党百年人物全书·上》）。

691. 阮堉（？—1930），字惠斋。浙江绍兴人。有《竹平安馆诗词钞》（1921 年铅印本）。

692. 三多（1871—1941），原姓钟木依，改汉姓张，字六桥，别署可园、鹿樵。蒙古人，生于杭州。光绪十七年举人。官杭州知府、归化副都统、库伦驻防大臣。辛亥革命后官国务院诠叙局局长。（详其自著《粉云庵词》《可园文钞》）有《粉云庵词》六卷（1942 年铅印本）。

693. 沙文汉（1908—1964），浙江鄞县人。八一三抗战爆发后，任中共江苏省委宣传部部长。"孤岛"时期，主持创办《真理》和《党的生活》，进行抗日宣传。1942 年 10 月，赴淮南根据地。新中国成立后曾任浙江省省长等职。工词。

694. 沙元炳（1864—1927），字健庵。江苏如皋人。光绪二十年进士。官翰林院编修。（详《江苏艺文志·南通卷》《晚晴簃诗汇》卷一七八）有词见其《志颐堂诗文集》卷十二（1933 年如皋沙氏铅印本；《近代中国史料丛刊续编》第四十二辑本）。

695. 商衍鎏（1874—1963），广东番禺人。清末进士。曾任翰林院编修。1912 年被聘为德国汉堡大学汉文教授。1914 年回国任财政部秘书等职。新中国成立后，任中央文史馆副馆长、广东文史馆副馆长、广东省政协常委。有《商衍鎏诗书画集》等。

696. 邵力子（1882—1967），初名景奎，字仲辉，改名闻泰，以笔名力子行。浙江绍兴人。清末举人。早年加入同盟会。南社成员、早期中国共产党党员。后任国民政府陕西省主席、中央宣传部部长等要职。新中国成立后任政协常委等。工词。

697. 邵启贤（1869—？），字莲士。浙江山阴人。（详《清人诗文集总目提要》）有《纯飞庵词》。

698. 邵瑞彭（1888—1938），字次公。浙江淳安人。毕业于浙江省优级师范学堂。民国初被推选为众议院议员，因反对曹锟贿选大总统，将曹氏贿赂支票提交北京地方检察厅进行公诉而声振于世。嗣任北京大学、河南大学等高校教授。（详卞孝萱辑《民国人物碑传集》之袁道冲《淳安邵次公先生事略》、龙榆生《近三百年名家词选》）有《扬荷集词》四卷（1930 年刻本）。

699. 邵天任（1914—2012），辽宁凤城人。曾任外交部法律顾问。有《邵天任诗词选》。

700. 邵章（1872—1953），谱名孝章，字伯絅，号崇百，别号倬庵。浙江仁和人。光绪二十九年进士。官至奉天提学使。师事谭献。与夏孙桐、张尔田等有交游。有《云淙琴趣》三卷（1930 年刻本）。

701. 邵祖平（1898—1969），字潭秋。南昌县人。《学衡》杂志编辑。后执教于东南、之江、浙江等大学。有《培风楼诗存》《续存》《七绝诗论诗话合编》《词心笺评》等。

702. 沈曾荫（1884—1962 后），字仰放。石埭人。新中国成立后为中央文史馆馆员。与章士钊、张伯驹等人有唱和。有《龙岩词钞》。

703. 沈曾植（1850—1922），字子培，号乙庵，晚号寐叟。浙江嘉兴人。光绪六年进士。官刑部郎中、江西按察使、安徽布政使署巡抚。伪满时为学部尚书。（详《碑传集三编》卷八谢凤孙《学部尚书沈公墓志铭》、王蘧常《沈寐叟先生年谱初稿》）有《曼陀罗寱词》一卷。（1924 年上海商务印书馆铅印本、1933 年刻《沧海遗音集》本、2001 年中华书局钱仲联校注《沈曾植集校注》本）

704. 沈昌眉（1872—1932），字长公，号眉若。江苏吴江人。1910 年与弟昌直发起建立分湖文社。同年由柳亚子介绍加入南社。有《蓬心和草》《蓬心和草补》《吴江沈氏长次二公剩稿》，《残年余墨》二卷、附录一卷，《春壶滴残》二卷，《长公辛未吟草》上卷，《长公词钞》一卷，《长公吟草》附词钞（1931 年铅印本）。（详张耕田《苏州民国艺文志》）

705. 沈次畹，女，字季兰。福建侯官人。沈玮庆女，陈周膺室。有《季兰词》。

706. 沈钧儒（1875—1963），字秉甫，号衡山。原籍浙江嘉兴，生于江苏苏州。早年参加辛亥革命、五四运动。1932 年参加中国民权保障同盟。1935 年领导成立上海文化救国会。1941 年任民盟中央常委。新中国成立后任最高人民法院院长、全国人大常务委员会副委员长、民盟中央主席等。有《寥寥集》。

707. 沈砺（1879—1946），字道非。浙江嘉善人。同盟会会员、南社成员。民国时任国民政府秘书。有词见《南社词集》。

708. 沈汝瑾（1858—1917），字公周，号石友，别号钝居士。江苏常熟人。诸生。以诗名于吴越间。（详其自撰《钝居士生圹志》、吴昌硕《鸣坚白斋诗序》，均见《鸣坚白斋诗集》卷首）有《月玲珑馆词》（一名《鸣坚白斋诗余》）一卷（清末刻本）。

709. 沈惟贤（1869—1943），字宝生，号思齐，晚号逋翁。江苏华亭人。光绪十七年举人。官浙江候补知府。入民国，任江苏省参议院议员。（详《广清碑传集》卷十九唐文治《沈思齐先生传》、杨纪璋编《姚鹓雏剩墨》之姚鹓雏《沈逋翁传》）有《平原村人词》一卷，附于《逋居士集》（1939 年杭州刻本）。

710. 沈伟，字伯华。浙江乌程人。曾任职京师部曹，后知湖南知县。与况周颐、王鹏运、朱祖谋、易顺鼎等俱有交游。有《经石研斋词钞》。

711. 沈信夫（1914—2004），原名树基。江苏淮阴人。曾在北京崇文教育学院任教。后担任崇文区民盟副主委。有《晚晴轩诗词选》《晚晴轩诗词文钞》等。

712. 沈修（1862—1921），字绥成、休穆。江苏长洲人。曾任苏州存古学堂教授、民国《吴县志》采访。撰有《说文订许》十四卷，遗稿由吴梅、孙宗弼整理成《宰诉轩文集》《未园集略》等。有《驾辨顾词》一卷。（清宣统三年抄本）张尔田识："新词取径觉翁，专以峭涩顽艳见长。"（详张耘田《苏州民国艺文志》）

713. 沈琇莹（1870—1940 后），字笙琛，号南岳傲樵。湖南清泉人。师事王闿运。林尔嘉友。晚年流寓闽中。入菽庄吟社。有《寄傲山馆词稿》十四卷（1940 年菽庄丛书本）。

714. 沈仪彬（1883—1944 后），女，字蒨玉，一字振懦。山阴（今浙江绍兴）人。《法政学报》总编辑沈其昌女弟。民国要员徐谦（季龙）继室。擅长画工花鸟、虫鱼、山水、人物。有《惜阴室诗存》，封题《惜阴主人五十双寿纪念册》（1932 年影印本）。

715. 沈轶刘（1899—1993），原名桢，以字行。上海川沙人。毕业于中国公学中国文学系。长期从事报刊编辑工作。后参加中华书局上海编辑所《新诗韵》等书的编辑工作。有《沈吴诗合刻》《小瓶水斋诗存》《繁霜榭词》《小水瓶斋词》《清词简编》《清词菁华》（与富寿荪合编）。

716. 沈尹默（1883—1971），原名君默。浙江吴兴人。"五四"时任《新青年》编辑，参与新文化运动。历任北京大学、燕京大学等校教授。新中国成立后任中央文史馆副馆长。以书法驰名，并善诗词。有《秋明长短句》《念远词》等。另有《沈尹默诗词集》《沈尹默手书词稿四种》。

717. 沈瑜庆（1858—1918），字志雨，号爱苍，别号涛园。福建侯官人。光绪十一年举人。官江南候补道、淮扬海兵备道、河南布政使、贵州巡抚等。谥敬裕。（详陈三立《沈敬裕公墓志铭》、沈成式《沈敬裕公年谱》，均附于《涛园集》末）有《涛园词》（见《涛园诗集》，1920 年铅印本、《近代中国史料丛刊》第六辑本）。

718. 沈韵兰（1853—1916），女，字淑英。浙江钱塘人。武进瞿倬室。（详《倚梅阁诗集》附沈通芳《沈韵兰传略》）有《倚梅阁词钞》一卷，与《倚梅阁诗集》合刊（宣统三年版、1917 年铅印本）。

719. 沈泽棠（1846—1931），字莅邻，又字芷邻，号忏庵。广东番禺人。同治十二年举人。官候选知县。有《忏庵词钞》一卷，与《忏庵诗钞》合刊（光绪二十九年刻本、1929 年刻《忏庵遗稿》本）。另有《忏庵词话》一卷。

720. 沈宗畸（1865—1926），字孝耕，号太侔，又号南雅，别号聋道人，晚署繁霜阁主。广东番禺人。光绪十五年举人。侍父宦扬州，三十年进北京，官于祠部。参与组建著涒吟社。又创国学萃编社。南社社员。（详郑逸梅《南社丛谈·南社社友事略》）有《繁霜词》一卷，附于其《南雅楼诗斑》（1916 年国民印书馆铅印本）。另辑《今词综》四卷。

721. 沈祖棻（1909—1977），女，字子苾，别署紫曼。浙江海盐人。师事汪东。中央大学毕业。历主金陵大学、华西大学、武汉大学教席。有《涉江词》《宋词赏析》。

722. 盛静霞（1917—2006），女，字弢青。籍贯江苏扬州。浙江大学中文系教授。有《怀任斋诗词·频伽室语业》，乃蒋礼鸿、盛静霞夫妇合集。

723. 盛世英（1860—1933），字伟人，晚号篁樗，别号老人。四川成都人。光绪二十年举人。曾任成都成华城会董事。（详《守约庵文集》卷首苏兆奎《盛篁樗先生传》）晚年于成都结观澜诗社。后任教于四川国学院。有《守约庵诗余》一卷。（见民国丙子年维新印刷局代印《守约庵文集》）

724. 施秉庄（1901—1980），女，字浣秋。师事何振岱。北京国立艺术学院毕业。长期担任中学教员。有《延晖楼诗词》。

725. 施赞唐（1856—1918），字琴甫，别号四红词人，辛亥后易名槁蟫。江苏宝山人。诸生。（详其《聊复轩诗存》自序、民国《宝山县再续志》卷十四）有《四红词》一卷，附于《聊复轩诗存》（1919 年活字印本）。

726. 施蛰存（1905—2003），名舍。浙江杭州人。历任书店、杂志社编辑。抗战后任教于云南大学、厦门大学等校。新中国成立后任华东师范大学教授。辑有《宋元词话》和《历代词籍序跋萃编》，主编《词学》。另有《北山楼诗》附词。

727. 施祖皋，字伯谟。上海崇明人。暨南中学教师。有《硕果斋词》（刘士木、潘四存、尤惜阴、陈宗山、高冠吾、沈汝梅作序，李春鸣、程今夫妇题诗，吴拯寰跋。1933 年铅印本）。（详北京图书馆编《民国时期总书目（1911—1949）文学理论·世界文学·中国文学》1992 年版）。

728. 石德芬（1852—1920），原名炳枢，字星巢，号惺庵。广东番禺人。同治十二年举人。官四川川边道。（详《碑传集三编》卷四一康有为《川边道石君墓志铭》）有《绤春词》一卷。

729. 石金，字铿如。湖南衡阳人。民国时从军。有《吟丛余屑》（民国铅印本）。

730. 石凌汉（1871—1947），字云轩，号彀素。安徽婺源人。居南京秦淮河畔，自号淮水东边人。有《淮水东边词》，又有词见社集《蓼辛词》一卷（1931 年刊本）。

731. 石声汉（1907—1971），湖南湘潭人。武昌高等师范学校生物系毕业。执教于中山大学等校。新中国成立后任职西北农学院。有《荔尾词存》。

732. 石志泉（1880—1960），名美瑜，号有儒。孝感滑石冲人。石凤翔胞兄。1905 年加入中国同盟会。有《殆隐遗稿》。（详《湖北省志人物志稿·第 3 卷》、李灵年《清人别集总目·上》）关于其生年，一说 1885 年。（参徐友春主编《民国人物大辞典》）

733. 史树青（1922—2007），河北省乐亭县人。师事陈垣。历史文物鉴定专家。历任国家文物鉴定委员会副主任委员、中国收藏家协会会长等职。有词集《几士居词甲稿》（1943 年铅印本）。（详《中国社会科学家辞典·现代卷》；海国林《斗室的回忆——史树青先生纪念文集》；荣宏君《文博大家史树青》)。

734. 奭良（1851—1930），字召南，裕瑚鲁氏。满族镶黄旗人。早年颇负诗文，有"八旗才子"之称。荫生。官湖北荆宜施道、江苏淮扬道，辛亥革命后去官。民国时期，应清史馆馆长赵尔巽聘，在馆有年，曾修订《清史稿》。熟悉清史掌故。（详《清代官员履历档案全编》第 6 册）有《野棠轩词集》四卷（1929 年吉林奭氏排印《野棠轩全集》本）。

735. 寿玺（1885—1950），字石工，一作石公、硕功，号珏庵，又号印匋、印丐、印侯，别署会稽山顽石、辟支尊者。浙江山阴（今绍兴）人。工书能词，尤以篆刻名于世。南社社员，湖社社员。亦入聊园词社。（详郑逸梅《南社丛谈·南社社友事略》）有《墨史》《重玄琐记》《钰庵印存》。另有《珏庵词》二卷（1921 年刻本）。

736. 舒昌森（1852—1927），号问梅，别署梅庵。江苏宝山人。供职苏州税关。（详《郑逸梅选集》第四卷郑逸梅《梅庵谈荟》）有《问梅山馆词钞》六卷（1927 年姑苏文新印刷公司版）。

737. 宋伯鲁（1853—1931），字子纯，一字芝栋，号芝友，一号竹心，又号芝田。陕西醴泉人。光绪十二年进士。官山东监察御史。入民国任新疆通志馆馆长。（详《戊戌旅霜录》卷四胡思敬《宋伯鲁传》）有《蕤红词》一卷（1914 年甲寅海棠仙馆铅印本）。

738. 宋式（1887—1975），湖南长沙人。同盟会会员。辛亥革命时任梅子山炮队指挥。1912 年任南京留守府军事局局长。有《宋式诗词选》。

739. 宋育仁（1858—1931），字芸子，一字芸岩，号道复。四川富顺人。光绪十二年进士。官翰林院编修、湖北补用道。入民国，任成都国学院院长，兼四川通志局总纂。与赵熙、林思进等人结词社。（详《碑传集三编》卷三五萧月高《宋芸子先生传》）有《城南词》一卷（宣统二年铅印羊鸣山房《哀怨集》本），《问琴阁词》一卷与《问琴阁诗文集》合刊（民国考隽堂刻本）。另有《庚子秋词》一卷，附见王鹏运《庚子秋词》。

740. 苏步青（1902—2003），浙江平阳人。数学家、教育家。1931 年毕业于日本东北帝国大学，获理学博士学位。曾任浙江大学数学系主任、复旦大学校长、全国政协副主席等职。有《西居集》《原上草集》《业余词钞》《青芝词稿》等。

741. 苏昌辽（1922—　），字洗斋。南京人。词人，兼善书法。江苏省文史馆馆员、南京中山书画社副社长兼秘书长。有《洗斋乐府》《洗斋词》《和观堂长短句》《词律广证》等。

742. 苏鹏（1880—1953），又名先翥，字凤初，号柳溪遁叟。湖南新化人。早年曾参加辛亥革命，后任湖南省议会副议长、上海群治大学教授。有《海沤剩沛》。

743. 孙景贤（1880—1919），字希孟，号龙尾，别署藤谷古香。江苏常熟人。师事张鸿。日本明治大学法律科毕业。曾任职于清政府驻长崎领事馆。入民国任国务院参议。（详《文学遗产》1986 年第 3 期之沈缙《〈轰天雷〉作者藤谷古香考》）有《梅边乐府》一卷，与《龙吟草》合刊（民国十年铅印本、常熟图书馆藏稿本）。

744. 孙臞翁（？—1949 后），江苏南京人。之江大学教授。1949 年后赴台。有《眉月楼词》。

745. 孙汝怿，字星垞。浙江会稽人。活动于光、宣间，游幕于粤、闽、豫、燕赵、吉林。有《寄庵词稿》一卷，与《寄庵诗稿》合刊（宣统辛亥年刻本）。

746. 孙绍洙，字念悝。江苏无锡人。活动于光、宣间。有《老学庵诗》一卷、《词》一卷（油印本）。

747. 孙为霆（1900—1966），字雨廷，别号巴山樵父。江苏六合人。师事吴梅。历任中央大学、震旦大学、陕西师范大学教授。有《巴山樵唱》《壶春乐府》《老树新花》等。

748. 孙蔚如（1896—1979），原名树棠，字蔚如。陕西西安人。曾任国民党六届中央执行委员、陕西省主席。西安事变后，任第四集团军司令，因坚守中条山成名，被称为“中条山铁柱子”，官至第六战区上将司令长官。新中国成立后任陕西省副省长，国防委员会委员，陕西省第一、二届各界人民代表会议协商委员会副主席，陕西省第一、四届政协副主席，民革中央常委，民革陕西省委第一、二、三届主任委员，第五届全国政协委员等职。有《孙蔚如将军诗词与书法》。

749. 孙雄（1866—1935），原名同康，字师郑，号郑斋，晚号铸翁。江苏常熟人。光绪二十年进士。官吏部文选司主事、奏任京师大学堂文科大学监督。辛亥革命后任北京大学史学讲师。（详《广清碑传集》卷十九俞寿沧《常熟孙吏部传》）有词见《词综补遗》卷二十一。

750. 孙濬源（1872—?），字阆仙，号太狷。江苏江宁（今南京）人。擅填词。曾参加蓼辛词社与如社。有《秋影庵词》。

751. 孙肇圻（1881—1953），字北萱，号颂陀。江苏无锡人。17 岁肄业于绍兴中西学堂。光绪二十八年游庠，宣统元年拔贡，宣统二年朝考一等、殿试二等。辛亥革命后归里为市董事、省议员。后任江苏国语讲习所教员。1921 年自金陵移居上海习商贾事。有《箫心剑气楼诗余》。（详《中国近现代人物名号大辞典》；《江苏艺文志·无锡卷》）

752. 孙正礽（1845—1918），字云伯，晚号蠖叟。江苏江宁人。布衣。晚年卜居凤凰台侧。（详金嗣芬《云伯先生小传》、邓邦达《忆香词序》，均见《忆香词》卷首）有《忆香词》（一名《水南草堂词存》）一卷（1918年铅印本）。

753. 谭人凤（1860—1920），字石屏，号雪髯。新化人。同盟会员。民国初任粤汉铁路督办、长江巡阅使。参加护国运动。能词，有《石叟牌词》（非词集，藏湖南师范大学图书馆，抄本）。

754. 谭震欧（1895—?），字日巽，号佛城。广东苍城人。就读于广雅书院、北京大学。曾担任广东省政府顾问。后为律师。有《多宝楼词》《八宝妆词》《梅园词》《锦堂春词》《红情绿意词》《醉红妆词》《采霞阁诗钞》《宪法论衡》等。谭祖诒序："觉其闲情逸致，活跃纸上。雍容华贵，流露性真。"

755. 谭志学（约 1884—1963?），女。湖南湘潭人。邑人周逸仲元室。自幼即耽吟咏。尝随侍其父官江南提督衙署任，并于沪滨办学二十余载。回湘后，任湖南大学女生指导员。年七十八卒。有《皖霞阁诗稿》四卷、《浣霞阁日记》（藏湖南图书馆稿本）。

756. 谭祖楷，字子端。广东南海人。祖壬兄。民国时与陈洵、黎季裴唱和。有《勺庵词稿》，已佚。（详刘梦芙编《二十世纪中华词选·下》，2008 年版）

757. 谭祖壬（1876—?），字瑑青。广东南海人。优贡。官邮传部员外郎。1925 年倡立聊园词社。（详《旧京诗存》卷三孙雄《庚午仲秋赓社周而复始重印社友题名喜赋二律索同人和》附录）有《聊园词》一卷（中国书店藏稿本）。

758. 汤宝荣（1863—1935后），原名鞠荣，字伯迟，号颐琐，斋号颐琐室。江苏吴县人。商务印书馆总记室。（详其自著《颐琐室诗》及《晚清小说家琐考》）有《宾香词》一卷（民国十四年汤氏刊《汤氏家集》本）。据《总目》称“《颐琐室诗》四卷、词一卷，光绪十六年刻汤氏家集本（上图、南图、苏州、无锡）”。检光绪十六年庚寅刻《汤氏家刻》，只有伯迟《颐琐室诗》四卷及其母亲管元翰《鹤麟轩诗存》一卷，并无《宾香词》。又《总目》于作者小传称伯迟“约民国20年前后50余岁时卒”。实际上，《颐琐室诗》卷一光绪十八年壬辰有诗题称“今年九月二十一日，余年正三十矣”，则其生于1863年无疑。及至1935年，李宣龚尚有诗《赠颐琐》，则汤氏享年当73岁以上。

759. 汤国梨（1883—1980），女，字志莹，号影观。浙江吴兴乌镇人。章太炎夫人。曾任章氏国学讲习会理事长兼太炎文学院院长、江苏省文史馆馆员。有《影观诗稿》《影观词稿》（1941年油印本）。

760. 汤声清（1866？—1914？），字叔英。江苏吴县人。汤宝荣弟。（详汤宝荣《怡怡室诗序》）有《怡怡室词》一卷，与《怡怡室诗》合刊（光绪十六年刻《汤氏家集》本）。

761. 汤淑清，女，字菊仙。江苏阳湖人。嘉兴李镛室。生活至民国间。（详《江苏艺文志·常州卷》）有《晚香楼词稿》一卷，与《晚香楼诗稿》合刊（光绪三十四年刻《李氏诗钞》本、1915年刻《李氏诗词四种》本）。

762. 汤执盘，湖南人。民国时任教于长沙周南女校。有《粹玉词》（民国写刻本）。

763. 唐圭璋（1901—1990），字季特。江苏南京人。师事吴梅。中央大学毕业。曾入潜社、如社。新中国成立后任教于南京师范学院。有《南云词》《梦桐词》，辑有《全宋词》《词话丛编》。

764. 唐景森，长沙人。有《篆云楼词钞》一卷（1949年《同怀堂词集》木活字本）。另辑《精选挽联分格》八卷（1934年石印本）。

765. 唐景尧，字笥贻。长沙人。有《蛰庵诗钞》五卷（1928年石印本）、《蛰庵词钞》一卷（1949年《同怀堂词集》木活字本）。另有《镌愁山馆诗草》一卷、附《诗余》一卷（清光绪三十一年刻《湘东七子诗钞》本）。

766. 唐岷春（1909—1989），名发源，别号黻园。江苏无锡人。上海圣约翰大学毕业。曾执教于无锡辅仁中学。后任上海兆丰纱厂、国信纱厂经理。有《黻园存稿》。

767. 唐晏（1857—1920），初名震钧，字在亭，一字元素，号涉江，瓜尔佳氏。满族镶红旗人。唐晏出身满族官宦世家，其祖随多尔衮入关即世居北京，至唐晏时，居京师已 12 世。光绪八年举人。官甘泉知县，迁陕西道员。庚子以后，任江苏江都知县。宣统二年执教于京师大学堂。不久入江宁将军铁良幕府，并任江宁八旗学堂总办。辛亥革命后唐晏长住南方。博学多闻，擅画墨梅及兰竹。工篆、隶，能画。因世居京师，习闻琐事，著有记述北京历史掌故的《天咫偶闻》10 卷。另有《渤海国志》《庚子西行纪事》《两汉三国学案》《八旗诗媛小传》《国朝书人辑略》，《大愚堂词稿》二卷（稿本原藏李一氓处）。（详《民国人物碑传集》卷七王重民《唐晏传》）。

768. 唐咏裳（1867—1936），字襄伯，别号健堂老人。浙江钱塘人。光绪十五年任浙江大学堂监督官。（详其自作之《庸谨堂岁华纪感》一卷《续》一卷，1933 年版《庸谨堂文存》附录）有《咸酸桥屋词》一卷（1926 年瓶花斋版）。

769. 唐玉虬（1894—1988），名鼎元，字玉虬，号髯公，以字行。江苏武进人。自学成才，业医。抗战期间居成都，受聘为中央国医馆学术整理委员会名誉委员，空军参谋学校、军士学校国文教官，华西大学国文教师。中华人民共和国成立后，曾任南京中医学院图书馆馆长等职。有《荆川公年谱》八卷，诗集有《五言楼诗草》《国声集》《入蜀稿》《怀珊集》等。

770. 唐赞衮（1853—?），字韡之。湖南善化人。同治十二年举人。官福建补用台南府知府、署理台澎道兼按察使衔。（详《晚晴簃诗汇》卷一六五、《台阳见闻录自序》）有《鄂不斋诗词》（光绪二十七年刻《鄂不斋丛书》本）。

771. 陶觐仪，字履谦，号靖生。陶桃第三子。清光绪十一年举人。官内阁中书。有《深柳读书堂杂记》《性籁情芬阁词集》等。

772. 陶牧（1874—1934），字伯荪，号小柳，又号病鳏。江西南昌人。早年客幕燕京。倦游归来，即侨寓吴中及沪上。（详郑逸梅《南社丛谈·南社社友事略》）师事夏敬观，并与其有唱和。有《了庵剩稿词》二卷。

773. 陶世杰（1900—1984），字亮生。四川荥经人。1922 年毕业于成都大学。后赴京、津、沪、汉考察教学。抗战期间执教华西大学中国文学系。有《复丁烬余录》《仪礼古名今晓》等。

774. 陶铸（1908—1969），湖南祁阳人。曾任中共中央中南局第一书记、中华人民共和国国务院副总理等职。有《陶铸诗集》《理想·情操·精神生活》等。

775. 天光（1920—1998），原名黎振球，字黎明，笔名天光。广西阳朔人。抗战期间任乡长，后在阳朔县政府任职。有《天光诗词墨联文选》。

776. 田翠竹（1913—1993），号寿翁。湖南湘潭人。曾任湖南省人民政府参事。有《翠竹诗选》。

777. 田汉（1898—1968），字寿昌。湖南长沙人。早年留学日本。与郭沫若等组织创造社。后创办南国艺术学院、南国社。新中国成立后曾任中国文联副主席、中国戏剧家协会主席。有《田汉文集》《田汉诗选》等。

778. 田名瑜（1892—1981），字个石。湖南凤凰人。诗人。1915 年被聘为中央文史研究馆馆员。抗日战争时期，曾任第十集团军总司令部秘书兼一二八师驻衢州办事处主任。部队改组后回沅陵，任沅陵中学、辰溪楚屏中学教员。有《忍冬斋诗文集》《思庐诗集》等。

779. 田星六（1874—1958），名兴奎，号晚秋居士。湖南凤凰人。同盟会员。并入南社。民国时于里中办《湘沅报》、凤凰简易师范学校。新中国成立后任湖南省文史馆馆员。有《蔗香馆词》。

780. 涂同轨（1869—1929），字容九。江西义宁人。清宣统元年己酉优贡，签发广东知县。有《孕云盦诗》（1929 年校刻本）。

781. 退轩居士（1850？—1923？），号百坡，别号艺兰旧生。原籍江苏吴县，后迁鄂省。长期流寓湖南。有《自娱斋词》一卷（武汉图书馆藏稿本）。

782. 宛敏灏（1906—1994），字书城，号晚晴。师事周岸登。历主各高校讲席。新中国成立后任安徽师范大学教授。有《晚晴轩诗词剩稿》《词学概论》《于湖词编年笺注》等。

783. 汪曾保（？—1923），字艾民。与朱文熊交密。有《悔盦词钞》

（1934 年铅印本）。

784. 汪曾武（1867—1953），字鹣盫。江苏太仓人。光绪二十年举人，中式第一六二名。（详《清代朱卷集成》第 196 册、《重编咫社同人姓名年齿录》）有《味纯词》六卷（1934 年版）。

785. 汪东（1890—1963），原名东宝，字叔初。改今名，字旭初，号寄庵。江苏吴县人。汪凤藻之子，荣宝弟。师事章太炎。曾任中央大学中文系教授、主任。1938 年后任监察委员、重庆复旦大学教授、礼乐馆馆长。新中国成产后任上海市文管会委员。有《梦秋词》。

786. 汪海如（1867—1937 后），字锡康，自号汪洋海中如粟老人。四川合江人。一生以授课为业。有《啸海回文诗钞》二卷（1937 年排印本）、《啸海》十六卷。

787. 汪浣云（1887—1945），女。陈伟震母。幼娴经史。任女校教师。训子毕业军校，北伐、抗日俱有功。有《瘦梅馆诗词钞》，诗 146 首，词 33 首。（详嶙峋《阆苑奇葩·中国历代妇女文学作品精选》）

788. 汪继光（1908—1987），名绪先，别号汪周、蝶庵、瘿叟。江苏滨海人。大学毕业返乡从事教育。后参与陈毅发起的湖海艺文社。曾担任江苏省文史馆馆员、江南诗词学会副秘书长。一生作诗逾万首。有《怀砚楼诗钞》。

789. 汪精卫（1883—1944），原名兆铭，字季新，号精卫。广东番禺人。早年投身革命，曾谋刺清摄政王载沣未遂。袁世凯统治时期到法国留学。回国后于 1919 年在孙中山领导下，驻上海创办《建设》杂志。1921 年孙文在广州就任大总统，汪精卫任广东省教育会长、广东政府顾问。1924 年任中央宣传部部长。后期思想退变，于抗日战争期间投靠日本，在南京成立伪国民政府，沦为汉奸。1944 年在日本名古屋因"骨髓肿"病死。有《汪精卫先生的文集》（词在第四册）。另有《双照楼诗词稿》（洋装铅印本）。

790. 汪辟疆（1887—1966），江西彭泽人。曾在中央大学、南京大学任教 38 年。有《汪辟疆文集》。

791. 汪荣宝（1878—1933），字衮甫，一字衮父、太玄。江苏吴县人。汪东兄。清光绪二十三年拔贡生。以七品官入兵部任职。二十六年进南洋公学堂。后赴日本早稻田大学和庆应义塾。三十二年充京师译学馆教习。三十四年再转民政部右参议。先后担任驻比利时公使、驻瑞士公使、驻日本公使。1922 年为国会众议院议员。1931 年起，任陆海空军副司令部行营参议、外交委员会委员长等职。有《思玄堂诗集》（1937 年刻本）。

792. 汪文溥（1869—1925），字兰皋。江苏常州人。先后任《苏报》《民声日报》编辑。南社社员。有词见《南社词集》。

793. 汪彦斌，女。番禺人。汪兆铨之女。有词一阕载古直辑《诗词专刊》卷六，另有二阕见《同声月刊》第一卷第四号。

794. 汪诒书（1863—1940），字颂年，号闲止，晚号顿叟。湖南善化人。光绪十四年举人，十八年进士。官宪政编查馆提调、山西提学使。（详卞孝萱辑《民国人物碑传集》卷十三萧仲祁《汪先生家传》）有词见《词综补遗》卷五一。

795. 汪怡（1877—1960），字一庵。浙江杭州人。主要从事语音和速记学研究。有《新著国语发音学》《汪怡国语速记学》，主编《国语词典》。另有《双蝶馆词稿》一卷（宣统三年油印本）。（详李盛平《中国近现代人名大辞典》）

796. 汪渊（1851—1920），字诗圃，号时圃。安徽绩溪人。光绪十五年优选拔贡。以授徒为业。有《瑶天笙鹤词》二卷（一名《古调独弹词》，民国四年线装版），《藕丝词》四卷（光绪七年新安茹古堂刻本），《麝尘莲寸集》四卷、补遗一卷（光绪十六年至二十三年间刻本；台湾联经出版事业公司 1978 年版萧继宗评订本；安徽文艺出版社 1989 年版许振轩点校本）。

797. 汪岳尊（1905—2000），字石庐，晚号癯叟。安徽全椒人。师事周召庭。从事医学、教育工作。有《石庐诗词存》。

798. 汪云龙，安徽桐城人。民国执教于山西教育学院。有《阳春词》。

799. 汪兆铨（1859—1928），字莘伯，晚号悒默。广东番禺人。光绪十一年举人。官广东海阳县教谕。（详《民国人物大辞典》）有《悒默斋词》一卷，附于《悒默斋集》（1919 年赵华斋铅印本、1923 年广州超华斋刻本）。

800. 汪兆镛（1861—1939），字伯序，一字憬吾，自号憪叟，晚号今吾，别署元粤东遗民，因斋名微尚，亦称微尚老人。广东番禺人。光绪十一年选为优贡生，十五年中举。长期以佐幕为生。后被湖广总督聘为掌书记，并上奏得四品衔，以知县分发湖南，未就。辛亥革命后侨寓澳门。有《雨屋深灯词》一卷、续稿一卷、三编一卷（1912 年、1928 年、1940 年递刊铅印本）。（详卞孝萱辑《民国人物碑传集》之张学华《诰授朝议大夫湖南优贡知县汪君行状》；《近代中国史料丛刊》第九十六辑汪兆镛《微尚老人自订年谱》）。

801. 汪志中，字大铁。河南固始人。师事邵瑞彭。有《淮上集》。

802. 汪钟霖（1867—?），字岩征，号甘卿，又号蟠隐。江苏吴县人，祖籍安徽休宁。光绪十九年恩科举人，中式第一〇八名。宣统初年为参赞，随使奥地利。（详《清代朱卷集成》）有词见《全清词钞》卷三十八。

803. 王伯恭（1857—1921），安徽盱眙人。翁同龢得意门生。袁世凯为总统，设陆海军统率办事处，以王掌机要。能词。有《蜷庐随笔》。

804. 王灿（1881—1949），字铁山，亦作惕山。昆明人。曾任云南督军署法制编修、秘书官，兼云南陆军讲武堂教官、云南高等警察学校校长、云南法政学校校长、省政府秘书长兼云南高等法院院长、南京国民政府最高法院推事。1937 年回滇任云贵监察使署秘书长。积极投身抗战。工诗词。有《知希堂诗钞》。

805. 王灿芝（1901—1967），女，名桂芬，以字行。湘乡人。王廷钧、秋瑾之女。编《秋瑾女侠遗集》（1929 年上海中华书局出版）。另有《小侠诗文草》。

806. 王朝阳（1882—1932），字旭轮，号饮鹤，晚号野鹤。江苏常熟人。师事蒋韶九。曾任江苏教育会会长、江苏省立第一师范学校校长。（详《江苏艺文志·苏州卷》）与吴梅等结"琴社"。又入白雪词社。有《柯亭残笛谱》一卷，与其《止园吟稿》一卷合刊（1934 年铅印本）。

807. 王德方，女，四川简阳人。郭延妻。撰《滋兰馆词》一卷（1935 年成都刊本，与郭延《丹隐词》合刊）。（详成都市图书馆编《成都市古籍联合目录》；周文华《乐山历代诗集》）。

808. 王德徽，女，广东南澳人。揭阳陈毅斋室。工诗词。有《彤规素言》。（详《潮州志·艺文志》）

809. 王德楷（1866—1927），字木斋。江苏上元人。光绪二十三年副贡。与文廷式、靳志、易顺豫等有唱和。(详《江苏艺文志·南京卷》之王瀣《娱生轩词序》)有《娱生轩词》一卷(1933年金陵卢冀野饮虹簃刻本)。

810. 王德愔(1893—1977),女,王允皙女。福建长乐人。师事何振岱。为寿香社友。有《琴寄室诗词集》。

811. 王德钟(1896—1927),字大觉,号玄穆,别号幻花。上海青浦人。南社社员。民国时倡正始社以商兑国学。主《民国日报》。与胡朴安、王蕴章、潘飞声、傅熊湘唱和甚密。有《风雨闭门斋遗稿》附词。

812. 王东寅,字平子,号柳亭。江苏高邮人。光绪八年贡生。以授徒为业。少承家学,工诗词。性耿介,淡于进取,以廉静闻于乡。曾公推监造崇圣祠。教授生徒极严,游其门者皆有文行。年六十七卒。有《青箱书屋余韵词存》一卷(《青箱书屋两世词稿》1923年排印本)。(详南京师范大学古文献整理研究所编《江苏艺文志·扬州卷》)。

813. 王昐,女,字帅芳。湘潭人。王闿运第四女。有《湘影楼烬余诗》一卷、《诗余》一卷(清光绪刻本、1937年铅印本)。

814. 王光焕(1858—1934),字意澂。湘潭人。就读于思贤讲舍。后从事教育工作。有《蕨庵诗存》一卷(1934年长沙税局石印本)。

815. 王国维(1877—1927),字静安,一字伯隅,号永观,晚号观堂,谥忠悫。浙江海宁人。诸生。清末任学部总务司行走。后任清华大学研究院教授。有《人间词》二卷(光绪三十二年《教育世界》第123号及次年之第161号);《观堂长短句》一卷(1928年版《观堂集林》本;《沧海遗音集》本;《清名家词》本);沈启无编《人间词及人间词话》本(1933年版),萧艾编《王国维诗词笺校》本(1984年版),中山大学出版社2000年版陈永正《王国维诗词全编校注》本。另有《人间词话》二卷(详袁英光《王国维年谱长编》)。

816. 王浩(1894—1923),字然甫,号瘦湘。江西南昌人。王易弟。有《思斋词》。

817. 王鸿年(1870—1946),字世玙,号鲁璠。浙江永嘉人。1892年食廪于庠。戊戌政变后,因喜论时政,获罪鄂督,遂避缉东渡,就学于日本东京帝国大学法科。毕业后,先后应聘于四川将弁学校、山东法政学校。1906

年，参加留学生考试中法政举人，以内阁中书任用，供职学部兼京师大学堂译学馆教席。1912 年任外交部佥事。1936 年卸任回国，寓居北平。有《萝东诗文集》《南华词存前集》二卷（同治刻本）、《南华词存中集》二卷（民国刻本）。（详《浙江省瓯海县地名志附录·历史人物》；冯乾编校《清词序跋汇编·第 3 册》）。

818. 王季思（1906—1996），原名起。浙江永嘉人。师事吴梅。中央大学毕业。历任浙江大学、中山大学教授。有《王季思诗词录》《玉轮轩古典文学论集》。

819. 王嘉诜（1861—1919），原名如曾，字少沂，一字劭宜，晚号蛰庵。江苏铜山人。廪贡生。试用通判。师事冯煦。（详《养真室集》附录之冯煦《王劭宜墓志铭》）有《蛰庵词》一卷、《劫余词》一卷，与其《养真室诗文存》合刊（1924 年彭城王氏刻本）。

820. 王甲荣（1850—1930），字步云，或作部昀，号次逸，晚号冰镜老人。浙江嘉兴人。光绪十五年恩科举人。历游邵友濂、裕禄等人幕。官广西永淳、富川等县知县，候补直隶州知州。民国以后寓居上海。（详王蘧常等《部昀府君年谱》）有《冰镜词》一卷，附于《二欣室集》（其哲嗣王蘧常藏稿本）。

821. 王缣（1873—1930），女，字韵湘。长沙人。湘潭胡元倓继室。有《晚晴集》一卷（1930 年影印本；湖南图书馆藏抄本）。

822. 王謇（1888—1968），原名蹇，字佩诤。江苏吴县人。历任《吴县志》协纂、江苏省立苏州图书馆编目主任、苏州振华女中副校长、国学会副主任干事、章氏讲习会讲师，震旦大学、大同大学、东吴大学教授。新中国成立后任华东师范大学教授、上海文物保管委员会编纂。曾参加六一消夏词社、消寒词社。

823. 王景曾（1841—？），原名开先，字顺承，号梦仙，一号韵仙。浙江秀水人。王伟桢从弟。同治元年举人，中式第一九八名。官刑部员外郎。（详《清代朱卷集成》第 256 册）有《尘舫词稿》。

824. 王景峨（1862—？），字稚璋，一字伯璋。湖南益阳人。光绪二十三年举人，中式第三十三名，二十九年成进士。（详《清代朱卷集成》第 329 册）有词见《湘社集》。

825. 王景沂（1871—1921），字义门，号昧如。江苏江都人。光绪二十年举人。官广东长乐县知县。（详《清代官员履历档案全编》第28册、《江苏艺文志·扬州卷》）有《潌碧词》一卷（光绪二十四年翁之润刻《题襟集》本）。

826. 王镜寰（1869—?），字次青。无锡人。光绪十五年乡试未中。后以助赈授同知衔候选通判。因时事日非而不仕。入民国，以诗文自娱。遇灾施赈，减租惠民。有《梅墅集》《杏雨楼诗钞》《梨云馆词》《适园文存》。

827. 王菊人（1906—1975），名若渊，字菊人。祖籍陕西蒲城。1926年加入中国共产主义青年团，同年转为中国共产党党员。先后担任共青团成德中学支部书记、陕西青年社宣传部部长等职。

828. 王闿运（1833—1916），初名开运，字纫秋，改字壬秋，号湘绮。湖南湘潭人。咸丰七年举人。依曾国藩军幕，监督成都尊经书院，主湖安船山书院、两湖书院，光绪三十四年授翰林院检讨。（详王代功《湘绮府君年谱》）有《湘绮楼词钞》一卷（1917年家刻本；《清名家词》本；岳麓书社1997年整理新版《湘绮楼诗文集》本）、《湘绮楼词乙巳自定本》一卷（1908年铅印本）。另有《湘绮楼词选》三卷。

829. 王耒（1880—1956），字耕木。浙江杭县人。师事宋育仁。清举人。毕业于日本法政大学。历任清政府刑部主事、法部主事、京师地方审判厅厅长、云南法政学堂监督、云南高等审判厅厅丞。民国成立后，历任中央司法会议浙江代表、江苏都督府秘书、奉天司法筹备处处长。1914年3月任奉天北路观察使；6月任奉天洮昌道道尹。1917年12月任全国烟酒事务处处长。1920年8月任北洋政府国务院法制局局长，1922年11月兼署国务院秘书长，并任平政院评事。1924年12月任内务部次长，并任国民代表会议筹备处评议员。1926年任国务院首席参议。自1928年民国政府南迁后，即不闻政治，闭门读书。曾参加稊园诗社、蛰园诗社。有《耻无耻室诗词稿》《负斋词钞》。（详中央文史研究馆编《中央文史研究馆馆员传略》）

830. 王礼培（1864—1943），字佩初，晚号潜虚老人。湘乡人。清光绪十九年举人。入东京帝国大学，习法政。同盟会员。民国后任职河南大学。后居长沙，任船山学社董事长。富藏书。有《复壁书目》（湖南图书馆藏抄本）、《小招隐馆后甲子诗编》十卷（1937年南京中文仿宋印书馆铅印本）、

《小招隐馆谈艺录》四卷（1935 年铅印本）、《宋元版留真谱》（藏湖南图书馆）。

831. 王力（1900—1986），别名了一。广西博白人。历任清华大学、燕京大学、西南联大、北京大学教授。有《中国音韵学》《汉语诗律学》等。另有词作。

832. 王陆一（1897—1944），原名天士。陕西三原人。民国十七年任中央党部书记长。嗣任安徽大学文学院院长。1935 年当选中央执行委员。1941 年特派为山西陕西监察使。有《长毋相忘词》。

833. 王乃征（1861—1933），字聘三，又字病山，号平珊。四川中江人。光绪十六年进士。官至贵州布政使。有《王病山先生遗词》，刊《词学季刊》第二卷第三号。（1935 年）

834. 王宁度，字况裴。衡阳人。曾任职安徽无为县。辑《绣溪酬唱集》二卷（1939 年铅印本）。

835. 王芄生（1893—1946），原名大桢，别署曰叟。湖南醴陵人。南社成员。1916 年毕业于日本陆军需学校。1918 年随日军至海参崴、伯力等地实习。后任国民党军事委员会国际问题研究所主任、国民政府交通部次长、日本问题研究专家。有《莫哀歌草》附词一卷、《词学管窥》等。另有《小梅溪堂诗存》《歌曲源流考》《犯曲通考》《隋唐宋明古乐流入日韩佚存录》等。（详李育民《湖南近现代外交人物传略》、张宪文《中华民国史大辞典》）

836. 王蘧常（1900—1989），字瑗仲，号明两，别号涤如、甪里翁、玉树堂主、欣欣老人。嘉兴人。中国哲学史家、历史学家、著名书法家。1938 年至 1942 年任上海国学专修学校教务长。抗日战争期间，在之江文理学院历史系和交通大学中文科执教。有《抗兵集》等。

837. 王式通（1864—1931），原名耀奎，后改作仪通，宣统时始避讳作式通，字志庵，一字许庐，号书衡。山西汾阳人。光绪十七年举顺天乡试，二十四年成进士，中式第二二二名。官至大理院少卿。入民国官国务院水利局副总裁。（详《广清碑传集》卷十八孙宣《王公志庵先生传》）有《志庵词》。

838. 王守恂（1864—1936），字仁安，一字纫庵，号阮南。直隶天津人。光绪二十四年进士。官刑部主事、民政部郎中、河南巡警道。入民国，任内务部参事、浙江钱塘道道尹。（详其《王仁安集》附录《仁安自述》）有《仁安词稿》，附于《王仁安集》（1921 年刻本）。关于其卒年，一说1917 年（参王德毅编《中国历代名人年谱总目》）。

839. 王叔涵（？—1938），号碎玉词人。江苏扬州人。与丁宁为词友。1938 年被日军杀死于扬州。

840. 王天培，字元符。安徽合肥人。日本士官学校毕业。官皖军都督、陆军中将。有《元符诗草》附词。

841. 王同愈（1856—1941），字文若，号胜之，别署栩缘。江苏元和人。光绪元年补博士弟子员，十一年举顺天乡试，中式第一七一名，十五年成进士，中式第二名。官至江西提学使。（详卞孝萱辑《民国人物碑传集》卷三顾廷龙《清江西提学使王公行状》；《广清碑传集》卷十七《王胜之先生事略》）有词见《王同愈集》（上海古籍出版社 1998 年版）。

842. 王统照（1897—1957），字剑三，笔名息庐、容庐。山东诸城人。1918 年办《曙光》。1921 年与郑振铎、沈雁冰等发起成立文学研究会。曾任中国大学教授兼出版部主任、《文学》月刊主编、开明书店编辑，暨南大学、山东大学教授。有《王统照诗词注评》。

843. 王渭（1864—1924 后），字孟培，号忆莪。江苏奉贤人。以授徒为生。（详《花周集》卷首尾之赖丰熙《花周集叙》及徐明艺等跋）有《花周集》（附题《一粟居癸亥词稿》，不分卷，1924 年铅印本）。

844. 王先谦（1842—1918），字益吾，一作逸梧，晚署葵园。湖南长沙人。同治四年进士。官至国子监祭酒、内阁学士。（详《碑传集三编》卷九吴庆坻《王葵园先生墓志铭》）有词见《全清词钞》卷三十五。辑刻《诗余偶钞》（一名《六家词钞》）六卷。

845. 王闲（1906—1999），女，字坚庐，号翼之，又号味闲楼主。福建福州人。师事何振岱。新中国成立后为福建文史馆员。有《味闲楼诗词》。

846. 王翔，字蕴文。广东人。有词一阕见《闺秀词钞》。

847. 王孝煃（1877—1947），字东培，以字行，号寄沤。书斋曰岁寒山馆。江苏南京上元人。光绪元年举人。（详《南京文献》1948 年第 22 号王兆桂《先严寄沤先生行述》）与仇埰、石云轩、孙阆仙号称"蓼辛社四友"。

王氏雅好搜集古今名家词集，藏书甚富。喜吟咏，尤致力于词。先后任汇文书院、金陵大学、省立回师、东南大学教席。执教"严而慈"，海内学界、艺坛不少人如唐圭璋、吴白匋、沈子善、童雪鸿、李味青、毕伽佗等均出自其门下。教学闲暇倾心于诗词、书画、篆刻。抗战时流离转徙，避地四川江津。胜利后返回南京鬻书画以自给，1947 年在南京病故。生平著述甚富，已刊有《一澄砚斋笔记》《里乘备识》《乡饮脍谈》《北窗琐识》《游梁杂识》《红叶石馆诗词抄》等。又有词见《蓼辛词》《全清词钞》卷四十。

848. 王啸苏（1883—1960），长沙人。清华大学毕业。曾任湖南大学教授。辑《湘社初集》一卷。（1936 年长沙刻本）另有《苏庵词存》《诗存》《苏庵近稿》《王啸苏诗钞》一卷（民国石印本）。

849. 王瀣（1871—1944），字伯沆，一字伯谦，号酸斋、无想居士，晚号冬饮，学者称冬饮先生。江苏江宁人。曾学于端木采、高子安。清末任两江师范学堂教习。民国任南京高等师范学校、东南大学、中央大学教授。有《前清四家词选》《后四家词选》《离骚九歌辑评》《双烟室诗词文集》《冬饮庐词》等，生前却不愿出版。其女王绵整理《冬饮丛书》中有《冬饮庐诗稿》《冬饮庐词稿》（1998 年由扬州广陵古籍刻印社出版）。钱望新有《冬饮先生行述》。另有《冬饮庐词》一卷。（见《南京文献》第二十一辑）

850. 王揆墀（1864—1923 后），字季彤，号蠖叟。江苏金坛人。民国十二年曾在《东方小说》第一期和第二期发表诗词数十首。有《蠖庐诗选》，另有《蠖庐诗续选·蚓篆词》（1926 年铅印本）。（详林葆恒辑、张璋整理《词综补遗·第 2 册》，《东方小说》1923 年第 1 卷第 1 期）

851. 王沂暖（1907—1998），吉林九台人。西北民族学院教授。有《春沐诗词草》《王沂暖诗词选》。

852. 王以敏（1855—1921），原名以慜，字子捷，一字梦湘，辛亥革命后字古伤，号幼阶，一号檗坞，别号明湖第一词流过客。湖南武陵人。光绪十六年进士。官翰林院编修、江西瑞州知府。有《檗坞词存》十二卷、别集五卷（光绪九年刻本）。（详《碑传集三编》卷四一王乃征《王梦湘墓志铭》）。

853. 王义臣（1893—1958 后），字植槐。湖南湘乡（今属双峰）人。年方弱冠，即弃学外谋，旋充湖南《新闻日报》《大中国日报》编辑。后投笔从戎，任少校秘书。随师北伐，兼任湖南、安徽等省禁毒分局局长、烟酒屠宰税分局局长、湖南水警谘议等职。台儿庄战役后，感时伤事，解甲挈眷东下，息影沪滨。参加乐天诗社。有《槐庭诗词集》（藏复旦大学，1967 年油印本）。

854. 王易（1889—1956），原名朝琼，字晓湘，号简庵。江西南昌人。民国任江西心远大学、中央大学教授。有《镂尘词》（与弟王浩词合刻，河南大豫石印局印壬子年石印）。今人赵宏祥著《王易先生年谱》（线装书局 2012 年版）。

855. 王韺，字英韵，又字麓檠。湘潭人。清光绪十一年解元。有《阙存斋诗词》二卷。

856. 王永江（1872—1927），字岷源，号铁龛。大连金州人，祖籍山东蓬莱。王永江为家中长子，拜当地名儒王天阶为师。17 岁，中县考头榜。21 岁，授为补弟子员，旋食饩。1900 年考取"金州厅学岁贡"。因父母年迈，弃儒学医，并于 1903 年以"采真游"堂号挂牌业医。1917 年又弃医从政步入宦途，并任奉系军阀中要员。有《铁龛诗集》四卷、《铁龛诗余》一卷。（详于永敏《辽宁医学人物志》1990 年版）

857. 王咏霓（1838—1915），字子裳，自号六潭。浙江黄岩人。同治六年副贡、九年举人，光绪六年成进士，中式第三名。官安徽凤阳府知府。一度归里，复补太平府知府。（详《清代朱卷集成》第 363 册、《崇雅堂文稿》卷二杨晨《王六潭太守传》）有《函雅堂词》二卷，附于《函雅堂集》（光绪二十二年刻本）。

858. 王用宾（1882—1944），字太蕤，一字利臣，号鹤村。山西猗氏人。同盟会早期会员。曾任孙中山大元帅府参议。有《中国历代法制史》（与邵修文合著）、《辛亥革命前后山西起义纪实》《半隐园侨蜀诗草》《半隐园词草》等。

859. 王玉骥（？—1892 后），字雪潭。直隶大城人。活动于同、光年间。（详《退一步草堂诗钞》卷首何其章、吕式樏等《退一步草堂诗钞序》）有《退一步草堂词钞》一卷，与《退一步草堂诗钞》合刊。（光绪十七年刻本）据该本封面为刘良璧题签，署："辛卯秋日润章刘良璧书签。"辛卯即光绪十七年（1891）。《汇编》称"光绪十四年刊本"，贻误。

860. 王煜，民国时词人。曾辑注《樵风词钞》（1936 年正中书局北京初版、民国三十六年正中书局上海铅印再版），为《清十一家词钞》之一种（详杨传庆《郑文焯词及词学研究》）。

861. 王远甫（1906—1992），福建古田人。中学语文教师。有《北游集》《求是斋诗词稿》。

862. 王允晳（1867—1929），字又点，号碧栖。福建长乐人。光绪十一年举人。官安徽婺源县知县。有《碧栖词》一卷，与《碧栖诗》合刊（1934 年铅印本）。（详李宣龚《碧栖诗词序》；黄濬《花随人圣庵摭忆》第二八七条《记王碧栖》）

863. 王蕴章（1884—1942），字莼农，号西神，别署西神残客、二泉亭长。江苏无锡人。光绪二十八年举人。应上海商务印书馆聘，编《小说月报》。（详郑逸梅《南社丛谈·南社社友事略》）有《秋平云室词》以及《梁溪词话》等。

864. 王真（1904—1970），女，字耐轩，号道之。福建福州人。师事何振岱。中学教员。有《道真室词》。

865. 王钟麒（1880—1914），字毓仁，又作郁仁，号无生，别署天颓、天僇生、益厓、三函、大哀、滔海子，斋名述庵、一尘不染等。安徽歙县人。寄居江苏扬州。光绪三十三年开始从事报刊工作，先后为上海《神州日报》《民呼报》《天铎报》主笔，又曾创办《独立周报》。宣统二年由朱少屏、柳亚子介绍加入南社，是南社的早期社员之一。（详郑逸梅《南社丛谈·南社社友事略》）有词见《南社丛刻》第三、五集等。另有《惨离别楼词话》（载《民吁报》1909 年 11 月）。今人邓百意有《王钟麒年谱》（河南文艺出版社 2014 年版）。

866. 王仲闻（1902—1969），浙江海宁人。王国维次子。精研词学。有《读词杂记》。

867. 王子壮（1900—1948），名德本，字子壮。山东济南人，祖籍浙江绍兴。曾任国民党中央监察委员兼中央监委会秘书长、考试院铨叙部政务次长等职。抗日战争爆发后，随国民政府入川。1948 年病卒于南京。

868. 王祖询（1869—？），字次欧，号雨亭、蟫庐。浙江秀水人。王伟桢之子，王大隆、王大森兄弟之父。（详《清代官员履历档案全编》第 28

册）清末藏书家。光绪十七年优贡，十八年朝考一等一名。授湖北通城知县。与张之洞畅论时事及经史源流，汩汩终日无倦容。往日本和欧美考察学政，赴日不久，被张之洞累牍催回。善书法，专长欧阳询，名满艺林。家有"二十八宿砚斋""蟫庐""渊雅堂""楞伽山房"等藏书处，藏书印有"以学愈愚""文章忠孝世家""官学博士""蟫庐藏书""渊雅堂藏书记""乞食扬州市上""王氏二十八宿砚斋秘籍之印"等 10 余枚。藏书室名"二十八宿研斋""渊雅堂""楞伽山房""蟫庐"等。有《蟫庐日记》4 册（见《文献家通考》卷二七）。有词见《词综补遗》卷三八。

869. 韦业祥（1847—?），字伯谦，号北轩。广西永宁人。同治三年举人，中式第二十一名。四年成进士，中式第一五八名，官直隶河间府知府。（详《清代朱卷集成》第 280 册、龙继栋《韦业祥小传》）有《醉筠居士词》一卷。

870. 魏熊，字在田，号春影词人。赵州人。有《碧窗词》。又有《九秋词》刊于 1915 年《游戏杂志》。

871. 魏㦬（?—1921），字季词，号复初，别号文斤山民。湖南邵阳人。魏源孙，魏耆子。贡生。捐授中书衔。光绪八年入金陵书局，凡十一年。有《金溪词》一卷（1932 年建德周氏《邵阳魏先生遗集》影印本、《近代中国史料丛刊》第三十八辑本）、《魏季词先生遗集》十一卷。（又名《泳经堂丛书》，含《金溪词》一卷、《复初文录》一卷、《文斤山人集》六卷、《金溪题跋》一卷、《泳经堂诗》二卷。国家图书馆藏清稿本、1932 年建德周氏影印本）

872. 魏友枋（1869—1948），字仲章、仲车，号端夷阁。浙江慈溪（今宁波）人。光绪二十八年举人。后应蔡元培之聘，执教于北京大学，后至浙江高等学校教授国文。善书法。有《端夷阁近三年诗词》《端夷阁六十后诗词》。（详洪可尧《四明书画家传》；宁波市慈湖中学编《师古晓月·宁波市慈湖中学百年校庆纪念文册》）

873. 魏戫（1860—1927），字铁三，一作铁珊，晚号匏公，别号龙藏居士。浙江山阴人。候选知府。有《寄榆词》一卷（1937 年剡溪袁氏济美堂刻本）；《魏铁三先生遗词草》，见《魏铁三先生陈肖兰女士遗集合刊》（民国二十四年何和征版）。（详《魏铁三先生陈肖兰女士遗集合刊》卷首陈毅

《清故通议大夫私谥贞介魏君墓志铭》)

874. 魏元戴（1869—?），江西南昌人。光绪二十九年进士。官吏部郎中。有《沧江岁晚乐府》一卷，见《沧江岁晚集》（民国二十年刻本、《近代中国史料丛刊》第九五辑本）。据魏元旷《沧江岁晚集序》："年三十五，以汴闱通籍，分司考功。"

875. 魏元旷（1857—1936），字斯逸，号蕉庵，别号潜园逸叟。江西南昌人。光绪二十一年进士。官法部主事。（详其《潜园文续钞》卷八《三寿照记》、魏元戴《先兄潜园墓表》）有《潜园词》四卷、续钞一卷，均见《魏氏全书》（民国二十二年铅印本）。

876. 温倩华（1895—1921），女，字佩萼。江苏无锡人。过畅侯室。师事陈栩。有《黛吟楼词稿》。

877. 温匋（1898—1930），女，字彝罍，祖籍广东嘉应州（今梅县）。湖州清望温选臣胞妹，长兴藏书家王修室。好填词，崇李清照，名其藏书处为"拜李楼"。善丹青，师事北京吴佩衡。精花卉、飞禽、山水等。曾以朱孝臧《湖州词征》《国朝湖州词录》为蓝本，辑《长兴词存》六卷（黄宾虹为之作序，选词300余首，前五卷选词，卷六列词话，共11则。1926年铅印本，全二册）。诗文残稿已辑而未出版的有《拜李楼画质》一卷、《彝罍词》一卷、杂稿一卷（详谭新红《清词话考述》；凌冬梅《浙江女性藏书》；王克文、余方德《湖州人物志》）。

878. 文家驹（1912—1996），湖南醴陵人。长期从事教育工作。曾任岳阳师专首任校长、洞庭诗社社长。有《唐宋诗词名篇新析》《古典诗歌欣赏》等。

879. 翁之廉（1882—?），字锦芝。江苏常熟人。官直隶候补道。（详《江苏艺文志·苏州卷》）有《凤城仙馆词》。考锦芝曾为宗婉《梦湘楼词》作跋，尾署："戊戌七夕常熟翁之廉锦芝记于凤城仙馆，时年十七。"其时戊戌即光绪二十四年（1898），由之逆数十七岁，知锦芝生于光绪八年（1882）。

880. 翁之润，字泽芝。江苏常熟人。与章华、张百熙、张鸿等有唱和。有《桃花春水词》。

881. 吴蔼宸（1891—1965），原名世翔。闽县人。8岁随父赴山东。宣统二年考入京师大学堂采矿冶金专业，在校期间于河北鹦鹉山发现我国第一处钨矿，遂被北京政府陆军部聘为矿师。1922 年投身政界，历任国民政府河南地质调查所所长、汉口特区第一任局长、驻捷克共和国布拉格总领事、外交部顾问等。1932 年任新疆省政府顾问，兼任燕京、华西大学教授。抗战胜利后，任国民政府外交部顾问。1949 年，辞去公职，携家眷到伦敦大学执教。1954 年，回国定居。1958 年，被聘为国务院文史馆馆员。有《历代西域诗钞》《求志庐诗》等。

882. 吴白匋（1906—1992），原名征铸，晚号无隐室主人。江苏仪征人。师事吴梅、胡小石。曾执教于金陵大学、国立女子师范学院。入如社。新中国成立后任教于南京大学。有《灵琐词》《凤褐庵词》《白石道人词小笺》《凤褐庵诗词集》《热云韵语》。

883. 吴保初（1869—1913），字彦复，号君遂，晚号瘿公，因其家有北山楼，乃称之"北山先生"。安徽庐江人。荫生。官刑部山东及贵州司主事。（详陈诗《吴北山先生家传》、章太炎《清故刑部主事吴君墓表》，均据《广清碑传集》卷十九）有《北山楼词》，附于《北山楼集》（1938 年石印本、1990 年黄山书社排印孙文光点校本）。

884. 吴曾源（1870—1934），字守经，号伯渊，又号九珠。江苏吴县人。光绪二十三年举人。官内阁中书。入民国，退归故里。（详《清代朱卷集成》第 197 册、《江苏艺文志·苏州卷》）有《井眉轩长短句》一卷、外编一卷（1933 年刻本）。据吴梅《瞿安日记》卷十四，一九三六年丙子五月二十日，"今日为伯渊叔两周忌辰，拟往一拜。"

885. 吴昌绶（1856—1924），字伯宛，一字甘遁，号印丞，晚号松邻。浙江仁和人。光绪三十三年进士。官内阁中书。有《松邻遗词》二卷，附于《松邻遗集》（1929 年刻本）。另有《双照楼汇刻宋元人词》六十一卷、《城东唱和词》一卷（与张祖廉于苏州唱和之作，1925 年刻本朱印）。

886. 吴昌硕（1844—1927），初名俊，改名俊卿，字昌硕，又字苍石，别号缶庐、苦铁，又署破荷、大聋，晚以字昌硕行。浙江吉安人。官江苏安东县令。创杭州西泠印社。以善书画名世。（详《碑传集三编》卷四一王贤《吴先生行述》）有词见《彊村遗书》附《校词图题咏》。

887. 吴承烜（1854—1940），字子融，又字紫蓉，号东园。工诗文词曲。曾任上海蜚英书局编辑、新安五军第七路军秘书。编有《文选类腋》《六朝文絜补释》《东园传奇十八种》《东园丛编》三十册。曾参加松风社、虞社、甲子吟社。有《东园词》。

888. 吴德润（1887—1975），字晓芝，笔名觉庐。湖南岳阳人。1963 年被聘为中央文史研究馆馆员。曾在京师大学、北平大学第二师范学院、北平师范大学、华北大学任教。后历任《太原日报》《河东日刊》《国民日报》总编辑。有《新编法语教程》《现代政党论》《时事诗词草》等。

889. 吴恭亨（1857—1937），字悔晦，号岩村，别号弹赦。慈利人。早年参加南社。辛亥革命后为湖南特别省议会议员。有《悔晦堂诗集》十一卷、《杂诗》三卷、《新乐府》一卷、《对联》五卷、《文集》七卷。另有《悔晦堂丛刻》（含《诗集》四卷、《尺牍》七卷、《日记》十卷、《对联》三卷，1914 年木活字本）、《悔晦堂词集》二卷（1937 年铅印本）、《悔晦堂对联话》十四卷（1925 年铅印本、民国铅印本）、《悔晦堂诗话》二十卷等。

890. 吴湖帆（1894—1968），初名翼燕，后更多万，又名倩、倩庵，字遹骏、东庄，别署丑簃，书画署名湖帆。江苏苏州吴县人。著名画家。民国时入沤社。有《佞宋词痕》。（1954 年石印本）

891. 吴继志（1862—1936 后），字绍庭。四川成都人。有《三养斋辑回文赋诗词对合编》，收录古今 50 余家作品，包括其七律 16 首，七绝 28 首。《回文集》中收有 44 首回文诗词。

892. 吴君琇（1911—1997），女，字美石。安徽桐城人。吴汝纶孙女。曾在南京农业大学中国农业遗产研究室从事农业古籍研究工作。后任江南诗词学会副会长、江苏省文史馆馆员。有《舒秀集》《琴瑟集》（与其夫金孔章合著）。

893. 吴梅（1884—1939），字瞿安，号霜厓。江苏长洲（今吴县）人。光绪二十七年补县学生员。入民国历任东南大学、中央大学教授等。（详王卫民《吴梅评传》附《吴梅年谱》，河北教育出版社，2002 年）有《霜厓词录》二卷。（1942 年贵阳文通书局铅印本、河北教育出版社 2002 年排印《吴梅全集》本）另有《词学通论》《词选》等。

894. 吴宓（1894—1978），字雨僧、玉衡，笔名余生。陕西泾阳人。中国现代著名西洋文学家、国学大师、诗人。先后在国立东南大学文学院、国立西南联合大学外文系任教。1941年当选教育部部聘教授。1950年起任西南师范学院历史系、中文系教授，清华大学国学院创办人之一。学贯中西，融通古今，被称为中国比较文学之父。与陈寅恪、汤用彤并称"哈佛三杰"。《吴宓诗集》收有词作。

895. 吴其昌（1904—1944），字子馨。浙江海宁人。师事王国维、梁启超。清华大学研究院毕业。先后任教于清华大学、武汉大学。有《抱香楼诗词》。

896. 吴庆坻（1858—1924），浙江钱塘人。光绪进士。曾官湖北提学使。民国时寓沪，与樊增祥等唱和。有《补松庐诗录》附词。

897. 吴庆焘（1856—1926?），榜名庆恩，字文鹿，号宽仲，一号炯然，别号孤清居士。湖北襄阳人。光绪十一年举人。官江西赣南道台。入民国，出任襄樊红十字会会长。（详《湖北省志·人物志稿》第三卷）有《簝珠仙馆词》一卷，附于其《簝珠仙馆诗存》后（1926年襄阳吴氏版）。

898. 吴庆云（1868—1931），女，字浣芸，号漱红馆主。江苏太仓人。汪曾武室。有《漱红馆词剩》。

899. 吴韶生（1832—1909后），字子和，号冷痴老人。江苏吴县人。曾官江宁知府。有《冷斋词稿》。

900. 吴士鉴（1868—1933），字公察，号絅斋。浙江钱塘人。光绪十八年榜眼。官翰林院侍读、江西学政。（详其《含嘉室自订年谱》、卞孝萱辑《民国人物碑传集》佚名《吴士鉴传》）有词见《词综补遗》卷十。另著《含嘉室诗集》《文存》，有《式溪词》一卷（1936年本）。（详孙克强《论词绝句二千首》）

901. 吴世昌（1908—1986），字子臧。浙江省海宁硖石人。著名词学家、红学家。有《罗音室诗词存稿》。

902. 吴式璋（1844—1919），字达轩。江西萍乡人。（详《清人诗文集总目提要》）有《守敬斋长短句》。

903. 吴树勋（1883—1949），字纪常，别号深柳。新兴人。有《深柳诗词钞》。（详《新兴人物志》）

904. 吴维和，字和笙。河南固始人。师事邵瑞彭。有《茜窗韵语》。

905. 吴蔚元（1868—1932），字我才，号剑门。江苏阳湖人。屡试秋闱不售，乃橐笔为诸侯幕宾。（详《清代毗陵名人小传》卷十）有《骚情词》（一名《吴天残唱》）一卷（光绪二十五年刻本、1920年排印《苔岑丛书》本）。

906. 吴庠（1878—1961），字眉孙，别号双红豆斋主。江苏丹徒人。入南社、午社。曾任交通银行总行文书主任、江苏文史馆馆员。有《遗山乐府编年小笺》《寒笀阁词》《寒笀阁集》。

907. 吴獬（1842—1918），字凤孙。湖南临湘人。光绪十五年进士。官敦仁书院山长。（详《光绪十五年己丑科会试同年齿录》；《清人诗文集总目提要》）有词见《词综补遗》卷九。

908. 吴荫培（1851—1931），字树百，号颖芝，一号云庵。江苏吴县人。同治九年举人，中式第一六八名，光绪十六年探花。官贵州镇远府知府。辛亥革命后归隐家巷。（详《广清碑传集》卷十六曹元弼《皇清诰授资政大夫二品衔记名提学使贵州镇远府知府前翰林院撰文吴公神道碑》）有《岳云庵词稿》，与《岳云庵诗稿》合订（北京图书馆藏1925年钞本）。

909. 吴虞（1872—1949），字又陵。四川新繁人。1891年入成都尊经书院。1905年赴日本留学，入东京法政大学。辛亥革命后任《西成报》总编辑、《公论日报》主笔。新文化运动代表人物之一。后受聘在北京大学、北京师范大学、中国大学、成都大学、四川大学任教。有《秋水集》附《朝华词》，并编有《蜀十五家词》。

910. 吴玉章（1878—1966），四川荣县人。早年加入同盟会。1925年加入中国共产党，后参加八一南昌起义。抗战期间，曾任鲁迅艺术学院院长、延安大学校长、边区文委主任。新中国成立后，任中国人民大学校长、中国文字改革委员会主任等职。

911. 吴忠诰，字子献。湖南石门人。活动于同光年间。有《遂思堂诗余》一卷，附于《遂思堂诗存》（光绪三十四年刻本）。

912. 吴重辉，字子清。河南南阳人。师事邵瑞彭。有《沧浪渔笛谱》。

913. 吴重熹（1838—1918），字仲怿，或作仲怡，号石莲。山东海丰人。潘祖荫弟子。官至河南巡抚、邮传部左侍郎。有《石莲庵阁词》，与李葆恂合撰《津步联吟词》，另辑《山左人词》。

914. 伍德彝（1864—1927），字兴仁、懿庄、逸庄，号乙公、叙伦。广东南海人。师事居廉。善书法、篆刻，好金石考古，精鉴别书画，收藏甚丰。诗词皆精。有《浮碧词》，与潘飞声唱和。

915. 奚囊（1876—1940），字生白，一字申伯。以"咏燕"词名于世，故人称"奚燕子"，后即以自署号。江苏南汇（今属上海）人。南社社员。为《国魂报》主要撰稿人，列"国魂九才子"之一。1914 年 12 月合辑《销魂语》月刊。1921 年，受聘为新世界游乐场《新世界报》总编辑，并为《社会日报》撰稿。有《玳梁馀墨》《香雪词》《桐阴续话》《春波池馆骈散文》《逢云小阁诗话》《江湖技击传》等。

916. 夏承焘（1900—1986），字瞿禅，晚年改字瞿髯。浙江永嘉人。历主西北大学、之江大学、浙江师范学院、杭州大学讲席。早岁入瓯社，师事林鹍翔。后问学于朱祖谋、张尔田、夏敬观诸前辈。与龙榆生、唐圭璋、詹安泰为文字交。有《夏承焘词集》《天风阁学词日记》《唐宋词人年谱》《月轮楼词论集》等。

917. 夏敬观（1875—1953），字剑丞，号盥人，又号映庵。江西新建人。光绪二十年举人，佐张之洞幕。历任三江师范学堂、复旦公学、中国公学监督，民国初任浙江省教育厅长。旋退隐沪西。有《映庵词》《忍古楼词话》《词调溯源》等。（详章斗航《新建夏先生传》，1970 年台北中华书局版《忍古楼诗映庵词》卷首）有《映庵词》一卷（光绪三十三年刻本）、四卷（民国二十八年中华书局铅印本）。

918. 夏明珰（1903—?），女，字淑瑞。衡阳人。有《明月楼诗》《玉雪簃文》《珠瑯词》。

919. 夏明琬（1895—?），女，字淑晖。衡阳人。夏明瑶姊。有《含英轩诗》四卷、《郦芬词》。

920. 夏明琇（1893—?），女，字淑箴。衡阳人。夏明琬姊。有《嵝芬词》《四如楼诗》《佩玉诗草》一卷。

921. 夏明瑶（1899—?），女，字淑玫。衡阳人。夏明珰姊。有《笛韵楼诗》《兰成堂文》《珠蕾词》。

922. 夏明翼（1896—?），字虬根。衡阳人。夏绍范次子。武昌高等法政学堂毕业。曾任军职。有《云枢诗词》《云枢歌集》。

923．夏庆绂（1869—?），字文之，号绍钵。江苏江宁人。光绪二十年举人，中式第七十四名。（详《清代朱卷集成》第 194 册；《江苏艺文志·南京卷》）有《聱斋词》，与《聱斋诗稿》合刊（民国初夏仁沂刻本）。

924．夏仁虎（1874—1963），字蔚如，号啸庵，别号枝巢子、枝翁、枝巢子、枝巢盲叟等。江苏南京人。兄弟五人，即夏仁溥、夏仁澍、夏仁析、夏仁虎、夏仁师，因排行老四，乡人称其为"夏四先生"。光绪二十四年举人，官邮传部郎中。（详《江苏艺文志·南京卷》）辛亥革命后，在民国北洋政府交通部、财政部为官。张作霖入关后，先后担任国务院政务处长、财政部次长、代理总长、国务院秘书长。1929 年，时年 55 岁的夏仁虎弃官归隐，专事著书和讲学，并担任北京大学讲师和北京师范大学教授。后任国务院秘书长。有《啸庵诗存》六卷（1925 年刊行）；《枝巢编年诗稿》继《啸庵诗存》新增七卷（总十三卷，四册线装，1934 年刊行）；《和陶诗》（《和陶渊明诗》，一作《和渊明诗》）四卷（1942 年傅增湘代为印行）；《枝巢新乐府》四卷（已成稿，生前未出版）；《枝巢歌曲》四卷（已成稿，生前未出版）；《啸庵词》七卷（1911 年 3 月自序于大梁行馆，刊于 1913 年秋）；《梁尘词》一卷（1929 年刊）；《淮波词》一卷（1929 年刊）；《零梦词》一卷（1929 年刊）；《燕筑词》一卷（1929 年刊）；《和阳春词》一卷（1929 年刊）；《和姜白石词自制曲》一卷，同时作者十余人；（1938 年张伯驹印行）《啸庵诗词稿》一函四册（内收《啸庵诗存》六卷，《啸庵词稿》四卷）；《枝巢文稿》四卷，初刊骈、散未分，后重订以类从，改题《啸庵文稿》；《啸庵文稿》一函二册十卷，正文前又署《啸庵骈散文稿》；（1929 年刊行）《诗文词近稿》三十卷，已成稿，生前未出版；《旧京琐记》一函二册十卷；《旧京秋词》一册，收入"燕都风土丛书"，张次溪校（1939 年刊行）；《清宫词》一册二卷（1941 年由北平师范大学印行）；《岁华忆语》一卷（载 1948 年《南京文献》第十三号）；《枝翁残笔》稿本一册（部分刊于 1948 年《北平日报》）。

925．夏仁溥（1866—?），字博言，号渊如，一号钵庵。江苏上元人。光绪十五年恩科举人。官山东濮州知州。（详《清代朱卷集成》第 180 册、《江苏艺文志·南京卷》）有《钵庵词》。

926．夏仁沂（1869—?）字梅叔，号晦翁。江苏江宁人。（详《江苏艺文志·南京卷》）有词见《金陵词钞》卷九。

927. 夏绍范（1869—1914），字孝祺。衡阳人。夏时济长子。署理归州知州，后任崇阳知县。有《离经南溟诗稿》。

928. 夏绍笙（1875—1939），字伏雏，号钧斋，又号蠡园、绮秋。夏时济次子。衡阳人。官安徽候补道、翰林院。与王鹏运等时相唱和。有《绮秋阁诗》一卷（清宣统元年金陵印本）、《绮秋阁文选》四卷、《乐府》四卷（清宣统三年金陵刻本）、《绮秋阁诗选》（1930 年衡阳太平石印本）、《华夏楼文集续编》二十卷、《寿文续编》二卷。（1930 年衡阳太平石印本）另有《绮秋阁词集》二十四卷（存八卷，1930 年长沙艺文社石印本）。

929. 夏慎大（1856—1911 后），字仲勤，一字湄生，号山城鞠隐。安徽休宁人。光绪十一年拔贡。官山西候补知府。（详安徽图书馆藏稿本《山城菊隐自编年谱》）有《冰梅词》一卷（光绪间刻本）。

930. 夏时济（1852—1923），字彝恂，号茧叟。衡阳人。清光绪十八年进士。由主事改授道员。有《环蝯馆文集》十六卷、《诗集》八卷、《词》二卷。另有《瘴疠魂》（清光绪三十三年木活字本、1917 年印本）、《茧叟近稿》（1915 年湖南官书局印本）。

931. 夏寿田（1870—1935），字午诒，一作午彝，又字耕父，号武夷，辛亥后改号直心居士。湖南桂阳人。师事王闿运。光绪十四年举人，二十四年榜眼。任学部图书馆部纂、诰授朝议大夫。（详卞孝萱辑《民国人物碑传集》卷二高毓浻《夏太史墓志铭》）有《夏寿田诗词集》（不分卷，湖南图书馆藏稿本）、《直心道场诗稿》（湖南图书馆藏稿本）。

932. 夏孙桐（1857—1942），字闰枝，一字悔生，号龙高，晚号闰庵。江苏江阴人。光绪八年举人，中式第一一七名，十八年成进士。官浙江湖州、杭州知府。（详卞孝萱辑《民国人物碑传集》卷十一傅增湘《江阴夏闰庵先生墓志铭》、陈敬第《江阴夏先生墓志铭》）尝佐徐世昌辑《清儒学案》。入聊园词社。与王鹏运、郑文焯、朱祖谋等有唱和。有《悔龛词》一卷（1926 年刻本、1933 年刻《沧海遗音集》本），《悔龛词》一卷、续一卷（1962 年铅印本）。

933. 夏震武（1854—1930），原名震川，字伯定，号灵峰。浙江富阳人。同治十二年举人，中式第三十八名，十三年成进士。官工部主事、浙江省教育会会长。(详卞孝萱辑《民国人物碑传集》之蒋伯潜《灵峰先生事略》)有《夏伯定词》一卷,附于《夏伯定集》(光绪二十七年刻本)。

934. 冼景熙(1861—1931),字绍勤。南海人。曾官光、泗两县。已著录《维心亨斋文集》一卷,尚有《维心亨斋诗词集》十卷,其中有词四卷(民国二十五年南海冼氏铅印本)。据其《维心亨斋诗词集》之《山居杂韵六首》有序云:"岁在丁亥,予年二十有六。"丁亥为1887年,则其生年应为1861年。(详冼景熙《维心亨斋诗词集》、谢永芳《〈广东文献综录〉词类书目补正》)

935. 冼玉清(1895—1965),号碧琅玕馆主人。广东南海西樵人。画家、文献学家、岭南第一位女博学家,被称为"千百年来岭南巾帼无人能出其右"的杰出女诗人、"不栉进士""岭南才女"。诗词创作颇丰,有"广东才女"之誉。有《碧琅玕馆诗抄》《流离百咏》。

936. 向迪琮(1889—1969),字仲坚,号柳溪。四川双流人。同盟会员。民国时任职于内务部、行政院,后为四川大学教授。新中国成立后为上海文史馆、上海医学文献馆馆员。有《柳溪长短句》。

937. 项炳珩,字季麟,号冰夫,又号斌圃。浙江临海人。同治十二年拔贡,历官淳安、阳溪、云和、诸暨教谕。清光绪年间任处州训导。有《如不及斋诗钞》八卷(抄本,其子项士元原藏,光绪间山阴汤寿潜曾选三分之一铅印行世)。另有《有竹山房文钞》一卷、《如不及斋别集》四卷、《外集》一卷、《金鸣草》一卷,皆未见传。(详周律之《宁波地名诗》;柯愈春《清人诗文集总目提要》;赵治中《括苍古道》)

938. 萧丙章(1867—1931),字畏之。江都(今江苏扬州)人。少纵酒浪游,中年后莳花调鸟自娱。亦嗜诗,曾入冶春后社。师事臧雪溪。诗风寒瘦。有《萧斋诗选》《萧斋诗续选》行世,另有《青溪买夏词》(宣统三年石印本)。(详《扬州历代诗词·四》《扬州文史资料第23辑》《芜城怀旧录》)

939. 萧公权(1897—1981),字恭甫,号迹园。著名政治学家和诗人。1918年考入清华学校。1920年赴美,在密苏里大学获硕士学位。1926年获康乃尔大学政治学博士学位。历任南开大学、东北大学、清华大学、燕京大学、四川大学、政治大学、台湾大学等校教授。1948年当选首届中央研究院院士。1949 年 10 月赴美，任西雅图华盛顿大学教授。有《小桐阴馆诗词》。

940. 萧克（1908—2008），湖南省嘉禾县人。抗日战争时期，任八路军第一二〇师副师长、八路军冀热察挺进军司令员、晋察冀军区副司令员等。1949 年以后，曾任国防部副部长，军政大学校长，军事科学院院长和第一政委等职，上将军衔。主编百卷本《中华文化通志》，有《萧克诗稿》等。

941. 萧劳（1896—1996），原名禀原，字钟美、重梅，别号箫斋、善忘翁。原籍广东梅县，1896 年生于河南浚县。书法名家。1920 年毕业于国立北京大学中文系。新中国成立前历任江苏督军署秘书、河北省民政厅秘书及遵化、昌黎等县县长、中央银行北平分行副理等职。新中国成立后于 50 年代与张伯驹共同发起北京中国书法研究社，曾任中国书法家协会名誉理事，中央文史馆馆员等。有《萧劳诗词曲选》（中州古籍出版社，1986 年）（详林英海、葛纪谦编《河南当代人物辞典》）。

942. 萧娴（1902—1997），女，字稚秋，号蜕阁、枕琴室主。贵州贵阳人。当代书法家。幼随父萧铁珊习书，同入南社，人称“南社小友”。（详周家珍编《20 世纪中华人物名字号辞典》）20 岁从康有为学书，为入室弟子。长于北碑及隶篆，风格朴厚高古。曾任中国书法家协会名誉理事、江苏省书协顾问、南京市书法家协会名誉主席。（详乔晓军编《中国美术家人名辞典·补遗一编》）有《蜕阁诗词抄》。

943. 萧向荣（1910—1976），原名萧木元。广东梅县人。中国人民解放军高级将领。曾任中央军委办公厅主任、副秘书长，国防科委副政委兼政治部主任等职。1955 年被授中将军衔。有《萧向荣诗词集》（解放军出版社，1995 年）。

944. 谢逢源（1838—1908 后），初名麟，字平原，号石溪。江苏溧阳人。廪贡生，官候选训导。太谷学派李光炘（龙川）入室弟子，编有《李龙川年谱》。（详周新国著《太谷学派史稿》）有《笛波词》一卷（见《全清词钞》卷 36，收其词 4 首）。（详南京师范大学古文献整理研究所编《江苏艺文志·扬州卷·上册》）

945. 谢家驹（1891—?），字龙文，号侠生。四川南川人。1914 年保定军校毕业，分发四川陆军服务。（详陈予欢编《保定军校将帅录》）擅竹枝

词，有《游子吟正续稿》。（四川省图书馆藏民国间重庆中西书局排印本）

946. 谢觉哉（1883—1971），湖南宁乡人。1925 年加入中国共产党。新中国成立后任内务部部长、最高人民法院院长、全国政协副主席等职。有《谢觉哉文集》《谢老诗选》，有词。

947. 谢觐虞（1899—1935），字玉岑，别署孤鸾。江苏武进人。工诗词，能骈文，擅长书法。早年从钱名山（振锽）游，以弟子而为钱婿。（详李国钧主编《中国书法篆刻大辞典》）客永嘉时与夏承焘订交，后从朱祖谋学词，任教于上海南洋中学。有《白菡萏香室词》《孤鸾词》《墨林新语》《清诗话》等。（详李盛平编《中国近现代人名大辞典》）

948. 谢抡元（1872—?），字榆孙，号茧庐。浙江余姚人。（详《沤社词钞·同人姓字籍齿录》）有词见《沤社词钞》，又有《茧庐词》。

949. 谢树英（1900—1988），别号济生。陕西安康人。早年留学德国，毕业于柏林工业大学采矿科，回国后从事地质工作。1937 年至 1945 年，历任监察院监察委员、川康铜锌铝矿务局局长兼地质勘探总队队长、山西大同煤矿主任等职。有诗词作品。

950. 谢翥（1885—1940），又名寿，字公展，以字行。江苏丹徒人。书画家。曾历任上海务本中学、南京美术专科学校、新华艺术专科学校、暨南大学国画科的画学、国文、诗歌教授。（详马海平编《上海美专名人传略》）有《太湖吟啸录》《湖上联吟草》（与其弟谢开合撰）等。

951. 谢倬（?—1928），字幼安。广东潮安人。厦门大学第三届教育学系学生，曾主持苔岑诗社，佐编《汉英辞典》。1928 年尚未毕业即病逝于厦门大学博学楼。陈衍《石遗室诗话》卷二十九论及谢倬，云："潮州谢幼安，亦大学诸生，喜为诗，时作穷愁幽忧之语。"（详刘光主编《鹭岛诗坛》2010 年第 3 期，总第 36 期）王晋光等编《1919—1949 旧体诗文集叙录》评其作品："其词作语多伤感，奇笔变幻，境界突兀。"有《敝帚集》，收诗约 480 首，词 90 余首。

952. 辛际周（1885—1957），字祥云，中年好佛，自号心禅居士，晚年号灰木散人。万载县康乐镇人。曾参与筹建江西省通志馆，并担任该馆协纂。平日除治学外，以诗词自遣，有《灰木诗存》六卷、附词存一卷（1943 年铅印本）。（详王德全《宜春市志》、卢明生《宜春人物·万载篇》）。

953. 邢端（1883—1959），字冕之，号蛰人，别号新亭野史。贵州贵阳人。方志掌故学家、书法家。1951 年被聘为中央文史研究馆馆员。日本侵据北平时，坚持民族气节，参与书写《武庙历代名将传赞》刻碑以明志，所书有《戚继光传赞》等。曾为郭则沄《独茧词》作弁言云："山亭低唱，类多变徵之声；花径微吟，亦溅哀时之泪。匪独上嗣两窗，直可远方二主。"有《贵州方志提要》《蛰庐丛稿》等。

954. 邢锦生（1883—1934 后），字丽江。河间人，生于蜀中。与赵熙、林思进唱和。有《天香室诗余初稿》一卷（1933 年成都天香室家刻本）。据《诗稿》纪年编排，卷上戊申（1908）年内有《岁暮有感》，首联："游戏人间世，匆匆廿六年。"戊午年（1918）内有《卅六》，首联："卅六年如梦，龟城已倦游。"辛酉年（1921）内有《生日前作》，首联："匆匆三十九年过，达士何须叹逝波。"卷下辛未年（1932）有《五旬自寿四首》等。均证其生于光绪九年（1883）。又，《诗稿》前有丽生《自序》，尾署："癸酉孟春，河间邢锦生丽江氏自序于成都天香室。"时癸酉为 1933 年。

955. 熊希龄（1871—1937），字秉三。湖南凤凰人。光绪二十年进士，官奉天盐运使。（详《辛亥人物碑传集》卷七赵叔雍《熊希龄传》）民国后曾任袁政府国务总理。后致力慈善教育事业，创办北京香山慈幼院，1932 年任世界红十字会中华总工会会长。有《双清集》（湖南图书馆藏民国抄本、1929 年石印本），《熊希龄词存》（上海书店出版社 1998 年《熊希龄先生遗稿》本）。

956. 徐悲鸿（1895—1953），江苏宜兴人。著名画家，擅长国画、油画。曾任北平大学艺术学院院长、中央美术学院院长。有《徐悲鸿文集》。

957. 徐炳煃，原名元基，字伯昂，号晓兰、天坛扫花生。浙江平湖人。有室名为碧月楼，庠生。工书法，善写生。享年 69 岁。有《碧月楼诗钞》（清宣统三年抄本）。（详单锦珩《浙江古今人物大辞典·上》；池秀云《历代名人室名别号辞典》）。

958. 徐承禄（1859—?），字小雅，号步青，又号蒲卿。浙江德清人。善吟咏，能文章。光绪乙酉登拔萃科。有《娱兰仙馆诗钞》（姚毓麐等校印本）、《生花馆词》（铅印本）各一卷。（详顾廷龙《清代朱卷集成》；程森《德清县志》）

959. 徐大坤（1866—1915），字贞六，又字芥龛。江苏常熟人。与金天羽、沈汝瑾等有交游。有《虮蛛精舍遗稿》。

960. 徐德辉（1873—?），字润身，号倩仲，又号寄庐。江苏宜兴人。光绪二十八年举人，中式第二六四名，官刑部主事。（详《清代朱卷集成》第 129 册）民国时入白雪词社，与徐致章、蒋兆兰、程适、储凤瀛等唱和。有《寄庐诗词稿》。（详马兴荣等编《中国词学大辞典》）

961. 徐行（1904—1984），字绿蘅。浙江温岭人。厦门大学中文系毕业，长期从事教育工作。工诗词，有《双樱楼诗稿》《双樱楼词稿》。

962. 徐行恭（1893—1988），字颙若，号曙岑，别号竹间居士。浙江杭州人。早年就擅长写诗，1929 年时，创作诗集《竹间吟榭集》十卷于杭州，至今杭州保俶塔地宫中尚存有《竹间吟榭集》一部。58 岁始学作词，《五四以来词坛点将录》将其标为"天速星神行太保戴宗"。晚年为浙江文史馆特约馆员。有《延伫词》。

963. 徐珂（1869—1928），字仲可。浙江仁和人。光绪十五年举人，官内阁中书，改同知。（详卞孝萱辑《民国人物碑传集》卷十一夏敬观《徐仲可墓志铭》）有《纯飞馆词初稿》一卷（光绪年间何思煜刻本），《纯飞馆词初稿》一卷续一卷（《丛书集成续编》本），《纯飞馆词三集》一卷（宝彝室集刊本），《仲可词》（刊 1925《台湾诗荟》第 10、13、17、20 号），《六忆词》（《香艳丛书》本）。另有《清代词学概论》七卷、《历代词选集评》《清词选集评》《词讲义》等，唐圭璋辑其《近词丛话》一卷。

964. 徐礼辅（1893—?），字俊村。广东香山（今中山）人。师事邵瑞彭。有《渌水余音》（民国十八年香山徐氏刻《小红雨楼丛刊》本）一卷，前有朱彊村、叶恭绰、邵章、邵瑞彭等人所作序跋。（详冯乾编校《清词序跋汇编·第 4 册》）

965. 徐乃昌（1862—1943），字积余，号随庵。安徽南陵人。光绪十九年举人，官江南盐法道兼金陵关监督。（详程演生《故江南盐法道徐君积余行状》、西南师范大学图书馆藏稿本《徐乃昌日记》）有《冰弦词》。另辑刻《小檀栾室闺秀词钞》《皖词纪胜》。

966. 徐琪（1850—1918），字玉可，一字涵哉，号花农。浙江仁和人。师事俞樾。光绪六年进士，中式第二十一名，官至兵部左侍郎、内阁学士。

（详《晚晴簃诗汇》卷一七二）有《玉可庵词存》二卷（光绪十三年张鸿辰刻本），《广小圃咏》一卷（光绪三十四年刻《徐氏一家词》本）。

967. 徐启明（1893—1989），字友村。广西鹿寨人。毕业于保定军校和陆军大学，曾参加武昌起义和北伐战争，历任广西绥靖主任公署参谋长、北平行营参谋长、国民党第 10 兵团司令官等职。有《友村诗稿》。

968. 徐士銮（1833—1915），字沅青。直隶天津人。咸丰八年举人，官浙江台州府知府。（详《清代官员履历档案全编》第 27 册《敬乡笔述》卷首《小传》）有《蝶芳居词钞》。

969. 徐寿兹（1852—1917），远名谦，字受之，一字袖芝，号亢庵。江苏元和人。光绪五年举人，官河南许州知州。（详《江苏艺文志·苏州卷》第二分册）民国曾官江苏政务厅长。与许玉瑑、易顺鼎、王以敏有唱和。有《济游词钞》一卷（民国五年铅印本），《亢庵词稿》一卷，附于《亢庵遗稿》（1923 年铅印本）。

970. 徐树铮（1880—1925），字又铮，号铁珊。江苏萧县（今属安徽）人。师事林纾。光绪三十一年毕业于日本士官学校，在段祺瑞执政府任秘书长、陆军次长等职。（详卞孝萱辑《民国人物碑传集》之《先考远威府君行述》；台北商务印书馆 1981 年版《新编中国名人年谱集成》第 15 辑之徐道邻《徐又铮先生年谱》）有《碧梦庵词》一卷（1931 年刻《视昔轩遗稿》本）。

971. 徐特立（1877—1968），又名徐立华，原名懋恂，字师陶。湖南善化（今长沙县江背镇）人。中国革命家和教育家。1931 年 11 月当选为中华苏维埃共和国中央执行委员会委员。1934 年参加长征。新中国成立后，曾任中央人民政府委员会委员。能诗词，有《徐特立教育文集》《徐特立文集》《徐特立文存》。

972. 徐叶英，女，广东南海人。山阴何绲文室。工诗词，善医，于卜筮、星命之学也多详究。有《徐叶英诗集》三卷，《咏梅诗》百绝。人赞其作品"词旨悱恻"。（详《柳絮集》《广东女子艺文考》；宣统《南海县志》卷十一）

973. 徐英（1902—1980），字澄宇。湖北汉川人。女词人陈家庆夫。毕业于北平中国大学哲学系，历任上海交通大学、暨南大学、大夏大学、安徽大学等校文科教授。1958 年至新疆石河子医专。1961 年归上海，为上海文史研究馆馆员。有《诗经学纂要》《甲骨文理惑》《天风阁诗》等。

974. 徐映璞（1892—1981），原名礼玑，号清平山人。浙江衢州人。曾任浙江省通志馆历史编纂，新中国成立后受聘于浙江文史馆。与胡邵、马一浮、朱师辙、陈瘦愚等交游，与陈瘦愚合撰有《徐陈唱和集》。有《清平山人诗稿》。

975. 徐佑成（1869—1940），又名徐涵，字涵生（涵圣），别号东海闲民。（详沈云龙编《近代中国史料丛刊续辑·121·清代毗陵名人小传稿卷十》）江苏武进人。著名影星徐芳琴（1907—1985）之父。龚树生《补恨楼词》序称"情至之文"，"不蹈拾宋人一字一调"，读之令人"形神黯然"。有《补恨楼词》两卷，附《怀青盦词》（李祖廉撰）一卷（光绪二十一年刻本、南京图书馆馆藏钞本）。

976. 徐元鼎，师事周葆贻，民国兰社成员。有《淬思楼诗词稿》。

977. 徐沅（1880—?），字芷笙，一作芷生，号姜盦。江苏吴县人。清光绪二十九年经济特科进士，官山东聊城知县、直隶洋务局会办。入民国任津海关监督。问词于左运奎，曾入须社。有《斗南老人诗集》《珊村语业》《云到闲房笔记》《云到闲房杂钞》《小薛荔园词钞》等。（详孙克强、裴喆编《论词绝句两千首·下》）

978. 徐鋆（1885—1936），字贯恂，号淡庐，别号紫琅山民。江苏南通人。年十八补博士弟子员，光绪十九年恩科举人，与周曾锦为同学，试用知县。生年据卷二《皕镜簃词》内有《人月圆·从旧簏得己亥余十四龄时学画粉茶红梅水仙合景辛酉冬补题》，下半阕："冰瓯涤笔，冬窗弹指，二十三年，画图重对。"有《淡庐诗余》二卷（1932 年铅印本），卷一《碧春词》，卷二《皕镜簃词》（详《江苏艺文志·南通卷》）。

979. 徐桢立（1890—1952），字绍周，号余习。湖南长沙人。（详《沤社词钞·同人姓字籍齿录》）曾任湖南大学教授，入沤社。1949 后为湖南文史馆馆员。有《余习庵词稿》。

980. 徐枕亚（1889—1937），名觉，笔名东海三郎、志枕、眉子。江苏常熟人。早岁就读虞南师范学校，遂于乡里执教。南社社友。辛亥后任上海《民权报》、中华书局编辑，1914 年为《小说丛报》主编。善韵语，喜作诗。有《枕亚浪墨初集》五卷（1931 年清华书局）。有词作见于《南社词集》等。

981. 徐震堮（1901—1986），字声越。浙江嘉善人。中央大学毕业，师事吴梅，任教于浙江大学，1949 年后任华东师范大学教授。有《声越词录》《梦松风阁诗文集》《徐震堮诗文选》《世说新语校笺》等。

982. 徐致章（1878—1923），字白平，一字尧文，号焕琪，又号拙庐、吟香。江苏宜兴人。同治十二年优贡，十四年举人，官浙江瑞安县知县。（详《清代朱卷集成》第 370 册）宣统元年告老还乡。晚年拜蒋兆兰为师。年虽古稀，学词不倦，三年而成。有《拙庐词草》四卷。1921 年 2 月，徐致章与蒋兆兰、程适等人倡立白雪词社，多有唱和。徐致章病逝后，词社自行消亡。（详林立著《沧海遗音——民国时期清遗民词研究》）另辑《乐府补题后集》二卷。

983. 徐钟恂（1866—1928），字绍泉，别号书佣，晚号花隐。江苏山阳人。光绪三十年进士，官翰林学士，辛亥革命后挂冠返里。（详《词林辑略》卷九）有《花隐词剩》一卷，附于《花隐诗存》（1933 年上海铅印本）。《1919—1949 旧体诗文集叙录》："其词多得力于白石，以及清初纳兰容若，幽韵冷香，蕴藏空灵。"

984. 徐铸（1859—？），字伯坚，号巨卿，一号香雪。广东番禺人。光绪十一年举人，中式第十七名，官训导。（详《清代朱卷集成》第 344 册、汪辟疆《光宣以来诗坛旁记》）有词见《词综补遗》卷六。

985. 徐自华（1873—1935），女，字寄尘，号忏慧。浙江石门人。南浔梅韵笙室。曾任浔溪女学校及竞雄女学校校长、"秋社"社长。（详郭延礼辑《徐自华诗文集》附录之《徐自华年谱简编》）有《忏慧词》一卷。（光绪三十四年铅印本、中华书局 1990 年版郭延礼辑《徐自华诗文集》本）

986. 许白凤（1912—1997），原名汉，字奇光，号白凤。浙江平湖人。早年经营木行，还曾治印为生，新中国成立后转入集体商业至退休。晚年赢得吟坛盛誉。工诗擅词，清新灵秀、明白如话。有《丁卯庐诗》《亭桥词》。（详李遇春编《现代中国诗词经典·词卷》）

987. 许伯建（1913—1998），名廷植，别署补茅主人。四川巴县人。抗战中与章士钊、潘伯鹰等发起"饮河诗社"。有《补茅余韵》。

988. 许崇熙（1873—1935），字季纯，号沧江。湖南长沙人。善书法。（详《沤社词钞·同人姓字籍齿录》）词见《忍古楼词话》《沤社词钞》。有《沧江诗钞》五卷，《文钞》三卷，《诗馀》二卷（1948 年铅印本）。又有《苍雅堂诗集》六卷（民国铅印本），《苍雅堂诗集》十卷，《词》二卷（湖南图书馆藏稿本），《苍雅堂诗钞》（湖南图书馆藏稿本），《苍雅堂文集》（湖南图书馆藏稿本），《苍雅堂联语》（湖南图书馆藏抄本）。另有《沧江诗稿》（易顺鼎圈点，湖南图书馆藏稿本），《沧江诗钞》五卷（1935 年长沙彭氏樱成室铅印本），《苍雅堂杂纂》（湖南图书馆藏稿本），《沧江俪体文存》（湖南图书馆藏稿本），《谦庄养疴日记》（湖南图书馆藏稿本）。

989. 许德裕（1841—?），字益甫，一字荇塘，号韵堂，一号荫堂。浙江德清人。同治九年举人，中式第六十名，官江西知县。（详《清代朱卷集成》第 258 册、民国《德清县志》卷八）有《韵堂词》。

990. 许敬武（1910—1998），字颐修，河南开封人。师事邵瑞彭。20世纪 30 年代毕业于河南大学文学院，相继担任河南省博物馆馆员、副研究馆员、研究员。有《卯桥韵语》《清代金石学家列传》。（详刘卫东编《河南大学百年人物志》，河南大学出版社 2012 年版）

991. 许铭彝，字笃斋，号谈园，又称淡园居士。湘潭人。有《玉佩琼琚词》一卷（湖南图书馆藏民国抄本），《韵谱》一卷（湖南图书馆藏清光绪十一年抄本）。（详寻霖、龚笃清编《湘人著述表一》）编有《秦文粹》六卷（湖南图书馆藏，清光绪二十五年稿本），《许乃玉挽联》（湖南图书馆馆藏抄本）。另有《淡园经说》（湖南图书馆藏 1931 年衡山张智抄本）等。

992. 许南英（1855—1917），字子蕴，号蕴白，或作允白，别号窥园主人、留发头陀、龙马书生、毘舍耶客、春江冷宦。台湾台南人。光绪十一年中举，十六年成进士，官广东徐闻、三水等县知县。入民国，一度任龙溪县长。（详《窥园留草》卷末《窥园先生自定年谱》、许赞坤《窥园先生诗传》）有《窥园词》一卷，附于《窥园留草》（1933 年北平和济印书馆版）。（详《台湾文献史料丛刊》本第八辑第 156 册、台北文海版《近代中国史料丛刊》本第 80 辑）

993. 许泰（1881—1951?），字仲瑚、颂瑚，又字久安，一作疚盦，别署瘦蝶。江苏太仓人。擅诗词，曾入丽则吟社、虞社、南社等，与当时才俊多有唱酬。亦能小品文。抗日战争时期，蛰居故乡，仍心怀志节，系念时局。（详左鹏军《晚清民国传奇杂剧文献与史实研究》）有《蝶衣金粉》《许瘦蝶全集》《壬申国难记》《鹤王市志》《梦罗浮馆词钞》等。

994. 许禧身（1858—1916），女，字仲萱，一字亭秋。浙江钱塘人。贵阳陈夔龙室。幼聪慧好学，其嫂俞彩裳为俞樾之女，工词翰。曾从嫂习诗词，学养深厚。（详侯清泉《贵州近现代人物资料续集》）与龚镇湘、徐琪等有唱和。（详《偕园吟草》卷五之《蝶楼记梦·云中祝寿》小序）有《亭秋馆词钞》四卷，与《亭秋馆诗钞》合刊（1912 年北京中国书店刻本、1984 年北京中国书店重印本）。

995. 许引之（1876—1925），字汲侯，号琴愉。浙江钱塘人。许佑身子，俞樾外孙。长女许宝驯 1917 年嫁俞平伯。（详张剑等编《俞樾函札辑正·上》）诸生，官直隶候补道，曾任驻朝鲜仁川领事。入民国为实业家。（详《清人诗文集总目提要》）有《蕉石词》。

996. 许佑身（1848—1912），字芷沅（子原），号静一斋主人。浙江仁和人。许乃恩子，俞樾次女婿。同治十二年举人，中式第一六三名，历官苏州知府、松江知府、山东道监察御史、江西赣州府知府。（详《清代朱卷集成》第 110 册、张剑等编《俞樾函札辑正·上》）有词见《全清词钞》卷二十七。

997. 许之衡（1877—1935），字守白，自号饮流斋主人。广东番禺人。岁贡生。后毕业于日本明治大学，历任北京大学教授兼研究所国学门导师。（详倪俊明主编《广东近现代人物词典》）有《守白词》一卷（1929 年北平石印《饮流斋丛书》本）、《守白词乙稿》一卷。（1930 年石印《饮流斋丛书》本）另有《词选及作法》。

998. 许钟璐（？—1947 后），字佩丞，一字佩臣，号辛庵。山东济宁人。光绪元年举人。（详郭则沄《龙顾山房全集》之《骈体文钞》卷三《许辛庵六十寿序》）入民国，历任河南光山县县长、信阳县县长、山东省政务厅厅长。工诗词，精于史学。有《辛庵诗说》《史通赘义》《烬余集》等。另有《辛庵词》一卷（民国版）。

999. 续范亭（1893—1947），山西崞县人。参加同盟会，后曾任旅长、陆军新一军中将总参议。曾任师长、山西新军抗日决死队总指挥，晋绥边区行署主任兼晋绥军区副司令等职。有《续范亭诗集》《续范亭诗文集》。

1000. 续廉，字子隅，又字晓泉（小泉）、耻庵，自号羞园老人。辉发那拉氏，满族正白旗人。光绪十九年举人，官内务府员外郎。有《羞园词草》，与《羞园诗草》合刊（光绪三十三年刻本）。

1001. 宣哲（1866—1942），字人哲，号古愚，别署黄叶翁。江苏高邮人。光绪末年任京师地方检察官。（详《江苏艺文志·扬州卷》）有《寸灰词》一卷（光绪十年刻本、1944 年宣彭刻本）。宣彭《寸灰词跋》："先考殁于壬午十一月二十三日。"

1002. 薛念娟（1901—1972），女，福建福州人。师事何振岱。执教于福州各中学，曾入寿香社。有《念如是楼诗词》。

1003. 薛钟斗（1892—1920），字储石。浙江瑞安人。杭州政法学堂毕业，后师事冒广生，攻词曲。曾与宋慈抱、梅冷生、夏承焘、李雁晴等人成立"慎社"。有《泣冬青》等著作。

1004. 延清（1846—1918 后），字子澄，一作紫丞，号小恬、铁君，晚号搁笔老人。蒙古镶白旗人。原籍巴里克，居京口。同治十三年进士，官工部郎中、翰林院侍读学士等。有《锦官堂词》《锦官堂词赋抄》《蓬莱仙馆诗》《来蝶轩诗》《巴里客馀生诗草》《庚子都门纪事诗》《蝶仙小史汇编》等。（详高文德《中国少数民族史大辞典》）

1005. 严既澄（1889—?），原名锴，又名慨忱，字既澄，以字行，笔名严素。广东四会人。与俞平伯、顾颉刚等交密，入文学研究会。曾任教北京大学，后加入汪伪政权。有《梦驻词》《初日楼诗》，另有《苏轼词》《拊掌录》，译有《进化论发现史》《怀疑论集》《现代教育的趋势》。（详周家珍《20 世纪中华人物名字号辞典》）在二十年代写过一些儿童诗与童话，主要发表在《儿童世界》和《小说月报》上。（详朱利民《严既澄与现代儿童文学——基于 1921 年文学活动的考察》）

1006. 言同霬（1873—1925），谱名敦棣，字百药。江苏常熟人。言家驹子，言敦源弟。师事汤寿潜。既壮，三应秋试不第，历充河南新野等地厘税差使、财政部盐务署纂修等。（详《从吾好斋诗词》卷首《常熟言氏家乘八十一世小传》）有《从吾好斋词草》一卷，与言有章《坚白室诗草》合刊（1929 年版）。《小传》："生于同治癸酉正月初七日寅时，没于民国十四年乙丑八月二十一日酉时。"

1007. 阳颛（1862—?），字翰卿，号悔庵。广西临桂人。光绪十五年恩科举人，中式第十四名，十八年成进士，官广东普宁县知县。（详光绪《清代朱卷集成》第347册、《临桂县志》卷六）有《悔庵词钞》一卷，附于《悔庵诗钞》（桂林图书馆藏，民国钞本）。

1008. 杨葆光（1830—1912），字古酝，号苏庵，别号红豆词人。上海人。官龙游、新昌知县。为海派著名书画家之一，创龙门词社。晚年寓沪，又为丽泽吟社社长，与薛时雨、江顺诒等有唱和。有《苏庵集》及《苏庵词录》一卷。

1009. 杨沧白（1881—1942），四川巴县人。同盟会会员，参加辛亥革命，曾任四川省省长、孙中山大元帅府秘书长、广东省省长等职。有《天隐阁集》。

1010. 杨度（1875—1931），原名承瓒，字晳子，号虎公。湖南湘潭人。清光绪二十年举人，留学日本，宣传君主立宪。辛亥革命后依附袁世凯，组织筹安会，后隐居。有《江亭词》《杨晳子词》。（详《杨度集》）

1011. 杨翰芳（1882—1940），字蕤荫，号霁园，别署庸谿钓人。浙江鄞县人。诸生。辛亥革命后，归隐养亲，教授山谷。有《五慎山馆诗集》四卷、补遗一卷，《黄林集》一卷，《傅港集》一卷（1944年排印本）。

1012. 杨继游（1865—1939），字雪门，号横山。江苏兴化县白驹镇（今属大丰县）人。课徒为业，教书终生，曾任双龙圩圩董。曾主持开发白驹北洼小龙河，省长韩国钧赠"障泽宣流"匾额以示褒奖。诗文著述颇丰，惜多散佚，有《朱子家训词钞》。另有《横山词》。今有《横山老人杨公雪门一百二十三周年纪念》（杨钟淮辑，杨氏家刊本，1987年），辑录杨氏诗文363首，存词13首。

1013. 杨晶华，字明洲。广东人。北京文科学生。有词二阕见《词综补遗》卷五十。

1014. 杨俊（1872—1952），原名蟾桂，字楞秋，号咏裳，室名梦花馆。江苏元和人。师事张茂炯，入琴社。曾任吴县图书馆馆长。有《梦花馆词钞》（民国二十六年铅印本）。

1015. 杨莲士，女，字雪华。原籍福建，清末居衡阳。与魏芝麓友善，工琴书，尤以诗词见赏。有《荷坞诗集》《雪华词集》《冷香室书札》。

1016. 杨烈（1874？—1921），字沛丞。江苏崇明人。清季补博士弟子，从事教师工作，卒年未满五十。有《秋虫吟》一卷（师山西麓周氏手写本）。

1017. 杨霖（？—1920），字仲长。广西马平人。与蔡宝善有唱和。有《晚阴词》一卷（1921 年刻本）。

1018. 杨圻（1875—1941），原名朝庆，字云史，号野王，易名鉴莹。江苏常熟人。师事陈汝康。与翁之润、张鸿、章华、曹元忠等有唱和。光绪二十八年举人，官邮传部郎中、驻新加坡总领事。（详卞孝萱辑《民国人物碑传集》之陈灏一《杨云史先生家传》）有《江山万里楼词钞》四卷，与《江山万里楼诗钞》合刊（1926 年中华书局铅印本；上海古籍出版社 2003 年版，马卫中、潘虹校点本）。又有《玉龙词》一卷（又名《风篁馆小令》，光绪二十四年刻《题襟集》本、光绪二十五年风篁馆刻本）。

1019. 杨其光（1866—1925），字仑西，号公亮，别号双溪词客。广东番禺人。（详吴盛青《抒情传统与维新时代》）据其《摸鱼儿·乙未生朝自寿》起拍："抚头颅，无端三十年华，今悟弹指。"由光绪二十一年乙未（1895）逆数三十岁，因知其生于同治五年（1866）。有《花笑楼词》四卷（宣统元年铅印《绣诗楼丛书》本）。

1020. 杨士琦（1862—1918），字杏城，一作杏丞。安徽泗州人。光绪八年举人，官农工商部右侍郎、邮传部大臣。（详卞孝萱辑《民国人物碑传集》中马其昶《泗州杨公神道碑》）有词附载《泗州杨尚书遗诗》（1942 年铅印本）。

1021. 杨世沅，字芷湘，号蘅皋。祖籍江苏句容。光绪十一年拔贡，官内阁中书，改沛县教谕。编纂《句容金石志》十卷，又有《止庵词》一卷，与《寄沤词》合刊行世（1940 年鹤天精舍刻本）。（详南京师范大学古文献整理研究所《江苏艺文志·镇江卷》；泰州市政协文史资料委员会《泰州文史资料·第 3 辑》）。

1022. 杨寿枏（1868—1948），初名寿械，字味云，晚号苓泉居士。江苏无锡人。光绪十七年举人，官农工商部主事、度支部左参议，民国以后任财政部次长。与樊增祥、林葆恒等有交游，曾入须社。（详其《苓泉居士自订年谱》，1943 年刊本）有《鸳摩馆词》二卷、《补钞》一卷，附于《云在山房类稿》（1929 年杨氏家刻本）。又有《思冲斋诗钞》《云在山房骈文诗词选》《钵社偶存》。

1023. 杨述章（1892—?），字绮尘。湖南长沙人。与吴芝瑛、樊增祥、陈锐等有唱和。有《秋芳阁词集》。另有《云想山庄诗集》四卷（民国铅印本）、《云想山庄词集》六卷（民国铅印本）。

1024. 杨太虚（1874—1943），名善盛，字体仁，号生庵，道号泉石散人。生于四川盐亭三河乡，为东汉关西夫子杨震后裔。清末道士，曾住射洪县金华山观。通医术，长经史，善诗词，博学多才。民国初年，在净铭真常观拜师从道，修炼法术。有《黄老三篇》《韬晦录》《一壶天》等医学、史学、文学类等文集传世。

1025. 杨铁夫（1869—1943），名玉衔，字懿生，号铁夫、季良、鸾坡，以号行。广东香山人，后定居香港。师事朱祖谋，入沤社、午社。民国间曾任无锡国专词学教授及香港广州大学、国民大学教授。有《双树居词》《抱香词》《梦窗词笺释》《清真词选笺释》。（详刘秀莲主编《中山文史》）

1026. 杨芃械，字瑟鸣，一作瑟民。江苏宝山人。有《陋庵先生画菊百咏》（复旦大学藏，1939 年王德高钞稿本）。

1027. 杨文锴（1862—1927），字岊荪，号循园。湖南宁乡人。授奉直大夫，清末以盐官需次淮扬。有《循园诗钞》八卷（清光绪三十一年长沙刻本、1929 年长沙刻本），辑有《沩水诗征》六十卷等。

1028. 杨文勋，榜名鸿勋，字仪卿，别号檀溪吟侣。贵州贵筑人。光绪十四年举人，二十年进士，官中书舍人。晚游江浙。有《蓉镜轩词钞》一卷，与《蓉镜轩吟草》合刊（光绪二十二年蓉镜轩校刻本）。据其自署籍地"古吴今筑"。

1029. 杨无恙（1894—1952），原名元恺，字冠南，号让渔。江苏常熟（其地今属张家港市）人。家富于赀，少任侠，中年始折节读书。常游四方，访求名胜。董康往日本讲学，邀作私人记室。抗战军兴，正流寓沪上，为避敌寇诱逼纠缠，旋回故里，就居曾氏虚霩园，直至以肺疾殁。有《无恙吟稿》《续稿》《三稿》《天光集》《便埋菴集》等。

1030. 杨锡章（1864—1929），字子文，号了公，别署几园。江苏松江人。曾任宝山县教谕，民国间任奉县县长。（详社会科学文献出版社 1994 年版《姚鹓雏剩墨·十四榆眉室文录》之姚鹓雏《杨了公墓碑》）入丽则吟社。有《杨了公词集》一卷，见《杨了公先生手写诗词稿》（1923 年石印本）。

1031. 杨熙绩（1886—1946），字少炯，号雪公。湖南常德人。早年加入中国同盟会，曾任南京政府文书局局长、行政院秘书。能为诗词，有《雪公遗稿》。

1032. 杨延年（1880—1915），女，字玉晖。湖南湘乡人。湘阴左念康室。民国后去世。（详《晚晴簃诗汇》卷一九二）据卷首有遗像一桢，背面为左念康所作说明："此照系宣统元年八月写真于京师海王村……乙卯卒后，曾以原照放大……计写此真时年三十岁，身虽向弱，貌尚清腴。"以是知其生卒。有《椿荫庐词存》一卷，与《椿荫庐诗存》合刊，况周颐序（民国七年铅印本）。

1033. 杨易霖，字雨苍。四川犍为人。师事邵瑞彭。有《山禽余响》《周词订律》《读词杂记》（《词学季刊》二卷四号）。

1034. 杨蕴辉（1832—1913），女，字静贞，斋名吟香室。江苏金匮人。闽县董敬箴室。工诗，著有诗集，善花卉、人物、仕女画。（详张天禄主编《福州人名志》）有《吟香室诗草》二卷、《吟香室词》。

1035. 杨增荦（1860—1933），字昀谷，号俟堪，别署僧若、滋阳山人、延真阁主。江西新建人。光绪二十三年举人，二十四年成进士。官刑部主事、四川候补知府、法科参事。入民国，任司法部秘书、交通部参事。（详《杨昀谷先生遗诗》卷首小传、上海古籍出版社 2001 年版《汪辟疆说近代诗》之汪辟疆《近代诗人小传稿》）有词见《忍古楼词话》。

1036. 杨志温（1855？—1928），女，字幼梅。江苏无锡人。杨志濂（1852—1834）妹，清河陈心夔室。（详白曾然《绿萼轩集序》）有《绿萼轩词》（1929 年铅印《绿萼轩集》本），收词四首。据白《序》："至今江淮士族称相夫教子者，必曰'陈母杨太夫人'。……今年十一月，太夫人殁于故邸。民国十八年一月通轴白曾然谨序。"以此知幼梅卒于 1928 年冬。检其诗，有题《七十初度有感》《和农孙弟七十述怀》，知其享年七十余，姑疑其生于咸丰五年（1855）。

1037. 杨钟羲（1865—1939），原姓尼堪氏，榜名钟广，后改今名，字幪庵，号子姓，又字子琴，号留垞、雪桥，别号圣遗居士、南湖鲜民。汉军正黄旗人。光绪二十五年改任外官时，始冠姓杨，并易名钟羲，又号子勤、雪桥。光绪十一年举人，十六年进士，官湖北襄阳及安陆、江苏江宁及淮安知府。伪满时任南书房行走。（详《近代中国史料丛刊续编》第二十二辑《雪桥诗话》卷首《雪桥自订年谱》）有《雪桥词》一卷。另辑《白山词介》五卷。

1038. 杨庄（1878—1940），女，字叔姬。湖南湘潭人。杨度妹，师事王闿运，后适湘绮子王代懿。曾赴日本留学。（详其从弟杨敞《湘潭杨庄诗文词录跋》）《湘潭杨庄诗文词录》中收《词录》一卷（王闿运批点，清宣统二年影印本、1934年刻本、1940年铅印本）。

1039. 姚伯麟（1877—1953），字鑫振，笔名鹿原学人。陕西三原县城东关人。曾任西安同仁医院院长、《改造与医学》杂志社社长。著有《京剧二百年历史》《李师师》《汉明妃》等剧本，又有《太平洋战后问题》《航空与医学》等。其《抗战诗史》录诗作约千首，当时有"民族诗人"之誉。新中国成立后，被聘为上海文史研究馆馆员。

1040. 姚华（1876—1930），字一鄂，号重光，晚字茫父、号弗堂，别署莲花庵主。贵州贵筑人。与陈师曾、许之衡、李宣倜等有唱和。光绪二十三年举人，光绪三十年进士，官邮传部主事。进入民国后任临时参议院议员、女子师范学校校长。（详《辛亥人物碑传集》卷十邵章《故参议院议员姚君之碑》）有《弗堂词》二卷、《庚午春词》一卷，附于《弗堂类稿》（1930年上海中华书局铅印本；1936年贵阳文通书局铅印《黔南丛书》单行本）。

1041. 姚鹏图（1872—1921），字柳坪，一字柳屏，号古凤。江苏镇洋人。光绪十七年举人，官山东临沂等地知县。入民国，任内务部司长。（详《广清碑传集》卷十九唐文治《姚君柳屏传略》）有《柳屏词》一卷（北京图书馆藏，1948年严瀛抄本）。

1042. 姚协赞，字柽甫。番禺人。（一云奉天承德人）同治七年进士。梁鼎芬有《台城路》一阕，序云："乙酉六月二十四日为荷花生日，越八日，姚柽甫丈约云阁与余往南河泡看荷花，各得一词。时余将出都矣。"据知，姚协赞能词。

1043. 姚倚云（1864—1944），女，字蕴素。安徽桐城人。姚鼐侄孙姚浚昌之次女，南通范当世室。曾任南通公立女子师范校长、桐城红十字协会会长。（详徐昂《范姚太夫人家传》）有《沧海归来词》一卷，见《沧海归来集》（1943 年铅印本；2003 年上海古籍出版社版，马亚中、陈国安校点《范伯子诗文集》本）。

1044. 姚鹓雏（1893—1954），原名锡钧，字雄伯、宛若，号鹓雏，别署龙公、红豆词人等。原籍浙江吴兴，生于上海松江。肄业京师大学堂，南归后，寓上海，入南社，历主各报刊笔政，鼓吹民族革命。民国肇建，佣书游幕，任江苏教育厅、监察院秘书多年。新中国成立后任松江县县长。（详李海珉《南社书坛点将录》）与陈匪石、汪东、沈尹默多有唱和。有《苍雪词》《榆眉室文存》《止观室诗话》《怡养簃诗》等。

1045. 姚肇椿（1865—?），字寿慈，号淑辞，又号遂盦。湖南善化人，原籍归安。光绪二十年举人，中式第二十五名，官安徽知县。（详《清代官员履历档案全编》第 7 册）光绪中叶居湘中，与易顺鼎、王景栻、何维棣、程颂万等结湘社。同时与俞恪士、陈伯岩、李梅庵作文字诗酒之会。国变后，隐居不出。（详林葆恒辑《词综补遗·第 2 册》）有《梧叶秋声馆词》。

1046. 姚肇菘（1872—?），字景之，号亶素。浙江吴兴人。肇椿弟。曾任江西知府。（详《沤社词钞·同人姓字籍齿录》）有词见《忍古楼词话》《沤社词钞》等。

1047. 叶璧华（1844—1915），女，字润生，别字婉仙。广东嘉应人。李蓉舫室。曾任懿德学堂总教习。有《古香阁词集》一卷，附于《古香阁全集》（光绪二十五年奇珍阁刻本）。

1048. 叶昌炽（1849—1917），字颂鲁，号鞠裳，或作鞠常，晚号缘督庐主人。江苏长洲人。光绪二年举人，十五年成进士，中式第八名，官国子监司业、甘肃提学使。（详《广清碑传集》卷十三曹元弼《皇清诰授通议大夫翰林院侍讲甘肃学政叶公墓志铭》）有《奇觚庼遗词》一卷，附于《奇觚庼诗集》（1926 年刻本、《续四库全书》本）。

1049. 叶楚伧（1887—1946），原名叶叶、宗源，字楚伧，以字行，有时称叶叶，别字（笔名）小凤。江苏吴县人。苏州高等学堂毕业。南社社员，同盟会员。民国主编《民国日报》，曾创办《文艺月刊》，编印《文艺丛书》《读书杂志》等。抗战胜利后，奉派为江苏宣抚使。有《世徽堂诗稿》《楚伧文存》以及小说《古戍寒笳记》《金阊之三月记》等作品。有词见《民权素》《南社词集》。

1050. 叶淡宜，女，字筠友。浙江仁和人。生活于同光间。有《凝香室诗余》一卷（稿本）。

1051. 叶恭绰（1881—1968），字裕甫，一作玉甫，又作玉父、玉虎、誉虎，别署矩园，观一居士。广东番禺人。毕业于京师大学堂，代铁路总局局长。入民国，任交通总长。1949 年后任政务院文化委员。有《遐庵汇稿》，中有词一卷，又辑《全清词钞》《广箧中词》《广东丛书》等。

1052. 叶国璋（1901—1977），字养浩。安徽全椒人。曾从江克让学诗词。有《西南飘泊残稿》《双桐歌唱》。汪岳尊评："采掇新语，别以白描出之，意在开词坛一代之新风，然自具炉锤，良工心苦。"

1053. 叶剑英（1897—1986），字沧白。广东梅县人。中华人民共和国十大元帅之一。先后任广东省人民政府主席兼广州市市长、中央军委副主席、中共中央书记处书记、中央军委秘书长、国防部长、全国人民代表大会常务委员会委员长等职。有《叶剑英诗词选集》。

1054. 叶可羲（1902—1985），女，字超农，号竹韵轩主。福建福州人。师事何振岱。曾任中学教员，新中国成立后为福建文史馆员。

1055. 叶麟（1893—1977），字石荪，以字行。四川兴文人。法国里昂大学哲学博士，历任清华、北大、川大、西南师大等校教授，专长文艺心理学、教育心理学。曾任中央大学教授，与汪东、乔大壮等人有交游。有《轻梦词》收入《雍园词钞》。自序："予少历艰难，时多抑郁，心追高洁，每与俗违。又复情随物迁，行不逮志，独居深念，动兴尤悔。因往往谬悠其词，托咏儿女，盖将以排遣其烦忧，非好沉溺于靡曼也。世之君子其亦略其言筌乎？"

1056. 叶荣钟（1900—1978），字少奇。台湾省台中人。著名诗人、记者和社会活动家。台湾抗日政治社会运动的中坚，为人刚正不阿，富于民族气节。早年师事林资修、傅锡祺学诗，并参加栎社，六十年中，吟咏不辍。

诗现存 600 余首，1979 年，其诗友庄幼岳编订为《少奇吟草》出版。

1057. 叶圣陶（1894—1988），原名绍钧。江苏苏州人。民国时任商务印书馆、《小说月报》、开明书店编辑。新中国成立后任人民教育出版社社长、中央文史研究馆馆长。有《箧存集》《周姜词》《苏辛词》《叶圣陶诗词》等。

1058. 叶玉森（1880—1933），字镔虹，号中泠，别署茳渔。江苏丹徒人。宣统元年优贡生，官安徽滁县、当涂等县县令。（详郑逸梅《南社丛谈·南社社友事略》）南社社员，师事朱祖谋。有《啸叶庵词》二卷（宣统元年铅印本），《春冰词存》（民国元年版《南社丛刻》第五集本），《戊午春词》一卷（与袁天庚等合著，1918 年写印本；安徽安庆 1918 石印本）。

1059. 易君左（1899—1972），学名易家钺，号意园，又号敬斋。汉寿人。先后就读于北京大学、日本早稻田大学，抗战期间任军事委员会编审室副主任等职。曾任安徽大学、西北大学等校教授，主编《湖南国民日报》《星岛日报》副刊。能诗词。有《易君左四十年诗》《少年忧患集》（四种四卷，含《同心集》一卷、《盾鼻集》一卷、《白门集》一卷、《垂髫集》一卷，1928 年铅印本）。另有《入川吟》一卷（1939 年重庆诚达印书馆铅印《琴意楼丛书》本）、《锦绣山河集第二集台湾》（1944 年香港亚东图书公司出版）。

1060. 易孺（1874—1941），原名重熹，字季复，后改名韦斋，号大厂，又号宜雅翁、待公、花邻词客等，晚复改今名，号念庵。广东鹤山人。陈澧再传弟子。中年游学日本，晚年在北京、上海各大学任教授。（详郑逸梅《南社丛谈·南社社友事略》）有《双清池馆词录》一卷，与《双清池馆诗录》合刊（1930 年门人胡墧石印本）；《大厂词稿》九卷（1935 年上海商务印书馆刊行影印手写本）。

1061. 易顺鼎（1858—1920），字实甫，一字仲实，别号哭庵、一厂居士。湖南龙阳（今汉寿）人。光绪元年恩科举人，官河南候补道、广西右江道、广东钦廉道。袁世凯当国时任铸印局秘书。（详《碑传集三编》卷四一程颂万《易君实甫墓志铭》）有《鼍天影事谱》四卷（光绪二十二年《哭庵丛书》本），《楚颂亭词》一卷，《丁戊之间行卷词》一卷附《湘弦词》一卷（光绪五年刻本）。又有《琴台梦语》一卷、《摩围阁词》二卷，与《摩围阁诗》合刊。（光绪八年刻本）另有《六忆词》，辑《蓉园词综》一卷。

1062. 易顺豫（1865—1932），字由甫，号叔由，又号伏庵。湖南龙阳人。光绪二十三年举人，中式第十四名，二十九年成进士，官江西临川县知县。（详《清代朱卷集成》第 328 册）晚年曾入沤社。有《琴思楼词》一卷（1914 年长沙石印本）。

1063. 由云龙（1877—1943?），字夔举，号定庵。云南姚安人。光绪二十三年举人，官云南盐运使。（详《民国人物大辞典》）有《定庵词存》，附于《定庵诗存续存》（1944 年铅印本）。

1064. 游石甫（1857—1917 后），湖南新化人。民国曾任湖南高等学校校长。有《小园词曲》（《小园诗钞》附）。

1065. 于齐庆（1856—1920），字安甫，号穗平，又号海帆。江苏江都人。同治十二年举人，光绪十二年进士，官至广东布政使。（详《广清碑传集》卷十七王式通《清故资政大夫署理广东提学使于君墓志铭》）有《小寻畅楼诗余》一卷（1922 年铅印《小寻畅楼诗钞》本）。

1066. 于式枚（1853—1915），字晦若，小名穗生。广西贺县人。光绪五年举人，中式第五十一名，六年成进士，中式第十一名，官至吏部左侍郎、国史馆副总裁。（详《清代朱卷集成》第 46 册、《清史稿》卷四四三）有词见黄濬《花随人圣庵摭忆》《聆风馆词》等。

1067. 于右任（1879—1964），名伯循，号骚心，别署骚人、髯翁。陕西三原人。清光绪癸卯举人。同盟会员，民国任交通部长、中央执行委员、监察院长。工诗词，其诗雄健畅达、悲壮苍凉。擅草书。有《右任文存》《右任诗存》《于右任诗词集》。（详袁行霈主编《诗壮国魂·中国抗日战争诗钞》）

1068. 余诚格（1857—1926），字寿平。安徽望江人。光绪十一年举人，十五年进士，官广西南宁知府、陕西布政使、湖南巡抚。辛亥光复逃遁。（详《清代官员履历档案全编》第 8 册）有词见《全清词钞》卷三十六。

1069. 余寿颐（1883—1930），字天遂，字祝荫，号荫阁，号疢依，别署大颠、颠公、放鹤等。南社社员，师事胡石予，入春音词社。1912 年任

孙中山临时大总统府秘书。有词见《南社词集》。(详周家珍编《20世纪中华人物名字号辞典》)

1070. 余嵩庆(1843—1903年以后),字子澄,号芷苓,别署沅浦痴渔、梅友等。湖南武陵人。光绪元年举人,二年成进士,官河南新乡、偃师、商丘等县知县。(详《清代官员履历档案全编》第7册)有《缉芳仙馆词存》《撷华小录》等。(详孙克强编著《清人词话·下》)

1071. 余肇湘(?—1927),字楚帆。南海人。宣统优贡。师事汪莘伯、徐琪。曾入小画舫斋诗钟社,与潘飞声、陈洵、黄节等人雅集。有《苣庵诗稿》附词。(详江庆柏编《清代人物生卒年表》;陈永正《岭南诗歌研究》)

1072. 俞安凤,字伯骏。广东番禺人。光绪举人。师事叶衍兰。民国时与汪兆铨、刘伯端、黎季裴、陈庆森等有唱和。有《水周堂集》。

1073. 俞陛云(1868—1950),字阶青,号乐静。浙江德清人。光绪二十四年探花,官编修。入民国,任清史馆协修。(详俞润明《德清俞氏》第二章)有《乐静词》一卷(1928年德清俞氏家刻本;浙江省图书馆藏手写本)。

1074. 俞剑华(1887—1936),原名锷,字剑华。江苏太仓人。南社社员。有词见《民权素》《南社词集》。

1075. 俞珊(1884—1945前),女,字佩瑗,晚年自号"湛持居士"。浙江德清人。清代著名学者俞樾(曲园)先生的曾孙女,当代文学家俞平伯先生长姊,侯官郭则沄室。擅长诗、词、琴、棋、书法。逝后子郭可诜(学群)等整理手稿,选定百余首确系其所作诗词(包括几首回文诗词),编为《临漪馆诗稿》三卷(1944年本)及《临漪馆词稿》一卷,附于其夫《龙顾山房诗赘集》之后。

1076. 俞平伯(1889—1990),原名铭衡。浙江德清人。1919年毕业于北京大学,先后任上海大学、燕京大学、清华大学、北京大学教授。早年参加新文化运动,加入过新潮社、文学研究会等文学团体。有《古槐书屋词》。

1077. 俞钟彦(1878—1948后),字瑞澄。江苏江宁人。任教于无锡国学专科学校。有《苹香榭诗词稿》(艺海美术印书馆1947年本)。

1078. 俞钟诒（1843—?），字调卿，一作调青。江苏昭文人。官詹事府主簿。（详南图藏《渔隐自撰年谱》稿本）有《琳琅新馆词钞》，与同名诗钞合订，不分卷（中国社科院文研所藏稿本）；分卷钞本，诗词八卷、词一卷（南京图书馆藏）。又有《挹青楼词钞》一卷，与《琳琅新馆诗》合刊（宣统二年刻本）。

1079. 郁达夫（1896—1945），原名文。浙江富阳人。任北京大学讲师，武昌师范大学、中山大学教授。与郭沫若组织创造社，以小说驰名，后到南洋主编《星洲日报》。有《郁达夫诗词集》。

1080. 郁华（1884—1939），原名庆云，幼名廉生，别名曼公、曼君，字曼陀，笔名六郎、井久计云。郁达夫之兄，革命烈士。曾任最高法院东北院推事及庭长，江苏高等法院第二分院刑庭庭长职。有《曼陀诗抄》《静远诗集》《静远画集》《刑法总则》等。

1081. 郁溶生（1865—1937），字巨川，号老鹤。天长人。优贡生，曾署山东诸县知县，定居济南。工诗词。擅长书画，画效四王，花卉追李鱓，亦善各体书。其山水及花鸟画在安徽、山东皆有影响。（详乔晓军编著《中国美术家人名辞典·补遗一编》；周家珍编著《20世纪中华人物名字号辞典》）。

1082. 郁锡璜（1882—1941），字葆青，号餐霞、餐霞散人，别号素痴老人。上海人。务商，创商余学会。亦善书法、辞章，曾与陈鹤柴、孙玉声等结求声诗社，后改名鸣社。有《餐霞集》，收词一卷。另有《餐霞书话》，编有《沪渎同声集》，刊有《上海郁氏三世吟稿》。

1083. 袁璠，字伯玙。湖南新化人。有《白云山馆诗钞》十七卷（1923年刻本），另辑有《白云山馆幽芳集》二卷首一卷（民国初刻本）。

1084. 袁克文（1890—1931），字豹岑，号寒云，别署寒云主人、万寿室主等。袁世凯次子。光绪三十三年授法部员外郎。（详《民国人物传》卷五）有《洹上词》（分《寒云词》《豹龛诗余》《庚申词》三编，1938年张伯驹油印本；上海书店2000年版《辛丙秘苑》本）。

1085. 袁荣法（1907—1976），字帅南，号沧洲，一号玄冰。湖南湘潭人。民国时入沤社。1934年上海持志学院法律系毕业，从事律师。去台后任东吴大学教授，主讲词选。著有《玄冰词》（辑入《湘潭袁氏家集》，台湾文海出版社影印本）。

1086. 袁思古，湘潭人。有《兰斋诗余：学圃老人词稿》（收入《近代中国史料丛刊续编》第 204 册）。

1087. 袁绪钦（1857—?），字敬佑，一字叔瑜，号守愚，晚号幔亭。湖南长沙人。光绪十一年举人，中式第三十七名，二十一年成进士，中式第一〇四名，官户部主事。辛亥后任湖南高等师范讲席。（详《清代朱卷集成》第 83 册；《晚晴簃诗汇》卷一八二）有词见《湘社集》。

1088. 袁雪程，安仁人。有《中国女子诗词选目录》十五卷（湖南图书馆藏，民国油印本）。（详张勇主编《湖南图书馆古籍线装书目录·集部》）

1089. 袁毓麟（1873—1934），初名荣润，改名毓麐，号文薮，又号文诡，笔名谰太郎，谰言、谰和尚，以字行。浙江杭州人。光绪二十三年副贡。创《杭州白话报》，曾任《杭州日报》主笔。历任国会议员、国税厅厅长、财政部钱币司司长、甘肃财政厅厅长等职。有《香兰词》一卷（民国二十一年铅印本），《香兰词续》一卷，与《爱日轩诗存》合订（浙江图书馆藏稿本）。

1090. 袁祖光（1869—1930），字瞿园，又字骥孙，号晓村，一作小偶。安徽太湖人。光绪二十七年进士，中式第一九二名，官吏部主事。（详《清代朱卷集成》第 89 册）有《瞿园诗余》三卷，另有《绿天香雪簃诗话》《端木诗》《摘星诗杂》《今古齐谐》等。（详戎毓明编《安徽人物大辞典》）

1091. 恽炳孙（1854—1918），字季文，晚号淡翁。江苏武进人。光绪十一年拔贡，官内阁中书。（详其《澹如轩诗钞》之《乙卯除夕》、恽毓龄《澹如轩诗钞跋》）有《淡如轩词钞》一卷，附《淡如轩诗钞》后（民国十一年上海聚珍仿宋印书局铅印本）。

1092. 恽毓鼎（1863—1918），字薇孙，号澄斋。顺天大兴人，先世籍江苏阳湖。光绪八年举人，十五年成进士，官至翰林院侍读学士。（详《辛亥人物碑传集》卷十四曹允源《诰授资政大夫赠头品顶戴原日讲起居注官二品衔翰林院侍读学士恽府君墓志铭》）有词见《词综补遗》卷七六。

1093. 恽毓珂，字瑾叔，亦字醇庵。江苏阳湖人。民国寓居沪上。词笔清刚隽上，老而弥工。有《兰窗瘦梦词》。

1094. 曾福谦（1851—1922），字伯厚。福建闽县人。光绪十二年进士，官四川奉节县知县。有《梅花龛词草》一卷，与《梅花龛诗》合刊（1936年铅印本、1944年刻曾克端辑《鄂里曾氏十一世诗》本）。

1095. 曾广钧（1866—1929），字重伯，号馥庵。湖南湘乡人。光绪十五年进士，官广西桂林知府。（详卞孝萱辑《民国人物碑传集》卷十一曾昭杭等《曾广钧哀启》）有《环天室词》。

1096. 曾行淦，字苹香。江西长宁人。活动于同、光间，与冯煦为友。（详冯煦《蒿庵类稿》卷二十三《书毛次米传后》）有《苹香词》一卷。（藏复旦大学图书馆，宝应刘氏食旧德斋写本）

1097. 曾今可（1901—1971），名国珍，笔名君荷、金凯荷。江西泰和人。早年留学日本。1931年在上海创办新时代书局，主编《新时代》月刊。1933年在《新时代》月刊提倡"解放词"。1957年与于右任创设中国文艺界联谊会，任秘书长、副会长。有短篇小说集《爱的逃避》《诀绝之书》《法公园之夜》，长篇小说《死》，散文集《小鸟集》，诗集《爱的三部曲》《两颗星》，词集《落花词》（详《江西省人物志》，上海新时代书局1932年版）。

1098. 曾廉（1855—?），字伯隅。湖南邵阳人。清光绪二十年举人，官国子监助教、会典馆详校。"百日维新"期间应诏上书，指斥康、梁"舞文诬圣，聚众行邪，假权行教"，要求光绪帝诛杀康、梁，取缔变法。八国联军侵华时，调参李秉衡幕府。1902年迁居贵州锦屏，设学授徒。与夏寿田、章华、端方等有诗词唱和。曾入民国须社。有《蠡庵续集》附词。

1099. 曾念圣（1887前后—1943年后），字次公，号风持。福建闽县人。曾入河北都府幕，官大理院推事。有诗集《抱天阁集》，词集《竹外词》《桃叶词》（1935年《广箧中词》刻本）、《桃叶词别集》一卷（1960年版）。（详钱仲联《清诗纪事》；杨子才《民国五百家词钞》；水原渭江《水原渭江学术精华》）

1100. 曾淞（1852—1903前后），字幼筌。福建闽县人。官广东南雄州知州。有《纫庵词》。

1101. 曾习经（1867—1926），字刚甫，号蛰庵。广东揭阳人。光绪十五年举人，十六年成进士，官户部主事、度支部右丞，兼印刷局总办、宪政编查馆学部谘议等。（详《碑传集三编》卷八曾靖圣《度支部右丞曾府君行状》）有《蛰庵词》一卷。（1933 年刻《沧海遗音集》本）

1102. 曾懿（1853—1927），字朗秋，一字伯渊。四川华阳人。曾咏女，阳湖袁学昌室。随宦东南诸省。（详《清史稿》卷五〇九；《晚晴簃诗汇》卷一九二）有《浣月词》一卷，与《古欢室诗集》合刊（光绪三十三年长沙刻本）。

1103. 曾仲鸣（1896—1939），早年留学法国，获文学博士学位，归国后随汪精卫，后遇刺身亡。有《颉颃楼诗词稿》。

1104. 查猛济（1902—1966），字太爻、宽之，别号寂翁。海宁袁花人。其父查桐荪，为徐志摩启蒙老师。1924 年，在故乡袁花发起"晦鸣社"。之后在上海古今图书店工作，担任《新浙江报》《之江日报》编辑。第一次国共合作期间，任杭州市宣传部部长。"四·一二"反革命政变时被通缉，退隐老家。抗战期间，任浙江省民政厅秘书及省贫儿院院长。抗日战争胜利后，任国立英士大学哲学系教授，直到新中国成立。1952 年三四月间，因精神病复发，回老家养病。1956 年，受聘为浙江文史馆馆员、海宁县政协特邀代表及委员。对文字学、佛经、世界语都有研究。编著有《猛济文存》《抒情小诗集》《中国诗史》《唐宋散文选》等，另有《为无为堂诗词集林》（1945 年本）（详海宁市政协文教卫体与文史委员会《海宁世家》）。

1105. 翟涤尘（1889—1968），女，字谛西。湖南新宁人。毕业于湖南长沙第一女子师范学校。1926 年于广州中山大学肄业，与李冰若结褵。后在新宁创办女子职业学校。李冰若离世后，先后在武冈县、新宁县各中小学任教。有《碧琅玕诗词集》，稿多散佚。经女庆粤、庆苏整理，与冰若诗词合印为《栩庄诗词集》（详刘梦芙编《二十世纪中华词选·下》）。

1106. 翟兆复（1911—2003 后），女。广东惠阳人。师事龙榆生。毕业于中山大学。新中国成立后任广东文史馆员。晚年常与骚人墨客结伴雅集，赋诗填词。有词二阕见《词学季刊》第三卷第一号。

1107. 詹安泰（1902—1967），字祝南，号无庵。广东饶平人。师事陈洵。曾任韩山师范学院、中山大学教授。有《无庵词》《詹安泰词论稿》等。

1108. 张爱萍（1910—2003），四川达县人。曾任红三军团第四师政治部主任、新四军第四师师长兼淮北军区司令员、华东军区海军司令员兼政委、国防科委主任、国务院副总理等职。1955 年被授予上将军衔。有《手中剑之歌》等。

1109. 张百宽，字文叔。湖南长沙人。活动于同光年间。有《酒痕词》一卷（光绪二十四年刻《题襟集》本）。

1110. 张丙廉（1863—?），原名尧焱，字梦蘧，一号孟癯。四川射洪人。光绪二十一年进士，官法部主事、江苏无锡县知县。民国初年，旅居北平，贫乏不能自存，憔悴遽殁，无以为殓，其友向迪琮等为经纪其丧。（详《清代官员履历档案全编》第 28 册）有《闻妙香室词钞》五卷（民国十二年陆军印刷所铅印本）。

1111. 张伯驹（1898—1982），字家麒，号丛碧，别署游春主人等。河南项城人。与袁克文、张学良、溥侗并称"四大公子"。入蛰园社、庚寅词社，亦研治京剧。曾任华北文法学院教授。新中国成立后，任燕京大学艺术系导师、吉林博物馆副馆长、中央文史研究馆馆员。有《张伯驹词集》《丛碧词话》。

1112. 张伯英，字九愚。祁阳人。为吏湘西，兴学剿匪，政绩显著。有《溪州别词》一卷（1914 年铅印本），乃离任湘西时与当地士绅唱和所得。

1113. 张伯桢（1877—1947），字子翰，号沧海，又称篁溪。广东东莞人。师事康有为。曾留学日本东京法政大学。民国时任司法部监狱司金事。活动于清末民初，与宋伯鲁、赵熙、沈宗畸、周岸登等皆有交游。著有《沧海丛书》《篁溪文存》，另有《悼亡词》。

1114. 张采庵（1904—1991），名建白。广东番禺人。在家乡创办小学并兼校长。为诗清丽绝俗，格律严，讲用字，人称"采律"。有《春树人家诗词钞》。

1115. 张大千（1899—1983），原名张爰，字季爰，号"大千居士"。四川内江人。现代国画大师，晚年居台湾省。有词作见曹大铁、包立民编《张大千诗文集编年》（荣宝斋出版社 1990 年版）。

1116. 张德瀛（1861—1914 年在世），字采珊，别号山阴道上人。广东番禺人。光绪十七年举人。工词，亦能画。有《耕烟词》五卷（1929年《阁楼丛书》本）。另有《词征》六卷。

1117. 张东荪（1886—1973），浙江杭州人。张尔田弟。东京帝国大学哲学系毕业，南社社员，民国时任燕京大学哲学系教授。有词见《民权素》。

1118. 张尔田（1874—1945），官名采田，字孟劬，一字遁堪。浙江钱塘人。初官刑部，继候补江苏知府。嗜词，亦精于西北史地。曾任北京大学教授，晚年任燕京大学国学总导师。（详《广清碑传集》卷二十王蘧常《钱塘张孟劬先生传》）有《遁庵乐府》一卷（《沧海遗音集》本），二卷（1941年万载龙氏忍寒庐刻本）。

1119. 张恨水（1895—1967），安徽潜山县人。现代作家。长期做编辑记者工作，20世纪30年代至50年代写了一百二十多部中、长篇小说，代表作有《春明外史》《金粉世家》《啼笑姻缘》等。

1120. 张弘汉，女，字任君。湘乡人。有《逸志斋文集》二卷（1920年杭州浙江印刷公司铅印本）。

1121. 张鸿（1867—1941），初名澄，字映南，一字师曾，一字诵堂，别署隐南、璚隐（一作琼隐）、蛮公、燕谷居士、童初馆馆主等，晚号蛮公，又称燕谷老人。江苏常熟人。光绪十五年中举，三十年成进士，官外务部郎中，记名御史。后归里办学校。与杨圻、翁之润、王景沂、曹元忠、章华等有唱和。（详《广清碑传集》卷十九唐文治《张君琼隐墓志铭》、2001年版《曾朴及虞山作家群》之时萌《张鸿年谱》）有《长毋相忘室词》一卷（光绪二十四年刻《题襟集》本），《蛮巢词稿》一卷，《怀琼词》一卷（1939年排印《蛮巢诗词稿》本）。

1122. 张鸿藻，字茆芹。善化人。有《大孤集》九种，含《文集》二卷，《诗集》六卷，《咏史百首》二卷，《试帖》一卷，《词草》一卷，《联语》一卷，《随笔》一卷等（1924年山西范华印刷厂铅印本）。

1123. 张花谷（1877—1966），名毅公，字警镛，又号南村老人。惠州府兴宁人。工诗词书法。（详1989年《兴宁县志》）

1124. 张华斗，字立青。安徽合肥人。张树声子。官分省补用道。有《席月山房诗文集》附词。

1125. 张惠衣（1898—1960），名任政，号莘伊。曾入潜社，师事吴梅。早年曾在中央大学任教。后任中央文物保管委员会专门委员、浙江大学教授，浙江博物馆馆长。有《金陵大报恩寺塔志》《纳兰成德年谱》《灵琐阁诗》。

1126. 张继良（1871—?），字南陔，号兰思。江苏常熟人。光绪二十一年进士，官刑部主事、山西河津县知事。入民国任临时政府司法委员会秘书。（详《江苏艺文志·苏州卷》）有《南陔词草》。有词见《词综补遗》卷四三。

1127. 张謇（1853—1926），字季直，号啬庵。江苏南通人。光绪二十年状元，授翰林院修撰。早年入淮军幕，在南通创办实业公司、银行、学校，参与发起立宪法运动，辛亥后任南京临时政府实业总长、北洋政府农商总长。（详张孝若《张謇年表》，上海中华书局，1930 年）有《张謇全集》。有词见《张季子诗录》（1931 年刊本；《近代中国史料丛刊续辑》第九七辑本）。

1128. 张锦，女，字丽芳。长沙人。张百熙（1847—1907）次女，适沛郡朱应征。有《闲与轩遗稿》一卷附录一卷（1933 年铅印本）。

1129. 张可中（1900—1926），字庸庵。热河承德人。北京中国大学毕业，任热河都统署秘书。著有《天籁阁诗存》（1931 年排印本）。

1130. 张克家（1844—?），字仲佳，号如法老人。天津人。父张芝庭为津门通儒，幼承家学，精擅诗文。清光绪十七年辛卯科举人，拣选知县。历任直隶督练处总参议、探访局提调、直隶警务公所顾问、禁烟处处长等职。以诗风超迈闻名于清末民初津门诗坛。1919 至 1922 年间尚在世。有《如法受持馆诗》《如法受持馆诗续》《如法受持馆诗余》（己未五月仿聚珍版）各一卷及《如法受持馆文集》四卷传世。（详《天津史志丛刊·天津近代人物录》）

1131. 张茂炯（1875—1936），字仲清，号君鉴，别号忏庵。江苏吴县人。张茂铺堂弟。光绪二十三年举人，中式第二十四名，三十年成进士，中式第五十七名，官度支部主事、盐政院总务厅长。曾与吴曾源、吴梅等创消夏词社。（详《清代朱卷集成》第 90 册、《艮庐自述诗》，与《艮庐词续集》合刊）有《艮庐词》一卷（1931 年石印本），《艮庐词续集》一卷、外集一卷（1934 年石印本）。

1132. 张茂镛（1864—1924），初名懋镛，字声伯，又字申伯。江苏吴县人。光绪十七年举人，官浙江上虞及金华等县知县、安徽糖捐局提调。（详其民国刊本《粿庵主人自订年谱》）有《粿庵诗余》十卷，与《粿庵诗》合刊（民国元年铅印本）。

1133. 张农（1877—1927），原名肇甲，字都金，号鼎斋。江苏吴江人。清末秀才。好吟咏，与四位堂兄弟并称"葫芦兜五子"。早年在南京造币厂供职，多有吟咏金陵之作，后回乡办村塾。曾为柳亚子所称道。1917 年入南社。因闻其女惨讯悲恸而逝。有《葫芦吟草》。

1134. 张清扬（1879？—1920？），女，字巧先，一字凝若，号宜悦。福建侯官人。张秉铨女，林兰亨室。有《清安室词甲、乙稿》（1921 年福州刻本）。

1135. 张庆琏（1896—1947 后）女，字蔼芳。江苏上海人。星若女，严载如室。著有《三佩簃吟草》三卷，《理烦吟草》一卷（撷菊琴室排印本）。

1136. 张荣培（1872—1937 后），字蛰公。江苏长洲人。与吴梅、舒昌森等有唱和。有《惜余春馆词钞》一卷（1928 年丁卯长夏苏州观西利苏印书社铅印本）。

1137. 张汝钊（1900—1969），女，字曙蕉。浙江慈溪人。26 岁从章太炎主持的国民大学英文文学系毕业。先后认识印光法师和太虚法师，皈依佛教。曾受蒋介石聘请，至奉化为其长子蒋经国及儿媳讲学。1950 年，在慈溪妙音精舍剃度为尼，赐名本空，号弘量。擅长诗文，著有《绿天簃诗词集》（1925 年本）、《海沤集》（1934 年排印本）、《般若花》、《烟水集》四种（详方祖猷《天台宗观宗讲寺志 1912—1949》）。

1138. 张山声，师事周葆贻。民国兰社成员。有《曙光词》。

1139. 张上龢（1839—1916），字沚莼，号怡荪。浙江钱塘人。张尔田父。咸丰四年诸生，官直隶昌黎、博野、万全、静海、永年等县知县。（详《广清碑传集》卷十五张尔田《先考灵表》）受词学于蒋春霖，与郑文焯等唱酬，创鸥隐词社。有《吴沤烟语》一卷（1915 年刻本）。

1140. 张慎仪（1846—1918 年后），字叔威，号蔗园，一号芋圃。四川成都人。（详其自作《今悔庵词》）民国时入春禅词社。有《今悔庵词》一卷，附于《张淑威著述》（光绪三十二年成都昌福公司版、民国八年成都刻本）。

1141. 张声莹，女，湖南乾城（今吉首）人。有《养心楼诗钞》一卷（1923 年铅印本）。

1142. 张曙时（1884—1971），江苏睢宁人。先后加入中国同盟会，参加辛亥革命、护法运动，后以中共中央特派员身份返回四川继续从事秘密活动。抗日战争爆发后，任中共四川省工作委员会委员、中共中央西北局统战部副部长、陕甘宁边区政府法制室主任、西北中央局统战部副部长等职。为怀安诗社成员。与谢学哉有诗词唱和。

1143. 张树棠，字荫庭。广东番禺人。宣统优贡，后隐居澳门。民国时与黎季裴、詹安泰有唱和。

1144. 张苏铮（1901—1982），福建福州人。曾任复旦大学、中央大学、上海音乐学院教席。师事何振岱。有《浣桐书屋诗词》。

1145. 张素（1887—1946），原名诵清，字穆如，一字挥孙，号婴公。江苏丹阳人。南社社员。有《闷寻鹦鹉词》《瘦眉词》，辑有《丹阳乡献词》。（详《江苏艺文志·镇江卷》）其孙女张末梅、金建陵夫妇编有《张素词集》。

1146. 张素文，女，长沙人。有《晓莺词集》一卷（1934 年铅印本）。

1147. 张通典（1859—1915），字伯纯，号天放楼主，晚号志学斋老人。湘乡人。戊戌间在湘创立矿务总局，参与黄花岗起义。曾任南京临时政府内务司司长。有《天放楼诗集》《志学斋笔记》《志学斋类稿》不分卷（民国铅印本）。

1148. 张通之（1875—1948），字葆亨。南京六合人，旧居在今仓巷 76 号。民国书画家。清宣统元年（1909）拔贡，因母丧，未去河南赴县官任。此后，一生未入仕途。曾执教于金陵女子大学、蚕桑职业专科学校、市立第一中学、私立钟英中学。抗日战争胜利后，南京通志馆成立，兼任《南京文献》编纂工作。能诗词，与清道人、王东培、胡小石等人时相唱和。善书画，以墨菊、苍松最闻名。书法刚劲浑厚。其书画作品曾在上海、南京等地展览。有《秦淮感逝》《金陵四十八景咏》等。（详《建邺文史》第六

辑）

1149. 张锡麟，字务洪。广东番禺人。光绪丁酉拔贡。清末，掌教广雅书院。辛亥革命后，曾入安福军幕。（详李国钧《中华书法篆刻大辞典》）工骈俪、诗词及书法。有《榘园词钞》一卷（1929 年刻本），《柳斋词选》一卷（1915 年铅印本）。（详林葆恒辑、张璋整理《词综补遗·第 2 册》，《广东文征续编》）

1150. 张僖（1858—?），字和甫，号韵舫，别号迟园居士。山东潍县人。光绪八年举人，中式第三十七名，十二年成进士，官福建兴化知府。（详《清代朱卷集成》第 220 册、《晚晴簃诗汇》卷一七四）有《眠琴阁词》六卷、外集一卷（光绪二十一年石印本、民国五年石印本）。

1151. 张学华（1863—1951），字汉三，晚号暗斋。广东番禺人。光绪十六年进士，官至江西提学使。民国时定居澳门，与汪兆镛、刘伯端等人唱和甚密。有《闇斋词》一卷（1948 年铅印本）。

1152. 张一麐（1867—1943），亦作一麟，字仲仁。江苏吴县人。曾长期任袁世凯幕僚。民国初任总统府秘书长、机要局长、教育部总长等职。"九一八"事变后，投身抗日救国，倡设"老子军"抗战，任国民参政会参政员。主张文字改革，提倡汉字拼音，并组织新文字学会。有《现代兵事集》《古红梅阁集》《心太平室集》十卷等行世。

1153. 张逸（1871—1942），字纯初，别署禺山山人，晚号无竞老人。广东番禺人。（详其《笔花草堂词自序》）有《笔花草堂词》三卷（1931 年铅印本）。师事居廉。擅绘虫鱼花鸟，近宗南田，远法徐熙。写山水有秀气，间作诗词，亦清逸。与陈树人、黎庆恩、郑剑刚合组清游会。有《花痕梦影词》《豁鏖词》《百花词草》《笔花草堂诗》（详恽茹辛《民国书画家汇传》）。

1154. 张翼鹏（1876—1944），字毓鲲，号麓森，晚号南滨饮者。醴陵人。清末留学日本，习军事，加入同盟会。辛亥后参加护国、护法运动。曾代理湖南省主席，任第四集团军总司令部参谋长、军事参议院参议长。有《行万里路游客吟草》。

1155. 张元群（1897—?），字仁圃。湘乡人。曾任盐山、莒县、桐城、定县县长。有《汉江遨游集》一卷（1932 年南京国民印务公司铅印本）。

另有《仁圃诗余集》《散天花馆词选》二卷。

1156. 张允言（1868—?），字伯讷。直隶丰润人。光绪十五年进士，官至度支部大清银行正监督。（详《光绪十五年己丑科会试同年齿录》）有词见《全清词钞》卷三十六。

1157. 张昭汉（1882—1965），女，字默君，号涵秋。湘乡人。曾任国民政府立法院委员、考试院考选委员等。有《白华草堂诗》一卷、《玉尺楼诗》一卷（1934年南京刻本）、《默君诗草》（1934年南京刻本）、《红树白云山馆词草》一卷（1934年南江邵氏刻本）、《正气呼天集》一卷（1941年京华印书馆铅印本）、《西陲吟痕》（南京国民印务局1935年版）、《大凝堂诗》。

1158. 张兆兰（1842—1928?），字畹九，号秋荪。江苏仪征人。同治九年举人，中式第一五二名，官至监察御史。（详《清代朱卷集成》第108册、《江苏艺文志·扬州卷·上》）。有《醉经斋词钞》一卷，与张集馨《时晴斋词钞》一卷合刊（光绪二十一年铅印本）。

1159. 张珍怀（1917—2005），号飞霞山民。浙江永嘉人。无锡国学专科学校肄业后长期任教。有《飞霞山民词稿》《域外词选》（与夏承焘合编）等。

1160. 张仲炘（1854—1919），字慕京，号次珊。湖北江夏人。光绪元年举人，三年成进士，官至通政司参议，入军机。解职后，受聘为湖北存古学堂讲席。（详《清代官员履历档案全编》第5册、《近代名人小传·官吏》）有《瞻园词》二卷（光绪三十一年刻本）、续一卷（1936年陈世宜刻本）。

1161. 张柱（1848—1909后），江西人。有《酿春阁词草》。

1162. 张转换（1911—1972），原名宜，字纫诗。南海人。曾师事桂坫，与江苏如皋冒广生有词学交游。（详《冒鹤亭先生年谱》第523页）1950年冬，廖恩焘与刘景堂于香港共创"坚社"，每月一会，张宜是词社成员之一，其他参与者有张权俦、罗忼烈、王韶生、任汝珩、曾希颖、汤定华、任援道、区少干、王季友等，至1953年冬结束。有《张纫诗诗词文集》。

1163. 张祖廉（1873—?），字彦云，号山荷。浙江嘉善人。光绪二十八年举人，次年中经济特科进士。以名孝廉荐试特科，授江苏知县，旋改学部主事，充资政院秘书。词取法定庵，倜傥不群。与吴昌绶情谊尤笃，有《城东唱和词》一卷行世（1925 年刻本朱印），另有《长水词》《娟镜楼词》《娟镜楼丛刻七种》《定庵先生年谱外记》。（详周家珍《20 世纪中华人物名字号辞典》、林葆恒辑《词综补遗·第二册》）

1164. 张祖铭（1897—?），女，字织云。祖籍江苏铜山，生长于扬州。张祖馥妹，关赓麟室。有《琴风馆诗钞》《饴香集》《广饴香集》。（详《江苏艺文志·徐州卷　连云港卷》）

1165. 章华（1872—1930），字缦仙，号啸苏。湖南长沙人。光绪十九年举人，二十一年进士，官邮传部郎中、军机章京。曾入聊园词社。（详《辛亥人物碑传集》卷十五郑沅《章君曼仙墓志铭》）有《淡月平芳馆词》（一名《钵山旧馆词》）一卷（光绪二十四年刻《题襟集》本），又与其《倚山阁诗》合刊（民国二十年长沙章氏刻本）。

1166. 章士钊（1881—1973），字行严，笔名黄中黄、青桐、秋桐。生于湖南长沙。曾任中华民国北洋政府段祺瑞政府司法总长兼教育总长，中华民国国民政府国民参政会参政员。新中国成立后历任政务院法制委员会委员、全国人民代表大会常务委员会委员等职。有《长沙章先生桂游词钞》（1941 年刊）、《入秦草》（1942 年铅印本）、《沪游草》（1944 年刊）、《沪游草后集》。又有《孤桐诗稿》。据李根源《曲石诗录》载《孤桐诗稿》分为甲乙丙三稿，共 27 卷，收录诗词千余首，原藏云南省图书馆。现有《章士钊诗词集》（湖南人民出版社 2008 年版）。

1167. 章衣萍（1902—1946），乳名灶辉，又名洪熙（鸿熙）。安徽绩溪人。曾在陶行知创办的教育改进社主编教育杂志，与鲁迅筹办《语丝》月刊。南社和左翼作家联盟成员。有《古庙集》《一束情书》《樱花集》，另有《看月楼词》（上海女子书店 1932 年本）。去世后又有《衣萍文存》《中国新文学论》等问世。（详马海平《上海美专名人传略》、朱自强《中国文化大百科全书·文学卷》）

1168. 章钰（1865—1937），字式之，号坚孟，别署蛰存，晚号霜根老人。江苏长洲人。光绪二十九年进士，官外务部主事。（详《碑传集三编》卷四一张尔田《章式之先生传》）有《四当斋集》附词一卷（1937 年铅印本）。

1169. 赵曾望（1874—1913），字绍庭，一作芍亭，号姜汀。江苏丹徒人。同治九年拔贡，官内阁中书。（详《江苏艺文志·镇江卷》）有《心声诗余》一卷，与《心声稿草》合刊（1934 年石印本、复旦图书馆藏稿本）。

1170. 赵尔巽（1844—1927），字次珊，晚号无补老人。汉军正蓝旗人。同治六年举人，十三年成进士，官东三省总督。（详《野棠轩文集》卷三奭良《清史馆馆长前东三省总督盛京将军赵公行状》）。有词见《白山词介续》。

1171. 赵藩（1851—1927），字樾村，号介庵，晚号石禅老人，门人私谥文懿先生。云南剑川人。光绪元年举人，官滇黔盐运总局总纂，兼署四川按察使。辛亥革命时被推为云南军府总指挥。（详邓邦述《文懿先生赵公传》、《广清碑传集》卷十六金天翮《文懿先生剑川赵公墓碑》）有《小鸥波馆词钞》六卷（1943 年石印本）。另辑《滇词丛录》三卷。

1172. 赵鹤清（1866—1954），字松泉，号瘦仙。姚安人。光绪举人，官澜沧知县，充八旗学堂教师。民国时寓居南京授徒为业。工诗词书画，有《松泉词钞》。（详乔晓军编《中国美术家人名辞典·补遗一卷》）

1173. 赵恒（1866—1917），字次咸，号乙庐。贵州遵义人。赵廷璜第三子。光绪十九年中举，即随长兄赵怡赴京应试，未售。光绪二十五年任川东盐运大使。光绪三十三年再赴京应试，仍落第，后任峨山县尹。1914 年在成都刻印继母、兄嫂诗集多种。著有《乙庐诗稿》七卷，词一卷（清宣统三年抄本）。长兄赵怡题其卷云："玉树临风秀可餐，芙蓉初日太阳鲜。诗家色态谁争得，私爱苏庭叔党贤。"（详遵义市政协文史与学习委员会编《遵义历史文化丛书》）

1174. 赵立民（1900—1969），原名乾，以字行，又号意禅。浙江温岭人。工诗词并善医术。有《楝花庐诗词遗稿》。

1175. 赵万里（1905—1980），字斐云。浙江海宁人。早年肄业于南京东南大学中文系，1925 年赴清华大学任教，担任国学研究所助教，师事王国维、梁启超、胡适等。历任北平图书馆善本考订组长、北平图书馆编纂、馆刊编辑、善本部主任、故宫博物院专门委员等职，并同时兼任北京大学、清华大学、中国大学教授。辑校有《宋金元人词》。钱仲联《近百年词坛点将录》："地理星九尾龟陶宗旺　赵万里。"有《飞云词录》。

1176. 赵文炳（1897—1954），字焕卿。甘肃通渭县义岗川镇赵家高庄村人。留学莫斯科中山大学。民国时任安徽大学教授。与陈果夫之女结婚后留美，1949 年获得美国哥伦比亚大学博士学位，后曾任该大学法律系教授。有词作。

1177. 赵熙（1867—1948），字尧生，别号香宋。四川荣县人。光绪十七年中举，十八年成进士，官翰林院编修、江西道监察御史。（详《赵熙集·附录一》王仲镛《赵熙年谱》）有《香宋词》三卷（民国六年霜甘小阁成都刻本）。又有《香宋词》三卷、补遗一卷（巴蜀书社 1996 年版《赵熙集》本）。

1178. 赵祥瑗（1899—1993），字思伯。大港人，居镇江。在南京高师读书时受业于吴梅。后任镇江中学校长，多景诗社首任社长。有《枯井泪》（传奇剧本）、《苍溪词草》。

1179. 赵永年，字明湖，号祝三。江苏仪征人。诸生。活动于同、光间。（详《江苏艺文志·扬州卷·上》）有《海天词稿》一卷（泰州市图书馆藏《归群宝笈续编》之二十三钞本）；《归群词丛》（福建师范大学图书馆藏钞本）。

1180. 赵尊岳（1898—1965），字叔雍。江苏武进人。毕业于上海南洋公学，民国时先后任职政界、军界。从况周颐学词，与汪精卫为莫逆之交。晚年主讲于新加坡大学。有《珍重阁词集》（新加坡东艺印务公司 1981 年版）、《和小山词》（民国刻本）。

1181. 郑德涵（1916—1999），字君量，号廛庐。浙江平阳人。有《廛庐词剩甲稿》，由其子郑彦昉编印传世。

1182. 郑骞（1906—1991），字因百。辽宁铁岭人。燕京大学毕业，先后任教于燕京大学、台湾大学。有《景午丛编》，词集有《永阴集》。自题云："岂有铅华光少作，拟将丝竹写中年。"

1183. 郑翘松（1877—1955），字奕向，号苍亭，晚号卧云老人。福建永春人。同盟会员。新中国成立后任福建文史馆馆员。与李叔同交好。有《卧云楼诗词集》。

1184. 郑权，字玉山。广东番禺人。叶衍兰后辈。府学廪生，师事陈澧。光绪十四年戊子科举人，被推为菊坡精舍学长。与梁鼎芬、潘飞声有唱和。有《碧琳腴馆词钞》《玉山草堂骈体文》（详宣统《番禺县续志》卷二十三、卷三十一）。

1185. 郑万屿（1902—1982），字在陆，别号聋生。江苏徐州人。1949年后在徐州市博物馆工作，曾任江苏省文史研究馆馆员。有《适吾庐诗词丛稿》。

1186. 郑文焯（1856—1918），字俊臣，号小坡，又号叔问、瘦碧，晚号大鹤山人，别号冷红词客。奉天铁岭人。光绪元年举人，官内阁中书。戊戌变法后，感愤国事，遂弃官居吴门，历任江苏巡抚幕宾。（详戴正诚《郑叔问先生年谱》，1941年刊本）有《瘦碧词》二卷（光绪十四年刻本，俞樾、易顺鼎等序；1917年吴中重刻本），《冷红词》四卷（光绪三十四年刊朱版本，沈瑞琳序；同年刊墨版本，陈锐、沈瑞琳序），《比竹余音》四卷（光绪二十八年沈氏刻本），《苕雅余集》一卷（1915年归安朱孝臧刊刻）。又有《樵风乐府》九卷（1913年双照楼刻本；《清名家词》本；《续修四库全书》本；1920年苏州交通图书馆辑印《大鹤山房全书》本；南京图书馆藏稿本），《大鹤山人未刊词》（载1941年《同声月刊》第一卷第5、6、7号），《冷红词》《比竹余音》（重庆市图书馆藏稿本），《苕雅》四卷《余集》一卷并《苕华诗余》一卷（北京图书馆藏稿本）。另有《词源校律》等。

1187. 郑孝柽（1862—1946），字稚辛。福建闽县人。郑孝胥弟。光绪十七年举人。有词见《闽词征》卷五。据李宣龚《硕果亭诗续》，其卷一辛巳年（1941）下有题《稚辛年丈今岁八十矣作此奉寄》，因知郑氏生于同治元年（1862），其卷三丙戌年（1946）下第一首即为《挽郑稚辛丈》。

1188. 郑孝胥（1860—1938），字苏堪，号太夷，别号海藏。福建闽县人。光绪八年举人，中式本省第一名，官内阁中书、驻日本使馆总领事、江南制造局总办、湖南布政使、伪满国务总理。（详《民国人物传》第四卷）有词见《清词玉屑》卷六。

1189. 郑元昭（1863—1941），女，字岚屏。福建福州人。郑弼女，何振岱室。有《天香室诗词》，附何振岱《我春室集》（民国油印本）。另有《浣兰词》（详嶙峋《闺海吟》；刘梦芙《二十世纪中华词选》）。

1190. 郑沅（1866—1938?），字叔进，号习叟。湖南长沙人。光绪十七年举人，中式第一四〇名，二十年成探花，官四川学政、翰林院侍讲。入民国，任总统府秘书，后寓上海。（详卞孝萱辑《民国人物碑传集》卷一王啸苏《郑沅传》）有词见《词综补遗》卷九十一。

1191. 郑泽（1881—1920），字叔容，号萝庵。湖南长沙人。南社社员。工诗古文词，历充秘书及新闻记者、国文教授。有《萝庵遗稿》三卷（1921年铅印本）、《萝庵词》。

1192. 志锐（1852—1912），字伯愚，号廓轩，又号公颖，别号穷塞主。满族镶红旗人。光绪六年进士，中式第三〇〇名，官礼部右侍郎、乌里雅苏台参赞大臣、伊犁将军。（详《碑传集补》卷三四吴庆坻《志将军传》）有《穷塞微吟词》一卷，附于其《廓轩竹枝词》（宣统二年懿文斋石印本）。

1193. 钟朝煦（1874—1942年后），字致和，号亟庐。四川南溪人。曾官云南，晚年归里主讲叙属联中。有《亟庐词存》一卷，附于《亟庐诗钞》（1942年自力股份有限公司铅印本）。据《亟庐诗钞》为自订编年本，卷三戊辰年（1928）下有《自题小照》四绝句，其一前两句曰："五十五年真一梦，即今梦冷渐成灰。"

1194. 钟德祥（1847—1905后），字西耘，号愚公，晚号耘翁。广西宣化人。同治五年举人，光绪二年进士，官至江西道监察御史。与朱祖谋有交游，为王鹏运《半塘定稿》作序。有《睡足斋词钞》《宣南集》《南征集》等。

1195. 钟敬文（1903—2002），字静闻。生于广东海丰县，客家人。民俗学家、民间文学研究家、散文作家。任教于中山大学、浙江大学。新中国成立后任北京师范大学教授，毕生致力于教育事业和民间文学、民俗学的研究和创作工作，贡献卓著。有《钟敬文诗词》《天风海涛室诗词钞》《荔枝小品》《海滨的二月》《钟敬文文集》等。

1196. 周岸登（1875—1942），又名周彦威，字道援，号二窗，一号癸叔，别号癸辛词人。四川威远人。光绪二十八年举人，官广西阳朔知县。入民国，历任厦门大学、四川大学教授。有《邛都词》《长江词》《和庚子秋词》等词集十余稿，后编入《蜀雅》十二卷、别集二卷，附于《二窗词客全集》第一种（中华书局 1931 年聚珍仿宋本）。任一民主编《四川近现代人名录》称其生卒为"1873—1942"。据《蜀雅》卷一《邛都词》之《自序》云："嗟乎！鼎鼎中年，已多哀乐；悠悠当世，莫问兴亡。……甲寅腊日蓬溪官廨书。"另，梅际郇《念石斋词》有《水龙吟·寿周葵叔六十生日》，作于 1934 年甲戌。因知其生于光绪元年，即 1875 年。

1197. 周邦（1920—1996），字命新。广西桂林人。毕业于苏州大学、黄埔军校和中国陆军大学。抗战期间曾任黄埔军校武汉分校教官。

1198. 周葆贻（1867—1939），字企言。江苏武进人。民国时创兰社于乡里，门徒众多，与朱祖谋、谢玉岑、金武祥等有唱和。有《企言诗存》。

1199. 周斌（1879—1933），字芷畦，又字志颐。浙江嘉善人。南京两江师范学堂毕业。同柳亚子交谊尤深，与弟志成共入南社。其诗感世干时，意气风发，多激愤之辞，虽意嫌稍露，犹耐讽诵。有词见《南社词集》，另辑有《柳溪词征》六卷。（详林东海、宋红选注《南社诗选》）

1200. 周曾锦（1882—1921），字晋琦，号卧庐。江苏通州人。光绪三十二年优贡。工弈，精篆刻。（详《周晋琦遗著三种》卷首之徐昂《周晋琦传》；顾偿基《周晋琦墓表》）有《香草词》一卷，附于《周晋琦遗著三种》（1921 年本）。另有《卧庐词话》一卷。

1201. 周达（1879—1940），字梅泉，一字美权。安徽至德人。诸生。少好六书，戊戌后，因念制器尚象必稽于数，遂专攻九数之学。入民国后寓上海，以遗老自居。有《今觉庵诗》。

1202. 周大烈（1864—1934），字应昆。湘潭人。清季以孝廉宦游京师，入民国曾任国会议员。有《夕红楼诗集》八卷、续集三卷（民国北平文岚簃铅印本）。

1203. 周谷城（1898—1996），湖南省益阳县人。曾任全国人大常委会副委员长，中国史学会常务理事兼首任执行主席等。自 1942 年秋起，一直在复旦大学执教，任历史系主任、教务长等职。有《诗词小集》等。

1204. 周固，湖南新化人。北京大学毕业，五四运动时主编《国民杂志》，后于国立湖南师范学院授法学。有《僵個集词》。

1205. 周恢初（1892—1961），字用宾。湖南宁乡人。毕业于湖北讲学堂，同盟会会员。曾任湘军第六旅副官处副处长、第一旅第三团少校参谋

等。有《悔悟老人诗词》二卷。(详郭汉民《湖南辛亥革命人物传略》)

1206. 周亮才,名亮,字天石,今以亮才行。浙江嘉兴人。南社社员。曾任国民政府交通部秘书、上海市政府秘书等。有词见《南社词集》。(详刘国铭《中国国民党百年人物全书》)

1207. 周麟书(1888—1943),字嘉林,一字迦陵,亦称迦陵生,号笏园,室名小匏叶盦。江苏吴江人。南社社友。毕业于苏州府中学,历任吴江中小学校校长及教员、江苏省立吴江乡村师范教员。有《笏园诗钞》四卷词一卷(1941 年吴江印务局铅印本,卷四原缺未印,实存诗三卷、词一卷)。《嘉林诗存》三卷,有稿本六册。另有《周迦陵诗稿》,包括《沧浪诗存》《虎阜游草》《邓尉游草》《虞山游草》《小匏叶盦诗钞》《小匏叶盦诗续钞》六种,作于光绪至民国初。(详《吴江文史资料》所录金天羽《迦陵生传》《江苏艺文志·苏州卷》)

1208. 周茂榕,字霞城,号野臣。浙江镇海人。同治廪生,尝设馆授徒。官训导,师事俞樾。工诗、善书,以草、楷称时,笔法挺雅。有《晚绿居诗馀》。(详乔晓军《中国美术家人名辞典·补遗二编》)

1209. 周梦庄(1901—1998),字猛藏。江苏盐城人。师事章炳麟。入绮社。新中国成立后为江苏文史馆员,中华诗词学会顾问。湖海艺文社名誉会长。有《海红词》。与汪东合刊《汪周词》。

1210. 周名建(1854—1930 年后),字屏侯,号蓼园,又号茗园。湖南衡阳人。光绪八年(1882)举人,官云南知府,民国曾为湖南衡阳图书馆馆长。有《蓼园文存》二卷,《诗存》二卷,《诗余》一卷,在《蓼园先生遗集》(1931 年版)中。另有《滇游草》二卷,《在滇见闻录》二卷(1931 年铅印本)。

1211. 周萧(1897—1976),字叔雨,号香农。广西桂林人。诗人、书法家、教育家和文史专家。有《广西胜迹记》《周萧诗词书法选》等。

1212. 周庆云(1864—1934),字景星,号湘舲,别号梦坡。浙江乌程人。附贡生,官永康县教谕、直隶知州、民政部主事。(详《广清碑传集》卷十九章炳麟《周湘舲墓志铭》)民国寓居上海,主沤社、淞社等词社。有《梦坡词存》。另辑《两浙词人小传》十六卷、《浔溪词征》二卷。

1213. 周声烈,谱名熙,字淑均。湘潭人。有《方上周诗合钞》十卷,

《词合钞》二卷。另辑有《近人诗词》一卷（1948 年湘潭正山印务馆石印本）。

1214. 周守瑜（1873? —?），女，字三兰。四川灌县人。有《三兰词》，见《三兰诗集》（1933 年成都美利印刷公司版）。

1215. 周树年（1867—1952），字谷人，别号无悔。江都（今江苏扬州）人。光绪二十三年拔贡，先后任扬州商会会长、教育会会长、咨议局议员、江苏省大源制盐公司董事长等职。工诗词，曾参加如社活动，词作编入《如社词钞》。有《无悔诗词合存》传世（1946 年刻本）。（详李坦《扬州历代诗词》、周勋初《文学评论丛刊》第 15 卷第 2 期）

1216. 周天球（1886—1951），字大荒，号书声。祁阳人。曾任天津高等法院书记官、北京《晨报副镌》编辑、《民德报》主编。有《大荒诗存》四卷。

1217. 周蔚堂，字伯璘。湖南人。有《应用文编》《国文辑要》《同葡生馆联语》《词草》《诗话》。

1218. 周虚白（1906—1997），四川新都人。西华师范大学（原南充师范学院）中文系主任。

1219. 周演巽（1880—1923），女，字绛言。浙江山阴人。曾皈依太姥山高僧楞根为弟子，法号慧明。（详何振岱等《慧明居士遗稿序》）有《湖隐词》一卷，见《慧明居士遗稿》（1924 年铅印本）。

1220. 周逸（1876—1969），原名昌岐，字仲元，晚号木崖。湘潭人。少时师事王闿运，加入同盟会。民国间任船山学社常务董事。新中国成立后，任湖南省文史馆馆员。有《木崖轩诗文集》十卷、《木崖轩诗草》一卷（稿本）、《木崖轩诗钞》不分卷（稿本）、《天籁轩诗集》六卷（稿本）、《湘绮楼诗经评点》二十卷（稿本）、《历代田家诗选》。另辑有《船山学社学员文稿》（抄本，以上文献均藏于湖南图书馆）。

1221. 周应昌（1864—1941），字啸溪，号霞栖。江苏东台人。光绪十一年举人，二十四年进士，官河南扶沟县、洧川县知县。（详《江苏艺文志·盐城卷》）有《霞栖词钞》二卷、《续钞》一卷、《三钞》一卷（民国间有益书局铅印本）。

1222. 周元瑞，字紫筠，别号澹斋。浙江仁和人。光绪丙子科举人。有

《红豆吟馆词钞》《三莲堂诗钞》。

1223. 周云（1864—?），字世臣，号浙庵。山东东阿人。光绪十八年进士，官湖北候补道。有词见《词综补遗》卷六十二。

1224. 周韵珠，女，字芷香。浙江仁和人。有词一卷，附许禧身《亭秋馆词钞》四卷后。（详林葆恒辑、张璋整理《词综补遗》）

1225. 周正权（1873—1931），字铁山。湘阴人。早岁留学日本，曾任湖南大学、武汉大学教授。有《楚风楼编》《洁园诗钟》等。

1226. 周重能（1899—1982），原名裕冕，字重能，以字行，别署六守斋。四川金堂人。1930 年毕业于国立成都大学，师事吴虞。后历任中学老师。有《周重能先生遗稿》存世。有《水竹山庄诗文集》，卷五为词集。

1227. 周宗琦（1896—?），字景韩，别号桥下客。浙江湖州人。曾从朱祖谋学词，从颜文梁学画。有《春松斋诗馀随笔》。

1228. 周祖谟（1914—1995），字燕孙。北京人，祖籍浙江杭州。文字、音韵、训诂、文献学家。1938 年起在辅仁大学国文系任教。有《问学集》《汉魏晋南北朝韵部演变研究》等。

1229. 朱大可（1898—1978），名奇，字大可，号蓬姹，又号亚凤巢主，以字行。浙江嘉兴人。曾任上海大厦大学、无锡国专上海分校教授。与其子朱夏合著《父子诗词选集》，内收其诗集《耽寂宧诗》。

1230. 朱德（1886—1976），字玉阶，原名代珍。四川仪陇人，祖籍广东韶关。任八路军总指挥（后改称第十八集团军，任总司令）、第二战区副司令长官、中共中央军委副主席。抗战胜利后，任中国人民解放军总司令、中华人民共和国副主席等职。1955 年授元帅军衔。有《朱德选集》《朱德诗选集》《朱德诗词选集（新编本）》等。

1231. 朱德宝，字虹父。四川酉阳人。光绪十五年举人，曾入湖北都督谢友鹄幕。后任上海某报主笔。与小说家李伯元、吴跰人交谊甚密。有《选梦楼词》（民国四年泸州陶氏版；《朱德宝诗词钞》本；《历代蜀词全辑》本）。

1232. 朱怀新（1850—?），字亦甫，号苗生。浙江义乌人。同治九年举人，光绪十五年成进士，中式第二五六名，官广东知县。（详《清代朱卷集成》第 66 册）有《惜余芳馆词》，附于《惜余芳馆稿》（广东中山图书馆藏；1959 年朱叙芬钞本）。

1233. 朱家骅（1853—1927），字云逵，号粥叟，别号心岫词人。江苏华亭人。（详《旧京文存》卷五孙雄《朱粥叟征君诗集序》）有《半甲乙词草》一卷（光绪三十一年刻本）。

1234. 朱居易（1908—1967），原名朱衣。江西上饶河口镇人。24 岁毕业于上海暨南大学。初留校任助教，后进上海《清词钞》编纂处任编辑，并参与《词学季刊》的编辑工作。1938 年返江西，先后在河口崇文中学、上饶中学任教员。1944 年至 1949 年，任南昌中正大学讲师。新中国成立后，在南昌大学任教。主要著作有《元杂剧俗语方言例释》《宋六十家词勘误》《元杂剧俗语方言例释》等，并参与《全宋词》和《清词钞》的编纂和校订。

1235. 朱隽瀛（1845—1913），字芷青，号金粟山人。顺天大兴人。同治元年举人，官至河南知府。（详陈衍《石遗室文集》卷十一《朱芷青哀辞》）有《玉屑词》三卷（光绪二十七年刻本）；《柳湖词》一卷，附于《陈州集》（宣统三年版）。

1236. 朱孔彰（1842—1919），字仲我，别号江东半隐，晚号圣和老人。江苏吴县人。朱骏声子。光绪八年举人，历任蒙城书院主管、安徽存古学堂教授等。（详《民国人物碑传集》中朱师辙《先考仲我府君行状》）有《临啸阁词》四卷、拾遗二卷。

1237. 朱铭新，师事周葆贻。民国兰社成员。有《春晖草堂诗词集》。

1238. 朱青长（1861—1947），名策勋，字笃臣，号还斋、天完、天顽。四川宜宾江安县城人。光绪举人，后居成都组"东华学社"。有《北来词稿》《还斋诗》《还斋词》等多种。

1239. 朱山（1886—1912），原名昌时，字云石。四川江安人。曾任《蜀报》主笔。（详《清画家诗史》丙下）有词见《历代蜀词全辑》。

1240. 朱升华，字宾我，号啸农山人。江西临川人。有《啸农词钞》。

1241. 朱师辙（1880—1967），字少滨。江苏吴县人。民国入清史馆，后执教四川华西大学。与邵章、张尔田、马一浮等有唱和。有《黄山樵唱》《清真词朱方和韵合刊》。

1242. 朱涛，字荔江，一作丽江。江苏盐城人。贡生，活动于光宣间，光绪十三年科考府首。（详《江苏艺文志·盐城卷》）有《画葫芦馆诗馀》，附于《画葫芦馆录存》（江苏盐城市图书馆藏稿本）。

1243. 朱希祖（1879—1944），浙江海盐人。曾在北京大学、清华大学、辅仁大学、中央大学任教，历任清史馆编修、古物保管委员会主任、国史馆筹备委员会总干事、考试院考选委员。有《明季史籍题跋》《汲冢书考》。

1244. 朱彦臣（1854—?），字大正，又字雨绿、语绿。江苏华亭人。（详其《片玉山庄诗存》之《四十生朝自述》）有《片玉山庄词存词略》一卷（《自怡轩遗稿》本、1935 年刻本）。（详徐侠《清代松江府文学世家述考·上》）

1245. 朱荫龙（1912—1960），字琴可。广西桂林人。有《朱荫龙诗文选》。

1246. 朱婴（1889—1970），曾用名辟安。湖南华容护城人。民国时历任陕甘宁边区司法训练班教务主任、陕甘宁边区政府秘书等职。新中国建立后历任西北军政委员会司法部部长、最高法院西北分院秘书长、西北大学党委书记、陕西省科委副主任等职。能诗词。

1247. 朱应征，字保之。湖南人。张之洞婿，师事刘肇隅。有《荡澜簃词钞》（又名《哀逝集》）。（详冯乾编校《清词序跋汇编·第 4 册》）

1248. 朱兆蓉，字芙镜，一字镜芙，自号秋江外史。又号西湖仙史。江苏如皋人。妻包兰瑛，有《锦霞阁诗词集》。1900 年八国联军攻陷北京，随扈光绪皇帝和慈禧太后西行西安。光绪三十二年派往杭州稽查宁海冤狱。1909 年调任遂昌知县，为清朝最后一任遂昌县县令。工诗词，善抚琴，喜治印。著有《染雪盦词》（中华图书馆民国六年石印本）。（详李毅峰《中国篆刻大辞典》；《遂昌文史资料》）

1249. 朱子范（1902—1958），字澹园，室名万卷书楼。广东番禺人。幼承家学，后师事南海杨翰芬，杨氏又为粤东名儒陈澧弟子。民国初年，入读学海堂，以"学有根本冠其曹"。1934 年，整理抄写陈澧的诗并汇编成册，名《东塾先生诗钞别本》。1937 年，第一本诗集《澹园诗稿》三卷出版。1949 年后在台湾省立师范大学等校任教，1958 年病逝。有《撷秀庐词稿》。

1250. 朱自清（1898—1948），原名自华，号秋实，后改名自清，字佩弦。原籍浙江绍兴，出生于江苏省东海县（今连云港市东海县平明镇）。现代杰出的散文家、诗人、学者、民主战士。曾任清华大学中国文学系主任，抗战期间任教于西南联大。词见《朱自清旧体诗词校注》。

1251. 朱祖谋（1857—1931），原名孝臧，字藿生，一字古微，号沤尹，别署上彊村民。浙江归安人。光绪八年举人，九年进士，官礼部右侍郎、广东学政。晚年屏居上海。（详《彊村遗书·附录》之陈三立《清故光禄大夫礼部右侍郎朱公墓志铭》）有《彊村词》二卷（光绪刻本），三卷（光绪三十一年开雕本、宣统三年影印手稿本），四卷（宣统三年刻本）。《彊村乐府》一卷，与况周颐《蕙风琴趣》合刊为《鹜音集》（民国七年四益宧刻本）。《彊村语业》二卷（1923 年刻本），《彊村语业》三卷（1924 年托鹃楼开雕本、《清名家词》本、巴蜀书社 2002 年版白敦仁笺注本；上海图书馆藏稿本《彊村语业》，卷三有汪兆镛跋；1935 年龙榆生影印本，有夏敬观、廖恩焘、林鹍翔、寿玺、吴梅、邵瑞彭等题词）。《彊村词剩》二卷、集外词一卷（1933 年南京姜文卿刻书处刻《彊村遗书》本；江苏广陵古籍刻印社 1987 年木刻本；上海古籍出版社 1989 年影印《彊村丛书》附本；《清八大名家词集》本；《续修四库全书》本）。另辑有《沧海遗音集》十三卷、《湖州词征》二十四卷、《国朝湖州词录》六卷。编选《宋词三百首》一卷、《词莂》一卷。校刻《彊村丛书》二百五十九卷。

1252. 诸宗元（1875—1932），字贞壮，别号大至居士。浙江绍兴人。光绪二十九年副贡生，佐江苏巡抚瑞澂幕多年，署知府。（详郑逸梅《南社丛谈·南社社友事略》）有词见夏敬观《忍古楼词话》。

1253. 庄俊，师事周葆贻。民国兰社成员。有《植厂诗词草》。

1254. 庄克昌（1900—1986），字蓝田。福建惠安人。闽南寻源书院肄业，任职于厦门女子师范学校。抗战后去菲律宾。有《慰蓝诗存》。

1255. 庄礼本，字瘦吟，号嶙西复侬。上海奉贤人。清季官湖北提学使。有《濠隐存稿》，又有《都门纪变百咏》，专记庚子事。

1256. 庄梦龄（？—1938），字与九，江苏武进人。有《静妙斋全集》，附词一卷（1939 年愿贤堂活字印刷本）。

1257. 庄一拂（1906—2001），原名临，号籊山。浙江嘉兴人。师事易孺。有《南溪词曲稿》。

1258. 卓孝复（1866—1941），字芝南，号毅斋，晚号巴园老人。福建闽县人。光绪八年举人，二十一年成进士，官湖南岳常澧道。（详《硕果亭诗》卷下乙亥年之李宣龚《寿芝南师七十》、民国《闽侯县志》卷六八）有《双翠轩词稿》一卷。卒年据民国《闽侯县志》卷六八《列传五（上）》"卓孝复，原名凌云，字芝南，号毅斋，晚又号巴园……庚午七月疾卒，春秋七十有六"。

1259. 宗支，字兰樵，号悔叟。湖南长沙人。有《西厢词集》。

1260. 邹铨（1885—1913），字秉衡，一字亚云，或作亚雄，别署民铎、天一子等。江苏青浦人。毕业于杭州浙江高等学校，曾供职于上海《天铎报》社，兼华童公学教授。（详《南社丛刻》第十四集之万以增《邹生传》）有《流霞书屋诗余》一卷，附于《流霞书屋遗集》（1913 年上海国光书局铅印本）。

1261. 邹弢（1850—1931），字翰飞，自号酒丐，别号瘦鹤词人、潇湘馆侍者。江苏金匮人。光绪元年诸生，曾任教于湖南启明女学。（详郑逸梅《逸梅丛谈·酒丐轶事》，上海校经山房书局 1935 年版）有《三借庐词剩》（一名《蘅香馆词》）一卷，附于《三借庐集》（1914 年上海文瑞楼版；1932 年常熟开文社铅印本）。另有《词学捷径》等。

1262. 左绍佐（1846—1927），字季云，号笏卿，别号竹勿生。湖北应山人。光绪二年举人，六年成进士，官刑部主事、广东南韶连兵备道。辛亥革命后隐居沪上。（详卜孝萱辑《民国人物碑传集》卷九傅岳棻《应山左笏卿先生墓碑》）有《竹勿斋词钞》一卷。

1263. 左又宜（1875—1912），女，字鹿孙。湖南湘阴人。左宗棠孙女，新建夏敬观室。（详陈三立《散原精舍文集》卷七《夏君继室左淑人墓志铭》）有《缀芬阁词》一卷（1913 年巾箱刊本）。

1264. 左桢（1854—1937），字绍臣，别号甓湖居士、淮南大隐。江苏高邮人。廪生，家贫，授徒自给。史念祖巡抚广西，延为幕宾，授同知衔。同治间坐馆淮安、金陵，光绪间官浙、皖、闽、辽。辛亥革命后，闲居扬州

著述，兼收集古玩字画。(详绍臣自作《甓湖草堂诗》《自叙》及《跋》)
有《甓湖草堂诗余》一卷，与《甓湖草堂诗》合刊（1922 年扬州大新局
铅印本）。另有《甓湖楹联》《金石录》（详王澄主编《扬州历史人物辞
典》）。

第 十 六 章

民国人论民国词史文献考录

民国时期论述民国词及其词史的文献不可胜数，因文献芜杂，无法观其全貌。兹从当时各种杂志、图书等载体中，搜辑数百种。有论近现代词史者，有论民国词人及其词作者。其中以论清末四大家论著尤多。于此分为三部分，以见民国词史批评之大概，亦为研究民国词史之必需。以内容的涉及面宽广度为序，同一词人、词作或词坛问题者，以时代先后为序。

一　论近现代词史之著述考录

1.《十五年来之词学》，杨铁夫，《私立无锡国学专修学校十五周年纪念册》，民生印书局，1936 年 6 月 20 日。

2.《当代词坛概况》，焦郎，《文风月刊》，1936 年第 2 期。

3.《东南词学界近况》，《申报》，1939 年 7 月 14 日。

4.《晚清词史》，吴征铸，《斯文》，1942 年第 2 卷第 7 期。

5.《晚清词人的印象》，陈英三，《中华周报》，1945 年第 2 卷第 5 期。

6.《端木子畴与近代词坛》，唐圭璋，《中央日报》，1948 年 1 月。

7.《近人诗词曲钞》，双龄，《新文化》，1934 年第 1 卷第 9—10 期。

8.《文学改良刍议·论词》，胡适，《新青年》，1917 年第 2 卷第 5 期。

9.《文学界应用〈蓼园词选〉为课本》，《申报》，1925 年 3 月 3 日。

10.《谈新诗·论及词》，胡适，《中国新文学大系》，1935 年第 1 期。

11.《词之弊害及其改革》，陈易园，《协大艺文》，1935 年第 3 期。

12.《今日学词应取之途径》，龙沐勋，《词学季刊》，1935 年第 2 卷第 2 号。

13.《国难教育声中发挥词学的新标准》，汪旭初，《文艺月刊》，1936 年第 9 卷第 2 期。

14.《创制新体乐歌之途径》，龙沐勋，《真知学报》，1942 年第 1 卷第 1 期。

15.《广州中山大学之白话词》，龙龙，《老实话》，1935 年第 66 期。

16.《旧词一束》，金受申，《立言画刊》，1943 年第 250 期。

17.《论近人研治诗词之弊》，杨国权，《正声》，1944 年第 1 卷第 1 期。

18.《为"词的解放运动"答张凤问》，曾今可，《新时代》，1933 年第 4 卷第 1 期。

19.《"谱"的解放》，张双红、曾今可，《新时代》，1933 年第 4 卷第 1 期。

20.《让牠过去罢》，余慕陶，《新时代》，1933 年第 4 卷第 1 期。

21.《论词的解放运动》，章石承，《新时代月刊》，1933 年第 4 卷第 1 期。

22.《"词的解放"之我见》，张资平，《新时代》，1933 年第 4 卷第 3 期。

23.《词的通信》，赵景深、曾今可，《新时代月刊》，1933 年第 4 卷第 3 期。

24.《论词的解放运动》，李词佣，《新时代月刊》，1933 年第 5 卷第 1 期。

25.《论所谓词的解放》，沈达材，《海滨》，1933 年第 7、8 期合刊。

26.《词的解放专号礼赞》，挺岫，《涛声》，1933 年第 2 卷第 11 期。

27.《论词的解放运动》，柳风，《新垒月刊》，1933 年第 1 卷第 4 期。

28.《读"词的解放运动"专号后恭感》，阳秋，《申报》，1933 年 2 月 7 日。

29.《所谓"词的解放"专家》，张梦麟，《申报》，1933 年 3 月 4 日。

30.《"解放"与"保守"》，川（钱歌川），《申报》，1933 年 3 月 4 日。

31.《何必解放》，玄，《申报》，1933 年 3 月 10 日。

32.《中国词的解放家曾今可先生访问记》，美国胡佛作，某学者译，《益世报》，1933 年 6 月 26 日。

33.《词的解放之我见》，刘树棠，《民钟季刊》，1935 年第 1 期。

34.《关于"打打麻将"》，曾今可，《中央日报》1936 年 2 月 6 日第 12 版。

35.《中国文学家速写·"解放词人"曾今可》，雪冰，《沙漠画报》，1939 年第 2 卷第 46 期。

36.《读〈中兴鼓吹〉》，王绍麒，《中央日报》，1942 年 10 月 8 日。

37.《落花（序言、附录）》，曾今可，上海新时代书局，1933 年版。

38.《"落花词"好评一束》，《文艺之友》，1932 年第 1 卷第 7、8 期。

39.《读〈落花〉》，邵冠华、章石承、潘家祥、杨昌溪等作，《新时代》，1933 年第 4 卷第 2 期。

40.《阳秋答"阳春"》，阳秋，《申报》，1933 年 3 月 1 日。

41.《写了〈论词的解放运动〉以后》，柳风，《新垒月刊》，1933 年第 1 卷第 5 期。

42.《文坛漫评》，云，《出版消息》，1933 年第 19 期。

43.《论解放词》，程云青，《中央日报》，1947 年 5 月 14 日。

44.《词之解放发端》，张友仁，《中央日报》，1948 年 8 月 5 日。

45.《保存与改革》，褚问鹃，《新时代》，1933 年第 4 卷第 1 期。

46.《关于平仄及其它》，柳亚子、曾今可，《新时代》，1933 年第 4 卷第 1 期。

47.《词的反正》，张凤，《新时代月刊》，1933 年第 4 卷第 1 期。

48.《"词"存在问题》，郑振铎，《文学》，1933 年第 1 卷第 4 号。后收入《短剑集》，1936 年 1 月，《郑振铎古典文学论文集》，上海古籍出版社，1984 年版。

49.《词的我见》，柳亚子，《新时代月刊》，1933 年第 4 卷第 1 期。

50.《唱出自己的情绪》，郁达夫，《新时代》，1933 年第 4 卷第 1 期。

51.《词学研究社缘起》，《青年维德会报》，1920 年第 2 期。

52.《作家零星》，欧阳成，《出版消息》，1933 年第 16 期。

二　论清末四大家等词人著述考录

1.《清季四大词人》，龙榆生，《暨大文学院集刊》，1931 年第 1 集。

2.《清末四大词人》，刘樊，《国立武汉大学四川同学会会刊》，1935 年第 2 卷第 1 期。

3.《文叔问及其作品》，闻国新，《晨报副刊》，1927 年 9 月 6—8 日。

4.《萍乡文道希学士事略》，汪曾武，《词学季刊》，1934 年第 2 卷第 1 期。

5.《文芸阁〈云起轩词〉与吴趼人小说》，陈友琴，《文章》，1935 年第 1 期。

6.《评文芸阁〈云起轩词抄〉、王幼遐〈半塘定稿、剩稿〉》，胡先骕，《学衡》，1924 年第 27 期。

7.《寓吴两大词家郑大鹤、朱彊村》，崇贤辑，《江苏文献》，1944 年第 3—4 期。

8.《大鹤山人词话》，龙沐勋辑录，《词学季刊》，1933 年第 1 卷第 3 号。

9.《郑叔问先生年谱》，戴正诚，《青鹤》，1933 年第 1 卷第 5—18 期。

10.《郑叔问小传》，鹏南，《中和月刊》，1943 年第 4 卷第 6 期。

11.《艺坛怪杰郑文焯》，陈云青，《中央日报》，1947 年 9 月 24 日。

12.《郑文焯评苏轼〈醉翁引〉词》，辑自龙榆生《东坡乐府笺》。

13.《礼科掌印给事中王鹏运传》，况周颐，《亚洲学术杂志》，1922 年第 1 卷第 4 期。

14.《王鹏运传》，况周颐，《学衡》，1924 年第 27 期。

15.《王半塘老人传略》，饴，《北京图书馆月刊》，1934 年第 8 卷第 6 期。

16.《半塘老人传》，况周颐，《词学季刊》，1936 年第 3 卷第 3 号。

17.《蓬斋脞记·王半塘校词》，陈蒙庵，《永安月刊》，1941 年第 115 期。

18.《文学家况夔笙昨晨逝世》，《申报》，1926 年 8 月 26 日。

19.《记况蕙风轶事一则》，周瘦鹃，《联益之友》，1926 年第 33 期。

20.《况蕙风之穷困》，申申，《海风》，1946 年第 35 期。

21.《朱古微挽况夔笙联》，家相，《中央日报》，1935 年 7 月 27 日。

22.《清季词人况周颐》，逸珠，《中央日报》，1936 年 3 月 6—8 日。

23.《蕙风词史》，赵尊岳，《词学季刊》，1934 年第 1 卷第 4 号。

24.《评朱古微〈彊村乐府〉》，胡先骕，《学衡》，1922 年第 10 期。

25.《朱古微逝世》，《申报》，1931 年 12 月 31 日。

26.《彊村先生遗事》，况又韩，《申报》，1932 年 1 月 18 日。

27.《悼朱琐语》，自在，《湖州月刊》，1933 年第 4 卷第 9 号。

28.《清故光禄大夫前礼部右侍郎朱公墓志铭》，陈三立，《词学季刊》，1933 年第 1 卷第 2 号。

29.《清故光禄大夫前礼部右侍郎朱公行状》，夏孙桐，《词学季刊》，1933 年第 1 卷第 1 号。

30.《晚翠轩杂缀·朱古微之人品》，《益世报》，1935 年 7 月 8 日。

31.《况夔笙推崇朱古微》，如是，《中央日报》，1935 年 7 月 23 日。

32.《睇响斋逞臆谈·朱祖谋》，甘霖，《申报》，1932 年 1 月 10 日。

33.《我所认识的朱古微先生》，陈蒙庵，《人之初》，1945 年第 1 期。

34.《拳匪之乱与朱古微》，程云青，《中央日报》，1948 年 3 月 12 日。

35.《书朱彊村》，陈左高，《申报》，1948 年 9 月 6 日。

36.《关于朱古微先生》，美子，《申报》，1948 年 10 月 28 日。

37.《读彊村词》，万云骏，《光华大学半月刊》，1934 年第 3 卷第 5 期。

38.《黄绍竑填词别浙江》，《交通部津浦区铁路管理局日报》，1946 年第 41 期。

39.《清代二女词人——吴藻与秋瑾》，温树，《华侨文阵》，1944 年第 4 期。

40.《秋瑾女侠及其诗词》，丽贞，《海滨》，1937 年第 12 期。

41.《先烈秋瑾女士词》，《上海卫生》，1947 年第 1 卷第 4 期。

42.《秋女侠之遗词》，祖荫，《中央日报》，1936 年 8 月 25 日。

43.《双红室笔乘·志秋瑾中秋词》，王天恨，《新月》，1925 年第 1 卷第 1 期。

三 论其他民国词人之著述考录

由于论述民国词人的论著尤多，此处仅选取目力所及者，按词人大致生活时代先后排序。以见民国人对民国其他词人的批评。

1.《云间杨了公轶事》，史纪法，《中央日报》，1947 年 5 月 28 日。

2.《虞山词人庞檗子》，惠心可，《江苏文献》，1942 年第 9—10 期。

3.《人往风微录——记沈曾植》，赵叔雍，《古今》，1943 年第 33 期。

4.《两忘簃杂缀·了公遗词》，王匡川，《新纪元周刊》，1946 年第 1 期。

5.《王国维轶事》，罗荣本，《申报》，1927 年 6 月 11 日。

6.《王静安先生年谱》，赵万里，《国学论丛》，1928 年第 3 期。

7.《王静安先生著述目录》，赵万里，《国学论丛》，1928 年第 3 期。

8.《关于王静庵先生逝世的史料》，陈乃乾，《文学周报》，1928 年第 276—300 期。

9.《王观堂先生学述》，吴其昌，《国学论丛》，1928 年第 3 期。

10.《文学革命的先驱者——王静庵先生》，吴文祺，《小说月报》，17 卷号外。

11.《论王静安》，顾随民国时作，当代《词学》（第十辑），华东师范大学出版社，1992 年 12 月。

12.《诗的隐与显》，朱光潜，《人间世》，1934 年第 1 期。

13.《关于王静安的〈人间词话〉的几点意见》，朱光潜，《人间世》，1934 年第 1 期。

14.《王国维〈人间词话〉与胡适〈词选〉》，任访秋，《中法大学月刊》，1935 年第 7 卷第 3 期。

15.《王观堂先生评传》，王森然，《真知学报》，1943 年第 3 卷第 2 期，1944 年第 3 卷第 3、4 期。

16.《王静安与叔本华》，缪钺，《思想与时代》，1943 年第 26 期。

17.《谈人间词》，王谢燕，《前锋》，1948 年第 7 期。

18.《记二词客》，《紫罗兰花片》，1922 年第 4 期。

19.《黄克强先生的诗词》,若愚,《中山周报》,1933 年第 141—142 期。

20.《赓虞近作与旧词》,周仿溪,《文学周刊》,1925 年第 34 期。

21.《黄太玄词》,鼎斋,《美术周刊》,1926 年第 17 期。

22.《词人林铁尊作古》,《申报》,1933 年 3 月 16 日。

23.《刘子庚先生的"词学"》,查猛济,《词学季刊》,1933 年第 1 卷第 3 号。

24.《陈海绡先生之词学》,龙榆生,《同声月刊》,1942 年第 2 卷第 6 号。

25.《女词人吕碧城》,陆丹林,《永安月刊》,1948 年第 112 期。

26.《近代女词人吕碧城》,龙熠厚,《妇女月刊》,1948 年第 7 卷第 1 期。

27.《吕碧城〈山中白雪词〉》,陈寥士,《人间味》,1943 年第 2 卷第 1 期。

28.《刘毓盘》,杨世骥,《新中华》,1943 年复 1 第 6 期。(后收入《文艺谈往第 1 集》,中华书局,1945 年版)

29.《文苑谈往·刘毓盘》,阳世襄,中华书局,1945 年版。

30.《宋浣花传》,潘钟瑞,《瀛寰琐记》,1934 年第 23 卷。

31.《悼谢师玉岑》,马星野,《中央日报》,1935 年 7 月 23 日。

32.《薄命词人谢玉岑》,枫园,《礼拜六》,1935 年第 588 期。

33.《挽玉岑词人》,沧波,《中央日报》,1935 年 4 月 24 日。

34.《哀念玉岑词人》,陆丹林,《中央日报》,1935 年 6 月 14—16 日。

35.《胡主席最后遗作·浣溪沙词寄友易大厂》,《知行月刊》,1936 年第 1 卷第 5 期。

36.《淮南三吕的诗词》,陆丹林,《永安月刊》,1948 年第 113 期。

37.《女词人吕碧城》,陆丹林,《永安月刊》,1948 年第 112 期。

38.《记吕碧城女士》,莼莓;《摸鱼儿》,吕碧城;《摸鱼儿·和吕碧城女士重游瑞士》,云史,《北洋画报》,1928 年第 4 卷 198 期。

39.《近代妇女诗词选》,吕碧城,胡天农辑,《川盐特刊》,1932 年第 165 期。

40.《词林近讯·旌德吕圣因女士》，吕碧城，《同声月刊》，1943 年 3 卷第 1 期。

41.《记吕碧城女士》，陆丹林，《申报》，1948 年 8 月 31 日。

42.《记吕碧城姊妹》，陆丹林，《申报》，1948 年 9 月 16 日，9 月 17 日。

43.《近代女词人吕碧城》，龙熠厚，《妇女月刊》，1948 年第 7 卷第 1 期。

44.《吕碧城近词》，《申报》，1928 年 11 月 6 日。

45.《天虚我生自传》，《申报》，1940 年 5 月 19 日。

46.《梅龛摘艳·天虚我生女公子》，郑逸梅，《小报》，1923 年第 1 卷第 5 期。

47.《林更新先生之诗词》，若愚，《中央日报》，1936 年 12 月 1 日。

48.《许莲苏君的诗词》，曹寅亮，《扬中校刊》，1936 年第 103 期。

49.《革命先烈文艺选载·廖仲恺先生的词》，《陇海旬刊》，1931 年第 14 期。

50.《吴瞿安先生年谱》，卢前，《时代精神》，1940 年第 2 卷第 1 期。

51.《词曲家吴梅周年》，殷敏，《苏铎月刊》，1941 年第 1 卷第 2 期。

52.《记吴瞿安先生》，郑振铎，《国文月刊》，1946 年第 42 期。

53.《吴瞿安先生哀词》，唐圭璋，《黄埔》，1939 年第 3 卷第 11 期。

54.《悼吴瞿安先生》，浦江清，《戏曲月辑》，1942 年第 1 卷第 3 期。

55.《吴瞿安先生的死》，味逸，《人之初》，1945 年第 1 期。

56.《霜厓先生著述考略》，徐调孚，《戏曲月辑》，1942 年第 1 卷第 3 期。

57.《忆潜社》，王季思，《新物语及其其它》，国民出版社，1945 年版。

58.《黄季刚所为词》，任鼐，《中央日报》，1947 年 6 月 22 日。

59.《悼陈栩园先生》，神禹，《申报》，1940 年 5 月 19 日。

60.《鹤山词人易大岸》，英云，《永安月刊》，1941 年第 115 期。

61.《香宋先生之生平》，任鼐，《中央日报》，1948 年 10 月 11 日。

62.《香宋词人赵熙》，希卉，《天文台》，1941 年第 456 期。

63.《敬悼香宋老人》，黄稚荃，《中央日报》，1948 年 10 月 7 日。

64.《悼赵尧生先生》，贺良璩，《中央日报》，1948 年 11 月 1 日。

65.《评赵尧生香宋词》，胡先骕，《学衡》，1922 年第 4 期。

66.《香宋词读后》，潜庵，《风土什志》，1949 年第 2 卷第 5 期。

67.《最近逝世南京二学人》，访，《中央日报》，1948 年 1 月 8 日。

68.《曼殊室填词》，仲策，《晨报》，1926 年第 1 卷第 36 期。

69.《李烈钧词》，鸣疢，《真话》，1946 年第 6 期。

70.《关于洪为法》，张鸣春，《申报》，1947 年 6 月 14 日。

71.《柳亚子先生的一首歪词》，柳风，《新垒》，1933 年第 2 卷第 1 期。

72.《柳亚子的诗词近作》，司马文伟，《新潮》，1945 年第 3 卷第 5、6 期合刊。

73.《汪精卫先生的诗词》，章衣萍，《民族》，1933 年第 1—6 期。

74.《蝼居杂缀·汪精卫金缕曲词》，金艺华，《红茶》，1938 年第 2 期。

75.《汪精卫卖国付东流，吴稚老填词扫落叶》，逸，《杂志》，1939 年第 4 卷第 5 期。

76.《今批汪精卫〈落叶词〉》，《现世报》，1939 年第 48 期。

77.《汪精卫戏题粪船词》，榜人，《秋海棠》，1946 年第 9 期。

78.《汪精卫的词》，小兀，《新上海》，1947 年第 59 期。

79.《忍寒居士自述》，龙榆生，《艺文杂志》，1943 年第 1 卷第 5 期。

80.《苴蓿生涯过廿年》，龙沐勋，《古今半月刊》，1943 年第 19—23 期。

81.《汉奸近讯》（龙榆生、王西神、赵尊岳），《海潮周报》，1947 年第 37 期。

82.《奸逆中之四词人》，纸帐铜瓶室主，《新上海》，1946 年第 17 期。

83.《美髯公云中填词》，《飘》，1946 年第 9 期。

84.《何应钦词唱〈浪淘沙〉》，旧燕，《海光》，1946 年第 21 期。

85.《名律师章士钊不废长短句》，萧冰，《周播》，1946 年第 15 期。

86.《顾随先生谈填词之经验》，偶然，《燕京新闻》，1939 年 11 月 4 日。

87.《词人卢冀野》，《飘》，1946 年第 12 期。

88.《我是怎样写〈中兴鼓吹〉的》，卢前，《改进》，1943 年第 11—

12 期。

89.《详注无定词》，海戈，《论语》，1934 年第 33、37 期。

90.《评荒原词》，梁品如，《工业年刊》，1932 年第 2 期。

91.《顾味辛词评》，一叶，《新东方杂志》，1940 年第 1 卷第 6 期。

92.《记胡云翼》，天行，《青年生活》，1947 年第 2 卷第 2 期。

93.《〈波外乐章〉特著水字》，任鼐，《中央日报》，1948 年 7 月 22 日。

94.《湘乡才女张默君》，孔珞，《中央日报》，1847 年 1 月 16 日。

95.《题许贞女莲芳〈芸窗小草书札诗词稿〉》，戴增元，《国学论衡》，1935 年第 5 期。

96.《卢保华女士之情词》，《摄影画报》，1934 年第 10 卷第 17 期。

97.《女词家吕桐花》，工尔，《江苏文献》，1943 年第 2 卷第 3、4 期。又见《中央时事周报》，1934 年第 3 卷第 6、7 期。

98.《毛泽东先生的词》，张厚墉，《平论》，1945 年第 9 期。

99.《唱和毛泽东词：易君左大讨没趣》，燃犀，《吉普》，1946 年第 15 期。

100.《毛词〈沁园春〉》，芸芸，《真话》，1946 年新 2 版。

101.《毛词溯源》，犀，《客观》，1945 年第 8 期。

102.《和毛泽东〈沁园春〉词·慨时》，岳震霆，《民声》，1946 年第 1 卷第 2 期。

103.《从一首词看毛泽东》，狂生，《中共内幕》，1949 年创刊号。

104.《读〈雍园词钞〉》，睡禅，《申报》，1948 年 1 月 22 日。

105.《〈云影秋词〉——王秋斋的治学》，陆丹林，《良友》，1937 年第 125 期。

106.《高野竹隐与森槐南之词学》，神田喜一郎著，李圭海译，《同声月刊》，1943 年第 3 卷 1 号。

第 十 七 章

民国时期词籍序跋考录

民国时期出现了大量的词籍序跋、评介文献，有见于报刊者，有见于文集者，更多见于词集者。它们既是我们研究民国词学、民国词理论与批评的必需，也是我们研究民国词史必不可少的史料。于此我们从民国词学著述序跋、民国期刊所见词集序跋、民国词集序跋、民国词籍评介等四方面汇考其目。其中由于民国词集序跋部分数量多且复杂，兹仅附一部分，以见其丰富。此部分目录考察，将为我们探讨民国词学与民国词史提供路径与助益。

一 民国时期词学著述之序跋考录

1.《词话丛编序》，吴梅，《词学季刊》，1935 年第 2 卷第 3 期。

2.《词话丛编序》，王易，《青鹤》，1936 年第 4 卷第 9 期。

3.《词史自序》，刘毓盘，《词史》，上海书店 1985 年影印上海群众图书公司 1931 年版。

4.《片玉山庄词存词略序》，沈惟贤，《青鹤》，1936 年第 4 卷第 7 期。

5.《琴趣居词话序》，钱基博，《青鹤》，1934 年第 2 卷第 24 期。

6.《词学源流序》，沈逢甘，《朝大季刊》，1930 年第 1 卷第 1 期。

7.《张仲佳词源校记跋书后》，王仁安，《王仁安集》，1921 年天津金钺刻本。

8.《词源疏证序》，吴梅，《词学季刊》，1933 年创刊号。

9.《词源疏证序》，吕澂，《词学季刊》，1933 年创刊号。

10.《乐府指迷笺释引言》，蔡嵩云，《词学季刊》，1936 年第 3 卷第 4 号。

11.《乐府指迷与吴梦窗词：蔡嵩云乐府指迷笺释序》，吴梅，《集成》，1947 年第 2 期。

12.《张君寿校本词源序》，王仁安，《王仁安集》，1921 年天津金钺刻本。

13.《词源笺释序》，张应铭，《国艺》，1940 年第 1 卷第 4 期。

14.《广箧中词序》，映庵，《青鹤》，1935 年第 3 卷第 16 期。

15.《词旨叙》，陈去病，《国学丛刊》，1923 年第 1 卷第 3 期。

16.《天籁轩词谱后跋》，陈耐充，《国艺》，1940 年第 1 卷第 2 期。

17.《云谣集杂曲子跋》，王国维，《观堂集林》卷 20（《海宁王静安先生遗书》）。

18.《云谣集杂曲子跋》，朱孝臧，录自《彊村丛书》，1924 年归安朱氏刻印本。

19.《云谣集杂曲子跋》，龙榆生，《彊村遗书》，1933 年刊本。

20.《云谣集杂曲子跋》，王重民，《巴黎敦煌残卷叙录》，1936 年。

21.《读花间集注书后》，品明，《（天津）益世报》，1936 年 11 月 15 日。

22.《题跋全宋词》，郑振铎，《西谛书话》，生活·读书·新知三联书店，1983 年版。

23.《全宋词序》，吴瞿庵，《国学通讯》，1940 年第 3 期。

24.《全宋词编辑凡例》，唐圭璋，《词学季刊》，1933 年第 1 卷第 3 期。

25.《全宋词跋尾》，唐圭璋，《江苏省立国学图书馆年刊》，1935 年第 8 期。

26.《宋人词集考略小引》，阎简弼，《燕大研究院同学会会刊》，1940 年第 2 期。

27.《宋人词集跋尾》，夏敬观，《同声月刊》，1942 年第 2 卷 10 号。

28.《两宋词人小传》，季灏，上海民治出版社，1947 年版。

29.《宋词研究自序》（作于 1925 年），胡云翼，中华书局，1927 年版。

30.《毛选宋六十一家词书后》，箸超，《民权素》，1914 年第 2 期。

31.《校刊北宋三家词叙（志语）》，易大厂，金启华，《唐宋词集序跋汇编》，江苏教育出版社，1990 年版。

32.《钞本汉阳叶氏选钞宋元七家词、宋徐经孙〈哨遍〉读后记》，顾培懋，《燕京大学图书馆报》，1935 年第 83 期。

33.《元名家词辑考》，夏承焘，《文澜学报》，1936 年第 2 卷第 1 期。

34.《跋类编草堂诗余》，王重民，《图书季刊》，1948 年新 9 卷 3、4 期。

35.《花草粹编跋》，柳诒徵，《江苏省立国学图书馆》，1934 年第 7 年刊。

36.《藏园群书题记·明钞宋五家词跋》，傅增湘，《国闻周报》，1932 年第 9 卷第 17 期。

37.《惜阴堂明词丛书序录》，赵尊岳，《词学季刊》，1936 年第 3 卷第 4 期。

38.《倚声初集跋》，刚主，《艺文杂志》，1944 年第 2 卷第 4 期。

39.《闽词征序》，陈衍，《青鹤》，1933 年第 1 卷第 10 期。

40.《历代两浙词人小传续编序言》，钟广生，《浙江省通志馆馆刊》，1945 年第 1 卷第 2 期。又见《浙江省立图书馆月刊》，1935 年 4 卷 1 期。

41.《词史序》，陈家庆，《南社湘集》，1936 年第 6 期。

42.《词总籍考序》，孟心史，《同声月刊》，1941 年第 1 卷第 6 号。

43.《词选目录序》，陈遵统，《协大艺文》，1944 年第 16、17 期。

44.《清代词学概论序》，吴兴葆，大东书局，1926 年版。

45.《清词选集评序》，徐珂，商务印书馆，1926 年版。

46.《清名家词序》，黄孝纾，开明书店，1937 年版。

47.《清词四家录题记》，王瀣，《冬饮丛书》第 1 辑，广陵书社，2003 年版。

48.《词选笺自序》，陆侃如，《北京大学研究所国学间月刊》，1927 年第 1 卷第 4 期。

49.《词选笺注自序》，天功，《两周评论》，1931 年第 1 卷第 7 期。

50.《词律研序》，刘复，《国语周刊》，1932 年第 67 期。

51.《闺秀百家词选题词及例言》，吴灏，扫叶山房石印本，1915 年。

52.《词选序》，胡适，《词选》，商务印书馆，1928 年 5 月再版。

53.《词品甲序》，欧阳渐，《词学季刊》，1935 年第 2 卷第 2 号。

54.《耐充室词话序》，樊增祥，《国艺》，1940 年第 2 卷第 3 期。

55.《韦庄词注序》，胡鸣盛，《韦庄词注》，1923 年莲丰草堂石印本。

56.《南唐二主词笺序》，刘继增，《南唐二主词笺》，北京大学出版组民国间铅印本。

57.《南唐二主词识语》，俞平伯，《南唐二主词》，1934 年北平来薰阁影印本。

58.《二晏及其词序》，夏承焘序，商务印书馆，1935 年 6 月。

59.《编年东坡乐府序》，冯煦，《国风报》，1911 年第 2 卷第 16 期。

60.《东坡乐府序》，冯煦，《庸言》，1913 年第 1 卷第 5 期。

61.《苏东坡序》，郝广盛，《国学月刊》，1926 年第 2 卷第 4—5 期。

62.《重刻小山诗余序》，冒广生，《青鹤》，1934 年第 2 卷第 11 期。

63.《宋版淮海词校印随记》，叶恭绰，《遐庵汇稿》，1930 年。

64.《跋向滈乐斋词》，赵万里，《北平北海图书馆月刊》，1928 年第 1 卷第 5 期。

65.《跋程正伯书舟词》，梁启超，《国学论丛》，1929 年第 2 卷第 1 期。

66.《跋王周士词》，李霈湫，《同声月刊》，1942 年第 2 卷 4 号。

67.《南宋二家词考证序》，夏承焘，《之江中国文学会集刊》，1933 年第 1 期。

68.《张于湖评传序》，唐圭璋序，文通书局，1949 年 3 月版。

69.《跋四卷本稼轩词》，梁启超，《国学论丛》，1929 年第 2 卷第 1 期。

70.《跋稼轩集外词》，梁启超，《词学季刊》，1933 年第 1 卷第 2 期。

71.《跋稼轩集钞存》，因百，《燕京大学图书馆报》，1933 年第 46 期。

72.《稼轩词象序》，王易，《青鹤》，1937 年第 5 卷第 7 期。

73.《稼轩词编年笺注序》，夏承焘，《图书季刊》，1940 年第 2 期。

74.《毛抄稼轩词甲乙丙丁集跋》，张元济，《图书季刊》，1940 年第 2 期。

75.《毛抄稼轩词甲乙丙丁集跋》，夏敬观，《图书季刊》，1940 年第

2 期。

76.《跋汲古阁毛氏精写稼轩词》，张元济，《群雅月刊》，1940 年第 1
卷第 2 期。

77.《书诸家跋四卷本稼轩词后》，邓恭三，《责善半月刊》，1941 年第 2
卷第 14 期。

78.《白石道人词研究叙》，成善楷，《四川教育评论》，1937 年第 1 卷
第 5 期。

79.《梦窗四稿序》，张寿镛，《光华大学半月刊》，1932 年第 2 期。

80.《梦窗词笺释序》，钱萼孙，《学术世界》，1935 年第 1 卷第 9 期。
又见《国专月刊》，1936 年第 3 卷第 1 期；《青鹤》，1936 年第 4 卷第 15 期。

81.《婴阁书跋（六）——白石道人诗词》，秦更年，《青鹤》，1933 年
第 1 卷第 8 期。

82.《张玉田白云词叙》，郑思肖，《国粹学报》，1907 年第 3 卷第 7 期。

83.《写在谢枋得〈辛稼轩墓记〉后面》，犀牛，《中央日报》，1936 年
10 月 27 日。

84.《盉𠫭群书校跋》，潘承弼，《制言》，1935 年第 3 期，1936 年第 7、
10 期。

85.《词曲史后序》，王易，《青鹤》，1936 年第 4 卷第 12 期。又见《文
史季刊》，1942 年第 1 期。

86.《唐圭璋全宋词序》，夏敬观，《青鹤》，1936 年第 5 卷第 2 期。

87.《全宋词跋尾续录》，唐圭璋，《制言》，1936 年第 8 期。

88.《周词订律序》，邵次公，《制言》，1936 年第 16 期。

89.《花间集注前言、叙、发凡》，华钟彦，商务印书馆，1935 年版；
中州书画社，1983 年版。

90.《毛刻宋六十家词勘误序》，叶恭绰撰，见朱居易撰《毛刻宋六十
家词勘误》，上海中华书局，民国 25 年铅印本。又载《词学季刊》，1936 年
第 2 期。

91.《嘉靖本篆文阳春白雪跋》，郑振铎，《暨南大学图书馆馆报》，
1937 年第 1 期。

92.《校订花外集跋》，孙人和，《师大国学丛刊》，1930 年第 1 卷第

1 期。

93.《新刊漱玉词跋》，温匋，《美术周刊》，1926 年第 3 期。

94.《李希圣校樵歌》，王修，《美术周刊》，1926 年第 3 期。

95.《东坡乐府笺序》，叶恭绰，《词学季刊》，1935 年第 2 卷第 3 期。

96.《箓斐轩所刊词林要韵跋》，叶恭绰，《词学季刊》，1935 年第 2 卷第 3 期。

97.《积木词序》，俞平伯，《词学季刊》，1936 年第 3 卷第 2 期。

98.《华钟彦〈花间集注〉序》，顾随，《花间集注》，商务印书馆，1935 年版。

99.《东坡乐府笺序》，《遐庵乐府序》，1922 年。

100.《叶遐庵词序》，陈匪石，录自《宋词举》（外三种）见钟振振整理《宋词举》，金陵书画社，1983 年版。

101.《广箧中词序》，陈匪石，录自《宋词举》（外三种）见钟振振整理《宋词举》，金陵书画社，1983 年版。

102.《风雨龙吟室词序》，陈匪石，录自《宋词举》（外三种）见钟振振整理《宋词举》，金陵书画社，1983 年版。

103.《跋花间、尊前二集》，陈匪石，录自《宋词举》（外三种）见钟振振整理《宋词举》，金陵书画社，1983 年版。

104.《明汲古阁钞本稼轩词跋》，陈匪石，录自《宋词举》（外三种）见钟振振整理《宋词举》，金陵书画社，1983 年版。

105.《奉题朱古微先生疆邨校词图》，曹熙宇，《文澜学报》，1937 年第 1 期。

106.《明钞本涧泉诗余校记》，丁丙，《江苏省立国学图书馆第四年刊》，1931 年。

107.《钞本乐府遗音题识》，丁丙，《江苏省立国学图书馆第四年刊》，1931 年。

108.《明嘉靖刊本升庵长短句题识》，丁丙，《江苏省立国学图书馆第四年刊》，1931 年。

109.《明钞蓝格本信斋词识语》，丁丙，《江苏省立国学图书馆第四年刊》，1931 年。

110.《精钞本莲社词校记》,劳格,《江苏省立国学图书馆第四年刊》,
1931 年。

111.《明万历刊本花草粹编题识》,丁丙,《江苏省立国学图书馆第四
年刊》,1931 年。

112.《明钞宋十六家词题记》,许宗彦、丁丙,《江苏省立国学图书馆
第四年刊》,1931 年。

113.《傅燮詷词觐跋》,叶恭绰,《遐庵汇稿》所收词籍序跋。

114.《花间集跋》,叶恭绰,《遐庵汇稿》所收词籍序跋。

115.《宋刻淮海集零叶跋》,叶恭绰,《遐庵汇稿》所收词籍序跋,
1943 年 10 月。

116.《清焦里堂自录倚声卷跋》,叶恭绰,《遐庵汇稿》所收词籍序跋,
1943 年 10 月。

117.《衲词楹帖序》,叶恭绰,《遐庵汇稿》所收词籍序跋,1931 年
3 月。

118.《东坡乐府笺序》,叶恭绰,《遐庵汇稿》所收词籍序跋,1922 年。

119.《汇合宋本两部重印淮海长短句序》,叶恭绰,《遐庵汇稿》所收
词籍序跋,1930 年。

120.《隶斐轩词林韵释》,叶恭绰,《遐庵汇稿》所收词籍序跋。

121.《致刘天行》,叶恭绰,《遐庵汇稿》所收词籍序跋,1946 年 2 月。

122.《与黄渐盘书》,叶恭绰,《遐庵汇稿》所收词籍序跋,1934 年。

123.《龚氏词断跋》,叶恭绰,《遐庵汇稿》所收词籍序跋,1935 年。

124.《说剑堂词集跋》,叶恭绰,《遐庵汇稿》所收词籍序跋,1934 年。

125.《长兴词存序》,黄宾虹,《美术周刊》,1926 年第 15 期。

126.《静春词跋》,梁启超,《北平北海图书馆月刊》,1928 年第 1 卷第
5 号。

127.《元遗山年谱汇纂序例》,缪钺,《培德月刊》,1935 年第 1 卷第
8 期。

128.《无弦琴谱叙》,孙尔准,《北平北海图书馆月刊》,1929 年第 2 卷
第 3、4 号。

129.《跋纳兰词》,蒋礼鸿,《秀州钟》,1936 年第 15 期。

130.《新蘅词补编引言》，陈寥士，《国艺》，1941 年第 3 卷第 2 期。

131.《跋贺双卿的诗词》，胡适，《吴淞月刊》，1930 年第 4 期。

132.《饮水词忆云词合钞跋》，大可，《新声》，1921 年第 2 期。

133.《水云楼词跋》，龙沐勋，《暨大文学院集刊》，1931 年第 1 期。

134.《云起轩词手稿跋》，王瀣，《词学季刊》，1934 年第 2 卷第 1 号。

二　民国期刊所见民国词集序跋考录

1.《款红楼词跋》，叶恭绰，《词学季刊》，1933 年第 1 卷第 1 号。

2.《跋徐儁邨词》，叶恭绰，《遐庵汇稿》，1930 年。

3.《半塘定稿弁言》，朱祖谋，《民国日报》，1916 年 12 月 2 日。

4.《瓣香斋词叙》，李映庚，《小说丛报》，1915 年第 15 期。

5.《比竹余音叙》，王闿运，《国粹学报》，1908 年第 4 卷第 7 期。

6.《碧城乐府序》，1959 年，见刘景堂著、黄坤尧编：《刘伯端沧海楼集》，商务印书馆，2001 年版。

7.《碧栖诗词序》，李宣龚，《青鹤》，1934 年第 2 卷第 19 期。

8.《薄命词序》，无闷，《莺花杂志》，1915 年第 2 期。

9.《蔡嵩云柯亭长短句序》，泽丞，《集成》，1947 年第 1 卷第 2 期。

10.《蔡嵩云竹西鸥唱词序》，柳诒徵，《中央日报》，1948 年 4 月 2 日。

11.《沧海楼词序》，1951 年《刘伯端沧海楼集》本。

12.《沧海楼词续钞题辞》，陈融、章士钊，《刘伯端沧海楼集》本。

13.《草间词序》，冒广生，1918 年作，见《冒鹤亭词曲论文集》，上海古籍出版社，1992 年版。

14.《忏慧词序》（1908 年）、《笠泽词征自叙》（1909 年）、《袁寄尘女士诗词稿后序》（1909 年）、《南社诗文词选叙》（1909 年）、《胡元仪词旨畅书后》（1913 年），陈去病。见《陈去病全集》，上海古籍出版社，2009 年版。

15.《尝试集再版自序》，胡适，《尝试集》，亚东图书馆，1920 年 9 月。

16.《尝试集自序》，胡适，《尝试集》，亚东图书馆，1920 年 3 月。

17.《陈瘦愚编年词稿序》，录自《郑逸梅小品》，中州古籍出版社 1988

年版。

18.《惆怅词自序》，金天羽，《华国》，1924 年第 1 卷第 7 期。

19.《春水词自序》，孙颂陀，《虞社》，1937 年第 226 期。

20.《纯飞馆词序》，夏敬观，《民国日报》，1917 年 1 月 28 日。

21.《纯飞馆词选小叙》，马汤楹，《南社》，1916 年第 16 集。

22.《纯飞馆填词图序》，黄孝纾，《青鹤》，1934 年第 2 卷第 6 期。

23.《词盦词序》，关赓麟（颖人），《铁路协会月刊》，1931 年第 3 卷第 3 期。

24.《词范自序》，沈之洸，《德音》，1932 年第 1 期。

25.《词集跋语七则》，王国维，《观堂别集》，中华书局，1959 年版。①

26.《词曲研究自序》，卢前，中华书局 1934 年 12 月初版，1940 年 5 月 再版。

27.《词三首序》，俞平伯，《清华周刊》，1929 年第 32 卷第 1 期。

28.《词坛韵趣跋》，储皖峰，《国学月刊》，1927 年 2 卷 4 期。

29.《词源疏证序》，见蔡桢《词源疏证》，北京书店 1985 年。

30.《大鹤山人词集跋尾》，郑文焯撰、龙沐勋辑，《词学季刊》，1933 年第 1 卷第 3 号，1935 年第 2 卷第 3 号。

31.《定巢词序》，冒广生，1928 年作，见《冒鹤亭词曲论文集》，上海 古籍出版社，1992 年版。

32.《东坡乐府笺序》，夏承焘，《词学季刊》，1935 年第 2 卷第 2 期。

33.《读心影词并题仙山入梦图，仍用伯端岁暮原韵》，胡毅，见《刘 伯端沧海楼集》本。

34.《读和漱玉词涧南词题辞》，戴以恒，《瀛寰琐纪》，1933 年第 7 卷。

35.《钝庵词自序》，傅屯艮，《南社》，1915 年第 13 集。

36.《钝庵诗词后序》，傅屯艮，《南社》，1915 年第 13 集。

37.《风雨龙吟室词序》，夏敬观，《同声月刊》，1942 年第 2 卷 8 号。

38.《风雨龙吟室词序》，夏敬观，见《龙榆生全集》，上海古籍出版

---

① 包括《南唐二主词跋》《赤城词跋》《双溪诗余跋》《王周士词跋》《蜕岩词跋》《鸥梦词跋》《词林万选跋》。

社，2015 年版。

39.《风雨龙吟室诗词叙》，欧阳渐，见《龙榆生全集》，上海古籍出版社，2015 年版。

40.《风雨同声集序》，沈祖棻，正声诗词社，1944 年 7 月。

41.《冯君木墓志铭》，陈三立，《词学季刊》，1933 年第 1 卷第 3 号。

42.《凤楼春·题词盦词》，苕青，《铁路协会月刊》，1933 年第 1 期。

43.《复堂词跋》，陈匪石录自《宋词举》（外三种）见钟振振整理《宋词举》，金陵书画社，1983 年版。

44.《复堂诗词稿书后》，陈友琴，《申报》，1947 年 5 月 23 日。

45.《艮庐词续集序》，吴梅，《吴梅全集》，河北教育出版社，2002 年。

46.《龚氏词断跋》，叶恭绰，《同声月刊》，1942 年 2 卷 10 号。

47.《馆藏善本书提要·东坡词二卷补遗一卷·友古词一卷》，赵万里，《北京图书馆月刊》，1929 年第 1 期。

48.《桂游词钞跋》，朱荫龙，《时代精神》，1942 年第 6 卷第 4 期。

49.《桂游词钞序》，章士钊，《时代精神》，1942 年第 6 卷第 4 期。

50.《海滨酬唱词序》，寄庵初稿，《瀛寰琐记》，1933 年第 8 卷。

51.《海客词题辞》，冒广生，《刘伯端沧海楼集》本，1931 年。

52.《海客词序》，胡汉民，《刘伯端沧海楼集》本，1931 年。

53.《海桑词序》，徐半梦，《南金杂志》，1927 年第 3 期。

54.《蒿庵词剩序》，朱孝臧，见冯煦《蒿盦词剩》，民国十三年刻本。

55.《和清真词·引言》，朱少馘，《文学》，1947 年第 2 期。

56.《和清真词序》，汪东，《华国》，1925 年第 2 卷第 5 期。

57.《和清真词叙》，汪东，《雅言》，1914 年第 2 期。

58.《红鹤山房词序》，夏承焘，《词学季刊》，1933 年第 1 卷第 2 号。

59.《红树白云馆词草序》，邵瑞彭，《词学季刊》，1935 年第 2 卷第 2 期。

60.《胡漪如诗词序》，夏敬观，《同声月刊》，1944 年第 3 卷 10 号。

61.《花雨楼词草序》，王瑞瑶，《词学季刊》，1935 年第 2 卷第 4 期。

62.《淮海居士长短句跋》，吴梅，《吴梅序跋集》，河北教育出版社，2002 年版。

63.《荒原词序》，卢宗藩，1930 年，见《顾随全集》，河北教育出版社，2014 年版。

64.《汲古阁本尊前集书后》，汪兆镛，《词学季刊》，1936 年第 3 卷第 2 期。

65.《彊村校词图序》，黄孝纾，《词学季刊》，1933 年第 1 卷第 9 期。

66.《彊村校词图序》，释持，《亚洲学术杂志》，1922 年第 1 卷第 3 期。

67.《彊村序跋》，朱祖谋，《词话丛编》补编本。

68.《彊村遗书序》，张尔田，《词学季刊》，1933 年创刊号。

69.《彊村语业跋》，龙沐勋，《词学季刊》，1933 年第 1 卷第 1 号。

70.《蕉舍吟草序》，顾一樵，世界书局，1946 年 1 月。

71.《芥藏楼诗词弁言》，录自《郑逸梅小品》，中州古籍出版社，1988 年版。

72.《借湖楼词序》，王易，《四海杂志》，1947 年第 2 期。

73.《近知词序》，黄孝纾，《词学季刊》，1933 年第 1 卷第 2 号。

74.《井眉轩长短句跋》，吴梅，《吴梅序跋集》，河北教育出版社，2002 年版。

75.《回文词并引》，田稻丰，《青年友》，1921 年第 1 卷第 5 期。

76.《九九消夏词有引》，郑之骏，《北野杂志》，1920 年第 1 卷第 4 期。

77.《旧月簃词选叙》，陈曾寿，《同声月刊》，1942 年第 2 卷 6 号。

78.《珏厂词叙》，次公，《新中国》，1919 年第 1 卷第 4 期。

79.《柯亭长短句序》，夏敬观，《中央日报》，1948 年 2 月 27 日。

80.《柏斋先生乐府序》，冒广生，1935 年中秋作，见《冒鹤亭词曲论文集》，上海古籍出版社，1992 年版。

81.《乐府指迷笺释序》，吴梅，见《吴梅序跋集》，河北教育出版社，2002 年版。

82.《冷红词跋》，龙沐勋，《同声月刊》，1941 年第 1 卷第 8 号。

83.《冷红词序》，陈锐，《庸言》，1913 年第 11 号。

84.《历代女词人述评序》，陈家庆，《中央日报》，1946 年 12 月 17 日。

85.《笠泽词征·凡例》，陈去病，《笠泽词征》，1909 年。

86.《笠泽词征序》，《南社》，1912 年第 10 集。

87.《笠泽词征序》，顾无咎、胡韫玉、王德钟、金祖泽、蔡寅、柳弃疾、徐自华，《南社》，1912 年第 10 集；《香艳杂志》，1914 年第 4 期。

88.《笠泽词征序》，《南社》，1912 年第 10 集。

89.《笠泽词征序自叙》，陈去病，《国粹学报（文篇）》，1909 年第 58 期。

90.《蓼绥阁诗钞潞舸词跋》，关瑞梧，《燕京大学图书馆报》，1931 年第 12 期。

91.《玲笙湖楼词书后》，静波，《铁路月刊津浦线》，1931 年第 1 卷第 7 期。

92.《刘廉生词集序》，潘飞声，《词学季刊》，1933 年第 1 卷第 2 号。

93.《留春词自序》（1933 年）、《积木词自序》（1936 年 1 月）、《倦驼庵词稿小序》（1944 年）、《题跋三种》，顾随，《顾随全集》，河北教育出版社。

94.《柳溪长短句序》，邵瑞彭，《词学季刊》，1935 年第 2 卷第 4 期。

95.《柳溪长短句序》，邵瑞彭、王履康、乔大壮，1929 年双流向氏刻本。

96.《柳斋词选序》，张锡麟，《柳斋词选》，甘长明撰，1915 年铅印本。

97.《龙榆生词序》，遁堪，《同声月刊》，1943 年第 3 卷 1 号。

98.《龙榆生词序》，张尔田，见《龙榆生全集》，上海古籍出版社，2015 年版。

99.《卢冀野饮虹乐府序》，龙沐勋，《制言》，1937 年第 43 期。

100.《绿芜秋雨词自序》，蔡宝善，《华国》，1926 年第 2 卷第 12 期。

101.《落花词序》，谢承镖，《暨南校刊》，1930 年第 69 期。

102.《梅芬阁本事诗词辑序》，问梅，《小说新报》，1926 年第 7 卷第 7 期。

103.《扪虱谈室词序》，冒广生，四十年代初作，见《冒鹤亭词曲论文集》，上海古籍出版社，1992 年版。

104.《梦庵词跋》，唐圭璋，《词学季刊》，1934 年第 2 卷第 1 期。

105.《梦罗浮馆词集序》，冯平，《南社》，1919 年第 21 期。

106.《民族词选注凡例》，赵景深，商务印书馆，1941 年版。

107.《民族与诗歌——〈中兴鼓吹〉序》，陈立夫，《民族诗坛》，1938年第 1 辑。

108.《闽词征绪言》，林葆恒，《国学论衡》，1934 年第 4 期下。

109.《衲词楹帖选录》，砚斋，《立言画刊》，1940 年百期专号。

110.《藕香馆词序》，龙榆生，1941 年 12 月 16 日，录自《龙榆生词曲论文集》，上海古籍出版社，2015 年。

111.《沤社词选序》，潘飞声，《词学季刊》，1934 年第 1 卷 4 号。

112.《潘若海自书词稿跋》，康有为，《学术世界》，1935 年第 1 卷第7 期。

113.《蕢月词序》，冯煦，《词学季刊》，1935 年第 2 卷第 4 期。

114.《评点王国维〈人间词话〉》，顾随，见靳德俊编《人间词话笺证》，北京文化学社，1928。

115.《泣红词引》，张莐馨，《小说丛报》，1916 年第 22 期。

116.《潜社词刊序》，吴梅，《吴梅序跋集》，河北教育出版社，2002年版。

117.《潜社词续刊序》，吴梅，《吴梅序跋集》，河北教育出版社，2002年版。

118.《潜社汇刊总序》，吴梅，《吴梅序跋集》，河北教育出版社，2002年版。

119.《青萍词自序》，任援道，《国艺》，1940 年第 2 卷第 5—6 期合刊。

120.《青菼盦词叙》，冒广生，1928 年作，见《冒鹤亭词曲论文集》，上海古籍出版社，1992 年版。

121.《青菼盦词叙》，冒广生，《词学季刊》，1935 年第 2 卷第 3 期。

122.《清词玉屑序》，汪曾武，《国艺》，1940 年 2 卷 3 期。

123.《清名家词序》，叶恭绰，《词学季刊》，1936 年第 3 卷第 2 期。

124.《清十一家词钞序》，吴梅，《吴梅序跋集》，河北教育出版社，2002 年版。

125.《清溪词序》，周岸登、叶绍曾，《集美周刊》，1931 年第 10 卷第7 期。

126.《秋水轩词序》，许梦因，《中央日报》，1947 年 6 月 9 日。

127.《趣园味莼词序》，曹元忠，《词学季刊》，1936 年第 3 卷第 2 期。

128.《人间词甲稿序》，樊志厚，《教育世界》，1906 年第 123 期。又收入《海宁王静安先生遗书》。

129.《人间词乙稿序》，樊志厚，《教育世界》，1907 年第 161 期。又见《夏星》，1914 年第 1 卷第 2 期，收入《海宁王静安先生遗书》。

130.《伤逝词序》，王鹏，《自由杂志》，1913 年第 1 期。

131.《舍庵诗词残稿跋》，录自《郑逸梅小品》，中州古籍出版社，1988 年版。

132.《沈启无编校〈人间词及人间词话〉序》，顾随，见沈启无编校《人间词及人间词话》，北新书局，1933 年。

133.《诗余画谱跋》，郑振铎，《郑振铎文集》第 6 卷，人民文学出版社，1988 年版。

134.《石窗词稿序》，郑逸梅，《郑逸梅小品》，中州古籍出版社，1988 年。

135.《史树青〈几士居词甲稿〉序》，顾随，史树青《几士居词甲稿》，1943 年印行。

136.《瘦蝶词序》，李国环，《虞社》，1934 年第 202 期。

137.《瘦眉词卷自序》，张素，《南社》，1912 年第 9 集。

138.《书〈蓼绥阁诗钞潞舸词跋〉后》，魏建猷，《燕京大学图书馆报》，1932 年第 43 期。

139.《书吴霜厓采桑子词后》，伯龙，《北洋画报》，1934 年第 22 卷第 1069 期。

140.《抒情词选小序》，胡云翼，《抒情词选》，教育书店，1928 年。

141.《双花阁词钞跋》，柳诒征，《江苏省立国学图书馆年刊》，1936 年第 9 年刊。

142.《松陵文集、笠泽词征跋》，姚光，《南社》，1912 年第 10 集。

143.《宋词纪事序》，吴梅，《吴梅序跋集》，河北教育出版社，2002 年版。

144.《宋词三百首笺序》，吴梅，《吴梅序跋集》，河北教育出版社，2002 年版。

145.《宋词赏心录跋》，陈匪石，录自《宋词举》（外三种）。

146.《宋词十九首跋》，吴梅，《吴梅序跋集》，河北教育出版社，2002年版。

147.《宋词引自叙》，陈匪石，《词学季刊》，1933年第1卷第2号。

148.《谭军部词序》，夏敬观，《青鹤》，1934年第2卷第6期。

149.《陶苣孙先生词集叙》，陈去病，《江苏革命博物馆月刊》，1930年第7期。

150.《题半瓢词集》，卢前，《冀野选集》，中国文化服务社，1947年11月。

151.《题程君筠甫小香雪海词集序》，吴东园，《小说新报》，1915年第1卷第2期。

152.《题莆怡所著词盦词》，九铭，《铁路协会月报》，1930年第11期。

153.《题冀野师中兴鼓吹词集》，杨白华，《民族诗坛》，1939年第3卷第3期。

154.《题刘伯端〈心影词〉后》，胡毅，1925年，见《刘伯端沧海楼集》本。

155.《题清溪词》，包树棠，《集美周刊》，1931年第10卷第7期。

156.《题汪诗圃先生麝尘莲寸词卷》，吴东园，《女子世界》，1915年第5期。

157.《题香奁词选序》，餐英，《织云杂志》，1914年第1期。

158.《听潮音馆词集自序》，孟弅，《铁路月刊津浦线》，1931年第1卷第9期。

159.《听潮音馆词自序》，蔡宝善，《词学季刊》，1935年第2卷第4期。

160.《亡室柳夫人手写玉玲珑馆词跋》，陆明桓，《求是学社社刊》，1928年第1期。

161.《味荺词乙丙稿自序》，汪曾武，《国艺》，1940年第2卷第1期。

162.《味梨集序》，遥游，《国风报》，1910年第1卷第4期。

163.《武进庄莲佩女士盘珠词钞序》，关锁，《钱业月报》，1927年第7卷第1期。

164.《惜阴堂明词丛书序》，孟森，《词学季刊》，1936 年第 3 卷第 3 期。

165.《惜余春馆词钞序》，吴梅，《吴梅序跋集》，河北教育出版社，2002 年版。

166.《遐庵词稿序》，冒广生，《冒鹤亭词曲论文集》，上海古籍出版社，1992 年版。

167.《湘弦词自序》，易顺鼎，《庸言》，1913 年第 11 号。

168.《湘雨楼词序》，壬秋，《民权素》，1916 年第 14 期。

169.《湘雨楼词序》，王闿运，《湘雨楼词》，张祖同撰，1921 年长沙张氏刻本。

170.《小黄昏馆词自叙》，邵瑞彭，《南社》，1916 年第 16 集。

171.《小檀栾室汇刻闺秀词序三则》，金武祥、王鹏运、况周颐，《题辞一则》，王以敏（与上则出处同）。

172.《校清真集跋》，陈匪石，录自《宋词举》（外三种）。

173.《谢玉岑遗词序》，金天翮，《群雅》，1940 年第 1 卷第 1 期。

174.《心影词自序》，刘伯端，《沧海楼集》本，1920 年。

175.《辛盦词序》，杨寿枬，许钟璐撰《辛盦五种》，1933 年印本。

176.《新刊随山馆词钞序》，汪精卫，《同声月刊》，1943 年第 3 卷 9 号。

177.《绣春馆词序》，任援道，《同声月刊》，1943 年第 3 卷 6 号。

178.《序跋》：郑文焯，西麓继周集跋；白石公诗词合集题记；瘦碧词自叙；词录序跋；西园连唱集序；半塘丁稿题记。

179.《雪海诗词稿自序》，邓尉梅，《清华周刊》，1928 年第 1 期。

180.《鸯摩馆词稿序》，汪曾武，《词学季刊》，1935 年第 2 卷第 3 期。

181.《鸯摩馆词稿序》，汪曾武，《国艺》，1941 年第 3 卷第 4 期。

182.《杨铁夫梦窗词笺释序》，夏承焘，《词学季刊》，1936 年 3 卷 1 期。

183.《杨元素本事曲佚文再补》，赵万里，《北京图书馆月刊》，1929 年第 1 期。

184.《瑶天笙鹤词集序》，东园，《小说新报》，1915 年第 1 卷第 8 期。

185.《冶春词小序》，柳亚子，《东方朔》，1921 年第 2 期。

186.《叶遐庵词序》，夏敬观，《同声月刊》，1943 年第 3 卷 3 期。

187.《叶中泠词卷序》，吴眉孙，《南社》，1916 年第 17 集。

188.《夜珠词序》（作于 1942 年 4 月），缪钺，《缪钺全集》，河北教育出版社，2004 年版。

189.《一灯楼词钞序》，林华，《一灯楼集》，林华撰，1938 年北平闽县林氏铅印本，中华印书局，1938 年。

190.《一昔词序》，红薇，《南社》，1915 年第 13 期。

191.《仪端馆词序》，1954 年。

192.《夷门乐府跋》，汪志中，《国学周刊》，1933 年第 1—10 期。

193.《夷门乐府序》，次公，《国学周刊》，1933 年第 1—10 期。

194.《忆悔盦诗词稿序》，梁泽民，《学生文艺丛刊》，1923 年 1 卷 5 期。

195.《艺蘅馆词选序》，梁令娴，中华书局，1935 年版。

196.《饮虹乐府序》，郦承铨，《青鹤》，1934 年第 2 卷第 18 期。

197.《饮琼浆馆词序》，沈宗畸，《国学萃编》，1909 年第 23 期。

198.《余怀玉琴斋词手稿跋》，陈三立、柳诒徵，《江苏省立国学图书馆年刊》，1929 年。

199.《俞伯扬水周堂诗词序》，叶恭绰，《遐庵汇稿》，1929 年。

200.《玉蕊楼词钞跋》，刘景堂，见黎园廉《玉蕊楼词》，1949 年。

201.《粤东词钞三编序》，潘飞声，《南社》，1912 年第 10 集。

202.《云窗授律图序》，董寿慈，《词学季刊》，1933 年第 1 卷第 3 期。

203.《赠少梅词史北行序》，林屋山人，《心声》，1923 年第 2 卷第 6 期。

204.《张孟劬遯庵乐府续集序》，夏剑丞，《制言》，1939 年第 57 期。

205.《张清扬女士清安室词稿序》，何振岱，《国艺》，1940 年第 2 卷第 2 期。

206.《张素文女士晓莺词集序》，王礼培，《船山学报》，1934 年第 4 期。

207.《章夫人词集题辞》，夏承焘，《读书通讯》，1946 年第 120 期。

208.《丈室西岸吟序》,胡先骕,见《龙榆生全集》,上海古籍出版社,2015 年版。

209.《鹧鸪天·题不匮室双照楼手写诗词合册》,刘景堂,刘伯端《沧海楼集》本。

210.《郑文焯词集序跋》,《瘦碧词序》,郑文焯、刘子雄、易顺鼎、俞樾、张祥龄;《重刊瘦碧词跋》,王树荣;《冷红词序》,陈锐、沈瑞林;《比竹余音序》,王闿运;《苕雅余集序》,朱孝臧;《冷红词跋》,龙榆生。

211.《中国历代女子词选前记》,沈思,光华书局,1932 年版。

212.《中华词选序说》,孙俍工、孙怒潮合编,《中华词选》,中华书局,1933 年版。

213.《中兴鼓吹跋尾》,龙沐勋,《制言》,1937 年第 43 期。

214.《中兴鼓吹序》,陈匪石录自《宋词举》,(外三种)见钟振振整理《宋词举》,金陵书画社,1983 年。

215.《中兴鼓吹选题跋》,卢前著、任中敏编,交通书局,1942 年版。

216.《重刊苍梧词序》,黄孝纾,《词学季刊》,1934 年第 1 卷 4 号。

217.《重刊阳泉山庄本遗山乐府跋》,邵瑞彭,《词学季刊》,1933 年第 1 卷第 3 号。

218.《重印人间词话序》,王国维,景山书社,1932 年 9 月。

219.《重印人间词话序》,俞平伯,徐调孚《校注人间词话》,1940 年 9 月初版,1947 年 7 月再版。

220.《重印王幼霞半塘填词定稿序》,关赓麟,《铁路月刊津浦线》,1931 年第 1 卷第 14 期。

221.《皱水轩词筌序》,长子,《艺观》,1929 年第 4 期。

222.《朱镎瘦石词序》,龙榆生,《制言》,1937 年第 44 期。

223.《珠山乐府叙》,邵瑞彭,《词学季刊》,1933 年第 1 卷第 2 号。

224.《注梦词自跋》,既澄,《鞭策周刊》,1932 年第 2 卷第 7、8 期。

225.《注释历代女子词选》(内含弁言、前记、概说),孙佩茞著、李辉群编,中华书局,1930 年版;华萍注为 1941 年。

226.《驻梦词自序》,严既澄,《词学季刊》,1933 年第 1 卷第 3 号。

227.《自由词序》,陈柱,《学术世界》,1936 年第 1 卷第 10 期。

228.《繻华词序》，汪东，《国故》，1919 年第 2 期。

229.《复堂词序试释》，程会昌，《申报》，1948 年 6 月 12 日。

230.《彊村校词图序》，王国维，《观堂集林》，卷二十三，中华书局，1959 年版。

231.《静安词扉页题记》，顾随，见王国维《静安词》，世界书局，1933 年版。

232.《听鹃榭词话自序》，武酉山，《文艺春秋》，1933 年第 1 卷第 5 期。

233.《心影词题辞》，温肃，见刘伯端《心影词》，1920 年。

三　民国词别集序跋考录

目前笔者目力所及的民国词别集者逾千。此处仅附笔者为中华诗词研究院所做项目《民国词集序跋汇编》初编的相关目录，以示民国批评文献之富。因为词集目录部分已有版本信息，此处从略。

1.《无恙后集》：序一，祁薇谷；序二，陈叔通；序三，夏敬观。

2. 宝镇《小绿天盦诗词草》：序，陆绍云。

3. 蔡宝善《沧浪渔笛谱》：序，张茂炯。跋，蔡宝善，丙子。

4. 蔡宝善《绿芜秋雨词》：序一，刘富槐；序二，胡薇元；序三，蔡宝善。

5. 蔡宝善《一粟盦词集》：序一，刘富槐；序二，胡薇元；序三，蔡宝善。

6. 蔡晋镛《雁邨词》：序，雁村。

7. 蔡莹《味逸遗稿》：附录挽辞一，陈匪石；挽辞二，王铨济；挽辞三，金元宪；挽辞四，况维琦。

8. 蔡桢《柯亭残笛谱》：题词，夏文炳，甲戌。《柯亭残笛谱叙》，吴梅。

9. 蔡正华《睡禅词》：自序，方孝岳；序，邱炜萱。

10. 陈宝琛《听水斋词》：序一，陈曾寿，丙子；序二，懋复，戊寅；序三，陈宗蕃，戊寅。

11. 陈昌任《栎寮词》：后序，印水心。

12. 陈衡恪《陈衡恪词》：序，叶恭绰，1930 年。

13. 陈家庆《碧湘阁集》：题词一，林损；题词二，黄侃；题词三，高步瀛；题词四，徐英；题词五，陈家英；题词六，吴梅。

14. 陈景寔《观尘因室词曲合钞》：小引序，浣梦初。

15. 陈夔《虑尊词》：题词，邱继勋。

16. 陈夔《然脂词》：跋，陈锡桢、周允臧、陈栎、徐崇谊、喻厚周、何士骥、陈传经、何宗敞等八人。

17. 陈夔《诗余口业》：序一，唐文治；序二，陆增炜。题词一，顾公亮；题词二，钱缵盘；题词三，汪泰符。跋一，金煦章；跋二，崇蔚。

18. 陈名珂《文无馆词钞》：序一，谢鼎镕；序二，文无馆主。

19. 陈世宜《倦鹤近体乐府》：题词一，《台城路》，向迪琮；题词二，《琐窗寒》，柳肇嘉。跋，陈芸。

20. 陈协恭《和白香词》：自跋，陈协恭。

21. 陈栩《栩园词集》：序一，陈栩；序二，孙浚源，庚子；序三，吴承烜，乙卯；序四，张采薇，壬寅；序五，翟振亚，丙辰；序六，倪壮青，丙辰；序七，王湘卿女士；序八，温倩华女士；序九，倪承焘。跋，周之盛。

22. 陈衍《朱丝词》：跋一，沈曾植，戊戌；跋二，陈衍。

23. 佘贤勋《珍庐诗集》：序一，陈枚先；序二，陈沧来；序三，高文；序四，程会昌；序五，佘贤励；序六，陈泽珩。跋，刘国钧。

24. 陈昭常《廿四花风馆词钞》：跋、谭约安。

25. 陈仲权《先烈陈仲权先生遗著》：跋。题词，蒋凤墀；序一，陶元镛；序二，朱醉颁。

26. 陈宗彝《沤公遗稿》：跋，陈珂。

27. 程松生《香雪盦词剩》：序一，徐燮；序二，吴承烜。

28. 程文楷《兰锜词》：题词一，叶惟善；题词二，诸宗元；题词三，夏敬观；题词四，李少华；题词五，吴钦泰；题词六，胡颖之；题词七，朱宝莹；题词八，徐思晋；题词九，董葆谦；题词十，金树武。跋，少华公之子。

29. 程先甲《百仙词》：序，陈曾佑，1920 年。题词一，龚元凯；题词二，李定球；题词三，石凌汉；题词四，孙浚源。识语一，程先甲，1922 年；识语二，程先甲，己巳；后序，陈庆年，癸丑。

30. 程学銮《他山词存》：序，徐行恭。

31. 程宗岱《梦芗词》：叙一，袁镛；自叙，程宗岱。题词一，程镜清；题词二，张允庆；题词三，宣哲；题词四，袁镛；题词五，刘梦莲；题词六，晏勖厚；题词七，朱宝莹；题词八，卞綍昌；题词九，何家辂；题词十，洪钟声；题词十一，薛元燕。

32. 仇垺《鞠谦词》：序一，夏敬观，壬午；序二，夏仁虎，壬午；序三，陈世宜，1947 年。题词一，柯亭；题词二，圭璋；题词三，戣素；题词四，戣素。跋，方长玉，丁亥。

33. 储慧《哦月楼诗余》：叙，周家楣，乙酉。题词一，钮餐英；题词二，程幼云。

34. 储蕴华《餐菊词》：家阮序，从叔南强，1948 年。

35. 邓潜《牟珠词》：自序。

36. 丁宁《还轩词》：序，丁宁，1957 年。《还轩词存》，初校跋，周延年，1957 年；《北山楼抄本》，跋，施舍（蜇存），乙卯。

37. 丁三在《丁子居剩草·词》：序一，缪荃孙，己未；序二，周庆云，辛酉；序三，徐珂仲，辛酉；序四，柳弃疾，庚申。序五，高燮，辛酉；序六，张焘，庚申。跋一，王毓岱，辛酉；跋二，鲁坚，辛酉。

38. 董康《课花盦词》：序，赵尊岳，庚辰；附《小游仙》，五阙。

39. 董宪《含碧堂词》：跋，严觉先，1933 年。

40. 董巽观《春雨斋词稿》：小诗代序。

41. 傅熊湘《钝安遗集》：序，吴恭亨；题词，同里王纪宣。

42. 傅友琴《苹香室诗词草》：跋，唐肯。

43. 高德馨《鰥隐词钞远香诗词遗稿》：序，张茂炯。

44. 高旭《浮海词》：自序。

45. 高肇桢《半秋轩词续》：序一，汤巨；序二，万钟祥。

46. 顾佛影《大漠诗人集》：初序，红梵精舍主人，甲子；后序，大漠诗人。

47. 顾随《顾随词》（顾随全集）：《荒原词》：序，卢宗藩，1930年。《留春词》：自叙，顾随，1933年。《积木词》：自序，顾随，1936年；序，俞平伯，丙子。小记，顾随，1944年。

48. 郭宝珩《五十弦锦瑟楼词》：序，郭宝珩，戊戌；题词，吴用威。

49. 郭坚忍《游丝词》：序一，吴恩棠；序二，郭宝珩；序三，郭少槐；序四，郭坚忍。题词，臧谷。

50. 禾生甫、丁立棠《寄沤止厂词合钞》：序，吉城，戊午。

51. 何承天《耦园诗词》：序一，吴兴凌菊身；序二，何承天。

52. 何适《官梅阁诗余》：序一，汪煌辉；序二，何适；题词，《鹧鸪天》，何适。跋，《次前调韵》，汪煌辉。

53. 洪炳文《花信楼词存》：序，王岳崧。

54. 洪汝冲《候蛩词》：序，洪汝冲。

55. 胡汀鹭《汀鹭题画词》：序一，钱基博；序二，秦毓鎏。题词一，《题谢公展画步梁丈公韵》，题词二，墨竹；题词三，牡丹。跋，陈融。序，谢稚柳；序，金其源。

56. 胡小石《愿夏庐词钞》：跋，吴征铸，1981年。

57. 花病鹤《焦尾琴趣》：序一，花病鹤；序二，花病鹤。题词，镇海倪轶池。

58. 黄侃《量守庐词钞》：《量守庐词钞序》，曾緘，甲申；《原刻繡华词序》，王邕，壬子；《原刻繡华词序》，汪东，壬子。题词，《减字浣溪沙》四阕，况周颐。

59. 黄荣康《凹园诗钞·词附》：题，晦道人；序，黄肇沂；《词附》，跋，黄任恒。

60. 黄绍璟《松冈诗余》：自语一，黄剑鸣；自语二，黄剑鸣。

61. 黄协埙《宾红阁乐府》：序，徐守清。题词一，朱家驹；题词二，姚洪淦；题词三，谢企石。跋，朱太忙。

62. 江子愚《听秋词》：序一，壶闇；序二，江椿，甲寅；序三，江椿。题词一，《金缕曲》，邓鸿荃；题词二，《安公子》，张慎仪；题词三，《金缕曲》，萧其祥；题词四，《浪淘沙慢》，乐松云。

63. 蒋梅笙《理斋近十年诗词》：《醵印理斋近十年诗词缘起代序》，张圣奘。

64. 金榜（振声）《雪堂词钞》：序一，陈渊；序二，陶企唐。题词，房善继。

65. 金鹤翔《病鹤词稿》：跋，剑华。

66. 金震《东卢诗钞》：序一，陈衍；序二，张一麐，丙子；序三，吴康，1936 年；序四，孟蒋云，丙子；序五，汤炳正，1936 年；序六，金震，丙子。题词一，费树蔚；题词二，金天翮；题词三，凌景埏；题词四，凌景埏；题词五，凌景埏；题词六，凌景埏；题词七，凌景埏；题词八，凌景埏；题词九，凌景埏；题词十，凌景埏；题词十一，李学诗；题词十二，李学诗；题词十三，薛瑞年；题词十四，金孟还。

67. 靳志《居易斋诗余》：跋一，靳志；跋二，靳志。

68. 赖伟英《劫余集》：《调寄无俗念·自题少作》，赖波民。序一，奚楚明，1930 年；序二，陈弘病，1929 年；序三，梁自厚 1929 年；序四，陈白虚，1930 年；序五，杨庚；序六，徐煦；序七，赖伟英，1930 年。题词一；题词二，芝颖女士徐季瑞清倚声于湘波室；题词三，丽君女士；题词四，丽君女士；题词五，胥振瀛；题词六，邵舞；题词七，邵舞；题词八，毛镜仁；题词九，哑鹤；题词十，戚天扬；题词十一，戚天扬；题词十二，赖展一；题词十三，竞存；题词十四，竞存；题词十五，竞存；题词十六，杨天愁；集放翁句，题词十七，邝摩汉填谱；题词十八，邝摩汉；题词十九，邝摩汉；题词二十，邝摩汉。

69. 李大防《寒翠词》：序一，李大防；序二，李大防，庚午。

70. 李国香《饮露词》：序，杨圻，辛丑。

71. 李绮青《听风听水词》：序，李绮青。

72. 李慎溶《花影吹笙室词》：题词一，林纾，庚申；题词二，王允晢，壬戌；题词三，陈衍，壬戌；题词四，樊增祥，壬戌；题词五，周树模；题词六，郭则沄，壬戌；题词七，黄浚，壬戌；题词八，罗惇曧，壬戌；题词九，《浣溪沙》，冒广生；题词十，《烛影摇红》，朱孝臧，辛未；题词十一，《调寄浣溪沙》，夏敬观，辛未；题词十二，金兆蕃，癸酉；题词十三，许承尧，癸酉；题词十四，叶恭绰；题词十六，《浣溪沙》二阕，杨钟羲；题词十七，《浣溪沙》，吴用威；题词十八，梁鸿志，乙亥；题词十九，李宣龚，癸酉。

73. 李宣倜《苏堂诗拾》：序，陈声聪，1956 年。跋，黄裳，丙申。

74. 梁文灿《蒙拾堂词槀》：叙，丁锡田。跋，梁文灿。

75. 廖恩焘《半舫斋诗余》：序一，夏敬观；序二，夏承焘；序三，姚宣素；序四，龙沐勋；序五，自序。《半舫斋诗余题词》：题词一，夏敬观；题词二，贞白；题词三，葆恒；题词四，仇述盦；题词五，易孺；题词六，冒广生。

76. 廖恩焘《忏盦词》：朱孝臧拜读并注，恩焘谨识。

77. 林葆恒《半樱词续》：序一，夏敬观；序二，夏承焘。题词一，《侧犯》，金兆蕃；题词二，《浣溪沙》，洪汝闿；题词三，《洞仙歌》，吴梅；题词四，《临江仙》，向迪琮；题词五，《侧犯》，蔡桢；题词六，《碧牡丹》，陈世宜；题词七，《八声甘州》，洪汝闿。

78. 林葆恒《瀼溪渔唱》：序，徐沅。跋，切盦居士。

79. 林思进《清寂词录》：序，庞俊。

80. 林修竹《澄怀阁词》：序一，金梁，辛巳；序二，张豫骏，辛巳；序三，林修竹，1930 年。

81. 凌甘伯《静寄轩诗余（词余附）》：序，陶绍煌。

82. 刘冰研《翦淞梦雨词》：题词一，袁如甫，壬申；题词二，《满江红》四阕。

83. 刘冰研《山阳笛语词》：题词一，于右任；题词二，樊增祥。

84. 刘炳照《无长物斋词存》：序，缪荃孙。跋一，周庆云；跋二，刘承干。

85. 刘得天《苍斋词录》：自序，刘得天。

86. 刘翰棻《花雨楼词草》：序一，王瑞瑶；序二，刘翰棻。词评一，朱祖谋；词评二，朱彊村。题诗一，韩文举；题诗二，汪凤翔；题词一，陈洵；题词二，潘飞声。序，汪凤翔。

87. 刘麟生《春灯词》：题诗，厉樊榭。题词，鹤柴山人。题词一，方孝岳；题词二，江家琚。

88. 刘麟生《春灯词续刊》：题诗，鹤柴山人。

89. 刘绎《阆伽坛词》：题词一，秦炳直，辛未；题词二，蔚叟。序，潘飞声。

90. 刘永济《诵帚盦词》：序一，席启駉，1957 年；序二，刘永济，1949 年。

91. 鲁元《九天一草庐诗稿》：序，张昭，1944 年。题词一，于右任，1946 年；题词二，吴鹤云，1947 年；题词三，潘强斋，1945 年；题词四，《奉怀子真并题其九天一草庐诗集》，张照麟；题词五，《奉读鲁子真将军九天一草庐诗感题》，陆进修；题词六，《奉读子真将军九天一草庐诗感题》，江梦梅；题词七，《赠子真将军并题其九天一草庐诗集》，邹鹄；题词八，《题子真兄九天一草庐诗集》，罗镜仁；题词九，《九天一草庐诗集题词补》，朱月真；题词十，罗镜仁；题词十一，《敬题九天一草庐诗集即呈子真将军教政》。

92. 吕凤《清声阁词》：序，董康。《同心集序》，樊增祥。跋，向迪琮。题词一，《水调歌头》，曾懿；题词二，《高阳台》，张一麟；题词三，《金缕曲》，刘宗向；题词四，《台城路》，陈韬；题词五，《寿楼春》，夏孙桐；题词六，《昼锦堂》，李哲明；题词七，《百字令》，邵章；题词八，《百字令》，谭祖任；题词九，《临江仙》，汪曾武。

93. 吕景蕙《纫佩轩诗词草》：序，赵尊岳，甲戌。跋，吕雪铸。

94. 罗振常《徵声集》：序一，秦遇赓，庚申；序二，罗振常，辛酉；跋，秦遇赓，辛酉。《颓檐词》，序，罗振常，宣统二年。《浮海词》，序，罗振常，甲寅。《旗亭词》，序，罗振常，辛酉。

95. 马汝邺《晦珠馆近稿》：序一，钱荷青，丁卯；序二，马福祥，丁卯；序三，马汝邺，丁卯。

96. 倪澄瀛《蠖庐词钞》：序，任哲维。

97. 潘承谋《瘦叶词》：序，张茂炯。题词一，张茂炯；题词二，吴梅。

98. 潘飞声《花语词》：题词一，陈良玉；题词二，陈璞；题词三，陈襄。题诗，罗嘉容。题词一，何桂林；题词二，郑权。《珠江低唱》，题词一，承厚；题词二，冒广生；题词三，郑权。

99. 潘飞声《说剑堂集》：序，陶矩林，戊子。题词一，赖学海；题词二，萧致常；题词三，邱诰桐；题词四，郑权；题词五，姚文栋；题词六，张德彝；题词七，何桂林；题词八，承厚、敦伯；题词九，［日本］金井雄飞卿；题词十，［日本］井上哲君迪。

100. 潘文熊《拙余词稿》：序，邵松年。跋一，杨圻；跋二，孙庆年。

101. 庞檗子（树柏）《庞檗子遗集》：题词一，朱孝臧；题词二，邵瑞彭；题词三，吴清庠；题词四，陈世宜；题词五，徐珂；题词六，吴梅；题词七，周庆云；题词八，白曾然；题词九，俞锷；题词十，叶玉森；题词十一，王蕴章。

102. 庞鸿书《归田吟稿》：序一，俞钟銮，癸亥；后序，张守诚；序二，男树鞾。

103. 彭慰曾《耦园课存》：序，张荣培。

104. 濮贤姐《濮夫人拈花小社遗稿》：题词，汪涵。跋，蒋寿彤。

105. 钱君匋《冰壶韵墨》：序一，柯文辉；序二，承名世。

106. 秦之济《谦斋诗词集》：自序。

107. 邵章《云淙琴趣》：自叙一，倬盦；自叙二，倬盦。

108. 沈琇莹《寄傲山馆词稿》：序，林尔嘉。《泡影词甲稿》，跋，南岳傲樵。《泡影词乙稿》，跋，南岳傲樵。《泡影词丙稿》，跋，南岳傲樵。《泡影词丁稿》，跋，南岳傲樵。《前燕游词稿》，序一，李邃甫；序二，南岳傲樵。跋，王闿运。《后燕游词稿》，跋，南岳傲樵。《鲛珠词稿》，跋，南岳傲樵。《忏绮词》，跋一，南岳傲樵；跋二，江煦。

109. 沈曾荫《龙严诗词合钞》：《龙严诗词合钞序》，何奭甫。

110. 沈曾荫《养性轩诗词合刊》：序，沈曾荫，乙未。

111. 沈祖棻《涉江词》：序，汪东，乙丑。跋，程千帆，1978年。《涉江词》，黄裳，1980年。

112. 舒昌森《问梅山馆词钞》：序一，王謇；序二，徐珂仲可。《玉屑》，白兆镜。题词，龙华野衲。诸家题词：题词一，王维城；题词二，庄学忠；题词三，张荣培；题词四，顾建勋；题词五，邹弢；题词六，简杜；题词七，菊田三郎；题词八，庄汪柔；题词九，圆通；题词十，汪远骞；题词十一，绿蓑渔隐；题词十二，闵师德；题词十三，虚生；题词十四，黄文琛；题词十五，诸懿德；题词十六，姚乃尚；题词十七，孙国钧；题词十八，蛰公、瞿安合作；题词十九，广智。

113. 邹弢《三借庐剩稿》：题词一，野衲；题词二，徐元芳。《酒丐嘲》，沈鼎。题词一，乌程桂。序一，野衲；序二，刘承干；序三，张钧衡；序四，尧文藻；序五，唐尊玮；序六，徐元芳。群贤评语，以题评先后为次序。评语一，俞香达；评语二，秦缃业；评语三，黄文瀚；评语四，燕庭汪；评语五，郭传璞；评语六，李士棻；评语七，诸可宝；评语八，王毓仙。群贤题词，以题赠先后为次序。题词一，舒家墒；题词二，俞钟銮；题词三，王大纶；题词四，沈遵鉴；题词五，周庆云；题词六，舒昌森；题词七，文登泰；题词八，刘雄；题词九。

114. 苏康甲《珠山乐府》：叙，邵瑞彭。

115. 孙念希《花知屋诗词杂著·花知屋词》：序一，萨镇冰，1947 年；序二，孙念希，1947 年。《花知屋诗词》，后跋，孙念希，1947 年。

116. 孙肇圻《箫心剑气楼诗余附存》：序一，唐咏裳；序二，左树瑄；序三，严毓芬；序四，钱基博。

117. 孙肇圻《缀珍集》：叙，钱基博。题词一，健伯；题词二，慨翁；题词三，《调寄点绛唇》二首。

118. 汤国梨《影观词稿》：序，黄朴。

119. 汤执盘《粹玉词》：自叙，汤执盘。题词一，自题；题词二，自题；题词三，自题；题词四，张燧；题词五，傅熊湘；题词六，陈润湘；题词七，陈亮鸿。

120. 桃亶素《天醉楼词选抄》：序，江家琚。

121. 汪浣沄《瘦梅馆诗词钞》：序，汤恩伯，1946 年。

122. 汪吟龙《阳春词》：子云诗词自序，汪吟龙，1930 年；跋，汪吟龙。

123. 汪曾保《悔盦词钞》：序一，张宇；序二，朱文熊；序三，陆骏烈。

124. 汪曾武《味鲈词》：序一，曹元忠；序二，汪曾武。题词一，章华；题词二，吴昌绶；题词三，夏孙桐；题词四，邵瑞彭；题词五，杨寿枏；题词六，郭则沄。

125. 汪曾武《味鲈词乙丙稿》：序一，汪曾武；序二，郭则沄。

126. 王德楷《娱生轩词》：序一，王瀣，壬申；序二，王德楷，壬申。跋，卢饮虹，癸酉。

127. 王兰馨《将离集》：题词，钱玄同。

128. 王芃生《莫哀歌草》：序，刘鹏年，乙酉。自题，并《莫哀歌草》，附录。

129. 王揆畷《蠛庐诗续选附词及文》：小序，崇祐，丙寅。题词，季彤甫。

130. 王义臣《槐庭词草》：槐庭诗词集跋，陈仁美。

131. 温倩华《黛吟楼遗稿》：《重九雅集图题词》，天虚我生。序一，华重协；序二，邓楳；序三，侯鸿鉴；序四，陈国章；序五，江莹；序六，陈璨。题词一，《集龚定庵句十首》，范君博；题词二，周拜花；题词三，邵于庆；题词四，易故吾；题词五，李曾廉；题词六，宋鸿镇；题词七，陈承祖；题词八，陆婉怡；题词九，朱韵倩；题词十，汪瑞瑛；题词十一，范冷芳。

132. 吴白匋《凤褐庵词》：序，程千帆，1981年。

133. 吴放《衲兰龛词续》：序一，自题；序二，吴承烜，戊午；序三，王承霖，戊午；序四，方泽久，戊午；序五，徐公辅，戊午；序六，阮寿慈，戊午；序七，金式陶，戊午；序八，希澄，戊午；序九，钱振锽，戊午；序十，顾福棠，戊午；序十一，蔡钺，戊午；序十二，谢觐虞；序十三，剑门词客。题词一，罗焕藻；题词二，杨天和；题词三，徐荔亭；题词四，徐公翰；题词五，张文魁；题词六，荆凤冈；题词七，聂聚奎；题词八，李潜蛟；题词九，范宗淹；题词十，张汝舟；题词十一，徐信余；题词十二，辛冰如；题词十三，方泽久；题词十四，张官倬；题词十五，陈鸿年；题词十六，张荫孙；题词十七，朱锡柜；题词十八，章梦芙；题词十九，宛凤岐；题词二十，殷士敏；题词二十一，王心存；题词二十二，徐公修；题词二十三，郑文涛；题词二十四，徐琢成；题词二十五，刘仲博；题词二十六，虚生；题词二十七，王承霖；题词二十八，程松生。

134. 吴汉声《莽庐词稿》：序，陈崇，戊辰。

135. 吴梅《霜厓词录》：序，夏敬观，1942年。

136. 任援道《青萍词》：序一，赵尊岳，庚辰；序二，任援道，1940年。

137. 吴曾源《井眉轩长短句》：序一，张茂炯，壬申；序二，吴曾源，壬申。跋，吴梅，壬申。

138. 冼景熙《维心亨馆词》：序，张巽，丙子；后序。

139. 夏敬观《映盦词》：序一，陈锐，丁未；序二，朱祖谋，丁未。

140. 夏庆绂《聱斋词稿》：序，夏枚叔。

141. 夏庆绂《聱斋诗词稿》：序，仁沂。

142. 夏仁虎《啸盦词丙丁稿、啸盦词拾》：序，夏仁虎。

143. 夏仁虎《啸盦词甲乙稿》：序一，樊增祥；序二，夏仁虎。

144. 夏绍笙《绮秋阁词集》：序，洪砚珠。墓志铭，忍庵。

145. 向迪琮《柳溪长短句》：序一，朱孝臧，己巳；序二，邵瑞彭，丙寅；序三，王履康，己巳；序四，乔曾劬。

146. 谢觐虞《玉岑遗稿》：序一，夏承焘；序二，王伟；序三，张爰；序四，陈名珂；序五，陆丹林；序六，唐玉虬；序七，稚柳。跋，王春渠。

147. 谢抡元《砚庐词》：题词一，周庆云；题词二，林葆恒。

148. 谢倬《敞帚集》：幼安诗序，黄天爵。

149. 徐礼辅《渌水余音》：序一，徐礼辅；序二，朱孝臧；序三，朱孝臧；序四，许之衡；序五，叶恭绰。《渌水余音引》，邵瑞彭。

150. 徐寿兹《亢盦遗稿》：题词，韩国钧。序一，韩国钧；序二，吴江。题词。跋，陈恩梓。

151. 徐鋆《澹庐诗余·皕镜簃词》：《澹卢诗余序》，陈栩。《碧春词序》，潘飞声。题词，樊增祥。《皕镜簃词序》，郭雍南，题词。

152. 徐致章《拙庐词草》：序一，程适；序二，蒋兆兰。题词一，储凤瀛；题词二，倩仲；题词三，倩仲；题词四，《长亭怨慢》，蒋兆兰；题词五，《高阳台》，程适蛰；题词六；题词七，《高阳台》，李炳常；题词八，《菩萨蛮·谨集唐句》，炳常。跋，徐致章。

153. 徐自华《忏慧词》：序，陈去病。题词一，柳亚子；题词二，诸宗元；题词三，吴梅；题词四，徐蕴华；题词五，陈去病；题词六，柳亚子；题词七，庞树柏。

154. 许禧身《亭秋馆词钞》：序一，叶庆增；序二，陈夔龙。题词一，《买陂塘》，徐琪；题词二，《浣溪沙》，冯煦；题词三，《浣溪沙》，冯煦；题词四，《沁园春》，郭宝珩。

155. 严既澄《驻梦词》：序，黎世欧，1924 年。题词一，《读初日楼少作》，王钟麒；题词二，《浣溪纱》，叶绍钧；题词三，《题初日楼少作集龚定庵句》，罗柏麓。跋一，庞树柏；跋二，顾颉刚；跋三，俞平伯。

156. 杨俊《梦花馆词》：序，董怀霖。

157. 杨圻《江山万里楼词钞》：序一，康有为，甲子；序二，何震彝，甲寅；序三，杨圻，丙辰。

158. 杨圻《玉龙词》：序一，杨圻，己亥；序二，陈汝康，戊戌。跋，蒋廷黻。

159. 杨世沅《止厂词》：《止厂词序》，陈祺寿。《寄沤止厂词稿合钞跋》，杨祚职。

160. 杨铁夫《抱香词》：题词一，夏敬观；题词二，郭则沄；题词三，林葆恒；题词四，夏承焘；题词五，关赓麟；题词六，姚鹓素；题词七，潘飞声；题词八，谭祖任；题词九，谢抡元；题词十，崔师贯；题词十一，高拱元；题词十二，周庆云；题词十三，张荃；题词十四，夏曜禅。

161. 杨庄《湘潭杨庄诗文词录》：序一，王代懿，庚辰；序二，夏寿田，1934 年；序三，王闿运，宣统二年；序四，夏寿田。跋，杨敞，庚辰。

162. 姚锡钧《苍雪词》：《望江南》，姚锡钧。《望江南·分咏近代词家十二首》，姚锡钧。

163. 姚锡钧《春尘集》：自叙一，1933 年；自叙二，1934 年。

164. 姚锡钧《金焦山卷》：叙，姚锡钧，1935 年。鹓雏自记，1941 年。

165. 叶恭绰《遐庵词甲稿》：题，李宣龚。

166. 叶恭绰《遐翁词赘稿》：序一，夏敬观；序二，冒广生。

167. 叶玉森《樱海词》：序，吴清庠，宣统改元闰月。

168. 易大厂《大厂词稿》：序一，吕传元；序二，大厂居士。

169. 婴闇《婴闇诗存》（附诗余）：《婴闇小象题词》，题词一，吴庠，己卯。《婴闇诗余题词》，鹤孙记。

170. 俞鸿《舍庵诗词残稿》：序，谢稚柳，癸丑。

171. 曾福谦《梅月龛词》：跋，陈衍。

172. 张尔田《遯盦乐府》：序一，夏敬观；序二，龙沐勋。

173. 张克家《如法受持馆诗余》：小引，张克家。跋，如法老人。

174. 张茂炯《艮庐词》：序，吴梅。

175. 张荣培《惜余春馆词钞》：跋一，顾建勋；跋二，杨鸿年。

176. 张荣培《惜余春馆词钞》：序一，吴梅；序二，张茂炯。题词一，顾建勋；题词二，陆宝树；题词三，舒昌森；题词四，诸懿德；题词五，黄钧。

177. 张慎仪《今悔庵词》：题词一，方旭；题词二，赵藩。

178. 张锡麟《絮园词钞》：自序，张锡麟。

179. 张仲炘《瞻园词》《瞻园词续》：跋，陈世宜，1936 年。

180. 张仲炘《瞻园词》：序一，顾云；序二，周以存。题词，秦际唐。

181. 章士钊《入秦草》：序，章士钊；序，龙沐勋。

182. 章钰《四当斋集》：序一，章元善、元美、元群、元羲；序二，俞陛云。

183. 朱芙镜《染雪庵遗稿》：序一，天虚我生，丁巳；序二，包兰瑛夫人；序三，翟振亚，1917 年。

184. 赵子立《一峰集》：自序，赵子立。民国三十二年（1944）。

185. 赵紫宸《玻璃声》：题诗，赵紫宸。

186. 周癸叔《蜀雅词》：序一，胡先骕；序二，王易。

187. 周企言《企言词存》：序一，蔡培；序二，金武祥；序三，解振霖；序四，周企言。题词一，《企言先生大集题词》，钱振锽；题词二，《敬题企言诗存》，徐绪通；题词三，《奉题企言先生大集》（二首），符璋；题词四，《题周企言老哥新刊丛著》，刘谷僧；题词五，《癸酉七夕企公来访见赠诗集报之以诗》，释迦陵；题词六，《赠企翁》，杨钟鋆；题词七，《乙亥元旦试笔赠企言表兄》（二首），左连硅；题词八，《企言表兄诗词集题词》，左运光；题词九，《题呈伯父企言诗集》，从侄济民。

188. 周庆云《梦坡词存》：序，朱孝臧。题词，《读先生词存敬书四截句志佩》，戴振声。序，王蕴章。

189. 周演巽《湖隐词》：题词，尊文。序一，郑元昭；序二，何健怡；序三，周愈。

190. 周应昌《霞栖词钞》：序，陈祺寿。题词一白石；题词二，戈铭猷；题词三，翟锡纯。

191. 朱孝臧《三程词钞》：《三程词钞总目》，跋，易顺豫。

192. 朱应征《荡澜簃词钞》：题词一朱庆璙；题词二朱应征。《溪桥忆旧图记》，朱应征。《哀逝集自序》，朱应征。

193. 庄梦龄《静妙斋全集》（附词）：序，徐志青。

194. 左运奎《迦厂词》：序一，左运奎，宣统二年；序二，徐士佳，宣统二年。题词一，冒广生；题词二，《木兰花慢·即次集中韵》，金石；题词三，《水调歌头·从贺方回平仄互叶体》，刘炳照；题词四，《紫荑香慢》，徐沅；题词五，《金缕曲》，张祖彭；题词六，《念奴娇》，汪昌焘；题词七，吴景毓；题词八，陈崇牧。跋，陈崇牧。

四　民国词籍之评介考录

民国时期出现大量的词籍评介论著，涉及民国词、民国词学者不少，值得我们关注。兹附期刊所见部分文献目录，以资民国词史研究之需。

1. 《金陵词钞续编》，唐圭璋，《中央日报》，1947 年 7 月 21 日。

2. 《诗词散论》（书评），意，《图书季刊》，1948 年第 9 卷第 3—4 期。

3. 《小山词笺》（书评），意，《图书季刊》，1947 年第 8 卷第 3—4 期。

4. 《〈诗词精选〉述评》，戴传安，《国专月刊》，1935 年第 2 卷第 2 期。

5. 《编纂清词钞征书》，《大公报》，1930 年 1 月 20 日。

6. 《城南草堂曝书记》（明初写本静春词一卷、明抄本耐轩词一卷），王立中，《学风》，1936 年第 6 卷第 4 期。

7. 《出版消息：夷门乐府》，《国学周刊》，1933 年第 1—10 期。

8. 《词籍介绍：北宋三家词》，易大厂，《词学季刊》，1933 年第 1 卷第 2 期。

9. 《词籍介绍：词调溯源》，夏敬观，《词学季刊》，1933 年第 1 卷第 2 期。

10. 《词籍介绍：词品甲》，欧阳渐，《词学季刊》，1933 年第 1 卷第 2 期。

11. 《词籍介绍：词史》，刘毓盘，《词学季刊》，1933 年第 1 卷第 2 期。

12. 《词籍介绍：词学通论》，吴梅，《词学季刊》，1933 年第 1 卷第

2 期。

13.《词籍介绍：改正梦窗词选笺释》，杨铁夫，《词学季刊》，1933 年第 1 卷第 2 号。

14.《词籍介绍：蕙风词话》，况周颐，《词学季刊》，1933 年第 1 卷第 2 号。

15.《词籍介绍：彊村遗书》，龙沐勋，《词学季刊》，1933 年第 1 卷第 1 号。

16.《词籍介绍：宋词三百首》，彊村老民，《词学季刊》，1933 年第 1 卷第 2 号。

17.《词籍介绍：校辑宋金元人词》，赵万里，《词学季刊》，1933 年第 1 卷第 1 号。

18.《词籍介绍：影宋本淮海居士长短句》，叶恭绰，《词学季刊》，1933 年第 1 卷第 1 号。

19.《词籍介绍：众香词、蓬庐词、端木子畴手写宋词赏心录、饮虹簃所刻曲续集三种》，《词学季刊》，1934 年第 1 卷 4 号。

20.《词坛消息：影印毛斧季校本宋六十家词之消息、彊村语丛卷三手迹之影印、云起轩词手稿之影印、词话丛编之校印、彊村丛书重印出版、潘兰史先生下世、近贤新刊词集》，《词学季刊》，1934 年第 2 卷第 1 号。

21.《词坛消息：后箧中词与清词钞、毛刻宋六十家词勘误出版有日、周辑唐宋金元词钩经业经脱稿、诗词函授社之筹备、本社收到新刊词集志谢、夏声月刊之出版与发行》，《词学季刊》，1936 年第 3 卷第 2 期。

22.《词坛消息：彊村先生卜葬及造象、彊村丛书发售消息、全宋词之辑印、粤西词之汇刊、北腔韵类之重刊、本社最近收到之新刊词集》，《词学季刊》，1935 年第 2 卷第 3 期。

23.《词坛消息：彊村遗书购读者之踊跃、彊村先生造象之拟议、本社最近所得之词集、龙榆生董理词学著作》，《词学季刊》，1934 年第 1 卷 4 号。

24.《词坛消息：京沪词坛近讯、谢玉岑之死、汇印清代名家词之拟议、全宋词草目之刊布与词话丛编之出版、霜厓三剧之介绍、本刊收到新刊词集志谢》，《词学季刊》，1935 年第 2 卷第 4 期。

25.《词坛消息：罗辛田草创唐宋金元词韵谱、赵万里将刊善本词集十种、汇刻全宋词及词话丛编之拟议、最近各地出版之各家词集、沤社社友新刊词集、女词人陈家庆碧湘阁词出版、清词钞最近消息、龙榆生拟撰彊村本事词、彊村遗书发售预约》，《词学季刊》，1933 年第 1 卷第 2 号。

26.《词坛消息：全宋词与后篋中词、周词订律出版、南京词坛近讯、卢冀野新刊中兴鼓吹、吕碧城归国、半塘老人遗物及遗著之近闻、彊村先生造象之奉祀、忍古楼词话之更正、本社收到新刊词集志谢、夏声月刊缓出之原因》，《词学季刊》，1936 年第 3 卷第 3 期。

27.《词坛消息：吴瞿安杜宇本刊所载陈译白石暗香谱之是正、袁帅南征求湖南人词、姜文卿刻书处重刊半塘定稿、彊村遗书第二次开印、景印花草粹编出版、景印词林摘艳出版》，《词学季刊》，1933 年第 1 卷第 3 号。

28.《词坛消息：研究词学者之好消息》，顾培恂，《浙江省立杭州高级中学校刊》，1934 年第 101 期。

29.《词坛消息：影印袖珍本王氏四印斋所刻词出版、东坡乐府笺出版、杨铁夫吴梦窗笺释第三稿出书、岭南词家新刊词集之介绍、饮虹簃丛书发售预约、夏声社之发起、南中歌舞剧研究会之发起、近日词风之转盛》，《词学季刊》，1936 年第 3 卷第 1 期。

30.《词坛消息：张孟劬先生占籍之更正、彊村丛书重印出版后之消息、云起轩词手稿影印出书、词话丛编发售预约、读词偶得出版、须社唱酬之结集、近贤新刊词集》，《词学季刊》，1935 年第 2 卷第 2 期。

31.《词学书籍之盛销》，《申报》，1925 年 4 月 8 日。

32.《词学小丛书特价三千部》（广告），《申报》，1934 年 4 月 3 日。

33.《读〈词谑〉》，顾随，《益世报·读书周刊》，1937 年 6 月 17 日。

34.《读白雨斋诗话》，春痕，《微音月刊》，1932 年第 2 卷第 4 期。

35.《读钱子泉先生琴趣居词话序》，潘正铎，《光华大学半月刊》，1934 年第 3 期。

36.《读学社词画小言》（录自二月十五日《华报》），乙丁，《辞典馆月刊》，1937 年第 8、9 期。

37.《闺秀诗话词话》（书评），《文艺杂志》，1918 年第 13 期。

38.《稼轩词四卷》，敬，《图书季刊》，1940 年第 2 卷第 3 期。

39.《介绍：历代女子白话词选》,《妇女杂志》,1927 年第 13 卷第 5 期。

40.《介绍"惜玉词"》,海花道人,《风月画报》,1934 年第 3 卷第 43 期。

41.《介绍蓼园词选》,《申报》,1925 年 7 月 11 日。

42.《介绍遗书：龚定庵别集诗词定本及序》,邓实,神州国光社校印,《国粹学报》,1910 年第 6 卷第 5 期。

43.《蓼园词选之畅销》,《申报》,1925 年 2 月 15 日。

44.《岭南词家新刊词集之介绍》,时旸,《词学季刊》,1936 年第 3 卷第 1 期。

45.《卢前编著：乐章选（诗词）、中兴鼓吹抄（诗词）》,《联合周报》,1944 年联合周报创刊纪念增刊。

46.《南唐二主词汇笺》（书评）,卢兆显,《正声》,1944 年第 1 卷第 1 期。

47.《平迦陵曝书亭词》,王玉章,《国学丛刊》,1924 年第 2 卷第 3 期。

48.《评〈词曲史〉》,愚,《图书季刊》,1947 年新 8 卷第 1、2 期。

49.《评〈短剑集〉》,明仁,《申报》,1936 年 8 月 6 日。

50.《评〈花间集评注〉》,张公量,《国闻周报》,1936 年第 13 卷第 4 期。

51.《评〈宋词三百首笺〉》,陈奇猷,《益世报》,1947 年 11 月 20 日。

52.《评胡氏词选》,吴复虞,《国立暨南大学中国语文学系期刊》,1930 年第 3 期。

53.《评图书集成词曲部》,郑振铎,《暨南学报》,1936 年第 1 卷第 1 期。

54.《评中国诗史》,浦江清,《新月》,1933 年第 4 卷第 4 期。

55.《全宋词》（书评）,郑骞,《燕京学报》,1941 年第 29 期。

56.《书报介绍：稼轩词疏证》,《国立北平图书馆读书月刊》,1931 年第 1 卷第 2 期。

57.《书报评介：二晏及其词》,《学风》,1936 年第 6 卷第 1 期。

58.《书林琐录·郑大鹤手批本松壶先生集》,钱大成,《益世报》,

1947 年 5 月 1 日。

59.《书评：词曲史》，雨渊，《文学》，1934 年第 2 卷第 6 号。

60.《书评：宋词举》，睡禅，《申报》，1947 年 7 月 10 日。

61.《书评：元词斠律》，王玉章著；浦江清评，《清华学报》，1937 年第 12 卷第 3 期。

62.《书评：周词订律》，杨易霖著；俞平伯评，《清华学报》，1937 年第 12 卷第 3 期。

63.《硕果亭诗二卷墨巢词一卷（图书介绍）》，《图书季刊》，1940 年新 2 第 4 期。

64.《宋词举》（书评），唐超，《中央日报》，1947 年 6 月 23 日。

65.《宋词三百首——一部最精粹的词选》，徐调孚，《中学生》，1947 年第 192 期。

66.《宋词十九首》（广告），《申报》，1933 年 12 月 10 日。

67.《宋六十名家词甲集》，《现代诗风》，1935 年第 1 期。

68.《听秋声馆词话》（广告），《申报》，1931 年 2 月 3 日。

69.《图书介绍：词话丛编》，《图书季刊》，1935 年第 2 卷第 3 期。

70.《图书介绍：词学》，梁启勋，《国立北平图书馆馆刊》，1933 年第 7 卷第 1 期。

71.《图书介绍：词学》，梁启勋，《中华图书馆协会会报》，1933 年第 4 期。

72.《图书介绍：东坡乐府笺》，《申报》，1936 年 3 月 9 日。

73.《图书介绍：广川词录》，《中法汉学研究所图书馆馆刊》，1946 年第 2 期。

74.《图书介绍：漱玉词一卷》，《出版周刊》，1934 年第 110 号。

75.《图书介绍：遐庵词甲稿》，《中法汉学研究所图书馆馆刊》，1946 年第 2 期。

76.《图书介绍：中兴鼓吹二卷》，敬，《图书季刊》，1940 年第 2 卷第 2 期。

77.《现代化的宋词注本——推荐宋词面目》，士道，《文心》，1940 年第 2 卷第 5 期。

78.《谢无量的〈词学指南〉》，胡云翼，《艺林》，1925 年第 20 期。又见《文学论集》，上海亚细亚书局 1929 年版；又见《中国文学论集》，郁达夫等著，上海一流书店 1942 年版。

79.《辛稼轩年谱评介》，常模，《申报》，1948 年 4 月 29 日。

80.《新书介绍：南社诗、词集》，自在，《大风》，1941 年第 86 期。

81.《新书介绍：校辑宋金元词》，方，赵万里编《国立北平图书馆馆刊》，1931 年第 4 期。

82.《新书介绍——历代诗余》，麟，《北平北海图书馆月刊》，1929 年第 2 卷第 5 期。

83.《新书提要：韦庄年谱》，曲莹生著，《图书展望》，1935 年第 2 期。

84.《学术界消息：全宋词与词话丛刻》，方，《图书季刊》，1934 年第 1 卷第 2 期。

85.《杨铁夫改正梦窗词选笺释》，郑师许，《图书评论》，1934 年第 2 卷第 6 期。

86.《艺风堂诗存四卷碧香词一卷（书评）》，毓，《图书季刊》，1939 年第 1 卷第 3 期。

87.《怎样研究词学》，李冰若，《文摘》，1937 年第 1 卷第 1 期。

参 考 文 献

　　由于"民国词史考论"涉及面较为广泛，于此罗列部分所需参考文献与已有文献的目录。"民国词史"相关的文献可分为九大类。依次为词学研究类、民国词集文献类、民国词话类、丛书类、史传类、编年类、总目提要叙录类、诗文集类、电子数据库类。基本包括了本课题研究所需的基本文献。除"民国词集文献"与"民国词话篇名作者考录"于正文中已有包含外，还有七类参考文献。兹列主要者于此。

一　词学研究类

（一）词学文献整理研究类

《全唐五代词》：曾昭岷等编，中华书局 1999 年版。

《全唐五代词》：张璋、黄畲编，上海古籍出版社 1986 年版。

《全宋词》：唐圭璋编，中华书局 1999 年版。

《全金元词》：唐圭璋编，中华书局 1979 年版。

《全明词》：饶宗颐初纂；张璋总纂，中华书局 2004 年版。

《全明词补编》：周明初、叶晔补编，浙江大学出版社 2007 年版。

《全清词·顺康卷》：南京大学中国语言文学系《全清词》编纂研究室编，中华书局 2002 年版。

《全清词·顺康卷补编》：张宏生编著，南京大学出版社 2008 年版。

《全清词·雍乾卷》：南京大学文学院《全清词》编纂研究室编；张宏

生主编；姚松，冯乾副主编，南京大学出版社 2012 年版。

《词集考》：饶宗颐著，中华书局 1992 年版。

《词学研究书目》：黄文吉编，文津出版社 1993 年版。

《词学论著总目（1901—1992）》：林玫仪主编，"中央"研究院中国文哲研究所筹备处 1995 年版。

《清词别集知见目录汇编·见存书目》：吴熊和、严迪昌、林玫仪合编，中央研究院中国文哲研究所筹备处 1997 年版。

《清词话考述》：谭新红著，武汉大学出版社 2009 年版。

（二）词学主要期刊类

《词学季刊》：龙榆生等于上海主办，1933 年 4 月创刊至 1936 年 9 月，凡 3 卷 12 号（其中第三卷第四号为残存校稿），上海书店 1985 年影印本。

《同声月刊》：龙榆生等于南京主办，1940 年 12 月创刊至 1945 年 7 月，凡 4 卷 39 号苏州大学图书馆藏本。

《词学》：为不定期刊物，施蛰存、万云骏、唐圭璋、夏承焘、任二北、马兴荣等 1981 年于华东师范大学主办。

《中华词学》：不定期刊物，中华词学编委会，1994 年创刊，南京东南大学出版社出版。

《中国韵文学刊》：季刊，湘潭大学、中国韵文学会编辑，1987 年创刊。

（三）词学专题类

（1）总论类

《中国词学史》：谢桃坊著，巴蜀书社 1993 年版。

《中国词学批评史》：方智范等著，中国社会科学出版社 1994 年版。

《词学考铨》：林玫仪著，台湾联经出版事业公司 1987 年版。

《词学专题研究》：王伟勇著，文史哲出版社 2003 年版。

《词学论考》：孙克强著，延边大学出版社 2001 年版。

《20 世纪中国古代文学研究史·词学卷》：曹辛华著，东方出版中心 2006 年版。

《中国词学研究》：曹辛华、张幼良著，福建人民出版社 2006 年版。

《中国近世词学思想研究》：朱惠国著，上海古籍出版社 2005 年版。

《晚清民初词学思想建构》：杨柏岭著，安徽大学出版社 2004 年版。

《晚清词学的思想与方法》：皮述平著，学苑出版社 2003 年版。

《晚清词研究》：莫立民著，中国社会科学出版社 2004 年版。

《广东近世词坛研究》：谢永芳著，上海古籍出版社 2008 年版。

《清代临桂词派研究》：巨传友著，上海古籍出版社 2008 年版。

《千年词史待平章·晚清三大词话研究》：孙维城著，安徽师范大学出版社 2010 年版。

《常州词派通论》：朱德慈著，中华书局 2006 年版。

《清末四大家词学及词作研究》：卓清芬著，台湾大学出版 2003 年版。

《二十世纪中国诗词史稿》：吴海发著，中国文史出版社 2004 年版。

《二十世纪名家词述评》：刘梦芙著，安徽文艺出版社 2006 年版。

《词学的星空·20 世纪词学名家传》：曾大兴著，河北人民出版社 2009 年版。

《20 世纪词学名家研究》：曾大兴著，中华书局 2011 年版。

《近现代诗词论丛》：刘梦芙著，学苑出版社 2007 年版。

《近代词人考录》：朱德慈著，中国社会科学出版社 2004 年版。

《近代词人行年考》：朱德慈著，当代中国出版社 2004 年版。

《民国词的多元解读》：李剑亮著，浙江大学出版社 2012 年版。

《民国旧体诗史稿》：胡迎建著，江西人民出版社 2004 年版。

（2）词史类

《词史》：刘毓盘著，上海群众图书公司 1931 年版。

《中国词史略》：胡云翼著，上海大陆书局 1933 年版。

《中国词史大纲》：胡云翼著，上海北新书局 1933 年版。

《中国诗词概论》：刘麟生著，上海世界书局 1934 年版。

《清代词学概论》：徐珂著，上海大东书局 1926 年版。

《清词史》：严迪昌著，江苏古籍出版社 1990 年版。

《女性词史》：邓红梅著，山东教育出版社 2000 年版。

《日本填词史话》：神田喜一郎著，程郁缀、高野雪译，北京大学出版社 2000 年版。

《晚清民初词人郭则沄研究》：昝圣骞，南京师范大学硕士，2011 年 5 月。

《现代词人茅于美研究》：韩荣荣，南京师范大学硕士，2011 年 5 月。

《晚清民国词人徐乃昌研究》：刘岳磊，南京师范大学硕士，2012 年 5 月。

《晚清民国词人吴虞研究》：孙文周，南京师范大学硕士，2013 年 5 月。

（2）专题论文（当前与民国词相关者较多，于此仅录部分）

《词学理论和词学批评的"现代化"进程》：杨海明，《文学评论》1996 年第 6 期。

《民国词史综论》：曹辛华，《2006 词学国际学术研讨会论文集》，2006 年。

《词史的编撰与词学批评的"现代化"进程》：曹辛华，《中国韵文学刊》2001 年第 1 期。

《20 世纪词学批评流派论》：曹辛华，《江海学刊》2001 年第 6 期。

《论民国词的新变及其文化意义》：曹辛华，《江海学刊》2008 年第 4 期。

《民国词群体流派考论》：曹辛华，《中国文学研究》2012 年第 3 期。

《民国时期清词选本考索》：曹辛华，《阅江学刊》2009 年第 4 期。

《论民国时期清词选本的特征与意义》：曹辛华，《社会科学战线》2011 年第 9 期。

《论民国女性词的创作》：曹辛华，《学术研究》2012 年第 5 期。

《民国词社考论》：曹辛华，《2008 呼和浩特词学国际会议论文集》，内蒙古大学，2008 年。

《民国清词选本考论》：曹辛华，《两岸三地清词学术研讨会论文集》，南京大学，2008 年。

《民国女词人考论》：曹辛华，《2009 上海词学国际会议论文集》，华东师范大学，2009 年。

《民国词群体流派考论》：曹辛华，《中国社会科学文摘》2012 年第 12 期。

《民国女性词人创作姿态及观念新变》：曹辛华，《中国文学研究》（复旦）2011 年第 2 期。

《论南社诸子对词境的开拓》：曹辛华，《河南师范大学学报》2007 年第 2 期。

《民国词史界说与分期》：曹辛华，《中国诗学》第 13 辑 2008 年 10 月。

《民国女性词的特点及其意义》：曹辛华，《学术研究》2012 年第 5 期。

《论南社诸子的词学宗尚与“学人之词”》：曹辛华，《中国诗学研究》2006 年第 5 辑。

《南社诸子词学论著考述》：曹辛华，《南阳师范学院学报》2005 年1 期。

《民国宋词选本的选型析论》：曹辛华，《枣庄学院学报》2008 年 3 期。

《民国时期的宋词选本考述》：曹辛华，台湾《宋代文学研究》第 15 辑2008 年。

《清末民初虞山张鸿词初论》：张幼良、曹辛华，《苏州大学学报》2011年第 1 期。

《论民国词话的特点与价值》：曹辛华，《社会科学战线》2014 年第9 期。

《论民国词体理论批评的特点与意义》：曹辛华，《学术研究》2014 年第 1 期，《新华文摘》转摘 2014 年第 8 期。

《一百年来的词学研究：诠释与思考》：胡明，《文学遗产》1998 年第2 期。

《传承建构展望——关于二十世纪词学研究的对话》：严迪昌、刘扬忠、钟振振、王兆鹏，《文学遗产》1999 年第 3 期。

《百年词通论》：施议对，《文学评论》1989 年第 5 期。

《百年词学通论》：施议对，《文学评论》2009 年第 2 期。

《本世纪前半期词学观念的变革和词史的编撰》：刘扬忠，《江海学刊》1998 年第 3 期。

《二十世纪中国词学学术史论纲（上篇）》：刘扬忠，《暨南学报》2000年第 6 期。

《民国时期的词体观念》：彭玉平，《文学遗产》2007 年第 5 期。

《唐圭璋与晚清民国词学的源流和谱系》：彭玉平，《南京师大学报》

2012 年第 1 期。

《论唐圭璋对常州词派理论的继承与超越》：朱惠国，《南京师大学报》2012 年第 1 期。

《晚清、民国词风演进历程及其反思》：朱惠国，《武汉大学学报》2011 年第 1 期。

《论中国传统词学的现代化进程》：朱惠国，《贵州社会科学》2011 年第 3 期。

《论夏承焘的词学思想及其渊源》：朱惠国，《中国韵文学刊》2012 年第 4 期。

《民国词研究的回顾与展望》：朱惠国，《清华大学学报》2010 年第 6 期。

《"二十世纪诗词史"之构想》：马大勇，《文学评论》2007 年第 5 期。

《清季四大词人词学取向与重拙大之关系》：孙维城，《文学评论》2007 年第 5 期。

《近代词学师承论》：欧明俊，《上海大学学报》2007 年第 5 期。

《三十年来的民国词研究》：马强，《河北科技师范学院学报》2013 年第 2 期。

《民国词人集团考略》：查紫阳，《文艺评论》2012 年第 10 期。

《试论郑振铎的词学研究》：孙克强、杨传庆，《求是学刊》2011 年第 5 期。

二 丛 书 类

《民国丛书》：周谷城主编，上海书店出版社 1989 年版。

《民国史料丛刊》：张研、孙燕京主编，大象出版社 2009 年版。

《近代中国史料丛刊》：沈云龙主编，文海出版社 1966—1997 年版。

《中华民国史档案资料汇编》（共 5 辑，90 册）：中国第二历史档案馆编，凤凰出版传媒集团、凤凰出版社 1994 年版。

《中华民国史资料丛稿》（民国人物传 23 册，大事记 34 册等）：中国社会科学院近代史研究所编，中华书局 1973—1986 年版。

《中华民国史史料长编》（70 册）：万仁元、方庆秋主编，南京大学出版社 1993 年版。

《中华民国史史料外编：前日本末次研究所情报资料》（210 册，其中中文 100 册、外文 110 册），季啸风、沈友益主编，广西师范大学出版社 1997 年版。

《中华民国史史料三编》（80 册）：周光培主编，辽海出版社 2007 年版。

《中华民国史史料四编》（80 册）：周光培主编，辽海出版社 2009 年版。

《民国籍粹》：全国高等学校图书情报工作指导委员会文献资源建设工作组、中国图书馆协会高校分会，2005 年。

《民国诗集丛刊》：王伟勇主编，台中文听阁图书公司 2010 年版。

《民国文集丛刊》：林庆彰主编，台中文听阁图书公司 2010 年版。

《中国近代文学丛书》：聂世美等主编，上海古籍出版社 2002—2012 年版。

《续修四库全书》：顾廷龙主编，上海古籍出版社 2002 年版。

《万有文库》：王云五主编，商务印书馆 1929—1937 年版。

《二十世纪诗词文献汇编》：王蛰堪主编，黄山书社 2008 年版。

《二十世纪诗词名家别集丛书》：王翼奇、刘梦芙主编，黄山书社 2010 年版。

《安徽近百年诗词名家丛书》：《安徽近百年诗词名家丛书》编委会，黄山书社 2009 年版。

《温州文献丛书》：《温州文献丛书》整理出版委员会，上海社会科学院出版社 2002 年版。

《南社丛书》：中国人民大学出版社 1992 年版；社会科学文献出版社 1999 年版。

《湖湘文库》：湖湘文库编辑出版委员会，湖南美术出版社 2012 年版。

《福建文史丛书》：卢美松主编，福建人民出版社 2009 年版。

三　史　传　类

《民国以来人名字号别名索引》：东京大学东洋文化研究所附属东洋学

文献，センヌ一著，东京东洋文化研究所 1981 年版。

《民国人物别名索引》：蔡鸿源主编，吉林人民出版社 2001 年版。

《近代华人生卒简历表》：胡健国编著，"国史"馆 2004 年版。

《民国人物碑传集》：卞孝萱、唐文权编著，凤凰出版社 2011 年版。

《民国人物列传》：吴相湘著，中国大百科全书出版社 2009 年版。

《民国人物大辞典》：徐友春主编，河北人民出版社 2007 年版。

《国史馆现藏民国人物传记史料汇编》：胡健国主编，"国史"馆 2006 年版。

《辛亥以来人物传记资料索引》：王明根主编；复旦大学历史系资料室编，上海辞书出版社 1990 年版。

《辛亥以来人物年里录》：邵延淼主编，江苏教育出版社 1994 年版。

《中国近现代人物传记资料索引》：王继祥主编，东北师范大学图书馆 1988 年版。

《二十世纪中国人物传记资料索引》：傅德华主编，上海辞书出版社 2010 年版。

《清代人物生卒年表》：江庆柏著，人民文学出版社 2005 年版。

《江苏艺文志》：南京师范大学古文献研究所，江苏古籍出版社 1994 年—1996 年版。

四　编　年　类

《近代上海词学系年初编》：杨柏岭编著，上海教育出版社 2003 年版。

《近代上海诗学系年初编》：胡晓明、李瑞明编著，上海教育出版社 2003 年版。

《近代上海戏曲系年初编》：赵山林等编著，上海教育出版社 2003 年版。

《近代上海散文系年初编》：程华平编著，上海教育出版社 2003 年版。

《中国近代文学史事编年》：郑方泽编，吉林人民出版社 1983 年版。

《中国现代文学运动史料编年》：刘长鼎、陈秀华编著，山西高校联合出版社 1994 年版。

《二十世纪中国文学编年》：卓如、鲁湘元主编，河北教育出版社 2013 年版。

《中国近代戏曲编年 1840—1919》：赵山林编著，华东师范大学出版社 2008 年版。

《现当代学人年谱与著述编年》：张强主编，上海三联书店 2007 年版。

《民国大事编年 1912—1949》：吴铁峰著，暨南大学出版社 1999 年版。

《张先集编年校注》：吴熊和、沈松勤校注，浙江古籍出版社 1996 年版。

《姜白石词编年笺校》：夏承焘笺校辑著，中华书局 1958 年版。

《王船山词编年笺注》：彭靖编著，彭崇伟整理，岳麓书社 2004 年版。

《郭沫若旧体诗词系年注释》：王继权编注，黑龙江人民出版社 1982 年版。

《于右任诗书编年释译（手稿本）》：张寿平释译，柴油辰园出版社 2007 年版。

《鲁迅诗歌编年译释》：吴海发著，中国社会科学出版社 2010 年版。

五　总目、提要、叙录类

《民国史料丛刊总目提要》：张研、孙燕京主编，大象出版社 2009 年版。

《民国史料丛刊总目提要》：刘朝辉编著，大象出版社 2010 年版。

《民国史料丛刊续编总目提要》：刘朝辉编，大象出版社 2013 年版。

《民国时期总书目》：北京图书馆编，书目文献出版社 1986 年版。

《民国时期出版书目汇编》：刘洪权编，国家图书馆出版社 2010 年版。

《民国时期发行书目汇编》：国家图书馆典藏阅读部编，国家图书馆出版社 2010 年版。

《清人文集别录》：张舜徽著，华中师范大学出版社 2004 年版。

《清代文集篇目分类索引·清代文集提要》：王重民、杨殿珣编，北京图书馆出版社 2003 年版。

《清人别集总目》：李灵年、杨忠主编，安徽教育出版社 2000 年版。

《清人诗文集总目提要》：柯愈春著，北京古籍出版社 2002 年版。

《清代碑传文通检·清代文集经眼目录》：陈乃乾编，中华书局 1959 年版。

《中国历代诗词曲论专著提要》：霍松林主编，北京师范学院出版社 1991 年版。

《中国文学史旧版书目提要》：陈玉堂著，上海社会科学院文学研究所 1985 年版。

《中国文学史书目提要》：陈玉堂著，黄山书社 1986 年版。

《台湾出版中国文学史书目提要（1949—1994）》：黄文吉编；黄惠菁等撰稿，万卷楼图书有限公司 1996 年版。

《中国文学专史书目提要》：陈飞主编，大象出版社 2004 年版。

《讱盦藏词目录》：林子有藏并编，民国二十七年（1938）抄本西谛藏书。

《四库全书总目提要》：（清）纪昀总纂，河北人民出版社 2000 年版。

《四库未收书目提要》：（清）阮元著，傅以礼编，商务印书馆 1955 年版。

《续修四库全书提要》：中国科学院图书馆编，齐鲁书社影印本 1996 年版。

《四库全书总目提要补正》：胡玉缙著，王欣夫辑，上海书店出版社 1998 年版。

《续四库提要三种》：（清）胡玉缙著，吴格整理，上海书店出版社 2002 年版。

《唐集叙录》：万曼著，河南大学出版社 2008 年版。

《唐代文学研究论著集成》：傅璇琮、罗联添主编，三秦出版社 2004 年版。

《现存宋人别集版本目录》：四川大学古籍整理研究所编，巴蜀书社 1990 年 6 月版。

《宋人别集叙录》：祝尚书著，中华书局 1999 年版。

《元人文集版本目录》：周清澍著，南京大学出版社 1983 年版。

《明别集版本志》：崔建英辑，贾卫民、李晓亚整理，中华书局 2005

年版。

《日本现藏稀见元明文集考证与提要》：黄仁生著，岳麓书社 2004 年版。

《古诗文要籍叙录》：金开诚、葛兆光著，中华书局 2012 年版。

《唐诗书录》：陈伯海、朱易安编著，齐鲁书社 1988 年版。

《杜集叙录》：张忠纲著，齐鲁书社 2008 年版。

《清人诗集叙录》：袁行云著，文化艺术出版社 1994 年版。

《新订清人诗学书目》：张寅彭辑著，上海古籍出版社 2003 年版。

《中国话本书目》：舒群著，文化艺术出版社 2012 年版。

《香港文学书目》：黄淑娴编，青文书屋 1996 年版。

《1919—1949 旧体诗文集叙录》：王晋光等编著，江苏教育出版社 1998 年版。

《香港近现代文学书目》：胡从经编纂，朝花出版社 1998 年版。

《中国新诗书刊总目》：刘福春编，作家出版社 2006 年版。

《中国现代文学书目汇要·诗歌卷》：郭志刚主编，阎延文、毛梦溪编著，书目文献出版社 1994 年版。

《台湾现代诗编目（1949—1991）》：张默编，尔雅出版社 1996 年版。

《中国现代戏剧总目提要》：董健主编，南京大学出版社 2003 年版。

六　诗　文　集　类

（一）总集类

《中国近代文学大系·诗词集》：钱仲联主编，上海书店出版社 1991 年版。

《近代诗钞》：陈衍编辑，商务印书馆 1935 年版。

《晚晴簃诗汇》：徐世昌等编，中国书店 1988 年版。

《清文汇》：沈粹芬等辑，北京出版社 1996 年版。

《晚清文选》：郑振铎编，中国人民大学出版社 2012 年版。

《近代诗钞》：钱仲联编著，江苏古籍出版社 2001 年版。

《清文海》：南开大学古籍与文化研究所编，国家图书馆出版社 2010 年版。

《清代诗文集汇编》：清代诗文集汇编编纂委员会编，上海古籍出版社 2011 年版。

（二）民国文人别集（不少别集中含有词集，兹仅附部分目录）

《宰诉轩文集》：沈修撰，抄本。

《樊镇诗文集》：樊镇撰，抄本。

《柳峰荣文集》：柳峰荣撰，抄本。

《退庐文集》：胡思敬撰，民国十三年（1924）退庐全书刻本。

《石遗室文集》：陈衍撰，清光绪至民国间（1875—1949）石遗室丛书刻本。

《潜园文集》：魏元旷撰，民国二十二年（1933）魏氏全书刻本。

《吹万楼文集》：高燮撰，金山高氏，民国三十年（1941）刻本。

《茹经堂文集》：唐文治撰，民国十五年（1926）刻本。

《文贞文集》：王祖畲撰，溪山书屋，民国十五年（1926）刻本。

《俪山文集》：章锡光撰，琴鹤轩，民国十一年（1922）刻本。

《康南海文集汇编》：康有为撰，交通书馆，民国六年（1917）石印本。

《野棠轩文集》：奭良撰，民国十八年（1929）野棠轩全集排印本。

《愻盦文集》：钟广生撰，民国二十年（1931）湖滨补读庐丛刻排印本。

《陶庐文集》：王树枏撰，新安王氏，民国三至六年（1914—1917）刻本。

《叙异斋文集》：赵衡撰，民国二十一年（1932）刻本。

《复礼堂文集》：曹元弼撰，民国六年（1917）刻本。

《读易草堂文集》：辜汤生撰，民国十一年（1922）刻本。

《奇觚庼文集》：叶昌炽撰，吴县潘氏，民国十年（1921）刻本。

《石遗室文集》：陈衍撰，清光绪至民国（1875—1949）刻本。

《古潺亭文集》：陈潭撰，笃雅堂，民国十九年（1930）刻本。

《困斋文集》：籍忠寅撰，民国二十一年（1932）刻本。

《啸月山房文集》：陈铭鉴撰，燕京，民国二十六至二十七年（1937—

1938）刻本。

《溉泉楼文集》：凌学攽撰，侯氏环溪草堂，民国十二年（1923）刻本。

《无终始斋诗文集》：程大璋撰，民国十七年（1928）刻本。

《绥紫文集》：徐士瀛撰，民国十五年（1926）木活字本。

《名山文集》：钱振锽撰，民国（1912—1949）木活字本。

《静妙斋文集》：庄梦龄撰，愿贤堂，民国二十八年（1939）木活字本。

《青阳文集》：吴镛撰，民国二十六年（1937）木活字本。

《复庵文集》：许珏撰，民国（1912—1949）铅印本。

《古愚轩文集》：王遂善撰，民国二十八年（1939）铅印本。

《湘绮楼文集》：王闿运撰，上海广益书局，民国（1912—1949）铅印本。

《华夏楼文集续编》：夏绍笙撰，民国十九年（1930）石印本。

《遁堪文集》：张尔田撰，民国三十七年（1948）铅印本。

《逸志斋文集》：张弘汉撰，湘乡张氏，民国九年（1920）铅印本。

《大孤文集》：张鸿藻撰，民国十三至十四年（1924—1925）铅印本。

《唾玉堂文集》：熊廷权撰，民国三十五年（1946）铅印本。

《远明文集》：朱士焕撰，文岚簃，民国二十一年（1932）铅印本。

《景杜堂文集》：吴廷燮撰，民国（1912—1949）铅印本。

《漪香山馆文集》：吴曾祺撰，商务印书馆，民国二十四年（1935）铅印本。

《漪香山馆文集二集》：吴曾祺撰，商务印书馆，民国二十五年（1936）铅印本。

《艳阳楼文集》：徐炳阳撰，燮记书局，民国十三年（1924）石印本。

《艮园文集》：江五民撰，民国十九年（1930）铅印本。

《非儒非侠斋文集》：顾燮光撰，民国二十五年（1936）石印本。

《勐堂文集》：顾家相撰，顾燮光辑，民国十五年（1926）铅印本。

《饮冰室文集全编》：梁启超撰，广益书局，民国（1912—1949）石印本。

《志颐堂诗文集》：沙元炳撰，中华书局，民国二十二年（1933）铅印本。

　　《侨园文集》：姚麟撰，民国二十五年（1936）铅印本。

　　《野盦文集》：姚汝说撰，民国十年（1921）铅印本。

　　《天仇文集》：戴天仇撰，民国元年（1912）铅印本。

　　《启秀堂文集》：蓝光策撰，民国八年（1919）铅印本。

　　《幻庵文集》：范吉农撰，民国三十六年（1947）铅印本。

　　《五桂轩文集》：艾光清撰，民国二十四年（1935）铅印本。

　　《爱余室文集》：莫永贞撰，民国二十三年（1934）铅印本。

　　《怡云室文集》：黄逢元撰，民国十二年（1923）铅印本。

　　《长青文集》：叶长青撰，民国（1912—1949）铅印本。

　　《茂泉实业文集》：林修竹撰，民国十五年（1926）铅印本。

　　《畏庐文集》：林纾撰，民国（1912—1949）铅印本。

　　《解园文集》：林介弼撰，民国八年（1919）铅印本。

　　《梦痕文集》：胡为和撰，大成书局，民国十七年（1928）铅印本。

　　《守约盦文集》：盛世英撰，民国二十五年（1936）铅印本。

　　《钝庐文集》：曹炳麟撰，句溪草堂，民国二十年（1931）铅印本。

　　《望溪文集再续补遗》：刘声木辑，民国十八年（1929）铅印本。

　　《知非文集》：刘汇清撰，民国十八年（1929）铅印本。

　　《散原精舍文集》：陈三立撰，中华书局，民国三十八年（1949）铅
印本。

　　《寿藻堂文集、文续》：陈作霖撰，民国七年（1918）铅印本。

　　《海云楼文集》：陈曾则撰，民国十四年（1925）铅印本。

　　《陈蜕盦先生文集》：陈范撰，柳弃疾等辑，民国三年（1914）铅印本。

　　《汲庄文集》：周以存撰，民国七年（1918）铅印本

　　《删亭文集》：周同愈撰，无锡周氏，民国二十四年（1935）铅印本

　　《翾石精舍文集》：余若瑔撰，民国二十三年（1934）铅印本。

七　电子数据库类

　　全国报刊索引：http：//www．cnbksycom/shlib_ tsdc/indexdo。

晚清民国期刊全文数据库：http：//www. cnbksycn/shli b_ tsdc/simpleSearchdo。

翰堂近代报刊数据库：http：//www. neohytungcom/Mainaspx。

大成老旧刊全文数据库：http：//www. dachengdatacom/search/toRealIndexaction。

中国近代报刊库：http：//www. dhcdbcomtw/SP/。

雕龙—中国日本古籍全文检索数据库：http：//www. diaolongnet/。

学苑汲古（高校古文献资源库）：http：//rbsccaliseducn：8086/aopac/jsp/indexXyjgjsp。

中美百万：http：//www. cadalzjueducn/Indexaction。

国家图书馆馆藏民国期刊：http：//mylibnlcgovcn/web/guest/minguoqikan。

国家图书馆馆藏民国图书：http：//mylibnlcgovcn/web/guest/minguotushu。

中国近代文献联合目录：http：//res3nlcgovcn/jdwx/。

重庆图书馆馆藏民国文献：http：//www. cqlibcn/gczy/mgwx/。

北京大学图书馆馆藏民国旧报刊：http：//162105138110：8011/mgqk/。

华东师范大学图书馆全文电子书库：http：//5978186251：8080/ldb/。

武汉大学图书馆民国珍藏库：http：//20211465146：8080/CADAL/defaulthtm。

复旦大学图书馆馆藏民国时期书刊：http：//1055100216：8080/minguohtm。

清华周刊数据库查询系统：http：//qhzklibtsinghuaeducn/database/。

中央日报标题索引：http：//www. ewencc/zyrb/。

超星数字图书馆：http：//bookchaoxingcom/。

读秀学术搜索：http：//www. duxiucom/。

方正 APABI 数字图书馆：http：//20211910885/dlib1/Listasp？lang＝gb。

书生之家：http：//20211910874：9988/stat/logindexvm。

南京大学图书馆馆藏民国文献。

中国基本古籍库。

申报数据库。

爱如生近代期刊数据库。

词学资料电子数据库。

索　引

　　为方便大家阅读与查询,于此附关键词索引。其中关键名词索引部分,此书中凡"词、民国词、民国词史、词社、词话、词史、词选、词集、词籍"等高频用语,虽然为关键词,但因其过多,不专做索引;关键人名索引部分,只对重要学者、著名词人与词学家进行标示。

一　关键名词索引

二　关键人名索引

后　记

　　拙稿《民国词史考论》能入选国家社科成果文库,既是意料之外,又在意料之中。之所以这样说,与我 20 年来的治学之路有关。

　　之所以说是意料之外,在于很长一段时间里,我对民国的诗词学及其旧体文学的研究一直处于被动状态。20 多年了,跟随杨海明先生读博士到现在,自己心醉的还是唐宋词及其研究。由于杨海明先生当初的棒喝,不得不在近代以来的词学方面开始艰难的跋涉。当时做博士论文想从辞赋的角度对唐宋词进行研究,曾写过四五万字的文章,还被老师批文章太长,发表困难。定博士论文选题为 20 世纪词学研究史(批评史),是在杨师的启发下产生的。当时他主张跨领域思维,说看人家张仲谋原来做宋诗的,跟严迪昌老师读博士,人家选题就定为"清代宋诗师承论"……于是我就想到两个题目,一个是现当代词学史,一个是现代词史或民国词史。杨师首先肯定了这两个题目。但建议先做现当代词学史,因为正好是世纪学术大回眸时;民国词史可以放到以后做。一旦定下现当代词学史这个选题,我在着手时,才发现自己欠缺好多知识。惶恐得不得了,经常在老师面前唧唧哼哼的。被杨师痛批,"不读书,不看书,怎知做不了"。那时杨师指出,这个词学史选题,分三步,第一步完成博士论文,拿个学位;第二步,出本书;第三步,开一个领域。虽然如今基本实现了杨师的预言,但在当时及后来还是不自信居多。后来联系博士后时,复旦大学黄霖先生提出将我的博士论文纳入"20 世纪古代文学研究"这一国家重点课题时,虽然也欣喜过,但还是不自信。跟莫砺锋先生做博士后工作,曾专门就唐宋诗专题进行研究,但莫师不让变方向,仍要求以词学研究史专题为出站工作报告。及至钟振振先生处做博士后,先生也是要求不要更改方向。遂有"南社词学研究"的博士后计划。后来蒙黄霖先生提携总算将词学史研究告一段落。为了申报项目,才将重心转向民国词。当研究深入时,才发现民国词领域是个未开垦的学术荒原。只好从最基本的文献做起。记得当拿到江苏省社科项目"民国词史"时,曾与张剑兄有过一次较长通话。他也建议,我们当趁年轻,先从文献整理入手,对学界才有所贡献。十多年下来,才知民国词以及民国旧体文学这一领域比预想的更加繁富复杂、问题丛生。随着大量的相关文献的考察与研究,慢慢对民国词有一些较深入的认识。期间完成了一些民国词人、词社、词集、词选等文献的考索工作,但仍是拓荒状态。2013 年,竞标成功国家社科基金重大项目"民国词集编年叙录与提要"后,有关民国词的研究更离不开文献考索。也正由于重大项目的开展,先后与不少单位形成良性合作。由此又引发了对民国旧体文学这一领域的全面开掘。如与河南文艺出版社合作有国家出版基金项目"民国诗词学文献珍本整理与研究",与凤凰出版社合作有"民国词话全编",与浙江古籍出版社合作有国家出版基金项目"全民国词(第一辑)",与上海书店合作有"全民国诗话",与大象出版社则有"民国旧体文学史料丛刊""民国旧体文学大系"。与国家图书馆出版社合作尤多。如"清末民国旧体诗词结社文献""民国词集丛刊""民国期刊文学研究史料汇辑"等。每一项课题都要花很长时间才能完成,目前所做的也基本上是文献的梳理与考索。自然会信心不足、满意度更不够。现在仔细审视自己的书稿,总觉文献考索所占篇幅太多,即使在考索方面也没做到全部穷尽。虽然有论述部分也直指民国词史的不同侧面,也对其诗词学生态有所揭示,但总觉不够深入。能入选国家社科文库,本人以为是沾了学术空白的光。只因为此方面做的人少,做的人又较少专门从文献学方式入手,才有一些学术新创意义。这样说,有人会说是装谦虚,但我要真心说明的是,一个新领域的开启,总是伴随着怀疑、不自信的阴影的。由以上情形来说,此成果能入选国家社科文库,的确有意外之感。

说拙作入选国家社科成果文库在意料之中,并非说有什么先知因素,而是指笔者在从事此领域研究时,除导师外,有不少专家关于民国词学的价值等方面已有不少卓识与高论。记得 1996 年赴苏州考博士时,在一书店很便宜地买到了严迪昌先生的《清词史》。严先生此书中曾指出,和"清末四大家"唱酬较多、交往频密的词人尚有端木埰、陈锐、陈洵、夏孙桐等,陈洵和夏孙桐卒年都迟至 1940 年以后。此外,以诗和诗论闻名的陈衍、诗人易顺鼎、梁鼎芬等亦擅词,并皆卒于民国以后,拟入"民国词史"。又指出,关于辛亥年后的词作,应有"民国词史"的纂著,以完收历代词史的余绪。后来杨海明师让我们想博士论文题目时,自然就联想到"民国词史"了。严先生作《清词史》时是 20 世纪 80 年后期,那时有这样的论断,真正是远见卓识。要知当时清词研究才刚刚起步。这么多年来,当我的研究重心偏到近现代时,才知道苏州大学给我影响的,不仅仅是杨海明师的唐宋词研究,还有严先生的清词研究、钱仲联先生及其弟子马亚中、马卫中等教授的近代文学研究,乃至范伯群先生的现代文学研究都潜伏式地影响着。民国旧体文学是一个多学科交叉的领域,需要多方面的学者,也需要多方面的素养。正因为这一特点,学界多是从一个方面、一个视角切入,由此也就忽略了整体的宏观的研究。这种情形,现代文学界不少学术眼光敏锐的专家如黄修己、孔凡今、钱理群、丁帆、沈卫威、张福贵、李遇春等也曾指出,并提倡新、旧文学结合进行研究。十年前笔者在从事民国词研究时,知音不多。十年后,民国研究的学术热起来了。仅大型丛书就有团结出版社的《民国珍本丛刊》(2006 年),大象出版社的《民国史料丛刊》,国家图书馆出版社最近出版的《民国时期出版书目汇编》《清末民国旧体诗词结社文献汇编》,以及台湾地区所印行的《近代史料丛刊》,凤凰出版社正在印行的《近代稀见史料丛刊》等等。而专门从事近现代或百年诗词研究的专家与专著也日益增长。这样的学术氛围与学术态势,使得拙作《民国词史考论》有机会入专家的法眼,有机会为学界认可,入选国家社科文库。此处的意料之中,也就主要是指笔者所研究的对象在学界的"意料"中。如果没有学界对民国旧体文学领域的学术价值认可,就没有入选文库的可能。因为并非说"入选国家社科文库"者就一定好。但如果没有开创意义或与开拓性质,对学术界没有引导作用,就不是国家社科文库设立的初心。从此意义上,说"意料之中",当无夸张之嫌。

　　写后记虽有多种写法,但大多后记都写得声情并茂。于此笔者虽做不到声情并茂,但还是要写一些十多年来本人从事民国词研究的一些细节,让更多学人感同身受。为查资料,来往于全国各大图书馆,其中到上海图书馆的次数最多。管理员从跟我不熟悉到可以开玩笑;近代阅览室的民国期刊从只有电子胶卷到数据库出现;古籍阅览室与民国相关的词籍到别集,最终一点点地被看尽。每到节假日,就到上海图书馆,如此有六年。陈水云老师的博士眚圣骞跟我读硕士时,就跟我到上图,等回到南师做博士后,还要跟我到上图看书。为省费用,住在当时还叫闸北区的招待所。离黄霖先生家正好隔条小马路。因此,有时晚上会与黄先生一起散步,受教良多。为了加快看书进度,有时会带5个研究生前往上图。在此过程中,就有两对男女研究生谈成恋爱。与我的大学同学刘涛平常是电话联系,见面不多,但不约而同在上图重逢就有两次。在图书馆读书过程中,还认识了不少同行,如南社文人姜可生之子姜六驭,研究施蛰存的沈建中,整理家族史料的缪幸龙等先生就是这样认识的。他们的抄书、治学等行为与精神也影响着我应当更勤奋些。带学生去台湾查资料,只抽出了两个半天去玩,还是因为图书馆闭馆。林香伶先生帮忙安置住处,林玫仪先生还专门安排两名博士后协助查找资料。有趣的是,在台湾大学图书馆不期而遇同行卓清芬老师,宛若专门迎接我一样。诸如此类的细节好多,有空写个访民国词记再与大家分享。

最后还是要写些感恩的话。不能忘记2006年井冈山词学会议时,朱惠国先生对笔者所提交的"民国词史综论"一文的首肯,周明初先生对本人的鼓励。不能忘记2008年呼和浩特词学会议王兆鹏师叔拍着我肩膀表扬拙作《民国词社考论》的话语;不能忘记2009年上海词学会议施议对先生不因当时我年轻邀请我到澳门参加词学会议;不能忘记林玫仪先生2012年恩施大峡谷道中对我的教导;不能忘记2015年王伟勇先生听说我到台北查资料从台南赶回相会的情形;不能忘记关爱和、孙克强、彭玉平、陈水云、彭国忠、俞国林、周绚隆、王卓华、裴喆、朱德慈等师长的厚爱与关心。不能忘记同行、同事对我的支持与帮助。不能忘记的感动情形、人事与话语太多,于此一并感谢。

在本课题的研究中,业师杨海明、莫砺锋、钟振振先生给予了悉心的指导,同事程杰先生在大方向、方法论等方面有精辟的叮嘱。正是程先生的"大块肉"理论启发,使得本课题的研究更多地向各个方向开掘与拓展,本书稿才成"生态考论"的模样。自入南师后,陆林先生对我的教诲尤多,可惜无法起之于地下叩谢。本书稿的修改过程中,我的硕士、博士研究生做了大量的校对工作,值得深深感谢。于此特别要感谢的是本书的助产者——人民出版社的宰艳红女士。如果没有她的青眼,她的推荐与辛苦编校,本书的出版不知到何时。还要感恩年届九旬的父母，他们的安康为我节省了大量的时间。还要感谢一下爱人王婵为家庭无怨的付出，使得我能静下心来做研究。

本书稿作为草创，存在的问题与不足肯定有，我不太满意，但是丑女终究要见公婆。还请各位同道多多批评，助我成长，共同开拓。

丁酉雨水敲于红炉一雪斋

再版后记

　　拙作《民国词史考论》2016 年有幸入选国家哲学社会科学成果文库，2017 年 4 月由人民出版社出版。出版后，国家规划办专门颁发证书以资鼓励。此著的出版为人们研究近代词史、现代词史以及当代词史提供了一定的参考价值，开拓并深化了民国词研究。同时，也为人们研究现当代旧体文学这一新领域初步提供了文献史料与借鉴。笔者在《民国旧体文学研究·创刊号》前言中曾将民国旧体文学研究设置为"民国旧体文学本体类""民国旧体文学学术""民国旧体文学与文化""民国文献电子资源研究""民国以来旧体诗词曲赋创作""学术资讯与研究动态"等七大板块。这些板块所涉及的每一个分支都值得我们深入探究。奈何笔者精力能力有限，除了编纂《全民国词》《全民国词话》《全民国诗话》外，初步主持完成了国家社科基金重大项目"民国词集编年叙录与提要"，并开启了现当代旧体文学史、现当代海外中国旧体文学史以及民国词话史、当代词史、当代诗词批评史等课题的研究，还对现当代歌词史、晚清民国文言歌词、礼仪文学文体等方面的等领域有所开垦。归结起来，这一切研究都是为了优秀传统文化、古典文体在现当代的传承。

　　如今回首，始知近 20 年的"民国词史"研究，实际上就是一次对民国旧体文学定新领域的抽样式"勘矿"。如果不是国家各种项目的支持，很难想象勘矿的进展速度会有多慢，其过程有多困难。也正因为以民国词及其词学为突破口，才能对现当代旧体文学有所深入了解。本人在撰写《现当代旧体文学史概论》《现当代旧体文学文献学》等著作时，很多个案与例证都是来自《民国词史考论》中所提及的内容。笔者之所以于此述及现当代旧体文学，其主要目的是重申拙著于"现当代旧体文学学科"建设方面的意义。拙著出版后,除了本人所指导的研究生多以此书中所提及的值得开掘的问题当作论文或课题的选题外,也有不少学界年富力强的同行加入此研究行列。尽管此著作还有各方面的不足,其开拓意义与填补研究空白的意义还是不可低估的。

拙著马上再版,笔者还要申说一下再版的原因。第一个原因自然是由于此书出版后由于畅销或印量少,目前已处断货状态。人民出版社应广大读者的需求,决定并支持再版。第二个原因,由于本人作为南昌大学特聘研究员,南昌大学不仅专门成立"现当代旧体文学研究院""中华诗词教育传播研究院",还受到南昌大学的各种支持。在这种支持下,拙著才有机会再版。第三个原因,拙著出版后,不少同行与读者都提出过不少宝贵的问题与建议。不仅相当中肯,而且有警戒、发聩之效。闻过则改,善之善者也。第四个原因,笔者想对书中出现的不足之处略加修正。笔者在回顾学术历程时,发现当初由手抄资料到现在的电子时代这一转换过程中,原来所掌握的文献、史料与现在相比,实在不够丰富与精准。笔者从1997年开始在民国词学这一领域耕耘与开拓,当时的才、胆、识、力与现在相较也有极大差异。当时的知识储备、观念、方法与能力等也实在不足。由于从开始研究到出版时间跨度过长,必然有一些问题与欠缺存在。想重新修正一番,又担心不再是原貌,有文过饰非之嫌。因此,只能略加修正。况且由于是再版,而不是全面的修订版。其中需要大幅度地改动之处,只好仍旧。

拙著从入选文库出版,至今已八年。面对今日之学术昌明、技术之先进,其中的史料、观念以及研究方法、手段等必有一些过时之处,尚祈同行与方家于理解之同情时,还要多多斧正。最后还是要感谢前辈、师友以及同行的厚爱与宽容,感谢同门的关爱与支持,感谢我的研究生们多年来的齐心协力,感谢上海大学的同事与领导。再次专门感谢人民出版社的编辑队伍。也真诚地希望更多学人能加入现当代旧体文学这一广阔的学术旷野。相信这旷野开出的花与古代王国的一样美,一样香。

2024 年 11 月 6 日

责任编辑：宰艳红
封面设计：肖　辉　孙文君
版式设计：肖　辉　周方亚

图书在版编目（CIP）数据

民国词史考论/曹辛华 著. -北京：人民出版社，2017.4（2024.11 重印）
（国家哲学社会科学成果文库）
ISBN 978－7－01－017426－6

Ⅰ.①民…　Ⅱ.①曹…　Ⅲ.①词（文学)-词曲史-中国-民国　Ⅳ.①I207.23

中国版本图书馆 CIP 数据核字（2017）第 042106 号

民国词史考论

MINGUO CISHI KAOLUN

曹辛华　著

人民出版社 出版发行
（100706　北京市东城区隆福寺街 99 号）

北京中科印刷有限公司印刷　新华书店经销

2017 年 4 月第 1 版　2024 年 11 月北京第 2 次印刷
开本：710 毫米×1000 毫米 1/16　印张：43.25
字数：700 千字

ISBN 978－7－01－017426－6　定价：188.00 元

邮购地址 100706　北京市东城区隆福寺街 99 号
人民东方图书销售中心　电话（010）65250042　65289539